渡邊亮
Watanabe Ryo

風詠社

仏陀伝

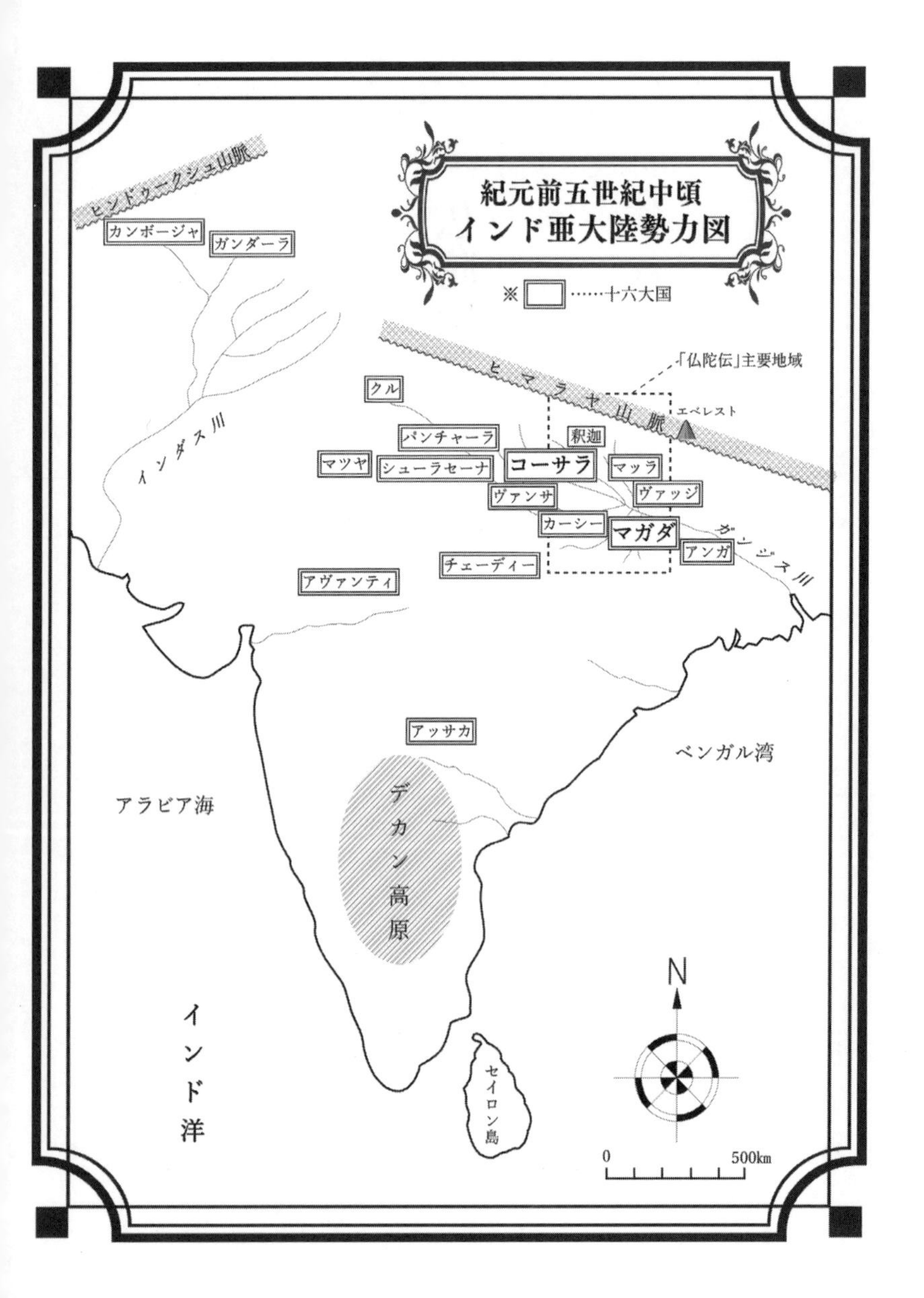

紀元前五世紀中頃
インド亜大陸勢力図
※ ……十六大国
ヒンドゥークシュ山脈
カンボージャ
ガンダーラ
インダス川
ヒマラヤ山脈
「仏陀伝」主要地域
エベレスト
クル
パンチャーラ
釈迦
マツヤ
シューラセーナ
コーサラ
マッラ
ヴァンサ
ヴァッジ
カーシー
マガダ
アンガ
ガンジス川
チェーディー
アヴァンティ
アッサカ
ベンガル湾
アラビア海
デカン高原
インド洋
セイロン島
N
0
500km

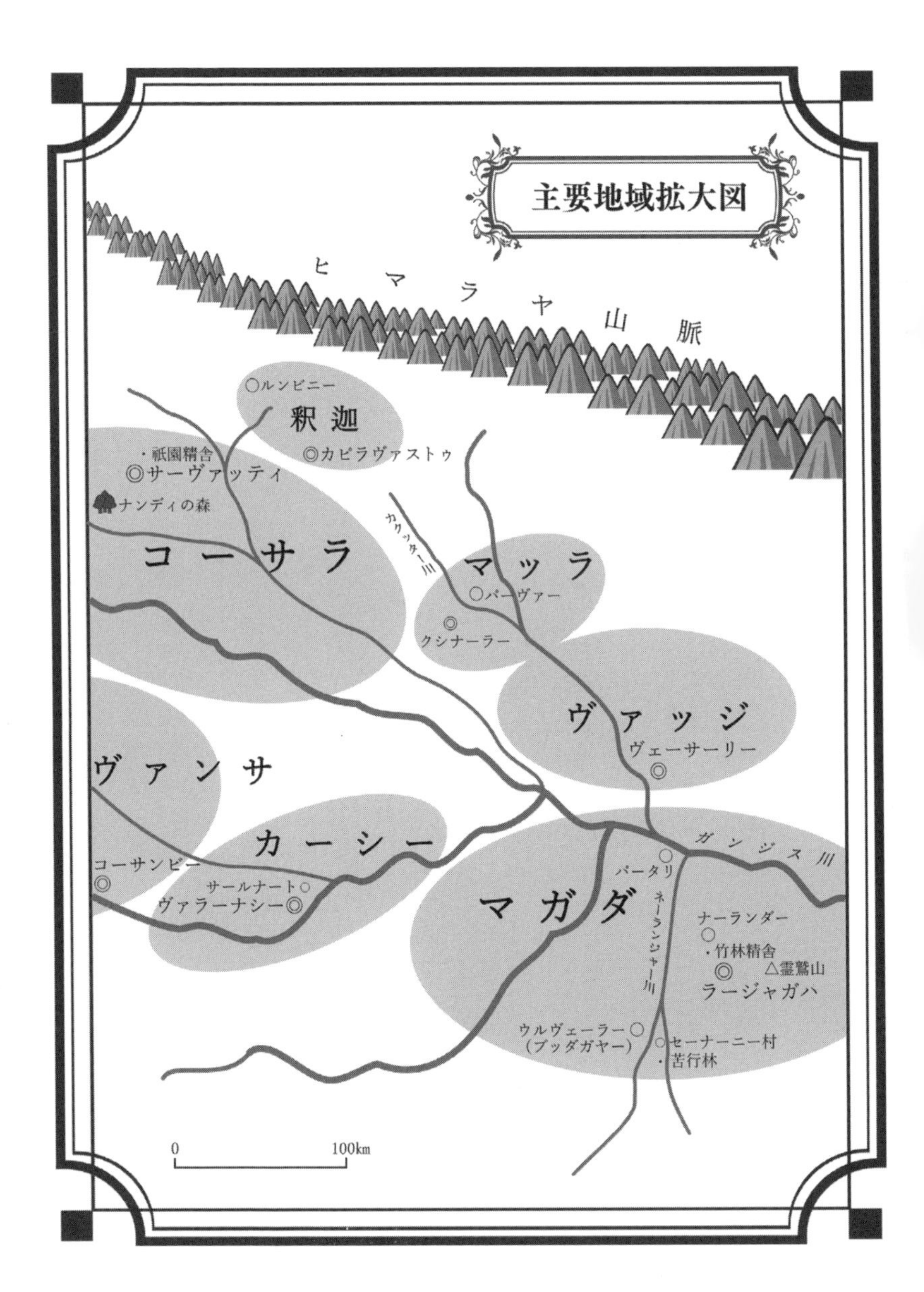
主要地域拡大図
ヒマラヤ山脈
○ルンビニー
釈迦
◎カピラヴァストゥ
・祇園精舎
◎サーヴァッティ
ナンディの森
コーサラ
カクッター川
マッラ
○パーヴァー
◎クシナーラー
ヴァッジ
ヴェーサーリー◎
ヴァンサ
カーシー
コーサンビー◎
サールナート○
ヴァラーナシー◎
ガンジス川
○パータリ
マガダ
ネーランジャー川
ナーランダー○
・竹林精舎
◎ラージャガハ
△霊鷲山
ウルヴェーラー○
（ブッダガヤー）
○セーナーニー村
・苦行林
0
100km

仏陀伝・目次

第一章　四門出遊（しもんしゅつゆう）

第二章　梵天勧請（ぼんてんかんじょう）

第三章　初転法輪（しょてんぽうりん）

第四章　祇園精舎（ぎおんしょうじゃ）

登場人物

釈迦（しゃか）国〈都カピラヴァストゥ〉

シッダールタ……浄飯大王の子。王子として政に尽力するも人の苦しみの根源を探求、出家する
デーヴァダッタ……文武に才溢（あふ）れる斛飯王の子
浄飯大王（じょうぼんだいおう）……釈迦国の統治者。名門ガウタマ氏
斛飯王（こくぼんのう）……釈迦国の王の一人。浄飯王の弟
白飯王（びゃくぼんのう）**、甘露飯王**（かんろぼんのう）……釈迦国の王たち
ヤショダラ（ヤーシャー）……シッダールタの妻。斛飯王の娘
マーヤー……シッダールタの母。出産時に逝去
プラジャパティ……育ての母。マーヤーの妹
アバーヤ……マーヤー、プラジャパティの侍女
ウダーイン……王族の子弟を教えるバラモン教師
ナンダ……誠実な人柄で信頼される浄飯王の次子
ラーフラ……真面目で優秀なシッダールタの子
アーナンダ……凡庸で悩み多き斛飯王の末子
ウパーリ……髪結い。プラジャパティの邸に通う
ナガラッタ……クシャトリア悪童仲間の兄貴分

マガダ国〈都ラージャガハ〉

ビンビサーラ……インド一の大国マガダの賢王
アジャセ（アジャータサットゥ）……「父殺し」を予言されし太子。デーヴァダッタを慕う
バララーマ……宰相の子。道楽者だが情に厚い
ルクミニー……デーヴァダッタが心通わす遊女

コーサラ国〈都サーヴァッティ〉

パセーナディ……蛮王と畏（おそ）れられるコーサラ王
ジェータ……第一王子。生まれつき目に病を持つ
ルリ……釈迦族の血を引く第二王子
シャンティ……釈迦国から嫁いだルリの母
スダッタ……身寄り無い貧者に施しをする大商人
チャパティ……ジェータに仕えるシュードラの子
庭師……祇園を作った庭園職人
親方、黒髭たち……王族御用達の鍛冶工房を営む
ズーロ……遙か南方から来た暗褐色の肌の巨人
ダーサカ……釈迦国を執拗（しつよう）に狙う出世欲高い武人
カビール……後宮を取り仕切る狡猾（こうかつ）な男

教団

コンダンニャ、ヴァッパ、バッディヤ、マハーナーマ、アッサジ……苦行者。五比丘と呼ばれる

ウルヴェーラ・カッサパ……学識深い、マガダ国バラモンの領袖。**ナディー**、**ガヤー**は弟

スニータ……不可触民（チャンダーラ）から帰依

チューラパンタカ……愚鈍だが兄に連れられ出家

マハーパンタカ……立派なチューラの兄

サーリプッタ……智慧第一・後継者とされる賢人

モッガラーナ……神通第一と謳われる異相の賢人

ピッパリ・カッサパ……頭陀行に励む自他共に厳しい比丘。後の**マハーカッサパ**

アニルッダ……甘露飯王の子。ピッパリの腹心

ウパヴァーナ……釈迦族出身の比丘。侍者となる

ヴァッジ国〈都ヴェーサーリー〉

ヴィマラキールティ……豪商。国政を動かす居士

アンバパーリー……商都繁栄の象徴、絶世の遊女

自由思想家（サモン）たち

プーラナ……虚無を説く混血、二重の声のサモン

アジタ・ケーサカンバリン……順世派を率いる

マッカリ・ゴーサーラ……運命決定論者

サンジャヤ・ベーラッティプッタ……不可知論者

パクダ・カッチャーヤナ……七要素説を提唱

ニガンタ・ナータプッタ（マハーヴィーラ）……現代にまで続くジャイナ教の開祖

その他

アーラーラ・カーラーマと**ウッダカ・ラーマプッタ**……森に棲むバラモン。シッダールタにそれぞれ「無所有処」「非想非非想処」の境地を教える

スジャータ……修行者に施すセーナーニー村の娘

パドマ……ウダーインが守り育てた不思議な少女

チュンダ……パーヴァー村の貧しい鍛冶屋

スバッダ……不遜なる遍歴行者

アングリマーラ（アヒンサー）……殺人鬼

第一章　四門出遊（しもんしゅつゆう）

○浄飯王（じょうぼんのう）の陶酔

紀元前五世紀の中頃。

現在のネパール領南部、インドとの国境に近いヒマラヤの麓に、その国はあった。

意識が戻る。強烈な乾きのためだ。汗が目に流れ込み、耳へと滴（したた）る。蒸し釜の底のように暑い。明かり取りの窓には全て厚く茅（かや）が葺（ふ）かれ、光は漏れ入るが風は全くない。部屋の片隅、栴檀（せんだん）の台の上に木製の酒杯があるが、そこまで体を動かす気にはならない。

彼は横になったまま白樺の煙管を手に取り、深く吸った。喉が灼けつくようだったが、かまわず肺の奥まで煙を吸いこんだ。キャラの樹脂の成分でこめかみの血流が激しくなるのがわかったが、煙による昏睡から目覚めた後は続けて再び意識を失うことはあまりない。彼は瞳にとろんと、まぶたを半ばまでかぶせ、見るともなしにあたりを見た。薄暗い部屋にだらしなく転がる数人の男女。みな吸煙と交接の後、意識を失ったのだ。陽光を嫌って閉ざされた部屋は男女の汗と体臭と煙で澱（よど）んでいる。窓に葺かれた茅の隙間から漏れ差す昼の、細いが強い光線が、石造りの天井近くに幾重にも重なり揺蕩（たゆた）う煙の層をくっきりと彼に見せる。長い時間それを見つめているうちに、彼はその白い澱みがこの世界の全てであることを祈るようになる。しかしふとそこに、新しく立ちのぼる細い煙を見つけ、彼は視線を落とす。彼か、誰かが落とした火種が、カーシー産の敷き布に落ち、穴をあけ、か細い一筋の煙を上げている。彼はその穴にじっと視線を向ける。すぐさまそれが彼の意識の全てとなる。小さな穴は縁（ふち）取りを赤く光らせ、少しずつ少しずつ、音もなくその領地を広げてゆく。その内側は、暗く黒く、何もない。すぐ下にあるはずの床すらない。赤い縁取りは、今にも消えそうでいて、消えたかと思うとまた光り、決して消えない。赤い縁取りとそれに囲われる暗黒は、煙管から落ちた火種がもとだが、敷き布自体に内在していたものだから消えることはないのだ。その浸食は緩慢(かんまん)だが、着実に広がり全てを飲み込む。じりじりとやがて、寝ている彼の体にまで達する。赤い浸食が、足を通過し、膝を、腰を通過する。微弱な赤い明滅を一度見せたあとには、何もない。ぽっかりと空いた大穴に飲み込まれ、痕跡すら、痛みすらない。やがて彼の全てが赤い輪の内に落ちる。彼は気づく。外から見たとおりだ。何もない。初めから、何も。彼自身さえも。

王の陶酔を断(た)ったのは、どこか遠い世界から響く足音、やがて扉の開く音、それに次ぐ声だった。声は繰り返される。幾度目かで、王はそれが自分に向けられているものだと気づく。無となったはずの自分に、「父上」と。

眼球の動きから王の意識を確認したその人は、窓の簾(すだれ)を紐を引いて上げる。窓から開け放した扉へと風が通り、充満していた放蕩の澱みも流れ消える。王の混濁も薄れていく。

その人は水差しから水を垂らし、細い煙を上げている、敷き布の指先ほどの焦げを消した。

「父上」

王の目に、彼の息子が認識される。

「父上」

「シッダールタ……」

王はようやく応える。息子の名を呼ぶ。

「なぜ、ここにいる。呼んではおらんぞ」

シッダールタと呼ばれた青年は、台上の瓶から空の杯に水を注ぎ、父王に飲ませた。寝ていた者たちも気づき、回らない頭で気まずそうに身繕いをする。

「コーサラ国から使者が来ました。重大な用件があると」

「なに？」

王は何かを求めるように天井を見上げた。見上げても、そこにはもう彼の煙の層はない。

目を覚ました女に身繕いをさせ、顔を拭いながらに王は聞いた。

「事前の通達も無しに、いったい何用だ」

「通達はしたと、申しております。用件は大王に直接言うと。ですが、また国境の問題と思われます」

この釈迦国の統治者、浄飯大王はちびり、とぬるい水を嘗めた。

「すぐに会うことはできん」

「今はデーヴァダッタが応接しています。僭越ながら、王たちに代わって私とデーヴァダッタで対処してよろしいでしょうか」

シッダールタの申し出に、大王は不快さをその目に表し息子を見た。しかし他の王たちは頼りなく、自分がこの有様ではしかたがない。

「そうせい。ただし、上手くやれよ」

シッダールタを追い払うように送り出した王は、もう一度寝ころんだ。そして火の消えた煙管を噛みながら、自分の言った上手く、という言葉の中身を考え、彼の顔はさらに苦虫を噛んだようになった。

インドアサから採れるキャラと呼ばれる樹脂を炙り、その煙を吸い忘我の状態になることは、昔からインド世界では司祭者や修行者たちにより行われてきた。

しかし俗世間に、日常の憂さを忘れ快楽を得る嗜好物として広まったのは、この時代になってのことだった。かつては主に野生のインドアサを採取していたのが、丈夫な繊維として重宝され、諸国で大々的に栽培されるようになると、それにつれて副産物としてのキャラも多く生産され始めたのだ。

他国に遅れて釈迦国にも少しずつ広まり、キャラを吸わせる館が建ち始めた。だがキャラの摂取による、仕事が手につかなくなったり人間関係を不和にするという支障は理解されていたため、場所も裏通りに限られ、数もそう多くはなかった。

この館、クシャトリア御用達のキャラを吸わせる高級娼館を出たシッダールタは、日の傾きを見て、時間の経過を気にした。

困ったことに大王は行き先を側近にも秘していたため、自邸や当たり前の場所には部下を遣わし、彼自身は城下町の幾つかある歓楽窟をひとつひとつ探し回ることで、かなりの時間を費やしていた。

この間、コーサラの使者には従弟のデーヴァダッタが応接しているはずだ。彼は優れた男なのだが、シッダールタは心配していた。心いそいだ。

遊郭の多いこの一角を馬で走ると、彼に気づいた民が訝しげな視線を送る。王子がこんな所へ、と言う非難の混じった視線だ。大王は出入りの時に顔を隠しているのだろうか。それにしてもこの国はわずかな年月で変わった。煉瓦造りの町並みにも、農具を手に道行く民にも、どこか翳(かげ)りがある。それは彼の気のせいではない。釈迦国は小国ながら、生産性は年々高まっている。なのに年々、民の顔色は暗く険しくなっていく。

王宮の門で兵に馬の轡(くつわ)を取らせ、王の間から先祖伝来の、日輪を象(かたど)った黄金の冠を手に取った。これにより大王代理となったシッダールタが廊下を渡り賓客の間に近づくと、怒鳴り声のようなものが聞こえた。侍従や侍女たちの人だかりができ、少しだけ開いた扉から、賓客の間の中を覗いている。

「いったい何をしているのだ？」

シッダールタが近づき、侍従たちに混じり中を覗くと、斛飯王(こくぼんのう)の息子で、彼にとって従弟(いとこ)にあたるデーヴァダッタに、コーサラの使者がなぜか顔を紅潮させているところだった。

侍従たちの話すところによると、デーヴァダッタは応接の時間潰しにと言って、コーサラの使者と盤上模擬戦、チャトランガをしているのだという。ぴくりとシッダールタの眉根が動いた。

「それで――？」

シッダールタがさらに問うと、侍従は首を振って、

「知っておいででしょう、デーヴァダッタ様は手加減など出来ないお方。五戦ほどされて全て勝ち、使者はその度に激しい言葉を発していました」

自分やデーヴァダッタを幼い頃から知る侍従の言葉に、小さく息をついたシッダールタは、

「わかった、そなたたちは下がっていてくれ。そうだ誰か、気を鎮める香の茶を淹れてくれるか」

賓客の間には、先ほどの大王のところとはまた違う熱気が立ちこめていた。

小綺麗に撫でつけられていたはずの使者の髪は、掻きむしったのだろうか、乱れている。顔は赤く引きつっている。

盤上を見れば、これはすでに六戦目なのだろうか、デーヴァダッタが象と戦車を模した駒でコーサラ使者の王を詰めているところだった。チャトランガとは数字の四のことであり、軍象、戦車、騎兵、歩兵の四軍を意味する。後に形を変え、西洋にチェスとして、東洋に将棋として広まるその原型だ。

「うぬ、象も戦車も持たぬキラータが図に乗りおって！」

「ははは、幸い壊滅も降伏も、血の流れぬ盤上のこと。そう熱くなりなさるな！」

かつて十二歳にしてマガダ国のチャトランガの名人をうならせたデーヴァダッタは、涼しそうな顔をしている。

「御使者。お待たせいたしました」

シッダールタが席に着く。ちら、とデーヴァダッタに、

（やり過ぎだぞ）

と非難の視線を向ける。デーヴァダッタはしかし、

（これでいいんだ）

と目で答える。彼は彼で、交渉ごとの前に相手を呑むことが大事だと考えているのだった。

――だが実際には、シッダールタの心配も、デーヴァダッタの心理作戦も、大国の確固たる欲望の前には、あまり意味を持たなかった。

シッダールタが統治者の冠を卓上に載せる。盤上の駒をぐしゃと混ぜた使者はじろりとそれを見て、

「王子が代理か。浄飯王は近頃政務も執らず、煙と淫蕩の日々だそうだ。姿を見せぬのは、今日もどこぞで寝惚けておられるのだろう」

皮肉な表情を浮かべていたデーヴァダッタだが、これには、

「使者よ、一国の王に対して無礼ではないか！」

と、声を荒らげた。アーリアの大国コーサラに、釈迦国は久しく従属の形をとっているのだが、デーヴァダッタは意に介さない。彼は二十代半ばで、才知に優れ、弁才あり、背は高く、剣の腕前も確かだ。何より気概があった。

「落ち着けデーヴァ。御使者も、コーサラ王の高徳を損なうことのないよう、弁（わきま）えて発言を」

静かだが凛たる声音に、両者の血も静まった。しかしこの使者、ダーサカという名のコーサラの高官は心の中で、

（釈迦国は小国だが、彼ら山の民（キラータ）はかつてアーリアの侵攻を防いだ油断ならざる敵。やはりこの二人の王子たちの代になる前に、なんとかしてしまったほうがよいな）

と、以前からの考えを強くした。

コーサラ国は、広く北インドを支配するアーリア人の国家の一つである。

アーリア人は、白い肌のヨーロッパ系の人種であり、この物語の時点よりおよそ千年前の紀元前千五百年頃、遙か西方のイラン高原からヒンドゥークシュ山脈を越え、インダス川流域に侵入してきたと考えられている。インドの先住民である黒い肌のドラヴィダ人を制圧しながら何世紀もかけ

て東進し、ガンジス川流域まで勢力を広げた。北部インドはほぼアーリア人の支配下となった。そして五百年ほど前、霊山ヒマラヤの麓の地を、彼らは攻め寄せたのだった。

だがヒマラヤには、キラータと呼ばれる山岳狩猟民が住んでいた。キラータらネパール土着の民は、モンゴロイドに分類され、容貌はチベット人やビルマ人によく似ている。

彼らは白い侵略者の噂をかねてから聞いていた。良好な関係にあったドラヴィダの民はアーリア人に征服され、土地も財産も奪われ、隷民に落とされた。自分たちはそうなるわけにはいかない、そう誰もが強く思っていた。

キラータは多くの山岳部族の総称だが、その中に、太陽を生命の源だと崇め、自らを〈日種〉、太陽の末裔と称する一部族がいた。

優れた人物が揃う血統で、彼らは他の部族をまとめあげ周到な準備をし、ヒマラヤの麓へと攻め寄せるアーリア人の戦士たちを迎え撃った。キラータは体躯は大きくないが、決断力、規律の遵守、同胞愛に秀でており、ヒマラヤの地形の有利さもあって、激戦の末にこれを撃退した。

その後幾度となく繰り返された侵略も、日種は山の民を鼓舞し、指揮し、全てを防いだ。アーリア民族の神話であり、世界三大叙事詩の一つでもある「マハーバーラタ」にも、キラータは強弓を操る勇猛な山の民として描かれている。

アーリアとの防衛戦に繰り返し勝利するうち、彼らの中に、部族を越えた同じ民族としての意識が芽生えはじめた。自分たちを「力ある者」を意味する「釈迦（シャーキャ）」と呼ぶようになった。また戦線から内側は、他民族は不可侵の、守るべき領土となった。釈迦国の誕生である。彼らを束ねていた日種が国を統治する、王族となった。

その数百年後の家系に連なるのが、シッダールタとデーヴァダッタたちだった。

使者が本題に入った。はたしてコーサラ国王パセーナディの緊急なる用件とは、たびたび繰り返されてきた国境問題だった。十年前に釈迦国が無念を呑んで譲歩した国境線を、崖崩れで地形が変わったとか、下層民を住まわせて既成事実を作るだとか、何かと理由をつけてコーサラはさらに広げようとしてくる。釈迦国がそれに対する方法は二通りしかなかった。聞き入れ割譲するか、物品で納得してもらうか、である。

しかし今回コーサラが食指を動かしてきたのは、これまでの荒れ地岩山とはわけが違った。

「これはあまりな要求でしょう。その森には現に我が民が暮らしを営んでいるのです。良い木を産し、葡萄（ぶどう）など果実も多く、我が王も鹿狩りに愛されておられます」

「山国たる御国には、森は他に幾らもおありだろう。木材も葡萄もそこで採ればよろしい。それに国境近くでの鹿狩りが、どんなにパセーナディ王の心痛となり、王の民の脅威となっているか、ここではっきりと申し伝えておく」

あまりの言い分にさすがのシッダールタも表情を硬くした。デーヴァダッタは額に血管を浮き上がらせている。

意に介さず、大国の使者は囀（さえず）る。

「それに要求と言われたが、当方はそう認識していない。その森は昔から我が国の領土であり、その確認に来たまでのこと」

そう言って何世代か前の紛争を持ち出し、滔々（とうとう）と自分の主張の正当性を述べる。これがこの使者いが、言い掛かりに過ぎないの外交手腕だった。十年前に両国での協議によって国境線を決めたあとで、言い掛かりを臆面無く捲し立てられると弱い立場の者は諦めの心境に捕らわれる。シッダールタ王子はさすがに諦めはしなかったが、相応の譲歩を覚悟した。

「――そちらの言い分はわかりました。しかしあの森は我が国建国以来の領土、手放すわけにはいかない」

「ほう。それで？」

使者は髭をひねりつつ次の言葉を待った。

「――次からの貢ぎ物に意を表すということで、了解していただきたい」

おそらくコーサラも、森を獲れるとは考えていなかったのだろう。使者は勿体をつけながらもすぐにその貢ぎ物案に乗り、具体的にどれだけの質と量を増やすかについて、また手腕を発揮した。間に休憩を挟み、シッダールタもデーヴァダッタも長時間に亘りがんばったが、結局栴檀、鹿革など特産品の増加と、そして米は従来からさらに三割もの大増となった。

「我が国の譲歩により、両国が平和的合意に達したことを喜ばしく思う」

こう言ったのはコーサラの使者だ。シッダールタもデーヴァダッタも疲れ切り、ぐったりと椅子に座り込み、皮肉も言えない。

帰りがけに使者は言った。

「そうそう、あの森での狩りはおやめになることですな。我がパセーナディ大王に、無用の心痛を与えることのないように」

地球上で最も肥沃な土地の一つである大河ガンジス流域を含む北インドに、当時十六の大国があったと言われる。時代はそれまでの無数の氏族制農耕社会の広がりから、強力な中央集権国家の割拠へと移行していた。どの国も領地を拡大しようと、自らの国力を高め、他国の隙をうかがっていた。そして、釈迦国の南西に隣接するコーサラ国は、十六大国の中でも一、二を争う強大国であり、何よりその野望は抜きん出ていた。

もちろん釈迦国は十六の中に数えられていない。

小国の悲哀。使者が去った後、デーヴァダッタは剣を抜き、使者が座っていた椅子を叩き斬った。

「狐がっ。なんという屈辱だ！　コーサラなどに貢ぎ物をやり始めたのが、この無様（ぶざま）の始まりだ。昔のように国境いに兵を配置し、睨みをきかせればよいものを！」

椅子に深く座ったまま、シッダールタは従弟に言った。

「デーヴァ、時代が変わった。昔話に聞く、裸馬に跨（また）がって勢いだけで攻めてきたコーサラではない。大王の下、兵制は整い、戦車部隊、無敵と誇る象軍など、撃退することは難しい」

「いや、地の利はこちらにある。街道に柵を巡らし、高所に兵を配するなど、やり方はある。たとえ敵（かな）わぬとしても、我ら武人、剣をとって死ねれば本望ではないか！　少なくともこの小さな都カピラヴァストゥで、じわじわ締め上げられ腐ってゆくよりは」

「我ら王族は武人である前に、為政者（いせいしゃ）であることを忘れてはならない。この国の民の安寧を考えねば」

シッダールタの答えに、デーヴァダッタはあざ笑った。

「それならそれで、為政者らしいことをすべきではないか！　見たまえ我らがこの国を。王たるものが昼間から淫蕩にうつつを抜かし、煙で我を忘れている。政（まつりごと）は全てバラモンの祭祀任せで、疫病、干魃、災害に、王族は何もしようとしない。東の山の斜面を三年がかりで段状に切り拓いた耕地が、豪雨で崩れたのは五十日も前のことだ。復旧作業はいつ行われた？　祭祀でそれが少しでも回復したか。昔、我が国は農業を民に広く奨励し、灌漑の法を生み出し、他国は請うて聞きに来たという。それが今では民任せで、民は自腹で逆にコーサラなどから新しい技術を買っているのだ！」

「デーヴァ。私もよくわかっている。だが、この国は昔から王たちの合議で政が決定される。その長たる我が父に、幾度も意見はしてきた」

「しかし君は父君に嫌われている」

デーヴァダッタは冷ややかに言った。


シッダールタとデーヴァダッタが交渉について王たちに呼び出されたのは、その日の夜だった。

釈迦国は王族の中から数人の王を出し、協議して政治を行う。王を統率する事実上の国王である浄飯大王（シュッドーダナ）、その弟斛飯王（ドートーダナ）、白飯王（スッコーダナ）、甘露飯王（アミドーダナ）の四人であり、いずれも日種の有力な氏族の出自だ。浄飯王、斛飯王の兄弟はその中でも最も名門のガウタマ氏であり、それぞれの子シッダールタ、デーヴァダッタも同様である。王の尊称に「飯（オダナ）」をつけるのは、釈迦族が昔から稲作を重視してきた証だった。

この国の王は、血統は重視されるが王の子が継ぐという世襲制ではなく、王族の多数の男子の中から力量を見て選ばれる。大王の息子にしても同じことだが、シッダールタは幼い頃から聡明であり、人を引きつける落ち着いた風格も持っていたので、自然と次代の大王、太子のように扱われた。

霊木を割って作った長い楕円の卓に王や大臣が着くと、斛飯王が切り出した。

「シッダールタ王子。今日のコーサラとの交渉について報告をせよ」

伝えるべきことは交渉が終わってすぐに官吏を通じ伝えてあるが、シッダールタは改めて交渉の要点を説明し、その結果を言った。

「三割だと」

王たちは初めて聞くかのように声を大きくした。

「王子よ、コーサラへの貢ぎ物が、どれほど我が国に負担であるか知らぬわけではあるまい。みな、民が身を粉にして生産したものだぞ。それをさらに三割増やすとは、いったい誰が納得しよう。民が聞き入れると思うのか。こんな重大なことを、我らに諮りもせず決めるとは」

ならば自分たちで交渉すればよいようなものだが、シッダールタは表情を変えない。デーヴァダッタが代わって説明した。

「賢王たちに申し上げます。此度のコーサラはかつて無いほど高圧で、強硬でありました。彼らはあろうことか、カピラの森を所望してきたのです。それを拒否するのだからと、貢ぎ物も相応の分量を要求してきました。我らはかなり粘って交渉したのですが、使者は武力行使までちらつかせてきたのです」

武力行使。この言葉に王たちは落ち着かぬふうだった。

「デーヴァダッタよ、ならば森を半分でも譲ってやろうとは考えなかったのか。三割増など、この国は潰れてしまうのだぞ」

と、デーヴァダッタの父である斛飯王が問いただした。

「お言葉ですが、あの森はコーサラを防ぐ第一の砦。あれを半分でもとられることは、釈迦国は喉元に剣を押し当てられるようなもの。それゆえシッダールタ太子もそれだけは避けたのです。交渉の手応えからして、おそらく三割増はあの使者が、国から言われてきた最低線だったと思っています。太子と私は休憩時に相談しました。四割増なら席を立とう、しかし三割なら、生産に力を注げばやっていける、と」

王たちは釈迦国の、ここ十年の生産状況などまったく知りもしなかった。決めごとはバラモンの祭祀を頼り、非効率で汚職がはびこり、時代から遅れた生産状況を。シッダールタとデーヴァダッタが、国のあちこちを視察し、限られた権限の中でよく取り計らってきたのだ。

王のひとり白飯王が、高い声で叱責した。

「デーヴァダッタ、我ら王を差し置いて政を語るのか」

その王をにらみ何か言おうとするデーヴァダッタを、シッダールタはそっと手で制した。デーヴァダッタは〈天授〉という名前そのままに、全てにおいて天から与えられたような才能を持つ人物だが、感情が激しく、頭に血が上ると相手が誰であれ、言い過ぎるほど言ってしまう。次代の王を決めるのに大きな影響を持つのはこの王たちで、親族でも感情の行き違いで排斥されることもある。彼がこの国の中枢からはずれるようなことがあってはならない。シッダールタはそれを心配した。

普段から理詰めの甘露飯王が口を開く。

「その程度の貢ぎ物ならやっていける、と。だがやっていけたところで、そのうちさらに増やせとコーサラが言ってきたらどうするのだな？　今度こそは武力にものを言わせてくるかもしれん」

賢しげにあれこれ言おうとも、所詮その場しのぎの譲歩ではないか、そう言いたげな王の言葉だった。

シッダールタはそれに対し、

「コーサラもそう簡単には攻めてこないでしょう。今回の譲歩で時間を稼ぎ、いつか来るその時までに、この国を変えなければなりません。彼らが我が国を揺さぶって貢米などを求めるのは、他国に備えた軍費が必要なため。十年来、コーサラ以外の国も軍備を増強しています。特にコーサラの隣国ヴァンサ、そしてマガダなどは強国で、彼らは互いに隙をうかがっています。コーサラが釈迦国にそうは攻めてこられないというのはそういう理由です。私たちにもまだ、時間はあります。多くはありませんが、今動けば」

そう言い、熱い目で父浄飯王を見た。なぜあなたは動こうとしないのか。

「彼らがなぜ強くなったのか。強国に共通するのはクシャトリアが力を発揮し、国のあらゆることを新しく革(あらた)めていったことです。バラモンの祭祀に任せるのではなく」

アーリア人の宗教は、バラモン教と呼ばれる。聖典ヴェーダと、そこに讃(たた)えられる神々を信仰するものだ。

バラモン教は、カースト制として知られるように人を四種の身分、

バラモン　司祭者。人間の最上位
クシャトリア　王族・戦士。俗世を統治する
ヴァイシャ　庶民。右の二カースト以外のアーリア人からなる
シュードラ　隷民。征服されたドラヴィダ人からなる

——に分類している。

バラモンは、世界の全ての現象は、潜んでいる力＝〈潜在力〉が引き起こすものであり、それを自分たちは支配するのだとした。彼らの支配の方法は、それらを事細かく分類し、名前を付けるというものだった。

彼らバラモンは言う。分類し、名前を付けることはそれを知ることであり、知ることこそその支配であると。

宇宙、生活、過去現在未来、余すところなく分類され命名された潜在力は彩り豊かに個性づけられ、いかにも根源的な力にあふれる詩となり、世界無二の巨大な聖典ヴェーダとなった。バラモンはこの聖典の下、祭式により潜在力を思うままに操り、人間の最上位どころか、ときに神々をも越える存在となったのだ。

ところでなぜアーリアの宗教の司祭者であるバラモンが、かつてアーリアの侵攻を退けたはずのキラータの国、釈迦国にいるのだろうか。

数百年の昔、アーリアとの戦いの中で山の民の豪族から釈迦国の王となった日種の一族は、太陽を崇め祀る神官でもあった。建国当初の釈迦国は、祭政一致の部族国家だったのだ。

彼らはアーリアの幾たびもの武力による攻撃は撃退したが、侵略者の生活や文化を調べるうちに、その緻密に分類され構築された、底の見えないほど深い精神世界に衝撃を受けた。もともとヒマラヤ山脈を北から東に背負う彼らは、古代文明を継承する西方世界に（文明の本拠地は遙か遠く、伝わる物は多くはなかったが）建築、工芸、天文など、少なくない影響を受けてきた。西の文明は、中身がドラヴィダのものからアーリアに変わっても、彼らにとって畏敬と憧れの対象であることは変わらなかった。

釈迦国の王族が自らを省みると、自分たちが執り行ってきた太陽への単純な〈いのり〉は大雑把で、いかにも霊験が無さそうに思え始めた。

アーリア人との間にしばらく衝突のない時代が続き、アーリアへの恐怖心や拒否反応が薄れていくにつれ、西の文明への畏敬と憧憬の念は、より強くなっていった。そしてある年、釈迦国のみを襲った大きな疫病を機に、当時の王は改宗を宣言した。

釈迦国王は、建国以来執り行ってきた祭祀をやめた。

純血アーリア人のバラモンを招きこれを奉じ、ヴェーダ聖典のもと、全ての祭祀を任せた。その下で自分たち王族を、アーリアの制度に習い、クシャトリアとしたのだった。


――だがシッダールタたちのこの時代、アーリアの諸大国では、バラモンの権威をクシャトリアが凌駕し始めていた。武力によってバラモンを庇護する存在だったクシャトリアが、その武力をバラモンのためよりも、自らのために使うようになっていた。

シッダールタは幾たびか諸国を遊学し、またカピラヴァストゥを訪れる商人たちから話を聞き、時代の流れをつかんでいた。いったいなぜ、国々の在りようが大きく変わっていったのか。

この物語の舞台、紀元前五世紀頃のインドは、まさに大きな変革の時代だった。

肥沃なガンジス川流域では、時代を経るごとに生産性が高まり物資が豊富となってきたが、この時代において、その余剰を商うことで利益を生む、商業が大きく発展していた。貨幣の流通がそれに拍車をかけ、大河の流域など交通の便の良い地域に商業都市が多数成立し、そこではかつてのような身分ではなく、富を持つ者が力を持つようになっていった。

司祭バラモン、王族・戦士クシャトリア、庶民ヴァイシャ、隷民シュードラ。これはヴェーダ聖典に記されている、絶対の身分序列であるはずだった。

それが、当時の社会情勢を記した書によると、

たとえシュードラであろうとも、財宝、米穀、金銀に富んでいるならば、バラモンでも、クシャトリアでも、ヴァイシャでも、かれより先に起き、後に寝て、進んでかれの用事を務め、かれの気に入ることを行い、かれに対して好ましい言葉をかけるであろう。


ということが起こり始めていたのだ。

下賤の身分の者であろうと、富を持てば立場が上になる——シュードラでさえこうなのだから、武力を持つクシャトリアは言うに及ばずである。

彼らは点在する商業都市を治安維持し、統括することで税収を得て財産を殖やした。小部族を併合し領土を広げていった。

実体的な力をつけた彼らは、きらびやかな宮廷に住み、贅沢で格式高い「王族」となった。彼らの中でも選ばれた者たちは、さらなる高み——北インドの覇権——を目指すまでになっていった。

要点を述べたシッダールタは続けた。

「アーリア諸国に倣(なら)い、今こそ国を作り変えねばなりません。それができるのはバラモンではなく、

我らクシャトリアなのです。国の根幹である稲作を効率のよいものにし、耕地を増やす。貨幣を造り、税制を変え、貧しい者から取りすぎず助け、富める者から多く取る。円滑な商売のための明確な法律を定め、兵制を整え治安の維持に努める。我らが全ての分野に目を向け、革めていけば、勤勉な民は必ずや協力してくれて、釈迦国は、生まれ変わったように強くなります」

デーヴァダッタが傍らでうなずいている。二人でよく論じたことだ。

しかし、ここまで全てを黙って聞いていた浄飯大王は、固い声で言い放った。

「コーサラなど他国が少し力をつけ、一時の隆盛を誇ったからと言って、バラモンを蔑ろにしヴェーダの理法に逆らうというのか。あれらの国は早晩崩れ去る。我が国が今、力弱いのは、太子と目されるお前がバラモンを軽んずるからではないのか。日和見の不信心者め、さがれ！」

○シッダールタの悩み

失意のシッダールタが王城近い自分の居邸に戻ったのは、夜も更け静まりかえった頃だった。静かに門扉を開き、内庭を歩く。中央には掘りしつらえた池があり、彼が頼んで生成させた白蓮華が下弦の月の微かな光のもと、ぽつ、ぽつと、匂やかに浮かんでいる。彼は少し考えて、剣を置き、服を脱ぎ、池に身を沈めた。たまにこうして沐浴する。邸内に浴場はあるが、こちらの方が好きだった。白蓮華が人を癒やす香りを漂わせる。蓮は彼の好みだ。泥中に根ざしながら、かくも清楚で気高い花を咲かせる。彼は自分も蓮華になったように、池の中で脚を組み、黙想した。

やがて池からあがると、邸に入り、蝋燭の弱い明かりを頼りに寝室に入る。清潔な布で体をよく拭き、寝台に横になろうとした。そのとき隣室から人の気配が動いた。

「あなた、お帰りなさい」

蝋燭の火から五本立ての燭台に灯をうつし、それを持って彼女はシッダールタの寝台へと近づいた。

「ヤーシャ、起こしてしまったか」

彼の妻、ヤショダラだ。斛飯王の娘で、デーヴァダッタの妹だ。シッダールタにとっても従妹にあたる。

「起きていましたわ。お疲れのようですわね、背中をお揉みしましょうか？」

そう言って、燭台を寝台の横に置いた。ずいぶん薄着のようすの彼女だったが、シッダールタはすぐに、

「では、頼もう」

と言ってうつ伏せになった。ヤショダラも寝台に上り、夫の横に座った。やがてシッダールタの背に冷たい指先の感触がもたらされた。力はないが、人に撫でられる感覚に、彼の心身も安らごうとしていた。

「ずっと、帰りが遅いんですね」

「ん……。ああ、そうだな」

「毎日国じゅうを駆け回られて、今日は会議。ずいぶん長い間、明るいうちにあなたの顔を見ていないようですわ」

「そうでもない。二日前に、ほら――」

「あんなもの！　あなたが忘れ物を取りに帰ってきただけでしょう！　わたしが言っているのは、

たまにはふたりで野駆けをしたり、森で果実を採ったり――以前のように」

「ヤーシャ、声を小さく」

この年若く美しい妻は、兄と同様、激しやすい。背中の手も止まっている。

やがて指圧が再開され、しばらく静かな時間が流れた。心なしか、無闇に力が強くなったようだ。

すぐにも眠りに落ちそうなシッダールタだったが、このまま眠るのも悪いと思い、ひとつ妻へ声をかけた。

「――そうだ、例の詩集は読んだかい。『光の偈』は」

シッダールタが子供の頃から好きな詩集だ。彼らが読む書物は、動物の皮を薄く加工したものに、達筆なバラモンが雅語サンスクリットで手書きしたもので、非常に高価だが、この王子の唯一の贅沢と言ってよかった。

「ああ、あれ――そうですわね、もう少し」

「まだなのか。かなり薄いものだったが。後半の方が良いのが多いよ」

「それが、難しい字が多くて……」

文字の読める女性は少なかった。社会的役割を、子を産み育てるということのみ重視され期待されたため、バラモンやクシャトリアの女性でさえ、学問や文字を習うことはなかったのだ。しかしシッダールタは三年前、十六歳のヤショダラを后に迎えて以来、熱心に文字を教え、自分の好きな詩や物語を読ませようとしてきた。

「字が難しい？　それほどではないと思うが」

「でも……」

「この前読み終えた『ナラ王』の方が難しかっただろうに」

伝説のクシャトリアの叙事詩だ。

「え、ええ……」

「あれは本当に読んだ？」

「……」

「ふむ」

ヤショダラに文字を教え始めて三年目、もうよいだろうと思い書を与えてきたが、まだ早かったか。結婚当初は自分もそれほど忙しくなく、文字を教え、また物語や詩を読んで聞かせてやり、互いに感想や好きな登場人物を言い合ったものだった。それが叶わぬ今、妻に書物を一人で読ませ、後で互いに感想を述べ合う。それを夫婦のひとつの絆にしようと、シッダールタは考えていたのだが。

「わかった。ヤーシャ。そのうち時間を見つけて、また文字をゆっくり教えよう。なんなら早朝でもいい」

「でもあなた」

「なに」

「わたしはそれほど、本を読みたいとは思っていませんの。お気持ちはうれしいのですけれど」

「……」

再び静寂が訪れた。今はヤショダラの手は、気まずく思っているのか弱々しく動いている。自分の好きな世界が、彼女にとってはそうでない。では最も近い存在であるはずの、夫婦の絆とは何だろう？　シッダールタは考えつつ、とろとろと深い眠りの中へ沈もうとしていた。

「ねえ……。あなた」

不意に、腰を揺さぶるようにさすりつつ言うヤショダラの声で、シッダールタは三度目の問答に連れ出された。

「む……なんだ」

さすがの彼も眠気と疲労で、無愛想な声となっている。

「この寝間着、ヴァンサの商人から、侍女に買ってこさせたの。気に入ってくれます？」

躊躇(ためら)うような妻の声に、夫はうつ伏せのまま、顔だけ横に向けようとした。

「ちゃんと見てください」

妻はほとんど強引に、夫の体をひっくり返した。

どうにか片肘をつき、重いまぶたを押し上げて改めて見る彼女は、首輪や腕輪などの装飾品と、凝(こ)った裁断の絹の薄ものを纏ったのみで、燭台に並び立つ五つの炎がその体の膨らみを柔らかく照らし、窪みに陰影を描き、なんとも妖艶に揺らめかせている。さすがに眠気も薄れたようだった。

「うむ……」

「どうですか？」

「高価そうだ」

「あなた！」

「声を……釈迦国の財政は、これから一段と厳しくなる。王族の女がそう着飾っていては、しめし

「あなたの前以外でこんな格好をするとお思い⁉　それにあなたたち殿方が文武を教わる間、わたしたち女は着飾ることのみを教わってきたのです！　それを――」

「わかった。ヤーシャ、わかった」

シッダールタは妻の手を取り、強く引き寄せた。ヤショダラは、ようやく黙った。薄絹と、その向こうの柔らかいぬくもりを感じつつ、つまりはこういうことなのか、と彼は考えていた。

シッダールタのここまでの言動を見ると、堅苦しいほど清潔な人生を歩いてきたように思えるかもしれない。しかし彼とて小国とは言え一国の健全なる王子。古代における東西の貴族王侯がそうであるように、彼もまた、豪華絢爛な栄耀栄華を享受してきた。

古代よりインドでは、ダルマ＝宗教的社会義務、アルタ＝実利とともに、カーマ＝享楽・性愛を、人間の三大目的として尊んできた。後代だが「カーマスートラ」なる性愛の奥義書がバーツヤーヤナによって著され、知識階級に広く受け入れられたように、当然のことかも知れないが快楽は罪悪ではなかった。ある伝説では、シッダールタには八万四千の舞姫が傅いていたと言う。この数字は大量を表すインドの常套句であるのであって、八万の踊り子とは、いかにも彼がのちに世界に及ぼすことになる影響の大きさにふさわしい逸話であるかも知れないが、実際釈迦国の規模を思えば百分の一はおろか、千分の一でもまだ多く、万分の一なら妥当であったろうか。それでも世間的に見れば、たいへんな享楽ぶりであるには違いない。

十代後半からの数年間、彼は妃も迎えずに、そういう古代王侯的放蕩を潜り抜けた。そして三年前、突如としてその生活を捨て、ヤショダラを妻に迎えたのだった。
シッダールタが妻に求めていたものはなんであったろう。

抜けるような晴天に恵まれたこの日は、シッダールタにとって分かちがたい二つの意味を持っていた。彼の誕生した日であり、そして母の命日であった。母は、彼を産んですぐ亡くなったのだ。毎年この日ばかりは政務をいれず、ひとり、彼が生まれ母が死んだ地を訪れるのが常だった。ルンビニー園という、カピラヴァストゥから離れた土地にある、静かで風光明媚な園だ。澄んだ湖に映る木々の緑の美しさ。またそこに泳ぐ白鳥の群れがなんとも風雅で、王族は静養地として立派な屋敷を建てていた。

　夜明け前にカピラヴァストゥを出、幼馴染みで老齢の愛馬カンタカをゆったりと駆り、ルンビニーを訪れたシッダールタは、そこに立つ碑（ひ）に一輪の花を添え、そっと手を当てた。聳（そび）える無憂樹（むゆうじゅ）の横の、道標かと思わせるほど、王妃のものとしては質朴な石碑にはただ、「マーヤー此処にその生を閉じる」とのみ彫られてある。

　王都カピラヴァストゥには、母をたたえる立派な女人像が建てられている。だがシッダールタはそれに興味を持てなかった。母に似せた造形らしいが、母をよく知る侍女は「似せているけれど、何千倍も、比べられないほど、お后様は美しかった」と教えてくれた。自分にとっての母はルンビニーにいると信じていた。

　カンタカを放して湖に沿って歩き出した。いつものことで、ひと仕事終えたカンタカは、湖の水を飲んだり蝶を追ったりなどして、のんびりとシッダールタの帰りを待つのだ。

静かに燦めく水面に母を偲び、ゆっくりとシッダールタは歩いた。

聞けば、母はこの園をとても気に入り、少女の頃から連れてきてもらっては遊んでいたという。時には日がな一日、湖畔に座り過ごしたともいう。彼には母の気持ちがわかる気がした。ここは美しいというだけではなく、静かな力が感じられる。しばしば霧が発生すると、水面にも、まばらな灌木にも、乳白色の神気が宿るかに見える。

この日も朝霧が園を満たしていた。

白い霧の中を進むと、現実世界から隔絶されたような錯覚に陥る。母という存在を強く感じる。

彼の母。顔も声も知らぬ母。知らぬゆえに、思い描くのは、母としての存在そのものとなっていた。それは己の来し方。意識を手にする前の自分がいたところ――

故人だからだろうか。誰もが母のことを素晴らしい人だったと言った。美しく、気高く、慈愛に満ちていたと。そして生まれてくる子供と出会うことを心から楽しみにしていたと。母はシッダールタの中でふくらみ、神聖化された。母は彼の全ての思想の帰結するところとなっていった。

そのような尊い命と引き替えにこの世に生まれてきながら、何に対しても満足できぬ生を送ることは許されないことだった。それが論理的でないことは承知の上で――生とは素晴らしいものであるはずという信念が、あるいは願望が、彼にはあった。

なんのために生きているのか
どのように生きるべきなのか
満ち足りた生とはなんだろう

自分だけではない、なにか、すべての人間が――直感だが、バラモンもクシャトリアもヴァイシャもシュードラも関係なく――辿り着くべき究極の地点というものがあるのではないか。その存在することを知らないだけで。

全ての人間が辿り着くべき究極の地点！　この漠然とした観念が、若いシッダールタの頭から常に離れぬものであり、王子と生まれながら日々晴れるということのない、彼の顔色の原因であった。

「母上」

シッダールタは心の中で母に語りかけた。あるいは口に出していたかも知れない。

「シッダールタは悩んでいます――多くのことについて」

どこから話そうか、少し迷う。

「父上とのこと。どうすればよいでしょう。貴女(あなた)を失ったその時から、父上は別人のようになってしまったのだと聞きます。その悲しみは、わかります。変化の原因はそれだけではないのかもしれませんが。しかしどうあれ、私たちは民のためを考えて行動するべきです。そうですよね」

次に、少し躊躇(ためら)ったが、妻について言った。

「ヤショダラは、私を愛してくれます。もちろん私も彼女を愛しています。ですが両者の愛の、この違いはなんでしょう。互いに相手に勝手な期待を抱いている。ふたりがめいめいに表す愛は、幻影に向かって放たれた矢のように、虚しくすりぬけます。男と女の違いなのでしょうか。私たちは互いに愛をぶつけ合い、ともに傷つき摩耗しているようです。――実はときに思います。愛とは枷(かせ)だと。愛する者とは、重荷だと。愛とはそういうものなのでしょうか？　それとも私たちのやり方が間違っているのでしょうか」

だんだんと饒舌（じょうぜつ）になってきた。心の中の母に語ることは、彼自身の考えをはっきりさせることだった。

「私は、悩んでいます。これらのこと。そしてなにより、生というものに。また悩むこと自体を。生とは、こんなにまで悩みつつ送るものなのでしょうか。あの空飛ぶ鳥は、悩みなど無いように見える。天空を、あんなに大きく舞って――。時々思います、鳥になれたら幸せなのかもと。他の動物と人間は別ものでしょうか。動物だって食料や敵で大変でしょう。もっと食べたい、もっと生きたいという思いはありそうだ。でも生き方に悩んだりはしなく思える――。人間だけが、自分の人生に不満を抱えているみたいだ。人生とは苦しくて当たり前なのだろうか。悩みつつ、後悔しつつ、人を傷つけ傷つきつつ、そうやって生きていくのが人生の本領なのだろうか。そうなのかも知れない――しかし違うかも知れない。あるいはそれらは全て乗り越えるべき対象だとしたら？」

いつしかシッダールタは母を忘れ、自分自身への問いかけとなっていた。

「乗り越えて、そして――なにか、全ての人間が――肌の色も男女も、バラモンもクシャトリアもヴァイシャもシュードラも関係なく、辿り着くべき究極の地点というものが、あるのではないだろうか？」

またその考えに達した。

そしてそれが行き止まりだった。全ての人間が辿り着くべき地点――十代の半ば、思春期で、既に漠然とだがその考えに達し、それは彼になにかを期待させはしたものの、なんら具体的な展望を見せずに、彼の周りに歳月は流れていった。

いつしか彼の歩みは湖を一周し、草をはむカンタカが穏やかな瞳で彼を迎えた。思索は霧と共に失せた。

「私が駄目な男なのだろうか。甘えているだけなのだろうか」

カンタカが慰めるように、鼻面をシッダールタの頬に押しつけてきた。

「ありがとう、カンタカ」

そう言って、おとがいを撫でてやった。

最後に碑に向かい、手を合わせた。

「見ていてください。シッダールタは強く、やれることをしっかりやります。——また来ます」

広大な荒れ野を疾走するふたつの影があった。馬を駆る、シッダールタとデーヴァダッタだ。耕地の視察のため、王城カピラヴァストゥを昼前に発ち、ずっと馬上の二人だが疲れの色はない。この日シッダールタが駆るのはカンタカではない、若い駿馬だ。カンタカは老齢で、長く走らせることはもうしない。この日彼らが向かう土地は、カピラヴァストゥから四十キロほどの、西のはずれだった。

一月程も前になる、あの大王への諫言（かんげん）の後も、王の会議に出席し、国を革める重要性を述べた。少し直截過ぎたかとの反省から、遠回しに、宥（なだ）めるように。しかし全て失敗に終わっていた。コーサラの脅威を王たちも感じているはずなのに、何も動こうとはしない。会議とは名ばかりで、官吏から上げられる報告を聞き、「よく対処せよ」と言葉をかけ、少し変わったことにはバラモンに祭祀を願うという形式が、ただ繰り返されるばかりだ。

シッダールタも行き詰まっていた。自分たちの裁量で収穫をいくらか増やしたところで、それだけでは何になろう。コーサラへの貢ぎ物が円滑になされるだけだ。国を挙げての活動、国の方針としての富国強兵でなければ、釈迦国はよくて永遠にコーサラの属国となるか、早晩滅ぼされるだろう。その事態はもうすぐそこまで来ていると思えた。

「シッダールタ！」

馬を駆りつつデーヴァダッタが声をかけ、横に並んだ。

「俺に策があるが、乗る気はあるかい」

「なんだ」

視界は果てなく開け、人どころか動物も見えない。乾いた荒れ地に走るひび割れを飛び越しながら、ふたつの騎馬は話を始める。

「この策をとれば、すべてはうまくいく。コーサラの脅威は失せ、釈迦国も強く効率のよい国に生まれ変わる。ただし覚悟は必要だが」

風を切り裂きながらも、デーヴァダッタの張りのある声はよく通る。

「言ってくれ」

「マガダ国と手を組むのだ」

マガダ国とはコーサラ国の南東に位置し、十六大国でも最大と言われる強国である。その王都ラージャガハはインド文明の華、新しい文化の発信地であり、またマガダ国王ビンビサーラは名君と名高く、その政治経済は他国の見本となっている。シッダールタも学生の時に遊学している。

デーヴァダッタは続ける。

「実はあの国の宰相の息子と俺は親交がある。昨年に訪れたとき、歳が近いこともあってうち解け、屋敷に招かれもした。父親の宰相にも会って親しく話を聞いたが、彼らはコーサラを最も危険な野心国と見ていて、いずれ雌雄を決するつもりなのだ」

シッダールタもマガダ国に遊学した六年前、釈迦国太子の肩書きで、ビンビサーラ王が催す定例の食事会に出席したので、王や宰相の顔は知っている。とは言え小国の太子ということで末席についたのみで、ほとんど話らしい話もしていなかった。

「そのとき彼らに君のことを売り込んでおいた。信頼に足る、そしてこのデーヴァダッタが担ぐに足る人物だとね」

シッダールタは苦笑した。デーヴァダッタはクシャトリアの、それも高い地位にいる人間にほど受けがいい。この才人の説く涼やかな、そして覇気ある弁論は、学問のある者、気概のある者に好まれ、すぐに取り入ることが出来るのだった。

「そこで、これは向こうから言ってきたんだが、釈迦国とマガダ国が手を組み、コーサラを挟撃したなら、コーサラの滅亡は間違いないだろう、と。滅亡しないまでもマガダとの同盟を知れば、コーサラも釈迦国にそうそう手は出せなくなる。貢ぎ物もこれっきりさ」

確かに、釈迦国の兵力はコーサラ国と比較にならないが、コーサラがマガダ国と戦争状態になったとき、釈迦国側に一部でも兵を割かなければならない事態は、コーサラにとってなんとしても避けたいことだろう。現にコーサラが釈迦国を一息に攻め滅ぼさず、外交でじわじわと力を削いでくるのも、他のアーリアの国、特にマガダを気にしてという理由が大きいのだ。

シッダールタは少し考えて、言った。

「王たちが受け入れるとは思えない。王たちはコーサラだけでなく、バラモンを蔑ろにするクシャトリア国家全てを嫌っている」

「おいおい」

デーヴァダッタは従兄の理解力を憐れむように首を振り、

「ビンビサーラが手を組むのは、君とさ」

シッダールタはようやくこの策の真意を知り、押し黙った。

マガダの後ろ盾を得て、王位を奪えとデーヴァダッタは言っているのだ。

「自分の親たちのことだが、今の王たちはこの国にとってもはや害でしかない。マガダの宰相は釈迦国のことをよく知っていた。と言うより、宰相が言うには、実はビンビサーラ王その人が君のことに興味を持って調べていたらしい。君が立つならば、マガダ国は釈迦国と手を組むことに吝かではない、ということだった。今の王たちでは見向きもされないよ——。この同盟の約束があれば、家柄の良い王族の若者中心で構成され、忠誠心の強い親衛兵たちも、きっと俺が説き伏せてみせる。王たちには温和しく隠居していただこう。あとはまったく君の覚悟だけなのだ」

シッダールタが手綱を緩めたため、馬が速度を落とした。

横に従兄を見失ったデーヴァダッタは振り返り、手綱を引き、馬を止めさせた。

馬首を返したデーヴァダッタは、完全に馬を止めたシッダールタに近づいた。休憩を与えられたと思った馬の荒い鼻息と嘶きが、寂寥の地に散った。

「太子」

デーヴァダッタが声をかけたが、シッダールタは馬の鬣に目を落とし、じっと考えていた。

そして口を開いた。

「私は生まれてすぐ母を亡くした。たった一人の父親を裏切ることは出来ない。苦労はあっても今のまま、己の出来ることをしようと思う。いずれ父も気づいてくれるかも知れないし……」

「そうしているうちに、いつかは自然の理によって、自分に王位がくるだろうと?」

皮肉はデーヴァダッタの性だ。

「しかし我が一族は長命だぞ。もっとも大王の顔色を見れば、かなりあちこち病んでいるようだが」

「よせ、デーヴァ」

「親子の情もいいが、民を守るのが王族の使命と言ったのは君だろう」

「……」

「それに、ひょっとしたら王たちは、君を王にさせないかもしれない」

シッダールタは思いもしなかったことを聞いたように、怪訝そうな顔をした。

「それは誰から?」

「うちの父親さ。大王は君のバラモン嫌いがいたく気にくわないんだよ。親父め、あの会議のあと、俺を呼びつけて二人だけで話したんだが、お前大王になるかも知れないぞ、って声を潜めて言うのさ」

浄飯王とは対照的に、陰では自分の子を溺愛し、甚だしく贔屓する斛飯王の、言いそうなことではあった。

十代の半ばから、いや漠然とならば物心つく頃から——次代の釈迦国を担うのは自分の責務だと、当然のこととして考えてきたシッダールタだった。義務からの解放――国のこと、煩瑣な内政も腹立たしい外交も、考えないでよい状態――初めてその状態を思い描き、シッダールタはひどく晴れやかな心地になる自分に気がついた。

「ふむ、それはいい考えかも知れないな。デーヴァダッタ大王か」

「よしてくれ！」

従弟は顔をしかめた。

「柄じゃないよ。――さ、もう行かなきゃ。考えておいてくれよ」

○幸福とは

すでに陽が傾いているが、なお長い時間馬を走らせ、国の西端の田地まで駆けてきた。荒れ地を耕し水をひいてまだ二年目の田で、貧しい民が懸命に働いているが稲の育ちはよくない。

ここをまとめている長が出てきて、主立った者たちも一緒に王子たちと話し合う。みなカピラヴァストゥでは目にしないような風体の者たちだ。広く募集したとは言え、わざわざこのような辺地に硬い土を耕しに来る者たちは、釈迦国では最下層の貧民で、見窄らしいぼろぼろの着衣に、何十年来の疲れた顔を乗せている。

進捗状況を見て回る二人の王子に長たちが付き添い、質問に答え、要望を言う。幾つかのことが取り決められる。他国で使われ始めた肥料について。魚の脂がよいという話で大量に仕入れることを請け合う。農具の改良について。鉄の鍬の割り当てを増やすことを約束する。

ひと通り視察を終え、更に幾つかの決めごとをすると、長が、

「今日はもう遅うございます。泊まっていかれましては?」

と言った。

独り者のデーヴァダッタは乗り気だった。ふたりはその血統と、積み上げてきた実績から、内政に関してはこの頃ではかなり大きな裁量を黙認的に与えられ、言わば放任状態だった。ここへ来るのに誰の指令を受けているわけでもない。いち早く戻って誰かに状況を報告する必要など無いのだ。シッダールタは帰りを待っているであろうヤショダラのことを思ったが、日も暮れかけているし、さすがに長時間の乗馬と視察で疲れもあった。泊まることにした。


この耕作地をまとめる長の家に、シッダールタとデーヴァダッタは招かれた。長のほか、主立った数人も一緒だ。辺りに建つのは粗い煉瓦と丸木を組み合わせた簡単な造りの家ばかりで、この長の家も、他よりは幾分まし、というところだった。

二人の王子を含めて七人は、冷たい土の上に茣蓙を敷いただけの床に車座になって座った。火が焚かれ、炙った肉と木の実と、とっておきらしい酒が煮られ、振る舞われた。

誰も一日の疲れを顔に浮かべ、しばらく無言で燗酒を啜った。ここでの手造りらしく、舌に触る固形物が気になるが、飲み下すと熱く腹に染み渡った。

やがてシッダールタが労(ねぎら)いの言葉をかけた。

「硬い土であなたがたには苦労をかけている」

「なんの」

長老は、白く長い髭をぱかりとあけて、

「みな自分の農地を持たぬ者です。耕す地を与えられたことを感謝しなければ」

他の男たちも頷いた。しかし、ひとり車座からわざとらしく後ろへ下がって、王子たちに斜めを向いて座る男がいた。シッダールタは視察のときから気づいていたのだが、王子たちについてくるのに片足を引きずり、話し合いには少し離れたところに立ち参加せず、なにやら横を向いては口の中でぼそぼそと、おそらくは不満らしいことを――ときおり呟いているらしかった。

おかしな男だ。とシッダールタは思った。生産を上げるための視察であるのに……。しかし彼に対して怒りの気持ちを抱いたりはしなかった。むしろ、収穫量の多寡よりも、彼の心に興味を持つ自分に気づいた。

炎と酒で血が巡り、みな口が緩んできた。

「ここは土はよくないが、広く平坦で水利もよい。ここから収穫が上がるようになれば大きいな」

これはデーヴァダッタだ。

「この頃は耕していると、虫や蚯蚓(みみず)をよく見かけるようになりました。地味がついてきた証です」

「うむ、ここで成功すれば東の荒れ地も同じやり方で見込める。また従来の全ての耕地も改善できる。うまくいけば収穫量の倍増も夢ではない。そのためにもあなた方にここでがんばってほしい」

「新しく拓いた耕地は、働きに応じ分配するからな」

二人の王子のそれぞれの言葉に、男たちは満足げな顔をした。

「有(あ)り難(がた)いことです」

「大々的に耕地を広げるには、土地の下調べから灌漑、農具の調達、これらは王族の方の差配がなければとてもできませんで」

労働の喜び、人生の喜び――それが束の間のものだとしても――とでも言うべき暖かみが、場には確かに在った。

顔を赤くして盛り上がる男たちを、さらに喜ばせてやろうという気分だったろう、デーヴァダッタがこう言った。

「ひと鍬ひと鍬が、お前たちを幸福に導くのだ。しっかり働いてくれよ。我ら王族は、常に民の幸福を考えているのだからな」

間違ったことを言うわけでもないのに、言葉が滑るということがある。デーヴァダッタの言葉は、男たちの頭上を滑っていった。場に静寂が降りた。境遇、身分の違う者が談を共にし、その違いをふと思い出したときに生じる、あの静寂だ。男たちは押し黙った。今まで自分たちがあけすけに喜びを見せたことを、悔いるように。

「どうかしたか?」

不思議そうに見回すデーヴァダッタに、男たちは答えない。いや、ここへ来て、車座の外でずっと無言を通していた例の男が、初めて言葉を発した。

「幸福……」

くぐもった、不明瞭な声だった。しかししんとしたこの場ではよく響いた。

「幸福を、くださると言うわけで」

デーヴァダッタは少し面食らい、

「そう申したが……幸福になりたいだろう」

「幸福を」

さらに言った。デーヴァダッタはじれた。

「新しい農地をもらえるのは幸福ではないのか」

「食い扶持は増えますな」

ようやくこちらを向いて話す男には、歯が無かった。

「食い扶持が増えるのは幸福だろう」

「我らは牛や馬ではありませぬから」

デーヴァダッタ自身は意識していないのだが彼の物言い――内容のみならず声音、態度、醸し出される全てを含めて――には、身分の低い者、弱い者をありありと下に置く響きがある。彼には気の毒だが、要するにデーヴァダッタという存在そのものがそうであると言っていいかも知れない。虐げられてきたであろう、歯のない、片足を引きずる小男は、その類の響きに敏感だった。王族とは言え、二十歳過ぎの小僧がなにを、という面持ちだった。

とは言えデーヴァダッタにしてみれば、心優しい従兄（いとこ）を見習って、こんな辺鄙（へんぴ）な土地まで来て、自分も善いことをしているつもりであるのだ。予想しない棘（とげ）のある答えに憤慨した。きっと理詰めの顔になって、

「そんなことは言っておらぬ。幸福の全てが食い扶持ではあるまい。しかし食のないこと、飢えることは苦しみのひとつであろうが。その苦しみを取り除くことは、幸福に近づくことに相違ないではないか」

大声は大声を呼ぶ。この男、激しやすいという点ではデーヴァダッタとよい勝負だった。吃りながら、泡を飛ばしながら言う。

「こ、幸福などというものは、痩せ犬に骨を投げ与えるように、えらいご身分の方から下の者へ、投げ与えることのできるものではございませぬ！　与える方は、さぞや愉快なことでしょうが。く、苦しみを取り除けばやがて幸福になるなどと……世間を知らぬ者にしか吐けぬ言葉でございましょう。お前様が生まれるずっと前から、この苦しみしか無い世の底を這いずり回ってきた者として言わせていただきましたが！」

「なんだと！」

傍らのシッダールタは取り成すことも忘れ、この男を興味深く見つめていた。長老が間に入り、なんとか収められた。デーヴァダッタは怒鳴るか言い返したいところだったが、歯のない男が泣いているのを知って、気を削がれた。男の黄色く濁った目からこぼれた涙は手の甲で拭われ、泥水のようになった。低く絞り出すような泣き声は、彼の人生そのものを搾り上げたようだった。

長老が片手を男の肩に置きながら、デーヴァダッタとシッダールタに顔を向け、こう言った。

「ま、ま、ま。王子おふたりには失礼いたしました。おふたりの優しいお心は、よくわかっておりまする。——しかし私らほどに歳をとると、その幸福というものが、だんだんわからなくなってきましてな。若いときは確かにそういうものがあるのだと思っておりましたが、振り返ってみれば、さてどこに、というわけで。いやいや貧民のたわごと、明日からまた力一杯に働きますゆえ、どうか聞き流してくだされませ……」

実はシッダールタは、もっと聞きたいと思っていた。この世が苦であると言うことについて。幸福など無いと言うことについて。しかし場は険悪であり、何も言わなかった。

白けた場で、男たちは椀に残った酒を干し、やがて出て行った。長も今夜は他の小屋で寝るという。

シッダールタとデーヴァダッタのふたりきりになった。莫蓙を重ねた寝床が用意されていた。並べてふたりはそこに寝ころぶ。デーヴァダッタは先ほどの顚末でまだ機嫌が悪そうだ。

「無学な者とは話ができないよ。生半に論を吐いていたと思えば感情に走る。それに気づいていないだけにたちが悪い」

「まあ、そう言うな。彼の偽らざる心情だったのだ。為政者として心に染みこませておこう」

従弟を慰めながらシッダールタは、なぜだか妻ヤショダラのことを思い出した。自分の発する言葉と、彼女の言葉。すれ違うことの、なんと多きことか。王族の男たちが修めた論理学など、仲間うちにしか通じない符号の類(たぐ)いなのかも知れない。農夫や女たち、それを学んでいない者には伝わらない言葉だった。論理も修辞も詭弁も便利なものではあるが、人間の百人に一人にしか伝わらないのだ。論理などではない。いや言葉ですらない。心を汲み取ること、通わせあうことが大事なことだ、とシッダールタは思った。たとえばふたりで一輪の花を見て囁(ささや)きあうこと。見つめ合うこと。抱き合うこと――

「ヤーシャは元気なのか」

偶然には違いないが、心を読んだかのような、不意のデーヴァダッタの言葉に、シッダールタは少しの間言葉を忘れた。

「ああ、――元気だとも」

「そうか。長いこと妹の顔を見ていないんでね。しかし君も忙しくて、なかなか話す時間もないんじゃないか」

「うん、そのとおりだ。不憫なことをしている」

シッダールタは潔く認めて、妻の兄に詫びた。

「それは仕方がないが、あいつのことだ、ぷりぷり怒っているだろう。ヤーシャは小さい頃から君に憧れていたからな」

続けてデーヴァダッタが言う。

「君はあの妃獲りの少し前まで、美姫を侍（はべ）らせていたんだっけな」

「ああ、そうだ」

「一つ聞きたかったんだが、突然美姫たちを放り出してヤーシャを選び、質素な暮らしにしたのはなぜ？」

シッダールタは少し黙った。歳の近い従兄弟（いとこ）であり幼馴染みのデーヴァダッタとは、特に青年期以降、肝胆相照らす間柄だが、不思議とこの手の異性の話はしたことがなかった。また彼の妹を娶（めと）った今では、何か躊躇（ためら）われるようでもあった。

いい加減に答え、逆に質問した。

「君はそういう噂をたてないな」

デーヴァダッタは少し黙って、

「おもしろさがわからないんだ」

そう言って、ごろりと仰向けになり天井を見つめ、何か考える風だった。何か言いたそうだったが、結局何も言わなかった。

「あえてわかろうとするものでもないと思うぞ」

シッダールタはしばらく彼を見つめてそう言ったが、従弟はもう寝たのか、答えはなかった。

シッダールタは十代の終わりから、王の強いはからいで、八人の美姫を彼の離宮に迎えた。美姫たちとの悦楽は、青いシッダールタを虜とした。陶酔の美酒、忘我の煙、古来の様々な秘薬・秘儀のもと、彼はカーマを体現した。王子は彼女たちを欲し、彼女たちも王子を求めた。互いに求め合い与え合う、シッダールタはこの集いが、彼の欲するところへ向かう船ではないかと思った。美しくも淫靡（いんび）な恍惚（こうこつ）の果ては、これこそが探し求める〈辿り着くべき究極の地〉ではないかと思えた。それは太古、人が言葉を話す以前から、繰り返されてきた生命の営みであり、確かに一つの究極には違いなかった。しかしこの究極は、油に浸した細木のごとく、激しく燃え上がるとすぐ冷めた。また子孫をなす行為それ自体が生命の目的というのでは、そんな目的は空っぽと同じではないか？

　そして女性の美色の移ろいは、それが美しければこそ、この世の虚しさをもっとも鋭く映し出すものだった。シッダールタは彼女たちを愛し、彼女たちも美しいシッダールタを愛した。彼女たちはみな彼より年上で、それぞれ優美、妖艶を誇っていたが、一様にそのほころびをおそれていた。

　シッダールタは、一番年長であるが、彼がもっとも美しいと思っていた一人に言った。たとえ容色が少々衰えようとも、おそれることはない、私はそなたの内面が好きなのだから。しかし普段は従順な美姫はこのときばかりは、王子は何もおわかりでない。わたしの容姿が変わるということは、王子の心に映るわたしが変わるということ。王子の心を汲むわたしの心が変わるということ。そしてわたしと王子の関係も変わるということ。そう言ってシッダールタを沈黙させた。

シッダールタは願った。人がいつまでも若く、力強く、美しくあるのであったなら。全ての悩みは無くなるに等しい。しかし花があれほど美しく咲くのは、やがて朽ちるその宿命を知っているからだ。そして見る者が花の美しさに心震わすのも、己を含めた全てが移ろいゆくものであることを知っているからだ。淫蕩に耽溺すればするほど、彼はこの世の常無らぬことを深く悟っていった。彼の顔色が晴れることはなかった。

「この快楽は真理とは別のものである」

離宮の花園に沈むこと三年、二十代前半のシッダールタはそう断じ、

「この集まりは誰をも幸福に導かぬ」

として美姫たちに暇をだした。一般の王侯富豪と美姫との関係とは異なり、王子と精神的なつながりを、それもかなり深いところで得ていた彼女たちは、この関係が長くは続かないこと、特にこの物静かな王子にとって好ましくないことを肌で知っていた。涙を隠し、言葉を残さず去っていった。

酒と煙など、自己を曖昧とさせる全てを絶ち、一人の伴侶を迎えることに決める。全ての放蕩を捨て身を清浄にして一年の後、同族のクシャトリアの娘、ヤショダラを妻とした。そこに彼が求めるものはあるのだろうか。


考え出すと寝付けなくなるのはいつものことだった。彼は剣をとり、寝息を立てている従弟を起

こさぬよう、そっと外へ出た。

　微かな月明かりを頼りに、剣を杖代わりに足下をさぐりながら薄闇を歩き、田に水を運ぶ水路の近くに腰を下ろした。せせらぎに月が揺れる。体は疲れていたが、去来する様々な思いに精神は昂ぶっていた。先ほどの男たちの話について考えてみた。自分たちがどう動こうと、民はそんなものは幸福とは関係がないという。飢えないこと、他から害されないことは大事なことのはずだ。ならば自分は幸福か？　小国ながら王子として、飢えることはなく、害されることもない。望めば贅沢も許される。しかし——幸福であるとは言えなかった。第一本当に満ち足りた者は（それが存在すればだが）、自分が幸福かどうかなど自問しまい。父は幸福だろうか。ヤショダラは幸福だろうか。彼らも恵まれた家に生まれてはいるが、自分のことを幸福と考えているとは思えなかった。両人とも、自分のもっとも身近な人間だった。それすら幸福にしてやれない自分。

　幸福でない者が、他者を幸福にすることができるだろうか。

　だれか幸福な人間を見たことはあるだろうか。

　幸福とは実在するものなのだろうか。

　そう考えて、彼は暗い、むなしい気持ちに捕らえられた。

　この苦悩が、いつか巨大な幸福の頂（いただき）に辿り着くというのなら、いくらでも耐えてみせる。しかしその予感すらないのだった。

　その時、

「だれかいるのかな？」

　背後から声がした。先ほどの長の声だった。

「私です。寝付けず、ここで涼んでいます」

シッダールタが答えると、

「おお、シッダールタ王子でしたか、ご無礼をば。先ほども、今ほども」

「あなたは見回りですか？」

「いえ、私もなんとなく眠れずに」

そう言って、立ち去るでもなく、とどまっている。

「よければここに座りませんか」

シッダールタが促（うなが）すと、相手もまんざらでもなさそうに、「では……」と近付き、水路を仕切る煉瓦に腰を下ろした。

「静かな、いい夜でござりますなあ。煩わしい土の硬さもこの暗がりではわかりません。清流の音、雲居から覗く月。幸不幸の論をしていたことが別の世界の出来事のように思えます。実際は、ほら、あの宅でしていたのですが」

微かに見える小屋を指差す長にシッダールタは頷いた。

「確かに自然の美しさに触れると、人の世の現実を忘れそうになります。しかし考えずにはいられない。そんなものなど無いと言われようとも、民に幸福をもたらすのでなければ、私がやっていることはむなしくなる」

長はシッダールタをじっと見つめて、

「もう一人の王子は？」

と聞いた。

「先に眠りました」

シッダールタが答えると、

「あなたは本当に民のことを思っておられるのですな。為政者、官吏でそんな人を見るのは初めてです。失礼ですが、怠惰な王族と、私腹を肥やす役人しか見たことがないので」

「それは言い過ぎではないですか。王族が怠惰だというのは認めるにしても、役人はきちんと仕事をする者がほとんどでしょう」

「いいえ、王子の耳に入らないだけ。この国は、上から下まで腐りかけています」

「これでも国の隅々まで見て回っているが」

「王族が視察にくるとなれば、悪いところはみな隠しますから——現にここだってそうなのです。私の口から詳しくは申せませんが」

シッダールタはあきれた。なにか言おうとしたが、

「みな生きるのに懸命なのです。懸命に——命を懸けて——生きようとするのが、人間だと言ってもいいでしょう。貧しい者から王族まで、境遇は違えどもそれは変わりません。少しでも安全な生——意識しようとしまいと、それを目指すように、我々は生まれついているのです。働くこと、他者との関わり合い、生の営みの全ては、その無意識の意志に基づいています。貧しい者は明日食べることを。裕福な者はそれが奪われずずっと続くことを。国が起こす戦争も、その意志が引き起こす最大のものに過ぎません。誰もがそう生き、そんな生にうんざりしている。しかしそうせざるを得ない」

風体は見窄(みすぼ)らしいが、学問を学んだ者の論だった。

「長どの、できればもっと聞かせてくださらんか」

シッダールタが言った。

長はしばし王子を見つめ、一つ咳をして、「では……」と話を継いだ。

「先ほどの男、ああ見えてなかなか気の利くほうで、私の手伝いをさせているのですが、あれは若い頃、飲んだくれの父親に歯を叩き折られまして、事故で足も悪くしました。母親が頭の病で、父親がつまらぬ喧嘩で、たいそうな借財だけを残して死ぬと、その返済のため何十年の間、日に僅かな穀物だけで働かされました。王子、財がないことは人を奴隷にするのです。ここに来ているような者どもはみなその類で、それはもう、王子様たちには窺い知れない生を歩んできおったのです。私めのことを申しますと、こう見えてクシャトリアの出でありまして、学識を認められ、豊かな暮らしをした時代がありました。家庭を持ったこともあります。その頃は、若かったし、これが幸福かと思ったこともありましたよ。しかし妻子が流行病を患った折、遠くマガダから評判のよい医者を呼び、位の高いバラモンに祈祷を頼むと、築き上げた財産など、すぐに底が見えました。それで病が治ればよいのですが、妻子ともあっけなく死んでしまいました。医者もバラモンも帰りの足は速いものです。しばらくは何もする気が起きず、墜ちるところまで墜ちました。その後の人生――三十年ほどですか――は、この有様です。王子、この世はたいそう辛いものですぞ。なるほど幸福に見えることもある。しかし不幸はその数十倍の数で、次から次へと襲ってくる。借り入れのかたのようなものです。大事に思う人、物があることが幸福ならば、それらがやがては失われることはもう、はっきりと証文に明記されているのです。自分が幸福だと思える人間は、その幸福の向こう側を見てご覧なさい。不幸が列を作って並んでいますから……。幸福とか言うものが、実はそれが不幸の種でしかなかったことに気づいたのです。じゃあ人間、なんのために生きているんでしょうな？　少なくとも私は自分が何のために生きているかわからんです。しかし、例の生まれついての意志は抜けることはなく、死ぬ気も起こらんので、死にもせず、ただこうして毎日働いては食い物を口に運んでおりまするし、食い扶持(ぶち)が増えることは嬉しいことです。しかし、それが幸福かと言われれば、ちょっと違うと思ってしまいます」

「この世は苦しみですか」

「苦しみです、明らかに」

「私たちが間違っているのでは？」

「それはどういうことです？」

「つまり――本当はもっと別の生き方があるのに、苦しみを背負うような生を送ってしまっているとか」

シッダールタの具体性ない言葉に、長は笑った。

「ひょっとしたらそうなのかもしれませんな。しかし聞く限りの古(いにしえ)より、また見渡す限り、人はこんなもんです。それを覆すことなど考えもつきません。もしそういう人を見かけられたら、ぜひとも教えていただきたいものです――」

翌日の昼、耕地からカピラヴァストゥの自邸に帰宅すると、ヤショダラが不機嫌な顔をしていた。

シッダールタはもちろん妻を怒らせたくないのだが、どうしても月に幾度か、彼女は怒る。

「昨夜は寝ずに待っておりました」

確かに妻の目は寝不足の色をしていた。しかし彼もろくに寝ておらず、疲れているのだ。朝からの乗馬で、今もまだ揺らされているようだ。

「仕方がなかったのだ」

「遠出されたあなたに元気を出して貰おうと、羊肉と薬草を煮込んだスープを作っておりましたのに」

「いいかい、ヤーシャ——仕方がないときもあるのだ」

服を着替えながら、自室へ入った。ヤショダラがついて来る。

「ひとこと仰有ってくだされば、料理が無駄になることもありませんのに」

夫が脱いだ服を取りながら、さらに言う。シッダールタもうんざりとした。

「出先でどう言えと言うんだ——料理を作ってくれたのは無駄じゃない。それは今から食べるじゃないか。温めて持って来てくれ」

「もうありませんわ」

「どうして?」

「裏に瓶ごと捨ててしまいましたわ。あんまり癪だったんですもの——」

「馬鹿っ」

シッダールタが怒鳴った。怒鳴ることなど嫌いな彼だが、どうしても幾月かに一度、怒鳴ることになる。

しかしヤショダラは口をへの字に結んでいる。こうなると、どのように説こうとも耳を貸さない。

「もういい。寝る。——向こうに行ってくれ」

妻を追い出したシッダールタは、憐れにも空腹をおさえながら、寝具に潜り込み、眠りに落ちた。ヤショダラは癇癪持ちであるが、冷めるのも早く、夫のことを愛している。数刻の後擦り寄り（温かい料理も作り）、温厚なシッダールタは許すことになる。彼の結婚生活はその繰り返しだった。

○人は何処へ

シッダールタは産みの母を失ったが、育ての母はいた。浄飯王の後添い、プラジャパティである。どう言うわけかこの継母、世間一般のそれとは違い、自分を母親とは呼ばせなかった。シッダールタは物心着いたときから「叔母上」と呼んでいた。

呼び方はどうあれ、シッダールタをもっとも近しく世話してくれる存在であったので、幼い彼は「叔母上」に懐いていたが、ほかの子供たちと遊ぶようになると、彼らは「母上」に懐き甘えていることを知った。不思議に思い、プラジャパティに問うと、今思えばまだ三、四歳のシッダールタにあっさりすぎるほど、彼の母は既に死んでこの世にはいないことを教えた。

「じゃあどこにいるの？」

シッダールタは聞いた。

「ううん、どこだろうね。もうすぐ学舎に通うんだから、バラモンの先生に聞いてみるといいよ」

やがてクシャトリアの子弟が通う学舎へ行くと、彼はバラモン教師にまっ先に聞いた。

「死んだ人はどこへ行くの」

子供の質問の苦手なこのウダーインという年若い教師はあやしみながらも、輪廻転生（サンサーラ）について教えてくれた。
「人に限らず全ての生き物は、生と死を繰り返す。生きているものは必ず死に、また生まれ変わる。この世で善をなせば上等なものに、悪をなせば下等なものになるのだ。モグラがヴァイシャになることもあれば、クシャトリアがフクロウになることだってある。君たちもふるって善業を積めよ」

「じゃあ、ぼくの母上は今どうしているの」

教師は合点がいった、と言う顔をした。

「そうか、シッダールタ、君の母君は亡くなられていたのだったな。よいお人であったから、またクシャトリアか、あるいはバラモンになられることであろう。ひょっとすると天上の神々の一になることもあるが、ま、これはそう簡単ではないのでな。一足飛びというわけにはいかん」

賢いシッダールタは考えた。

「母上はぼくを産むときに死んじゃったんです。じゃあ、ぼくと同じぐらいの子供になってるのかなあ」

そう言って、学舎の表通りで親に連れられ遊ぶ女童たちを見まわした。

「これこれ」

母が恋しいのはわかるが、無知な子供は好き勝手にものを考えるものだ――、と教師は渋い顔でたしなめた。

「死んですぐ、と言うわけでもあるまい。それに世界は広い。どこで生まれるかわかったもんじゃない」

「どうやって探せばいいの」

「うん、母上を。それとも母上がぼくに会いに来てくれるかな」

「探す？」

「シッダールタ王子、残念だが、それは無理な話だ」

教師は首を振り、この世界の当たり前の事実を言った。

「生まれ変われば前世の記憶も思いもまるで無くなる。姿形も全く別ものになる（男になっているかも知れない、とまでは言わないでやるか）。現に君だって、前世のことを覚えておらんだろう？　万が一会ったところで、君も母君もわかりっこないさ」

シッダールタは途方に暮れた。

輪廻転生（サンサーラ）。インドでは災害、疫病などで、あるいは毎年の雨季と乾季の巡りだけで、大量の生物がたやすく死に、また溢れ出でる。そんなインドの苛烈な気候風土から生じ、古代から現代にいたるまで、インドの精神に深く根ざす、もっとも重要な、生まれ変わりの思想。前世の容姿はもちろん、記憶も思いもなくなるという。

だが姿形どころか生命の種自体が変わり、記憶や思いまでも引き継がれないのなら、それは「この自分」が来世に生まれ変わっていると言えるのだろうか。何一つ引き継ぐもの無く。

これについてバラモンはこのような喩（たと）えで答える。

「一つの家から出た炎が、隣家に燃え移り、さらに燃え広がり、離れた家を焼いた。離れた家を焼いた炎は、初めの家から出た炎と同一ではない。しかし誰でも初めの炎が離れた家を焼いた、と考えるだろう」

記憶も姿形も受け継がれないが、実は受け継がれるものが一つある。それが右の喩えでの、家々を焼いてゆく炎、業（カルマ）と呼ばれるものだ。業とは、行為の善悪が堆積し醸成されるエネルギー、とでも言うようなものである。人の善行、悪行は、善業、悪業となり、その生の間は無論のこと、生まれ変わっても消えることなく、積み重なっていく。そして積み重なった業は動力となり、来世の在り方を決定づける。善の業が多ければ上位の生命に。悪の業が勝れば下位の生命に転生するのだ。

この思想のもとインドの人々は、今の自分とは、永劫の過去からこの世界に様々な生命として数え切れないほど生まれ変わりを繰り返してきた存在であり、この先も同様に繰り返していくのだ、と考える。そこには生きることへの喜びよりも、生への倦怠や、終わりのない苦しみといった感情が匂う。

その感情を特に強く持つ者たちは、精神の修行者となり、業を制御することにより輪廻の輪から逃れることを最終の目的とする。これを解脱（モクシャ）と言うのだが、例えば天上の楽園での永遠の生などではなく、もはや生まれ変わることのない絶対の無に帰することを最終目的とするという思想は、インド人のこの世界に対する否定的な見解の現れと言えるかも知れない。

帰宅した幼いシッダールタは、教師とのやり取りを、叔母プラジャパティに悲しい顔で報告した。

「そう。先生の言うことはよく聞かなきゃね」

叔母はしばらくシッダールタの頭をなで、そして侍女を呼んで言った。

「そろそろ気候もよくなったし、明日あたりルンビニーへ行くとしましょう。馬車の用意をたのみます」

侍女アバーヤは喜んだ。

「はい！　お待ちしておりました。わたしもお供いたします。坊ちゃま、暖かい格好で行きましょうね」

翌日、霧に包まれたルンビニーで、母の名の刻まれた碑を訪れ、また馬車で湖をまわりながら、シッダールタは母の話を聞いた。プラジャパティは、二つ年上の姉マーヤーが幼い頃からこの静かな地を好み、毎月のように両親にねだって連れてきてもらっていたこと、飽きたプラジャパティが帰りたがっても湖を見入っていたことを聞かせた。

「このお屋敷だって、母さまがあんまりしょっちゅうここに来るんで、お祖父さまが（わたしたちのお父さまね）、小さい小屋だったのを建て直されたのよ」

亡きマーヤーに長年仕えていたと言うアバーヤからは、浄飯王との婚姻の儀式から、その後の仲睦まじい暮らしぶりを聞いた。プラジャパティは澄んだ眼でシッダールタを見つめていた。プラジャパティ自身がアバーヤに、全て話すよう、言っていたのかも知れない。

馬車はゆっくりと湖畔を巡る。

「父上は生きているのに、どうしてぼくは会えないの」

シッダールタのぽつりと言った言葉に二人は黙った。父浄飯王とは、公の行事、会食などで同席はするものの、父はシッダールタに視線を向けることもなく、話しかけもしなかった。

やがてアバーヤが口を開いた。

「素晴らしいお二人だったんですから、坊ちゃまのご両親は――強いお父上と、心優しいお母上だったんです。睦まじいことこの上なく。王様は、大事なお后様を失われて、悲しみが深すぎたんです。決して、坊ちゃまのことが嫌いなわけではないんです。こんなこと、小さい坊ちゃまに、わかってあげてくださいとは言えないんですけど、でも――」

　胸一杯になったアバーヤの言葉が途切れた。プラジャパティが言葉を継いだ。

「強くなりなさい、シッダールタ。母さまはいつもあなたを見守っていらっしゃるわ。わたしはマーヤー姉さんをこの胸に覚えている。わたしたちのお父様お母様も、とうに亡くなってしまわれたけれど、みんな覚えている。バラモンの先生が教えてくれた輪廻転生を、わたしの家族がしていたとしても、あの人たちはわたしの心に、想い出の場所に、ずっといるのよ」

　涙をぬぐったアバーヤがまた言った。

「坊ちゃまは覚えてらっしゃるはずもありませんけれど、マーヤー様はあなた様をお産みになって、長い間、ぎゅっと抱きしめられたんですよ。世間の当たり前の母子に比べたら、それは短い時間に違いありませんけれど、でも傍から見ていて、あんなに満ち足りた母子もそうあるものではございません。マーヤー様は、坊ちゃまに、してあげたくてもできないことばかりになってしまいましたけれど――、それでも母親として大事なすべてを、あのときお与え尽くされたんだと思いますわ」

　ふたりのかわるがわるの言葉を心に刻みながら、シッダールタはかすかに揺れる湖面をじっと見続けていた。

○闇の導師

　昼に寝たシッダールタは、夕暮れ時にカピラヴァストゥの南城門を見て回っていた。城門と言っても日本のような城と門ではない。民が暮らしを営む町自体を壁で囲んで城となし、出入りを制限し、外敵に備えているのだ。

しばらく歩くと、南面する一番の大門の前で話し声が聞こえる。何ごとか揉めているようだ。

「いきなり言われても困る。わしだって朝からここにいるんだ」

「そこをなんとか頼む。このとおりだ」

シッダールタはその門を守る衛兵たちに歩み寄り、声をかけた。

「どうしたのだ」

衛兵たちはかしこまり、事情を話した。夜の警備担当の者が、娘が急病にかかり、代わってほしいと言っているのだった。その衛兵は泣き出しそうな顔をしている。

シッダールタが言った。

「わかった。今日は私が門番となろう」

衛兵たちは驚いた。

「そんな、勿体ない。畏れ多い」

「いいんだ。わけあって、今夜は寝付けそうに無いことだし。さあ、早く娘のもとへ行ってやりなさい」

娘の父親は、拝謝しつつ走り去った。

「それから君」

と、朝からの門番に向いて、

「一つだけ頼まれてくれ――私の家へ行って、奥に事情を話しておいてくれ。今日は帰れないと。ああ、伝えるだけで、何か言われても取り合わず帰宅すればよい」

「なんでもないことです！」

そしてシッダールタは一人になった。

家にいるより、こうしていた方が気楽だった。夜は基本的に門を通ることは許していない。だから通行する者もいない。彼は門を見上げ、また遠い南方を見た。

この門に他国の軍勢が迫り来ることが、遠からずしてあるような気がしてならない。このままではいけないのだ。自分はまさに、この門を守る者で在らなければ。彼は強く思った。

しかし、だ。その思いと同じくらい強く真摯に、彼は逆の思いも抱いていたのだ。

バラモンはヴェーダ聖典を手に、「クシャトリアとしての務めを果たせ」という。父王たちがそれを怠ったせいもあり、彼はそれに励まざるを得なかった。人はなぜか彼の言うことをよく聞いてくれた。様々な問題に対処し適切な指示を出すことが彼は得意なようで、これこそまさに自分の生きる道かもしれないと、一時は心からそう思いもした。なにより彼は人の喜ぶ顔を見るのが好きだったのだ。しかしすでに五年、内政に打ち込んできたが、彼の思い描く国の理想から現状は離れるばかりだった。彼の指導と監督で、収穫量は増えた。不正をする役人の幾らかは処罰した。だがアーリアの国々は、比べものにならない速度で発展を続けている。行く先を占えば、十年後という近い未来でさえ、釈迦国の存在は蜃気楼のように怪しかった。また国を保とうとも、民の幸福は別だという。あるいは生そのものが苦だという。先日のあの新耕地の長や、歯のない男の見解を、全て認めるわけではない。国が豊かになれば、民の苦痛は減るはずだ。それは善いことに違いない。しかし人はそのような、消去法的な幸福を目指しているのか？　それこそ、「全ての人間が辿り着くべき究極の地点」それを目指すべきではないのか？　それは為政者の考えることではないのかもしれない。しかし、おそらくはそれを考えるべきであるはずのバラモンは、それらしきものを提示してこなかった。彼らはヴェーダをくちずさみ研究してはいるが、それを伝えるのはバラモンの子弟たちにのみで、クシャトリアや民衆に対してすることは供犠とまじない、そしてヴェーダ・バラモンへの尊崇の強制だけだ。ああ、大いなるインドに、その道を説いてくれる聖者はいないものか！　いれば、真っ先に私がかけつけるだろうに。

いつの間にか日は沈んでいた。

暗がりに、突如大きな影が浮かび上がった。

「誰か?」

椅子から立ち上がり、シッダールタが声をかけた。

（マーラ?）伝説の悪魔を思い浮かべた。

「門兵よ、ここがカピラヴァストゥかね」

馬にまたがったまま、男は言った。

「そうだ。あなたは誰だ?　夜中に城門は通れぬぞ」

「ふむ。何度も来た道なのだが、すこうし間違えて夜になってしもうたか。門番、怪しい者では――ないこともないが、疲れている、通してくれ」

不遜ともいうべき鷹揚（おうよう）。だが不思議な声だった。声が二つ聞こえる。割れているわけではなく、二種の楽器を同時に奏でるかのようだ。何か聞く者を不安にさせると同時に、惹き込まれる声だった。そしてその効果を自分で充分知っているようだった。

しかしさすがにシッダールタ、闇の中、表情も声音も変えずに三度誰何（みたびすいか）した。

「もう一度聞く。どこの何者か。カピラヴァストゥに何をしに来た。答えなければ兵を集め、捕縛いたす。怪しい者でないこともない、と言って通れる門はない」

男は男で、この門番が門番にしては沈着で、染みいるような声をしているのに興味を持ったようで、

「む、わかった。我が名はプーラナ。サーヴァッティで生まれ、ガンジス流域を西へ東へ日々ほっつき回る、いちサモン。ヴァンサの金持ちの紹介で、カピラヴァストゥの物持ちのもとへ道を説きに参った。すでに十回は数える」

「サモン」

シッダールタははっとした。シッダールタもマガダ国への遊学中に見かけたことがあり、その存在については知っている。簡単に言うなら、非バラモンの出家修行者のことだ。

輪郭しか見えぬ暗がりの中、シッダールタは目を見ひらき、プーラナと名乗るサモンを見た。なにか非常に惹きつけられるものがあった。これは我が生を変える出会いではないか？　もはや不審者と疑う気持ちは消え、

「プーラナ殿。私はガウタマ・シッダールタと申します。釈迦国大王浄飯の長子です。おのが道を見失い、まさにこの暗闇より深い闇に迷い込んでおります。この出会いになにやら不思議な予感がいたします――。あなたの御教説をお聞かせください」

「なに、おぬしが王子。まことか」

馬上のサモン、プーラナは王子と聞いても馬を下りもせず、警戒しているのか、軽かった口を閉ざし、じっとシッダールタを見下ろしていた。

「――我が説くところは、バラモンと王族には受けが悪くてな」

「そは何故（なにゆえ）？　――ますます聞きたくなりました」

「されば、我が教えは、張り巡らされた蜘蛛の巣のごとき迷妄から人を解き放ち、この世界の真理を説くものだ」

シッダールタの言葉に、プーラナは低い、二重の声で答えた。

「迷妄からの解放――この世の真理――。聞くだに胸が騒ぐ。我が国にそのような教説が説かれていたとは、今まで耳にしていなかった」

「我らサモンの説法は、権力者に許可を得てするものではないからな。僧形ならどこの国でも自由に入れるし、町の富豪の家には好きなだけ滞在できる。王族の耳には入りづらかろう。特におぬしのような生真面目（きまじめ）な王子には、我が説はな」

「いかにも。為政者の顔色を窺っていては、真理など目指せるはずもありません。さあどうか、こちらへ座って、あなたの教えを説いてください」

そう言って、自分が座っていた門番用の木椅子を手で払い、差し出した。

プーラナは馬を下り、椅子に座った。

シッダールタは地面にじかに座った。そして期待に満ちあふれた顔で、サモンの言葉を待った。

この出逢いが、シッダールタにとってどれほどの重さを持つものであるか。その重さは、彼が予感した以上だった。そして、まるで違う方向だった――


闇の伝導が終わった。

シッダールタは、地に座ったまま微動だにしない。

「お気に召したかな」

プーラナが聞くが、返事はない。

「そろそろ行ってもよいか。我が教説により捕縛されなければ、だが」

「入りなさい――」

顔を上げもせずシッダールタが言った。

「上々」

馬の轡を引き、プーラナは門へと進んだ。そこで立ち止まり、振り返った。

プーラナは、座したままのシッダールタをじっと見つめていた。ここで釈迦国王子に教導がかなうとは。しかも手応えは充分といったところだ。

彼は釈迦国王子シッダールタを知っていた。役人に煙たがられるほどの辣腕（らつわん）に似合わず、物思いにふけりがちな思索家だとの噂で、前々から興味を持っていた。近づく方法を考えていたが、こんな形でかなうとは。思った以上の人物ではないか。


時は遡（さかのぼ）ること三十年ほど。釈迦国の園でシッダールタ王子が産声を上げる、さらに数年前。

コーサラ国の都、サーヴァッティに一人の奴隷が生まれた。広大な農園を持つ強欲な主人は、数多くいる奴隷たちに狭いボロ小屋ひとつしか与えていなかったため、彼の母は臨月を牛舎で迎え、一人で産んだ。牛舎内の、木の柵で囲われた牛たちから少し離れた藁置き場だった。ここなら臭いは気になるが周りを気にすることはない。それに臭いという点では奴隷小屋だってここより少々ましという程度だ。食べ物も満足に与えられない母は乳の出が悪く、わずかなイモや穀物を噛み、唾液で混ぜ、口うつしで子に飲ませた。

子を産んで七日とたたず、母は畑仕事にかり出された。収穫の時期で、病だろうが産褥（さんじょく）だろうが奴隷たちは休めるはずもなかった。彼女は子を目の届く木陰に置き、時にはおぶって作業をした。

父親は知らない。混血児だったので、数多くいる奴隷仲間ではなかったろう。出入りの商人かもしれないし、主人かもしれなかった。記憶と、月日をたどれば目星はついただろうが意味のないことだ。よしんば主人だったとして、あの放埒な男が何かしてくれるはずもなかった。彼女のこれまでの生に光は全く差さず、希望というものも抱いたことはなかった。しかし、無知とあきらめの褥（しとね）で受けた生命は、彼女の中で少しずつふくらみ、不思議な暖かさを彼女に与えた。

奴隷仲間どうし、過酷な生活の中でいがみ合い、互いに助け合いなどしたことはなかった。倫理や道徳といったもの、彼らが主人から言葉でも行動でも受けたことはなく、彼らがその意味を知ることはなかった。

彼女も自分の食物をひとに与えるなど、考えたこともなかった。しかし彼女は子が満足するまで、食べ物をかみ砕き与え続けた。子は乳をせがんだが、引きはがすようにして口を吸わせた。彼女自身が摂る食料はほんの僅かだったので、彼女の体は枯れ枝のように細くなり、黒い肌はかさかさになった。主人は奴隷が食べず動きが悪くなるといい顔をしなかったが、自分の子かもしれないという僅かな負い目があったため、何も言わず、牛小屋で寝起きすることを黙認した。主人が彼女にかけた気遣いはそれだけである。

子は、母の口移しにより腹を満たしたが、それが済むとまた出の悪い乳房にすがった。その自分を頼り切り、心を安らわせている様が、たまらなく愛しく思えた。

「プーラナ。わたしの全て――プーラナ」

母親は、子にプーラナと名付けた。それは〈全て〉を意味する語だった。喜びの全てであり、生きる意味の全てであった。可能な限りの全てを我が子に与えた。

一年後、子は初めて言葉を発した。「マーマ」がそれだった。牛の糞尿の匂いがきつくする牛小屋の中、我が子を胸の上に抱いた母親は、すでに体をこわし、動くこともままならなくなっていた。「マーマ」それをこの世の最初で最後の光の言葉として聞いた彼女はほほえみ、一年間の母子のことだけを思い返し味わいながら、息絶えた。

翌朝、牛を出しにきた奴隷が、母親の遺骸とその胸にすがる幼子を見つけた。主人が呼ばれ、彼は舌打ちしただけで、子を連れ去り、女奴隷を埋めさせた。主人は、クシャトリアの次男坊であったが物質欲の権化のような男であったため、広大な農場とただ同然の労働力である奴隷により、巨額の利潤を生み出すことに躍起になっていた。彼はバラモンの教えにより、殺すことだけには抵抗を感じており、また成長させれば元は取れると踏み、幼子を女奴隷たちに預け、奴隷の小屋で育てさせた。

プーラナは非常に頭のよい子供だった。すでに五歳で簡単な使いができるほどだったので、主人は番頭に言いつけ、いろいろと仕事を教え込ませた。ただし、父親としての情などはいっさいかけなかったし、第一持ち合わせてもいない。

プーラナは十歳を前に読み書きも計算も覚え込み、やがて仕事を任されるようになっていった。しかし無表情な彼の心に渦巻くものは、復讐の念だった。母が死に、女奴隷に預けられてからというもの、女奴隷たちはプーラナに、主人が母を殺したのだと繰り返し教え込み、主人への憎悪の念をふくらませ続けていたのだ。プーラナは、奴隷たちの復讐の刃でもあったのだ。

「プーラナ、か」

初めて主人の寝室に足を入れた。彼を連れてきた使用人は主人に言われ、部屋を出る。

年を経るに連れ、プーラナがこの主人の種であることは、誰の目にも明らかとなっていた。細い眉、少しつり上がった目、薄い唇など、その色は違えども、そっくりだった。主人は改めてまじまじと若い奴隷を見た。父であるとも息子ではないかとも言ったことはない。何しろ指示は番頭にさせていて、直接会話をしたこともないのだ。他の奴隷にはさせない農園の監督、運営、その他ここ数年手を出している土地の売買についても携わらせているが、それはこの奴隷が物覚えよく、経済の感覚があるからであり、あくまで使用人としてのことだった。しかし主人は今、初めてプーラナを、自分と血の繋がった者として凝視(ぎょうし)していた。

部屋には希少な香を焚き、富貴の寝台に横になってはいるが、彼は今、耐え難い喪失を抱えていた。半年の間に、二人の息子を事故と病で相次いで死なせていたのだ。彼はその二人の息子に対しても、赤の他人よりはおそらく裏切らぬであろう仕事上の手伝い人ぐらいにしか思ってはいなかった。彼の淫蕩と非情に嫌気が差して家を出て行った二人の妻がそれぞれ産んだ腹違いの息子ふたりであり、その彼らにとっての母親たちのこともあって、親子の関係は冷たいものだった。子に頼る気持ちも無かった。しかし初老の身に痛風を患うと、彼は弱気になった。手足の関節、特に足の親指の付け根がたまらなく痛み、立っていられない。医者には粉薬を調合された他に、肉を多く摂らないように言われたが、一日は食べなかったがそれで効果があらわれなかったため藪医者だと決めつけ、他に楽しみもなく、かえって多く食べるようになった。女に足をさすらせ、呪詛の念をつぶやきながら、主人は初めて死について真剣に考えた。放蕩の限りを尽くし、日の出のコーサラ王族たちもこれほどの快楽は知るまいと思うほどの大尽ぶりであった頃は、死はさほど怖いものではなかった。もともとインドの宗教には、ダルマ＝宗教的社会義務、アルタ＝実利とともにカーマ＝享楽・性愛を、人間の三大目的として尊ぶ向きがあった。体力はあり、気も横溢していて、この様々な快楽の中で死ぬならそれでよい、そう考えていた。自分の生は、ずっとそうであると。しかしそれら不摂生が祟って、体は重く太り、関節は痛みだし、苦痛を感じる時間のほうが多い。また彼の生を生たらしめていた、欲望にも何か霞がかかったようで、昔は空腹を覚えたら明確にこれが食べたい、という食欲が湧き上がったものだが、今ではただ出される栄耀珍味を、たいして旨いとも思えず口に運んでいるだけだ。色町にも行くが、それは在りし日々を追憶する、欲望の残滓のようなもので、記憶と現状のずれは日々大きくなってゆく。虚しさが彼を捕らえる。

なぜ俺はあの頃死ななかったんだろう？　彼はそうしなかった自分の迂闊さを呪う。ううむ、くるぶしが焼けるように痛い。お前キリで刺してないか？　――もういい、あっちへ行ってろ――医者は内臓もあまりよくないと言っていた。ここ数年で死ぬということはないが――と。くそっ、この痛みが無くなり、もう一度あの頃の楽しさを、一日、いや一刻だけでも味わえたなら、その場で死んでやるのに！　――いや俺のことだ、そうなったらこんな誓いなどすっかり忘れて、また懲りずに同じことを繰り返すだろうな。くそっ、バラモンの祈祷など全く効かんぞ！　昔から怪しいものだとは思っていたが、まさかここまで見事に効かないとはな。

　医者が止めるのも聞かず、横臥しながら肉と酒を摂り続けた彼の容態は、医者の当初の見立てよりも悪いものになっていった。尿酸が体じゅうに巡り、全身赤黒い肌となった彼の寝室に、長男事故死、そしてやがて次男病死の報せが届く。息子を亡くして初めて、彼は血を繋ぐということについて知る。子供は自分ではない。別の人格であり、自分の幸福、快楽と息子のそれは別個だ。しかし自分の血を継ぐ者が――思えば息子はふたりとも、よい面も悪い面も彼によく似ていた――、自分の死後もこの世に在り、そしてさらに血を増やすであろうという期待は、遅まきながら今思えば、なんと慰めになることか。少なくともバラモン坊主が言う、今の自分の記憶も肉体も全く断絶した来世の生、輪廻転生などというものよりは。

　彼は息子たちが婚姻適齢期になり、気に入った相手を連れて来ても、財産を狙っているのではないかとの猜疑心に捕らわれ、ことごとく話を潰してきたことを後悔した。もう自分に子供はできない。自分の血は――血という概念は最前まで思いもしないものだったが――絶える。

　そう考えたとき、混血の奴隷のことを思い出したのだった。

最近少年臭さが抜けて、とみに自分に似だしたようだ。何かの折りに目にした遊び仲間が冷やかすこともあった。

　呼び出してこうして見てみると、なるほどよく似ている。混血ではあるが、死んだ二人よりも自分に似ているようだ。

「プーラナ、だな」

「はい」

恭順を装い、答えるプーラナ。

「今、いくつになる」

「は？」

「歳だ、今何歳だ」

「十六になります」

主人は心の中で苦笑の舌打ちをした。この俺が、奴隷の年齢を聞いているだなんてな。まあよい。ついでにもう一つ聞いてみるか。

「おかしな声だが、なんだ？　声変わりか」

プーラナの声がときに高く、ときに低く、また掠（かす）れたようになり、定まらないのだ。自分はたしか十三、四の頃だったが。

プーラナは頷いて、答えた。

「はい、自分は人より少し長いようです」

「ふむ――そうか」

激情を胸に深く秘めた少年の静かな受け答えを、縋（すが）る彼の気持ちが好ましいものに見せた。

「土地売買の法律について、スダッタから習っているそうだな」

彼の番頭の名だ。この番頭スダッタはプーラナの才能を見込み、また主人の血をひいていることでいずれ役に立つだろうと、プーラナに商売について教えている。プーラナは一を聞いて十を知るごとく、その才能の片鱗を見せていた。

「いえ、わからないことだらけです」

恭しく、プーラナは目を伏せた。

スダッタが褒めていた、という言葉を飲み込んで、

「カルナンダーの農場を知っているだろう。あそこの経営が行き詰まり、買いごろだ――お前、行って、出来るだけ安く買い叩いてこい」

不思議そうに自分を見つめるプーラナに、彼は言い訳でもするように、

「わしはゆけぬし、スダッタは――ここのところやつはどうも信用ならん。さあ、これを持って、早くゆけ、時間との勝負だぞ」

と言って、横たわったまま腕を伸ばし、寝台横の用箪笥から山羊皮の委任状を取り出し、渡した。

この大きいがそれほど難しくはない仕事をうまくこなしたなら、プーラナに副番頭の地位を与えよう。スダッタは実直な商売人で、疑ってなどいなかったが、プーラナにこの仕事を任せる理由として、思いつくままに言ったのだった。

副番頭にするためには奴隷から抜けさせねばならない。奴隷から抜けるためには――仕方がないから自分の養子にする。これなら自然だ。なに、バラモンと役人に金さえ積めば、なんとでもなる時世だ。

「かしこまりました」

謹んで退室しながら、プーラナはこう考えていた。あの篤実なスダッタを疑うとは、いよいよお前は下衆の極みだ。そしてその鉢を、よりによって俺に持ってくるとは、焼きが回ったと言うところか。見ればそれほど長くはない体だが、きっちり果たさせてもらうぞ――

彼は主人からの委任状により、その農地を買うことについての、現代で言うところの代理権を与えられた。買値は交渉の中で裁量により決めてよく、その決定は、主人がしたものと同じと見なされる。もちろん主人の思惑は、できるだけ安く買うためのものだったが――

待ち続けたひとつの隙を、プーラナは見送ることはなかった。サーヴァッティ内でも、彼の主人と並ぶほどあくどいと評判の相手方に、相場の百倍の値でその土地の購入を申し入れた。すべて法律にのっとって。この頃の貨幣経済の発達は、私人間の巨額な取り引き、特に不動産取り引きについての法律を整備されたものにしていた。プーラナと相手地主は連れだって登記所へ行き、瑕疵の無い売買契約が締結された。都に名の知らぬ者の無い富豪だった主人は、一夜にして莫大な債務を抱え、広大な農園はもちろん、大小の邸宅別宅、奴隷、家畜、家財道具から衣類に至るすべてを差し押さえられた。

コーサラ国の増大する軍事費は、王都サーヴァッティの商人の活動によって多くの部分がまかなわれていた。それゆえ商取り引きの円滑なる履行を、ヴェーダ聖典よりも重要視しているコーサラ国王の命で、兵士たちが邸宅を差し押さえ、衣類、家畜、奴隷の全てを債権者である地主に引き渡した。取り引きが巨額であるほど、税収も大きい。この件はサーヴァッティの国庫をかなり潤すものだった。

プーラナは、その相手方の地主に才覚を認められ、すぐにでもうちで働くようにと持ちかけられたが、首を横に振った。彼にはまだ、することが残っていたのだ。

破産した寝たきりの主人は、どこにも行く当てがなかった。裕福な貴族であった生家は、弱肉強食の時代の波により既に没落し、父親は貧しい地方役人となったらしいが、年齢を思えばおそらくもう死んだだろう。勘当され、父を憎んでいた彼は、その危機を伝え聞いてもなんの援助もしておらず、たとえ母や兄弟が生きていたとしても、今更彼を受け入れてくれるとは思えなかった。彼は一日だけ立ち退きの猶予を与えられた。とは言え屋敷からは追い出され、「牛小屋で」寝るように言われた。既に牛は連れて行かれたあとだったが、生まれて初めて動物の糞尿の匂いのする湿った藁に横たわり、彼は体の痛みも忘れ、汚い天井を見つめていた。栄華を誇った日々ではなく、子供の頃のことがしきりに思い出された。誰も憎まず、多くから愛されていた頃を。母親の子守唄を。

眠れぬ夜が明けたようだった。牛小屋の板のすき間から陽が差し込んできた。夜露に濡れた体が冷え切っていた。どれほど経った頃だろうか、牛小屋の扉が開いた。方形の白い光線に、彼は目を細めた。そこに人影があった。逆光で、何者かはわからない。あの地主の手代か、兵士が、彼をここから追い出そうとしているのだと思った。

しかし人影の、彼への近づき方は、そんな事務的な用件のものではなかった。わずか十数歩の距離を、この時間この存在を確かめるように、味わうように踏み歩む。

人影は、プーラナだった。横たわる彼の傍らに立ったプーラナは、じいっと彼を見下ろした。表情の無い顔で。彼もプーラナを見上げていた。夢を見るかのように、ぼんやりと。昨日の昼間まで、彼は王侯の寝台に横たわり、この奴隷を正式に自分の息子にしようと、思案をめぐらしていたのだ。

「――プーラナ、か」

ようやく発された彼の言葉に、プーラナは、くつくつと笑った。

「つい昨日も同じことを言ったな。少々寝る場所が違うが」

「なぜだ――わしはお前を――」

一晩で二十も歳をとったような容貌と、しわがれた声で彼は言った。

「なぜと聞くのか。その場所で寝ていながら」

無表情のままのプーラナだったが、その瞳に宿った怨讐の炎は、はっきりと見て取れた。それは、もっと大きな怒りの炎でもあった。人が生まれによって、肌の色によって、家畜同然の扱いを受けることへの。不条理な、作られた、醜い世界への。プーラナは怒号した。これまで定まらず、かすれていただけの声が、上下二つにひき裂かれたかのように、分離した。

「お前はつい昨日、俺に何歳かと聞いたな。俺は十六と答えた——お前が寝ているその場所、そこは十六年前に俺が生まれた場所であり、その一年後、母が骨と皮になって死んだ場所であるのだ」

こいつを女奴隷たちに預け育てさせたのは失敗だった、と彼は思った。彼は奴隷たちの怨嗟の念というものにまるで無頓着だった。プーラナを息子として見ても、その母の女奴隷にした仕打ちなど、思い返しもしなかった。奴隷の命など知ったことではなかった。牛や鶏の命と同じだった。しかし弱者となった今、たった一晩家畜の糞尿の匂う同じ場所に寝て、彼はその仕打ちの非道さを悟り、後悔した。だが、今更何をか言おう。ことここに及んで悔い改めの言葉を、謝罪の言葉を口にするのか？　彼の体に、命が燃え尽きる直前の力が、不毛な、負の力が漲った。

「それがどうした！　この奴隷めっ。牛や馬より少しは役に立つと思えば、ようも裏切ってくれた！　牛も馬も餌を食わせればそのぶん働くのに、お前は畜生以下だっ。お前も、お前を産んだ奴隷も、役立たずの畜生以下だっ！」

「ぬかしたな、おのれその口を」

激怒したプーラナは元主人を引き摺り起こそうとした。しかし最後の呪詛の言葉を叫んだ元主人は、すでにことされていた。襟首をつかんで持ち上げたプーラナだったが、それを知ると、長い間じっと見入ったあと、元のように寝かせ、踵を返し、出て行った。

彼は相手方の地主へ条件として、自分も含めた奴隷たちを自由にするよう約していた。地主は、その気があればいつでも良い待遇で雇うと言ったが、自由を得た彼はその足で森に入っていった。神秘主義者たちの集団に加わったという。

○浄飯王回想

釈迦国カピラヴァストゥ。シッダールタ王子が謎のサモンと城門外で出逢った日から、一年の時が流れていた。

浄飯王が屋敷の寝所に横たわり、自らが吐き出した煙の層を見つめている。

酩酊の合間に、たまに襲ってくる、昔日の記憶。

虚しさなど、知りもしなかったあの日々。

世界が美しく彩られ、肉体から力溢れ出た日々に別れを告げて、三十年になる。（――いや、二十九年だ）ふと彼は思考の中の、細かい所を訂正する。彼は出席しないが、大臣から、王子シッダールタの二十九歳の祝賀を今月開く、という報せを受けていることを思い出したのだ。

大臣は報告の最後に、

「お世継ぎと、釈迦国臣下から民衆にまで期待されているシッダールタ王子。区切りの三十歳となられる来年こそはぜひ、他国からも賓客を招いて、より盛大に祝いたいものです」

と言っていた。未だに次代の王は決定されておらず、国の不安要素の一つとなっている。来年の祝賀では世継ぎとして内外に公布せよ、と言っているのだ。

吐き出した煙の層が徐々に濃くなり、重く垂れ込める。

二十九年前の、あの虚無の顕現。それは、遙か遠い世界から襲い来たのではなく、全てに内在されていた。無知という傲慢を捨てて見れば、自然界も人間界も、彼自身も、全ての存在が、虚しい、虚ろであった――


彼は生まれ持っての統率力、人望を先代の王たちから認められ、合議により、大王となったばかりであった。彼は自分の高い能力に見合うだけの自負心を持っており、長きにわたるコーサラの半属国の境遇を、自分の代で終わらせてみせると考えていた。

コーサラ国の力はまだ他のアーリア諸国と同等で、隣り合わせる国々との互いの力を量るような小競り合いが頻発していた。この頃は釈迦国からの貢ぎ物も、挨拶程度だった。

ある時、コーサラ国から釈迦国に、共同出兵の要請があった。敵国はアーリアの強国、ヴァンサだ。これまでのような小競り合いではなく、戦略的重要な地を、この一戦でぜひともコーサラのものと確定させる、というものだ。地理的に、コーサラは釈迦国の盾となってきた。その恩恵を感じているのなら力を貸して当然だ。言外にそう匂わせてきた。

まだ若い王たちの相談役となっている先王たちをはじめ、国内に慎重論も多かったが、浄飯王は自ら精兵を率いて、コーサラの支援に出ることにした。なんと言っても彼ほど将帥（しょうすい）として力のあるクシャトリアはいなかったし、また彼は学んできた軍学をぜひ実戦で経験してみたいと思っていたのだ。コーサラに利用されているだけかもしれない、との懸念（けねん）はあった。しかしここで恩を売っておけば、そして釈迦国の兵の精強を知らしめておけば、後々に対等の関係を結ぶことができるに違いない。そんな思いだった。

若き大王には、心から愛する后があった。マーヤーという名のその后は、誰よりも美しく、気高く、賢く、慈悲深かった。彼女も夫を心から信頼し、愛した。大王はマーヤーさえいれば満ち足り、側室も妾（めかけ）も持たなかった。

コーサラとの共同軍出兵の準備が進む中、たった一つの気がかりは、マーヤーが妊娠しており、あと二月で臨月を迎えるということだった。

「肝心なときにしばらく側にいてやれぬが、何も心配することはない。マーヤー、ゆっくり養生して、丈夫な子を産んでくれ」

マーヤー夫人は湖のような美しい瞳で答えた。

「この子については何も心配しておりませんわ。おなかの中に宿しているだけで、世界中から祝福されているみたい。でも、あなたのことが心配でなりません。今回は他の王に指揮を執っていただいては……なんて思っては、いけませんか？」

「釈迦国は永らく戦をしておらず、多くの兵士は初めての戦場を不安に思っている。せめて最も有能な指揮官をつけてやりたいのだ。それがわしなのだが」

頭をかいて言う夫に妻は笑った。

「あなたったら。わかりました、もう言いませんわ。でもどうか、お体に気をつけて、無事に帰ってきてください。あなたは王であるだけでなく、この子のお父様になるのだから……」

口調はつとめて静かだが、妻はうつむき、祈りを捧げるように、ふくらんだ腹を撫でた。

「わかった。なに、今回は共同軍の立場。そうそう危険な場所には出ぬよ。この子が生まれてくる前には必ず戻ってくるから。春には三人で葡萄摘みでもするか」

マーヤーは微笑んだ。しかし王は、ふっとたまらない気持ちになって、涙ぐみそうになった。あわてて話を継いだ。

「そうだ、子供の名を考えておかなくてはな」

そしてふたりで考えた。男の場合。女の場合。昔の偉人聖人の名。神山や大河の名。いくらも案は出た。が、決め手がない。

「やはり、親としての願いをこめて名付けるのがいいだろうな。お前はどんな子に育ってほしい？」

手を腹のふくらみに当て、窓の外の青空を見ながら、マーヤー夫人は言った。

「この子には、なにか一つのことを成し遂げてほしい。——自分が本当に求めるものを見つけて、そのための道を苦しくとも堂々と進んで、成就させる。そんな人間になってほしいですわ」

小さな生命を宿したその姿は、横顔に柔い日を浴びて、この世界の不変不動の標のようだった。宗教的な心持ちでそれを見つめ、王はうなずいた。

「うむ。まったく、そのとおりだな」

彼の頭の中には、二十年後の戦乱の世界が描かれていた。その時代の釈迦国は強国となっていた。そして自分と子供が、手を取り合って大きくしていくのだ。

バラモンによる戦勝祈願「馬祀り」を受け、実弟斛飯王らに留守を託し、妻と生まれくる子を思いつつ城を出た浄飯王だが、馬上ではたちまち引き締まった将帥の顔となっていた。騎馬、歩兵の千の精鋭は、磨き上げられた革鎧に輝き、力強く進軍する。一歩一歩に重厚な音が響く。

これぞ、クシャトリアの本分。

幼少より次期大王と目され、彼自身もそう意識し、剣、弓、馬術の修行、兵法の研究、怠った日はない。彼の俊傑ぶりに、先王たちはまだ若くして隠居を決めたほどだ。彼はバラモンのことを心の中で蔑んでいた。陰気な顔をして、祭祀になんの意味がある？　意味があるのはクシャトリアの統治だ。そして戦闘だ。馬上ですらりと剣を抜き、天に燃える日輪にその煌めきをかざす。あなたが光を降り注ぐ限り、我らは輝き続ける。我ら太陽の末裔！

彼の生の煌めきは、このとき極まっていた。


コーサラ郊外の陣地で、浄飯王軍を迎えたコーサラ国王の喜び様は、尋常ではなかった。でっぷりと太った巨体を揺らせ、転がり出るように出迎えた。すでに老齢に手が届くが、野心の強さがぎとぎとと、その赤ら顔からもにじみ出ていた。

「我が友よ、来てくれたか！　百人力というものだ」

そう言い、手を取り、さらには抱擁してみせた。釈迦族にその習慣はなく、獣のような体臭に浄飯王は僅かに顔をしかめた。

浄飯王と側近が本陣の天幕内に招かれ、酒と軽食が饗された。戦陣ゆえ品数は多くはないが、下にも置かない歓待だ。コーサラは三方を強国に囲まれており、本国の守りも油断できない。コーサラ国太子パセーナディが留守を守っているという。太子パセーナディは性情粗暴であるともっぱらの評判で、コーサラは国を挙げて秘匿しているが、数年前、気にくわない高位のバラモンを斬殺したとも噂される。そんな太子に留守を任せるのはさらに不安なことに違いない。今回王が率いる兵も、国力からすると少ない、歩兵千五百ほどのようだ。浄飯王の援軍を喜んでいるのは偽りのない気持ちだろう。

　コーサラ王は盃をかざし、歯が落ちそうな満面の笑みでこう言う。

「皆の者！　釈迦国浄飯王は我が盟友である。このように歳は若くとも、侮（あなど）る者はこのわしが許さん。その言葉はわしの命令と同様と思え」

「いやそれは」

　浄飯王は口を挟んだ。どこまで本気なのだろうか。総大将が二人いてはまずいだろう。軍政の初歩ではないか。

「御厚意は有り難く存ずるが、戯（たわむ）れにも指揮系統に重複があれば、部下が混乱しますぞ」

　コーサラ王は目を丸くして、

「おお、げにも、げにも」

　としきりに頷いた。

「釈迦国の若き王は軍略に通じているとは聞いていたが、まさにそのとおりであった。――ならば胸が痛むが、副将としてわしを支えてくれよ。よろしくお願いする」

　浄飯王は肩をすくめた。だが年配の王にここまで言われて、悪い気はしない。

「もとより貴国を支援しに参ったもの。過重な期待をされても困りますが、できるだけのことはいたしましょう。戦場を申しつけられたい」

「おお、そうだな――」

コーサラの王は、部下になめし革の地図を広げさせた。

「貴軍が到着した今、いよいよ総攻撃をかけることが出来る。もちろん主たる戦は我らがする。貴軍には、我らの背後を守ってもらいたいのだ」

地図の一点を指し示して、

「この盆地が過去たびたび、ヴァンサと争ってきた因縁の地じゃ。此度こそは白黒をつける。――今まで獲れなかったのはな」

別のところ、小山をはさんだ白い線をさして、

「この別路じゃ。やつら、我らが行動を起こすと決まってこの迂回路から、卑劣にも我らの背後を突こうとする。前方と後方から挟み撃ちにされるのはやっかいじゃ。それに、そのまま本国を狙われるかも知れぬと思うと気が気でない。そこで」

指揮棒でぴしりと白線の上を指し、

「貴軍にはこの迂回路に陣を張り、やつらの進軍を食い止めてほしいのじゃ。なあに、来るのは別働隊だから兵力は少ない。それに蹴散らす必要もない。ただ七日、足止めしてくれれば結構なのだ。その間に我らはかの地を攻め取ってしまうでな」

馬に揺られ、指定された地へ赴く道中、副官であるナージが浄飯王に話しかけてきた。髭に白いものの目立つナージは叩き上げの有能な部隊長と言われていて、先王たちが経験の浅い浄飯王を心配して、目付役を兼ねた補佐として同行させていた。

「釈迦国はもう永く他国と戦闘をしておりません。わしとて、商人を襲う賊の類の討伐はよくやり

ましたが、他国の軍相手の戦は初めてでございます」

浄飯王は頷いた。

「実はこの援軍を承諾したのも、その点にあるのだ。訓練はたっぷりしているが、我が若き精兵に、実戦を経験させておきたい。もちろん我ら指揮官もだぞ」

「なるほど！　そういうお考えでしたか。コーサラ国王が示した我らの役割は、別働隊相手に陣を構えての防衛戦。経験を積むにはうってつけの任務かも知れませぬな」

「うむ。しかし気を緩ませずしっかり働くぞ。防衛にとどまらず、敵を追い散らし、ヴァンサにそしてコーサラに、釈迦国の強さを見せつけるのだ」

ナージは力強くうなずいた。そしてふたりは笑い合い、いい気分で軍を進めた。


その頃、浄飯王を見送ったコーサラ国王も、陣幕内で参謀たち相手に笑い声を上げていた。

「うまくいきましたな。見事なお振る舞いでございました」

と参謀の一人が、王に酒をつぎながら言う。

「そうじゃろう。必勝を期した此度の作戦、どうしても質の良い捨て兵が要ったが、自国の兵は損ないたくないからな。他国の兵を使うにこしたことはない。それにしても間抜けな小僧だわい。自分たちが、蛇取りの囮の鶏だとも知らずにな」

「ただこの役目、すぐに尻尾を巻いて逃げるようではつとまりませんぞ。あの若者がヴァンサの強兵とあたって、どれだけ堪えられるか、ですな」

「さよう、見たこともない軍に、その日のうちに逃げ帰るかもしれませんぞ」

「それならそれでよいわ。逃げればヴァンサも追うだろう。小僧には七日と言ったが、なあに三日も有ればこちらは決着がつくのだ」

君臣は、前祝いとばかりに杯を上げ、大笑しあった。

「このあたりだな」

コーサラとヴァンサの国境い。釈迦国の彼らは訪れたことのない土地だ。聞いていた地勢から見当をつけた釈迦軍は、まず斥候（せっこう）を放った。そして地形を利用して陣を構えた。地面は動きやすい平らな土。広がる路の左右は岩山で、木柵を幾重にも造り、矢よけの板をならべた。学んできた軍学に則り、満足のいく陣が出来た。たとえ五倍の兵でも、ここを抜くことは難しいだろう。

陣を敷いて三日後のこと。

斥候が息を切らせて戻ってきて、報告した。ヴァンサ軍を発見。歩兵、騎兵が合わせて三百、とのことだった。その兵の少なさに浄飯王は少々拍子抜けした。しかし油断は大敵と自ら戒め、

「抜かるな！　訓練どおりに動くのだ」

と全軍に通達した。

初陣の釈迦国兵たちの、じりじりとした待つ身のつらさが続き、遂にヴァンサ兵が姿を見せた。斥候を出していなかったのか、こちらが陣を敷いていることに戸惑っている様子だ。

しかし、釈迦国の旗印と共に立てている、コーサラの軍旗を確認し、敵対の意志を知ったようだ。隊列を組んだ。

「来るぞ、弓を構えろ」

知らず、浄飯王の声も上ずった。兵たちの表情も硬い。騎兵で攪乱しようか迷ったが、やめた。弓だけで追い払えるかも知れない。その方が被害が少なくすむだろう。

敵が襲ってきた。盾を持った歩兵を前面に立てて、後方から弓を射ながらだ。

「射てっ」

遂に始まった。敵は柵を壊そうとしてくる。釈迦国の若い兵士は必死に弓を射かける。しかし敵の何人かは盾で弓をよけ、陣まで辿り着いた。柵を壊そうとしてくる。

「槍だ」

叫びつつ王は自ら柵に駆け寄り、槍を繰り出す。敵兵の胸板を貫き、斃(たお)した。向こうは柵を壊す作業があるが、こちらはその敵を狙えばよい。矢よけもある。防衛側の有利さだった。繰り返しているうち、すぐに優劣は明らかとなった。

ヴァンサ兵の鉦(かね)が鳴らされた。釈迦国の陣に張り付いていた兵は、一斉に走り去っていった。

「やったぞ！」

初の実戦に口の中を乾かせながら叫んだ。兵たちも安堵の表情で、くちぐちに戦勝の喜びを叫んでいる。

ナージが駆け寄ってきた。

「やりましたな！　追撃はしませんか？　騎兵を出しましょうか」

「それには及ばん、陣を引き締めよ」

と浄飯王は言った。気分は高揚しているが、なにかこれまでずっと抱いていた戦闘というものへの思いが、少し違ってきているようだった。その違いはまだわからない。

ヴァンサ軍は撤退したわけではなかった。離れたところに陣を張ろうとしている。

「悠長なものですな。どうします、邪魔してやりますか」

ナージが聞いてきた。騎馬を出すなら今だ。殲滅できるだろう。

しかし浄飯王はやはり首を振った。

「もうよい。追い払うだけにとどめよ」

コーサラ王からこの戦に求められたのは足止めなのだ。相手方に陣を構えさせ、腰を据えて戦おう。王は兵を三つにわけ、一を臨戦態勢とし、一を休ませ、残る一に食事の仕度をさせた。自らは天幕を張った陣に入った。

手が震えていた。

無我夢中だったが、こうして休めば、ありありと全てが思いうかぶ。射た矢が敵を倒すときの、触れていないのに感じる手応え。繰り出した槍の穂が、ヴァンサ兵の心臓を突き破ったときの――若い兵の歪んだ顔、呻き声、手に伝わる感触。槍をつたい、手を濡らした生ぬるい血液。

敵とは言え、初めて自ら人の命を断ったことに、浄飯王の心はざわついていた。

兵たちが、自陣に残った敵味方の死体を離れた場所に運んでいる。誰も、国へ戻れば待つ人がいるのだ。王は、妻と、生まれてくる子を思った。

ほんの数刻前まで、戦闘とは、チャトランガの駒の奪い合いだった。だがそれは、生命の、人生の奪い合いだった。もちろん頭ではわかっていた。しかしそんな知識は、この手を濡らした血液の一滴ほども、真実を表してはいなかった。

これはよいことなのだろうか。もちろん国を守るためだ。自分がすべきこと、自分でなければできないことだ。指揮官として、また気力を奮い立たさねば。

しかし、出来ればしたくないことだな、と王は思った。


釈迦国の経験浅い斥候が発見、報告し、浄飯王が退けた徒騎兵(かち)の三百とは、それ自体が斥候を兼ねた先遣隊に過ぎなかった。風も吹かぬ静けさの中、遠い山々に日が沈み行くのを不安な面持ちで見ながら炊煙を囲む釈迦国兵たちの耳に、有機的な質感のある地響き、そして無機的な器械音が、微かだが聞こえてきた。

兵たちは飯の椀を持ったまま、ある者は立ちすくみ、ある者は座したまま、そしてみな一様にぽかんと口を開け、怯えの表情を浮かべた。大気に煤(すす)を撒(ま)いたようなこの夕暮れの時間、はっきりとは見えないが、先刻自分たちが追い払った敵陣に、遠目にも小山のような影が蠢(うごめ)いているのだ。

「象だ」

誰かが言った。釈迦国にも時折商人が連れて来ることがある。それを王族が買い、飼育しようとしたこともあった。しかし牛や馬と比べ、飼うのが格段に難しく、呆れるほどの飼い葉と糞の量に比べ役立つことも少なく、すぐに払い下げてしまった。そんなことで釈迦国兵も、象は見知っている。

だがこれほど多くの――優に二十頭はいそうだ――象を目にするのは、初めてのことだった。

そして釈迦国で愛敬と糞を振りまいたのと違い、この象たちは、軍用によく訓練されていた。従順に、たちまち等間隔に列を作り、じっと静かに命令を待っている。象は近眼だと言う。やがて押し潰し、踏み潰すことになる獲物を、匂いで感じているのかも知れない。いざ戦闘となると、樽をならべ、酒を飲ませ、いきり立たせるのだ。

　さらに、象と共に隊列を組むのは、戦車隊に間違いなかった。戦車とは、二つの鉄車輪がついた箱状の車体を二頭から四頭の馬が牽く。車体の右側に御者が乗り縦横に馬を操り、左側に乗った兵が弓を射かけ、槍を繰り出す。アーリア人の伝統的兵器であり、西方から来た彼らが原住民であるドラヴィダ人を征服するのに大いに貢献したものだ。

　浄飯王も、ナージも、兵たちも、顔色を失っていた。

　象と戦車はこの時代の最強の「兵器」である。我らの任務は別働隊を食い止めることではなかったのか。

　浄飯王は足下を見た。

　平らかな土だった。象も戦車も移動に適した土だ。そして数日前目にしたコーサラの陣容を思い起こせば、自慢の象や戦車はおろか、馬すら少ない歩兵隊だった。歩兵は悪路を乗り越えるに適している。

「あれがヴァンサの本体だ」

　誰にとでもなくつぶやく。ナージが怪訝な顔で見る。

「この地こそが本道――。奇襲をかけているのはコーサラ王の軍だ」

　ナージもなんとか理解したらしい。自分たちが、蛇取りの囮の鶏にされたことを。蛇に鶏を襲わせると飛びかかり丸呑みにして、動けなくなる。生け捕るも殺すも思うがままだ。

　今頃コーサラ軍は、歩兵ばかりを率い、険しい山を越え進軍しているのだろう。

釈迦族は、かつて幾たびものアーリアの侵略を退けた、勇猛で名高い山岳民キラータだ。特にその強弓は恐れられた。それを受け継ぎ、今も釈迦国兵の弓は強い。

だが、鉄の豊富でない釈迦国の、浄飯王や将校の箙にある矢こそ全て鉄の鏃だったが、下級兵たちのそれは昔ながらの尖らせた石を付けただけのものである。大量に作れ、人の皮膚は破れるが、象を相手には茨の棘ほどの効果しかなかった。

「槍を持て。左右に回り込み、脚を狙え」

すぐさま釈迦国兵が槍を取り、象の脚を刺しに行ったが、鞍上の弓兵に射られ、象に鼻で殴られ、踏み潰された。たちまち陣は破壊し尽くされた。

陣を無くした釈迦国に対し、ヴァンサは次に戦車を繰り出した。

鉄戦車を牽く、二頭立てに並んだ馬が、競い合うように歯を剥き駆け寄せる姿は、さながら神話世界の魔獣だった。釈迦国兵ははねられ踏まれ、大地に幾条もの血の轍を作った。戦車から射かけられる矢で、針鼠のようになった。

それでも浄飯王は、コーサラ王が言った日数を守り通した。それはコーサラとの約束を守るためではない。

「完全に逃げるな。背を見せて走れば全滅だぞ」

浄飯王は声を嗄らして叫んだ。一部でも敗走すれば、恐慌を来し、我先にとみな逃げるだろう。そうなれば機動力に優る戦車隊に一人残らず轢き殺されただろう。しかし釈迦国兵は浄飯王を信じ、その指揮の下、後退しながらも戦った。象に対しては取り囲んで攪乱し、戦車に処しては左右に展開し、槍で車輪を狙った。しかしそれは至難の業で、若い兵たちが次々と斃（たお）れていった。

初めての戦で、どん底の死地を指揮する浄飯王は、斃れゆく兵たちに血涙をしぼりつつ、

「生きよ、生きてくれ」

そう叫んだ。自らも肩に矢を、脚に槍を受けている。

全滅は間近だ。騎馬隊だけでも逃がすべきか？　歩兵を見捨てて。否！　みな自分の兵ではないか！　しかし――

そのとき、ぽつり、ぽつりと、雨が降ってきた。

忘れていた天を見れば、どす黒い雲が、覆い尽くしている。

たちまち土砂降りとなった。

雨季には程遠い、乾季の真っ只中だ。異常と言っていい、季節外れのこの雨は、釈迦国軍にとって天佑だった。土が泥濘（ぬかる）み、戦車は機動力を奪われた。

「よし、歩兵から退け！　退けえっ！　生き延びよ！」

とうに限界を通り越し、気力だけで戦っていた釈迦国兵は、その号令にたちまち槍も剣も捨てて退却を始めた。ヴァンサ兵は追い討とうとするが、豪雨が顔を打ち攻撃が定まらない。浄飯王は騎馬隊を率い、殿軍（しんがり）でヴァンサ軍を足止めする。

ヴァンサの騎兵、歩兵はなおも長い間、しつこく追って来ていたが、陣後方でなにやら異変があった。ヴァンサの上将らが戸惑ったように動き、鉦（かね）が鳴らされた。退き鉦だった。体勢を立て直すための一時退却ではなく、やがて全軍が去っていった。

（本国から、コーサラ奇襲の報せを受けたに違いない）

雨に打たれながら、浄飯王は思った。

周りを見まわした。

死地は去った。しかし多くの兵が討たれた。

残った兵をまとめてみれば、千いた兵が、二百に満たない有様だった。

死んでいった者たちは、みな将来ある若者たちだった。また生き残った者も無傷の者はいない。一生遺るであろう深傷の者も多かった。

王は天を仰いだ。雨が激しく顔を打つ。

片腕を無くしたナージが叫んだ。

「おのれっ、コーサラめ！」

浄飯王も同じ思いだった。憎しみが向くのは矛を交えたヴァンサではない。戦死者は、コーサラに殺されたも同然だった。甘言を用い、釈迦国兵の命を利用したコーサラの王、決して許しはしない。怒りが煮え滾っていた。気が狂いそうだった。

だが、しかし――、と浄飯王は思いもしていた。

（確かにコーサラの奸計は許し難い。死んでいった者たちのためにも、この報いは必ず果たしてくれん。だが、しかし――コーサラの計略であろうとなかろうと、あるいは勝とうと負けようと――これが戦なのだ！　安寧な領土を保つためには、その周縁で、かかる惨劇を繰り広げねばならぬのだ。ああ、それもこれも、守るべきもののためには仕方のないことなのだ）

疲労困憊の兵を向き、こう言った。

「皆、よく生き残った。怪我の大きい者を馬に乗せよ。足りなくば肩を貸せ。さあ帰ろう。待つ者のところへ――」

――――


マーヤー夫人は、静養先のルンビニーで産気づいていた。

予定されていた時期から一月以上早い。

夫人は夫を心配していた。

（あの人になにかあったのかしら。この子がおなかの中でこんなに――）

「ゆっくりと、呼吸を整えるのです」

侍医が乾いた声で言った。思わしくない表情を浮かべている。人手も設備も足りない。ルンビニーには王妃のたっての要望で、一時の静養に来ただけで、まさかここで出産を迎えることになるとは思っていなかったのだ。

（この子はすごい子だわ。苦しいけれど、この世に産んであげるのがこの上ない喜びなの。子供を産むのってみんなこんな感じかしら――きっとそうなんでしょうね。でもこの子は特別のような気持ちもするわ）

侍女たちが夫人を取り囲み、みなで懸命に体をさすっている。夫人の体が急速に熱を失っているからだ。侍女たちは出産を経験した者が多く、異常な事態に険しい顔だ。

「お后様！　気をしっかり持つのですよ！」

（あなた。この子を産むのに、わたしの全てが必要みたい。でもそれがわたしのなすべきことなんだわ――。あなたには寂しい思いをさせるけれど、わたし今しあわせよ。いいえ、生まれてから、

今まで、ずっと幸福だったわ）

「お后様！」

みどりごを湯で洗う侍女は、優しく美しかった夫人の顔にくっきりと浮かぶ死相を見、泣きそうな顔をした。

「早く、抱かせて――」

湯を拭き取りながらに渡された子を、夫人は愛おしそうに、抱いた。あたたかかった。ほおずりした。全ての生命を抱いているようだった。

（不思議ね、死ぬことなんてちっとも怖くないわ）

夫人が少女の頃から仕え、最も気心の知れた侍女に向かって言った。

「アバーヤ、頼むことがあります。この子が大きくなったら、この地へ、連れて来てほしいの」

侍女アバーヤは泣き顔で、

「なんだって聞きますから、気をしっかり持って！　元気を出してくださいませ！」

「約束して――ここがあなたの生まれた場所だって、母さまが大好きだった場所だって、教えてあげて――それだけでいいから」

「あっ、后さま！」

（それだけで充分だわ。わたしが愛して、長い時間を過ごし、たくさんのことを思い考えたこの場所、そしてこの子を産んだこの場所に――この子が来れば――たくさんお話ししましょうね――）

マーヤー夫人の亡骸は荼毘に付されぬまま、急造の木棺に納められ、ルンビニーの館で数日を過ごした。なぜならば、雨季には程遠いのに、出産と同時に天をひっくりかえしたような豪雨が降り続き、火葬も王都への搬送もできなかったのだ。医者や侍女たちは、夫人を奥の一室に安置し、都へ早馬を走らせ、悲しみと不安の中、みどりごの世話をした。侍女たちも、医者も、子の世話をしていると、なぜだか怖れが薄れるようだった。

この雨は、ヒマラヤから北インドを覆うほど広範囲に、降り続いていた。早馬を遣ってから幾日目か、篠つく雨音の中に、馬の嘶きと、蹄の音が聞こえた。

表へ出てみると、雨に烟る無憂樹の下、数人の従者を連れた、浄飯王その人が馬を下りるところだった。しかし遠目にも、王は異様だった。王都に帰ることなくそのまま来たのであろう、出陣したままの鎧はぼろぼろで、雨にほとんど流されてはいるが、なお消えぬ血と泥が、顔となく体となくこびりついていた。惨憺たる敗戦であったことは見るも明らかだ。言うべき言葉も知らず出迎えると、

「マーヤーは」

掠れた声でそう言って、歩き来る王の顔は、別人のように変わっていた。恐れを知らず、気高かった瞳は、まるで生まれてからずっと鞭打たれ続けた老驢馬のように怯えていた。近寄る者に威厳を感じさせずにはおかなかった容貌は、げっそりと惨めにこけていた。

ルンビニーからの早馬がカピラヴァストゥ王城に着くと、留守居役の他の王たちは混乱し、とりあえず戦地の浄飯王の元へ別の馬を走らせたのだが、すでに敗走しカピラヴァストゥに近かった王にすぐ出会うことが出来たのだった。そして驚愕した王は、兵はカピラヴァストゥに帰らせ、わず

かな従者とともに、そのままルンビニーへ馬を飛ばしたのだ。

「マーヤーはどこだ」

掠れ声で繰り返す、幽鬼のような王に、アバーヤが泣きながら、

「わたくしどもの力及ばず、お子と引き替えに身罷(みまか)られ——奥の部屋で安眠しておられます」

と言うと、王はすぐさまそこへ向かおうとした。

「あっ、いけません。もう幾日もたっています」

侍女たちは止めた。香を焚いているにも関わらず、すでに部屋の外まで臭気があるのだ。しかし王は侍女を押しのけ、奥の部屋へ消えた。

おろおろと、待つしかない人びとに、身も凍てつくような呻きが聞こえた。

王が木棺を開けたのだ。


長い時間が過ぎた。すでに夜も更けた。しかし王は出て来ない。

王は、マーヤー夫人の部屋に余人の入ることを許さなかった。人びとはあきらめ、何かあればすぐ気づくよう、室の外に一人だけを残し、別の部屋へ入った。

(なぜこんなことに——あんなに美しかったお二人が)

アバーヤは、信じられぬ思いだった。素晴らしい夫婦だった。近くで仕えていて、羨ましさすら感じなかった。何か格別の、天上の神々でも見る思いだったのだ。世界の祝福を受けたような二人が——

みどりごは、周囲の思いも知らず、眠っている。ときおり、ぴくっと体を動かす。笑顔のような

ものも見せる。暗い気持ちの人びとが、そのたびに目をやり、少しだけ心安らわせる。

（そうだ、悲しい中にも希望はある。お后さまの忘れ形見だよ。このお子を、早く王様に見せて差しあげるんだ。抱いて、ほおずりして、泣き顔や笑い顔を見るんだ。そうすればきっと、力を取り戻していただける）

アバーヤは涙をおさえ笑みを作り、みどりごの、小さな小さな手を、そっと握った。その手は小さいが、全ての生命のようにあたたかかった。

しかし浄飯王がまともにわが子に会うのは、七年以上も経ってのことになる。

釈迦国の性格はがらりと変わった。

それまでは、コーサラに対する貢ぎ物も形だけのものだった。外交上は毅然と構え、ただ無用の衝突を避けて、友好の印として幾許（いくばく）かの特産物を贈っていたのみだったのだが――

王妃の国葬のおりである。

「大王、コーサラからの弔問の使者が、折り入って話したいと。王妃のことだけでなく、先日の戦闘で多数の被害を出したことへの見舞いだとか」

コーサラは釈迦国の犠牲により、ヴァンサから重要な拠点を奪い取ることに成功し、さらにヴァンサを攻めるかどうか思案の時だという。

この弔問は、おそらく我が国の今後の出方を探るものでしょう、との家臣の言葉に、しかし浄飯王は血走った目を少し動かしただけで、会おうとはしなかった。弟の斛飯王を呼び、今後の方針を伝えた。

斛飯王が使者に応じた。王妃と戦死者への弔いの辞令を受けると、彼はコーサラの奸計をなんら責めることなく、こう伝えた。今後釈迦国は、一切の軍事作戦を棄て去る。他国に攻め込む意志は全く持たず、できればコーサラ国に保護して貰えれば有り難い。その分、軍費に相当する糧米を毎年献上する——

周囲の薦めにより、浄飯王はマーヤー夫人の妹、プラジャパティを后として迎えた。

無くしたものを取り戻すための行為だったが、正しくない選択だった。

妹も美しく、よい内面を持っていたが、それは当然姉とは同じではなく、なまじ面影を見せるゆえに、王の喪失の思いを増大させた。王はプラジャパティと向き合うことを怖れ、ただ彼女に子供をあずけ、自分は後宮に多くの美姫をいれ、入り浸（いりびた）った。

プラジャパティが浄飯王のもとへ来た。

「王様、長くはとらせません。ひとつだけ大事なお話があります」

この新しい后は夫のことを二人きりの時も王様と呼ぶ。酒で赤と黄に濁った目を向けて、王は「なんだ」と言う顔をした。先ほどまで侍っていた側妾たちは、后が来ると聞くと逃げるように席を外していた。

「御子（みこ）にお会いなさいとは、もううるさく申しません。ただ、御子に名をおつけなさいませ。もう三月にもなるというのに、名前がないままです」

「ふん」

名前など――どれほどの意味があるのだ。任すから勝手につけよ。そう言おうとした王の脳裡に、ある言葉がよぎった。

マーヤーの言葉だった。

（この子には、なにか一つのことを成し遂げてほしい。――自分が本当に求めるものを見つけて、そのための道を苦しくとも堂々と進んで、成就させる。そんな人間になってほしいですわ）

遙か千年の昔のような、だが実際は数ヶ月前のことでしかない、在りし日の情景とともに――。

王は遠い目をした。赤と黄色に濁った目だが、その時だけは光が見えたようで、プラジャパティはじっと待った。

「シッダールタ」

長い沈黙のあと、王がつぶやいた。

「シッダールタ。――そう名付けよ」

今度はややしっかりした声で、そう言った。

「シッダールタ――〈成就する者〉、ですか。素晴らしい名前ですわ」

プラジャパティはほほ笑んだ。

王はすぐにごろりと横になり、先ほどまでの彼に戻った。しかしプラジャパティは満足げに室を出、御子のもとへ――シッダールタのところへ帰った。胸の奥に、光をいだき、運んでいるようだった。

部屋では御子が侍女に見守られ、はいはいの練習中だった。

「お后様！」

「どうしたのよアバーヤ、大きな声だして」

「御子が――御子が、お歩きになったんです！」

「歩いたって、あなた夢でも見たんじゃないの？　ようやく後ろ向きにはいはいが出来るようになったばかりなのよ」

「でも歩いたんです！　壁に手を当てて、すぐにすとんと尻餅をおつきになられましたが！」

「わかった、わかったわよ」

嬉しいことを、感じたのかしらね。プラジャパティは、今は四つん這いで両手を突っぱり、懸命に後ろ向きに進むその子を抱きかかえ、

「あなたの名前はシッダールタよ。いい？　シッダールタ」

アバーヤが声をあげた。

「よいお名前ですこと――シッダールタ坊ちゃんですね！」

二人からそう言われたシッダールタは、わかっているのか違うのか、きゃっきゃと笑っている。名前がつく前とついた後と、この子の存在に変わりはない。しかし名前をつけるということは、ひょっとしたら世界で一番崇高な行為かもしれない。プラジャパティは、シッダールタのぷくぷくの頬に、思わずほおずりをした。そうすることの出来ない姉のことを思い、目の奥が熱くなった。

「シッダールタ。お母さまの分まで――いいえ、誰よりも幸福になるのよ。歩くことの次は、なにを成し遂げてくれるのか、楽しみだわ」

○蠢く虚無

カピラヴァストゥ王宮を守る兵の話し声が聞こえる。

「おい、そろそろ陽が落ちる。今夜は月無し夜だ。見回りをしっかりしろよ」

「わかっているさ――。おや、門を出ていかれるのは浄飯王じゃないか」

「本当だ、こんな時間に何用だろう」

「おおかた、またどこかで夢見されるんじゃろ」


釈迦国王都カピラヴァストゥに、虚無が蠢いていた。

カピラヴァストゥでも裕福な者が多く住む辻、とある富豪の家で、滞在する一人のサモンが、新月のこの夜を選んで、妖しい教えを説こうとしていた。彼はすでに十年ほど前から度々釈迦国を訪れていたが、二年前のある時を契機にさらに頻繁に出入りするようになり、その独自の教えは燎原の火のようにこの国に広まっていた。この日も信奉者をはじめ、何度か説法を聞き興味を持ち始めた人々、都の方ではかなり名高い尊者であるとの噂を聞きつけた初顔の人々などが、すでに多く集まっていた。


この時代に世を賑わせたサモンとは、ヴェーダ聖典、バラモンの教えに疑念を抱き、あるいは真っ向から否定する、自由思想家のことだ。ならば彼らは体制側から睨まれ、弾圧を受けただろうか。否、この時代のインドの言論の自由は、最高度に認められていた。ドイツ人社会学者マックス・ウェーバーは「およそ人類の歴史を通じてこの時代のインドほどに思想の自由が完全に容認されていた所は、最近代のヨーロッパを除いては他に存在しなかった」と述べている。国王や諸都市がしばしば討論会を開いて彼らに自由討論させたが、いかなる意見を述べても処罰されることはなかったという。しかしそれは他の大国のことで、ここ思想の僻地釈迦国では、王族が高名なサモンを呼んで教えを説かせることもなかったし、風紀を乱すような、特にバラモンの教えを否定するような説を説くことは「公然とは」認められなかった。

　この家の客人の説くことはどうかというと、おおっぴらではなく口伝えで人々が集まっているようであり、夜に、門に見張りを立たせていることなどから、どうやら公に認められないような教えを説く者らしかった。

「この世に騙されたまま生きることほど悲しいものはない」

　人々が隙間なく胡座をかき、蝋燭の炎が揺らめく部屋で、サモンは語る。独特の声だった。一つの喉から二つに分かれ、絡み合うような。

「この世に生まれたばかりの赤子は、何の知識もなく、何の考える拠り所もない。子のいる者はわかろう。またいない者も、自分のことを考えてみればよい。赤子は、親に教えられたことを覚え、世界を形成していく。何が善いか、何が悪いか。言葉、価値、作法、儀礼。しかしもし親が、子に間違ったことを教えたらどうなろう。人に会ったら礼儀正しくその人の頭を叩けと。もちろん子はそのとおりに覚え、実践するだろう――いずれよそで手痛い目に遭うまでは」

　聴衆の一人が乾いた笑い声をたてたが、緊迫した空気の中、多くは黙然と、息を潜めたように座っているだけだ。人々の熱気でひどく蒸し暑い。

「もちろん親はそんなことはしないだろう。そなたたちの親はしなかったし、そなたたちも子に対してしない。しかしそういうことを、もっと大がかりに、巧妙に、長い年月に亘って続けてきた者たちがいる」

　光の弱いところでは、人は心細く、影響されやすくなる。部屋の大きさの割りに灯の数は少なく、それがゆらめき壁に複雑な影を描く中で、人々の目は妖しく、そして不安げに光る。そんな中、部屋の片隅に、この暑い中、外套(がいとう)で顔の半ばまでを覆った男が座っていた。身分を隠しているようだが、供を一人連れ、身に纏った布は豪奢で、上級民の出であることは隠そうともしない。彼は飢えた人のような、生気無き強い欲求を宿した目で、サモンの言葉を待っていた。

「ここに集うそなたらはもう聞き及んでいよう。最大の欺罔(ぎもう)者、それはバラモンに他ならない。彼らは何百年という間、自分たちが気ままに作った世界を人々に押し付け、騙してきた。笑うべし、彼らは元はと言えばソーマ酒に酔った祭官詩人だった。彼らが酔いどれ、酩酊の中に発した数々の奇声が、神々から啓示された疑うことの許されない真理とされて、詩となり伝えられてきたのだ。――馬鹿げた話だが、まあ〈忘我〉を道具に真理を探ろうとしたのはわからぬでもない。許し難いのは、彼らがしらふに戻ってなお、自己保身のため、宇宙の摂理によって自分たちが最も聖なる人間と定められていると、のたまい続けたことだ。彼らは言う。『我らが祭祀をするから太陽は昇る』。馬鹿なことを！　太陽も風も川の流れも自然な現象であり、バラモンのいない南方にも、ヒマラヤの北にも、全ては同じように起こる。なんで彼らの生贄(いけにえ)の煙に、毛先ほども動かされよう。要するに全てはまやかしなのだ」

　サモンは言葉を切り、人々の群れを誘うように見回した。引き寄せられるように、この集まりには初めてらしい誰かが抵抗を表した。何かに縋りつくように。

「バラモンの教えが全てまやかしなどと、あり得ぬことを……」

サモンはにやりと笑った。燭台をひっつかむと、その炎を自分の顔に近づけた。燭台の、五本の蝋燭のゆらめきに照らし出されるその顔は、集まる釈迦族が知っている西の民――アーリア人ともドラヴィダ人とも違っていた。長い髪と髭でわかりにくかったが、まだ若く、三十代そこそこのようだった。

「我は白い王族の父、黒い奴隷の母から生まれた。奴隷の子、父殺しのプーラナと言えばガンジス流域で少しは名が知られている」

二つの楽器を鳴らすかのような声で言う彼の顔は、白くもなく、ドラヴィダ人の黒さとも違う。といって釈迦族の肌とも違う。征服者と、隷民の特徴を共に備えた容貌だった。

インドの身分制度、カースト制とは職業によるものだが、その最も重視されるべき大本は人種(ヴァルナ=色)による区分である。司祭バラモン、王族・戦士クシャトリア、庶民ヴァイシャの三カーストはアーリア人で、隷民シュードラはアーリア人に征服された肌の黒い先住の民、ドラヴィダ人だった。隷民は生まれつき、宇宙の摂理によって隷民であるとの教義は、アーリア人がこの地に侵入してきた当時はヴァルナ=肌の色の違いから一目瞭然、理解できた。誰も疑う者はいなかった。だがアーリア人支配を幾世代経たこの時代になると、認められないことではあったが、自然、多くの人種間交配が行われ、生まれてきた、あきらかにそれとわかる新しい肌の色、風貌の人々の存在は、永遠絶対であるはずのヴェーダ聖典の教えに疑念を抱かせる要素となっていた。

すでにアーリア世界では、プーラナのような混血児は決して珍しい存在ではなくなっていた。目に見える存在となり、ヴェーダの矛盾を象徴し、社会の変革を後押ししていた。だが、僻地で他国との交流の少ない釈迦国の民にとって、見慣れぬ容貌は鮮烈な説得力を与えた。そして彼は混血がしばしばそうであるように、妖しいまでに美しかった。艶やかな褐色の肌、精力的で大きな瞳、巻いた黒髪、頬を覆う精悍な薄い髭――照らし上げる蝋燭の、舐めるような光が効果を充分にあげていた。

「ヴェーダは永遠絶対のものだという。しかしヴェーダには我のような者について書かれてはいない。世界には我のような者が増えてきている。バラモンたちはその説明に頭を悩ませている。我らはヴェーダの虚構を証明する存在なのだ」

彼はようやく燭台をもとに戻した。

「この世に真実ほど強いものはない」

サモンの言葉は熱を帯びる。人々は呑まれたように息を詰める。

「我が語る言葉こそ、真実である。真実は虚構を砕く。バラモンが説くこと、ヴェーダに書かれたこと、全ては作り事だ。輪廻、業、神々。それらはバラモンを崇める民に善悪を与えた。善業を積めば死後上位の生命に、悪業を積めば畜生に生まれ変わる。これらはバラモンが、おのれらを頂点とし、暮らしやすい安定した世にするために作り出した虚構である。この世に善悪など、ない」

この時代を代表する思想家の一人であるプーラナは、古い書をそのまま引けば、次のように説いた。


いかなることをしても、またなさしめようとも、生き物および人間を切断しても、また切断せしめようとも、苦しめようとも、また苦しめさせようとも、悲しませようとも、また悩ませようとも、おののかせようとも、またおののくようにさせようとも、生命を害しようとも、盗みをなそうとも、他人の家に侵入しようとも、掠奪をなそうとも、強盗をなそうとも、追いはぎになろうとも、他人の妻と通じようとも、虚言を語ろうとも、このようなことをしても悪を行なったことにはならない。たとえ剃刀のような刃のある武器をもってこの地上の生き物全てをひとつの肉団・ひとつの肉塊となそうとも、これによって悪の生ずることもなく、また悪の報いの来ることもない。たとえガンジス川の南岸に行って、生き物および人間を殺したり、害したり、切断せしめたり、苦しめたり、苦しめさせようとも、これによって悪の生ずることもなくまた悪の報いの来ることもない。またたとえガンジス川の北岸に行って施しをしたり、施しをさせたり、祭祀をしたり、祭祀をさせたりしても、これによって善の生ずることもなく、また善の報いの来ることもない。施しをしても、自己を制しても、感官を制しても、真実を語っても、これによって善の生ずることもなく、また善の報いの来ることもない

ガンジス北岸南岸というのは、ガンジス川上流の北方地帯がバラモン教の根拠地であり、そこでは有徳な生活が行われ、南方は未開の住民が住んでいて悪業が行われていると、当時一般に考えられていたことを意味している。

「繰り返す。輪廻・生まれ変わりはない。神も精霊もない。ゆえに善業を積む意味もない。悪業に対する報いもない。善悪などない。道徳などない。人の行いに一切制約はなく、全ては許されている。そもそも生きる意味などないのだ」

「プーラナ師よ」

一人の長老風の男が、この若いサモンに膝をにじり寄らせた。

「ヴェーダが作りごとで、善も悪もない、来世もないと言われる。ならば我らは何を標に、いかに生きてゆけばよいのです」

　不安げな顔だった。生まれ、育ってきた国や世界が、幻のように透け始めた気持ちだったかも知れない。

「好きなように」

　ちらと、皮肉な笑みを見せてサモンは言った。

「生きる意味が無いと知ったところで、依然として死は苦痛で恐ろしいものであり、すぐに自ら縊れて死ぬ者もおるまい。限られた日々を、出来るだけ楽しく生きることだ。とは言え急に好き勝手に生きようとしても、他人に危害を及ぼせば、彼も自分が大事であるから黙ってはいないだろう。また官憲も然り。自然、今までの生活がそう変わらずに続くのではないか」

　人も、国も、世界も、外観は変わらず。ただ、その中身は蝕まれ、空洞となってゆく。巨大な甲虫の死骸のように。

　部屋の片隅でじっと聞いていた、身分を隠しているらしい男が口を開いた。外套で、すっぽりと頭まで覆い隠している。みな、彼がクシャトリアの、かなり上位身分の者だとわかっているが、こうして身分を隠して聞きに来る以上、ひとりの聴聞者として見做されるのだった。釈迦国内では体制批判は公には認められないにしても、このように私人の邸宅で行われる説法を摘発するようなことはこの時代のインド世界ではなかった。

「プーラナとやら。御身の言葉、なぜかこの身に心地よい——。もっと語ってくれ、この世界の在り方を。あるいは在らざり方を」

問われたプーラナは、尊大な物言いがまったく自然に聞こえるこの男を計るようにしばらく凝視した後、「よろしい」と頷き、こんな風に喩（たと）えた。

「そなたたちが生きているこの世界は、砂の城に過ぎないのだ」

サモンプーラナの発する二つの声が、いよいよ絡み合い、人の心を捕らえ引き込む。まるで詩を詠むかの如く、ゆったりと間をとって、

「砂とはバラモンの虚言のことではない。それは図面でしかない。砂粒の一つ一つとは、そなたら民衆の、無知蒙昧（もうまい）なのだ。

砂城とて、既に久しく堆積した。見た目は岩のように堅固であり、城に住む者は、不滅の実在として受け入れてしまっているようにも思える。

しかし、砂は砂でしかない。こんなごまかしの、あやかしの、誰かのためだけに建てられた城が、長く聳（そび）え続くはずはないのだ。

現に我が言葉で」

プーラナは聴衆の、一人一人の目を見射た。

「そなたらの砂粒が揺らいでいる——我には見える。それはこの部屋、この国だけではない。我や、我が同志の説くこの教えにより、ガンジス流域、バラモンの本拠地に於いても、砂は揺らいでいる。感じぬか、この世界に永く聳え立っていた欺瞞（ぎまん）の城が、いま、土台から音も立てずに崩れゆくのを」

人々はみな、それぞれ心中に崩壊する巨城を思い描き、肌に粟を立てた。

まだ若い男が、堪（たま）らない、と言った顔で、叫ぶように質問をした。

「そのすなじろ、崩れゆくこと、感じます。ならばその崩れ去った後、何が残るのでしょうか」

「虚妄から解き放たれた、真の人間存在があるのみだ」

即答され、男は黙った。沈黙が流れた。

みな、「真の人間存在」なる初めて聞く言葉に酔い、心動かされていたのだ。インド人（釈迦族も含む、インド文化に育まれてきた人々）は、古代より、世界でも稀な、思索や精神世界を重視する人間だった。

思索といえばこの同じ時代、ギリシャにおいてソクラテス、プラトン、アリストテレスらが現れ、論理による知性、対話による真なるものへの到達が重視され、完成されようとしていた。

インドの思索体系は、それとは異なる。論理が否定されたというわけではないが、深遠なるものの理解の手段としては、筋道立った論理は最上のものと見なされなかった。

筋道では辿り着けない境地がある。奥深い境地ほど、歩いてゆける道など無く、跳躍しなければならない。その跳躍が、直感知だった。瞑想、忘我、苦行、ヨーガなど、真なるものへの直感知による到達のための様々な工夫と努力にかけては、彼らに並ぶ民族はいない。その意味では、彼ら〈インド人〉は、詩的人間と言ってもよい。

「真の人間存在」！　その言葉は彼らの心を詩的に貫いた。ならばそれ以上の論証や、具体性は求められることはなかった。


その言葉を各自が胸に抱き、興奮と畏れを抱きつつ、家路についていった。

虚無――酒や煙から醒めると襲ってくる。ずしりと心の臓を取り巻き、悪夢を見せる。人には耐性というものがある。酒も煙も、続けていくうちに利き目が薄くなった。量を増やすことでごまかしているが、醒めるまでの時間は日に日に短くなっている。

浄飯王の、醒めたときに見る悪夢とは、こうだ。

薄暗く、煙が充満した部屋に彼がいる。叩きつけるような激しい雨音が聞こえている。小さな明かり取りから入る弱い外光で、この煙たい部屋の中がぼんやりと見える。目の前に、縦長の大きな木の箱が置かれてあり、そこに彼が手を伸ばすところから始まる。

血と泥に汚れた指先が、蓋の縁にかかった。夢なら覚めてくれと彼は願う。しかしこの悪夢は、決して覚めない。その先に待ち受けるものを知りながら、手を止めることはできない。

部屋には四基もの香炉が置かれ、さかんに紫煙をのぼせている。その中で、香とは別の、奇妙な匂いが鼻腔を刺激する。白檀香と混ざるもの。白檀香が焚かれている理由であるところのもの。それが木箱――木棺の、中身だった。

木棺を開けた。蓋が滑り落ち、音を立てる。そこに横たわっていたもの。光あふれる、素晴らしき世界という幻影の、抜け殻。

美しいもの。愛しいもの。守るべきもの。輝ける夢。永遠なる愛――

それらがここに、臭気を放って腐敗している！　薄皮の内実を曝(さら)している――

人を殺してきたからか。沢山殺した。突き殺し、斬り殺した。敵兵ばかりではない。釈迦国の若い子弟たちを、大勢死なせた。

だから(ヽヽヽ)お前が死ぬのか？　馬鹿な――

かなり前から、身分を隠してはあのサモン、プーラナの説法を聞きに行っている。プーラナは言う。「生きる意味は無い」それは王に安らぎを与えた。プーラナの説法を聞きに行っている。「善悪など無い。報いなど無い」それは王に赦しを与えた。「全ては許されている」のだ。論理立てて、魅惑の声で。プーラナの説法は、王の腐乱し糜爛した心を、見事に慰撫していた。(王よ、そうだあなたは間違っていない)そう言われているようだった。

――だから、お前が死んだのではないな

王は、ひとつの答えに達していた。これは彼の自己弁護ではない。もはや彼に、護るべき自己などないのだから――

敵兵が死に、味方が死に――

彼は呟くのだ。真実の言葉を。

――そして、お前が死んだのだ

――――

プーラナの説法から幾日もたたぬある日、気怠い顔の浄飯王に、バラモンの長が話があるとの知らせが届いた。王は頷き、礼服に着替えた。

賓客の間に行くと、バラモンの長老が待っていた。

「大師、お待たせしましたな」

「いやいや、王には忙しい中を御足労です」

バラモンは鷹揚に頷く。

運ばれた茶を啜った後、

「それで、お話とは」

王が聞くと、

「他でもないのですが、この国の寺院は建てられて久しく、あちこちに古さが目立ってきております。祭祀にも不具合が出ておるのです。我らは改築を強く望むものです」

王は聞いているのか、目を余所に向け、沈黙している。

バラモンは続けて言った。

「ここ数年、天候の巡りもよろしくない。釈迦国を被う、気運と言うものが翳（かげ）っている。ここはひとつ、天にも届く巨大な寺院を建立いたし、国の気を活性させるのがよいと思うのです。王においては賛成いただけるでしょうな」

浄飯王は考えていた。砂の城、か。

バラモンは少し不安がって、

「全ては国のため、ですぞ」

と念を入れた。

しばらく虚ろな目を見せていた浄飯王だったが、やがて顔を上げると、笑みさえ見せながら、言った。

「結構なことですな。司祭長様の御心に、否やはありませぬ。他国のものに負けぬ寺院を造りましょう。すぐに王を集め、会議を開きます。予算も人足も、ご希望に添うものを出してきましょう」

バラモンの長は、満足して去った。

ことは急を要する、とのことで、古い寺院の取り壊しと、新しい大寺院の建造は、同時に始められた。敷地面積からしてかつての数倍になる計画で、解体作業とともに、周囲の木々伐採、地ならしが並行して進められた。

収穫が終わった時期であり、多くの民がかり出され、早朝から日暮れまで、従事させられた。既に人々の心から、バラモンや寺院への信仰は薄れていた。いや、かつてこの国で、民がアーリアから伝えられたバラモンの教えを心から信じたことはなかったのかもしれない。監視する兵士たちの手前、反抗する者はいなかったが、手足の動きは重かった。王族への不満も募らせていた。

国境の警備の視察から七日ぶりに帰ってきたシッダールタは、通りがかった現場でこれを見、経緯を聞き、驚愕した。激しく憤(いきどお)った。

自邸で旅装をほどくなり、ヤショダラに、

「王のもとへ行く」

とのみ言って、出て行った。口調こそ静かだが、これほど怒った表情の夫を見るのは初めてのことで、送り出したあと、妻は胸騒ぎがやまなかった。

（親子で、悪いことが起こらなければいいけど）

しかし自分が追っていっても、何も出来ないだろう。ここ数日、何か重い身体だったが、彼女は着替える時間も惜しみ、室内着の上に広いストールをふわりと被ると、すぐに人を呼び、馬車を出させた。行き先は、頼りになる実の兄、デーヴァダッタの邸宅だった。

シッダールタは王宮に着くと、取り次ぎも頼まず浄飯王を探した。やがて一室に、日も暮れぬうちから美姫に囲まれ、酒をあおっている王を見つけ、ずかずかと入った。後から困り果てた顔の侍従らが追いかけてくる。

王は脇息にもたれ、ほとんど寝ころんだ姿勢で、シッダールタを見上げた。

「なんだ、呼んではおらんぞ」

シッダールタの目は据わっていた。口を開いた。

「民は今も新寺院にかり出され、忍苦の汗水を流しています。あなたは昼間から酒ですか」

「なに」

王も怒気を含んだ声で応じた。美姫たちはあわてて下がる。

「お前たちも下がっていよ」

振り向いてシッダールタが侍従たちに言った。彼らは王の顔を窺(うかが)いながら、下がった。扉が閉められた。

王は杯に酒を注ぐ。

それを冷たい眼で見ながら、王子は言う。

「二年前の、コーサラへの貢米増決定以来、私は同志と国の内外を駆けまわり、民の努力を得て、ようやく今年から、増えた貢米を差し引いても、なんとか増収となるまでに漕ぎ着けました。余剰はさらなる開墾と、軍備の強化に当てられるものと考えておりました」

シッダールタは詳しくは述べないが、デーヴァダッタと共にどれほどの時間と、情熱をかけただろう。

酒をあおる浄飯王。

「それを、寺院の新築とは、それも、敷地数倍の大寺院とは、いかなる了見でありますか。大王、釈迦国は傾きますぞ」

「うるさいな」

少しだけ身を起こした浄飯王が言った。

「寺院は国になくてはならぬものだ。当然の支出だ。それに毎年建て替えるわけでもあるまいに――今後五十年を見越してのものだ」

「こんな有様で、釈迦国が五十年もつとお思いか」

「そのための寺院建立であろうが。新しい、どの国よりも大きい祭壇で、バラモンに国の安寧を祈願して頂くのだ。そうすれば――」

「およしなさい、世迷(よま)い言(ごと)は」

シッダールタが、王の言葉を遮って言い放った。さすがに王は、さっと顔色を変じ、

「無礼者」

杯を、投げつけた。器こそ当たらなかったが、飲みかけの酒がシッダールタの顔と衣にかかった。

シッダールタが物心ついた時から今まで、冷たい親子の間だった。しかし、このような諍(いさか)いは初めてのことだった。転がっている杯を見、酒に濡れた顔を見ると、杯を投げた父王も、王子も、一瞬、この事態をひどく現実感のないものと思えた。しかしいつかは来ると思ってきたことでもあったのだ。

シッダールタはすぐに我にかえり、かねてからの思いを吐き放つ意を決した。

「思ってもいないことを、本心のように言う。世迷い言と言うしかありません。大王――いや、父上と呼ばせていただきます。父上は、バラモンも、ヴェーダも、信じておられない。それどころか、蔑んでおられる、違いますか」

浄飯王は顔をそむけている。

「なぜ、内心では蔑みながら、あなたがバラモンを敬い尊ぶか、私にはわかっております。バラモンを奉ることによって、クシャトリアはクシャトリアであることができる、その一念でしょう。釈迦国は小国です。生産も武力も弱い。力では到底他国のクシャトリアと伍し得ない。しかしバラモンを崇め護持すれば、大インドの制度、習俗に於ける、クシャトリアの地位を堅守できると、そう思っておられる」

シッダールタの言葉に熱がこもる。

「しかし以前も申し上げたとおり、既にどの国々でもバラモンの権威は衰えています。もうそんな考えは通用しません。人は権威より、武力を強しと見始めました。力の弱い国は強国に攻められ、ただ滅亡の憂き目を見るのみです。父上！　日種は、我ら王族は、何故王族でしたか！　バラモンを戴く遥か以前、我らの太祖甘蔗王は、剣を以てアーリアの侵攻を防ぎました。外敵を払い、民を慰撫し、無法の者は処断し、国の政経を束ねる――これが、これのみが王族を王族たらしめる所業、王族の王族たる所以ではありませんか。王族とは、バラモンに認められて存在するものではありません！」

浄飯王は顔をそむけたままだ。

「父上。あなたの后、私の母上が亡くなった前後のこと、聞き及んでおります。父上が味わった悲しみ、怒り、絶望、如何ばかりか、推察するに余りあります。しかしそれでも、我らは自らの道を見失うことなく行動せねばなりません。どうか、目を覚ましてください！」

王子は手を組み、片膝をついた。

「どうか、すぐに大寺院建立を撤回ください。寺院を建てるなとは申しません。この小さい領地、今までの大きさのもので充分ではありませんか。さすればシッダールタ、一層身を粉にして、釈迦国を守ってみせます――」

最後は半ば哀願するように、王子は結んだ。

浄飯王はと言うと、息子の言葉に心を動かされたのか、目を閉じ黙然としている。シッダールタは期待した。

だが、やがて浄飯王の口から発せられた言葉は、固く冷たいものだった。

「母親まで持ち出していろいろと言ったが、お前の言ったことは、どれもこれもみな当てがはずれている」

シッダールタは眼を細くした。

「わしがバラモンをどう思っているか――それはお前の浅ましい願望だろうが。自分の心をそっくり、言い立てただけのものであろうが。お前がバラモンをどれだけ軽んじているか、よくわかった。畏れを知らぬ愚か者め。そんな考えの者に、釈迦国の将来は託せぬ」

「父上」

「去れ。お前の顔など、見たくもない」

浄飯王は、言い放った。

シッダールタは起き上がり、しばらく佇(たたず)んでいたが、議論が、全てが終わったことを知り、何も言わず室を出た。

扉の外には、心配顔の侍従たちの中に、意外なことに、デーヴァダッタがいた。ちらと彼を見留めたが、シッダールタは歩いてゆく。デーヴァダッタは後を追った。

ものも言わず、早足で歩く。王宮を出て、通りを歩き、人のいない空き地に来ると、ようやくシッダールタは歩をとめた。

「決裂したな」

後ろから従弟が、思いやる声でそう言った。

「聞いていたのか」

「珍しく、声が大きかったからな。ヤーシャが、馬車で相談に来たんだよ。君が思いつめた顔して王宮に向かったって。寺院のことだろうと思って、俺も馬を飛ばしたのさ」

いつものことながら、デーヴァダッタたち斛飯王家の家族の繋がりは強い。シッダールタにも兄弟はいる。浄飯王が後宮のひとりに産ませた、ナンダという、年の離れた弟だ。王族の行事をのぞいて、会うことはほとんどない。

「決裂した――。デーヴァ、釈迦国は、終わりだよ」

そう言うシッダールタに、デーヴァダッタはしかし嘆くことも怒ることもなく、期するところあるように、従兄の次の言葉を待っている。

暮れなずむカピラヴァストゥの中心に佇む二人の王子。その影が長く伸びるのを見つめ、やがてシッダールタは、言った。

「デーヴァダッタ。足労だが、マガダ国まで行ってもらいたい」

切れ者のデーヴァダッタはもうわかっている。頷くと、顔の前で手を組み、威儀を正して答えた。

「同盟と、コーサラ挟撃の協約、必ずや結んで参りましょう。ところでシッダールタどの」

改まった言葉で、シッダールタの瞳をのぞき込むように、

「私の肩書きは、釈迦国太子代理ですか。それとも」

シッダールタはデーヴァダッタの才気走った目を、少しうるさそうにかわした。

「なんであろうと……」

「新大王代理では如何(いかに)」

シッダールタは、無言を以て承認した。

満足そうに、デーヴァダッタは走り去る。すぐにでも馬を駆る勢いだ。

謀叛(むほん)。それがついに決意せられたのだ。

○自らの道へ

男の言葉は重い。クシャトリアに二言はない。ましてシッダールタは人への誠を信条として生きてきた。その彼が、ましてやましてこのような重大な問題で、いくら父王との衝突の後だからとは言え、その場の気分や思いつきで決断を下すはずはない。二年前にデーヴァダッタの献策を受け、その場では斥(しりぞ)けたが、以来最後の事態に陥ったときの手段として、ずっと心に用意していた策だった。重く、厳(おごそ)かな決断だった。

しかしそれでも、彼の断は覆（くつがえ）されることになる。外観だけを観（み）、斟酌（しんしゃく）無く言ってしまえば、まさに舌の根も乾かぬうちに――

釈迦国という一国と、そこに住む多くの人々の命運を背負い長年走り続けてきた王子シッダールタ。その彼がこの日、彼自身の真に進むべき道、ガウタマ・シッダールタという物語の本筋を、ようやく見出（みいだ）すことになるのだ。

なんということもない相手との、突発的な会話によって。

彼の命を受けたデーヴァダッタが去り、シッダールタは家路についた。

途上、一人のバラモンに出会った。少年時代のシッダールタに教鞭を執った、ウダーイン先生だった。

「これは王子、久しぶりだね」

ウダーインの方から声をかけてきた。昔は威厳を持って教師らしく振る舞ったものだったが、成長したシッダールタに対すると、どうも落ち着かない素振りのウダーインだった。

しかも彼にとって災難なことに、この日のシッダールタは、珍しく（恐らく彼の生涯でも五本の指に入るほど）虫の居所が悪かった。いつも礼儀正しい王子が、挨拶もせずに正対し、ウダーインの顔をじっと見つめた。

ウダーインは驚いた。

「あの、シッダールタ王子？　どうかしたかね」

上ずった声で、元教え子に、やっとこう言った。

「別にどうもしません。先生はどうかされたのですか」

自分でも意地が悪いとは思いながら、つっけんどんにシッダールタは言った。

「いやいや私もどうもしないよ、ただ新寺院の下見にね」

言わでものことを言った。シッダールタの眼が、すっと細くなった。

「ほほう。あの寺院建立の責任者は、先生でしたか」

藪蛇（やぶへび）を知ったウダーインは、顔を大きく振って否定した。

「とんでもないよ王子。分家バラモンの四男坊の私だよ、そんな権限があるわけないじゃないか。

あれは私が顔も出せないバラモンの会議で決定されたことだ。ただ私は進捗（しんちょく）状況を見てこいと言われただけだよ」

汗を拭きつつウダーイン先生は言った。

「それで、どうでした。その進捗状況とやらは」

「どうもこうも、みんな頑張っているよ」

「それは頑張るでしょう。刈り入れがやっと終わった骨休めの時期であっても、偉いバラモンと、
恐い王族の命令なのだから」

「それはそうだ」

「それで、先生はどう思っておられるのです」

「どうとは」

「あの無意味に大きい寺院の建立が、この国の安寧に寄与しているのか、それとも害となっているのか」

「無意味って、君、シッダールタ王子――」

「何のための寺院、何のためのバラモンです。民の心を鎮めるのがその勤めではありませんか。しかし私は多くの民を見てきましたが、バラモンの教えで心安らいでいると思える人間を知りません。何よりも私の心は安まりません」

　八つ当たりめいているな、とは思いつつもシッダールタは言った。

「さあ教えてください先生。何百年もあなたたちは精神を安らわせる修行をして来たのでしょう。どうすれば私の心は安らぎますか」

「それは、シッダールタ王子、クシャトリアとしての――」

「言っておきますがクシャトリアとしての勤めに励めなどとは仰有（おっしゃ）らないことです。それを身を粉にして続けてきて、今どん詰まりとなっているのですから。さあ教えてください。最高の精神状態とは、如何なる状態です」

「それは、秘密だ」

　不運なウダーイン先生は、やっとのことで口を開いた。

「秘密ですって」

「秘密の教え（ウパニシャッド）、だよ。バラモン以外には言えない」

「偉い人の言いそうなことですね。ではその秘密を知っている先生は、さぞ心安らいでいるのでしょう」

　顔を紅潮させ、噴き出る汗を拭くウダーインは、その場しのぎでも「そうだ」とは言えなかった。

「やはりですか。バラモンの秘伝にも、それはないか」

この突発的な会話に、特段の期待をしていたわけではなかったが、シッダールタは落胆を見せた。通り過ぎようとした。

しかし、ウダーインもバラモンの一員ではあった。バラモンの秘伝を虚仮（こけ）にされては、そのまま帰れない。

「待ちなさい。ウパニシャッドは、深いのだ。私はそれを自分のものにし得ていないが、最高奥義の梵我一如（ぼんがいちにょ）は――」

「梵我一如」

ウダーインの洩らした一つの言葉を、シッダールタは口にした。

「梵我一如――。梵我、一如」

なぜか、心に引っかかった。細かい鉤状の棘を身に纏う種子のように。

「口が滑ったが――それは素晴らしい思想なんだよ。いや私には少しもわかっていないのだけれど、どれほど素晴らしいかと言うと、それを追求するために一生を費やすバラモンもいるぐらいなんだ」

梵我一如（ブラフマン＝アートマン）。混沌の時代に見いだされ、最高真理を求める詩的修行者たちの胸を貫いた、短い言葉。

深遠にして凝縮された真理の言葉は、不思議の封をされた宝箱のようなものだ。それを口から発した者がその意味を解さずとも、真理を求める者が耳にすると、その者の心の中でほどけ、堆積された古賢の意図、思惑が、明らかに再現される。あるいは耳にしたときは理解できずとも、頭のどこかで気にしておれば、人生のある段階に達したとき、突然心によみがえることもある。

梵我一如は、シッダールタに封印を全ては解いてみせなかったが、その深遠な輝きは垣間見せた。自分の言葉が、不機嫌だったシッダールタの表情を一変させたことに驚いたウダーインは、思わずこう続けた。彼は既得権益を守る俗物バラモンの一員には違いなかったが、根は良い人間だったのだ。

「南へ行ってみなさい。君は南へ行くべきです。この山国を下り、古い古い大河のほとりへ。私は確かにこんなだが、世界にはすごいバラモンだっているんだから……。そこでなら君のような人も居場所が見つかるかも知れない。――私がこんなことを言ったのは内緒だよ」

その日シッダールタは眠れなかった。

次の日も、その次の日も眠れなかった。

梵我一如。南へ、古い大河のほとりへ。ウダーインがその重要性を知らずに口にした言葉が、シッダールタを捕らえて放さなかった。

梵我一如の切っ先は、シッダールタの心の中心を貫いた。貫いた先には、シッダールタが幼きより求め続けた幻の境地があった。「全ての人が辿り着くべき究極の地点」。そしてそれが彼だけの幻では無いことを、梵我一如の言葉の重み――歴史に磨かれた重みが、暗示していた。

(それはあるのだ。快楽(カーマ)に溺れていたときも、社会義務(ダルマ)に尽力しているときも、ずっと私が探し続けてきたもの。それは先達によって既に見つけられていた。南へ行けば、それを知っている人がいよう)

この国のバラモンでは駄目だった。主立った者は全員知っているが、どれも自分の権益を守ろうとする顔ばかりだった。彼はいてもたってもいられなくなった。心は南へ飛んでいた。

だが、現実の鎖は重く彼に絡みつく。

まずはクシャトリアとしての勤めについて。国を立て直すため、十年近くも職に没頭すれば、数えきれぬほど多くの人々と関わりを持っていた。互いに信頼し、期待し合っている。しかし、努力して積み上げてきたことを、王は一日で引っ繰り返した。無駄な努力だったと思って諦めてもらおう――

次はマガダ国へ送ったデーヴァダッタについて。ウダーインの無意識の啓示ののち、しばらくぼうっとしたのが悪かった。従弟のことに思い至ったのが翌日の早朝、慌てて彼の邸宅に計画の中止を伝えに行ったのだが、愛馬とともにすでに発った後だった。家の者の話では、前日帰るなりすぐに飛んで行ったらしい。彼らしいことだ。もはや追いかけても無駄だろう。いつの日か話をして、謝ることにしよう――

それら男同士のつき合いよりも、彼にとって一番の鎖は、妻ヤショダラだった。あの八人の美姫のように、彼女が聞き分けてくれることは、日が西から昇ってもあり得ることではなかった。彼は悩んだ。なによりも、すれ違い、怒ることも多いが、やはり妻を愛しているからであった。

そう言えばここ数日はおとなしいようだ。

（また癇癪を起こしてくれたなら、思い切りがつくのだが）

そう思い、それが卑怯な考えだと自己嫌悪した。

（妻を捨てる。どう考えても悪に違いない）

シッダールタは自室で終日思い悩んだ。

（しかし、行かねば——。決意せよ、シッダールタ。彼女はまだ若い。別の、もっと話の合う男と一緒になり、幸せになってくれることを願おう）

シッダールタは立った。

ヤショダラの部屋へ行った。

数日、彼に合わせたのか、ほとんど無言だった彼女がいた。

「あなた」

腰掛けていた寝台から夫を見上げる、二十歳を過ぎたばかりの、眩（まばゆ）い程の笑顔だった。

「ヤーシャ、話が——」

口を開くシッダールタよりも先に、ヤショダラが言った。

「聞いて！　もしやと思っていたのですが、先ほど侍医に診てもらったら、やはりそうでした——赤ちゃんが出来たんです、あなた！」

シッダールタは石像のようになった。

「わたし、今まであなたに酷くあたったこともあったけど、これからはいい妻、いい母になりますわ。ここのところ、あなたもお仕事で悩んでいらしたみたいですけれど、これで元気がでますわね。お父さまになるんですもの！　生まれてくる子のためにも、また前みたいに仲睦まじくしましょう。大王様だって、かわいい孫をご覧になれば、きっと喜んでくださるわ。——どうしたの、あなた。幸せな顔をなさって。うれしい言葉をかけて。子供の名前を決めて——ねえったら」

不眠で昂ぶった頭に妻の高い声が響く。この世の何よりも重い鎖が、彼の体に巻き付いたのだ。

「ああ、ラーフラ」

それは、障碍（しょうがい）という意味の言葉だった。およそ妻の懐妊に際し、口にすべき言葉ではない。自身を取り巻くこの事態に、彼が思わず口にしてしまったものだった。

「ラーフラ？　あなた何をおっしゃるの？」

怪訝そうな顔のヤショダラ。

シッダールタは、熱にうかされた病人のように、言った。

「ヤーシャ、私は家を出る。もう決めたんだ」

「あなた――なにを冗談を言うの。ねえ、子供が出来たのよ？」

「すまない――」

「なんで謝るの！　冗談だと笑って。ねえ、あなたはこの国の王子で、わたしの夫で、この子のお父さまなのよ！」

「ヤーシャ、私は全てを捨てるのだ。そなたも、子も、この国も。それがいかに身勝手なことか、よくわかっている。しかし私は行く。許してくれとは、言わない」

「あなた、気がふれたのね！　あなたったら――」

詰め寄り、金切り声でそう言ったヤショダラは意識を失い、崩れ落ちた。素早く受け止めたシッダールタは、寝台に寝かせ、人を呼んだ。

「医者を頼む」

ただ一瞬、ヤショダラの手を強く握り、そして彼は軽装のまま、家を出た。厩舎から、老齢の愛馬カンタカを出し、跨がった。

カピラヴァストゥ城門をくぐった。国も、妻子も捨てる。苦悩に疲弊した顔だが、固い意志が瞳に漲っていた。黒い影がその後ろに近づいた。それはシッダールタの本当の影のように、夕日を王子の輪郭に見つめていた。

「思いきりはついたかね?」

影はシッダールタにそう言った。黒い馬に跨がった、プーラナだった。

ふとしたことで門番を務めた、あの夜の出逢い以来、王子は幾度もこのサモンのもとを訪れていた。説法の聴衆のひとりから、いつしか膝詰めで論を交わす間柄となっていたのだった。

「王子よ、国を出るか。ならば我とともに来い。この釈迦国に出入りするようになり十年、辺境にありながら、内省的思索的であると評判の釈迦族に我が思想が広まるのを見て、この思想が普遍の真理であることを確信するにいたった。しかし最大の収穫はそれではない。王子よ、我が片腕となれ。おぬしの内省の力、人の心へ訴えかける能力は、我と同道し、ともに世界の蒙を啓いていくにふさわしいのだ」

これまで室内での議論の上では、プーラナの教えに惹かれていたシッダールタだった。だが今彼は、はっきりした口調でこう言った。

「そう、確かにあなたの言葉は私の蒙を啓いた。しかしあなたの説くところを肯定するならば、人は、人の世は、滅びてしかるべきということになってしまう。少なくともあなたの説が世に流行れば、人々は今よりもっと堕落することは必定だろう」

「今よりもっと、か。これ以上の堕落があれば見てみたいものだな。堕落するならするで、人の世界とはもともとそういうものだったということさ。たとえ我が説が人の世を滅ぼしたとしても、我もまた人の世が産み落とせし、人の世の一部なのだからな。言っただろう、この世に真実より強いものはない。人は知を欲する。聖典ヴェーダ――それは皮肉にも知を意味するのだが、そのような作り事ではないぞ。〈正しいこと〉とはまさに光だ。篝火（かがりび）に飛びこむ蛾のように、どんな残酷な結末が待とうとも、人は光を求めずにはおられない。特にこれほど長い間、暗闇に包まれていたこの世界ではな」

「残酷な結末はもう沢山だ。ならばそれは光ではない。これまでバラモンの教えは私の悩みに答えを与えなかった。しかしあなたの説くものも真理ではない」

「ならば言ってみろ、我が教えの誤りを。そして、真なる真理とやらを」

「今の私には答えられない。真理なるものがどういうものなのかもわかっていない。しかしあなたが説くようなものであってはならない、あるはずがないと、それだけは確信している」

「ふん」

あまりにもきっぱりと言うシッダールタを、プーラナは睨んだ。

「では行くがよい。行ってそのあてすらないものを探せ。そして気づくだろう、そんなものはどこにもないと。いずれどこかで会うこともあろう。そのときのおぬしの顔が楽しみだ」

そうしてこのインドの光と闇は別れた。

王子は、愛馬カンタカを緩く走らせ、カピラヴァストゥを出た。

夜更けに釈迦国の果て、星明かりに岩山が巨大な生き物のように立ち並ぶ地に着き、そこで彼は剣で髪を切り、頭を丸めた。

そして質素な衣を身に纏い、落とした髪を包んだ布と、剣と、衣服をカンタカの背に括（くく）りつけた。

カンタカはその意図を知り、寂しそうに、僧形となった主を見た。

「カンタカよ、これが今生のお別れだ。今までありがとう。これらを国へ持ち帰ってくれ」

しばらく別れを惜しみ、カンタカはカピラヴァストゥへと帰って行った。

シッダールタはそのまま山中を南へ向かった。

春まだ遠い、身を切るような空気と暗闇の中、されど彼の心には、小さいが熱く、光を放つ塊があった。

第二章　梵天勧請（ぼんてんかんじょう）

○王舎城（ラージャガハ）の父と子

マガダ国都ラージャガハは喧噪に満ちていた。

町には人が行き交い、商家が軒を高くし、職人の鎚の音が響いている。

北インド東部に位置し、ベンガル湾にまで支配地域を持つこの国は、西方からの彼らアーリア文化が辿り着いた最果ての地であるばかりでなく、新しい文化が生まれ、発信する地であった。それは国王の人柄に因るところが大きい。名君と名高いビンビサーラ大王は、政治軍事に秀でるのみならず、思想・文化を好み、奨励した。

彼は、いくつかの優れた思想のみを持て囃（はや）すのではなく、多様な存在を許容した。それゆえここでは古いものと新しいもの、真なるもの奇なるものが混在し、それがまた次なる真や奇を生み出していた。

彼は多忙な政務の中、暇を見つけてはバラモンやサモンを招き、説を述べさせたり討論をさせた。

しかし、ただの興味という言葉では片付けられない真剣さが大王の表情にはあった。彼には重大な懸念があるのだった。

王には、今年で七つになる一人の息子がいた。アジャータサットゥという名前だが、短くアジャセと呼ばれることが多い。懸念とは、このアジャセ王子についてだった。

王子が生まれたとき、何年も待ち望んだあげくに授かった男児だったので、王は跡取りと期待し、喜んだ。育児のための安全な屋敷を作り、柔らかい産着（うぶぎ）や、少し成長した後の衣服を揃えた。世話するための熟練の侍女、英才教育のための教師を集めた。とにかく思いつく限りの物、人を準備した。

そして最後に、富貴な家庭ではよくあることだが、占い師のバラモンを呼び、子の将来を占わせた。他の物や人と違い、生まれた子の占いはやり直しも取り替えもきかぬ、一度きりのことだ。国内外を問わず、広く評判の仙人を探した。遠国からそのバラモンは招かれた。

どんなに高名な占い師でも、子の出来た親がそれへ期待することは、それほど具体的なことではなく、曖昧でも、将来への嬉しい言葉に違いない。あるいは嬉しくない言葉でも、〈水に注意せよ〉〈火を避けよ〉といった、大ざっぱでも子供の健康や、事故で気をつけるべきことなどであろう。この時代、王族であろうと乳児の死亡率は高かった。

つまりこの占い師が、〈この子は両親を大事にし、全ての人から慕われる、偉大な人物に成長するだろう〉とでも言っておけば、さすがは名高い仙人と親も喜び、この儀式は円満に終わり、彼への帰りがけの謝礼はさらに増えもするはずだった。

しかし、親族や重臣が居並ぶ中、腰まで白髪と髭を伸ばしたこの占い師バラモンが告げた言葉は、

「この子は長じて、父殺しとなる」

というものだった。

「父殺しだと――」

ビンビサーラ王は聡明で合理的判断を志向し、元来占いなど信じるたちではなかったのだ。親として、生まれた子供を祝うための多くの儀式の一つという認識だった。

だが短い言葉でこれほどはっきり言われると、ビンビサーラは衝撃を受けた。

占いをしたバラモンに約束どおりの謝礼を渡し、他言せぬように言って帰らせた。その場で声も

無くたたずむ親族、重臣にも同様に言った。

強く豊かな国を作り、子が、孫がそれを受け継ぎ、永く繁栄させてゆく――それが王の人生の目的であり、生き甲斐であり、死後にまで続く喜びだった。

ビンビサーラ王にとっての世界は一変した。全ての喜びは色褪せ、美食の味もしなくなった。医者は役に立たなかった。

それからというもの、王は様々な思想家を呼んでは教えを説かせた。また、各地の賢者の噂を集めるようになった。


――――


「やめてくださいませ！」

「どうか、お部屋でお勉強を――」

城下町で、数人のクシャトリアが弱りきった声で走っている。追いかける先には高貴な衣服につつまれた、きかん気そうな子供が駆けている。

これこそマガダ国大王ビンビサーラの一人息子、アジャセこと、アジャータサットゥだった。木剣を腰に差し、手には土団子を握っている。

「うるさいぞ。ついてくるなよ」

振り向き、土団子を投げる構えを見せた。侍従たちは恐れて飛び退く。周囲の町人たちも、とばっちりを食わないかと不安げだ。

投げるのはそぶりだけで、その隙に王子はまた駆けだした。

「アジャセ王子様！」

侍従たちはまた追いかける。

しかし、七歳の王子は犬のように速い。大人でも追いつけない。

アジャセが目指しているのは象舎だった。一番大きい象に、土団子をぶつけてやるのだ。今朝方思いついたばかりのこの素晴らしい目的に目を輝かせ、風のように走った。人々は乱暴者の王子の道をあける。

あと一区画で象舎、という通りで、向かい側から歩いてくる人影があった。道のまん中を歩いている。

アジャセも道のまん中を駆けている。

両者の距離はたちまち縮まった。

広い道だ。どちらかが少しでも道をあければ問題なく通れる。しかしどちらも、道のど真ん中を進んでいた。

いい気分で走っていたのに、止まらざるを得なくなった王子が怒鳴った。

「おいっ、どけよっ」

しかし相手はどかずに、じろりと王子を見おろした。

ビンビサーラ王に会見を申し入れたものの、五日も待たされて朝から機嫌の悪い、釈迦国からの使者、デーヴァダッタだった。

「なんだよお前っ。どけったらどけっ」

さらに怒鳴るアジャセ王子に、

「うるさいぞ小僧、お前こそどけ」

と、デーヴァダッタは応えた。相手が子供だろうと関係ない。

「言ったなこいつ！」

怒ったアジャセは、土団子（この道を走っている理由であったはずのものだ）を振りかぶり、体をひねり、渾身の力でデーヴァダッタの顔面に投げつけた。

デーヴァダッタの動きは、見事だった。腰の鉄剣を払うや銀色の残像を描き、空中の土団子を剣の腹で横殴りに叩き潰したのだ。

機嫌の悪い彼に、躱（かわ）すという選択肢は無いらしかった。子供相手にも、土団子にも道を譲らない。

土団子はこなごなになり、アジャセの顔に多くかかった。

見たこともない早業に、アジャセは驚いた。しかし気の強い彼は、木剣を引き抜いた。構えた。

「こいつ！　そこを動くな」

「動いたなら、なにをする気だ」

木剣など意に介さず剣を鞘に収め、デーヴァダッタが言い返す。ずいと一歩踏み出した。アジャセ王子は気圧（けお）された。

その時、ようやく侍従たちが追いついてきた。また王子がなにか問題を起こしている――そう知って、うんざりとした顔をした。しかし息をきらせながらも言った。

「アジャセ王子、どうなさいました――なんです、この御仁は」

「無礼なやつなんだ。成敗してやる」

見れば北方の山岳民（キラータ）ながら、身なり、たたずまいに一分の隙もない、歴（れっき）としたクシャトリアだ。

大事にはしたくない。侍従たちは穏便に済ませようと考えていた。しかし、相手は七歳児を相手に、

「無礼者はお前だ。やれるものならやってみろ」

と、引く気を微塵も見せず、挑発までしている。

「御仁――こちらはマガダ国の太子、アジャータサットゥ様であらせられますぞ。経緯は存ぜぬが、少々お控えられてはいかがか」

「経緯を知らぬなら黙っておられよ。太子だろうがへちまだろうが、理由無く私の顔に土塊を投げつけてきたのはこの者だ。さあ、その棒きれをどうするか見せてみろ」

いつの間にか、辺りには野次馬が取り巻いている。侍従の一人は舌打ちした。穏便とは言いながら、王子の侍従として、群衆の前であまり弱腰なところは見せられないではないか。

「そうまで言われては、こちらとて引き下がれない。王子に代わって御相手いたすが、よろしいな」

三人の侍従が前へ出て来た。いつも王子に泣かされているが、護衛も兼ねて選ばれた彼らは、腕に覚えのある者ばかりだ。

「面白いな。来るがいい」

デーヴァダッタは少しも動じない。

「なんだよお前たち、いいから引っこんでろよ」

アジャセはそう言うが、三人の壁の後ろに押しのけられてしまった。

侍従たちは、取り押さえて少し痛い目に会わせればよいと考えていた。この男が抜く気はなさそうなので、彼らも素手でかかった。が、腕を伸ばした一人目の侍従が、どういう技か袖をとられ、

くるりと一回転させられ、どうと地面に背中から落ちた。息が出来ずに悶絶している。

驚いた残りの二人は目配せをし、同時にかかった。しかしデーヴァダッタは両者を重ねるように巧みに捌（さば）き、一人の足をとってこれも引っ繰り返した。後頭部をしたたかに打ち、気絶した。

「おのれ！」

最後の一人が、剣を抜いた。群衆から恐れの声が上がった。アジャセも顔を青くした。

一人涼しげなのはデーヴァダッタだ。剣など目に入らぬように、不敵にも空手で男に近づく。詰められて、たまらず誘われるように振りかぶった侍従の鳩尾（みぞおち）を、デーヴァダッタの剣の柄（つか）が目にも止まらぬ速さで突いていた。侍従は呻き、倒れた。

どよめく群衆を、久しぶりに身体を動かしたデーヴァダッタは少し満足げに見まわした。

アジャセが駆け寄った。じろ、と睨（にら）むデーヴァダッタに、

「すごい！」

と王子は言った。子供らしい、賞賛の声だった。

「ねえ、お前は剣客なの？」

見上げて聞く。デーヴァダッタはまんざらでもなさそうに、

「剣は嗜（たしな）みでしかない。それから『お前』はやめてもらおう、アジャータサットゥ王子」

「なんて名前？」

腰の後ろで手を結び、はにかみながらアジャセは聞いた。

「デーヴァダッタ。釈迦国のクシャトリアだ」

「デーヴァダッタ、弓もうまいの？」

「弓だろうと馬だろうと、また学問だろうと人に負けることはない」

七歳児を相手に、謙虚さの欠片もないデーヴァダッタだが、アジャセ王子は生まれて初めて正直で、率直で、頼もしい人間に会えた気がしていた。

生まれたばかりのアジャセになされた父殺しの予言を、大王はその場にいた者たちに他言しないように命じた。だがアジャセの母である后は、その後泣きながらに生家の親や侍女や友人に相談していた。その結果、ひと月もせずに城内で多くの者が囁きあう事態となっていった。

家臣たちがその噂を聞いた上で見る、大王の王子に対する言動は、確かに——そして実際よりも——よそよそしいもののように思えた。そして偉大なる大王への忠誠、畏敬の念が、幼いアジャセへの態度を腫れ物を触るような、ぎこちないものにさせた——

「デーヴァダッタ、マガダ国になにしに来たの？」

「あなたの父王に会いに。だが、もう五日も待たされているのだ」

デーヴァダッタは遠くの王宮を睨み、苦々しげに言った。

アジャセ王子は、デーヴァダッタの手をとった。

「ぼくが案内してやるよ。さあ行こう」

子供に手をとられて少し戸惑ったデーヴァダッタだったが、ただ待つばかりよりはと思い、任せることにした。しかし倒れている従者を見回して、呟いた。

「これはどうしたものかな」

つい短気を起こしてしまったが、思えば実に、つまらぬ理由だった。後々面倒なことにならねばよいが。

アジャセが侍従の体を揺すって回った。

「あ、気づいた。――いいか、このデーヴァダッタはぼくの友達になったからな。父上に悪く言ったりするんじゃないぞ。もし言ったら、お前たちがてんで役に立たなかったって言いつけるからな！」

そう言って、

「さあ、行こう」

と、デーヴァダッタの手をひいた。

へたりこんだままの侍従たちは呆然と見送る。デーヴァダッタはさすがに、気の毒そうに振り返った。


「大王様」

ラージャガハの富豪との会談を終えたビンビサーラに、宰相が声をかけた。

「今日は、待たせてある北の客人と会う日ですぞ」

「ああ、わかっている。五日ほど待たせたか」

「はい。重大な案件ゆえ、会議も五回開きましたからな」

「うむ――」

ビンビサーラはうなずいた。釈迦国との軍事同盟。これを結び、釈迦国の国力を援助によってもう少し強くしたなら、コーサラを攻略し得る。同盟の動きが知られれば、マガダとコーサラは決定的に対立関係となるだろう。共存の意見もあった。だが、コーサラの野心は強く、永続的な共存は有り得そうになかった。将来を思えば潰せるものなら潰すべきとの意見が大勢だった。

ビンビサーラは会議では言わなかったが、彼はこの同盟に、別の方面からの興味もいだいていた。

それは、この同盟が決まれば新王になるという、釈迦国の王子のことだった。

もう何年も前のことだが、高名な人相見のアシタと言う仙人に、他国の人物について問うた際、驚くべき答えが返ってきたのだ。

「昔訪れた釈迦国に、高貴の相の全てを備えた王子が生まれている。彼はシッダールタと言い、俗世を治めれば転輪聖王（てんりんじょうおう）に、法を説けば無上の聖者となるであろう」

転輪聖王とは、インドにおける、世界を統一する帝王の理想像だ。転輪聖王か、最高の聖者か。王として自負を抱いているビンビサーラは、転輪聖王の彼に一抹の嫉妬にも似た思いを抱き、生まれたばかりの息子アジャセの予言について、聖者の彼に道を聞きたい思いもあった。その後、釈迦国再建を目指すシッダールタがマガダ国に政治の研究に来た際、会食の席でひそかに観察した。しかし、確かに気品あり風格漂う人物には違いないが、あの小国で世界を統べる転輪聖王などと想像するもおかしかったし、シッダールタ自身が深く悩みを抱えているようだった。人に法を説くようには見えなかった。

（これは違う。アシタ仙人の見誤りか）

しかしずっと心の隅で気にしていた。そしてこの度、

（最後に会ってから五、六年たつ。ひょっとすると大きく変わっているかも知れない）

そんな期待もあった。一国の王子であり、次の王たらんとする者だ。聖者になどなるとは思えない。ならば転輪聖王はどうだろう。ひょっとしたら、この同盟が、それへの道筋なのかも知れぬ。

転輪聖王ならば、マガダにとって脅威かも知れない。しかし興味をそそられた。彼は、何の分野にせよ、優れた者、抜きん出た者が好きだった。だから配下に人材を得たのである。予言どおりに転輪聖王が出現するのか、見てみたい気持ちだった。自分の気持ちがわからず、会議では臣下の多数意見に任せることにしたのだった。

「では、釈迦国の使者を呼んで参れ」

「はっ」

侍者が王の間を出た。デーヴァダッタの宿へ走るのだ。しかし侍者が開いたその扉から、アジャセ王子と、彼に手を引かれた武人が入ってきた。

宰相が言った。

「むむ、大王、彼がデーヴァダッタです」

宰相は面識があるのだ。王も、他国の客を招いての催事で顔は見たことがある。いかにも才気溢れる、印象に残る顔だ。

「アジャセ、人の手を引くとは珍しいな」

王が王子に言った。

「父上、このデーヴァダッタは偉い人です。話を聞いてあげてください」

王をはじめ、皆不思議がった。王が言った。

「そうか。しかしお前に言われずとも、こちらからお招きするつもりだったのだ。さあお前はあっちで遊んできなさい」

「いやです」

アジャセが言った。

「なに？」

「デーヴァダッタは友達です。一緒に話を聞いています」

息子の口ごたえに、王は苛立(いらだ)った。

「いいから行け。国と国との大事な話だ」

なおも反抗しそうなアジャセだったが、デーヴァダッタが口を開いた。

「王子、ここはお下がりなさい。さっき教えた、剣の練習をなさい」

その言葉に、王子は素直に頷き、出て行った。

沈黙が流れた。みな不思議なもの、譬(たと)えるなら猛獣使いでも見る思いで、デーヴァダッタを見つめていた。

「釈迦国斛飯王(こくぼんのう)が長子、デーヴァダッタです。ビンビサーラ大王、お目通り拝謝いたします」

手を組み礼をとり、デーヴァダッタが口を開いた。

「うむ。長く待たせて済まなかったな。ところで」

王はデーヴァダッタを見ていた。稀に見る人物だった。

「あのアジャセはきかん気で、人に懐いたことがない。そなたは妖術でも使ったのか？」

「まさか」

デーヴァダッタは笑った。

「ただ道を歩いていた。そこで王子とばったり出会った。それだけのことです」

王はなおも、デーヴァダッタの人物を観察した。稀に見る人物だが、なにか――

デーヴァダッタが切り出した。

「既に申し伝えておりますように、釈迦国大王シッダールタの密命により参りました。貴国と我が国で盟を結び、末永く誼（よしみ）を深めようではありませんか」

「なんのために？」

宰相が王を見た。すげない声色だったのだ。だがデーヴァダッタは、何ら臆せずに言った。

「共通の敵、コーサラのために。かの国は、商工業の発展を基に近年軍の充実とどまるところを知らず、大王の兵と言えど、一国であたることは避けなければなりません。我が国は兵力こそ寡（か）なれど、地の利によりコーサラとのみ面しており、必要となれば全ての兵をコーサラに当てることが出来ます。四方を気にしなければならない他の国々と違って」

そのとおりだった。会議で論じられたことだ。釈迦国以外との同盟は不確実な要素が多すぎ、難しい。すでに結論は出ていた。

しかしビンビサーラ王には、なぜか躊躇（ちゅうちょ）があった。この使者の人間についてだった。王の心のどこかが、危険な予感を訴えていた。

なおもデーヴァダッタは同盟について述べている。対コーサラ強硬派で、釈迦国との同盟推進派の宰相は不安だった。ビンビサーラ王の顔色がよくない。これはお断りになるかも知れない。あの使者の、どこか尊大な態度が鼻についたのだろうか。そういうことを気にする王ではないのだが。

だが、やがて大王は口を開き、会議で決められていた結論を言った。

「よくわかった。同盟を結ぼう」

デーヴァダッタが破顔した。

「有り難い。釈迦国王シッダールタに代わり、感謝いたします」

「今後のことは、こちらから密使を送る。まずは国に戻り、それを伝えられよ」

デーヴァダッタは再度拝謝し、重臣の面々にも上機嫌の笑顔を向けた。そして出て行こうとした。それを王が呼びとめた。

「シッダールタ殿は、御身から見て、どのような人物か」

デーヴァダッタはくるりと振り向き、いっそう自信に満ちた口調で言った。

「人傑です。才知有り、胆力有り、行動力、指導力有りです。しかし何よりも、誠実です。決して人を裏切りません。たとえ何があっても」

「そうか――そなたほどの男がそう言うのだ、私も安心して盟を結べるな」

デーヴァダッタは歯を見せて笑い、退出した。

王の間を出たところにある庭で、アジャセ王子が木剣を振るっていた。先ほど僅かに見せた、デーヴァダッタの剣技だった。筋がいい。武は百芸に通じる。これは名君になるかも知れぬな、とデーヴァダッタは思った。アジャセが気づいて駆け寄ってきた。

「デーヴァダッタ！」

「なかなかいい振りですぞ、王子」

「もっと別のも見せておくれよ」

「もう国へ戻らねばならないのです。公務で来ているので」

「えっ」

アジャセはとても悲しそうな顔をした。彼にはこの国に心許せる存在がいないのだった。王子として大事にはされるが、腫れものに触るような大事さだ。優しい母はいるが、彼を見てはよく泣く母だった。少年が憧れ、頼るような存在が何より欲しかった。

デーヴァダッタが膝をかがめて、言った。

「王子、剣の修行はそこそこでよろしい。私と違い、あなたは王になる男だ。学問に励みなさい。人を制するのは学問であり、軍略、政略だ。あなたは磨けば、父君を越える大王になるかも知れない」

アジャセはうつむいていた。目に涙を浮かべていた。

「デーヴァダッタ、ぼくが大王になったら、家来になってくれる？」

デーヴァダッタは笑った。

「私が家来になる人は、もう別にいるのです」

アジャセは彼を睨んだ。

「じゃあ、そいつが死んだら？　いなくなったら？」

デーヴァダッタは肩をすくめた。

「その時は、王子の家来になりましょうか。でも下っ端はまっぴらですぞ。宰相か、大将軍か——です」


同盟を約すことに成功したデーヴァダッタは、意気揚々と馬を駆り、カピラヴァストゥに戻った。

しかし彼を待っていたのは、盟の主役たるシッダールタの出奔という、耳を疑う事実だった。

その時のデーヴァダッタについてはいずれ述べるとして、シッダールタの足取りを記そう。

デーヴァダッタがマガダ国で待ちぼうけを食わされ、不機嫌に城下の通りをぶらぶら歩いていた頃、実はシッダールタはそれほど遠くはないところに来ていた。彼もまたマガダ国領内に入っていた。

○真理を求めて

カピラヴァストゥを出たシッダールタは、マガダ国を目指した。ウダーインが言った大河のほとりがあるだけでなく、思想、哲学が活発な地であり、そこでなら自分の道に示唆を与えてくれる人物がいるかも知れないと考えたからである。

マガダ国は何度か訪れたことがあるが、それは釈迦国為政者としての訪問であって、政治、経済、軍政を見るものであった。目的が違えば目に見えるものも随分と違ってくる。悠々と流れる大河のほとりや山林を歩くと、修行者風の人間の多さに驚いた。

武力を持つクシャトリアを飼い慣らし、人間の最上位に君臨しようとするバラモン。釈迦国を舞台に、今まで述べてきた彼らはろくな存在ではなさそうだが、二種類のバラモンがいることに留意しなければならない。既述の、クシャトリアのそばで生きる、既得権益の守衛としての「街のバラモン」とは違って、深山幽谷(しんざんゆうこく)に隠棲し真理を求めるバラモンが、何百年も前からいた。苦行、打坐(たざ)瞑想、煙やソーマ酒による忘我・陶酔、あるいはヨーガ、そしてウパニシャッドなど、最高真理への接触を目指したあらゆる方法は、仙人とも呼ばれる彼ら「森のバラモン」があみ出し、秘伝として継承してきたものだった。

シッダールタはバラモンへの認識を新たにした。その堆積された思想を教えてもらいたかった。

しかしバラモンは、森でもやはり選民意識が強く、バラモン以外との交わりを拒む。

バラモンのよそよそしさに手を焼き、ならばまずはバラモン以外に話を聞こうと、道行くそれらしい修行者に目をつけつかまえると、彼もシッダールタと同じくクシャトリア出身の出家修行者であった。彼は、アジタ・ケーサカンバリンという、順世派なる思想集団を立ち上げた評判のサモンに心酔しているのだという。その教説を聞くと、世界は物質からのみ成るとして精神世界を否定し、現世の享楽主義を唱えるもので、プーラナの説くものに近いようだった。シッダールタはそれには興味を示さず、聞いた。

「バラモンで彼らの教えを、バラモン以外にも披瀝してくれる方はおられないだろうか」

シッダールタの言葉に、男はひどい田舎者を見る目で、

「あなたはなんでこの時勢に、古い教えに興味をもつか。時代の流れをもっと知らねば、貴重な時間を無駄にしてしまうぞ。まあそれでも探すというのなら、そういうバラモンなら知っている。中でも高名なのは、アーラーラ・カーラーマとウッダカ・ラーマプッタだろう。アーラーラ・カーラーマなら、この先の山の麓で一団をなしている」

シッダールタは礼を言い、教えられた方角へその人を求めて歩いた。

アーラーラ・カーラーマというバラモンは、釈迦国で祭祀をしていた肉付きのよい半役人とは違い、痩せた体、膝まで垂れた髪と髭、窪んだ眼窩の奥に光る瞳、いかにも真理を求める行者という風体で、対面したシッダールタは「この人こそ」と思った。

話してみても、静かな言葉遣いだが言うところは鮮明で、この世界にはずぶの素人のシッダール

タにもわかりやすかった。

「私はクシャトリアの出で、今は出家修行者です。あなたの下で真理を学ばせていただけるでしょうか」

「バラモンではなくとも、見どころのある者ならば弟子として迎える。まず聞くが、そなたは何を思って修行者となったのか」

「クシャトリアとしてのダルマに勤めて参りましたが、これが私の生が落ちつくところだとは思えませんでした。私が探し求めるのは――、全ての人間が辿り着くべき地点」

「おう、梵我一如（ぼんがいちにょ）だな」

　秘密の教えであるはずのその言葉をあっさりと発したアーラーラに、シッダールタは驚いた。

「それは、どのようなものなのでしょう」

「まずは、読んで字の如し。梵（ブラフマン）と我（アートマン）は、一つのものだと言うことだ。誰でも通り一遍の意味は知っているだろうが、梵とは、この宇宙一切に満ち、宇宙を成り立たせる根本原理。我とは、内なる真の自己。全てのものが出でしところ、全てのものが回帰するところ、それは他のどこを探すまでもなく、自らの中にあるのだ」

　ブラフマン〈梵（ぼん）〉について述べるのは容易ではない。ブラフマンのみでなく、古インドの精神的、哲学的な言葉は、さまざまな面を持ち、厖大な資料の中、論ぜられるところによって微妙に形を変える。明確に捉えることが難しく、それゆえそれらは、～でない、～でもないという否定の羅列、消去法で表されることも多い。言葉で表されるところによれば、ブラフマンとは、宇宙開闢（かいびゃく）の原動力であり、神々を満たし力を行使させ、祭祀を満たし、陽を昇らせ、鏃（やじり）を研ぎ澄まさせ、牝牛に乳を出させる。人格を持つもの〈ブラフマー神〉として描かれることもある。いずれにせよ、世界でもっとも尊いものであり、「偉大な、崇高なもの。威力」だとされる。

宇宙の根本原理が宇宙に存在する一切に満ちているとは理解しにくいが、「一部は全体をあらわす」とはインド人のよくする思考形式であり、我々生命体の細胞の一つ一つに、遺伝子なる全体の設計図が内在する、という関係に近いかも知れない。

司祭者たるバラモンは、このブラフマンを祭祀によって思うように操り、〈潜在力〉を発動させ自然現象や神々までも動かし、望みの成果を得る。祭祀の方法や賛歌はバラモンにのみ伝承されるものだが、ブラフマンの存在や、その偉大さは非バラモン階級にもあまねく知られるところであり、またアートマン〈我(が)〉も、「わたしの」と言う意味の、一般に使われる代名詞であった。

さてアーラーラの言葉は、シッダールタが漠然とながらも予感していた答えだった。彼は思った。自分の道は間違っていない。

「是非(ぜひ)、その境地を教えてください。導いてください」

「もちろんだ。秘伝とされるウパニシャッドとは、そもそもが〈近しく(ウパ)・座す(ニシャッド)〉との意。弟子として近くに座する者ならば、対象はバラモンに限らぬ。また伝わるところによれば、〈真我〉アートマンを見いだしたのは、そなたのような非バラモンの修行者だったのだ。バラモンたちが頭上の果てなき宇宙や神々を仰ぎ見て、大いなる〈梵〉ブラフマンのみを求め探していたとき、バラモンでない者が矮小なる自己というものに深く思いをいたし、そこに〈我〉アートマンを見つけたのだ。後にそれら両者が同一であると、大賢哲シャーンディルヤが看破したのだが、宇宙ばかり見上げていたバラモンに、非バラモンが身近な見落としていたものを教えたというのはなんとも面白いし、その構図がまさに梵我一如的だ。だからわしはそなたたち、非バラモンの修行者にも、それを教えるのだ」

　こうしてシッダールタは、アーラーラ・カーラーマの下で修行を始めた。アーラーラの方針はそうでも、三百人と伝えられる弟子たちのほとんどはやはりバラモンだった。切実な求道者ばかりであり、彼は釈迦国で抱いていた「バラモンは祭祀をするのみ」との認識を、さらに改めた。深遠さにおいて世界的に見ても他の追随を許さない、インドの精神文化を耕し伝えてきたのは、やはりバラモンだったのだ。

　アーラーラが到達し、弟子たちが目指す境地は「無所有処」というものだった。無所有とは、この世界の何ものも自分に属することがないと観ずること。瞑想の果てに辿り着く孤高の境地。そこにて梵我一如は見いだせるという。シッダールタは弟子の一人となり、アーラーラの手ほどきを受けつつ、それを得るため一心不乱に精進した。

　たとえどれほどの歳月がかかろうとも――、との思いで始めた修行だったが、シッダールタは打坐瞑想すること数ヶ月で、無所有処に達してしまった。アーラーラは驚いた。

「わしが二十数年をかけて修したものを、僅かな期間で己がものとするとは。シッダールタよ、今後はわしの隣に座り、ともに弟子を教えてくれ」

　しかしシッダールタは、

（たしかに孤高の境地、無所有処に達した。しかしこれは言い方を変えれば、外界を絶した孤島に籠もる、孤独者の安逸。私が求めているものとは違う）

　そう観じ、ただ師の恩義に深く礼を言い、アーラーラのもとを去った。

次にシッダールタは、マガダ国のさらに深い森に住む、やはり評判のバラモンであるウッダカ・ラーマプッタのもとへ弟子入りした。七百人の弟子がいたと伝えられる。アーラーラ・カーラーマ同様、バラモン以外の修行者にも彼が説く境地は、「非想非非想処（ひそうひひそうしょ）」というものであった。

アーラーラの所から来たと知ったウッダカは、彼と我とを比較して、こう言った。

「無所有処はまだいかん。無所有とはそれ自体、心の動きの一つである。思念を超越したところ。想うに非（あら）ず、また想わ非（ざ）るにも非（あら）ず。梵我一如はそこにしか無い」

これなどは先述した、複数の否定によってしか示すことの出来ない概念の代表例と言えた。想うに非ず、想わざるにも非ず、消去法の果てに浮かび上がるという曖昧、難解な境地だった。しかしシッダールタは、非想非非想処もまた、数ヶ月で達してしまった。高弟になれと引き留めるウッダカだったが、シッダールタは丁重に礼を残し、去った。

「彼らは立派なバラモンであったが、無所有処の修行はただ無所有処に、非想非非想処の修行は非想非非想処に行き着くのみ、だ。これらは私の求めるものではない」

冷たい石になれば確かに迷いはなくなろうが、そんなものを目指してたまるものか――そんな思いだった。シッダールタは嘆息した。だが、この一年に満たない両バラモンへの師事は、後に彼が達することになるある境地への、正しい精神訓練、地固めになっていたことは確かのようだ。後代、彼の教えを継ぐ者たちは、無所有処、非想非非想処を、目指す境地への重要な段階として位置づける。

とは言えこの時点では、彼は己の道に少なからず迷いを抱いた。

遠い目標は朧気（おぼろげ）ながら見定めてはいるものの、今どの道を辿ればよいのかわからなくなった彼は、広大な乾燥地に聳える大樹の下、瞑想をしていた。

結跏趺坐し瞑想することは、世俗の頃よりシッダールタが好んでしてきたことだった。しかし二バラモンによって、古より伝わる洗練された方法を教授された。正しい姿勢、午前中に托鉢をしての食事、適度な睡眠時間、歩くとき小虫にも気をつける不殺生、等々。ときに些末な決まり事に見えるそれらも、長い歴史の中取捨されてきたものであり、伝統の中で心は静寂を深めていった。無所有処、非想非非想処の先の境地、或いは全く別の境地を求めた。

彼は繰りかえし思った。（無所有処も、非想非非想処も体得した。孤独の境地、思念を超越した境地では、確かに生の悩みも死の恐怖も無い。しかしそれは、酒や煙に逃げることと同じなのだ。梵我一如とは、悟りとはこういうものなのか？　そうではないはずだ）

大樹の下で、半眼を保ち瞑想するシッダールタに、遠方より近づきつつある五つの人影があった。

「バッディヤよ、我らが遠くから見つけ、涼もうと思い歩いてきた大樹の下に、すでに人がいるな」

「うん、コンダンニャ。それもどうやら修行者のようだ。きれいに作法どおりの結跏趺坐を結んでいる」

「しかし近づけば近づくほどに、なかなかの禅定ではないか。どうだねヴァッパ？」

「そうだマハーナーマ。まだ若いのに、何十年も座り続けてきたかの風情がある」

そう言って五人はやがて樹下に辿り着き、シッダールタを取り巻いた。

自身では満足を得ずとも、二つの境地を修得したシッダールタには、確かに世俗の時とは比べものにならない、静寂に満ちた威徳があった。五人は遠目からこの大樹に何かを感じ近づいたのだが、それがこの人物によるものだったと知った。

五人ともバラモンの出自で、まだ若く、シッダールタより少し上か下の年齢の者ばかりだった。みな、シッダールタを真摯な眼光で見ていた。なぜなら彼らもまた真理を求める修行者だったのだ。

五人がしばらく立ち続けていると、その雰囲気に気づいたか、やがて瞑想から醒めたシッダールタが目を開いた。

自分を見つめる、取り巻く五人を見た。五人とも、伸ばし放題の髪と髭、痩せた体、身に纏うぼろぼろの衣。それらは見慣れたものであり、出家修行者たちであることに間違いは無い。

しかし、これまで自分が接してきた修行者とは、ずいぶん違っているところがあった。彼らの顔と言わず手足と言わず、大小新旧の傷跡だらけだったのだ。火傷のような箇所もある。

(何者だ？　歴戦の武人でもこれほどではない)

静かな瞳で、シッダールタは思った。

五人の年長者であるコンダンニャが、口を開いた。

「瞑想の邪魔を致して申し訳ない。見事な禅定に感服いたしました。我ら五人は、コンダンニャ、ヴァッパ、バッディヤ、マハーナーマ、アッサジと申す、真理を求める者。あなたは真理を悟りし人ですか？」

シッダールタは静かに首を振った。

「違います。一年ほど前に俗世を抜け、アーラーラ・カーラーマ師とウッダカ・ラーマプッタ師のもとで真理への道を学び、今は一人で瞑想する者ですが——悟るどころか、道を見失いかけているようです」

五人の修行者は顔を見合わせた。多数の弟子を抱える、先鋭的な精神修養で名高い二バラモンの教えを短期間で修め、立ち去った元クシャトリアの話は噂となっている。それがこの人物だったのだ。出家して一年とは思えぬ威徳だ。

それが、道を見失いかけているという――コンダンニャたちは視線を交わし、

（さもあらん）

と頷き合った。そして言った。

「あなたは類い希なる資質をお持ちのようだ。しかし、それが間違った方法で磨かれているのではありませんか」

「どういうことでしょう。間違った方法とは。そして正しい方法とは」

シッダールタが問うた。

「間違った、とは言い過ぎかも知れない。足りない、と言った方がよいかも知れない。結跏趺坐し瞑想することは、我らもすることであり、それは心を見つめ洗うことになるでしょう。しかし我らの悩み、怖れ、欲望は、元を辿ればこの肉体から出ているのですぞ。いくら心を清浄にしようと努めても、五体、五臓六腑、諸感覚器官から生ずる悩み、怖れ、欲望をそのままにしておくなら、悟りなど開けるはずがないではありませんか」

コンダンニャの言葉を、シッダールタは注意深く聞いていた。

そして言った。

「ならば、どうすればいいのですか」

ヴァッパが答えて言った。

「苦行です。五体を、臓器を、感覚器官を、苦しめ、苦しめぬいて、肉体が醸成する悪心――悩み、怖れ、欲望を、止滅させるのです。心の静けさはその果てにしかありません」

五人の体じゅうの古い傷、新しい傷は、そのためのものであった。

苦行。シッダールタも初めて耳にするわけではない。何百年もの昔から、森のバラモンの一部により行われてきたことだ。その真理への苛烈な方法は、ある種の修行者にとって魅力的であり、ひとつのやり方として絶えることなく受け継がれてきた。真理を目指そうと燃えたぎって出家した者にとって、苛烈さが魅力と映るのは腑に落ちるところである。また、内的な瞑想よりもわかりやすい。皮膚に傷が増えることを修行が進んだと、喜ぶ者もいるほどだ。

「あなたは心の修行はかなり進んでいるようだ。しかし肉体を放っておくのなら、それは汚水の流れこむ水門をそのままに、堀を綺麗にしようとするようなもの」

とバッディヤが言った。

「此処から南西に三昼夜行った所、ネーランジャーという川のほとりに、苦行者の集まる地があります。五百人を超える行者により、インドで最も激しい苦行が行われています。我々もそこにいきます。よかったら同道し、あなたも苦行をしてみては如何(いかが)ですか」

と、マハーナーマが言った。

シッダールタはじっと考えた。

（座禅を組み、瞑想するだけではいけないのかもしれない。彼らの言うことも一理あるように聞こえる。人の迷いの多くは、肉体から生じる）

黙っているシッダールタに、コンダンニャが言った。

「まあ、今まで続けた道をそうすぐには変えられまい。しばらく考えられたらよろしい。しかし、いずれ限りある我々の生。迷いつつ過ごすような、無駄にできる時間はありませんぞ」

そして五人は去っていった。


マガダ国はいよいよ繁栄していた。

首都ラージャガハは良質の鉄、銅を産出し、商業、工業で国は富んでいた。また山に囲まれた天然の要害で兵馬は充実し、他国が国を侵すなど考えもつかなかった。

と言って、他国への侵攻も鳴りを潜めていた。コーサラ攻略は、同盟を結ぶ予定だった釈迦国の情勢の変化のため、うやむやとなった。

もう一年近く前のことだ。

デーヴァダッタとの会見の数日後に、マガダ国が派遣した釈迦国新勢力への密使は、やがて手ぶらで帰ってきた。新王になるはずのシッダールタ王子が国を捨て、出奔したのである。密使の話では、同盟締結の立て役者となるはずだったデーヴァダッタはひどく憤慨し、荒れていたという。

同盟の話を知るマガダ国の重臣も、計画が空振りに終わったことで憤っていた。特に失ったものがあるわけではないが、インド一の大国が、小国から持ちかけられた話に御前会議まで開いて乗り、振り回された格好だからだ。

しかしビンビサーラはその報告に、ある期待とも呼べぬ期待を密かに抱いていた。

あの王子が出奔した。小国なれど、一国の王子。不自由なく暮らしていたはずだ。そしてマガダ国との盟約を結ぶところまでこぎつけていた。それが国も家族も捨てた。

なんのために？

アシタ仙人の予言——「転輪聖王(てんりんじょうおう)、もしくは無上の聖者」。その後者の道を進んだのではないか。生まれついての王者ビンビサーラは、出家など考えたこともなかったが、政治では解決できないものがあることはわかっていた。

彼の悩みがそうなのだから。

彼の一人息子アジャセは、あの不思議なデーヴァダッタとの出会い以来、きかん気を収め、文武に打ちこむようになった。それがビンビサーラには無気味に映る。

先日八つになったばかりのアジャセは、十二歳の少年と比べても、まだ大きい。それが常に大剣を履き、鋭い眼光で無駄口を利かずにいる様を見ると、予言を思い出さずにはいられなくなる。

おかしな話だが、予言をそれほど信じているわけでもない。絶対的に信じていたなら、「父殺し」をする王子をそのままでは置くはずもないのだ。国のことを占わせて、はずれたためしも幾度もある。怪しいことはわかっている。しかし、（あるいは——）と考えてしまうのだ。その（あるいは——）が、男同士の父子の情という微妙なものに薄い毒を混ぜ、どこかぎこちなくさせた。幼い子はそれを敏感に察し、父になつかなくなる。それがまた父の猜疑心をふくらませる。このような悪循環に陥らせていたのだ。それは彼にも頭ではわかっていた。

（私が悪いのだ。しかし心の動きはどうしようもない。自分の心を、自分で操れない）

今日もビンビサーラ王は、配下の者が探してくる、高名の思想家を呼び、話を聞く。

香の焚かれた大広間で、官民の思想好きな衆が見守る中、王と対面しているのは、マッカリ・ゴーサーラと言うサモンだった。

釈迦国でも盛んに虚無の教えを説いたプーラナの教説は、現代では「道徳否定論」とも呼ばれる。彼は火付け役であり、その説は、祭式偏重に倦んでいた世に燃え広がり、それを補強したり、発展させる説を多々生んだ。

それらの中に、唯物論と分類されるものがある。全ては物質に過ぎない、とする説であり、ゴーサーラの教説もこの系統に属する。

ゴーサーラは、宇宙は地・水・火・風・霊魂の五つの元素から成っていると説いた。霊魂を認めるのなら唯物論では無いように思えるが、彼の言う霊魂とは多分に物質的なものであり、唯物論と言ってさしつかえない。

ゴーサーラからそのあたりまで聞いて、ビンビサーラ王は感想を述べた。

「なるほど、近頃はそなたのような教説が流行となっている。少し前に呼んだ、順世派を率いるアジタなる行者は四元素のみだと言っていた。いったい幾つが正解か、余は問わない。なぜならどうせ人には見えぬものなのだから。そなたたちが地・水・火・風などと名づけるのは、ものの喩えであろう？　見えることはないが、つまるところ全ては極めて小さい粒子から成り立っていると言わんがためのの」

ビンビサーラは為政者としても秀でていたが、新しい思想にも興味をもって、その鋭敏な頭脳を働かせていた。

ゴーサーラはそれについて何も言わなかった。ただ、にやと、髭の下から黄色い歯を見せて笑った。

ビンビサーラはその静かな肯定を受け止め、続けて聞いた。

「配下の者から聞いたところによると、そなたはそこから進んだ教えを説いていると言う。その教えにより、そなたの教団は僅かな期間で信徒を増やし、大所帯になっていると。それを聞かせていただこう」

マッカリ・ゴーサーラは話を始めた。

「聡明な王よ。ここに石礫が宙から落下しているとなされよ。床に当たりました。どうなりましょうか」

「はね返り、転がるだろう」

「どちらの方向に、どのように」

「石礫の形や、落ちる速さ、床の表面の具合によって異なろう」

「ならば床へと落下する石礫は、互いの形状、あるいは材質、固さ、ぶつかる速度などによって、あらかじめはね返る方向や高さは決められているのですな？　石礫の気まぐれで決まるのではなく」

「もちろんだ。石礫に気まぐれなど無い」

「それでは崖から巨大な岩が剥がれ、周囲の岩と共に崩れ落ちていくとします。どのように落ちていくでしょうか」

「それは複雑で、どのようにとは言えぬだろう。岩の大きさや崖の高さ、形にもよるし――」

「確かに複雑ではありましょう。しかし先ほどの石礫と床の衝突と、異なるところはありましょうか」

「ふむ。物体は増え、大がかりにはなったが、考え方は変わらんと言うことだな」

「然り。礫が複数の岩に、床が断崖になろうとも、物体の形状、材質、固さ、落ちる速度などによって、あらかじめ決められているのです。もちろん人間がいくら定規や秤を持って岩や崖の形状や重量を計ろうとも、その動きを正確に予測することはできませぬ。しかし、さりとて岩は気まぐれによって落下し砕け、粉塵を撒き散らすのではない。崩れ落ちた大小の岩の重なり具合、静まった後の粉塵のたなびき具合に至るまで、全てあらかじめ決められている、そうですな？　あるいは水が流れるさまも。炎の揺らめきも」

「ふむ――確かにそうだ」

「ならば人の行動も同様であります」

ビンビサーラは沈黙した。

ゴーサーラの説は「運命決定論（宿命論）」と言われる。自由意志を否定した最初の思想家であった。

ややあってビンビサーラが反論した。

「人と岩とを一緒にできるものか。人には心がある。行動は自身で選択している」

「大王、初めに、全ては小さな粒子から出来ていると申し上げました。この際〈霊魂〉と言う名はどうでもよろしい。喩えには違いない。要は心も、なんらかの粒子で出来ているということです。――我々が、何かを思い、選択し、行動を為す、あるいは為さないということは、本人の自由なる意志に基づいているように見えても、実は心を構成する小さな粒子の、複雑なぶつかり合い、はね返り、こすれ合いによるものなのです」

現代、心とは脳にある神経細胞の活動の、無数の組み合わせにより生じる作用だと解明されている。その細胞も突き詰めれば原子や電子といった粒からできている。その粒の動きやぶつかり合いやこすれ合いは、全て初めから決まっているものなのだと、彼は言うのだ。

ゴーサーラの説くアージーヴィカ教は運命決定論を掲げ、自由意志を否定することによって全ての道徳、善悪を否定した。プーラナの道徳否定を、言わば科学的に根拠付けたのである。ただし輪廻を全て否定はしない。輪廻転生はするが、自由意志がないゆえに善悪がないのだから、業（善行、悪行の積み重なり）もないとした。今生の行動が決定されているように、来世の生まれ変わりもあらかじめ決定されているということだ。生命は、ただ決まった輪廻を数え切れないほど繰り返し、いつかエネルギーが尽きたとき、ようやく輪廻から解放されるという。

ビンビサーラ王の心は安んじ得なかったが、この説によって安らぎを得た人々もいた。狩人や漁師、動物を解体し食肉や革などを扱う職業の人たちなどだ。今までのバラモンの教えでは、彼らの仕事は悪業を積み上げるものだとされて、来世は畜生になると蔑まれてきた。ゴーサーラの輪廻観によれば、現世の行為はあらかじめ決まっているものであり、自由な選択が無いのだからそこに善悪は無くなる。決定論という、虚無的な思想の中でも一つの極みとも言えるこの説により、彼が主宰するアージーヴィカ教団は多くの信徒を集め、およそ二百年後、マウリア王朝の時代において仏教やジャイナ教としのぎを削る最盛期を誇った。

もう一つつけ加えると、善悪が無いと信じる彼の弟子たちが手に棒きれを持ち、人を害し物品を獲るなどしたわけではない。厳格な戒律のもと、托鉢により食を得、苦行を重視する修行者たちだった。善悪を無いとしてなお戒律を守り修行に励むその気持ちは理解しにくいが、全て決定されており、避けることも選ぶこともできないのなら、精神の修養や苦行をして、静かに運命を甘受しようとしたのかもしれない。


全ては決定されている。

自室でひとり、王は腕を組み、呟いた。

ゴーサーラの、証明不能な説を鵜呑みにはしない。しかし気にした。

教説とはそういうものだ。「気にする」だけで、その目的は半ば果たされている。予言と同じで、気にしている彼は、今後身の回りに起こる事象や自分の行動の全てを、その教説をあてはめて見ることになる。

息子への気持ち、この自分自身の心は、決定された落下軌道なのだろうか。そして息子がやがて起こしてゆく行動も？

「馬鹿馬鹿しい。あのサモン、ぶん殴ってやればよかった。『これも決定されていたことだ』と言って」

空元気で、そう言って笑った。

そのように悩める日々を送るビンビサーラに、目を引く思想家を探させている者から知らせがあった。複数のバラモンやサモンが、マガダ領内の山間部で、威厳漂う修行者を見たと言うのだ。彼らによるとそれはおそらく一年前、王族から出家したての修行者が、アーラーラ・カーラーマとウッダカ・ラーマプッタという二大バラモンの教えを次々と修めては去り、それに飽きたらず一人で瞑想しているという、その人物だろうということであった。

ビンビサーラはそれを聞き、はっとした。一年前。クシャトリアの出。もしやその修行者とは、釈迦国を捨てた王子シッダールタのことではないか。

彼は矢も楯もたまらず、その日の政務を大臣たちに任せ、僅かな供を連れ馬に跨がった。聞いたパンダヴァ山へと、駆けた。

(全ては決定されている？　そんなことはないと言って貰おう。我が子を愛するすべを教えて貰おう)

馬上、ビンビサーラは呟いていた。

パンダヴァ山まで来た。夕暮れにさしかかっていた。従者が彼方（かなた）を指差した。見れば、日陰になる山の斜面に大樹が聳え、その樹が不思議な光を発している。

王は鞭を入れた。大樹がよく見える所まで近づくと、人影があった。

光は、その人が醸し出しているようだった。彼は供をそこで待たせ、遠いところから馬を下りた。馬蹄でこの人をざわめかせてはならない。歩きにくい山道を、這うように王は歩み寄った。

大樹を背に、結跏趺坐を結んでいる。指先は神秘の印を形づくり、目は半眼。呼吸は細く、静寂の極致のようだ。

伸びた髪と髭で、シッダールタかどうかは定かにはわからない。しかし、

——このひとに違いない

そう思った。

静かに対面し、座った。

シッダールタは、人が自然に目覚めるように、すっと目を開いた。

互いが目と目を合わせた。互いに相手が何者かわかっていた。しかし互いを知っていたかつてとは、両者の関係は大きく変わっていた。

ビンビサーラが、まず口を開いた。

「聖者よ、私はマガダ国王ビンビサーラと申します。おそらく私はあなたを知っている――あなたは高貴な生まれである。あなたは王者の資質を持っている。私が象軍の精鋭を与え、財を援助するならば、あなたは転輪聖王ともなって、この世界を統べるだろう。なぜ、そうなさらないのか？」

シッダールタが答えた。

「王よ、ヒマラヤの山麓に釈迦という国があり、〈太陽の末裔〉と称す家系があります。私はそこから全てを捨てて出家した、シッダールタという一修行者。俗世のことごとに、思いはありません。生きる悩み、苦しみの全てから逃れることが私の願いです」

ビンビサーラはシッダールタの言葉に目を輝かせ、縋りつくように、

「シッダールタ殿！　大国の王である、この私も悩みを抱えています。この悩みを消し去ることが、出来るのでしょうか」

「今まで、生きることとは悩むことでした。今もそれは変わりません。しかし、それを脱することは可能だと思っています。私は自分の道のために、妻子すらも捨てた者。人のためには役に立てませんが」

「では、あなたが悩みを消し去ることに成功したなら、その時はぜひともそれを私に教えてくださ

い！」

「約束はできませんが――」

「私は待っています。いつまでも」

歩み寄り、ビンビサーラはシッダールタの手をとり、固くにぎった。そして立ち去った。望んでいた成果は得られなかったが、希望を持てた。夕暮れの中、馬を駆って、ラージャガハへと帰った。

大樹の下、シッダールタは考えていた。

（あの大王もまた悩んでいる。憐れな。しかし自分のことも救えない者に、人を助けることはできるはずもない。では自分を救ったあとなら？　どうだろうか――）

暗がりの中、考えながら、彼は立ちあがっていた。ひと月も瞑想を続けた大樹を後にして、自然に南西へと足が向いていた。

○苦行六年

数日後、シッダールタは苦行林にいた。

雨季あけのネーランジャー川は水を満々と湛えている。川沿いに歩いてきたシッダールタに、五人の修行者が寄ってきた。

「待っていたよ」

シッダールタにこの地に来ることを勧めた、コンダンニャ、ヴァッパ、バッディヤ、マハーナーマ、アッサジだった。彼らが紹介者の気安さで、親しく案内をしてくれた。

川のほとりでは、彼らが言ったとおり大勢の修行者たちが様々な苦行をしている。

敷き詰めた茨の莫蓙に横たわる者。

自ら鞭打つ者。

立ったままの者、逆立ちをしている者。

川に沈んでいる者。

火を跨いでいる者。

土に埋もれている者。

枯れ枝のようにがりがりの者。

不思議な姿勢でじっと動かない者。

その他、形容しがたい様々な、奇行。

(異常者の村か)

異様な情景と熱気に、シッダールタはそう思った。

「我らはああして肉体を痛めつける。肉体は諸悪の根源。徹底的に苦しみを与え制することで、心の静寂が得られるのだ」

コンダンニャの言葉に、シッダールタは頷かなかった。なぜなら彼の体は頭の天辺(てっぺん)から足の爪の先まで、全ては母が命を懸けて産んでくれたものなのだから。

「肉体は悪なのだろうか」

聞きかえすシッダールタに、

「もちろん悪だ。肉体は清浄な心を邪魔だてする。肉体があるゆえに恐怖があり、悩みがあり、欲望がわく。違うと言えるか？」

ヴァッパが言った。シッダールタは黙っていた。

「とにかく此処へ来たということは、君も苦行に魅力を感じたからに違いない。まずはやってみたまえ」

バッディヤが言った。

「なにしろ二大バラモンの教えを、僅かな期間で修したのだ。苦行を極めたなら、きっと望む境地に達することが出来よう」

マハーナーマが言った。

こうしてシッダールタはこの苦行の地に落ちついた。彼の長い苦行が始まった。


シッダールタがおずおずと、茨の筵（むしろ）を素足で踏む行から始めている間、少し話をもどし、シッダールタが出家した直後の釈迦国のことを述べたい。

シッダールタ出家の翌朝、老馬カンタカの背にくくりつけられ帰ってきた、主のない衣服、剣、首飾り、そして漆黒の巻き頭髪は、シッダールタの決意――自分たちを捨てるのだという決意を、国に残された者たちに、ありありと伝えた。

ヤショダラの嘆きは尋常ではなかった。泣いてシッダールタの衣服にしがみついたかと思うと、金切り声をあげてそれを投げちらした。また頭髪を手に取り顔をうずめると、次には剣をとって自らを害そうとして侍者たちに取り押さえられた。そして気絶し、起きて泣きわめいてはまた気絶した。

親である斛飯王の屋敷へ連れて行かれ、侍医と侍女がつききりとなった。嘆き尽くした彼女は潰れるように寝こんだ。

王子の出奔は、公に報じられることはなかったのだが、ヤショダラの嘆きのあまりの大きさに、国の隅々まで知れ渡ることとなった。

その事実は、釈迦国に住む者全てに――王子のこれまでの働きに、好意を持っていた者にも、煙たがっていた者にも――なにか大きな空洞を心に空けさせた。いなくなってしみじみとわかった。たとえ成功の見込みはどんなに僅かでも、王子シッダールタは釈迦国の、たった一つの希望だったのだ。

小さな光が吹き消され、それを見ていた人々は、闇の暗さが一層暗く見えた。


浄飯王の室に、后のプラジャパティがいた。

浄飯王は開け放たれた窓の下で長椅子に座っている。窓の外の、斜陽の王宮を見つめている。珍しく酒も煙も入っていなかった。

プラジャパティは部屋の中央の丸机についている。

「あの子が行ってしまいました」

后が口を開いた。

王は答えず、横顔を見せている。

「知らせを聞いて、ひと息に十も歳を取ったように感じましたわ。なんだか全てが過ぎ去ってしまったみたい」

そう言う后の顔はたしかに、虚脱感のようなものに覆われていた。皺が目立った。

「マーヤーの代わりにと、あの子を育てるため嫁いで参りました。あの子がいなくなった今、わたくしが后である理由は何一つありません。お暇を頂きます」

「そんなことは許さん」

浄飯王が答えた。

「まあ。なぜです」

「王子が出奔し、続けて后が離縁されたとあっては、釈迦国王族の体面がない」

浄飯王の不思議さだった。生に絶望し、日々酩酊し、錯乱し、幻想のみを糧に生きているようでいて、起きればクシャトリアとしての体面にこだわる。死なずに生きるのなら食べなければならない。なにかであり続けねばならない。

「わたくしにとって、もう王族と言うものになどなんの意味もありません。犠牲を強いられるのはまっぴらです」

「犠牲？」

浄飯王は、じろと后を見た。

「たいそうなことを。今までどおり、楽しみを続ければいいだけだ。それとも知らぬとでも思っているのか、髪結いの男を引っ張り込んでいることを」

プラジャパティの顔色が変わった。

「ウパーリとか言ったか、随分と年下だ。まさか離縁して、あの男と一緒になるつもりではないだろうな。あれは顔が良くて小手先が器用なだけの、甲斐性なしだぞ」

「――後宮に二十もの若い妾を抱えるあなたに、言われとうはありませんわ」

「誰も責めておるのではない。シッダールタには踊り娘をあてがってやったが、なんならそなたにも世話をしてやれば良かったな」

「なんてことを――あなたが、わたしに手も触れないで――近づくこともしないで――」

常に気位と落ちつきを忘れないプラジャパティが、声を震わせていた。そして言った。

「あなたはわたしの人生を、どう考えておられるのです」

浄飯王はまた窓の外に目をやった。そして言った。

「そもそもが、わしの望んだ婚姻でなかった。もはやわしは女を真に愛することなどできぬと知っていた。そなたに話が行ったとき、断ることは容易だったはずだ。それをあっさりと承諾し、話を進めたのは誰だ」

当時まだ十七のプラジャパティは、勝ち気で利発だが、女としては晩熟(おくて)な娘だった。男を知らず、女の人生ということを考えなかった。この結婚を、ただ姉の代わりに、姉の遺児を育てるための形式とのみとらえていた。いや、夫となる浄飯王に、全く関心がなかったわけではない。釈迦族一の勇者だったし、姉との仲睦まじさ、姉の幸福そうな顔を思い出し、晩熟なりにそこへ嫁ぐことへの安心、憧れの気持ちもあった。しかしやはり第一にはシッダールタの成長だった。だから初夜は愚か、何日、何ヶ月、何年経っても、肩にさえ触れられずにいても、プラジャパティは不満に思わなかった。

だが晩熟の心も熟するときが来る。シッダールタが七つほどの頃だったか、外で友達と遊ぶようになり、手がかからなくなってきたときだ。

ある日シッダールタを送り出した彼女は、ふと銅鏡をのぞいた。

そこには、疲れた女の顔があった。息をかけ麻布で磨いてみたが、変わらなかった。曇りは自分の肌にあった。

彼女は服を脱いだ。乳房を見た。子を産んだこともなく、男も知らない彼女の乳房は、くすみなく綺麗だった。が、掌で支えてみると、かつての張りは失われているようだった。

引き締まっていた腹回り、腿にも、うっすらとだが確かに脂がつかめた。

彼女の中で、なにかが変わった。いや、起きるべきことが、今ようやく起きたと言うべきか。ほころびることで、はじめて彼女は自分が花であることを知った。誰かに抱いてもらいたかった。話に聞いていた、女としての喜びに浸りたかった。花あるうちに。

不自然に浄飯王の傍へ寄ったこともある。だが夫であるはずの浄飯王は、彼女の顔を見ることを、避けた。

（どうすればいいのだろう）

シッダールタの前では、変わらぬ強き良き母代わりであり続けたけれど、彼女の心は、苦しんでいた。その苦しみは隙となって、少し敏感な、成熟した男が見れば、気づくほどのものとなっていった。

そんなおりのことだった。起こるべくしてことは起こった。

長年掛かり付けだった髪結い師が急死して、急遽代わりに来た髪結いは、若く見目の良い男だった。名を聞けばウパーリといい、小心者らしく、后を相手にひどく緊張していた。それがプラジャパティには可愛く見え、どうしたことか、惹きよせられそうになった。

（いけない）

彼女は体を固くし、心を強く保とうと思った。無言で後ろを向き、ただ髪を結わせようとした。

だがそういう葛藤は、男にとってもっとも美しく、蠱惑に映る。この若者は、そういった方面にかけては唯一の長所と言っていいほど敏感なものを持っていた。また小心者のくせに、あるいはゆえに、弱さを見せた者には残忍なほど強い振る舞いに出た。

長い黒髪を上げ、細く白いうなじを見、それが自分を拒みつつ、その奥で待っていることを知った男は、髪結いの手をおろし、後ろから突然に彼女を抱きすくめた。

プラジャパティは脳天から脊髄まで、雷に撃たれたようだった。

逢瀬は繰り返された。初めは怖れ、人の目を憚って、月に数回のことだった。しかし彼女は恋に目覚めた少女同然に、少しずつにしろ、とめどなくそれは頻度を増してゆき、シッダールタが十五になると、王子の自立を理由に彼女は別邸に移った。それからは三日とおかず髪を結わせた。

カーマに深く目覚めながら、彼女の心は苦しかった。王妃として、道ならぬことをしているのだ。しかし正しい道は自分には与えられないのだ。

そしてその相手は、決して許されぬ、身分の違う、顔がよいだけの小心者。そのくせ欲望にかけては大胆な男。しかし彼女には、この男しかなかった。この男が、自分の最初で最後の男になるだろうと思っていた。

そして今。

浄飯王との婚姻を承諾しなければ。后は後悔していた。ひとこととの別れの辞も無く出奔されようとも、シッダールタを世話し育てたことは満足している。仲の良かった姉のためでもあった。愛情を注ぎ、シッダールタのためなら命も惜しくなかった。だが彼は自分の手を離れ、そして今遠い世界へ去っていった。腹を痛めた子なら違うのかも知れないが、今では彼との繋がりが、砂漠の幻のような、初めから無かったもののようにすら感じられる。自分は生き続けなければいけない。何者として、何を拠(よ)り所に？

　思えば姉は、素晴らしい夫を持ち、子を産み、美しい花のまま消えて行った。自分はとうの昔に姉の年齢を追いこし、人生の苦しみ、女の苦しみを味わっている。

「あなたの后のままでは、わたくしは生きてゆけません。どうか離縁してくださいまし」

　再度、プラジャパティは王に懇願した。

だが浄飯王は頑(かたく)なに、頷くことはなかった。

　カピラヴァストゥのデーヴァダッタ邸では、しばらく留守にしていた主人がどこからか帰ってきた。

　報せを受け、父親である斛飯王が彼の邸宅を訪ねた。

「デーヴァダッタ、久々に会いに来たというに、なんじゃその顔は」

デーヴァダッタは旅装のままであり、顔は険しく、目は怪しく光っている。斛飯王に挨拶もせず、腕を組んでなにごとか思い詰めている。部屋はそこかしこが蹴り飛ばされたように散らかり、見れば木椅子のひとつがまっぷたつに叩き斬られている。息子が激昂したときの癖だ。父は眉をひそめた。

　斛飯王は無事な椅子を探し出して座り、まず彼の妹と母がそろって懐妊中であること、妹ヤショダラはひどく気落ちしていることなどを告げた。

「シッダールタが国を捨てた。となれば次の大王はお前しかおらぬ。年長のシッダールタにこれまでなにかと譲ってきたのだろうが、才覚はお前のほうが上だ。今後この国を切り盛りしていくのはお前なのだ。――だのにデーヴァよ、なんだってそのような、小人じみた居住まいでいるのだ」

　言いながら斛飯王は、トウキビを練り込んだ掻き餅を懐から取り出し、卓の上に広げた。子供の頃からの息子の好物だった。

　だがデーヴァダッタは癇に障ったように、きっと父の顔を睨んだ。

「小人ですって。このデーヴァダッタを――ふふ、おかしなことを言われる。老いて目が翳まれたに違いない」

「な、なんじゃと」

「小さいのはこの国だ。泥臭い釈迦国だ。ああ、俺の才が、こんな溜め池で活かせるものか」

「デーヴァ！　まさかお前まで、この国を捨てるつもりじゃあるまいな。馬鹿なことを考えるな！　さあ、その服を着替えて、母とヤーシャに顔を見せに行ってやれ！」

「よしていただきたい。男子の気概を、水っぽい家庭の情などで取りくるもうとするのは――。さあ、もうお引き取りを」

　ほとんど力ずくで追い出された斛飯王は、密かに配下を集め、息子を家に軟禁させた。もちろん表沙汰にしてはならない。乱心の噂でも立てば、デーヴァダッタ大王の目がなくなる。

　だがデーヴァダッタの行動は常に早い。その日の宵闇、彼はもう消え失せていた。監視の八人の兵をうち蹴散らして。

才は去った。シッダールタとデーヴァダッタという国の大才が、立て続けに。浄飯王の次子、シッダールタの母違いの弟ナンダが太子候補として扱われるようになった。温厚で、上にも下にも気配りの出来る、釈迦国の世継ぎにはふさわしいと言える王子だった。

一ヶ月は食事もほとんど喉を通らなかったヤショダラだったが、ようやく落ちつきを見せてきた。お腹にいる子のためにと諭され、彼女は食事を摂るようになった。

「ラーフラだなんて――かわいそうに。可哀想なラーフラちゃんだわ」

シッダールタが出奔する時、生まれ来る子について言った言葉だ。彼女は腹を撫でながら、繰り返し、そう語りかけ続けた。障碍（しょうがい）を意味するその言葉が、すっかり生まれ来る子の名前となるほどに。

臨月は、母方の家で迎えた。釈迦国の風習であり、心強かったが、母の世話は当てに出来ない。なぜなら母親も懐妊しているのだから。つまりヤショダラにとっては、我が子の誕生の同時期に実の弟が生まれることになる。ヤショダラにとっては、それはさらに心強いことだった。

「あの人はどうしてるかしら」

無事、母となったヤショダラは、我が子ラーフラを抱き、考える。

「わたしたちのこと、忘れてないかしら。たまには思い出すのかしら――」

シッダールタの出奔から、初めの三月は泣いて暮らしたが、めそめそするのは胎の子に悪いと侍医に言われて、気丈にとつとめてきた彼女だった。だが出産を終え、子を抱くと、緊張がゆるんだ。顔を見せぬよう子を胸に抱き、涙を流した。

「どうしてるのかしら。誰も教えてくれないけれど、怪我なんてしてないかしら。あのきめの細やかな肌、木の枝が触れただけでもかぶれていたのに。虫の羽音が苦手で、暑い盛りにはわたしが払子で扇いで守りながら寝かせつけたのに」

「ここにあなたがいれば――あなたさえいれば、あとはなにもいらないのに。父と、母と、子。わたしたちはそれを、ほんの少しのところで逃してしまったんだわ」

「でも、わたしはずっと考えて、生まれたこの子を見て、今はわかったことがある。あなたがいい加減な理由で家族を捨てるはずがない。きっと、何か大事なわけがあるのよ。あなただけにしかできない、大きな素晴らしいお仕事が」

　そして腕の中に眠るラーフラを揺らし、言う。

「お父様が怪我したり、苦しい思いをしないよう、祈ってあげましょうね。おかしな誘惑に負けないで――そして、いつか帰ってきていただきますように」


　疑問を持ちつつ始めた苦行だったが、シッダールタのこれまでの行動遍歴を思いかえしてほしい。カーマ（性愛・享楽）には八人の美姫と数年に亘って耽溺し、ダルマ（クシャトリアの勤め）には父と衝突しながらも彼の力で国力を盛りかえす所まで奔走し、瞑想すればバラモンが何十年かけるところをほとんど不眠の行で数ヶ月でものにする。やると決めたことには過剰なまでにのめり込み、やり抜くのが彼だった。

　苦行でも、たちまち他の苦行者が呆れるほどの苦行者となった。

ひと通りの苦行はしたが、肉体を鞭打ったり、茨で傷つけたりといった外皮的な苦痛は、彼は重視しなかった。たかが皮膚の傷が増えることを修行の進んだことのように言う苦行者たちへの違和感もあった。苦行の中で彼が可能性を感じ、熱を入れたのは、生命の根幹に直結する、食の制限と、呼吸の制限であった。

苦行者も通常は一日に一度午前中、町や村に托鉢に出て、持参の鉢に食を恵んで貰う。これは苦行者だけでなく、出家修行者全ての古くからの風習だった。布施を与える側も修行者に敬意を持ち、布施を自分の功徳として考える土壌が、インド社会にはあった。

行として食の制限を行うときは、まずは食事を質素なものに限定し、三日に一度にし、やがて七日に一度、十日に一度、としていく。体表を傷つけるよりも、よほど苦しい。シッダールタの体はたちまち枯れ枝よりも細くなり、「腹をつまもうとすれば背をつまみ、背を触ろうとすれば腹の皮に触れている」という有様にまでなった。

呼吸の制限もまた苛烈だ。「あらゆる呼吸の道をふさぐと、耳穴から大きな響がでる。菩薩（ここでは修行途上のシッダールタのこと）が瞑想をさらに強化して耳までもふさぐと、体の内の風が上に突進して頭蓋骨に衝突する。『口も鼻も耳もふさいであるので、上に突進する呼気の流れは、あたかも鈍い鎗で突くように、頭蓋骨に衝突する』」と言う、聞くだに息苦しくなることを、何度も繰り返すというものだった。

このような激しい苦行を、シッダールタはこの地で六年続けた。

もちろん苦しかった。何度もやめたくなった。彼自身の述懐と言われるものによると、悪魔が彼のもとへ来て、囁いたという。（お前には無理だ。そのまま死んでしまうのがおちだ。すぐにやめてしまえ）。また彼が愛した女性たち、ヤショダラをはじめ、美姫たちが現れ懇願したという。（どうしてそんな馬鹿なことをするの。あなたの大事な美しいお体に傷をつけるなんて。どうか戻って、安楽な生活を送ってくださいまし）

悪魔も女性たちも、苦しみに負けそうになる彼の心だったろう。あるいは苦行の意義への疑問だったろう。しかし一度道を決めた彼はそれらの声を全てはねのけ、打ち克った。

○物言う死者

今、彼は苦行林から少し離れた所に聳（そび）え立つ双頭山に入り、ひとつの特殊な行をしている。ある古株の苦行者から耳打ちするように教えてもらった、この双頭山で古くから一部の修行者によって続けられてきた秘行――一面に並ぶ屍（しかばね）と暮らす、という行だ。

この山の涸れ谷には、かつては水量のある川が流れていたらしく、死者を流していたのが起源らしい。川が涸れて無くなってからも、身寄りのない屍体、感染すると信じられている病や、呪（のろ）いを受けているなど、わけあって火葬も、町の近くでの川流しもできない屍体が、人目を忍んで捨てられる。目を背けずにいられない、全身重い皮膚病のものもあった。古い屍、新しい屍の中、シッダールタはそこに牢屋の新参者のように身を小さくし、ひっそりと横になっていた。

効き目はあるのだろうか、ここを教えてくれた苦行者からもらった魔除け、病除けだという、古樹の葉を燃やした灰を全身に塗布している。

この行は苦行林の熟練苦行者たちも敬遠する。いや、彼らの苦行は肉体を痛めつけるのが趣旨であるから、この行は目的の外なのだろう。まさにこの行は、精神を苛（さいな）むものだった。

死者は語らない。無口な者と過ごす時間は孤独のそれより長い。死者とともにいると、動く自分、呼吸する自分、思案する自分が、へんてこな、不思議なものに思えてくる。おそらく生きている限りはどれほど時間が経とうとも慣れることのない臭いと、大量の虫の羽音と、蛆の蠢き。苦行の意義を汚す邪行だと糾弾する苦行者もいるこの行、ここでシッダールタは、生と死の境を見極めようとした。世界の相はふたつの極から成るという。陽と陰。幸と惨。そして生と死。

固く強張った屍体と溶けかかった屍体の間で、自分も屍体になった気分で横になっていると、骨まで冷たくなっていくようだった。なんのきっかけか、耳孔に入った虫に驚き、払いのけたときだったろうか、ふいに長い間なんとか保ってきた心の静けさが乱れた。抑えつけてきた恐怖心が露出し、それは瞬時に膨らみ、わめきたくなる口を抑えた――

ぎりぎりの所で極度の衝動を抑えた後は、かつてないほど人恋しくなった。温かい人肌に触れたかった。かつて触れあった美姫たちを、そして妻ヤショダラを、強く思い出した。ヤーシャ、今、どうしているか――毎夜お前の体は熱いほどだった――そのぬくもりを、永遠に私は捨てたのか。この瘴気漂う屍体の林の、最も遠いところにあるのがお前の肌だ。あの愛の営みだ。生命を結実させる行為――その結実した、生まれ来る子も私は捨て去った。とうに生まれ、今いくつになっただろう。ヤーシャはうまく育てているだろうか――

とめどなく、煩悩と知りつつも、思い返さずにはおられなかった。自分が捨てたものの重さを改めて実感した。そしてその代わりに得た今の状況――これが？　いや、こんなものではない、あるはずがない、私が得ようとしているものは。シッダールタは自分に言い聞かせながら、自らの肩に手を回し、煩悩の泥沼に凍え、がたがた震えた。うだるような暑さの乾季だというのに。

暑さの中では、屍体はとても早く変化していく。腹が膨れ、生々しい音を出す。たまに黄土色のしぶきを立てる。病を得ないように、シッダールタは煮物のような音を立てるものから注意深く離れる。

ある夜、この涸れ谷に、山から恐ろしいものが下りてくる。薄曇りの下弦の月明かりだけでぼんやりとしか見えないが、毛むくじゃらの、短躯だが腕の長いものが、ぞろぞろと群れなして歩いてくる。屍を食うという邪鬼だろうか。しばらく鼻を鳴らし物色し、手頃な屍体を長い腕でつかみ、引きずって山に消える。シッダールタはその一部始終を、息を詰め鼓動を抑え、瞳が光らぬよう薄目で凝視していた。ここに生者がいることがわかればどうなるのだろう。歯の根が震えた。恐ろしい夜が明けると、シッダールタは魔除けの灰を、身体じゅうにさらに厚く塗りたくった。

ひと月はここで死者と過ごすと決めていた。満月の夜にここへ来た。

次の月が満ちるまでは――シッダールタは弱気になる自らを励まし、なにかを得ようと、思惟を深くした。

数日に一度、魔除けの鈴が聞こえたなら、それは新たな死者が搬送されてきた合図だ。搬送する生者はこの谷をひどく忌み怖れ、屍体を置いて一刻も早く帰ろうとしている。シッダールタは初めは鈴の音を聞けば移動し、人に会うのを避けていた。だがしばらくたつと、屍体になりきり、気にしないようにした。搬送してくる者も、生者のシッダールタに気がつかないようだった。

屍体の谷は、この世に在る究極の異界と言える。シッダールタは懸命に正常な精神を保とうとした。ふとした油断で、少しの気の持ちようで、寝転んでいる彼らの同類になっても不思議ではなく思えた。

　昼は彼らの生について思いを巡らせた。来世での少しでも良い輪廻転生のため、死後川に流されることを何よりも大切に考えるインド世界。そこでこんな所に捨てられるのは、ほとんど全てが貧しい、悲惨な生を送ってきた者だろう。いや、高い身分に生まれながら、波乱や没落でここへ来たのかも知れない――。ひとりひとりに勝手な人生を想像する。シッダールタの頭の中で、死者たちは影絵の劇中の登場人物のように活発に忙しく動き、様々な人生を送る。やがてどんな複雑な人生も、三つの言葉で表すことができるのだとわかる。生まれ、悩み、死ぬ。

　確かに彼らは全て死んでいる――結局それが結論なのか。考えに飽きたシッダールタは、思考を止めた。長い時間が流れた。


　その夜、浅い眠りから覚めたシッダールタは、自分の変化に気づいた。空には真円を描く月に、満天の星だ。蠅の羽音、蛆の蠢きが、今宵は恐怖を生じさせない。なにかこの涸れ谷、もっと言えばこの宇宙と、調和して聞こえる。

　シッダールタは体を起こし、結跏趺坐した。

　座禅を組むのはここへ来て初めてのことだった。不思議な心の状態を味わっていると、山から灰色の毛に覆われた邪鬼どもが、屍体を漁りに下りてきた。月明かりに背を伸ばし座るシッダールタを見つけ、取り囲んだ。生者に対し、不思議そうに鼻を鳴らしている。やがて、いるはずのない「よそ者」だと認識し、白く浮かぶ歯をむいた。うなった。

　シッダールタの右手が挙がった。蒼い月光のもと、星々とともに舞い煌めくかのようだった。邪鬼どもは、心をもがれたようにその指先を見上げた。きらめく手は降(くだ)り、手のひらを下に向け、指先を伸ばし、地に触れた。

触地印(そくちいん)。触れた場所から地が震え波打つかのようで、邪鬼ども――屍体の味を覚えた大猿の群れは、喚きながら算を乱して逃げ散った。

その場とともに、シッダールタの精神は静かだった。彼は静かに問うた。

――この自分は生であろうか。生であるとせよ。この地一面に横たわる彼らは死か？　死ではない。生あるものが門をくぐった後、捨て去った抜け殻である。蝉の抜け殻や空の蛹(さなぎ)を見て、これを死であると言う者はいない。そこから新しい形態で飛翔するものがあったことを知っているからだ。生と死、ではない。全ての生が死という門を経験する。生はどうなる？　死という門をくぐった後は別の存在に、――いや、既存の言葉では語り得ない、存在を超越した存在になるのではないだろうか――

それは生者にとって、永遠の不可知なのであろう。シッダールタは彼の生涯にわたり、死後についての明確な見解を出さなかった。

不思議な、研ぎ澄まされた夜が明ける頃、彼は座禅を解き、腰を上げた。――死は惨めさと苦痛を伴(ともな)い、愛する者との別れを伴う。屍体はそれらを、見る者にありありと知らしめ、恐怖を与える。恐怖は思考を縛り、絶対的なものとなってゆく。だが、そこは生の行き着く先ではないのだ。屍体の固さ冷たさ、それが腐り溶けゆく様、それに意を奪われるな。

この地を教えてくれた修行者は、ここは死の溜まりだと言ったが、死はなかった。

ならば今はこの山を下りよう。やはり大方の忠告どおり、無駄な行であった。

ひと月ぶりにシッダールタは苦行林に戻り、苦行者たちに加わった。

〈無駄な行〉を忘れ、以前と変わらず苦行に打ち込むシッダールタだったが、久しぶりに会う苦行仲間たちには、彼が一段と透き通るように見えた。

○スジャータの乳粥（ちちがゆ）

断食行。呼吸制限の行。そして苦行一般の趣旨とは違うが、死者と過ごす行。

彼にとって苦行とは、なんであったのか。

もうすぐ彼は、苦行を乗り越える。特別な場合を除いて、苦行を捨てる。

コンダンニャたちが言った、肉体が諸悪の根源との言葉も、その意義はある程度において認めるも、苦痛によって肉体から生じる悪心を制せられるとの考えは、のちの彼はとらなかった。

では苦行の年月は、無駄であったのか。

その答えは保留して、今はこう書こう。苦行を続けた六年目のある朝、シッダールタは、苦行をする気が失せていた、と――

日の出前の薄明かりの中、シッダールタは目を覚ましていた。

体が軽い。痩せたための軽さではない。枯れ枝のようになって筋肉も衰えている手足が、意のままによく動く。

まだ誰も起きる者がいない中、彼はネーランジャー川に入り、沐浴した。

体を清めていると、やがて朝日がその神々しい弧を見せた。川面（かわも）を照らし、波のひとつひとつが輝く。周囲の森の木々が優しい風に揺らめく。彼方に双頭山が霞をまとい、静かに聳えている。

ふとシッダールタは、自分がもう苦行をしないことを知った。

苦行のさなかの悪魔の誘惑には、彼は反抗した。彼が愛した女性たちの懇願にも、彼は耳を貸さず自分を鼓舞した。

そういう類（たぐい）のものではなく、苦を大事と見、敢えて苦を求める心、苦行心とでも言うべきものが、彼から抜けきっていたのだった。

朝焼けの中を、シッダールタは川沿いに人里へと歩いた。近くはない。さすがにふらついた。ゆっくり、ゆっくりと歩いた。

セーナーニーと言う村の入り口へ着いた。遠目に人々が朝から畑に出て働いている。頭に大きな瓶（かめ）をのせて、こちらへ歩き来る小さい人影があった。

顔なじみの村の少女、スジャータだった。

「あらっ」

スジャータはシッダールタを見て驚いた。彼女の父親、この村の村長でもあるセーナーは、修行者に布施をすることを大切な功徳（くどく）と考えていて、娘にも手伝わせていた。毎朝苦行者の十人以上が彼女の家の前に並んだ。シッダールタも、幾度も彼女から貰ったことがある。

スジャータが驚いたのは、シッダールタの痩せようではない。痩せたシッダールタは見馴れている。そうではなく、托鉢の時間は村人の野良仕事などとの兼ね合いで大まかにだが定められていて、こんな早朝には来ない決まりになっていたのだ。

（よっぽどおなかがすいているんだわ！）

スジャータは、ふらふら歩くシッダールタに駆け寄った。

「シッダールタさん、うちまで歩けますか？　ううん、わたしが走った方が早いわね。ここで待ってて！」

そう言うと、頭上の水汲み用の瓶を降ろし道端に置き、来た道を走って戻っていった。

シッダールタはその瓶の横に座り、スジャータの言葉どおり、待つことにした。苦行を続けるうち、空腹も空腹と感じないまでになっていた。それが今は、久しぶりに真っ直ぐな飢えと食欲を感じていた。

ほどなくスジャータが小走りで戻ってきた。鉢を大事そうに両手で抱えて。

「シッダールタさん、これでいいかしら？　わたしたちが朝食べたものなの」

米を牛乳で煮た粥だった。鉢を手にとると、仄（ほの）かに温かかった。

「ありがとう、スジャータ」

シッダールタは乳粥を啜（すす）った。滋養に富んだそれは断食の行者が口にしてはいけない種類のもので、随分と久しぶりだった。体に気をつけながら、ゆっくりと啜った。

舌に甘く、喉に暖かかった。胃にたまり染み渡り、やがて血液に溶け、全身を駆け巡った。

（ああ――）

ふた口啜った彼は、生命らしい歓びに陶然となっていた。

（素晴らしいではないか。これが生だ。生とは苦だと？　苦かも知れない。だが、この喜びを否定する理由があろうか――）

なおも啜り、時間をかけ、鉢一杯の乳粥を飲み干した。

シッダールタの食べる様を興味深げに見ていたスジャータが、

「おいしかった？」

と聞いた。

「ああ、うまい。昔豪華なものは随分と食べたが、スジャータに貰ったこの粥が一番うまい」

スジャータは顔を赤らめた。彼女は分け隔て無く修行者に布施をするが、中でもシッダールタのことが好きだった。ここへ来た当初の、今ほど骨と皮ではないときの彼は美しかったし、今も誰よりも優しく品のある物腰だったからだ。

「おおげさですね。もう一杯いかが」

「いや、今日はもう充分だ。しかし、また来させて貰うよ」

「まあ、どうぞ！　でもシッダールタさん、苦行はもういいの？」

「ああ、もうやめたんだ」

スジャータは手を合わせて、ぴょんと跳ねて喜んだ。

「それはいいことだわ！　だって、がりがりになって我慢して、なんの意味があるの？　体に悪いですよ」

「そのとおりだ。意味はないな」

「じゃあ、なんでしてたの？」

「うむ。なんでだろうな――しかし、意味のないことをすることは、必ずしも無意味でないのかも知れない」

つぶやくように言うシッダールタに、

「へんなの」

そう言って、スジャータは鉢を布でくるみ腰ひもに括り、瓶を頭に乗せた。

「じゃあわたし行きますね。托鉢はうちに来てくださいね。今度は山菜も入れときますから」

スジャータはそう言って手を振り、水汲みの仕事に戻っていった。

シッダールタも歩いた。ただし行き先は苦行林ではなかった。もう苦行はしない。シッダールタは近くの山に登った。

体の軽さは続いていた。

何よりも心が軽かった。

彼は今、大きな境地に達していたのだ。

その境地は後世「中道（ちゅうどう）」と呼ばれる。

快楽に溺れるのはよくない。しかし苦行に血眼になるのも、同様によくない。

どちらの極端にも走らず、丁度よい快を得て、穏やかな心で道の真ん中を歩む――

この中道こそシッダールタという人間の、生まれついての性格と歩んできた半生から導き出した署名のような考え方であり、他の宗教、思想と彼の教えとが一線を画すところでもある。

（――そして一見平易な言葉と裏腹に、その実践の難解さ、答えの見えない曖昧さゆえに、遙か後代だが、彼の教えがインドでは廃れてゆく理由の一つともなった。同時期に勃興した、苦行を含む極端で明快な実践を標榜するジャイナ教が現代まで勢力を保っていることと対照的である――）

この六年もの苦行は無駄だったのだろうか。そうではあるまい。他の誰よりも苛烈な苦行を潜り抜けた彼だからこそ、苦行のむなしさを悟ったのである。また彼の青春期の、長年にわたる美姫たちとの快楽の生活も、それがあったからこそ彼は快楽に耽溺することをむなしいことだと悟り得た。無駄に見えた積み重ねが彼をここまで来させた。もしも誰かが時をさかのぼり、若きシッダールタに「快楽も苦行も、溺れるのは等しくむなしいものだ」と教えたとしても、彼はこの境地に達しはしなかっただろう。実際に何年もの年月を「無駄に」費やしてこそのことなのだ。

その後彼は岩山で瞑想に入った。毎朝托鉢に行く。程よい量をスジャータに貰い、体力は少しずつ回復していった。頭脳にも新鮮な力が満ちるようで、瞑想もこれまでになく深いものとなっていった。彼はある予感を持った。求め続けた最終の境地の予感だった。

充分歩けそうな自信がついた彼は、スジャータに感謝の言葉を伝え、西へ向かった。何かに吸い寄せられるように歩き、そして後にブッダガヤーとして知られる、ウルヴェーラーという地方都市近くの聖地の、古より神木と讃えられる立派な菩提樹の下に座り、最も深い瞑想に入った。

○成道

出家して六年と幾月。三十五歳の彼は、ここマガダ国ウルヴェーラーの地で目指してきた境地、悟りを得る。

悟りとは何か。それは、知の最上形態。対象を最も深く正しく「知る」とは、自らが対象と同化することである。

寒さを知らない地方の人に、寒さを教えるにはどうしたらいいか。言葉を費やしても無駄だろう。薄着で雪山に登らせてみることだ。そこで彼は寒さと同化し、寒さを正しく知る。

悲しみを知らない人がいたとする。説明してもわかりはしない。悲劇を読んで追体験するのもよいが、誰もが本当にそれを知るのは、生きていく上で避けられぬ悲しみに直面するときだろう。その時彼は悲しみと同化し、悲しみのなんたるかを深く、真に知る――「悟る」のだ。

――シッダールタは戸惑っていた。

自分が抱いていた生の苦しみも、悲しみも、死への恐怖も、全て消滅していたのだ。

（なんだこれは――いや、私はその名を知っている。求め続けた最終の境地――梵我一如（ぼんがいちにょ）だ）

梵とは宇宙の根本原理。我とは内なる自分自身。

瞑想とは、自分を深く見つめることである。それも意識で見るのではなく、無意識によって観ずるものだ。最も高度な瞑想により、自身の最奥部に意識せぬ意識を到達させた彼は、そこに真の自己たる我（アートマン）を見いだし、重なった。梵（ブラフマン）は宇宙に存在する一切に遍（あまね）く備わり、成り立たせている。ならば、自己の深奥（しんおう）に、自分でも意識し得ずに抱いていたアートマンとは、ブラフマンのことであった。

宇宙の根本原理との同化。我（アートマン）が梵（ブラフマン）と同一であるとの、知識ではない、体験。これが悟りだった。

――ただし後世、シッダールタを信奉しその教えを継ぐ者たちは、彼の悟りとバラモン教の梵我一如は全くの別物であるとする。なぜならバラモン教のウパニシャッドに示される我（アートマン）とは実体があり、死後、肉体が滅びてもそれだけは残り、輪廻を繰り返す主体であるのに対し、シッダールタが辿り着き説いたそれは、そのような実体を備えた確たる存在ではなかった、と考えるからだ。

しかしシッダールタがその名を聞いただけで感銘を受け、目指したバラモンの秘伝、梵我一如とは、「外部のどこかに探しに行くのではなく、己の中に最高真理を見つける」という手法のことであり、その結果見つけ出した我に実体があるのか無いのか、永遠に存在するのかしないのか、といった性質は、問題ではない。それは実際に辿り着いた数少ない者の感想、解説に任せれば良いはずだ。

彼が辿り着いた我が、確たる実体を持たぬ儚い蜃気楼のようなものであったのならば、それは梵、すなわちこの宇宙全てが同様に儚い、ただしとてつもなく大きい蜃気楼であるということを意味するのだろう。

（静かだ――絶対の静寂に私はいる。私は今、全宇宙とひとつである。全てと一体化した者は、全てを得ており、もはやなんら欲望の生じるいわれはない。肉体が滅びることへの怖れもない。なぜなら私自身とは、この肉体に縛られているものを指すのではなく、全宇宙に属しているものなのだから）

古来、悟りのことを解脱（モクシャ）とも言う。解脱とは、永遠に繰り返されるかに見える輪廻の輪からの離脱の意味だ。古代インドの人々はこの世界を苦と見たため、生まれ変わることのない状態こそ、求める最終目標だと考えた、と前述した。

しかしシッダールタは今、解脱の真の意味を悟っていた。

（そうではない。真偽定かならぬ輪廻と言う思想は、世界を苦と見つつもなお生を求めずにはおられない衆生の、この世への愛着、未練なのだ。その未練が人に死を怖れさせる。死への恐怖とは人の苦しみの中でも最大のもの、根源だ。梵我一如の悟りを得た者は死への怖れは存在せず、生への執着もない。輪廻という不可知の望みに縋る思いもない。私は今、輪廻の呪縛から脱している。

これが解脱と言うことなのだ）

右に記した限りの悟りというものは、シッダールタが初めて辿り着いたものではない。それはおそらくインドにおいて（インドに限る必要はないが）、古来幾人もの修行者が到達したものなのだ。おそらく、と言うのは、そこに達したと推察される聖者たちは、一言も残さずこの世を去っていったからだ。悟達の後、間をおかず、それを人に示すことなく、自ら死んでいったのだ。その迷いなき死に顔などから、彼はどうやら悟りを開いたようだ、と噂された。

自分が宇宙とひとつであると観じ、死への恐怖も、この世への執着も微塵もなくなったのなら、なんら言葉を残すこともなく、そのまま肉体を捨てるのは、当然のことなのだろう。

シッダールタも死のうとした。死ぬために、積極的に行動をとったわけではない。もう肉体を維持するために、食をとる必要がなくなったのだ。以前までしていた、苦を得るための断食ではなかった。

彼は菩提樹を背に、自分がこの肉体を捨てるのを待った。

彼というこの世での命が、尽きようとしていた。

――――

彼の悟りが過去の聖者たちと真に同じものであったなら、そのまま菩提樹の下に餓死していただろう。

しかし、彼が今や自由に接近することのできる梵（ブラフマン）の一群が、渦巻き、収斂（しゅうれん）し、一つの形を成した。ひとり静寂を愉しむ彼に、囁きかけた。

――シッダールタ。愚かな真似をしてはなりません
それは彼の思想の原点、母マーヤーの声だった。

（母上。私は怖れつつ死ぬのではないのです。頂いたこの名のとおり、大願を成就したのです。幼きより求めていた場所に今辿り着き、永遠の生命を得て、歓喜の中、肉体を離れるのです）

だが母の声は喜ばなかった。

――そんな小さな私事（わたくしごと）のために、あなたは生まれてきたのですか。確かにあなたは探していた境地に立った。でもあなたがすべきことは、そこから始まるのではないのですか。ただ一人満足し、静かにこの世から消え去るため、これまでの苦難や修行を乗り越えてきたのですか。ならばあなたは生まれてこなければよかったと言っているに等しく、わたしがあなたを産んだのは意味のないことでした
（命と引き換えに産んでくださったことが無意味だなんて――母上、私にどうせよと言われるのでしょうか）

――人はただ一人で存在しているのではない。あなたという特別な存在は、この世界の生きとし生けるもの、全てが積み重なった山の頂。己の力のみでその高みにいると思ってはいけません。この母だけでなく、あなたに思いを託した者、試練を与えた者、きっかけを与えた者、あなたに捨てられた者、慈悲を与えた者――個々の思いはどうあれ、全ての人々、全ての生命の、一見無思慮無因縁に思える行動や存在が、あなたをそこに至らせたのではありませんか。頂に立った者は、そこで見えるものを、伝える責務があるのではありませんか

（母上、無理です。この境地を人に伝えるなど――）
シッダールタは次のような言葉で、その難しさを嘆いた。

困苦して私が証得したことも、今またどうして説くことができようか。貪り（むさぼり）と眠りに悩まされた人々が、この法を悟ることは容易ではない。これは世の流れに逆らい、至微であり、深遠で見がたく、微細であるから、欲に執着し暗闇に覆われた者どもは見ることが出来ない

マーヤーは声を励まして言った。
――そんな世の中なればこそ、です。世の人の心は今、暗く深い闇に迷い込もうとしています。そこに光を投じることが出来るのは、あなたという、無限なる日輪の輝きだけです
シッダールタは考えた。確かに世は、良くも悪くも一定の価値観、世界観を提示してきた古い思想の箍（たが）が外れ、人々は寄る辺を失い、虚無の思想が芽生え、猖獗（しょうけつ）していた。釈迦国は彼の父をはじめ、国ごとその虜となった。また出家後のシッダールタはあまり関わりを持たなかったが、他の修行者から聞くところによれば、大国や新興国でもその教えは人心を蝕（むしば）みつつある。
彼の幼きよりの思い――全ての人が辿り着くべき究極の地点――その願いは、自分一人のためのものだったか。全ての人とともに辿り着けたなら――そんな祈りではなかっただろうか。国を出たとき。妻子を捨て、民を捨てたとき。彼は自分のためにしていると思っていた。しかし心のどこか、それこそ意識さだかならぬ最奥の部分で、この出奔は全ての人のためのものなのだと、朧気（おぼろげ）ながら感じてはいなかったか。またこの六年間、なんら生産的な働きをするわけではない修行者たる自分

に、食を恵み、生かしてくれたのは、決して裕福ではない俗世の人々の情けだった。彼ら彼女らから施しを受けるとき、感謝の念とともに、（いつか報いねば）との思いを持っていなかったか。彼の心は揺れた。

（そんなことが、私に出来るでしょうか）

マーヤーは、優しく微笑する声で言った。

――がんばりなさい、シッダールタ。困難な道ですが、あなたにしかできない、あなただけの道です。母はあなたを健康に、丈夫に産みました。体に気をつけて、堂々と、やり抜きなさい。生命の火が燃え尽きる、その時まで――

こうしてシッダールタは涅槃（ニルヴァーナ。絶対の静寂・肉体の死のことも）に入ることを思いとどまった。

彼のこの内なる問答を、梵天（ブラフマー。神として現れる梵）が衆生のために請いに来たものとして、梵天勧請と後に言う。

なぜ彼は過去の聖者たちと違った行動をとれたか。より高度な境地に立ったゆえなのか。あるいは実は、彼の悟りは未だ一歩足らず、この世界への執着を捨てきれなかったからなのか。

いずれにせよ、安穏なる入滅を彼はふいにした。

立ちあがり、朝靄にかすむ人の世を見渡し、大きく伸びをした。そして歩き出した。

これまでの生よりも長い、そして傍から見れば苦難と悩みに満ちた、伝導の人生の始まりであった。

第三章　初転法輪（しょてんぽうりん）

○五比丘（ごびく）

五人の苦行者、コンダンニャ、ヴァッパ、バッディヤ、マハーナーマ、アッサジは、カーシー国の都、ヴァラーナシーに来ていた。

ヴァラーナシーは、ネーランジャー川沿いの苦行林から西へ二百四十キロ、大河ガンジスのほとりにある古くからの聖地だ。十日ほどで着いた。

乾季でネーランジャーなど他の川が干上がるときも、流域面積が日本の総面積の三倍というガンジスは水をたたえ、流れ続ける。その悠然とした様は見る者に悠久の世界、久遠の生命の流れを感じさせた。

人々はこの大河で沐浴をし、対岸に昇る曙光に祈り、罪業を清めた。そして死後、ここから旅立つことを望んだ。そこかしこに遺体を荼毘（だび）に付す煙が上がり、遺灰はガンジスに流される。聖地を取り囲むように町が広がり、そこにはこの地で死を待つ人々が最期の時を過ごすための宿まである。

少し離れた所に、サールナート（鹿野苑（ろくやおん））という園があった。そこは「仙人の集うところ（リシパタナ）」との異称のように、道を求める者が集まる場所であったという。

集会の時期ではなく、美しい一面の芝に座り瞑想する修行者はいるが、まばらだ。鹿の方が多かった。

この時期に五人が苦行林での苦行を休止し、遙々（はるばる）ここまで来たのは、失意することがあったからだ。

互いに口に出してはいない。

だが、みな気落ちの原因は同じだった。

苦行仲間のひとり、シッダールタが、苦行を捨てて消えてしまったのだ。

苦しさに、やめていく者はこれまでいくらもいた。それは数えきれないほどに。そしてまた新顔がやってくる。気にとめることはなかった。人は人ではないか。だがあのクシャトリアあがりは、特別だった。

痩せこけ、傷を負い、血色を悪くすればするほど、澄み切っていくように見えた。苦行の年数は五人に比べればよほど浅いのに、苦行者の鑑（かがみ）のような存在だった。

（なんと尊い姿か――。知らなかった、苦行とは、かくも美しいものなのだ。彼はやがて苦行を極め、全ての悪心を滅ぼし、境地に達するだろう。そうだそしてそうなれば、次は自分の番だ）

シッダールタを見るたび、そう思っていた。

その彼が、断食行の期間に村の娘から乳粥の施しを受け、飲み干した。苦行林から離れ、毎日滋養ある托鉢を受けた。そして血色がよくなると、どこかへ去っていった。

なんのことはない。今までの落伍者と同じだった。

五人は誰からと言うこともなく、ヴァラーナシーへと歩き出していた。時期はずれだとは誰も言わなかった。少しの期間、苦行林の熱気を離れたかった。静かに揺るがぬもの、由緒ある、聖なるものに浸りたかった。

ヴァラーナシーに着いた五人は、鹿野苑で瞑想し、ガンジス川で沐浴をした。暗いうちに起き、川面（かわも）に揺れ映る曙光に祈った。

村落に赴き托鉢を終え、鹿野苑に戻ると、彼方に座る修行者に意外な顔を見た。

この広大なるインドで何という偶然か、それとも「仙人の集うところ」ゆえの必然なのか。瞑想するその修行者こそは、五人を悄気させ、遙々ここまで歩かせる原因を作った張本人――シッダールタだった。

シッダールタは成道の後、初めに道を説く相手を考えた。優れたバラモンであるアーラーラ・カーラーマ、ウッダカ・ラーマプッタの両師ならば自分の悟りを理解してくれると思い、かつての修行の地を訪れた。しかし、六年の間にふたりはすでにこの世を去っていた。ならば誰から説くべきかと、この修行者の集まる地で瞑想をしながら、機縁をうかがっていたのだった。

もちろんシッダールタにしてみれば謂れのないことだが、五人には懐かしさや喜びよりも、憤慨の気持ちがむらむらと湧き起こった。

「ヴァッパよ、苦行を逃げ出したシッダールタがいるぞ」

「ああ、コンダンニャ。我らに会わす顔が無くてここまで来たのだろう」

「少し座禅がうまいと思って目をかければ、とんだ食わせものだったわけだ。なあマハーナーマ」

「まったくだバッディヤ。どうだみんな、我らはかの者の容姿秀麗なのに騙されて丁重な態度をとってきたが、もうなにも彼のためにしてやるのはよそうではないか」

うなずき合った彼らは、努めてつまらなそうな顔でシッダールタの元へ近づいた。皮肉のひとつでも当て擦ってやろうと思って。

もう彼の見目の良さ、不思議な魅力には騙されまいぞと誓った彼らだったが、十歩二十歩と近づき、シッダールタの前に立つと、そんな思いはどこかへ行ってしまった。立ちすくんでしまった。シッダールタを見ていた十の目は、大きく見開かれた。ある者は息を呑み、ある者はアートマンまで吐き出しそうなため息をついた。

六年前、初めてシッダールタを見たとき、その見事な瞑想と清浄な姿態に、

（あなたは真理を得し者か？）

と問うた彼らだった。だが顔を見なくなって二月もたっていない今、彼らが見ているのは、見事さや清浄さなどという言葉とは別格の、絶対の静寂をまとい無量の威厳を発する、別人のようなシッダールタだった。もはや問うことすら愚かだった。

初めに動いたのは五人中一番年若で、温和しいアッサジだった。彼は自分の上衣を脱ぐと、シッダールタに背を向け埃を払い、二つに折り、捧げてシッダールタの座とした。

他の四人も申し合わせのことなどもう頭にあるはずも無く、我もと上衣を脱ぎ、背を向け埃を払い、二つに折って、アッサジのものに重ねた。

五人が作った上座にシッダールタは座った。五人は彼の前に扇状に並んで座る。

「あなたは真理を悟られた。我らにその境地をお説きください。どうかシッダールタ——いや、悟りしお方を名前で呼ぶのはふさわしくない。仏陀、と呼ばせていただきます」

仏陀とは、悟った者、目覚めた者を表す通常の名詞であった。しかしやがてこの語は、釈迦国のガウタマ・シッダールタの悟達後のことを指すように定着していく。

五人の懇願に、仏陀は口を開いた。

「悟りへの道とは自我の深奥への、最も難解で困難な道である」

いきなりの核心に五人は唾を飲み、膝を乗り出した。

「しかるに人は自己の肉体に執着し、安易な道、わかりやすい道に走りやすい。そこにのめり込み、

心を見つめることを忘れる。怠惰な精神の行き着く先と知らなければならない」

ヴァッパが頷いて言った。

「仏陀よ、それは世俗の快楽に溺れる者たちのことですな」

「彼らもそうだ。しかし私は今、そなたら苦行者のことを思って言っている」

五人は驚いた。

「我らは決して安易な道を進んでいるとは思いませんが。厳しい苦行を投げ出すことなく――」

バッディヤが、不服そうな面持ちで言った。その顔色を見つめて仏陀は言った。

「そなたらの真理への思いは真摯で熱いものだ。我が悟りを初めて説く相手がそなたたち苦行者であることは、きっと意味あることとなるだろう。心して聞くがよい。――何かに身を焦がすほど打ち込みやり抜くということは、俗世で生きるならば必要とされ、尊いことであろう。だがそれは、自我を見つめる悟りの道を進むにおいては、安易で思慮の浅い、見当違いなやり方と言うしかない。そなたたちは、これほどの苦痛に耐える自分に満足し、これだけ努力しているのだから悟りを得られるはずだと考えてはいなかったか。肉体から生じる欲望を制し、心を清浄にするとの、そなたらの苦行の理念は間違ったものではない。しかし実際は、あの行者ひしめく苦行林で周囲の者と競い合うように励むうち、やがて肉体を痛めつける苦行それ自体が目的となってはいなかったか。一番大事なはずの、我を忘れてはいなかったか。苦痛であれ快楽であれ、肉体の感覚にのみ思いを致していては、自我の探究、心の静寂など思いも寄らないであろうに」

五人はうなだれた。

「快楽に溺れること、苦行にのめり込むこと、それらはともに肉体に拘泥（こうでい）し自省内観を放棄した安易な道と知れ。悟りを得るためには、自分が片寄っていないか静かな心で常に気をつけ、急がずたゆまず粛々と歩き続けなければならない。そなたたち、言っておくがこれほど難しいことはないぞ。まずは苦行を捨て、そこから始めよ」

みな十年から十五年ほども苦行に打ちこんできた者たちだった。その道を否定されては、肩を落とすのも仕方あるまい。うなだれたまま長い時間、仏陀の言葉を咀嚼した。

初めに顔をあげたのはコンダンニャだった。

「お話、よくわかりました。心にすとんと入ってきました。仏陀の説かれた困難な道を、今後は進んでいこうと思います」

一番の年長者であり、苦行も長い彼だった。シッダールタが苦行から抜けたように、彼も今、仏陀の助力によって苦行を抜け出たのだった。

初めての説法が人に通じたことは格別のものがあるのだろう。仏陀は、

「コンダンニャが悟った、コンダンニャが悟った」

と言って喜んだという。

ややあって他の者も得心がいった。みな心のどこかで苦行に限界を感じていたのだ。

この地サールナート（鹿野苑）で五人の苦行者を相手に、仏陀は初めて法を説いた。これを初転法輪という。仏教の基本姿勢である中道を説いたと伝えられている。

この五人が仏陀の最初の弟子である。出家修行者は托鉢で生をつなぐことから、「食を乞う者」を意味する比丘と呼ばれ、彼らは後代、一括りに「五比丘」と呼ばれることが多いので、今後そう呼ぶ。

仏陀と五比丘はサールナート、ヴァラーナシーを後にした。

○バラモンの王

五比丘は途惑っていた。

「しかし、ちょっとそれは、無謀かも知れませんぞ」

コンダンニャが心配顔で言っていた。

「そうです仏陀。いくらなんでもいきなり彼とは。もし失敗したら、これからのお名前に傷が付くではありませんか」

横からマハーナーマも言う。

ヴァラーナシーからの道で、仏陀は五比丘に「ある条件」に適う(かなう)バラモンを知らないか、と訊ね(たずね)ていた。五比丘は揃ってマガダ国の人であり、その条件ならばマガダの者なら誰もが挙げるであろう名前を挙げた。

なおも詳しく聞いた仏陀は、そのバラモンに会うための段取りをつけよ、と言ったのだった。

五比丘とも、遠慮がちにもその指示の困難さを言った。

しかし仏陀は気にも留めない。

「そんなものを気にしていて衆生の救済などかなうものか。そなたら五人はマガダ国バラモンの良家の出で、顔が利くだろう。彼に会えるよう計らってくれ。この先に、大きな古い菩提樹がある。私はそこで待っていよう」

五比丘は足重そうに、言われたことをするため、どこかへ去っていった。

シッダールタはひとりそのまま進み、やがて大きな菩提樹のもとに座った。

昼前に出た五比丘は、夕刻にようやく戻ってきた。

「明朝、お会い頂けます」

疲れたような顔の彼らに、

「苦労したのか？」

と聞くと、

「それほどでもありませんが。――相手が相手ですから」

コンダンニャが言った。緊張と、気疲れが大きいようだ。

「何を気後れするのだ。そなたらは修行完成者の一番弟子ではないか」

仏陀は笑って激励した。

「ここウルヴェーラーのこの樹のもとで、私は悟りに達したのだ。みなも座ってみよ。それにしてもこの近くにそんなバラモンがいたとは、不思議なものだな」

仏陀と五比丘はそこで一夜を過ごした。


マガダ国のビンビサーラ大王は、多様な思想・教説を奨励し、受け入れたが、国の宗教はやはりバラモン教だった。クシャトリアが主導権を握るようになった時代とは言え、アーリア人国家である以上、バラモンとヴェーダ聖典を崇めることなしに統治は出来なかった。それに反することは、アーリアの歴史を否定することだった。

国の祭事はバラモンに執り行ってもらう。司祭するバラモンの中でも力を持っているのは、カッサパ家だった。

バラモンも血統やギルド的な職能集団ごとに、得意として生業（なりわい）とする分野がある。カッサパ家は代々火神アグニを主神とし、火に関する祈祷を取り仕切っていた。多神教の世界では、時代により流行りの神も変わる。戦のやむことのなかった時代では、戦の神インドラが大いに崇められ勢力をもっていたが、未だ大国割拠とは言え、城塞都市に守られた家々が安定し始めると、かまどの火、製鉄・精銅の火、そして祈祷の火などの重要性が増し、火の神アグニと、それを祀るカッサパ家の権勢が増大していった。カッサパ家はマガダ国バラモンの盟主となっていた。

そしてここウルヴェーラー市に、カッサパ家の領袖（りょうしゅう）がいた。多くの支流、分家を束ねるカッサパ本家の嫡男にして、ウルヴェーラー市の司祭長であり、ウルヴェーラ・カッサパと呼ばれている。

虚無を唱えたプーラナのような、この変革の時代に多数出現したサモンと呼ばれる自由思想家たち。彼らの多くはヴェーダの世界観、神々、霊魂、生まれ変わりなどを「無い」と否定した。彼らは「ナースティカ（無いと唱える者たち）」と呼ばれ、インド哲学の非正統派の流れを形作っていく。仏教やジャイナ教もこの流れの中に分類される。

それに対し、バラモンの権威を維持し、ヴェーダの世界観を基に思索を展開していった者たちは「アースティカ（有ると唱える者たち）」と呼ばれる。神々、霊魂、生まれ変わりなどを「有る」と認めたからだ。彼ら正統派の哲学体系はダルシャナと呼ばれ、六派をなし、複雑な理論を構築してゆく。

ウルヴェーラ・カッサパは、他国にまで名を知られる、このアースティカの重鎮であった。彼はこのヴェーダ凋落の時代にあって、家柄のみならず彼自身の学識、そして人間性によりバラモンを束ね、「それは有る」と唱えた。

仏陀が五比丘に求めたバラモンの条件とは「誰よりもヴェーダに精通し、このマガダ国のバラモンが心から付き従う、気骨ある正統派バラモン」というものだった。

問われたのが五比丘でなくとも、該当する人物はウルヴェーラ・カッサパをおいて他にいなかった。


夜が明けた。

「よし行こう。なんだ、元気を出せ。胸を張れ」

足の重い弟子を励まし仏陀一行が向かった先は、ウルヴェーラーの山間にある、白石を組んで造られた古く大きな寺院だった。

寺院の荘厳な門の前に、髪を後方に高く結んだ、威儀正しい四人のバラモンがいる。先にコンダンニャとヴァッパが歩み寄り、言葉を交わす。前日の約定を聞いているのであろう、門番のバラモンは仏陀をちらと見て、門を開いた。

仏陀一行は中へと進んだ。

乾いた木が燃える匂いがする。奥から大勢の歌声が聞こえる。

内にあるもう一枚の扉を開けると、そこには広い聖堂があった。百人を超える結い髪のバラモンが立ち並び、中央で炎を上げる祭壇を囲み、神への賛歌を唱していた。

奥の一段高いところでこの祭祀を指揮するのは、白髪をやはり結い髪にした、純白の衣を纏いひときわ威風漂わせるバラモンであった。

（彼がそうか）

仏陀は彼を見つめた。このバラモンこそマガダ国バラモンの頂点、カッサパ家の領袖であった。地名より、ウルヴェーラ・カッサパで通っている。

ウルヴェーラ・カッサパも仏陀をみとめた。目の端で油断無く観察している。だが祭祀を止めず、賛歌の中、祭壇に護摩（ホーマ）を焚いている。仏陀もそれ以上は動かず、初めて見る祭祀の様子を観察していた。

さらに賛歌は続き、終わった。

ウルヴェーラ・カッサパは弟子のバラモンたちを座らせた。

仏陀は彼に歩み寄った。壇上の彼を見上げて、

「ウルヴェーラ・カッサパ殿。面会に応じていただき感謝する。私は仏陀。悟りを開いた者」

バラモンたちがざわめいた。ウルヴェーラはじろりと睨んでそれを制し、

「後ろの苦行バラモンの話では、おぬしはクシャトリアの出らしいな。この寺院で祭祀を見たバラモン以外の者は、おぬしが初めてだ」

「悟りの道に生まれなどなんの関わりもない。私はバラモンでもクシャトリアでもない。〈目覚めし者〉である」

「それを聞いたから呼び入れたのだ。仏陀を自ら称する者は、神聖なる炎の前でどのような顔をするか。化けの皮が焦げ剥がれたら、ただでは済まないと思え」

互いの視線がぶつかり合った。祭壇の護摩木がばちりと弾けた。

仏陀はこのバラモンを、

（ひとかどの者だ）

と思い、ウルヴェーラの方は仏陀を、

（本物であるかも知れん）

と観じた。しかし彼にはなびけぬ理由があった。

「それで、なんの用だ」

と言った。

仏陀は答えた。

「私に同道し教えを受け、共に世界の衆生を救ってもらいたいのだ」

ウルヴェーラ・カッサパと全てのバラモンは、唖然とした。五人の弟子しか持たぬ者が、マガダ国数万のバラモンを束ね、マガダ王族の祭祀を任され、直弟子五百人、周辺国を含め影響下にあるバラモンは数えきれぬほどの彼に、

（弟子になれ）

と持ちかけたのだ。

仏陀の後に控える五比丘も、仏陀とウルヴェーラとの威厳の間で身を縮めている。

あまりの僭越（せんえつ）に――いや僭越ではない可能性も考え――ウルヴェーラは答えあぐね、仏陀を睨んでいた。

仏陀が続けて言った。

「ウルヴェーラ殿、そなたも気づいているはずだ。人々の心はすでに、バラモンが説くものから離

れ始めていることを。バラモンは長い間、衆生の心に無関心であった。祭祀をする者は形式的な祭祀のみに、修行する者は人里離れた森や谷に幽棲し、己の修行のみに目を向けていた。その結果、衆生はバラモンを敬う心を失っていった。敬われることで存在しうるバラモンであるのに。そして今、衆生の心に、ひとつの魔が蔓延ろうとしている。恐ろしい、虚無の思想だ。放置したなら」

仏陀は壇上の篝火をとった。

「世は焼き尽くされる。バラモンも非バラモンもなく」

火を掲げる仏陀を、皆が見つめた。偶然のすきま風でもあったか、その火は突如爆ぜ、大きく燃え上がった。その後には水を打ったような静寂が流れた。

だがウルヴェーラは、

「バラモンが人心を得なくなったことも、ヴェーダを否定するあのナースティカどもの説くところも、おぬしに言われずとも詳しく知っている。だがわしをこれまでのバラモンと同じに見るな。古よりバラモンの中心地であるガンジス上流域から離れて位置する、ここ新興のマガダ国でわしは生まれ育ち、ヴェーダだけでない多くの思想に触れ、進むべき道を知った。わしと弟子たちは、バラモンの在り方を変える。深遠なるヴェーダを精査し、世の調和のための祭祀と自己の修行を、両立させるのだ。ヴェーダの思想が世を荒廃させているわけではない。神々を讃え、畏れと感謝を教え、輪廻は希望をもたらし善行を奨励し、世に秩序をもたらしうる。荒廃の原因はヴェーダにあらず──バラモンの堕落なのだ」

仏陀は頷いていた。このウルヴェーラ・カッサパはその地位以上、求めていた以上の人物だった。また取り巻く弟子たちも、祭祀バラモンの威儀と修行者の慎ましさを併せ持っている。ウルヴェーラの言葉を実践しているのだ。

「理解いただけたかな、仏陀なる者よ——おぬしが仏陀であることを、否定はしない。おぬしはそのまま平地に教えを広めればよい。わしたちと、そうぶつかるものではないのだろうから。だが人の世に、仰ぎ見るべき、聳え立つ不朽の神殿は必要だ。わしたちは、何百年と世に組み上げられたヴェーダという神殿を引き継ぎ、腐った箇所は修繕し、再度聳え、見上げられる存在となろう。もちろん、自己の修行も忘れずにな」

仏陀はウルヴェーラの情熱を理解した。以前の彼自身を重ね合わせた。この世界の骨組みを、崩れそうな骨組みを、支え、守っていく。誰に命じられたわけでもない責任感、使命感。その気持ちがよくわかった。それゆえどうしても彼を同道させたいと、さらに強く思っていた。正統派アースティカの、ヴェーダに誰よりも精通する者を帰依させることは、今後ヴェーダが力を持つ世界に自分の教えを広められるかの試金石でもあったのだ。

「理解されたなら、帰られよ」

そう言うウルヴェーラに、仏陀は言った。

「ウルヴェーラ殿、そう急くものではない。そなたの思惑は一見正しいように見える。だが、無駄な努力と終わることを、惜しまずにいられない」

「無駄だと」

「人は一度得た思いは拭い去れるものではない。今、人々はバラモンの教えに疑いを持った。全ては作り事ではないかとの思いを抱いた。そなたたちがいかに真摯に取り組もうと、懐疑の心は消せない。風の音にも神を見る、純朴な古の民ではないのだ。疑うこと、知りたがることは人の本性だと言ってもいい。やがて彼らはこう言うだろう。――証拠があるか。証拠を見せてくれ、と」

ウルヴェーラ・カッサパは気色ばんだ。

「ヴェーダを虚構だと言うのか」

「世の人が、そう疑っているのだ」

ウルヴェーラは立ち上がった。

「来てもらおう！　ナディー、ガヤー、お前たちもだ」

そう言って、壇上の奥の扉を開け、入ってしまった。

名前を呼ばれた者らしい、左右に並ぶ弟子たちの、それぞれ最も上座に位置していた二人が壇に上がり、続いて扉の奥へと入った。

仏陀は、

「ここで待っていなさい」

と五比丘に言い残して、自分も入った。


扉を開けると廊下があり、進んだ先にまた小さな扉があった。ウルヴェーラたちに続き、そこに入ると、卓の置かれた小部屋があった。

「座るがいい」

ウルヴェーラ・カッサパが言った。仏陀は木椅子のひとつに腰掛けた。

「この二人はナディーとガヤー。我が弟であり、同志だ」

ナディー・カッサパはネーランジャー川に接する地方都市の、ガヤー・カッサパはガヤー市の、それぞれ寺院の司祭長だった。

　ウルヴェーラ・カッサパが卓に肘をつき、身を乗り出すようにして話し始めた。その様は先ほどまでとは変わって、個人的な、深い秘密を告白するかのようであった。

「ヴェーダの虚構を人々はもう信じないと言ったな。ならば言ってやろう。人は、騙されたいのだ。虚無だのなんだのと今は言っていても、何かを信じたいのが人間だ。仮に、仮にだぞ――虚構であろうとも、インドに広がるバラモンの力を使い、我らがうまく説けば、人は必ず再び信じる。虚構の中であろうとも、秩序があり、より良い来世への希望を持つ世の中だ。知りたがるあまり道徳もなにも無くし、荒廃した世に生きるよりはよっぽどいいではないか。我ら兄弟はバラモンに生まれた者として、そのような世界を出現させてみせる」

　仏陀は、彼が己のために力説しているようにも見えた。悟りを得たという者に、話しておきたかったのだろうか。小部屋に招いたわけがわかった。「仮に虚構であろうとも」では、弟子には聞かせられない。

　仏陀は言った。

「ウルヴェーラ・カッサパよ、気づかなければならない。虚無に取り憑かれているのは、そなた自身だということに」

「なんと」

「虚構の世界を作り上げねば、この世は何の光も無い、闇だと思っている。人々は無秩序に、愚行、悪行に走ると思っている。なるほど世は混迷し、荒廃の兆しを見せている。だが人は、自らの中に光を持っている。それは小さく、あらわれにくいが、覆っているものを取り除き磨けば必ず光を放ち、互いを照らす。世の安寧を実現させるのは、バラモンがもたらす制度ではない。全ての人が持つ、善き心だ。そなたらの励む修行はなんのためだ。自らの心を磨くものではないのか」

仏陀の言葉に対し、しばらく押し黙った後、ウルヴェーラが言った。

「おぬしの言った言葉だ――〈証拠があるか?〉」

その言葉の後、突如末弟のガヤー・カッサパが、二人の対話に割り込むように叫んだ。

「兄上！　目の前の御仁こそ、揺るがぬ証拠ではありませんか！　我らカッサパの三兄弟、なんのために今まで家名に驕ることもなく、日々精神の修行を積み重ねてきたのですか。曇り無き心の目で、聖なるものを見極めるためではないのですか！」

それは若者らしい真っ直ぐな、道を求める者の肉声だった。

ウルヴェーラの、バラモンとしての使命感による心の曇りが、晴れた。

そして見る仏陀は、静かに、燦然と光り輝いていた。間違いなく修行者としての彼らの理想を体現していた。

仏陀は言った。

「私はバラモンやヴェーダを世界から無くせと言う者ではない。しかしそなたらの情熱を、私は欲しい。ヴェーダ、バラモンの有用性は他のバラモンに託すことにして、この仏陀と同道し、そなたら自身が光を発し、世を照らしてくれ。世のために、そして自分のために」

次兄ナディー・カッサパも口を開いた。

「この私でも開けますか、あなたのような悟りを」

「もちろんだ」

仏陀は強くうなずいた。

冷静で知られるナディーが、瞳に興奮の色を浮かべ、

「兄者、長年抱いていた自分の生き方への違和感が、消え去るような思いがする。私は仏陀のもとで、ヴェーダから離れた修行がしたい。許してくれますか」

大学者ウルヴェーラは弟ふたりほど単純明快でない。

（わしもその考えを持ったことがある。若い頃の話だ。人は皆同様に自制、分別、向上、そのような能力を生まれつきに持ち、それを磨けば揺るぎない一箇の人間として、怯えずに堂々と生きることが出来る――、理想的な考えだ。理想的過ぎると言うべきか。だが世を知るにつれ、全ての者に自立を促すこと、それはこの上なく非現実的で、無慈悲な考えではないかと、わしは考えるようになった――

この人は確かに光を己がものとしている。それは疑いようもない。だが世の全ての人が同様に、それが可能だろうか？　まさか。この人にならできるというのか？　まさか――これではわしが〈無いと唱える者〉だな。まさかだが、しかし短い老い先、もう一度純然たる理想に生きてみたいと、先ほどこの人に会って以来、わしは強く思っている。うむ、この人の下でなら――わしも騙されてみよう）

しばらくの時間机の端を見つめ考え、そして言った。

「弟たちよ、わしも同じ思いだ。仏陀に諭されてわかった。我らの思い描いた新しい世界は、なんと不自然で不格好なものだったろう――。わしとて一修行者。悟りを得たお方から直々に同道を誘われて、いかで心動かずにいられよう。仏陀、こちらからお願い申す。どうか我らを弟子としてお

導きください」

　ウルヴェーラの弟子たちが待つ祭壇の間。壇上の扉が開き、仏陀と三人のカッサパが出てきた。扉の向こうへ入っていった先ほどと、カッサパ兄弟の表情や様子が全く違っていることに弟子たちは気づいた。仏陀を上座に戴き、ウルヴェーラ・カッサパが言った。

「みんな、我ら三人はこのお方、仏陀の弟子となることにした。突然で悪いが、後のことはなんとかしてくれ」

　寺院内の百人の結髪のバラモンは驚いた。この国一の司祭が、どんな激論を、掴み合いをと思わせる様子で奥に連れ入った相手に、出てきた途端弟子入りすると言うのだ。だが百人の驚きの中に、さもありなん、という得心の表情が広がった。そして異口同音に言った。

「ならば私も弟子になりとうございます。弟子にしてください」

　誰も、一目見たときから仏陀のただならぬ威徳を感じていた。また尊敬し信頼するウルヴェーラ・カッサパたちが弟子入りするのなら、自分たちもと思うのは当然であった。

　ウルヴェーラが仏陀に向かって言った。

「予想はしておりましたが――仏陀、我らだけが出家して、彼らに残れとは、言いづらいのですが――」

　仏陀は笑みを見せて言った。

「ウルヴェーラ殿、あなたの熱意に集った者たちだ。みな道を求め、輝く瞳の者ばかり。同道は嬉しい限りだ」

「お許しが出たぞ、みな仏陀に感謝せよ」

　バラモンたちは喜びの声をあげた。

　新しい出家バラモンたちは、身支度や身辺の整理もあるため、明朝菩提樹のもとに集うことになった。

　五比丘と共に外に出ると、もう日が高かった。

　コンダンニャが興奮して言った。

「あのバラモンの王とも名高いウルヴェーラ・カッサパを帰依出家させるとは。仏陀の威徳は我らも知っていたつもりでしたが、改めて思い知りました」

「まったくです。それにしても寺院に入ったときのコンダンニャの腰の引け方と言ったら、傑作だったぞ」

「そう言うヴァッパだって。いや、みんなそうだった。叩き出されると思っていた。それがどうだ、奇跡のようなことが起きたのだ」

「仏陀にとっては奇跡でもなんでもないのだろう。とにかく明日から、仏陀のもとには百人に近い弟子が集うのだ。諸君、彼らに負けぬよう、修養に励もうではないか」

　だが、五比丘の見込みは遠く外れていた。明朝、夜も明けきらぬうちから出家したてのバラモンは菩提樹に続々と集まり、幾重にも取り囲み――朝日の中、その数、千人に達していた。

　カッサパ三兄弟によれば、昨日寺院にいた百人は弟子の一部に過ぎず、長兄ウルヴェーラには五百人、次兄ナディーには三百人、末弟ガヤーには二百人の弟子がおり、それらのほとんどが仏陀を見ていなくても師の判断を信じ、出家したのだという。

彼らはみな出家修行者比丘として結髪を落とし頭を丸め、身を包む布と鉢のみを持ってきていた。この鉢は托鉢用で、布施によって命を繋ぐ出家修行者の必需品である。前述のように比丘とは「食を乞う者」を意味する。

ひとところに集まる千という人数のあまりの大きさに、カッサパ三兄弟も五比丘も心配そうに仏陀を見た。

「どうなりましょうか」

しかし仏陀は鷹揚だった。

「これも真理の導き。なんとかなるであろう」

みなほっとした。

○聖者の行進

現代にまで幾条もの轍を残すマガダ国首都ラージャガハにある戦車競技場は、この日群衆を飲み込み、大いに賑わっていた。

太子アジャセの十四歳の誕生日の祝賀に、マガダ国精鋭戦車部隊による演武、曲乗りなどが行われているのだ。そして最大の見物である、戦車競走が始まろうとしていた。

馬も車体もきらびやかに装飾されている。乗り込む一対の御者と戦士も真新しい軍装で身を包み、楽隊が勇ましく奏でる太鼓、角笛の中を、勝者に与えられる金銀財宝と、そしてなにより晴れがましい武人の誉れを求め、日頃の修練の成果をみせるのだった。

王族の観席にいる大王ビンビサーラと王妃、そして太子アジャセは、黄金や貴石が鏤められた眩しいほどの豪奢な出で立ちで、インド最高の栄華をここに現している。

だが大王の顔色は愉しまず、賓客たちの挨拶に対しても口数少なかった。

今日の主役である太子アジャセは、十四歳にしてマガダの精兵にも劣らぬ立派な体格をしている。体格ばかりでなく、幼い頃は嫌いだった勉学にも精を出し、軍を指揮する能力は、今後伸びるであろう分も含めて、将軍たちも太鼓判を押すほどである。まさにアジャータサットゥ〈天下無敵〉という名前どおりの成長を遂げていると言えた。臣民は、名君ビンビサーラの跡継ぎにこんな優秀な王子がいることを喜んだ。

喜ばないのはビンビサーラ一人だった。

王子は少年特有の生意気さが影をひそめ、父とも誰とも落ちついた口調で話すようになっていた。父子での会話も、今では普通にある。父が今日は何を学んできた、と問いかければ、騎兵隊の指揮をしごかれました、体が悲鳴をあげております、と青年らしく答える。無理せずしっかりやれ、と言えば、早く父上の役に立てるよう励みます、と殊勝に返す。国王と太子という、地位こそ特殊だが、当たり前の父子の会話だった。

ああ、父としてそれが喜べないとは――ビンビサーラは自分の心が歯痒くてたまらなかった。だが、子には何気ないそぶりをみせながら、彼は思い描いてしまうのだ。王子がその騎兵隊を率い、自分を囲み、攻め寄せる様を。

父殺しの予言。十四年も前の老仙人の占いに過ぎず、王子の少年時代までは噂になったが、今では覚えている者も少ない。王子の立派な成長を見れば、そんな占いを気にする者は皆無だった。ただ大王一人を除いて。

アジャセは父のそんな心に気づいているのか違うのか、そこだけはまだ十四歳のあどけない顔で、競技場を見つめている。

競技場には四本の巨大な大理石の柱が、長い四辺形を作ってあり、馬車たちはその外側を走る。観衆からどっと歓声があがった。砂煙を立てて驀進する十数輌の戦車の中で、飛び抜けて速い二輌が最後の周回で勝負を賭けていた。

緊密に前後に並び走るは、最強戦車部隊の中でも双璧と呼ばれ、マガダ国臣民なら五歳の子も知る、黒塗りの車体に燃えるような緋色の車輪を備えた「炎燼」と、全てを輝く白銀に仕立てた「銀影」だった。どちらも出来るだけ有利な内側を走ろうと謀る。前を行く炎燼が柱を回るとき、僅かに外へと膨らんだ。後ろから銀影はその隙間に馬の鼻先をねじこみ、突き穿とうとした。

車体のぶつかる音が観席にまで轟いた。

前を走っていた炎燼は、抜かせまいとして内側へ馬を寄せる。後方から銀影は、相手を外へ押す。熟練の御者が目を血走らせ歯を食いしばりつつ手綱で操る、そんな激しい鬩ぎ合いの中にも、同乗の戦士——戦場では精鋭を率いる部将である——は、決して腰を下ろしてはならず、立ったまま左手のみで綱を掴み、右手では槍を高らかに掲げ、鍛えられた肉体の美と勇敢さを誇らなければならないのだ。

炎燼は、この石柱ではなんとか抜き去られることはなかった。しかし後ろから来る銀影の馬の半身が、左横に——内側に並んだまま、直線を走っていた。炎燼の戦士は歯がみをした。

最後の柱が近づいてきた。二頭立てで車体を牽く馬たちは、歯を剥き汗を飛ばし力を振り絞る。前を行く炎燼は自分の不利を知っていた。内側に入られたまま柱を迂れば、相手よりも長い弧辺を走らざるを得ない。炎燼の戦士が御者に指示を出した。御者は頷き、手綱を操り、最大に左へと寄った。好敵手を柱に衝突させてしまおうとした。

さらに激しいぶつかり合い、押し合いで、車体が軋み、揺れた。立ち姿を保つ双方の戦士が危うく腰を下ろしそうになった。膝をつかって耐えた。

だが前を行く炎燼の外側の車輪が、ついに耐えられなくなった。なぜならこの左へ迂りながらの鬩ぎ合いで、二輛の戦車の重量をほぼ一手に引き受ける形になっていたのだ。鉄の車輪が歪み、軸を失った。

炎燼の、炎を模した車輪が外れ、爆ぜるように転がった。車輛が外へ横転し、馬がそれに引き摺られた。御者も、最後まで立ち姿勢を崩さなかった戦士も、藁人形のように宙を飛んだ。

観衆の熱気は最高潮に達した。

競技場を揺るがす割れんばかりの歓声の中、勝ちをせしめた銀影が、その名のとおり輝く白銀の影を引き、最終点を駆け抜けた。一斉に決着の大軍旗が上がる。御者も二頭の馬も誇らしげだ。戦士は雄叫びを上げながら今は両手を使い、槍を大きく振り回して勝利の見得を切っている。

「見事だ！」

この荒々しい結末に、自らも逞しい武人となりつつあるアジャセは立ち上がって叫び讃えた。

雷轟のような拍手と歓声の中、勝者銀影の戦士と御者には褒賞である金銀が贈られた。また炎燼の戦士と御者は、幸い怪我は打ち身と擦り傷のみで大事には至らず、敗れたとは言え最後まで勝負を争ったことに特別に褒賞が贈られ、敢闘を讃えられた。その他の者にも金銀が与えられた。

儀式の最後に、マガダ第一の将である老齢の戦車隊将軍が挨拶をした。

「今日はアジャータサットゥ王子のお祝いの日に、我らが日々の成果をお目にかけることが出来まして、大変光栄でありました。素晴らしい大王と王子を戴けて、我ら臣民は幸せでございます。神々の恩寵を受け、マガダの繁栄がとこしえに続くよう、これからも精勤に励みます――ビンビサーラ大王万歳！　アジャータサットゥ王子万歳！」

それに競技場全ての群衆が唱和した。

「ビンビサーラ大王万歳！　アジャータサットゥ王子万歳！」

競技場の帰り、馬上でアジャセが息をはずませ、天蓋の馬車に乗るビンビサーラに声をかけてきた。

「父上、我が国の戦車部隊は精強ですね！」

馬に跨がる姿は将軍と見まごう貫禄だが、声は十四歳の少年のものだ。それがこの父には慣れない。

「私はあの戦車部隊を率いたい。父上、私はもう一人前です。一軍をお任せいただけませんか。他国を切り取り、マガダ領を増やしてみせます」

見たばかりの戦車競技に高揚して言ったものだった。しかしビンビサーラは、背筋に剣先を突きつけられたような不安を感じた。

「馬鹿を言うな。十四歳になったばかりのお前に軍を任せられるか」

「でも、父上がマガダ全軍の総帥となって、アンガ国の都チャンパーを攻め落としたのは十五の時だったと言うではありませんか。私だって一軍ぐらい――」

「それは先王であった我が父が急逝し、仕方のない成り行きだったのだ。わからぬことだらけで多くの苦労があり、過ちがあった。私はまだこのとおり壮健だ。お前はまだ早い」

「でも――」

「もう言うな」

固い口調で言った。王子は不満げに口を歪め、馬を下げた。

ああ、晴れぬ！　苛立つ心に苛立ちながら、王は一行と共に王宮へ入った。

そこへ、大臣が駆け寄ってきた。

「どうかしたのか？」

「それが、大司祭長から使いが来まして」

大臣の話はこうだった。血統正しきカッサパ家の惣領にして、マガダ国のバラモンの元締めとも言うべき司祭長、ウルヴェーラ・カッサパが今朝使いを送ってきて、勝手ながら職を辞する、またネーランジャーとガヤーの寺院長である弟二人も同時に辞する、後任には一族から適任の人物を選んであるので、彼らを叙任していただければ差し障りない――との通達を言わせた、と言うのだ。

ビンビサーラは驚いた。気鋭のクシャトリアであるビンビサーラはバラモンを奉じながらも殊更に持ちあげようとはしなかったけれど、ウルヴェーラ・カッサパという白髪を結い上げたバラモンは、尊敬するに足る人物だった。幾度か招いて親しく話したが、彼はただ祭祀の重要性をうたって自分たちの優越を説くバラモンではなかった。為政者的な考え方をする宗教家だった。一つの強い国教による人心の安定。それによる社会の安定。それをバラモンの存在意義だと信じていた。

その彼が、重職にある弟ふたりと共に、職を辞したという。

「いったいなぜだ？」

王は大臣に言った。大臣は、

「はい、帰ろうとするその使いの者をつかまえて詳しい様子を聞いたところ――、ウルヴェーラー市の寺院に仏陀を称する者が現れて、カッサパ三兄弟をたちどころに弟子にし、出家させたとのことなのです。カッサパの三兄弟だけでなく、彼らの弟子だった千人に及ぶバラモンが、みな頭を丸めて出家したらしいのです」

「仏陀だと」

王は目を見開いた。

「仏陀――真理を悟った者、無上の聖者、のことだな」

「ええ、たしかそれでしょう」

クシャトリアの彼らには、耳にしたことはあってもあまり馴染みのない言葉だった。

「その仏陀の容姿風体は、どう言っていたか」

「さあ、使いの者は見たわけではないようで」

王は思った。あれから六年経っている。それはあの、北の小国の王子のことではないだろうか。

「彼は今、どこにいるのだ？」

「さあそれは――」

会いたい。ウルヴェーラなど見所のある者だけを連れて、深い山奥などでひっそりと真理を説いているのだろうか。どこに隠遁しようと、なんとしてでも探し、会いに行かねば、と王は思った。

そのとき侍者が入ってきた。ラージャガハ西城門から、ひとりの警備兵が馬を駆って来たと言う。

王の間に通させると、その兵が報告した。

「西城門に、千人に及ぶ出家修行者がやって来ました。先頭は、仏陀だとかいう立派なお人で――大王に会いたい、と仰せでありますが」


――――――


せっかくの戦車競技の興奮の後に、父王にすげなく拒絶されたアジャセは、つまらなそうに自分の邸宅に戻った。

玄関に出迎えた召使いが、

「お帰りなさいませ王子。デーヴァダッタ様がお越しです。いつものように上がってお待ちいただいております」

と言った。

「えっ、まことか」

アジャセは顔を輝かせた。

豪華な軍装を脱ぐのもそこそこに、王子は客の間へ入った。

そこには確かにあのデーヴァダッタが、わが家のような馴れた顔で寛（くつろ）いでいた。

「アジャセ王子」

王子を見て、デーヴァダッタが言うと、

「やあ、デーヴァ師！　半年振りでしょうか。元気にされておられましたか」

アジャセは嬉しそうに席についた。

「師がいないと、どうも心が晴れない。いらいらすることが多いよ。それで、どうでした、コーサラは」

「王子はまた大きくなられましたな——。コーサラでは、大臣、官吏、武将に至るまで、このデーヴァダッタを賓客としてもてなしてくれました。かの国は、マガダ国、釈迦国との三国間に和平を築けたことを喜んでおります。今後は後顧の憂い無く、どうやら西へ目を向けるようです」

デーヴァダッタがなぜマガダ国太子アジャータサットゥに親しく師と呼ばれるのか。釈迦国にとって大きな脅威だったコーサラに、なぜ賓客としてもてなされるのか。さらに釈迦国とコーサラ国の和平とは。デーヴァダッタは妖術でも使ったのだろうか。


「仏陀、いきなり王都にはいるのですか」

「そうだよ、コンダンニャ」

「鉢以外に、武器も何も持たぬ出家修行者は、通常ならば拒まれることはありません。しかしこの人数だと、向こうも警戒するのではありませんか。そのうえ王に面会となると——」

「そうです仏陀。現にこうして門衛に止められてしまいました」

「心配するな。私はここの王を知っているが、度量の広い人間だ。それにひとつ約束もある。会って話をする」

「ですが、それにしたって千人全員を引き連れて歩くことはないのではありませんか。人々が驚いているし、そら、門がつまって通行の邪魔のようです」

「ふむ。では細く並ばせなさい」

ラージャガハ城門で、仏陀と心配げな五比丘との会話だった。

仏陀に帰依したばかりのウルヴェーラ・カッサパが口をはさんだ。

「仏陀、ビンビサーラ王にお会いになると知っておれば、わしが今朝出した使いの者に、そう言付けましたのに。今からでも行って、話を通してきましょうか。勝手に職を辞したばかりで、少し気はひけますが」

「大丈夫だ、ウルヴェーラ殿。あの王は真理を悟った者を手厚く迎える人。とにかくみな、もっと落ちついて静かに待っていなさい」

そんな遣り取りをしていると、やがて早馬が来た。身なりの良い使者が馬を下り、丁寧な礼をして言った。

「仏陀なるお方。王がお会いになられます。どうぞお進みください」

仏陀は頷いた。

「さあ、行こう」

「はい、しかし、やはり千人全員ですか」

「そうだ。整然と並んで歩こう」

「ですが仏陀――」

「コンダンニャ、いいから私の言うとおりにしなさい」

コンダンニャとしてはもっと少人数で、――たとえば本音を言えば、仏陀と五比丘のみで――、歩きたいのだろう。

使者も何も言わない。王から鄭重に迎えよと言われているのだろう。仏陀一行はぞろぞろと長蛇の列を作り、門をくぐり、ラージャガハを歩いた。

最後尾が見えないほどの人数だ。町の人々が立ち止まり、あるいは家から出て来て、目を丸くしてこの行列を見つめる。

辺りを払う威厳と、吸いこまれそうな柔和さを併せ持つ、先頭の聖人。

続く面々も、理知の瞳を輝かす、みな俗塵とは無縁の立派な修行者ばかり。見る者が見ればその中にウルヴェーラー、ネーランジャー、ガヤーの司祭長の顔があることもわかった。

町の人々は互いに囁き合い、やがてある者は手を合わせ、またある者は跪き、仏陀の衣の裾に触れた。他の者も見るべきだと考え、家族や知り合いを呼びに走った者も多かった。

仏陀が千人の弟子を連れて歩いた理由は、このためだった。インド一の都ラージャガハの衆生に、真理を悟った者が現れ千人の大教団を作ったことを、無言の大音声で知らせるのだ。なぜなら彼には目的があるのだから。全ての衆生の救済という、困難で遠大な目的が。

戦時には戦車が行き交うという石畳の目抜き通りを長い時間をかけて歩き、大きな衝撃を都の人々に与えた一行は、王宮に辿り着いた。

王門の前に、左右に側近を従え、ビンビサーラその人が立っていた。

仏陀がさらに進んだ。王も歩み寄った。

王は仏陀の手をとった。深い感激の声で言った。

「やはりあなただった。悟りを開かれたのだな。そして私の前に来てくれた」

「王よ、お待たせしました。約束を果たしに私は来ました。あなたとの約束、そして生きとし生ける、全てとの約束を」

「生きるもの全てとの約束――ああ、その言葉の真意は私にはわからぬ。しかしとても尊いことを、あなたはしようとしている。それだけは私にもわかる。このビンビサーラ、お役に立てることはなんでもいたそう」

王はシッダールタの手をとり、王城へ招じ入れた。賓客の間へ案内した。王と懇意であるカッサパ三兄弟、それに五比丘も同席した。その他の千人の弟子は大庭園で待つことになった。

席に着くと、王は初めにウルヴェーラ・カッサパに笑って言った。

「ふむ、ウルヴェーラ殿には当分は逢えぬと思っていたが、案外すぐの再会だったな」

ウルヴェーラも苦笑した。

「面目ない。使者を出したときは、わしもそのつもりでしたが」

「ははは。しかし仏陀にならば、卿ほどの御仁が弟子入りしても驚かぬ。それにしても、マガダ国のバラモン千人と共にとはな」

「失礼します、大王様。そのことでまず相談があるのです」

仏陀の腹心を自任するコンダンニャが割って入った。

「千人の比丘、これからさらに増えていくと存じますが、この大所帯が拠点と出来るような地を、ご存知ないでしょうか」

「なるほど」

王は傍らの宰相に諮った。宰相が言った。

「マガダ国は広大です。都を離れれば山も谷も沢山あります。修行者の大きな集団は他にもあり、彼らは誰に憚(はばか)ること無くそこで寝起きしていますよ。そうなされては如何ですか」

それに対し、仏陀が口を開いた。

「私が望む地は、このラージャガハから遠すぎず、近すぎない、閑静な土地です」

宰相はその条件にとまどった。

「このラージャガハの周辺で？」

このような聖者は世俗の対極にあり、世俗を嫌うものだと思っていた。山奥でひっそりと修養し、ひっそりと死んでいくのだと。それなのにインド随一の都の近くを敢えて望むのが、宰相には意外に思えた。

「宰相、仏陀にはお考えがあるのだろう。そうだ、北の竹林はどうだ。あそこなら仏陀の言葉を満たしているのではないか」

「ええ、確かにあそこは町から遠くもなく近くもなく、昼も夜も静かでありますな。近くに池があり、なにかと便利かと思われます」

王は頷いた。

「仏陀、お聞きの竹林を寄進させていただこうと思う。いかがだろうか」

王の言葉に仏陀はほほ笑んだ。

「池のそばの竹林とは、聞くだに風情があってよいようです。有り難くお受けいたします」

こうして千人の比丘の落ちつき場所が決まった。

仏陀は有望な弟子を集め、大国の王の協力により地を得て、教団を設立しようとした。真理を悟った聖者にしては、どこか世俗的とは言わなくとも、戦略的、経営的と言った印象があるかに思える。だが己ひとつの安寧ではなく、全ての衆生の救済を求めるからには、限りある時間の中で、効率的な手段というものを考えるのは当然だった。

王は仏陀という心の師を得て、朗らかだった。珍しく、側近たちも普段聞くことのない、身近な噂話やとりとめのない世間話までするほどだった。そしてマガダ国の内外の近況について話が及んだとき、賓客の間の扉が開いた。

「父上、客人ですか」

入ってきたのは、今日の儀式の盛装から着替えたアジャセと、仏陀には懐かしくも思いがけぬ人――、デーヴァダッタだった。

堂々たる体躯に幼さの残る顔の王子と、六年のうちに大人物たる風格と怜悧さを増したデーヴァダッタの組み合わせは、何か不吉なものを仏陀に感じさせた。

王は勝手に顔を出した王子にいい顔をしなかったが、

「アジャセか――まあよい、紹介するからこっちへ来い」

と招き寄せた。王子が席につき、それが当然のことのようにデーヴァダッタも隣に座る。

「こちらが仏陀。釈迦族の偉大な聖者だ。以後永遠に私の導師である。仏陀、これが太子のアジャセ。十四歳になったばかりだ。横にいるのは――おっと、仏陀には、紹介する必要はなかったな」

王子アジャセが口を開いた。

「釈迦族の――。ではデーヴァ師の王というのは、あなたでしたか」

仏陀が言った。

「アジャセ王子、お初にお目にかかります。デーヴァダッタ、ここでそなたに会うとは思わなかった。久しぶりだな」

「ああ、シッダールタ。随分と久しぶりだ」

デーヴァダッタの口調は固かった。仏陀は思った。

（彼にしてみれば無理もない。裏切られたと思っていよう。それにしてもどうして彼はマガダ国で、王子の側近のように振る舞っているのだろうか）

ビンビサーラ王が、二人の間に流れる空気を察した。

「仏陀、あなたとデーヴァダッタのあの経緯の後、デーヴァダッタには我が国の客分となってもらっているのだ。そのあたりは、我が国と釈迦国との状況も含め、興味がおありだろう。宰相、存分に話して差し上げよ」

「されば――。あれは六年前のことですか、あなた様、盟の一方の当事者の出奔により、釈迦国との盟約の計画が流れてしまうと、我が国内に盛り上がっていた、コーサラへの強硬論もその取っ掛かりを失い、鎮静いたしました。今後の対外方針が空洞となったそのとき、デーヴァダッタ殿が私のもとを訪ねて来て、マガダとコーサラの縁組みを礎とした、二大国の共存共栄路線を持ちかけたのです。王に上奏し、会議に諮ると、デーヴァダッタ殿の仲介でならば賛成、との意見が多数を占めました。なぜならば、こちらから婚姻を持ちかけたのでは我らマガダがコーサラを恐れたように思われますが、第三国の人間からの両国への示唆であれば、互いに面目が立つというものですから。我々も協力して段取りを付け、デーヴァダッタ殿はコーサラ国の重臣たちに面会し、あくまでも第三者からの立場で、縁組みを打診しました。すると初めは向こうもすぐには飛びつかず、気のないそぶりを見せていたのですが、デーヴァダッタ殿が両国間を行き来し調整していくうち、徐々に手応えあり色よい返辞あり、あとはとんとん拍子に、互いの王の妹を、妃として互いの側室に入れることになったのです。なにしろインドの二大強国、両国の輿入れは互いに競うように盛大！　長らく語り草となりました。仲介の労をとったデーヴァダッタ殿は国家間の名士となり、このマガダ国においてはアジャセ王子とうまが合うらしく、王子の相談役ともなっていただいております。――そうだ、それにコーサラ国と釈迦国との間にも、縁組みを成立させましたな」

　昔からデーヴァダッタを買っている宰相が、彼の手腕を誉め称えた。よそ者のデーヴァダッタの活躍の陰に、この宰相の後ろ盾があったことは想像に難くない。

（釈迦国とコーサラとの間に婚姻を――）

　俗世間を捨てたはずの仏陀も、その点には耳をそばだたせた。

　デーヴァダッタは昔から優れた人物だったが、今は大国間を行き来する名士の風格のようなものがある。どうやらマガダ国にいても、マガダ王の指図を受けるわけではないようだ。釈迦国に自由に帰ることは出来ても落ち着くべき役職などはあるまい。国家の枠を外れた立場と言えた。だがそれは、彼が根無し草になったことの裏返しではないだろうか。仏陀はふと、彼のために心配をした。

　その後は世間話のようになり、やがてビンビサーラ王が言った。

「さて仏陀。二人きりで話がしたいのだが。みな、席をはずしていよ。誰も入ってこないようにいたせ。お弟子たちも、はずしてもらいたい」

　仏陀は了承した。同席する弟子たちに言った。

「そなたたちは全ての比丘を連れて、王に寄進いただけた竹林に向かうように。そこで私を待ちなさい」

皆が退出し、仏陀とビンビサーラ王の二人だけとなった。

王は椅子を詰め、改めて仏陀の手を押し戴いて、声をひそめて話を始めた。

「仏陀、お会いしたかった。――長い間私を苦しめる悩みを、聞いてくだされ。悩みとは、あの息子、アジャセのことなのだ」

そして王は、仙人による父殺しの予言のことから、自分がそれを馬鹿げたことだと知りつつも、やはり気にしてしまうこと、それが親子の関係をぎこちなくさせていることを告白した。

「頭では、理性ではわかっているのだが、王子の顔を見るとあの予言が思い浮かんでくる。所詮は明日の天景さえ、当たりもすれば外れもする売卜（ばいぼく）、愚かしいとは思いながら、その迷いはどんなに努力しても掻き消せぬ。消えぬ火に焼かれ続け、我が心には息子を愛する気持ちが、少しも無くなってしまっている。今ではあれが成長するにつれ、いつ私の命を奪うのかと、そればかりを考えてしまっているのだ。ここ数年我が心は萎縮し、政治の手腕も鈍り、他国と構えるどころではない。コーサラとの婚姻を進めたのも、それが一因でもあるのだ」

仏陀は目を閉じて聞いていた。王とは事情が違うが、彼自身も父からの愛情を受けず対立し、そして我が子を捨てているのだった。

仏陀が口を開いた。

「親子の情とは最も自然で強いものなれど、複雑な人間の世で生きていくと、それが歪められることが往々にしてある。また人の心とは弱いもので、ふと生じた疑いは、消そうと思えば思うほど、かえって広がり心を蝕む。――しかし王よ、あなたは先ほど、王子を少しも愛していないと言われたが、それは心の表面でのことでしかない。意識し得ぬ、真なるあなた自身というものは、そうではないはずだ。またその違いをどこかで気づいているからこそ、悩みが生じるのです」

「真の私自身――どうすれば、それを得ることが出来るのだろう」

「それは得がたくとも必ず存在するものである。まずはそれを信じ、深く内省し、自己の深奥を観ずることです。最も良い方法はあなたが出家して、正しい清浄な行いをし、私と共に心の静寂を求めることです。王子への疑いは、王としての立場がなさしめるものでもあることですから」

と、仏陀は再会したその日に、マガダ国大王の出家を促した。

仏教において、のちに四諦とまとめられる思想がある。

　この世界は苦しみに満ちている。老、病、死、さらに生きること自体も苦である（苦諦）
　苦しみは、生に対する欲望、煩悩、渇愛など、迷妄と執着が集い生じる（集諦）
　苦の原因たる迷妄と執着を捨てれば、苦を滅ぼし、解放される（滅諦）
　右の三条を真に理解し、達成するために、正しい行いをし、正しい道を歩む（道諦）

四聖諦とも呼ばれ、仏陀の教えの最も重要な根幹であり、真理とされるが、要は仏陀自身が悩める王子時代から悟りにまで辿ってきた行程であったろう。それを仏陀はビンビサーラに勧めているのだった。

　しかしビンビサーラは、

「仏陀、せっかくのお誘いですが、私にはそれが最良だとは思えない。自分のために国や臣民を捨てるわけにはいかぬ。また子を愛するため子を捨てるというのは、本末転倒に思える」

と言って拒否した。仏陀は、予期していたようにうなずいた。

「俗世とのしがらみ。力ある者の責任。あなたのような立場ならば特に、断ち切るのは難しいでしょう。結局それは、誰も捨てるわけではないのですが――そのことは悟りに達して初めてわかることかも知れない。ならば王座についたままで始めましょう。出来るだけ心と行いを清浄にし、生じる疑惑を、弱い心が見せる幻だと知って、あえて思い煩わぬことです」

「私は、あなたに会えばすぐにでも悩みは消えるものと思っていた」

「悩みを消すのは王自身です。私が出来るのは、静寂の境地が必ずあることを教えることと、そこに行くのを手伝うことだけです」

「愚かなことを申した――大マガダの王が、これほど弱い心を持っているとは情けないが、私はやり遂げられるか自信がない。仏陀、これからも私に会いに来てくださるか。話を聞いてくださるか」

「もちろんです。道を求める者の、誰とでも会います」

ビンビサーラは仏陀の手を固く握り、王宮の外門まで送った。悩みが消え去ることはなかったが、信頼する人に話せて、何か軽くなったようだ。

仏陀は、弟子の待つ竹林へ向かった。王の侍者が竹林の前まで案内してくれた。

ビンビサーラが言ったとおり、ラージャガハからそれほど遠くはないが、閑静な竹林だった。竹はインドでは珍しい。風が吹けば群生する竹の葉がさやさやと乾いた音を鳴らす。開けた平地があり、池があり、心の修養には理想的のようだった。

しばらく後にビンビサーラ王がここに精舎（しょうじゃ）を建造、寄進し、竹林精舎と呼ばれるようになるが、今はあるがままの自然に、比丘たちがまだ少し落ち着かなげに、座禅を組むなどしていた。

仏陀が全員を集めさせて、初めに言った。

五比丘とカッサパ三兄弟を最前に、千人の比丘が扇の形に仏陀を向いて座った。

「この竹林を我が教団の拠点とする。だが比丘たちの家ではない。比丘の基本は、一人静かに自己を見つめることである。私の教えをここで聞き、集まって瞑想するのはかまわないが、自らを見つめる本分を忘れるでない。それぞれが犀(さい)の角のごとく、堂々たる一個人での修行と言うことを心得(こころえ)、その上で切磋琢磨していくのだ」


その日の夕暮れ時、竹林の地を訪れる馬上の人物があった。

馬を下りる、身のこなしもあざやかな、若いクシャトリアー――デーヴァダッタだ。

比丘の一人が走り、来訪者を聞いた仏陀が出て来た。

デーヴァダッタを見て、仏陀はついてきた比丘を帰し、デーヴァダッタと歩いた。

比丘たちが見えないほど離れ、日当たりの悪さに枯れた竹藪の傍、大きな岩に腰を下ろした。デーヴァダッタも座った。

デーヴァダッタは単刀直入な男だった。相手の感慨など考慮せず、まず自分の用件を言う。その彼が、かつての盟友とひとつの岩に腰をおろし、柄にもなく景色に目をやり、黙りこくっている。

仏陀も同じ景色を見ながら、従弟(いとこ)の心中を慮(おもんぱか)った。

（この男も変わったのかも知れない。マガダ国やコーサラ国を行き来しているという。苦労も多かろう）

しばしの沈黙の後、デーヴァダッタが突然口を開いた。昔のままの彼らしい、才気に満ちた声で。

「やるなシッダールタ。ビンビサーラは君にぞっこんじゃないか。知ってのとおり俺は王子の相談役だし、かつて立てた筋書きとは違うが、これで釈迦国とマガダ国の結び付きは盤石だ。我らの祖国は安泰ということだ」

「デーヴァダッタよ」

この従弟の思惑も、心情も、よくわかる。その人生を何に懸けているのか。何に心砕いているのか。かつては自分がそうしていたことだ。仏陀は真摯な口調で言った。

「自分が口にしたことを違え、大きな苦労をかけたこと、誠に済まなかった。そのわけを、そなたにはよくよく話して聞かそうと思っていた。いや、聞いてもらいたいのだ、民衆生が得るべき真の幸福とは――」

「まあ待て」

デーヴァダッタも馬鹿ではない。彼には興味のない分野の話ではあるが、シッダールタがどのような道に入っているのか、どれほどの境地に達しているのか、先ほどの王城での会談で見当はついた。

「君は昔からそういうところがあった。いつぞやか、若い頃だ、酒の席で言っていたな、人が真に得るべきものとは何か、目指すべきものとは何か。誰も取り合わなかったが――そんなことは危機を脱してからだ。現状を見るがいい。我らが釈迦国の足場は弱いままだ。マガダとコーサラは、互いに王の妹を輿入れさせあったが、釈迦国はコーサラに、一方的に王族の娘を嫁がせたのみだ。人質を取られただけとも言える。周辺の関係は当面は穏やかだが、大国の機嫌を伺わねばならないのは昔のままだ。シッダールタ、君の祖国、釈迦国のためだ、マガダ国王ビンビサーラとの関係を、太く深いものにしていってくれ」

「デーヴァダッタ」

　仏陀は言った。

「私は全ての身分しがらみを越え、全てを一と見る悟りの境地に達した。釈迦国の人々を思えばこそ、私のすべきことは、この境地を全ての衆生に伝え導くこと。それ以外のことは考えられぬ」

　デーヴァダッタは強い瞳で仏陀を見た。そして、

「だが、今後も君はビンビサーラ王に会いに行くのだな？　道とやらを説くのだな――さきほど、王が周囲に言っていたぞ」

「そうだ。しかし、そなたの考えで動くわけではない」

「かまわん」

　デーヴァダッタは立ち上がった。

「思いがどうであろうが、目的にかなうものなら問題ではない。マガダ国大王ビンビサーラの師は、釈迦国王族から出た聖者、それで充分だ。俺はもう行く。じゃあなシッダールタ。あのときの恨み言は言わない」

　馬の方へ歩き、ひらりとまたがった。その後ろ姿へ仏陀が言った。

「デーヴァダッタ。我らが二人でしてきたことを、今はそなた一人でしているのだな――。苦労は多かろう。国のことごとに関わることはできぬが、心に悩みがあれば、いつでも来るがいい。聞くぞ」

　馬上で振り返り、デーヴァダッタは言った。

「国が滅べば民は悲惨な目に遭い、死ぬぞ。死んだ民は悩むこともできんぞ。君はそのときも後悔しないのか？」

「道が違うのだ、デーヴァダッタ」

答える仏陀をしばらく見つめたデーヴァダッタは、馬に鞭を入れ、薄暗い山道を駆けていった。

「火に包まれている者、いや、火そのものとなっている者に語るのは容易ではない。それに彼の道が間違っていると誰が言えよう。だが政では真の救済は得られない。永久に続く地上の王国などないのだ――」

小さくなる従弟の馬影を見つめ、仏陀は思った。そして見えなくなってから、竹林へと戻った。

○教団始動

こうして竹林の地を拠点として、仏陀の活動は始まった。

全ての衆生の救済が教団設立の目的であるが、まず彼は教団に集った比丘たちへの指導に、その力と情熱をそそいだ。

千人を超える比丘のほとんどはカッサパ兄弟の門下であったバラモン出身者であり、素養も志も高い修行者ばかりである。若者も多い。自分の達した境地に一日も早く辿り着かせたいと願い、期待は大きかった。

中道(ちゅうどう)、そして四諦(したい)を教えの根幹として繰り返し説き、悟りに至るための心構えを作らせた。

修行の実践にあたっては、四諦のうちの道諦(どうたい)でいう、苦を乗り越えるための「正しい行い」の中身として、

正見（しょうけん）（正しい見解）　正思惟（しょうしゆい）（正しい考え）
正語（しょうご）（正しい言葉）　正業（しょうごう）（正しい行い）
正命（しょうみょう）（正しい生活）　正精進（しょうしょうじん）（正しい努力）
正念（しょうねん）（正しい思念）　正定（しょうじょう）（正しい精神統一）

の八項目が比丘たちの行為規範として確立され、八正道（はっしょうどう）と呼ばれるようになっていく。またそれに基づき、教団での生活で比丘が守らなければならない具体的決めごととして、戒律も定められていった。

俗世を離れた比丘は労働に携（たずさ）わってはならず、少しの田畑を持ち自給自足をすることもしてはならない。彼らは自分たちの修行を継続させるため、托鉢により日々の食を得る。

活気あふれる大都市ラージャガハは、新たに増えた千人の出家修行者を養うに足るだけの規模がある。托鉢の時間は早朝だ。東西南北の町に分散し、比丘たちは手に鉢を持って軒先に並ぶ。さほど労せずして、比丘の生命を一日繋ぐ食が喜捨（きしゃ）される。これはインド古来の、修行者をうやまい、食を恵む風習からくるものだ。いや、恵むと言うより、善業を積むため喜んで譲る、まさしく喜捨だった。それは施しを受ける側からの都合のいい言い方にも聞こえるが、この土壌があってこそ、古代インドに卓越した精神文化が花開いたと言える。

その折々、仏陀は辻に立ち、説法をする。竹林で比丘たちにするよりは平易な言葉で。少しずつ共感したバラモンが、そしてクシャトリア、ヴァイシャが、まれにシュードラが、出家し仏陀に弟子入りした。この者たちはみな身分境遇の差はあれ、深く人生を思い悩み、進むべき道を渇望していた者たちであり、見込み有る者たちだった。彼らも竹林の地に入り、仏陀の教えを受けた。

汚物を清掃することを生業としていた、チャンダーラのスニータが入信したのもこの頃である。


ビンビサーラ大王は、政務を執る室で部下からの報告を受けていた。

仏陀と王都ラージャガハのバラモンの間に、諍いがあったのだという。

大王は政務そっちのけに、その者に差し向かいで椅子を与え、詳しく話させた。

部下が、多くの民から集めてきた情報とはこうだった。

ラージャガハの裏道でのこと。着飾った者たちが歩く、華やかな表通りから一転して、貧しい民が暮らす、寂しく汚い界隈だ。今にも崩れそうな、粗い煉瓦を積み上げただけの家々。さらにそんなところへ木の板を斜めに立てかけただけの「住居」もある。どんなに整備した町並みを作ろうとも、どうしてもこのような裏道は出来る。

慣れない者なら早足で通り過ぎたくなるような、ひどい臭いが立ちこめる中、仏陀と数人の比丘が歩いていたという。仏陀一行には、常に人だかりが後に続く。仏陀を敬う民もいれば、ただ物珍しさに付いてくるだけの暇人もいる。そして、仏陀の言動を疎ましく思う者たち――この多くはバラモンであった――も、監視するかのようについてきていた。

ひときわ悪臭を放つ一角があった。

地面に、様々な形状の壺がたくさん置かれている。ひとりの黒い裸に腰布を巻いただけの男が、壺から泥状のものを荷車に流し込んでいる。仕上げは手で、掻き出している。朝から回った家々から集められた、排泄物であった。

と、まず仏陀は話しかけたという。

――精が出るな

呼ばれた男はびっくりして振り向き、仏陀を見た。

裏通りで生活する、彼らは「チャンダーラ（不可触民）」と呼ばれる者たちだった。

黒い肌に、巻いた髪。そしてアーリア人に比べ低い鼻。アーリア人以前からのインド土着の民、ドラヴィダ人の特徴だ。叙事詩として歴史の記録でもあるヴェーダに記される、アーリアの先祖たちが戦い征服していった相手、〈鼻のない者〉とは彼らのことである。征服された彼らドラヴィダ人はシュードラと呼ばれる隷民階級となったが、さらにその一部はバラモン・クシャトリア・ヴァイシャ・シュードラの四カースト外側の存在、人間と見なされない、不可触民とされた。彼らは宗教的に禁忌とされる事々や、屍体や汚物などに関わる仕事、つまり「穢れ」を押しつけられた。排泄物を処理する者たちは〈しぼんだ花を掃除する者〉という隠語で呼ばれていた。

――大変な仕事だ。柄杓などは使わないのかね。丸柄杓か、もっと大きな箆状の道具を使えば楽だし、効率も上がるように思うが

仏陀はこのように言ったという。ほんの少しの工夫や道具の改良で、労働の効率は格段に変わるものだ。釈迦国での王子時代、内政改革の陣頭指揮を執っていたと聞くが、それを思い出したのだろう、と、報告を受けているビンビサーラは推察した。

カースト外の者である不可触民は、カーストの人々から、触れることはおろか姿を見ることも、その声を聞くことも忌まれていた。うっかりその禁忌を破ると棒で打ち据えられたり、石を投げら

れることもあった。だが自分に対する仏陀の優しい、落ち着いた問いかけに、男は迷いながらもおずおずと答えた。次のような受け答えがあった。

――いえ、わしらは道具は使ってはならねえんです。素手でするっていう決まりなんです

――決まり？　いったい誰がそう言った

――区長のバラモンです

――誰が決めた、なんのための決まりか

――さあ、わしらにはわかりません。ですが昔から決まってるんだそうです。わしらチャンダーラは、前世の悪業の報いで、生まれつき穢れてるんですから――

そこで仏陀の鳳眼が、すっと細くなったという。声色（こわいろ）も変わり、

――馬鹿げた決まりだ。人に生まれつきの穢れも、身分もない

居合わせた民が口々に言うには、空気が震えたようだったという。思わず身を縮めたが、恐怖心とは別の、心地よい畏れとでも言うような感覚を抱いたという。

仏陀の目の前にいた不可触民の男は、自分が責められでもしたかのように、ひれ伏さんばかりになった。誰もが息を飲んで仏陀の言葉を反芻（はんすう）した。この世界の絶対の秩序であるはずの、身分がない？

すると群衆の中から、長い髭をたくわえた、見るからに位の高そうなバラモンが、この事態を待っていたかの如く出てきて、

――馬鹿げたと言ったか。国王に取り入ったらしいが、古来神より啓示され、大インドに豊穣をもたらしてきたヴェーダを愚弄（ぐろう）するのか

と、周囲にも聞かせようとするような大声で言った。
――私はヴェーダに知識はない。だが確かにわかることを言おう。それらは、人が人の言葉で作ったものである
仏陀の応酬に、バラモンは怒った。
――小癪なナースティカめ。啓示されたものを人が自分の言葉で書き記すのは理の当然だ。ならば聞くが、なぜこの者たちは我らと違う肌の色をしている。同じ人間だというのなら、同じ外見で作られているだろう。神々が、我らに仕えさせるためこの者らを作ったのだ。見分けやすいように、色をつけてな。おぬしもまた違った色だが、さてどのような役割かな
見下すようにバラモンは言った。仏陀が応えた。
――目に見えるものしか見ようとしないバラモンよ。確かに世界には白い人、黒い人、褐色の人、赤い人がいる。そなたにはその区別しかないのだろう。だが同様に、慈悲深い人、慎ましい人、嫉妬深い人、貪婪な人、恥を知らず弱者を恫喝する人がいるぞ。バラモンならばこの世界の真理について、思いをはせたこともあるだろう。問う、真理に近づくために大事なのは、肌の色か。それとも個々人の精神の修養か
言葉を探すバラモンに、仏陀はなおも続けた。
――親の身分を子が受け継ぐのは、社会の安定のため理が無いとは言わない。例えば代ごとに国の支配者が変わるのならば、その都度多くの血が流されるだろう。だが汚物を清掃させる仕事を押しつけ、あまつさえ道具を使うな、素手でそれをせよとは、なんのためのことか。差別のための差別であり、おのれらの愚かしい自尊心を高めるための、慈悲のかけらもない、卑劣極まる仕打ちで

あろう

報告を聞いているビンビサーラ王は、彼の知る仏陀の静かで穏やかな顔を思い出しながら、白昼の市井（しせい）に轟いたという苛烈なまでの仏陀の言葉（しかも王権に対する疑念まで含んでいた）に固唾（かたず）を飲み、身を乗り出していた。

「そんなに言ったか仏陀は。それにしても、よくもそこまで詳しく聞いてきたものだの」

「話してくれた民によれば、仏陀の言葉は忘れがたく胸に染み入るように入ってきたそうで、進んで詳細まで教えてくれました」

「うむ、そうなのだ仏陀の言葉は——話の腰を折ってしまった、さあ先を聞かせてくれ」

バラモンは顔中に血管を浮かび上がらせ、がなった。

——この者らチャンダーラに、真理に近づくすべなどあるものか。前世で繰り返した悪業のため生まれつき穢れ、愚かであるからこのような仕事をさせてやっているのだ。獣同然の者どもに道具など使わせては、世界の秩序が乱れるわ

そして、仏陀の前でかしこまっている不可触民（チャンダーラ）の男に向かって言った。

——おいお前！　お前たちが我らと同様な存在か。王の前で神に祈りが出来るか。万行のヴェーダを唱え、国の祭祀を催せるか！

周囲の視線がチャンダーラの男に集まった。身につけているものと言えばぼろぼろの腰布だけで、黒い肌は生まれて以来の労苦にかさつき、痩せ細っている。豪奢（ごうしゃ）な法衣を纏い銀色の髪と髭をたくわえ、栄養に富んでいそうな大きな鷲鼻のバラモンとは、確かに大きな差を見ている者に思わせた。

男は初め小さくなっていた。相手はバラモン、その影を踏むだけで死罪を与えられる。声を交わ

すことなどありえぬ相手だった。

だが、しばらくの時間の後、仏陀を一度だけ見ると、かしこまった姿勢のまま顔を上げ、バラモンに対し口を開いた。

――私は物心ついたときから、父親とともにこの仕事をして生きて参りました。他のことは何も知りません。バラモンのお方たちの偉いお勤めなど、思いもよりませんが、私の仕事から思ってきたことを申し上げます。私が仕事を頂いている家々には、バラモンのお方もたくさんおられますが、出されるものはご無礼ながら、我々と同じでございます。ひと壺ひと壺手で掬い、掻き出しているのですが、あなた様たちのものが格別輝きがあったり、かぐわしいなどというわけではないようです。――また、流行病がおこったときは私どもがかり出され、屍体を集め燃やしますが、病は色も身分も選びません。そして上等な法衣を纏っておられるバラモンのご遺体も、粗末な布ひとつのシュードラや私どもチャンダーラのものも、同様によく燃え、残るものは同じ、灰色の骨のみでございます。バラモンだとかチャンダーラだとかの決まり事は人が作ったものであり、本当のところは同じであるとの、今こちらの聖者様が言われたことには震えるほど驚きましたが、私がこの目で見て感じてきたことに、しっくりと馴染むようでございます
「無学なチャンダーラがそのようなことを言ったのか」

ビンビサーラ王は口元に指を当て、驚きを表した。

「はい。その場にいた目の良い者が言うには、初め仏陀に声をかけられたときには、森で狩人に出くわした鹿のように、怯えと困惑だけだった男の表情に、仏陀のバラモンへの烈しい言葉を聞いているうちに、なにかを探すような、探す決意のような、そういったものが現れだしたとのことで

す」
「どんな職業でも考える者は考え、そこから世界を理解する。さらに仏陀の言葉で蒙が啓かれたのだろう。それにしても、実に細かい所まで記憶しており、聞き出せたものだの。そなたも、それをそなたに言った者も」
「仏陀の言葉も、その状況も、非常に心に残るものだったということでしょう」
「さもあろうな。うむ、たびたび腰を折った。そしてそれからどうなった」
「そのバラモンは顔を赤くしたり青くしたりして、言葉を失ったようになり、ただ捨て台詞を言う連れの者に、腕を引かれて去ってゆきました。まあ聞けばかなりの神経質であり、高貴な生まれのバラモンが、母親でもない者に自分の排泄した物をどうこう言われては、そうなろうかと思います。
――そして仏陀はチャンダーラの方を振り向いて、名前をたずねました」
――名前を教えてくれないかね
――私の名前なんて――スニータと申します、聖者様
――スニータ。私についてこないか。決して楽な道ではないが、生きる者全てが、肌の色も身分も関係なく辿り着くべき究極の境地へと、仏陀と共に歩むつもりはないか
――仏陀、あなた様のお言葉のひとつひとつが、虐げられ、卑しい生に沈んでいた私の魂を、日の光の下へ浮かび上がらせるようです。ぜひ、ぜひお導きください
「そしてそのチャンダーラ、スニータは、その場で仏陀の弟子となり、仏陀の後についていったのです。そこに集まっていた一般の者たちは総じて、痛快なものを見た、という面持ちでした」
「チャンダーラまで出家弟子としたか――」

ビンビサーラは首を振りながら、うめくように言った。そして、

「そのチャンダーラ、スニータとやらと、この私、どちらが仏陀の導く先に近いだろうか」

部下はすぐに、

「そんなもの、言うまでもなく高貴な英傑である大王が――」

とそこまで言ったが、ふと腕を組み、じっと考え、

「いや、仏陀の言葉を聞いた後では――、私ごときが軽々しく言うことはできません。わかりません」

部下の率直な言葉に王は頷いたあと、物思いにふけり、黙りこくった。その物憂げな横顔には、仏陀に認められ誘われ、身一つで出家したスニータへの、羨望（せんぼう）があったかも知れない。部下は報告も終えたので、静かに去ろうとした。それを王が呼び止めて、

「ひとつ、大臣に伝えてくれ。そしてそなたが責任を持って差配せよ――チャンダーラにも道具を使わせるようにはからえ。バラモンが何か言ってきても、押し通すように。そうだ、何より、素手ではこちらも気分が悪いだろうと言え」

「御意のままに！」

若い部下はこの気持ちの良い命令に、笑顔を浮かべ退出した。


教団の拠点である竹林で、高弟が仏陀を囲んでいた。

五比丘のひとり、長身のマハーナーマが心配そうに言った。

「どうやらそのバラモンは、都の北部をとりまとめる司祭長だとのこと。バラモンと争いにならな

ければいいのですが」

ウルヴェーラ・カッサパも言った。

「彼とは縁戚（えんせき）です。昔から評判の強情者。こじらせぬよう、わしが話を収めて参りましょうか」

だが仏陀は、

「起きてしまったことは仕方がない。意識せず、托鉢などの際に何か言ってきても、相手にするでない。ウルヴェーラ殿も同様にせよ。出家したことの意味を軽く見てはいけない」

と言った。だが弟子たちはなおも不安そうだ。彼ら多くの出身階級であるバラモンの、この世界に持つ力をよく知っているのだ。明日からの托鉢をどうしようかなどと囁いている。

弟子たちには、他の教え、特にインドに強く根付くバラモンとは諍いを起こさないようにと言っていた仏陀だったが、この度は彼自身がそれを違（たが）える形となった。それほどこの問題は腹に据えかねたのだった。

人間が集まり、社会を形成する以上、全て平等というわけにはいかない。集団を取り纏めようとする者が出てくる。強い者はより強くあろうとするし、裕福な者はさらに貯め込もうとする。我が子にもそれを享受させようとする。多くの者は不平を抱え生きざるを得ない。それが俗世の在り方なのだ。生物の在り方と言っていいかもしれない。バラモンが自分たちを神に近い聖なる存在であると宣し、クシャトリアが他を威圧する武力を備えるのは、社会の安定のため、一面の理のあることだろう。だが一部の人間を生まれつき穢れているとし、人間扱いしないことは、寸毫（すんごう）も認めることの出来ない悪だった。そこで生きる人間の暮らしを少しでも良くするのが制度、政治というものではないか。

だが制度、政治を糾弾し、俗世を良くしたいのであれば、自分が目指すべきは俗世の為政者であり、王なのだ。王の道は既に捨てた。自分をそれに担ごうと尽力してくれたデーヴァダッタも置き去りにした。ビンビサーラの支援の申し出も断った。出家した上は、これ以上俗世の規範に口出しするのは慎まねばならない。カッサパ兄弟に対して言ったように、出家の意味を知らねばならない。仏陀はそう自戒した。

話を聞いたビンビサーラ王の静かな手回しもあって、それ以上大きな騒動になることはなかった。バラモン側も、今回の仏陀の赫怒は下層民の鬱積した不満と同調しやすいこと、下手をすれば傾きかけているバラモンの権威をさらに失墜させかねないことを思い、当事者の司祭長をなだめ、矛を収めた。

だが噂は広まり、バラモンの中には仏陀を敵視する者が増えたし、説法を聞きに来る者に黒い肌の者たちが目立つようになった。

スニータが比丘となった。

以前からのことだが、指導者を除けばほとんどバラモン出身者ばかりの教団に非バラモン階級が出家して入ることへ、どこかよそよそしい空気があった。この度、不可触民の出であるスニータが入ったことで、その空気は具体的な態度や、声となった。仏陀の教団の比丘たちは内省を日常とし、真理に対し謙虚で真摯であったが、シュードラやチャンダーラたちへの感情となるとまた別の話だった。同じ人間という意識が無いのだ。生まれつきの社会に何百年も前から当たり前のように在った差別意識は、彼らの心の深くまでに巣くっていた。

それに対し、仏陀は厳しい口調で、先日町でバラモンに言ったばかりのことを言った。

「これだけははっきりと言っておく。悟りの道に、生まれ、肌の色などなんの関係もない。自堕落で虚言を吐き、淫乱なバラモンと、慎み深く人を思いやり、真実の道を欲するチャンダーラ。どちらが悟りに近い人間であるか。これ以後、戯れにも生まれや肌の色で人を論ずる者は、即座に破門とする」


仏陀の衆生への態度を表す、次のような言葉がある。

「師の握り拳はない」

古来インドでは、〈教え〉とは総じて〈秘密のもの〉であった。バラモン各自が悟ったという真理、思想、修行法、祭祀の方法、それらは「握り拳」に包み隠され、自分の子か、信頼できる弟子にのみ秘伝するものだった。それが家業となり、ギルド的な職能集団となったのだ。

だが仏陀は世の衆生全てを悟りに導くことを目標に掲げ、握り拳の中に教えを隠したりはせず、弟子はもちろん世界全ての人に分け隔てなく教えを伝えようとした。

そして大きく広げられたその手のひらは、歴史を通じインド社会と不可分とも言える制度を解体・克服しようとする挑戦でもあった。仏陀はバラモン・クシャトリア・ヴァイシャ・シュードラの四カースト、そしてカースト外の不可触民という、ヴェーダ聖典に基づく身分制度を一切考慮せず、教えを説いたのである。

カースト制のもとでは、バラモンは他の階級に対して霊的優位を保持するために宗教的知識を独占し、シュードラには聖典を学ぶことはもちろん、耳にすることすら許さなかった。ヴェーダ賛歌を立ち聞きしていただけで耳に煮えたぎった油を注がれ殺されたシュードラの例が数多く書き残されている。

征服され、人間の最下層とされた隷民（シュードラ）。さらに人としても扱われない、スニータたち不可触民（チャンダーラ）。つらい仕事を押しつけられるだけでなく、尊厳までも奪われていた。上位カーストたちにしてみれば、シュードラや不可触民を蔑（さげす）み尊大に振る舞うことは、ヴェーダの教えにかなう、宗教的に正しい行いなのだ。なぜなら前世までの悪（あ）しき業によって、彼らはそのような卑しい身分に生まれついたのだから。不可触民が服を着て、道具を使うことは、ヴェーダの摂理に背くことだった。バラモンがシュードラを親しく家に招き、食事を共にするようなことがあれば、それはヴェーダに唾を吐くのも同然の行いだった。

生まれついての社会に根付く宗教や思想は、それがどれほど理不尽で残酷なものでも、その人の「本当のこと」となる。差別される彼ら自身が、自分たちを卑しく、罪深い存在であり、虐げられて当然の存在なのだと信じてしまっていた。

人に生まれつきの貴賤などないという仏陀の教えは、虐げられ続けてきた人々にとって（また虐げてきた側にとっても）、天地が揺れるほどの衝撃だったことだろう。そして虚構の暗い闇に沈んでいた彼らの心に光を与え、人間性を取り戻させるものだったろう。

竹林精舎に教団が入って、二年が経とうとしていた。

その間の新たな出家者は五十人に満たない。全ての衆生の救済という仏陀の遠大な目標から考えればとても少なく思える。だが仏陀はそこは考えどおりだった。この二年は、出家者を増やすより、千人の比丘への指導に熱を入れていたからだ。新たな出家者は、特に見込みのある者だけに絞っていた。

仏陀の不満は、その千人の比丘の方にあった。

自分という手本がつき、四諦、中道の思想、瞑想の方法など、懇切丁寧に教えているにも関わらず、誰も浮上してこない。仏陀自身は六年かかったのだから急ぎ過ぎのようにも思えるが、彼は目的の地が見えぬ中、手探りで、多くの無駄を経験しながらのことだった。しかるにこの比丘たちは、道の具体目標たる自分が横につき、必要なことは何でも教えを受けることが出来るのだ。二年が経ち、千人もいれば、悟りに到達とはいかずとも、これはと言う飛び抜けた者が出ていてもおかしくないと思えた。

仏陀は高弟たちを集めた。

苦行林からの付き合いである五比丘と、千人のバラモンを連れて出家したカッサパ兄弟の、ナディーとガヤーだ。長兄ウルヴェーラは熱病にかかり、精舎で臥（ふ）せっている。

教団の中に身分の上下はない。みな等しく仏陀の直弟子である。だが人間が集えば、自ずとそこには目に見えない力学が生じる。仏陀の言葉を遺漏なく伝えたり、托鉢が円滑に行われるよう順序、場所を仕切る者が出てくる。それは当然の成り行きで、千人の比丘をまとめていたカッサパ兄弟になった。

だが五比丘の方も、仏陀の修行時代からの同志という意識、気安さがある。無論仏陀を尊敬しているのだが、ともに苦行をくぐり抜けてきたという親しみと、他の比丘への優越意識はぬぐいがたい。中でもコンダンニャなどは、仏陀の侍従のように付き従った。と言って、それらは特に教団に悪い影響を与えるものでは無かったため、仏陀もそのままにさせていた。

仏陀は七人の高弟を前に、こう言った。

「教団の結成より、はや二年となる。言葉と作法で教えられる限りのことはそなたらに伝えたはずだ。これからは私は辻説法や他国への伝道に重きを置いていく。そのため、私以外に教団をまとめる、中核となるべき人間が必要となってくる。まだ見ぬその人を探してもらいたい」

尊敬する師にこう言われて、尊敬しているがゆえに、高弟たちは面白くない気分だった。中核となるべき人間ならここにこう、集っているではありませんか——そう言いたげな顔色だった。

「比丘たちは、我が兄を軸に、うまくまとまっていると思うのですが」

こう言ったのはカッサパ三兄弟の次兄、ナディー・カッサパだ。教団の千人の比丘は、やはり彼の兄、ウルヴェーラを弟子の筆頭だと思い、秩序を守っている。カッサパ兄弟にはその自負があった。

しかし仏陀は満足した顔を見せなかった。

「そなたらはうまくやっている。しかし私はさらに人を求める。誰か、私がまだ知らぬ賢人を、探してくる者はいないか。待つことを知り、人を見る目を持つ、高弟たちに頼みたい」

仏陀は言い、見渡したが誰も前に出る者はいない。

「我ら兄弟が抜けては、弟子たちがまとまるかどうか」

と、カッサパの末弟ガヤーが言えば、

「何を言われる、みな同じ仏陀の弟子ではないか」

と、五比丘のコンダンニャやバッディヤなどが反発した。

「誰もいないのか。私はそなたらを道に引き入れたというのに、そなたらは他の者を道に誘おうとはしないのか」

叱責というより、嘆くように仏陀は言った。しかし、

「みな、己の修行が疎かになるのを怖れます。我らは仏陀の教えさえあれば、他に賢人など、自ら探してまで必要ではありません」

弟子たちが異口同音に言った。

彼らにしてみれば、自己の修行が成らないのに、人のことなど気にしている余裕などないという、切実な思いだったろう。

「私の意を汲んで賢人を探すことは、その者にとって必ず大きな成長となり、糧となるだろう。それでも嫌か」

なおも搦め手から説得を試みる仏陀だったが、手を挙げる者はいなかった。

仏陀は目を閉じた。

「よろしい。去りなさい」

さすがに師を失望させたことをおそれ、だれも申し訳なさそうにそそくさとその場を去る。しかし自分の救済を犠牲にするわけにはいかない、背中がそう言っていた。

高弟たちが去った後に、ひとりひっそりと、その場に座ったままの者がいた。五比丘の一人、ア

ッサジだった。

「アッサジよ、そなたはなぜ去らない」

アッサジはバラモン出身にしては腰が低く、口数の無い温厚篤実な性格だったが、目から鼻に抜けるような才覚はなかった。よく言えば落ち着きのある言動だが、辛辣（しんらつ）な同輩からは、話しも行動も鈍重であると揶揄（やゆ）された。高弟の中に加わっているのも、コンダンニャたち他の五比丘との苦行時代からの長い付き合いによるものであり、彼は常に一歩引いて、差し出がましいことはしなかった。

「師が喜ばれるのならば、なんでもしとうございます。しかし私は修行浅く、弁も立たず、とても賢人を探すにふさわしいとは思えません」

仏陀はにこと笑った。

「まさに適任だ。実を言うと、御身に頼もうと思っていた。アッサジ、行ってくれるな」

「はい、仰せとあらば。しかし私はどのような人をどのようにして探せばよいか、見当もつきませぬ」

「しかるべき針をしかるべき流れに垂らせば、魚はかからぬはずはない。よいか」

「はい」

「この思想哲学の進んだマガダ国で、理念、志を持って山や森や谷、あるいは郊外に生活する、修行者の集まりを訪ねてゆけ。特に何もせぬでよい。我が教えを守る、いつものそなたでいよ。そしてな」

「はい」

「そなたの師はどのような教えを説く者か、と聞く者があれば、この偈を唱えよ――

諸々のことがらは原因より生じる
真理の体現者はそれらの原因を説きたもう
諸々のことがらは終には止滅する
偉大なる修行者はこのように説きたもう

――他に多くは説かなくてよい。この偈のみを覚えて行け。道すがら詠え」

偈とは、教えや境地を唱えやすく覚えやすい韻文にしたものである。アッサジはこのうたを繰り返し口ずさみ、暗記した。短いが、雅なサンスクリットの語感よく自然な韻を踏み、美しい律動だった。偈の得意でない彼もすぐ覚えた。ただし、意味はわからない。

「大丈夫だ、今はしかるべき時でもある。遠からずして賢者は見つかるであろう」

アッサジはしばしの別離のお辞儀を仏陀に深くすると、竹林の爽やかなざわめきの中、そのまま旅立っていった。振り向くこともせず、授かったばかりの偈を一念に唱えながら。そのどこか頼りなげな後ろ姿を、仏陀は教団の行く末を重ねつつ、長らく見送った。

○デーヴァダッタ、奔走

仏陀の教団が始動して二年が経過したが、時を遡り、デーヴァダッタの様子を記そう。

ラージャガハの郊外に、デーヴァダッタは居を構えていた。

インドの華ラージャガハとは言え、きらびやかに賑わうのは王家の膝元であり、王宮の尖塔を微かに見るこの辺は、鉱夫で騒々しい鉱山も別方向で、穏やかな農村風景が広がっている。

聞けば富貴に飽きた大商人が、ひどい酔い覚めに一念発起し、町の誘惑から離れるため建てた隠居庵だそうで、静かな地に、造作も質素だ。この商人の世捨ては一時の気の迷いの類であったらしく、十日と経たず退屈し町へ帰り、空いた庵の借り手を探していたのを、デーヴァダッタが耳にし借家としたのだ。アジャセ王子は近くに住むよう言ってきたが、デーヴァダッタは「町から近くなく遠くない、静かな場所」を望んだ。

日差しの中、茶器を傍らに縁側に座る姿は長閑(のどか)なものだ。

マガダ国と釈迦国で同盟を結びコーサラ国を攻めるという計画では、盟友シッダールタに登り切った梯子(はしご)をはずされた彼だった。だがその後、マガダ国に築いた幾つかの人脈を足がかりに、敵視し合うマガダ国とコーサラ国との間に、双方の王の妹を互いに輿入れさせる婚姻を結ばせ、共存共栄の路線を敷かせた。

もちろん彼の主眼は二大国の和平などではなく、その中にいかに釈迦国の安寧を潜ませるかであった。彼に肩入れするマガダの宰相を利用し、そして釈迦国に理由不明の好意を持つビンビサーラ王の仲介という形で、苦労の末、釈迦国とコーサラ国の間にも婚姻を結ぶことに成功した。もっとも、釈迦国王族の娘をコーサラ王に輿入れさせるという一方的な婚姻であり、何かの拍子には一転して人質ともなる、危うい輿入れではあった。

マガダとコーサラ、双方を行き来し互いの温度差を調整する最中には、だいぶはったりめいた言辞もあった。実際には確としていないことを約したこともあった。だがデーヴァダッタの弁論とその熱さに、双方の群臣は引き込まれた。彼は、身分の高いクシャトリアにこそ好まれる男であった。
三国を挙げての巨大な式典の準備期間を含めると、三年がかりで辿り着いた婚儀だった。故郷の大雪山の湖に張る、蒼白い氷を春先に渡るかの如き思いであったが、渡りきってしまえば釈迦国の安全は、かつてシッダールタと巡らせたマガダ国と同盟を結んでコーサラに敵対するという策よりも、ずっと保たれているようだった。

もちろん武人としての彼には、コーサラを攻め、積年の屈辱を雪ぎ、釈迦国の武威、侮られぬ力を知らしめたいとの思いは強くあった。だがそれは賭けである。戦が始まったなら、成り行きによっては、コーサラはマガダ国との戦線を後回しにしても後顧の憂いを絶たんと、遮二無二釈迦国を滅ぼしにかかるかも知れない。国土の薄い釈迦国は滅亡の危険が常に間際にあるのだ。婚姻というこの策は、シッダールタに去られたゆえの次善のものではない、およそ考え得る最善策だ、と彼は今は思っている。

ともあれそれらがうまく運んで、現在デーヴァダッタは都郊外の庵で一見、長閑な日々を送っている。

一月ほど前、シッダールタが仏陀だとかいう触れ込みでラージャガハに現れた。シッダールタの外見が変わったように（彼から見て、中身はそれほど変わったように思えなかった）、彼の今の身なりはすっかり都の色に染められている。身に纏うゆったりとした紗は、彼が初めこの都で貴族たちが着流すのを見たときはなんともだらしなく思ったものだったが、着てみれば日差しや風が直接当たらず、さらりと涼しい。動きやすく、何より粋である。釈迦国の武骨な衣はもう着られなかった。頭髪も流行りに曲げ束ね、珍しい貝殻の額飾りや、釈迦国定番の金でなく赤や緑の石の首輪腕輪は、若く精悍な顔と身体に良く馴染み、彼はすっかり都の風流人になったかに見える――

　だが彼はどこまでも実際家であり、なにか大きな目標を見ていなければ気が済まぬ男だった。日々の衣服や食事、草木に心をやり楽しむと言ったふうには人間が出来ていなかった。この衣服も装飾品も、確かに心地よく粋であるが、いっときの戯れにすぎない。布きれや石ころが、どうして男の大仕事に影響しようか。

　この日も縁側で片足を投げ出し、銀をほどこした器でチャイを飲み、好天のもと遠くかすむ山脈を見やる彼の姿は、誰が見ても風雅を好む若い貴族の、静かに満ち足りた日常の一幅画(いっぷくが)であったが、実は彼ははやる気持ちを押し殺して、ある報せを首を長くして待っていたのだった。何が為にかような地に居を求めたか。長閑に隠居を決め込み、日がな茶をすするためであるはずがない。「町から遠くなく近くなく」とはつい先月、仏陀が教団の落ち着く土地を探すときに王に言った条件と偶然にも同じであったが、仏陀とは全く違う思惑がデーヴァダッタにはあった。マガダ国の政治に嘴(くちばし)を容(い)れつつ、自分の動きを気取(けど)られないように、との思惑が。

　動きとは――そう、まさに今、縁側から見渡せる山脈に続く道の向こうから、馬に乗り、巻いた織物などを携えた商人風の男がゆっくりとこちらへくる――

　やがて、物を売るかのように彼の門を叩き、招じ入れられた。

　これがデーヴァダッタの動きの一つだ。

　商人の正体は、コーサラの内情を探らせている間諜(かんちょう)だった。釈迦国のクシャトリアであり、釈迦国の将来に危機感を持ち、デーヴァダッタを深く慕っている若者だった。器用な者で、名家の出でありながら身をやつすことに才覚を持ち、宝石、装飾品、織物類の商人としてコーサラ王家や重臣の家に出入りしているのだった。

「やはり間違いありません、すでに目に見えてわかるほどです——コーサラに嫁いだ釈迦国の姫が、懐妊しました」

興奮を押し包むような間諜の言葉だったが、デーヴァダッタは僅かにうなずいただけだった。これはまず初めの、最小限の段に過ぎない。

「大事なのはその先、生まれてくる子が男か女か、ふたつにひとつ、だ。しかし首尾良く男児だったとしても、それだけでは足らぬ。コーサラ国にすでに王子はいる」

もう一つ、以前から探らせている情報があった。

そのコーサラ国の第一王子についてだ。名をジェータといい、もう七歳になるのだが、長らく公の場に姿を現していない。病気がちとの噂だ。

商人に化けた間諜が重臣の奥方などに取り入り、話を聞くにつれ、事情が浮かび上がってきた。どうやら生まれつきの目の病らしい。見えることは見えるが、光に弱く、日差しの強い時間帯に外出は出来ないらしい。

この情報がデーヴァダッタの策を走らせた。

「お前に、大きな役割がある」

デーヴァダッタはそう言って、重大な策を間諜に伝えた。

その策とは。

長子ジェータの実母であるパセーナディ大王の正室は、大王の、年下の叔母にあたった。探らせるまでもない、公知の事実である。このような血族同士の婚姻はコーサラ国に限らず、血統を尊ぶ社会ではよく見られる現象である。ただこの数世代のコーサラは、自らの血統を特に優秀なものと賛美し、他のクシャトリアは、よほどの名家以外は打ち負かし従える対象としてきたので、より血族婚が多くなっていたのだ。デーヴァダッタは産医などから話を聞き、血が濃くなると「呪(のろ)いを受けた子」が生まれやすい、との言い伝えは大方事実であると知識を得ていた。この時代のインドでは、生まれつきの障碍や病は、呪いのためであると考えられていた。

実は釈迦国から姫を輿入れする婚姻策がうまく運んだ背景には、コーサラの王族や重臣たちに、この懸念を持つ者が一定数いたという理由もあったのだ。アーリア人の王族クシャトリアは遡(さかのぼ)ればどこかで血筋が繋がっているものだが、釈迦族は人種が違うので、その心配が無い。今は傾いた小国ではあるが、古代にはアーリアの攻撃を幾度となく跳ね返し、ヒマラヤ山麓の神秘の民、と畏れられてきた釈迦族のクシャトリアならば、異人種であっても格として不足はなかった。

デーヴァダッタの策は、この懸念をさらに押し上げるものだ。

血の濃い夫婦の子は呪われる
畜生ですら同族婚はこれを忌み避ける
だのに見よ　コーサラの王族を

こういう風説を広めさせようというのだった。

「コーサラにいるお前の手の者とともに、取り入っている重臣や王族、商人仲間、飲み屋で同席した庶民、誰彼かまわず広めよ。ただし、釈迦族のお前たちから言うな。大王と后が近親関係にあることをさりげなく話題に出し、王子の体調に話を持って行き、向こうにそれを言わせよ。驚いたふりをして、さらに膨らませよ。おそらくそれほど難しくない。誰もがうすうす知っていることを、はっきりと、自ら気づかしめるのだ。決して噂の出所が詮議されないようにせよ」

そして箪笥から、質素な生活の彼が蓄えてきた、金銀の多くを取り出した。

「大物相手には、何かと軍資金が必要だろう。当面はこれを使ってくれ。女児なら無駄になるが、生まれるのを待ってからでは遅い」

「はい。コーサラの邸に、商売で得た利益が眠らせてあります。それも今こそ使いましょう」

「頼んだぞ。不足分は、釈迦国でなんとかする」


間諜に策を授け、送り出した後、しばらく椅子に無言で座っていたが、突然背筋を撥ねさせ立ち上がると、暖かい肌着を抱え、厩舎に行き馬に飛び乗った。目指すは北方の故郷、釈迦国カピラヴァストゥだった。

途中の村落で休憩をとりながら四日ほどかけてヒマラヤの山に近づくと、季節もあり、やはり寒い。肌着を替え外套を羽織る。やがてラージャガハやサーヴァッティに比べれば、古くさい煉瓦積みの城壁が見えてくる。

数年ぶりの帰郷だ。城門では知った顔の門兵に他言無用と言い含め、目立たぬように父王の邸宅に行った。

父斛飯王は驚き、そして慌ただしく喜んだ。

「デーヴァ！　早う入れ、ここへ座れ。着替えが先か、いやその前に湯浴みいたすか、そうせい。

その間に母を呼んでくる」

　あたふたとする父をとどめ、

「くつろぎに来たのではござらん。至急、少々の金子が入り用になりました」

「なんと――コーサラとの婚礼のときも、我らにほとんど諮りもせず、次から次へと指図ばかりで、わしがどれだけ他の王や重臣たちに取り繕ったか。もちろん婚礼によって釈迦国はいい方向へ向かったからよかったが。だが、もう少し我らと意思の疎通というものをだな――」

「父上が釈迦国をうまくまとめておられること、喜ばしく思っております。父上は国の内から、私は国の外から、釈迦国を守っていきましょう。その意志の共有は確固としているはず」

「それはそうだが――浄飯兄がいよいよ頼りなく、わしは心細くてならん。お前のような覇気は、わしにはない」

「内をまとめるのにはそのくらいが丁度いい、近頃そのように思えるようになりました」

「父相手に、皮肉屋め。少々の金子だと、いくら必要なのだ。婚礼の際に功労の証として、かなりな額を国庫から渡したはずだが。マガダの都にでも豪邸が建つほどの」

「それがいっかな借家住まい。血を見ぬ平和には金がかかるのです――あれと同程度を、いつものコーサラの我らの商人のもとへ、極秘で送ってください。数日の内に」

「馬鹿もの！　どこが少々だ！　あんな額、そうそう出せるわけがないだろうが！　理由も言わずに、いい加減にせんか！」

　父王は白くなった髭を逆立て怒鳴り散らした。

「声を小さく頼みます。秘密は内より漏れるもの――ですが、仕方ない、父上には言いましょう。

釈迦国からコーサラへ嫁いだ姫、あれが子を宿しました」

「な、なにっ」

「それはいずれお耳にも入ること。大事なのは次です。生まれ来る子が他の男児を押しのけ、コーサラの世継ぎになれば、どうなりますか。そう、私はそれに向けて動いているのです。そんなに眼をむくものではありません。だから言いたくなかったのです。くれぐれも知らないふりをしていてください。ではこの件、頼みましたぞ。周りに気取(けど)られぬよう、父上の一存で動かしてください」

「うむむ、まさか釈迦族の子が、コーサラを――」

「それと別用で、これは今すぐ、まとまった額がいります。手持ちの出せる分だけ、出してください」

　動転したまま何事か言う斛飯王をせき立て、金銀二袋をかき集めさせた。

「これぐらいなら事足りるでしょう。では私は行きます」

「あのなあ、デーヴァよ――」

　金子の袋を担ぎ、去ろうとして、デーヴァダッタはふと足を止めた。

「そうだ、その嫁いだ姫ですが、あれはどこの家の娘です。あまり国の女の顔を見ていなかったせいか、どうも見覚えがなかったのですが」

　婚姻にこぎ着けるところまではデーヴァダッタは深く関わったが、具体的なことになると、あとは斛飯王や役人に任せ、ほとんど関わりを持たなかった。婚礼の儀にも並ばなかったが、姫がコーサラに入る際、一度だけその顔を見ていた。

　問われて、斛飯王は口ごもった。

「人選はそちらに任せきりでしたが、もちろん良家の娘なのですよね」

「あれは――、浄飯王が選んだのだ」

「浄飯王が。もうほとんど政には関心をなくしておられると聞いていましたが」

「うむ、それについては積極的でな――パンドゥラ家の娘だ」

「ああ、パンドゥラ家の――確かに名家ですね」

　現在の王たちのものではないが、昔は王を幾人も輩出した、古く名の高い家柄だった。今はかつての栄華は無く、パンドゥラ姓の実力者もデーヴァダッタは知らないが、家名という点で悪くない人選と思われた。

　気まずそうな、どこか不安げな顔色の斛飯王だったが、それに気づくことなくデーヴァダッタは外へ出て、玄関の門につないでいる馬の鞍に袋をくくりつけ、跨がろうとした。追ってきた斛飯王が言った。

「デーヴァ、お前自身のことはどうなのだ。戻ってきて、妻を娶る気はないのか。他国に誰かいるなら、いいのだぞ、いっしょに帰ってこい」

　父親らしい問いかけに、デーヴァダッタはうるさそうに、「それどころではありませんから」と言った。これには斛飯王は食い下がった。

「何を言う。わしにとってはこっちの方が大事な話だ。国なんぞというわけのわからぬ寄り合いよりも、結局信じ合い助け合うのは親兄弟姉妹、血を分けた家族なのだぞ。母に会え。ヤーシャに会え。アーナンダ、ラーフラに顔を見せてやれ」

「誰です、その両人は」

「何年か前に、婚姻の調整でお前が来るというので家族が集まったことがあったろう。お前はすぐに行ってしまったが――その時に会っているぞ。アーナンダはお前の弟、ラーフラはヤーシャの子だ。あの時はまだ言葉も覚え立てだったが、今はともに五歳になる」

「ラーフラ（障碍（しょうがい））とはまたおかしな名前ですが、そんな名を付けて、ヤーシャは大丈夫なのですか」

「心配か。なら会ってやれ。ラーフラとは、あの男が最後に残した言葉なのだと――一時に比べれば気丈に振る舞ってはいるが、寂しそうで、見ていて憐れじゃ」

数年前のその際に会った妹ヤショダラは、昔のように飛びつかんばかりに駆け寄りうるさいほど話し出すこともなく、両親の後ろで子を抱いて、目に涙を浮かべ、じっと彼を見つめていた。デーヴァダッタはそんな妹を案じたが、こういう家庭の悲哀、そして暖かみがなによりも苦手だった。ここに帰るたびに、重い鎖を巻き付けられる思いがした。

「いずれ、ゆっくり」

ふりほどくようにそう言って、馬に飛び乗り、駆けさせた。


父親から金銀をせしめ、釈迦国を出たデーヴァダッタが向かったのは、十六大国の中で最も南方に位置する、アッサカ国だった。

賑わう町に、独特の太鼓と鐘の音が響き、妖しげな雰囲気がそこかしこに漂っている。バラモンの力が弱く、古来土着の信仰が強く根付いているからのようだった。

この時代、「南方では悪徳な行為がなされている」との風評があった。そういう国にならば彼の目的に沿う人もいるだろうと思い、遙々やって来たのだ。それらしい店で少しずつ情報を集め、ある分野に特に優れた祈祷師を聞きつけた。

町から外れた森の入り口、赤樫の丸太を組み上げて出来た小屋があった。小屋の周りには黒い甕がまばらに置かれてあり、中には得体の知れないもの――どうやら植物や、虫などを搗き潰したものが、不穏な匂いを発していた。

デーヴァダッタは今更ながら自分の行動に首をひねりつつ、小屋に入った。

小屋の中では半裸の黒い肌の男が、卓上で丸石を使い何かを砕きながらこちらを見ていた。ここの主だろう。南方のこの国では肌の黒い民が、当たり前に店舗の主となっている。

「突然邪魔をする。あなたの評判を聞いてきた。ひとつ仕事をしてもらいたいのだが」

そう言って卓の上に、ずしりと金銀の袋二つを置いてみせた。

男は大きな目で、デーヴァダッタを凝視している。

「ある者の病を、重くしてもらいたい」

デーヴァダッタの依頼に、男は袋を触り、中身の重さを確かめた。初めて口を開いた。

「命を絶つのではなく、か。どこの誰だ。どんな病だ」

「それを言う前に言わなければならないが、それを聞けば、決して他言することは許されない。我が背後には大きな力がある。まじないを頼むに当たって、脅すようなことはしたくないが、重大事だ。理解してくれたか」

祈祷師は、溢れ出そうなほど大きな目でデーヴァダッタを観察していた。全てを見抜かんとするような眼光だった。

「背後に力――客人よ、大きなものを持っているようには見えぬ。大きいのは、おぬし自身の力だ。駆け引きなど不要だ。秘匿は一族を守る第一箇条。牛のあくびも漏らしはせん。言ってみよ」

「ならば。コーサラ国の長子」

「ほう、なるほど――名は」

「ジェータ」

そして問われるまま、ジェータの目の病のことや、生まれた月日などを詳しく伝えた。このような呪いには必要だと聞き、あらかじめ調べていたものだった。

「生まれつきのものか。流行病などと違うのだな」

「生まれつきのものだ」

それらを聞くごとに、卓上に取り出した、縦横に網の目のような線の入った石盤に、ひとつひとつ色の付いた石を並べていった。何かを占っているらしい。石盤に不思議な図形が現れた。何かはあっさりと決められたようだ。横着者で、「デーヴァダッタに「それと、それと、その壺を」と指図し、ずらりと並んだ棚の大小の壺から、三つを取らせた。

中にはそれぞれ、見たこともない毒々しい花弁と、正体不明の黒い泥と、青い背の虫の死骸がぎっしりと入っていた。

「ここに入れろ。全部だ」

祈祷師が取りだした大きな擂り鉢に、デーヴァダッタは顔を遠ざけ息を止めながら、三つの壺の内容物を流し込んだ。

そして祈祷師は擂り粉木をデーヴァダッタに渡し握らせた。ここでデーヴァダッタは初めて抗議の声を上げた。

「こっちは依頼した者だ。ここまでしなければならんのか」

「明確に自覚し、誓い立てせねばならん。この呪(のろ)いの主は、おぬしなのだ。おぬしの名においてこの呪いはなされるのだ。宇宙の均衡に、宇宙全体から見れば毛筋ほどもないほどの微(かす)かだが、干渉し亀裂を生じさせようとする者、それはわしではないぞ、おぬしなのだ。対象者がこの呪いによってどのような宿命結末を迎えようとも、それを意図し、なさしめるのは、おぬしなのだ。呪いは時として、かけた者に返り来ることがある。それを受けるのは、もちろんおぬしなのだ――おぬしの名は聞かんが、心の中で強く唱えよ。そして対象者の不安定の増幅を、しかと願え。それをしながら、擂り粉木を入れよ。四を四度、十六度でよい。あとはわしが整える」

言われて、擂り粉木を手に取りながら、デーヴァダッタは一つ気にかかったことを聞いた。

「呪いは、かけた者に返ってくる、と？」

「心弱き者には、な。全ての作用には反作用が伴う。腕の弱い者が剣を振るい人を斬れば、その腕を痛め、折ることもあるだろう。やめるなら、今のうちだ」

ならば、俺には関係無いことだ。デーヴァダッタは擂り粉木を握り、奇妙な材料のあふれる鉢に沈めた。主に虫の死骸の、嫌な固さが感じられた。花弁と、死骸の一つがこぼれたので祈祷師を見ると、

「大丈夫だ。混ぜておれば、そのうち嵩(かさ)は減る」

黒い泥は凝固しかけた動物の血だったろうか。言われたことを心に念じながら混ぜると、擂り粉木がいやに重く、手のひらと脇の下に汗を生じた。自分が、何を混ぜているのか――見たことも無

い、ひとりの少年の存在なのだということを思い知らされるようだった。これは少年の肉体であり、運命であるのだ――。ばかばかしい、俺は別に信じているわけでもないのだ。いや、ならばなぜここにいる？

「これを、飲ませろということなのか？」

デーヴァダッタは懸念し、聞いた。

「違う。飲ませるのなら呪いとは言わぬ。これを調合し、月のない夜の前後三晩、火とともに闇に流す」

バラモンの祈祷と、ドラヴィダの古いまじないの混合したもののようだった。

十六度混ぜると、祈祷師が後を引き継いだ。デーヴァダッタの慎重さが滑稽に思えるほど素早い、慣れた手つきで、花弁と虫の死骸が飛び散った。

デーヴァダッタは先ほどからのこの小屋の中の、そして自分が混ぜた鉢の奇妙な匂いにやられ、気分が悪くなっていた。早めに済まそうと、代金の話をしようとした。そこで祈祷師が口を開いた。

「ひとつ言っておくが、本質が病というものはない」

デーヴァダッタは面食らった。

「どういうことだ？」

「全ての生命は生まれるにあたり、親の特性、その種族の特性をなぞろうとする。子は親に似るし、種族としての特性を備えて生まれる。だが同時に、少しずつ変化をも起こしている。その変化が、より種を強くする可能性を秘めているのだ」

デーヴァダッタはヴェーダ聖典に興味はなかったが、インドに生きる以上、だいたいどのようなものかはわかっている。学生の時分、バラモンの教師から聞きかじったこともある。それから考えるに、この話はどうもヴェーダ的ではないように思われた。土着の、あるいは彼独自の哲学のようだった。

ヴェーダの中で生物に関する、彼が覚えている知識は、巨大なる原人プルシャの、頭からバラモン、腕からクシャトリア、股からヴァイシャ、足からシュードラが生じた、などというものであった。カーストの序列、ことさらバラモンの優位性を表す神話であるが、大巨人を頭に思い描き興奮する周りの子供のように素直では全くなかった彼は、そういった知識の羅列や押しつけに辟易(へきえき)としていたものだった。だがこの祈祷師の話は、デーヴァダッタにも考えさせるところがあった。この世界の成り立ちをうまく表しているようにも思えた。さほど興味の持てる分野ではないが。

「その変化、他者との違いが、世に生きる上で有利に作用するならば、それは能や才と呼ばれる。反対に、不利に作用するものもあり、その中でも甚だしいものを、病と呼ぶだけのことなのだ」

「足りないと見えることは、別の多いことの裏返しなのだ」

デーヴァダッタは思った。己の才。己の——病。

祈祷師は続ける。

「わしのまじないとは、すでにある不安定、過剰に働きかけ、さらにその振幅を大きくすることなのだ。多くの場合、世の人には病が重くなったと見えるだろう。だがひょっとすると同時に、その者の輝きを増すかもしれん」

「輝きを増すだと。それは望んでいることと違うぞ」

「ひょっとすると、だ。滅多にはあるまい。才と病。善と悪。このようにふたつに簡単に分けられるものではない。例えばわしは、幼少の頃かかった流行病の高熱により、耳が聞こえない。幼い時分には当たり前だったはずの、聞こえる、ということがどういうことか、もう忘れてしまった。その代わり、どんな動きも見逃さない。今もおぬしの口の動きで言葉を読んでいる。そして眼球の動き、表情の変化でその真偽を計っている。何百の薬草の匂いを嗅ぎ分け、空気の揺れを肌で感じ、視界の外でも周囲の大まかな様子はわかる。他の感覚器官が研ぎ澄まされたことにより、聞くと言うことは、わしには必要のないものになった。まじなうときは目を閉じれば、外界を遮断し、たったひとりで深い闇の世界に入ることが出来る。そこでする祈祷の効果は覿面だ。耳が聞こえないおかげだ」

この祈祷師が自分の顔、特に口元を凝視しているように感じられたのはそのためだったのかとデーヴァダッタは思った。話す言葉がどこか不明瞭なのも、国が違うからだと思っていたが、自分の声が聞こえないからなのだろう。

「薬の素材に、森に虫を捕りに行く。遠方からの客にも評判の良い、頭痛を取り除き、興奮を抑える薬に必要なのは、西の山の中腹の木々に棲む、ひげが長く、背の硬い虫だ。雨季明けには大量に出てくるが、木の皮とそっくり同じ色をしており、目を凝らさねば見つけることは難しい。樹皮のひび割れた感じまで似せて、鳥などに喰われにくくしているのだ。生き物とは不思議なものだな。ところが、もっと不思議なことがある。もう十年以上も前のことだが、その山の木々に病が流行った。木の表皮が灰色のまだらになった。表皮だけの病のようで、内側の随まで枯れてはいないが、樹皮の色は戻ることはないだろう。遠くから見ると、ひと山の尾根一帯が白みがかって見えるほどの広範囲だ。虫は見つけやすくなった。なにしろ灰色まだらの樹皮に、茶色の背中が張りついてあるのだから。顔を近づけて見なくてもよくなり、わしにとっても楽になったが、心配した。そこかしこで、鳥が容易にその虫をついばんでいるのだ。枝から見つけては、ひと息に飛びかかり、銜え去るのだ。そんなことはこれまでになかった。遠からず食い尽くされ、ここにその虫はいなくなってしまうのではないかと思った。

だが、最近のことだ。年々どうにも数が少なくなっていく茶色の虫を袋に集めていると、灰色まだらの病の樹皮に、ぼんやりと何かが蠢いた。近寄り、目を凝らしてみると、なんとその虫だった。姿形は変わらず、ただ背中が、灰色なのだ。取り上げて見てみると、ご丁寧に、病の樹皮と同じく白い斑点まで散らばっている。――これまで気付かなかったが、他の灰色の樹皮、枝をよくよく見てみれば、どうやら多くの灰色の虫がいるのがわかった。茶色のままの虫を圧倒して。これはどういうことだと思う？　どこか別の山から、灰色の背の虫がやってきたのか。それとも虫が背の色を、樹皮の模様に合わせて変えていったのか。わしは、どちらも違うと思う。

これまでも捕まえる虫には、細かいばらつきがあった。人の顔や体に違いがあるように、虫にもひげの短いの、足の関節の多いの、背の色が少し異なるのがいた。病か、出来損ないと思っていたが、実はこれが外界の変化に対応する、虫たちの備えだったのではないか。長く生きているとわかるが、永劫不変のような山や森、河川も、存外容易に姿有り様を変えるものだ。虫たちは少しずつ変わり者を作っておいて、普段はこの変わり者たちは損をすることが多いかも知れないが、環境が変わればそれが有利に働いて、活躍する。そしてその変化を受け継いだ子孫を残す。ふとこう考えたとき、そしてそのほかの森、そこに生きるもの、この世界、人間を考えたとき、これは凡てに通じる真理なのだと思い至った」

インドには全ての病があると言われる。そしてインドには、全ての思想があるとも言われる。

「失うことは、ときに得ることなのだ。足りないことは、過剰の裏返し。足の無いことを嘆く蛇（ナーガ）がいるだろうか」

そう、祈祷師は結んだ。

デーヴァダッタは頭を、振るようにしながら言った。

「言わんとすることは、まあわかった。だが結局、病を重くすることはできるのだな。もちろん世間が見るところの病、という意味で。こちらが望むのはその結果のみ。それ以上でも以下でもないのだ」

「金を半分置いていけ。うまくいかないこともある。いかなければ、あきらめろ。うまくいったなら残りを持ってこい」

骰子（さいころ）の、丁半賭博のようだ。

「呪いの成否は五分五分ということなのか？」

祈祷師は、赤い口をぱかりと開け笑った。

「不安定は、そのままでは留まらないから不安定なのだ。まず間違いなく病は進む。傾き揺れ始めた樹木は、必ず倒れる。どちらにかはわからぬ。おぬしの望みどおりの形になるかは、わしは知らん」

デーヴァダッタは逡巡した。この言葉はどう考えるべきなのか。うまくいかない場合の言い訳ともとれる。呪いをかけずとも、病は悪化するのだともとれる。ここに来たのは無駄だったのだろうか。祈祷師の、大きな眼を見つめた。

「わかった」

斛飯王からせしめてきた、金子の入った袋、二つともを卓上に置いた。

「全額だ。委ねよう。もう、来ることはない」

そう言って、デーヴァダッタは小屋を後にした。

薬草や虫の体液などの奇妙な匂いと、今まで全く縁の無かった、現実の日常では役にも立たない思想――そして耳の聞こえない祈祷師の、全てを読み取ろうとする地蜘蛛のような視線に、頭が疲れたような、痺れたような感覚だった。疲れ知らずの彼が馬上でこめかみをもみ、大きく息を吐いた。


半月ほどが経ち、釈迦国の姫が男児を産んだとの報せが入った。ルリと名付けられたという。デーヴァダッタはなおも、喜色を表さなかった。厳しい顔で間諜に例の策、「近親婚を繰り返したコーサラの王族は呪われている」という流言の進捗具合を聞いた。間諜は、その策は予想よりもうまく進んでいる、王家周辺や、重職に就く者にも広まっている、という旨を答え、

「最近苦労して手に入れた、クシャトリアの中でも高位の者しか知らない情報によると、実はコーサラ王と正室の間にはこれまで他に、生まれてすぐ亡くなった子もいるのだというのです。我らの流す風説は、彼らにそのことを思い起こさせるのでしょう」

と自信ありげに言った。

デーヴァダッタは自分の思惑が気取られるのを怖れ、ここ一年近くコーサラに入ることを避けてきたのだが、この度は自らコーサラ国都サーヴァッティを訪れた。その前にまた斛飯王にかけあい、

多額の金子を出させている。

狙いは、コーサラの内部に協力者を作ることだった。

目星を付けている者がいる。婚姻を結ぶ交渉の際に近づきになり、コーサラ側の窓口として対応してくれた役人の一人だ。側室の夫人たちを世話する役職の者で、夫人だけでなく幼い王子たちとも接触がある。表の位は高くはないが、こういう話には影響力を持っていると踏んだのだった。なにより金に目が無く、権力に並でない執着を持っていることが、短い付き合いでも感じられた。

屋敷に招かれ、差し向かいで酒を飲みながら、生まれたばかりの釈迦族の血を引くルリが、肩身の狭い思いをしないように、なにかと力になってほしいと、当たり障り無く切り出した。

そのカビールという男は、早くも対価を待つように、脂くさい笑いを浮かべている。デーヴァダッタは、

「これは、日々たいへんなご苦労をなさっているあなたへの、尊敬の気持ちです」

そう言って、金銀の入った箱を差し出した。

「なんと、こんなに――いつもすまないな」

婚姻の交渉の際にも、この類の金はもちろん渡していた。

気をよくしたカビールは酒も回り、口が軽くなってきた。

「大王の、釈迦族の姫への寵愛はなかなかのもの。ルリどのを粗略に扱うことは心配せぬでよい。わしからも大王に、ルリどのの良いところばかりを伝えよう。それに長子、ジェータ王子には、あまり期待されておられぬご様子であるし――」

この言葉に、デーヴァダッタは驚いてみせた。

「えっ、ジェータ太子に、期待されておられないですと。太子はすでに七つになられ、将来の大王としての教育も進んでいるものとばかり、思っておりましたが」

カビールは少し喋りすぎたことに気づき、ごまかそうと肴に手を伸ばし、口に入れた。

デーヴァダッタは攻め手を変えた。

「カビール殿。あなたのお仕事はまったくたいへんだ。多くの側室を世話しなければならない。それぞれの姫の要望、不平を聞き対処するのはさぞかし難儀なことでしょう。しかも仕事に励めば励むほど、正室たるお后にはいい顔をされない。かえって疎まれるとも聞きます。いったいどれほどのご苦労でしょうか。なのにその不満を少しも表に出さずに、王への忠勤に励んでおられる。それだから私はあなたを尊敬してやまないのです」

コーサラでは、正室の地位は側室より際立って高く、だからこそ同じ王族から選ばれる。正室には豪邸が与えられ、それ以外の側室は、大きな屋敷の、各部屋に住まわされていた。デーヴァダッタの仲介によってマガダ国から嫁いだ姫（ビンビサーラ大王の妹である）は特別扱いで、個別の邸宅が与えられたが、まさに政略結婚で、コーサラ王もほとんどそこに通うことはなかった。逆に多くの側室が集う屋敷の方が、百花繚乱の園といった風情で、コーサラ王は気楽に、足繁く通った。それが正室の后には気に障るらしい。

カビールはたちまちぐっと眉根を寄せ、

「そのとおりだ。わしは大王の英気を満たすために奔走しているというのに。コーサラの名族の出である后様は出自を鼻にかけ、わしのことを、女郎屋の親爺かなにかのように蔑まれる。よそから姫を呼んでくることを、コーサラの血を汚すことのように言われる。はっきり申すが、それはあべ

こべだ。血が濃くなりすぎれば、呪われるって言うじゃないか。あんな出来損ないを産んでおいて
――」

　また言い過ぎに気づいたカビールは、あわてて酒を口に含んだ。

　口の軽すぎる男だ。味方に付けるには危険も伴うが、そこに気をつければ、この卑しさは、扱うにうってつけだった。

「カビール殿」

　デーヴァダッタはずいと、膝を乗り出した。

「部外者ゆえ、知りませんでしたが、お言葉によれば、ジェータ王子はどうやら、コーサラの世継ぎとしてはふさわしくないのですね。国家の大事を前に、あなたの慧眼はそう見抜いておられる。私はそれを信頼します。ならばあるいは、ルリ王子がコーサラの世継ぎとなるやも知れない――部外者の立場をわきまえぬ言葉、お許しください。しかし仮にそうなれば、ルリ王子とその母君は、目をかけ、道を作ってくださったカビール殿の恩を、決して忘れはしないでしょう。王となった暁には、あなたの能力にふさわしい役職を用意することでしょう」

「わしにふさわしい役職――」

「御国やマガダをはじめ、多くの国を見て回った身。その私から言わせていただくなら、あなたは他国ならば王を補佐し、臣民の最上位に立つべき人。宰相か、大将軍の器だ。この国でも、そうなるべきです。私はそう願ってやまない」

　世辞追従の類は苦手であるが、カビールを知る誰が聞いても吹き出すに違いないこんな出鱈目を、口が腐る思いでデーヴァダッタは言った。だがたったひとり、己を知らぬカビールは鵜呑みにし、

いした。

盛りの雄鶏のごとく舞い上がった。そして小心者ゆえ、陰謀の中に自分がいることに気づき、身震
「まて、わしは何も言っておらんぞ。言わんぞ」

「あなたは何も言っておられません」

デーヴァダッタは安心を与えた。

「ただの酒席の世間話です。ただ、今後のなんらかの経緯により、ルリ王子が国王となったならば、あなたとあなたの一族には極上の栄達が待っている。これは酔いが抜けた後も、変わらぬ確かな約定です――どうか今後は口重く、今以上にお仕事にお励みください。未来の宰相、大将軍として」

カビールは目をさかんに動かし、空の酒杯を口に運んだ。すぐにデーヴァダッタが注いだが、こんどはそれを握ったまま、しばらく動かなかった。

「わしは、馬に乗れん。腰が悪いのだ」

ぼそりと、カビールが言った。

デーヴァダッタは大きくうなずき、笑みを見せた。

「そうですか。ならば、宰相がいいでしょうな」

「うむ――そういうことになるな」

カビールは、ようやっと酒をぐいと呷（あお）った。

○空洞

デーヴァダッタはラージャガハ郊外の邸宅で縁側に腰掛け、ひとり茶を飲んでいる。空にゆった

りと流れる雲などを見ながら。もしも以前から観察している者がいたなら、彼の眼光が落ち着いたものに変化したことに気づいただろう。そばに置かれたチャトランガの盤に、駒が並んでいる。多くは小駒で、それが敵陣を巧妙に取り囲んでいる。駒同士が繋がり合っているため、小駒でも威力を持つ。デーヴァダッタ得意の緻密な包囲戦だ。

打つべき手は全て打った。

これ以上は動かぬ方がいいだろう。コーサラで彼が流させた、同族婚による血の濃い王子は呪われているとの噂は、長子ジェータが公の場に顔を見せない事実とも重なって、すでに充分広まっている。間諜にはもう動くのを止めさせ、また商人として情報を得るだけの仕事に戻させた。

彼はマガダ国に腰を落ち着けた。同年輩のクシャトリアたちと交友を深めた。アジャセ王子の話し相手をした。仏陀がビンビサーラ王に招かれたときは、アジャセについて同席することもあった。

ある日の、仏陀を招いての午餐会のことだった。

この時期は、しばらく前に不可触民スニータをはさんで、仏陀とラージャガハのバラモンとの間に諍いがあったばかりだった。それについて仏陀とビンビサーラの間に何も話し合いなどはなかったのだが、ただ人間に生まれつきの身分の差など無いことについて、話が出た。

仏陀は、肌の色や、生まれで人間はひどい扱いを受けるべきでないと、大王を一在家信徒として教え諭した。

「仏陀、人間以外の動物は違うのですか」

「ウルヴェーラーの菩提樹の下、私が悟達したことは、全ては一であるということです。虎が鹿を食べるように強弱はあれど、そこに貴賤はなく、全ての生命は等しく尊いもの。人間は虎をも凌(しの)ぐ地上の強者ですが、自分たちだけが他の生命と違う、特別尊いなどと思い上がってはなりません」

横から、同席している重臣が口を開いた。

「しかしそうは言っても人間と動物では、かなり違いますよ」

「たとえば」

「それは——言葉を話す、手で道具を扱う、家を作る城を築く、火を使う——」

他の同席者がそれに異議を唱えた。

「まて、鹿も鳥も鳴いて仲間に合図を送るし、手じゃなくても口で物を銜（くわ）える。巣だって作るぞ。蟻の巣なんて、こんな大きさだ」

「火は」

「私が見たわけじゃないが、山火事の残り火で、猿が暖を取っていたって話を聞いた。芋を入れて焼いていたとも」

「そういう、ただ在るものを利用するだけのは使ったとは言わん。鳴き声だって言葉とは違うし、鳥が喙（くちばし）で刀や鍬を扱えるか」

「私が言いたいのは、貴君が挙げた例は、人間と動物を分ける決定的な違いたり得ないってことだ」

ビンビサーラの宴は、仏陀を招いたときも、家臣も参加して侃々諤々（かんかんがくがく）、自由闊達な議論がなされる。

「仏陀のお言葉を聞こう。人間とその他の動物、本当に違いはないのだろうか？」

大王の問いに仏陀はうなずき、生き物の中で、人の特異な点は迷いである、と言った。それは彼が少年の頃から考え続けてきた、悟りの道の出発点であった。

「ご家中の両人が言われたことは、ともに正しいことです。鳴き声と言葉。喙で銜えることと手を使うこと。巣と城。そして火の扱い方の違い。それらは本質は同じと見えますが、人間のものはかなり複雑です。複雑さは、ある量を超えると、本質すら変えてしまうことがある」

ビンビサーラ王は法悦を感じるごとく仏陀の言葉に耳を傾けている。これまで招いてきたどのサモンよりも、仏陀の言葉はその包み込むような声音も含め、心に響く。

「動物に心が備わっていることは、誰でも知っています。穏和な象でも象使いがひどく苛めば怒って暴れるし、仔を射殺された鹿の鳴き声の悲しさは、狩人の胸すら締め付けるものです。しかし動物に、迷う心はありません。虎は虎らしく生きることが、鹿は鹿らしく生きることが、それぞれの道であり、彼らは生まれつきそれを知っている。それは飢えたときも死ぬときも揺らぎなく、彼らにそう言う意味での迷いは無い。比べるに人間は、鳴き声に対する言葉、巣に対する王城以上に複雑な心を持ち、自分が死ぬことを知り、限りある時間の中、どんな権力を持とうとも、どんな富貴な衣を纏おうとも、なおあきたらず、これでいいのか、他に進むべき道があるのではないかと悩むのです」

「なるほど。選択肢、想像力、時間の概念。そしてそこから生じる迷い。それらは確かに他の生き物にはない心の動きであろうな」

仏陀の言葉に納得した者、まだ異論ある者が、本当に動物に迷うことがないのかで討論を始めている。説法の場というより座談会で、王は愉快そうに聞いていたし、仏陀もこの雰囲気が好きだった。

ここで、アジャセ王子が割って入った。

「仏陀にお聞きします。人は肌の色、生まれで差はないとのことですが、ならば能力ではいかがでしょう。生まれつき智勇に優れ、王者としての運命を受けた者はいると思うのです。わが父のように。そういう者が人の上に立ち人を束ねるのは、虎が虎であるごとく、至極当然のことではありませんか」

大臣たちの席のさらに外側から大声で問う王子に、大王は顔をしかめた。

仏陀が答えた。

「父上は名君であらせられる。人間は虎と違い集団で生きるため、衆をまとめる能力のある者が上に立つことが、多くの衆のためにもいいことでしょう。ただ、その能力がどれほど優れていようと、本質を変えるほどのものではない。同じ人間、同じ生き物であると、能力のある者、上に立つ者ほど、熟知することが必要でしょう」

王子は、なおも問いを放った。

「しかし能力のない者——戦働きで負傷した武人などはともかく、生まれつき病や欠損のある者は、彼らはなんなのでしょう。なんのために生きているのでしょう」

力強く、なしえぬ事はないと思うほどの若さは、ときにこのような放埒な言葉を吐かせる。自分の状態が世界の当たり前であり永遠に続くものだとの、思い上がりとも言えぬほどの、純粋なる思い込み。考えを斟酌無く口に出してしまうこと。若さとは、健康な力強い肉体に、こういう内面が同居するものである。集う者たちは、アジャセぐらいの若者だった頃の、そのような自分を思い出した。

仏陀でも王でもなく、口を開いたのはデーヴァダッタだった。

「――足りないことは、多いことの裏返し。足の無いことを嘆く蛇がいるだろうか」

彼らしくない、つぶやくような声だが、よく通った。王が「ほう」と感心の声を上げた。

声色だけでなく、その比喩を使った内容は、全く彼らしくないものだった。仏陀はデーヴァダッタを観察した。

（この男は変わったな）

アジャセ王子も、その言葉を吟味するように、黙った。だがデーヴァダッタは思わず出た自らの言葉に途惑い、そして顔を赤くして恥じた。最近聞いたばかりの受け売りだったし、あまり深く考えていたわけではなかったのだ――彼の表の意識の上では。


デーヴァダッタがかつてマガダ国に留学した際、宰相の息子とうまが合い、親交を結ぶようになっていた。屋敷に招かれ、父である宰相とも酒を酌み交わし、酔って時勢について弁舌を振るう宰相に、彼は相槌を打った。その相槌といくつかの意見が、若いながらに的を射ていたため、以来宰相には能力を買われ、これまでの彼の活躍に何かと力を貸してくれたのだった。

しばらくは息子との付き合いも疎遠になっていたが、この日、珍しくデーヴァダッタから宮廷の彼の部署へ足を運んだ。

宰相の息子バララーマは気楽な男で、街の区画整理だかの仕事を途中で切り上げ、庭園で座椅子に座り、様々な話をした。これまではデーヴァダッタと交わす話は、天下国家を論じるようなものになりがちだったのだが、この日は不思議ととりとめもない近辺の噂や装飾品の流行りの話にまでなり、バララーマはおやっと思った。やがて仕事帰りの、デーヴァダッタも顔見知りの、同年輩のクシャトリアも数人集まり、場は盛り上がった。

日が暮れ始めると、誰かが、このまま色街に行こうじゃないかと言った。バララーマは、期待せずにデーヴァダッタを見た。これまで幾度か誘ったが、一度も乗ってきた試しがなかったのだ。だが、不思議なことは続くもので、デーヴァダッタは拒絶する様子がなかった。

「デーヴァダッタ、どうする。このまま行くが」

デーヴァダッタは懐に手を入れ、

「持ち合わせが無いが――」

と言った。

バララーマは、おごるさ、と笑って、デーヴァダッタの腕を取った。

入った色街の店で、まずは酒を飲みながら、好みの相手を決める。他の若者は馴染みがいるようで、すぐに決まり、別室へと消えてゆく。遅れてやってきたひとりの女を、バララーマはデーヴァダッタに紹介した。

デーヴァダッタは女を見た。うなずいた。

別室に入った。高級な店らしく、調度品まで豪華だ。燭台に火が揺らめいている。

言われるがままに寝台に座り、女に手際よく服を脱がせてもらう。しかし――

「おかしいわ――変だわ――」

どうも手慣れている女にとって、通常でないことがあるらしい。

「旦那さん、お酒を召し上がりすぎましたか」

（やはりか）彼は思った。通常の男なら、ここでなんらかの欲求、デーヴァダッタも同輩との付き合いの中でたびたび目にした、あの見苦しく暑苦しい、獰猛なまでの情熱があるはずだ。動物たちにももちろんそれはあり、ほとんど生の第一目的のように行われるのを、デーヴァダッタも知っている。それがない居心地の悪さ。文武において誰にも負けない才覚を持った自分が、生命としてはかなり大事なものを不足していることを意識させられる。

「お疲れなのかもしれませんね。たいへんなお仕事なのかしら」

デーヴァダッタは傍らに畳まれた衣服を取り、身につけ始めた。

「旦那さん、気を悪くなさらないで。しばらくゆっくりしていたら、治るかもしれませんわ」

（治る、か。空っぽのものは、治りはしない）

「気を悪くなどしていない。支払いは」

「それは前金で、お連れ様にいただいています。ですからごゆっくりなさって。お足をもみましょうか。流行り歌を唄いましょうか」

「いい」

そう言って、引き留める遊女を振り払い、デーヴァダッタは夜道をひとり歩いて帰った。


十日ほど経ったある日。アジャセ王子の邸から帰る途中のデーヴァダッタをバララーマが見つけ、声をかけた。

「デーヴァダッタ。この間は傑作だったぞ」

さも面白そうにバララーマは言う。

「なにがだ」

警戒の色を浮かべて彼は聞いた。

「バークラのことだ、あいつったらあの店で——」

どうやら、先日一緒だった若いクシャトリアが、女と二人きりの部屋で、男としては不名誉な失敗を犯したらしい。

「たまにしかいかないからそうなるんだ。高い金払って、無駄にしたって、みんな大笑いさ」

デーヴァダッタにはよく状況が飲み込めなかったが、

「そういう話は誰が言ったんだ」

「もちろん相手の女さ。ああいう店の女なんて、客待ちの時間は菓子を片手に、そういう話で大盛り上がりなんだから。野暮天をすれば、明くる日には城下じゅうに知れ渡るかもだ——くれぐれもご用心、だぜ」

「俺のことは、何か言ってたか」

「うん？　いや、何も聞いていないが。何かあったのか」

デーヴァダッタは言葉を濁した。

その夜、デーヴァダッタはひとりで色街へ行き、同じ店に足を運んだ。先日の遊女が拭き掃除をしながら、客待ちをしていた。

「あれ、旦那さん」

デーヴァダッタに気づくと、鈴のような声を上げた。

「あいているか——金は持ってきた」

それから彼はこの遊女の常連客となった。

と言って、通常の行いはしていない。ただ添い寝をし、背中に手を当ててもらった。遊女の方もデーヴァダッタの事情に気づき、言われるだけのことをした。たまに服を脱ぎ、肌を重ね合わせた。デーヴァダッタが感じるものは、安らぎだけだ。だが、これまで経験したことのない、不思議な安らぎだった。誰でもいいわけではない。このルクミニーという遊女は、口が堅いだけでなく、細身のくせにどこか大河のような、悠然とした安らぎがある。

遊女ルクミニーの方は、添い寝するだけなので、楽だと内心喜んでいた。だが彼女も、いつしかこの時間を、ただ楽な仕事と言うのでなく、苦しい生の中の、貴重な憩(いこ)いの時間のように感じ始めていた。

デーヴァダッタは議論討論や説得など、目的のある弁論は得意だが、意味のない会話は大の苦手だった。先日愚かなカビールをおだて上げたことなどは、目的があるだけましだった。この国のクシャトリアの若者たちがする、金を払って女たちをはべらせ、くだらない会話を楽しげにすることが、彼には理解できなかった。

ルクミニーと寄り添い、少しずつ話す会話は、今までの彼の基準で言えばくだらなく、意味のないものがほとんどだった。しかし彼はそこに、人生の安息を感じていた。

それでも時折、彼はいつもの彼に立ち返り、議論じみた声を上げる。

「お前たちは、わかってもいない話に相槌を打つことが多すぎる」

この日は気に染まぬことでもあったのか、虫の居所の悪そうな彼だった。

「そうかも知れませんね」

ルクミニーは奥の厨房で料理を作り、運んできた所だった。並べながらに話を聞く。この店では腹の空いた客は食事をとることもできる。彼女の料理は美味だと評判だった。

「わからなければ聞けばいい。考えもせず、わかったふりをすることが卑しいと言うんだ。卑しさとは身分職業ではないぞ。適度にごまかそう、やり過ごそうという、その心根だ」

「ええ、そうかも知れませんね」

それ、それが良くないと言っているのだ、と言いかけて、デーヴァダッタは考えた。そうは言っても、ひとつひとつ聞き返されたり、反論され、それを説き伏せるのでは、彼のいつもの仕事だ。話を聞いて、ただうなずいてくれること。それは頼りなげに見えて、なかなか心地よいことだった。そして彼女のは、やり過ごすのではなく、受け入れるということなのだと思えてきた。その論の意味というより、それを言う相手の想いを、肝胆（かんたん）を。論敵と話すのは血がたぎりすぎる。壁に向かって話すのは虚しすぎる。

デーヴァダッタは皿に盛られた料理を口にした。香辛料と塩で味付けされた、米と野菜の炒めた物だった。

「旨いな」

「そうでしょう」

ルクミニーは嬉しそうに笑った。

変化はデーヴァダッタの側だけではない。

生まれつきの性格から、人に多くを話すことのないルクミニーだった。

だが会うことを重ねていくうちに、デーヴァダッタに慣れてきたのか、自分の思いを口にすることが増えてきた。時には彼をやり込めるほどに。

デーヴァダッタがマガダ国の旧弊(きゅうへい)について、無駄が多すぎると憤(いきどお)る。細部まで話してはいないが、釈迦国との交易を盛んにしてほしいとマガダ国側に持ちかけたが、どうも様々な権益が絡み合っているようで、立ち消えになってしまったという。名君と称されるビンビサーラ大王といえど、旧来のしきたりに縛られたままだ、しきたりも無駄、手続きも無駄、関わる役人が多すぎるのも無駄、無駄を排除すべきだ、と彼は言う。

腹に据えかねる、といった風のデーヴァダッタの腹に、ルクミニーは優しく両手を重ねながら、

「そんなことがおありでしたのね。でもあなた様がいらっしゃるこの場所は、女たちと無駄な話をして、いっとき馬鹿になるだけの無駄酒を飲んで、子も作る気なしに無駄に遊ぶ、無駄の館。それぐらいな無駄のひとつやふたつ、大目に見てやってくださいまし」

「なに、なんだと。ここは無駄の館か。そんなものが生業(なりわい)として存在するのか。釈迦国ならば、取り締まるところだ」

「あなた様は偉すぎて、しもじものことはお考えが及ばないのでしょう。わたしはあなたのお国を存じませんけれど、来月のお給金を賭けたっていい、お国にだって、無駄の館はありますとも。いいえ、人間のいる所、無駄の無い所なんてありません。無駄をしたいのが人間だわ」

無駄ということについては、彼女は彼女の暮らしの中で、考え抜いてきたことらしかった。

「人間と他の動物との違いは、無駄か。なるほどな」

まさに今、〈無駄〉の渦中に身を置くデーヴァダッタは、納得せざるを得なかった。

またしばらく後のある日。料理の後、ルクミニーは言葉少なく、自ら杯に注ぎ酒を飲んでいた。当初の、客相手としての遠慮のようなものは会うたびに薄れていっているようだ。デーヴァダッタにとって、それはいやな無遠慮さではなかった。懐かしいような、気楽さがあった。

彼女は酔うと、自分の境遇を悲しみ、嘆くことがあった。そういう場合は、彼の方が聞き役に回った。

この日は特に、彼女に何かあったのかも知れない。先日の無駄論の続きが始まった。

「ねえ、わたしは無駄な人間だと思う？　余計な人間かしら」

「さあな。するべき仕事があるかだろう」

「するべき仕事？　いやなことをおっしゃるわね。わたしの仕事は、人の無駄を相手にすること。毎晩男たちが持ち寄る無駄な時間の中で、わたしは無駄をうまく取り去り燃やし尽くして、家に帰すの。だから男たちは家庭や仕事をこなせるんだと思う」

「そうか、それならお前は無駄ではない。しかし、無駄な人間は現実にいるし、多いよ。釈迦国もこの国も、ほとんどクシャトリアとしか付き合いはないが、八割方は無駄な俸禄泥棒だ」

「あなたは人を、仕事が出来るかどうかの一面でしか見ておられないから。その人も家に帰れば、誰かの夫だったり、父親だったりするのですよ。奥方やお子さんは、その人を無駄だと思いはしないでしょう」

そしてこう言った。

「わたしも、こんな卑しい泥水稼業をしているけれど、いつかは我が子をと思っていますのよ――」

今は子が出来ないように、バラモンの処方した薬を飲んでいるという。薬は「よく効く」らしい。

子か。叶うといいな。そうつぶやき、

「そういえば、無駄に見えるものも実は役に立っていると聞いたことがあるな」

例の祈祷師の話を思い出して言った。

「こう言うんだ。足りぬことは多いことの裏返し。足の無いことを嘆く蛇（ナーガ）がいるだろうか――」

女は少しいたずらっぽい顔で、

「ナーガとは、こういう界隈の宴席では、ここのことを指（さ）しますわ」

と、指（ゆび）さした。

「そうなのか」

彼は女の指さす先、自らの腹の下を見た。蛇の精ナーガは生殖の神でもある。

そしてルクミニーに向かって、服を全部脱いでくれるよう頼んだ。一瞬、不思議なほどに彼女はためらうような表情を見せた。だが頷いて、言うとおりにしてくれた。暗くした部屋で、彼も全て脱ぎ、体を重ねてもらった。

心地よさはある。だが同時に居心地の悪さも。どういうものかはわからないが、あるべきものが、ここにないのだ。

――俺という人間はなんなのだろう。なんという生き物なのだろう
空洞。自分にぽっかりとあいている大穴を、彼は意識した。

若い頃から人と違うらしいことは知っていた。だが、そんな不足はたいした意味を持つものではないと考えてきた。それを埋め合わせて余りある才と力が自分にはある。自分は世を動かし、名を残す仕事をするのだから、かえって雑念に煩わされずに済むと思えばいい。

しかしその空洞は、どうやらかなり大きな意味を持つものであるらしかった。

ルクミニーは、デーヴァダッタの首に腕を巻き付け、胸板に顔を埋めていた。瘦せた肩が小刻みに震えていた。やがて熱いものが、デーヴァダッタの胸をぬらした。

デーヴァダッタは、女の背を撫でてやることしかできなかった。

雨季と乾季が巡り、ついに来た報せを、デーヴァダッタは夢でも見ているように聞いた。コーサラの王と、そこへ嫁いだ釈迦国の姫の間に生まれた男児ルリは、三歳の誕生日を迎えた。その祝賀の日に、このルリを太子、つまりコーサラ国の跡取りにするとの正式な儀式が併せて行われたというのだ。

釈迦国の姫が産んだ子が、コーサラ国の次の王となる！　すべては彼が描き、そうなれかしと手を打ってきたことだった。これで釈迦国の安寧は、将来に亘り約束される。生母の故郷を攻め滅ぼす者がどこにいるだろうか？

彼は実にさまざまな手を打ってきたが、それらの手のうち、いったいどれほどが効果があったのだろう。輿入れは、彼の功績と言っていいだろう。だがそれ以外は必要だったのか、効果があったのか、今となってもわからない。だがわからなくとも賭けた。愚かしく思いながらも、一心に縋った。

不思議と、躍り上がるような喜びはわかない。

少し前まで彼を満たしていたものは、祖国の安泰、祖国の将来だった。それが考えの第一であり、行動の第一だった。象の犇めく舎の中の鼠の如く、アーリアの国々にいつ潰されてもおかしくないほど危ういところに、釈迦国は在ったのだ。だがこの度、釈迦国は将来の安定を約束され、ようやく手が離れたと思えた。するとあれほど大事に、自らの臓腑のように思った祖国も、他者であることに気づいた。デーヴァダッタは自分が変わっていくことを感じていた。


南アジアの雨季は激しい。竹林の教団ではビンビサーラ王が建立し寄進した精舎で、比丘たちは洪水を起こすほどの雨をしのぐ。これを安居（雨安居）と言う。その間は説法など教導活動も休止で、比丘たちは薄暗い精舎の中、静かに瞑想に打ち込む。

三ヶ月以上続いた雨季がようやく明け、比丘たちは湿り気を含んだ心身を干すかのように、天日の下で座禅を組んでいる。無想のはずの瞑想の顔も、どこか晴れやかだ。

仏陀は賢者探索に出たまま長く帰らないアッサジを心配し、他の五比丘に托鉢の際に噂を聞くように言うなどしていた。彼がここを発ってから、三年になろうとしている。期限を言って、見つからなければ一度帰ってくるよう指示すべきだったと後悔していた。まじめな性格の男だから、まだ探しているのか、それとも身に何かあったのか。

自分が求める賢人、それは得難いのだろうか――

そこへ一人の比丘が、出家希望者が来たとの知らせを伝えに来た。仏陀が弟子とともに竹林の入り口に出向くと、そこにいたのはデーヴァダッタだった。

なるほど髪は短く、剣も持たない軽装である。

従弟の顔つきは確かに昔のそれではなかった。つい数年前までは、道の話など聞く耳も持たない風だったのだが、何があったのだろう、彼の下へ集まる求道者たちが持つその欲求を、目の内に鎮めている。

だが、

「出家がどういうことか、わかっているか」

仏陀は慎重だった。

「俗世とのしがらみを、一切断ち切らねばならない。それがわかって来ているのか」

詰問するかのような口調だった。デーヴァダッタは答えた。

「わかっている――シッダールタ、俺には空洞があいている。これまで意識しなかったが、意識して以来それはふくらみ、だんだん俺は呑み込まれそうになっている。何をしても虚しく、苦しいのだ。この空洞を、埋めてくれないか」

「ここにいるのは、釈迦国の王子、そなたの従兄ではない。そなたもこれまでの何者でもなくなる。それがわかるか」

「わかった、わかりました。仏陀――どうか私にも、道を説いてください」

仏陀はなおも彼を凝視していたが、やがて傍らの比丘に日常の作法を教えよと言い、そこから離れた。

見ていたウルヴェーラ・カッサパが、後に二人だけになったとき、言った。

「仏陀、あの者はアジャセ王子の横にいるのを見たことがありますが、仏陀の従弟でしたな。ただ者ならぬ雰囲気を感じておりました。しかし、日ごろ来る者拒まずの仏陀にしては、かなり慎重に覚悟を問われたように思いましたが」

真白い頭髪、髭のウルヴェーラに、仏陀は言った。

「ウルヴェーラ殿。あなただから言うが、私はあの男を満たせるか、救えるか、自分に疑念を抱いたのです」

「全ての衆生を救う。それが仏陀の志でしたな」

仏陀は黙って池の水面を見つめている。ウルヴェーラは続けた。

「わしも司祭長の時分には、国の祭事を取り仕切り、王族からも礼を取られたものです。だが他に人がいないとき、弟たちからはあれこれうるさく意見を言われ、たまにやり込められました。あれたちは、幼少時にわしが菓子を横取りしたことも、それで父親に殴られたことも、みんな知っておりますゆえ――。仏陀といえど、血肉を備えた人。その威徳も、子供の頃から知っている親族相手だと、少し違ってしまうのかも知れませんな」

「ははは。確かにそういうことはあるでしょう。それだけならいいのだが――」

そしてこの会話の終わりに、仏陀はウルヴェーラに、今後デーヴァダッタを離れたところから見ていてくれるよう頼んだ。

後日、仏陀はビンビサーラ王との懇談で、コーサラ国で釈迦族の血を引くルリ王子が跡取りと決まったことを聞かされた。デーヴァダッタが出家したのは、それで安心したことが一因だと仏陀は気づいた。

仏陀、かつてのシッダールタは、釈迦国の危難の際、そして妻が身籠もった際に、それら全ての鎖を断ち切り、捨てて出家した。比べるにデーヴァダッタは、自らの尽力で国が危機を脱したことを見届けてから出家した。一般的な感覚から言えば、是とされ誉められるのは後者だろう。

だが俗世の情勢を見て出家した者は、また俗世の情勢の変化で、今後その覚悟が左右されることがあるやもしれない。


この日は仏陀が「非想非非想処」の境地を比丘たちに説き、実践させていた。仏陀がまだ悟りを得る以前に高名なバラモン、ウッダカ・ラーマプッタ師に教わった瞑想の境地だ。それは目指すべき最終の境地ではないと観じた彼であったが、悟りに至る瞑想の訓練として、比丘に教えているのであった。

仏陀は、

「想うでない」

と言った。

比丘たちは、あれこれと動こうとする己の心を制し止めようとした。

すると仏陀は
「想わざるでもない」

と言った。想うのでなく、想わないのでもない。既存の言葉では明確に指し示せず、～でない、～でもない、と否定を繰り返すことでしか表せない境地ということなのだろう。比丘らは思念の中で混乱し、途方に暮れた。

仏陀の視線が、ある比丘のもとで止まった。それまでの教導者としての視線とはあきらかに違ったものであったので、多くの比丘は瞑想を忘れ、その視線の先を探った。そこにいたのはデーヴァダッタだった。

結跏趺坐（けっかふざ）し半眼から光を漏らし、口から細い息を吐くデーヴァダッタは、長年瞑想をしてきた彼ら比丘が見れば、それがどれほど精緻で高次元のものかわかった。

半眼のままの彼を仏陀は見つめ、

「よい。そなたは去りなさい」

名を言われたわけでもないのに、瞑想状態を解く少しの時間の後、デーヴァダッタは立ち上がり、その場を離れた。声こそ上げないが、比丘たちに動揺が見えた。仏陀も数ヶ月かかったと聞いている。それを伝授されたその日に、彼は達したと言うのか。

以来比丘たちもデーヴァダッタに一目置くようになった。さすが仏陀の血縁、仏陀が探していた賢人とは彼のことかとまで噂された。特別扱いされ、やがて起こす数々の問題行動も大目に見られるようになっていく。

○二賢人

アッサジは疲れた体、重い心を引きずるように、ラージャガハの城門をくぐった。

賢人を探せとの仏陀の命を受け竹林精舎を出てから、三年という年月が経過していた。

マガダ領内の隅から隅まで、山や森や谷に棲む修行者の集いを訪ね回ってきた。長い旅の生活で髪や髭を剃ることもままならず、ぼうぼうと伸ばしている。

誠実すぎるのも考えもので、彼の場合は「愚かしいほど」と付けるべきかも知れない。半年でも一年でも探し、目当ての人間が見つからなければ、竹林精舎へ一度帰るなり、使いを出すなりしてもよかった。だが彼にはそのような、言われたこと以上をする才覚はなく、ただひたすら責任を感じ、探し続けた。山や森や谷の修行者の集いに参加しては、仏陀に教えられた偈(げ)を披露し、相手にされず、せめて他の集いの場所を教えてもらう——この三年の間、ほとんどそれだけを繰り返してきたのだった。本当に彼が適任だったのだろうか。

ただ、授けられた偈は一日も一時も欠かさず、歩きながらもつぶやき続けている。たまにすれ違う者は彼をおかしな者のように見た。授けられた偈の、意味はわからない。初めは理解しようとあれこれ考えたが、字句以上の深い理解に届かなかった。仏陀が求めるほどの人物を探すための偈、そこには雷のごとき智慧(ちえ)が内蔵されているに違いないのに。いつしか彼は考えることをやめ、ただ唱え続けた。その語句は彼の口舌に心地良く馴染み、一人旅の寂しさを紛らわせた。

（いなかった。見つからなかった。仏陀はきっと見つかると仰有(おっしゃ)ったのに。私の探し方が悪いのだろう。他国へ赴こうか。ああ、だがその前に、その報告を兼ね、一度仏陀の御顔を拝見したい。ねぎらい、いやお叱りでもいい、御言葉をかけていただきたい）

そう思ってラージャガハまで戻ってきたのだ。城下町を抜け、反対側の城門をくぐれば竹林精舎への山道だ。

今アッサジが歩く辺りはマガダ国名家バラモンの居住区が近く、仏陀の弟子も他のサモンたちも滅多に立ち寄らない。

だが三年間深山幽谷を放浪してきたアッサジに、そのような都の階級感覚や、既存宗教への遠慮は薄くなっていた。数日食べておらず、ひどく空腹だった。托鉢をすることにした。

とぼ、とぼ。

歩き辿り着いたその民家の軒先には、先にひとりのバラモンが鉢を抱え、喜捨を待っていた。短躯で、剃り上げられた頭はひどく大きく、異形だ。老成した印象を受けるが、顔を横から見れば、どうもまだ若いようだ。

「こんにちは」

アッサジが挨拶をしたが、バラモンは聞こえなかったのか、答えなかった。もう少し近づき、

「この数年、ご城下を離れ放浪をしていたのですが、なにか変わったことなどありましたか」

「さあ、知らん」

こちらを見向きもせず、全くもって無愛想な声だった。温厚なアッサジは腹も立てず頷き、大きな頭の後ろで、ぽつんと托鉢に並んだ。民家の勝手口から、何かの穀物の煮え上がる匂いがほのかに漂っている。人里の暖かさになにやら気が緩み、やがて、これまで三年の間そうしてきたように、ほとんど意識もせず、例の偈を唱えた。

諸々(もろもろ)のことがらは原因より生じる
真理の体現者はそれらの原因を説きたもう
諸々のことがらは終(つい)には止滅する
偉大なる修行者はこのように説きたもう

「それはあなたの作かね」

ふいに頭の大きいバラモンに問われた。いつの間にかこちらを向いている二つの目は、張り出た眼窩の奥深くに黒く光っている。習慣的なつぶやきのようなものであり、聞かせるつもりもなかったのでアッサジは少し戸惑ったが、

「違います。我が師の偈です」

「ふうん。諸々のことがらは原因より――か」

「もしや、何か感じるものがおありですか」

「いや、何も」

これはアッサジも後になってわかることだが、このバラモンはごく僅かな例外を除いて、他者や外界への興味が極めて薄いのだった。巨大な頭蓋の内で、彼の世界は完結するかのように。すげない言葉にアッサジも鼻白んだ。托鉢を待つ二人に、しばし無言の時間が流れた。

「しかし、その偈を面白く思うかも知れない人間なら知っている」

「え」

「我らの集いに来てみるかね。彼も来るはずだ」

これまでも訪ね漏らしている小さい集まりはたくさんあるだろう。アッサジは喜んで受けた。そして聞いた。

「して、あなた方の集いの師はどなたでしょう」

「我らの師は、サンジャヤ・ベーラッティプッタ殿と申される」

「サンジャヤ――」

アッサジは黙った。

サンジャヤ・ベーラッティプッタ。マガダ国で思想哲学に関わる者ならその名を知らぬ者はない。

ただしその名は多くの場合、冷笑や、苦笑といったものを添えて発せられる。

「鰻（うなぎ）のような、ぬるぬると捕らえ所のない論」それがサンジャヤの説の、世間からの固定的な評価だった。漢語では、そのまま〈鰻論（まんろん）〉と訳される。

サンジャヤは、なにか哲学上の命題を問われれば「私がそうだと考えるなら、そうだと言うだろう。しかし私はそうだとは考えない。そうらしいとも考えない。それとは異なるとも考えない。そうではないとも考えない。そうではないのではないとも考えない」と答え、弟子たちにも同様にさせたという。

アッサジも苦行者だった頃、五比丘の誰かに付き添って、サンジャヤの門下と論争（のようなもの）をしたことがある。結果は、何も得るものはなく、ただ不快な気分になっただけだった。こちらが苦行の意義――肉体を超越した精神だけの世界の存在などを議題として言っても、向こうは「精神でのみ構築される世界が存在すると考えるのなら、そうだと言うだろう。しかし私は精神でのみ構築される世界が存在するとは考えない。存在するらしいとも考えない。存在するのとは異なるとも考えない。存在するのではないとも考えない。存在しないのではないとも考えない」と、繰り返し応ずるのみだったのだ。

否定の連続でものごとの真理に近づこうとするのは、インド哲学で多く見られる思考法であるが、これはもはや近づくことを放棄しているとしか思えない。末席で口数少なく聞いていたアッサジは、これはまともな、語るに足る教説ではないと、心の中で結論づけていた。

その過去があるため、この賢者探索の旅においても、いくら有名で大所帯であってもサンジャヤのもとへ行くことは初めから考えなかった。

だがこの度、この巨大な丸頭の若いバラモンに誘われ、竹林精舎へ帰る前に訪れてみようと考えた。ひとつ懸念を聞いた。

「我が師の偈を、面白く思うかも知れぬお人とは、そのサンジャヤ殿のことでしょうか」

「いや、師どのはたいして思われまい。サーリプッタという、我が畏友（いゆう）のことだ。そして私はモッガラーナ」

サーリプッタとモッガラーナ。

アッサジは、その名を新たなふた節の偈のように、心の中で幾度もつぶやいた。


ラージャガハの竹林精舎とは反対方面の丘陵地に、清涼なせせらぎがあった。銀色に光る水面（みなも）は二度は同じ姿を見せない。

その水面を、川べりに座り見つめている一人の青年があった。涼やかな目元、整った気品ある顔立ちは、身にまとう素朴な法衣にもかかわらず、良家の生まれであることを隠しようもない。これはおそらく上流階級出身の、精神の修行者に相違ない。

そう、彼は名家のバラモン、名をサーリプッタといった。

水は流れくる、絶え間なく。昨日も流れていたし、先月も、一年前もそうだ。

上流をさかのぼっていけばどうなっているだろう。どこからか地中に潜り、石清水や地下水となっていることだろう。遥かな山の頂（いただき）の、雪解け水を源として。

また下流へくだれば、川幅を広げ、大海に出ることだろう。

だれも川の流れを観れば、その来し方、行き着く先を考えずにはおられない。

我らもまた悠久の川の中に生きている。時間という大河だ。そう、水が低きへと流れるように、時間も——

若さから老いへ
生から死へ
いや、一箇の人間の存在に限らない。この世界もまた、不変のようでいて移ろいゆく。全てに変化があり、終末がある。そして新たな誕生が。

その源を考える。川の源を考える様には行かない。

その時、無もなければ、有もなかった
大気もなければ、それを超えて天もなかった
何が動いていたのか？
どこに？
誰の保護の下に？
水は何であったか、計り知れないもの、深いものは？
〈リグ・ヴェーダ本集第十巻第一二九・第一節〉

ヴェーダの一節を口ずさんだ。神への賛歌が多いヴェーダの中で、彼の心にひっかかる節だ。だが彼は頭を振った。その思索を振り払うように。一言、「我知らず」とつぶやいた。そして立ち上がり、彼の属する集いへと向かった。

サーリプッタの集いとは、マガダ国のバラモンの中でも知的エリート層でありながら、しかし主流派アースティカ（有ると唱える者たち）ではない者が集うものであった。かといってナースティカ（無いと唱える者たち）でもない。

彼らの長は、サンジャヤ・ベーラッティプッタという。仏典にもその名を記される、仏陀と同時代に活躍した代表的な思想家のひとりだ。サーリプッタは彼を師として尊敬している。

多くの方面、アースティカはもちろんナースティカからも、サンジャヤは捕らえどころのない議論で人を煙に巻くと言われる。だがそれはバラモン出身の彼としての、バラモンの主流派たちが説いてきた教えへの反抗であり、問題提起であった。すでに幾度か触れたように、インドの思索は直感知を尊ぶ。直感知とは知のあり方の一つであるが、それを受け入れられない人間から見れば、全く納得出来ない知識の押しつけ、強引な決めつけに等しい。古い時代の人間が考えた世界の有り様をそのまま常識とし、論理的な疑問や反論はなされなかった。最高の真理へは、対話や論理によっては到達出来ないとの考えが根底にある。

時間と存在という、時代と地域を問わず人間の心を迷わせる哲学最大の謎。それらにもヴェーダは答えを与える。しかしそれを信じて良いのか？　なんら疑問を持たずそれを受け入れることが正しいことだろうか？

人が本当に知ることが出来ること、本当に決めることが出来ることなど、何もない。

鰻と陰口をたたかれるほどなんとも無責任な言辞にも見えるサンジャヤの教えとは、それまでの古い常識に対する、知に誠実たらんとする若いマガダ国バラモンたちの、思想上の革命運動だったのである。

日が傾き、涼しくなった郊外の雑木林でその集いはあった。サーリプッタが着くと、サンジャヤと、彼を取り巻くように大勢のバラモンが座っていた。若いバラモンが多いのもこの集いの特徴である。

サーリプッタが師の隣に座ると、

「では諸君——我知らず、一切知らず。ただ知らぬことのみぞ知るなり」

サンジャヤが言い皆が唱和する、開会の決まり文句だ。馬鹿げた言葉のようだが、知の限界を謙虚に誠実に知り、認めることが、彼の教えの根幹であり全てなのだ。

モッガラーナは少し遅れてやってきた。横に見慣れない、髪も髭も伸ばし放題にした行者がついてきている。髪や髭に見え隠れする肌には、無数の古い傷跡がある。これはかつて長い期間激しい苦行に打ち込み、今はそれを捨て別の道を歩む者だと、サーリプッタは推察した。

モッガラーナは軽く師サンジャヤに一礼すると、サーリプッタに向かい、行者——連れてきたアッサジを指さしながら口を開いた。

「サーリプッタ。この人の横に、好ましい光を纏う人が見えるかね」

「私には見えない。君には見えるんだね」

「この人は、短いが、興味深い偈(げ)を唱えたんだ。私はそうでもないが、君なら面白かろうと思って連れてきたのだ」

　サンジャヤが割って入った。怪訝そうな顔だ。

「モッガラーナ、短かろうが長かろうが、おぬしなら聞いてすぐ覚えるはずだろう。偈を聞かせるだけならわざわざ連れてこなくとも、おぬしが覚えたものをここで唱え聞かせればよいのではないか」

「いや、師どの。その偈、この方となにやら一体になっており、偈だけ切り離して連れて来ることはできませんでした」

　そうモッガラーナという頭の大きいバラモンは不思議なことを言い、アッサジはよくわからなかったが、横に人が見える、一体になっていると聞いて、（三年の間、一日も欠かさず繰り返し唱えたからかな。横に見える人とは、仏陀であればいいな）と思った。

「では、聞かせていただきましょう」

　サーリプッタが言った。サンジャヤも黙り、他の若いバラモンたちも耳をそばだてた。

　アッサジは、非常に大切な場面に自分がいることがわかったが、気負わぬよう心を落ち着けて、これまで何万回と唱えてきたのと同じように、唱えた。

　　諸々のことがらは原因より生じる
　　真理の体現者はそれらの原因を説きたもう
　　諸々のことがらは終には止滅する
　　偉大なる修行者はこのように説きたもう

原因があるから結果が生じる。論理でものを考え慣れている現代人には当たり前の概念かもしれないが、既に触れたように、この時代、優れた知識とは、断定的、断片的な、個々独立のものだった。そこに生きるサーリプッタは、因と果の関係を明らかに謳(うた)うこの偈に衝撃を受けた。彼の中で静かに育まれてきたものが、大きく揺さぶられた。まばらで捕らえどころのなかった色彩が、像を結んだ。

――そうだ。川が雪解け水の集合として生成し、海へ融けゆくように――すべてのことがらには原因がある。すべて存在するものは生成されたものだ。生き物は言うに及ばず、山も、川も、大地も――あるいは喜びも苦しみも――すべてをさかのぼって考えていけば――そこにあるのは、第一原因――

その時、死もなければ不死もなかった
昼と夜を区別するしるしもなかった
あの一つであるものは自らの力によって
風もないのに呼吸していた
それ以外には何一つとしてほかのものはなかった
〈リグ・ヴェーダ本集同前・第二節〉

ふいにサーリプッタの心中に、広大無辺の暗闇が現れた。果て無きに見え、永遠の静寂に見え、何も存在しないかに見える暗闇だった。人の思考には収まりきらぬ、思えば気が触れるほどの虚無——だがその虚無の中心には、粒〈あの一つであるもの〉があった。粒と言ったが、比べるものがなにひとつないため、大きさはわからない。ひょっとするとあらゆるものよりも大きいかも知れなかった。その粒（あるいはこれが、やはりヴェーダに詠われる、世界の元になったという巨人プルシャの心臓）は途方もない膨張の欲求と、それ自身の重みとの闘ぎ合いで、じりじりと脈動し、熱を発していた。だがそれがいつか、巨大な爆発の如き膨張を始めるのは、避けられぬことのようだった。

そしてそれは、はじけた。大いなる爆発。高熱、光速——。動き出したのだ。時が、世界が。喜びが、苦悩が——

はっと白日夢を見たように、座したままのサーリプッタは身動いだ。こんなものを心に描くのは初めてのことだった。ごく短い時間のことだったが、しかし天性の直感知の持ち主である彼はすぐに、自分の見たものが、古の天才詩人がヴェーダに詠んだ、全ての第一原因であることを豁然と悟った。第一原因から飛び散った粒子たちが、何億劫年の時の中、千変万化、無数の有情無情の一部となり、父の精を受け母の胎に宿り、自分という存在に結集した。やがてはそれも飛散し、また万物となり宇宙を駆け巡る——永遠に見える時は一点であった。そして一点は永遠と同等だった。

広大無辺の空間に浮かぶ、単一にして全てを含んだ粒。それは究極の過去であるとともに、宇宙の開闢から永劫の未来まで、全ての瞬間に内包されており、今この瞬間も自分自身の中に存在する。過去と現在と未来、それはひとつだった。深い井戸の底へ下げた水瓶が、縄によって手と繋がっているように——。〈今〉が長く続かないこと、いずれ終焉があることを悩み怖れていたが、今も過去も未来もないのだ。

（我知らず、では一歩たりとも進めない）

（知ることは出来るのだ。世界の果ても、時間の始まりも。自分が見た光景、それは己の中に在った）

（正しく知ることは、怖れをなくす。知らぬから怖れるのだ。そして悩みも苦しみも、止滅させる方法がある。――この短い偈を詠んだ人は、それを知っている）

水を与えられた種子が殻を破り、日を求め芽を出すように、求め続け、受け入れる準備の出来た者は、真理の言葉を自己の真奥に到達させ、合致した。

サーリプッタが立ち上がった。

その、過去現在未来全てを見据えるような、輪廻から脱した者の愉悦に満ちた表情に、サンジャヤが怪しんで聞いた。

「サーリプッタ、どうしたというのだ」

「今までお世話になりました。私は、このお方の師のもとへ行くことにします」

「な、なんじゃと。サーリプッタよ、あまりに不義理ではないか」

驚いたサンジャヤは、情で引き留めようとした。この集団の、自分の片腕と恃(たの)んでいたサーリプッタだった。

「不義理でしょう。しかし我らは師弟の形をとっていても、真理を求めさまよう粒子同士。真理の在処(ありか)がわかったならば、どんな不義理をしてでも行かなければなりません」

モッガラーナは義理には無頓着だ。

「別にサンジャヤ殿のもとに居たわけじゃない。君が居たからここでしばらく過ごしたまでだ。修行はどこでもできる。君が興味を持ったその人に、私も会ってみたいと思う」

サンジャヤの下にいる若いバラモンは、世間の評価に惑わされず、サンジャヤの教えが旧来の押しつけの知識に抵抗する、改革的で先鋭的なことを見抜き共感する者たちだった。だが心のどこかで「我知らず」と言って考えないことに、飽き足りぬ思いを抱いてもいた。

彼らはサンジャヤの教えの意義を知り、認めながらも、ここに今まで居続ける本音の理由、心の支えとしているのは、サーリプッタだった。サーリプッタは誰に対しても快活で優しく、奥ゆかしいが聡明で、若い彼らを兄のようにまとめていた。そして彼に常に並ぶモッガラーナは無愛想で付き合いにくいが、その巨大な頭の中にとてつもない思念が渦巻いていることは、深い眼窩より常時漏れ出る黒い眼光から明らかだった。サーリプッタにだけはたまに、にやりと不気味な笑みを見せるモッガラーナを（当人は穏やかに微笑んでいるつもりだった）、彼らは遠巻きに、畏敬していた。

そのふたりの俊英、サーリプッタとモッガラーナが、知の喜びに顔を輝かせて別の人の下へ行くという。ならばと、我も我もと立ち上がった。アッサジから聞かされた偈に、はっきりとはわからぬまでも、新しく力強い魅力を感じた者もいた。

その場にいたサンジャヤの弟子二百五十人が彼の下を離れ、仏陀の教団へ加入したと言う。サンジャヤは一気に弟子を失うこの事態に「熱血を吐いた」と伝えられる。

だがサンジャヤが、知に対して真摯なればこその〈懐疑〉〈不可知〉の重要性を教え、手塩にかけた優秀な二百五十名もの若いバラモンは、仏陀教団の中核となる。そして懐疑、不可知は、仏陀の思想の出発点でもあり、仏教はそれを乗り越え、真の価値の探求をなすものである。サンジャヤの存在と活動は、仏教史から見れば大きな意味を持つものなのだ。

竹林精舎までの道中、アッサジは少し残念そうに、横に歩くサーリプッタとモッガラーナに言った。

「サンジャヤ殿の集いを初めから訪ねておれば、早くにあなたたちをお連れ出来たのに。私は愚かな思い込みから三年という時を無駄にしたようです」

アッサジより十も若そうなモッガラーナは、それに答えた。

「いや、それはどうかな。三年前ではあなたはまだあの偈と一体になってはいなかっただろう。理を伝えるのは文言だけにあらず。三年間唱え続けたからこその、あの見事な吟詠だったのではないだろうか」

サーリプッタも笑みを浮かべてこう言った。

「当時あなたがサンジャヤ殿を訪ねられたとしても、このようになっていたか——そうだとも、そうらしいとも、そうではないとも、そうではないのではないとも——です。人の縁だけは不可知なもの。我らだって、今と三年前とではだいぶ違いますから」

「しかし私は恥ずかしいことに、あの偈の言わんとすることを理解できていないのです」

「いや、あなたはそれを悟っておられる。その境地に足を踏み入れておられる。理解と、境地に立つことは別ものです」

竹林精舎に入ったアッサジ、サーリプッタとモッガラーナ、二百五十人のバラモンを、仏陀と比丘たちは出迎えた。

仏陀の顔色の晴れ様は、比丘たちが見たことのないほどだった。

アッサジに対し、

「賢人を、見つけてくれたのだな。二人も――」

と言い、まっすぐにサーリプッタとモッガラーナの手を取った。

「よくぞ来てくださった。この教団を、世の衆生を、よろしくお願いします」

弟子ではなく、新たな指導者を迎える態度であった。二人の方も、仏陀を遠目に見たときから真の修行完成者であることを見抜いており、

「仏陀、あなたのお噂はかねがね聞いておりました。近くにいながら出会う機会がありませんでしたが、時は熟し、今、終生の師を得たと確信しております。こちらこそ、見捨てずにお願いします」

とサーリプッタが言えば、モッガラーナも巨大な頭を低くした。

その後、仏陀はあらためてアッサジをねぎらった。

「そなたも、見違えたぞ。見ない間にずいぶん修行が進んだな」

「そんなことは――このお二方は、仏陀の偈を理解されたようなのに、それを伝えた私は、恥ずかしながらまだよくわかっておりません」

「あの偈は、我が悟りの真髄。かつて私が人に伝えることを躊躇(ためら)うほどに難解で、本来字句にし難く、頭で理解は出来るものではない。そなたはそれを自分のものとし、得心したからこそ、この二人を導けたのだ」

と、仏陀は二賢人と同じ意味のことを言った。

正統アースティカ出身のウルヴェーラ・カッサパたち千人のバラモンに、不可知論サンジャヤの下から来た、サーリプッタとモッガラーナたち二百五十人のバラモン。もちろんそれ以外にもカーストを問わず帰依した比丘はいるが、このふたつの集団、インド哲学の最先端であるラージャガハのバラモンの中でも最高度の知的エリートたちが仏陀教団の中核となり、仏陀教団と言えば千二百五十名と、後々まで言われるようになった。

良きことばかりの教団のようだが、教団に出家者が集まるということは、彼らから縁を切られ俗世に残される人々もその何倍もいるということである。かつてウルヴェーラ・カッサパたち千人のバラモンを帰依させたときと同様、今サンジャヤの下に集う良家のバラモン二百五十人を出家させたことは、再びラージャガハのバラモンの家族たちの強い反発を招いたようだ。仏典に次のような言葉が伝えられる。

「道の人ガウタマが来て子を奪う。夫を奪う。家を断絶せしめる。彼はすでに千人の結髪のバラモンを出家せしめた。今サンジャヤの二百五十人のバラモンどもを出家せしめた。マガダ国の諸の著名な良家の子らは、道の人ガウタマのもとで清浄行を修している」

「偉大な道の人がマガダ国の山に囲まれた都（ラージャガハ）に来た。全てのサンジャヤの徒をすでに誘い、今もまた誰を誘うのか？」

仏教徒によって記された言葉であるから仏陀を道の人と呼ぶなど讃えて書いているが、それでも残された家族の嘆きが伝わる。実際はさらに恨みがましい声であったことだろう。

これに対し仏陀は、

「偉大な仏陀は正法を以て誘いたもう。法を以て誘う智者をどうして嫉(そね)むのか？」
と比丘たちに答えさせた。「非難の声はやがて消滅した」というが、期待の息子を、しかもバラモンに反対する立場と目される人に奪われた親の気持ちを思うと、教団への風当たりはそうやさしいものではなかったに違いない。

さて教団は二賢人たちの加入を得て一段と静かなる活気に満ちていたが、愚人と呼ばれる人もまた、仏陀教団の礎(いしずえ)の一角を担(にな)った。

パンタカ兄弟という、兄弟で出家帰依した二人があった。彼らの母親はラージャガハ有数の大富豪の娘であったという。

兄は体が大きく、庶民階級(ヴァイシャ)の出ながら精神の修養に秀でていたため一目置かれ、マハー(大きな)パンタカと呼ばれた。対照的に弟は小柄で愚鈍であったので、チューラ(小さな)パンタカと呼ばれた。

このチューラパンタカ、仏陀の説法を理解できない。理解できないどころか仏陀や他の高弟が膝を詰めるようにして教えや戒律を説いても、生まれついての落ち着きの無さから、そわそわと視線を定めず、体のあちこちをさわり、話を聞くことすらも困難で、ほとほと手を焼かれていた。年の離れた兄マハーパンタカは、おそらく昔からチューラパンタカを教育しようとしてきたのだろうが、うまくいかなかったようだ。兄は俗世の折り、仏陀を辻説法で知り、自分が生を捧げ目指すはこのお方だと、すぐに出家を決意した。さらに、このお方なら、どんな教師も匙(さじ)を投げた弟もあるいは、と思ってここへ共に連れてきたのだった。弟チューラが他の比丘に苦い顔やあきれ顔をされるのを、悲しそうな顔で見ていた。

この日も偈（げ）（教えを詩にしたもの）を、比丘たちは揃って暗唱していたが、チューラは一つの偈を四ヶ月かけても覚えることができない。ただもごもご虚しく口を動かし、唱ずるふりをしていた。

斉唱の中、仏陀はチューラを抜けさせ呼んだ。彼と共に、察した兄が付き添って来た。

仏陀は言った。

「前々から思っていたのだが、月に二度行う精舎に集まっての法話の際、みな一日の作務（さむ）や行で体中、特に足が泥まみれになっているのが目につく。比丘とてできるかぎり清潔につとめなければならない。そこでチューラパンタカ、今後法話の始まりには布を持って、座る前の比丘たちの足を拭き清めよ」

そう言って、古びた僧衣から作った拭き布の束をチューラに受け取らせた。

チューラは言いつけの内容はわかったらしく、ぼんやりと頷いたが、収まらないのは兄、大（マハー）パンタカだった。

「お待ちください仏陀。弟は鈍く、みなさまに迷惑をかけているのは重々承知しております。されど、されど足を拭いてまわれとは――弟とて悟りを得るためここへ寄せていただいたのです。卑しい足拭きをするためではございませぬ！」

弟を馬鹿にされたと感じた彼は、目頭を赤くして仏陀に言った。

「どうしてもと仰せなら、私にもその役を与えられますよう」

とまで言った。弟のほうはといえば、なぜ兄が大声を出すのかわかっていないようで、ふたりの顔を交互に見ている。

仏陀は言った。

「大きなパンタカ、人はそれぞれなすことは違う。これはチューラのなすべきことなのだ。血を分けた兄弟といえども、別の道があるのだよ」

かくして数日後、定例の法話の集会が開かれ、比丘たちは列に並び、チューラパンタカに足を拭いてもらう段となった。どの比丘も釈然としない。苦笑いや、困ったような表情を浮かべる者、憐れむように兄弟の顔を見る者、あからさまな侮蔑の目を向ける者。

その後、皆精舎に結跏し座った。最後に仏陀が来て、チューラに足を拭いてもらい、皆を見回した。

「チューラパンタカよ。幾人か足を拭き忘れたようだな」

仏陀に問われたチューラが答えるより前に、立ち上がった比丘があった。黒い肌の比丘、スニータだった。

「私はお断りいたしました。自分で泥をおおまかに払いましたが、次回からは足拭きの布を持参いたそうと思います」

「スニータ。チューラパンタカに皆の足を拭くことを申しつけたのは私だ。なぜ受け入れない」

「仏陀」

スニータは悲しげな顔で、

「皆さまもご存知のとおり、私は不可触民の身分に生まれ、人から忌み嫌われる卑しい職業に携わっておりました。私がここへ参りましたのは、仏陀の清らかな教えに打たれたことと、この教団に身分の差別がないと聞いたからでございます。修行の長い方々を敬いこそすれ、身分の差があるわけではない、みな等しく仏陀のもとで励む修行者である、と聞いたからなのです。それなのに仏陀はチューラパンタカどのに、皆さまの汚れた足を拭けと仰有る。人に人の足を拭かせる――私は出家前の、もろもろの嫌なことを思い起こさずにいられません」

マハーパンタカが、スニータに感謝のまなざしを送っている。比丘の中にも頷く者が多かった。

「スニータ、座るがよい。そしてみな、いつにも増して心を研いで聞け。覚者の説法を聞くこと、座禅し瞑想すること、教えの偈を唱えること。これらは多くの者にとって、悟りのためのよい道だ。だがチューラパンタカのように、それに向いていない者もいるのだ。チューラには一心に、なにかを清めるような作務を繰り返しするのが最も良い。それも感謝と、慈悲の気持ちを持ちながら。それがチューラパンタカの悟りへの道なのだ。それより、そなたたち比丘の心に問題は多い。スニータよ、よく考えて欲しい。人が人の足を拭き清めることが、どうして卑しいことであろうか。そなたがかつて俗世でしていた、穢れたものを清めること、動物から肉や毛皮をとり人に与えること、死者を荼毘に付し送ること。これらはその行いを見てみれば、全て人の役に立つ、尊く立派な仕事である。俗世においてそれが卑しくなるのは、〈穢れ〉なるものへの無知、迷妄と、する側が強制され、させる側が優越の気持ちを抱くからなのだ。俗世ならばいざ知らず、愚かな迷妄を脱し、俗世の因習を断ち切ってここにいるはずのそなたらがそのような思いでどうするか。それを卑しいと思うのは、思う者の心の卑しさの表れであると知れ。また私がチューラパンタカを蔑んでこの作務を与えたと思った者は、覚者の慈悲を知らぬ者である。今日チューラパンタカが己の足を拭くことに、彼に侮りや憐れみの気持ち、優越の気持ち、師に対する疑いの気持ちを持った者は、さらにつとめなければ道は遠いと知らねばならない」

ひと月もするうちにチューラの顔つきは引き締まり、目に力が出てきた。ふた月すると、短い偈を覚えることができるようになった。彼は自分が打座瞑想の向いていないことをよく知り、比丘の足だけでなく、進んで精舎、道などの掃除をすることを願い出た。彼にとって黙々と清浄の作務に打ち込むことは、他の比丘たちの座禅にも劣らない、無念無想の行だったのだ。それを仏陀は見抜いていたのだろう。

千を越えるほどの大人数が集まると、皆で揃って同じ修行をすることになってくる。だがそれは「比較的多くの人にとって効率が良いと思われる」一手段に過ぎない。それが唯一の方法であったり、ましてや目的ではないのだ。

スニータは師への疑念を恥じ、師に対する尊敬の念を揺るぎないものとした。出家前のつらい記憶に囚われていた己の至らなさを知り、ついに蔑まれた過去を過去のものとし、脱した。それまでの〈不可触民出身のスニータ〉としての他の比丘への遠慮の気持ちは、大らかな友愛の念に変わっていった。

そしてマハーパンタカ、この弟離れのできなかった優しい兄は、自分の明らかな道を見つけた弟に安心して、今までのように常に付き添うことはしなくなった。またそう導いてくれた師に、言い尽くせぬ感謝を持ち、さらに修行に励んだ。

比丘たちも、チューラの表情の変化から彼の修行が日々進んでいくことを目の当たりに知り、足を拭いてもらうときはただ感謝の想いを持ち、よこしまな考えの生じぬよう自分の心を清めることにつとめた。こちらの方が難しかったことだろう。だが彼らの足とともに、教団の空気は確実に、より清いものとなっていった。

　サンジャヤの元から新たに加わったばかりの二百五十余名の比丘たちは、これまで知や修行とは冷たい無味乾燥なものと思っていたが、仏陀の教えは熱い血の通ったものなのだと、驚くとともに喜びを深めた。

第四章　祇園精舎（ぎおんしょうじゃ）

○蛮王パセーナディ

マガダ国で教えの根を下ろし、後継者ともささやかれる二賢人を得た仏陀と教団は、さらに布教活動を拡大した。マガダ国外にも行脚し、衆生の教化に励んだ。様々の出家、在家信徒が加わった。特筆すべきところを挙げれば、ヴァンサ国の都コーサンビーで王宮に呼ばれ懇談をした際、同席していた后が仏陀に心酔し、その場で入信した。やがてヴァンサ国王自身も帰依した。王と后が仏陀の信徒となったヴァンサ国は、民衆にもその教えが広まっていき、やがて国教と言えるほどになっていったという。

そしてマガダ国ラージャガハの近く、ナーランダーの名家バラモンの息子、ピッパリ・カッサパが比丘となったのもこの頃である。カッサパはマガダ国に多い姓だ。

ピッパリ・カッサパは、説法の際に仏陀が出家を誘うと、翌日には頭を丸め、粗末な衣のみで教団に参じた。

彼は口数少ないが熱心な男で、修行の中でも衣食住に厳しい制約を課す頭陀行を好み、その行の徹底ぶりから「頭陀のカッサパ」と呼ばれるようになる。

仏陀が次に目指したのは大国コーサラ、その都サーヴァッティだった。

次のようなきっかけがあった。

ラージャガハでの説法の際、他国からの商人が、熱心に耳を傾けていた。幾日目かの説法の後、商人は礼をとって仏陀に話しかけてきた。他国からの旅商いの途中ゆえ、野外ではありますが、天傘をもうけ宴を催し、布施とさせていただきたいのです、と。仏陀もこの商人の、説法を聞く真摯な態度や、度量の広そうな目に気を惹かれていたこともあり、快く応じた。

大天傘を開いた風雅な宴の席、商人はスダッタと名乗った。サーヴァッティからの商用であるという。自ら言いはしないが、本人のみならず従者の身につける物の質の良さからも、商いの都サーヴァッティでも指折りの豪商であろうかと思われた。会話は弾み、辻説法で説かれる教えだけでなく、世間話や商いについてのちょっとした意見などでも仏陀の話は不思議に心に沁みるので、スダッタはすっかり感じ入った。是非、サーヴァッティに来てほしいと熱く懇願した。

「私はこの仕事でそれなりの財を築きましたが、それをただ自分の蓄えとしているだけではいけないという気持ちがいつもありました。その思いから、身寄りのない者、孤独な者たちに食事を与え、着る物を世話しております。どうか仏陀にサーヴァッティに来て頂き、その者たちの心も満たしてほしく思います。そして私はそこで、心からの布施を仏陀に捧げとうございます」

仏陀は膝を叩いて感じ入った。

「良きかな、孤独な者たちへの布施。これこそ至上の功徳ならん。近頃にない良い話だ。人との思わぬ機縁は、何ものかに導かれているようで大事にしたい。遠くない将来、私は必ずサーヴァッティを訪れるだろう」

その約束にスダッタは大喜びし、早くも再会の日を待ちわびながら、振り返り振り返り、コーサラ国への帰路についた。

コーサラの都へゆくことは仏陀の頭にも以前よりあった。衆生の教化救済を目指すのだから、人の多い大都市を選んで行くのは順当であるからだ。とは言えラージャガハの布教もこれで良しということはなく、コーサラの布教は長期間が予想され、なかなか行動に移せなかった。だがこのスダッタとの出会いを良い契機とし、仏陀は竹林精舎の比丘たちに、コーサラ国への布教を通達した。

高弟たちは不安がった。思えばビンビサーラ王との縁とその庇護、カッサパ兄弟とその弟子千人の帰依など、マガダ国での布教は初めから順風だった。

だがコーサラ国ではそうはいくまい、と高弟たちは両国を比較し、危ぶんでいた。

マガダ国では、インドの国柄ともなる「多様的であること」を王が指針としていた。思想哲学の分野においても例外でなく、バラモンの説く教えを国教としながらも、サモン＝自由思想家も存在意義を認められ、その活動を大いに振るわせた。

だが伝え聞くところによれば、コーサラ国ではそうではない。コーサラ王家は自分たちの力を疑わず、クシャトリアの権力はバラモンの権威を完全に凌駕している。バラモンの仕事と言えば軍神インドラを祀ることと、王家の繁栄を讃えることだけだと言う。多くの国ではバラモンの権威が落ちれば、サモンが説く反バラモンの思想が台頭していたが、この国では彼らサモンも力振るわず、ひっそりと行動しているらしかった。そういう国での布教活動は多くの苦労を伴うものと予想された。

またコーサラ大王パセーナディその人に、仏陀の威厳が通じないのではないか。マガダ国王ビンビサーラは、どんな教えや哲学も頭から否定はせず、まずは耳を傾ける。パセーナディは直感で、印象で、悪くすれば切り捨てる。文字どおりに。

「蛮王と呼ばれるパセーナディ大王、聞く耳ももたず、仏陀を侮るのではないかと懸念いたします。マガタ、ヴァンサの王を在家信徒とした名声も、それで帳消しとなりかねません」

彼らはそう言って仏陀に自重を求め、どうしてもと言うならマガダ国を後ろ盾にしつつコーサラに赴くことを進言した。

「マガダ国王とコーサラ国王は互いの妹を輿入れさせ合ったと聞いております。その良好な関係を利用しない手はありません」

だが仏陀は受け入れなかった。

「作為が多ければ疑いが生じ、心は伝わりにくくなる。無心ほど強い矛はない。後ろに楯などいらぬ」

そう、断ずる口調で意思を表し、サーリプッタとモッガラーナに留守を託して、どうしてもと志願する五比丘を連れ、コーサラ国へと赴いた。

コーサラ国王パセーナディが仏陀来訪の知らせを受けたのは、カーシー国北部の要衝を制圧した凱旋（がいせん）の折りだった。

街道を埋め尽くす民が出迎える中、うねるような大牙を備え黒い装甲に固められた巨象に腕組みし、片膝立てでまたがる大王は、日に灼けた肌、黄金の首飾りを乗せた厚い胸板を露わに、緋の外套を肩にうちかけ、鷹のごとき鋭い眼光はあたりを睨み、まさに荒ぶる軍神のようであった。

王のまたがる象はインドの産ではない。交易で遠い西の国からもたらされたもので、インドに棲息するものよりさらに大きい。その磨き上げられた牙同様、しみ一つない超然とした大王とは対照的に、周りを固める騎馬歩兵は返り血で赤黒く染まっていた。それは苦戦激戦の痕ではない。容赦なく攻め、殺戮（さつりく）した証だ。特に王自ら調練し、王の手足のごとく動く精鋭部隊は死の軍団とも呼ばれ、地獄の獄卒を想像させ、恐怖の対象だった。

兵は殺すほど強くなる。パセーナディの持論であり、蛮王と影で呼ばれる理由のひとつだった。

大王はサーヴァッティの王宮前で軍を止めると、遠巻きに見る民らを一瞥した後、象の背から兵の肩を踏み、大地へ降りた。城門をくぐった。

執務官が留守の間に起きたことを大まかに報告する。その最後に仏陀なる者が数日前からこの都を訪れており、王に顔合わせをしたいと言っている、との件があった。

大王は、片方の眉を吊り上げた。

仏陀――修行完成者を称する、マガダ国で大王ビンビサーラをはじめ、多くの民を教化しているというサモンの話は伝わっている。最近ヴァンサの王家も靡かせたと聞く。その仏陀が現在サーヴァッティに来て、謁見を求めているというのだ。王は軍装のまま虎皮の玉座についた。

パセーナディは蛮王と呼ばれ、暴君とも呼ばれるが、愚者ではなかった。彼とともにガンジス川流域の二強と目されるマガダ国王ビンビサーラのような哲学者ではない。彼はあれこれ可能性を考えず、まっすぐに結論に達した。

そのある意味芸術家的な直感力と即断は、戦地に於いて最大の威力を発揮した。最も効果的な箇所に迷い無く自ら大軍を率い撃破することにことごとく成功し、彼の兵は常勝軍と呼ばれるまでになった。その神がかった用兵は軍神インドラを想起させ、敵軍、時には良民までを無慈悲に殲滅し尽くす様は破壊神シヴァとも恐れられた。殺戮を躊躇わない姿勢は他国に恐怖を、戦う兵には揺らがぬ自信を与えた。

感情の起伏が激しく、道理に合わぬ沙汰もあったが、強い総帥はカリスマを持ち、畏れつつも心酔する配下は多かった。

　この王はバラモン嫌いでも有名だった。より正確に言えば、バラモンに象徴される、この世界に自分が生まれるより前から張り巡らされた曖昧な力、力なき威力、を嫌っていたのである。王子であった、血気盛んな頃——まだそういうものに白黒つけずにいられない、衝動を抑えられない頃——、彼は世界を満たす潜在力を説くバラモンを、鉄剣で抜き打ちに斬り殺したことがあった。王子の部屋で椅子に座り、自分たちバラモンは潜在力を自在に操ると言って憚らないその教師に、ならばその潜在力とやらで我が剣をふせいでみよ、と言い放って。腰の剣の柄に手をかけ、十まで数えた。彼に言わせれば充分な時間は与えた。髭とともに首を切られたバラモンが、血の絨毯を敷いたのみだった。

　潜在力は存在した。遅れて、確かにやって来た。痩せたひとりの男の血が、王国を揺るがす大問題となった。王子の教育係にと呼んだそのバラモンは、当然血統正しい名家の、跡取りだった。先王は渋面を浮かべ、問題の鎮静に全力を尽くした。先王も、バラモンの説くところを信じているわけではなかったが、大インドに根付くバラモンの力はよくわかっていた。クシャトリアがバラモンより事実上優越する時代的な現実はあっても、それに真っ向から敵対するとなると、インド中のバラモンと、それを信奉するクシャトリアや他階級を敵に回すことになる。剣だけでは国を広げることは愚か、保つことも出来ないと、苦労人の先王はよく知っていた。王は息子を蟄居させ、バラモンの長老たちを集め、懐柔した。国の財政が傾くほどの慰謝料が支払われたという。その賠償金と余波の収拾で、コーサラ国の戦略は五年遅滞したともいう。

　一年に及ぶ幽閉と、その後の三年に亘る謹慎の後、それでも彼が廃されず王位を継げたのは、彼の類い希なる覇気と才気と、他の兄弟が一人前でなかったからだった。

彼は、先王が隠居し彼に王位を継承する際、広間中に居並ぶバラモン長老たちの前で、バラモンを迫害せぬことを宣誓させられている。廃させることが叶わず、どうせ世継ぎになるのならば、宣誓させる先王の目が黒いうちにと、バラモンからの強い要請によるものだった。

あれから二十余年。コーサラ大王としての名を轟かせる今でも、バラモン的なものを嫌う心は変化していない。ただ、いちいち問いただし、剣をもって、血によって、白黒つけようという稚気(ちき)は収まった。そして〈バラモン的なもの〉の一面の有用性も理解した。不快で、無くしてしまえばすっきりするだろうが、取り除くのが面倒ならばそのまま利用すればよい。例えば馬祀(まつ)りをさせれば確かに軍の士気は上がる。戦死した兵を盛大に弔わせれば、親は息子を死地に送ることを厭(いと)わなくなる。バラモンを持ち上げもしないが、迫害もしない。淡泊な関係を構築した。

だがビンビサーラ王をはじめマガダに民衆を教化し、ヴァンサ国の国王夫妻も帰依させた仏陀なる存在が、我が都サーヴァッティに来たという報告は、どういうわけか王にむくむくと、かつての稚気を沸き上がらせた。

「死の軍団に、そのままの出で立ちで待てと言え」

執務官は意図がわからず、慌てた。大王の勘気に触れては恐ろしい目に遭いかねない。

「血塗(ちまみ)れた甲冑を解くことはもちろん、顔も手も拭(ぬぐ)わせるな」

急がねば間に合わない。執務官はわからぬまま飛んでいった。

酒杯を干した後、城門の内側の広大な敷地で、合戦の疲れも見せずその高揚のままに、再び王は巨象にまたがった。左右に整然と隊列を組むは、戦場そのままの「死の軍団」百余人。心身の極限まで調練された彼らは、帰国直後の命令に少しの不満も浮かべず、表情まで戦場のものだ。

先に仏陀へは早馬で使いを出している。その早馬は既に戻り、仏陀が応じてこちらへ出発したとの報せを伝えていた。

そろそろ来る頃だ。

「来ました。あれが仏陀一行です」

王は、鷹のごとき双眼で門外を見つめた。

門の向こうから歩きくる、痩せた修行者の数名。身につけるものはどれも変わらないが、中央にいるのが仏陀とやらだろう。それは一目でわかる。遅いわけではないのに、どう言うのだろう、落ち着いた、静かな歩みだ。このコーサラ王を認めても、決して歩みを速めたりはしないはずだ。

周りに従うのは弟子か。五人だ。彼らはこちらの「布陣」を知って、驚き慌てている。

仏陀の顔の造形がわかるほどの距離に来た。威厳ある将軍なら敵味方にいくらも見知っている。彼らの圧するような目とは違う、開いているのにまるで眠るような目だ。それでいて、跳ね返しがたい力がある。何を見ているのだろう。この自分か？　象か？　兵隊か？　何も見ていないようにも思えるし、全てを見ているようにも――

こちらが向こうの表情を見ることができるということは、向こうもこちらを見ることができるということだ。王は微塵（みじん）も表情を変えず、眼光で仏陀を威圧しようとした。

仏陀は門兵に何か声をかけ城門をくぐり、王と対峙（たいじ）した。こちらへは言葉をかけない。

「ぼろ切れを纏（まと）った者どもよ。仏陀だとか称する者は、どれだ」

近くにあって遠雷の如く。威厳辺りを圧し、低く響き渡る声で王が言った。

仏陀は象上の王を見上げ、こちらも声を発した。野外でもよく通る、落ち着いた、明瞭な声だった。

「広げたる翼の如きその陣構えは、攻防一体の対峙の陣と見受ける。軍神とも謳われるコーサラの王よ、六人の我ら相手に、過分なもてなし痛み入る」

実は最前から王の戦場での直感は、（百では少ないのではないか）と告げていた。と言って、どれだけなら足りるのかはわからなかった。だが仏陀にこう、百が六を恐れているように言われると、

「図に乗るな」

と虎のように唸り、右手の動きのみでまさに兵を手足のごとく、仏陀たちを包囲させた。小規模ながら、大軍が寡兵を圧倒する陣立てである。正面には王の巨象。その両側から後方まで仏陀たちはぐるりと幾重に囲まれ、蟻の這い出る隙間もない。しかも一足踏み込めば槍の届く必殺の距離。兵たちの槍の穂先にも、甲冑にも、乾いた血が黒く残り、風の中、微かに鉄錆のような匂いが立っている。左右には紅と蒼の大軍旗が厳めしくはためき、戦場ならば殲滅か、降伏しかないと思われた。

仏陀は兵を見回し、なぜか嬉しそうな、頼もしそうな顔をした。

「よい顔つきだ。鋭くも、深い眼光だ。大王、ひとつ聞き届けてもらいたい。全ての者の顔が見えるように、周の内側の者の腰を落とさせてほしい」

パセーナディはその意図を計りかね、しばし逡巡していたが、ここまで完全に取り囲んだ上でこれぐらいの要求をはねつけることは狭量に思え、右手をひと回しして、降ろした。内側に囲む兵が

膝をついた。

これに五比丘の面々は、やや、と思った。衆が仏陀を中心に囲み、近い者が低くなり、離れた者は首を伸ばし立つ――

（やあ、これは、辻説法の形そのものだ）

大王も事態に気がつかないわけではなかったが、そのままにさせた。彼の「死の軍団」相手に説法など出来るはずもないと、たかを括（くく）っていたのだ。

だが仏陀が兵たちの眼光に見つけ出し、嬉しく頼もしく思ったものは、ある意味では出家修行者よりも強く深く真摯（しんし）な、生死への悩み、畏れの思いだった。

大王は、自分の手塩にかけた兵たちを、バラモンやサモンの説教などに関心を持たぬ、死の執行者と決めつけていた。だが日々人を殺し、殺される世界に生きる彼らは、表面上は鈍磨（どんま）しているように見えて、実は常人とは比べものにならないほど死と生について敏感だった。いつ来てもおかしくない死を怖れ、そしてインド人なら子供の頃から聞かぬ者のない、積み上がり、永遠に残る、罪業を畏れていた。

死の軍団と呼ばれ、蛮王の意のままに働く獄卒どもと恐れられる彼ら。殺戮（さつりく）という、仏陀の教えの対極にある生業でありながら、仏陀の教えを聞く準備が、誰よりも整っていたと言っていい。

仏陀は語りかけた。兵の殺すことを責めることはなく、ただ生命の大切さ、兵たち自身の命の大切さを説いた。国のために戦うことも、生き残ることも大事だ。しかし出来るならばそなたたち、己を大切に、生きて欲しい。わかりやすく、心からの、暖かみある声だった。兵たちは表情は変えぬが、じっと聞き入った。

出家など思いもよらない彼らだ。出家がそれほど垣根の高い話ではないインドでも、逃亡兵には死罪と決まっている。精鋭といえど、戦闘を繰り返せばいずれ多くは戦死するだろう。ならばその時まで、できるだけ穏やかな、爽やかな心で——仏陀の染みいるような言葉を受け、そのように彼らは心に思った。

大王パセーナディは仏陀の説法を見下ろしながら、苛々とした顔色を浮かべていた。仏陀のひとりひとりに訴えかけるような声は、取り囲む兵たちにはよく聞こえているようなのだが、その囲みの少し外から象の鞍上で聞く王には、小さくしか届かない。しかも折からの風で、軍旗のはためく音も邪魔し、途切れがちになってきた。いや、確証は無いが、仏陀がわざと声を小さくしているようにも思えてくる。

「声を落としたか、仏陀とやら」

王は言った。だが仏陀は聞こえぬように、説法を続ける。兵たちも、じっと仏陀に耳を傾けたまま だ。王ひとりが蚊帳の外の格好だ。

「仏陀。仏陀よ」

仏陀も、兵も、振り向きもしない。

「聞こえぬか。おういっ、仏陀。声を張れ、初めのように。さもなくば——」

苛つき、さらに大声で怒鳴る、その直後だった。

槍先を落とし聞き入っていた兵たちは、突如顔を打たれたように感じ、目をつぶった。腰を落としていた者は尻餅をつき、立っていた者はのけぞり、後ずさりした。王の乗っている巨象は怯え、激しく体を揺すった。王は危うく落象しかけ、凱旋王の様なく鞍にしがみついた——。仏陀が大喝したのだ。古より伝わる呼吸法で、練り上げ、撓められた肚の底から発する、邪気を払い迷妄から醒ます、破邪の韻だった。

「こ、この無礼者！」

鞍上ようやく体勢を立て直した王が言った。それへ仏陀は、

「我が説く法を聞きたくば、象から降りて聞けっ。道理弁えず真贋見極めぬ者に、人を率いる資格はないぞ！」

と、どちらが武威を以て鳴る大王かわからないような大音声で浴びせた。

王は、さらに怯え後ずさりする象にしがみついたまま顔を赤くし、

「殺せっ。すぐに斬り捨ててしまえ！」

と叫んだ。だが仏陀を囲む兵たちは、顔を伏せ、誰も動こうとしない。

「おのれら、死罪だぞ！　我が命に背くか」

死の軍団と呼ばれる兵たちは、それでも動こうとしなかった。彼らはこれまでも、これからも、コーサラ王に絶対の忠誠を誓う。だがこの時だけは、その命令にだけは従えなかった。この聖者は、敵だけでなく自国の民からも恐怖され、地位こそ高いが、陰では死体や汚物を扱う不可触民同然に忌み嫌われている自分たちの孤独、懊悩、畏れを見抜き、産着で包み込むように思いやってくれた。血の通った理知の言葉で、辛い生業の中での生き方、心の持ち方を教えてくれた。殺伐とした人生の、黒雲の切れ間から一条、穏やかな光を浴びている瞬間。一時のものとは知りながら、なによりも尊く思えた。永遠のことがらに感じた。

王は、まだ怯え揺れる象の鞍の上で、仏陀と兵たちをしばらく睨んでいたが、すっと天を見上げ、

クシャトリア武人の呼吸法で大きく息を吐き整えた後、象の片腹を強かに蹴り、反転させ王宮へと去った。兵たちはそれを見て、急いで後に付き従った。仏陀へ深い敬慕と感謝の視線を送って。

王は従者たちに軍装をとらせていた。先ほどの場で顛末を見ていた武官が心配そうに聞いた。

「仏陀とやらは、どうなさいましょう」

王は何も言わなかった。武官は怖れつつも役目として、次のことを聞いた。

「兵たちの処分は――如何いたしましょう」

王命に従わざるは、軍律違反の第一である。

「処分だと」

王は目をむいた。武官はすくみ上がった。

「無用のことを言うな。あんな戯れで、有能な兵を失えるかっ。次の戦に備え、しっかり休ませろ」

武官はほっと、胸をなで下ろした。

忌々しそうに口ひげを歪めながら、王は思っていた。あの命は、王者としての言葉ではなかった。獄卒どもが従わないのも当然よ。

そして言った。

「あの仏陀という者は、なかなかの肝の者よ。――仏陀に使いを出し、明日にでも午餐会に招け」

翌日、仏陀は快く午餐会に応じた。王が昨日のことを笑って話すと、王と仏陀はざっくばらんに語り合い、王は仏陀を痛く気に入った。仏陀も王がただの戦好きではないことがわかった。本物を求める心が強いのだ。猜疑心の強さは、その裏返しだった。

王は信徒になったわけではないが、国内での説法は自由にしていいと許可を与えた。

○スダッタ長者

コーサラ国サーヴァッティの豪商スダッタは、乗り手同様なずんぐりとした馬に乗り、サーヴァッティ郊外の林道を走っていた。どんな大きな取り引きでも泰然と構える彼が、富豪らしい細い目をこの日ばかりは大きく見開いて、急用を言いつかった商家の小僧のような面持ちである。

なぜなら彼は昨夜遅く、隣国パンチャーラでの商いから帰ってきたのだが、留守中に仏陀がサーヴァッティを訪れ、この地に落ち着いているということを聞いた。彼は場所を聞き出し、すぐに今朝早く仏陀の滞在地を訪れたのだが、そこで愕然とした。サーヴァッティ門外にある痩せた林の、その中でもましな葉ぶりの木の根本にわずかに日光を避け、仏陀と弟子たちは座り瞑想をしていたのだ。

いたわしさに駆け寄り、跪いて仏陀の手を取った。約束を守りサーヴァッティに来てくれたことに深く感謝の礼を言った。そして、何故このような不便な地に坐臥しているのか聞いた。

前述のように仏陀は王に午餐に招かれ、親しく会食した。国内で円滑に布教するための話を通し、王も頷いたのだが、パセーナディ王はこういうことに気が回らず、仏陀たち一行の落ち着き先などは考えなかった。仏陀の方も、マガダ国では千人の比丘を抱えていたため拠点となる地が必要だったが、今回コーサラ国に連れてきたのは五比丘のみで、今のところ滞在の場所はどこでも構わなかった。ここでも不足も不便もなく、狭い木陰の中、弟子たちと背を寄せ合い、瞑想を愉しんでいた。

だがスダッタは、責任を感じた。仏陀はそれだけが来訪の理由ではないと言うかも知れないが、なにしろ彼がコーサラ国にまで来てくれるよう頼んだのだから。

「すぐに今後の仏陀の教団にふさわしい、落ち着く場所を手配いたします。少しの間、辛抱してくださいませ」

そしてスダッタはすぐさま馬にまたがり、寄進する土地の入手に走り始めたのだった。

マガダ国での仏陀教団の本拠、竹林の園のことは知っている。仏陀がどういう条件で求めたかも耳に入れていた。人の集まる都から遠からず、近からず、閑静な地。これはコーサラ国ではなかなか難しい条件だ。

なぜならば、マガダ国などと違って国所有の、遊ばせている土地が少ない。商人や林業者に売ったり貸したりして、増える一方の軍費の足しとしているのだ。パセーナディ王が仏陀一行の居場所への気が回ったとしても、都周辺では良い土地は残っていないのかも知れなかった。

自分が買えばよい。誰の土地でも自分が買い上げてみせる。スダッタは頭の中で数字をはじいた。ゼロが何桁並ぼうが、買えぬ土地はない。

闇雲に探し駆けているのではない。それどころか、確たる目当てがあった。

もう一年ほど経つだろうか、一番下の息子の、乗れるようになったばかりの馬の練習に、彼にとっても多忙の生活の気晴らしを兼ねて、サーヴァッティの北側の町外れを親子で駆けていたときのことだ。

手綱に慣れてきた十五歳の息子は、人里を離れると、しきりに鞭を入れてどんどん走っていく。

彼は後ろからたしなめの声をかけながら、入ったことのない野道を駆け丘を越え、いつしかその場所に辿り着いた。

息子は佇んでいた。先ほどまでの初乗りの興奮もどこへ、馬上で放心したように、その風景を見ていた。

スダッタも緩やかに近づきながら、周囲を見回した。丘の向こうからはわからなかった、驚くほど広く開けた平地だ。中央には巨大な、神々しいほどの菩提樹が、青い枝葉を王者の天蓋のように伸ばしている。菩提樹には、歪んだように成長し、恐ろしいような形のものもあるのだが、これは大地に深く広く根を張り真っ直ぐ天へ伸び、そして全ての方向へ慈愛の傘を作っているようだった。その形状から、人の心臓にも喩えられる菩提樹の葉。それが無数に、静かにざわめく。未だ仏陀を知らぬ彼だったが、このとき彼はこの国に欠落しているもの、この世界に必要な存在の、その輪郭を、朧気ながら感じていた。

そう、スダッタは常々、このサーヴァッティに足りないものを考えていた。なるほど栄えている。国々を股にかける彼にはわかるが、マガダ国のラージャガハにも引けをとらない。商行為への様々な優遇措置によりインド中の商人が集い、経済活動ならこちらの方が上だろう。だが精神世界の活動は、息苦しさを強いられていた。軍政第一の国柄の下では、バラモンやサモンの活動も禁じられているわけではないが、どうもクシャトリアたちの実力に圧され、振るわない。大王はかつて教師を斬り殺したことの反動でバラモンを迫害せぬことを宣誓させられたが、だからといってバラモンに頭が上がらないわけではない。王が彼らに向ける視線は冷たく、淡泊なものだった。

神々、ヴェーダ、バラモンの力は、衰えた。また庶民たちが持っていた、人智を越えた存在への漠(ばく)とした畏れ、尊敬、遠慮、禁忌(きんき)の念、そういったものも失われてきたようだ。

スダッタは、ここに新たな神が生まれたと思っていた。金銭という神だ。インドではこの十六大国の時代に金属貨幣が造られ、商取り引きを活発なものとしていた。

彼は金銭を誰よりも扱う立場ゆえに、このまだ使われ始めて時代の浅い貨幣(コイン)なるものが単なる流通の道具ではなく、この世界の価値そのものに取って代わろうとしていることを予感した。

物品や穀物ならば、溜め込めばいつか傷み、腐るため、欲望にも上限がある。だがコインは傷まず、腐りもしない。何にでも交換可能な、全てに相対する価値。なぜ溜めるのか理由を考える必要はない。金銭を儲けること、溜め込むことはやがて、絶対的な目的になってゆくだろう。その目的に、人間は従属し、隷属してしまう――

自分の枝葉以外何も持たず、飾らない菩提樹の美しさ。菩提樹は、その金銭を神とする果て無き欲望の教えの対極にたたずみ、こんな生き方もあるのだと、思いをいたさせるようだった。

菩提樹が広げる枝葉の下の、一面の芝は綺麗にそろえられ、しっとりと湿っている。小さいが水路があり、作られた池に流れ、綺麗な水が湛えられている。この国の暑さが、ここでは遠い世界のようだ。平地の向こうは森になっていて、強い風は防いでくれそうだ。

「よいものを見たな」

彼は息子に語りかけた。息子は風景に見入ったまま、答えた。

「なぜこんなにも心を動かされるのでしょう。ただ、静けさの中に木が立っているだけなのに」

スダッタは息子の背を見て、無言でうなずいた。息子はさらに言葉を探し、言った。

「父上に連れられ、諸国の様々な絶景を見ました。目の眩むような、心を奪われるような。でも―

――ここは、つまらないのに、それらに並ぶほど素晴らしい」

彼は、我が子の感性が育っていることを嬉しく思った。

「お前がこの父や兄たちと見た、海や山など大自然の壮観は、無二の、繕(つくろ)う箇所のない美しさだよ。だがお前の驚きもわかる。それは、ここは人がしつらえたものだからだ。その菩提樹は昔からのものだろうが、他は無造作に見えて、どれも考え抜かれ、工夫して配置され、定期的に手を入れられている。しかもここを作った人は、普通の人ではない。お前が言ったように、つまらない。彩りもない。なのにこの風景は、どうしてだろう、我々の心を静かに包んでいる。我々は庭園を作れと言われれば名花珍樹を並べ、貴重な石の像や塔を建て、飾り立てようとする。その方が簡単に喜ばれるからな。だが様々な美術建築を扱ってきたが、ときに才能ある人が作るものは、つまらないが素晴らしい、ということがある。我々凡人がそのつまらなさを真似しようとしても、ただ本当につまらないだけのものになってしまうだろうが。そういう意味では、金をかけ豪華に飾るのは、安易で楽な道なのだな――。息子よ、目を養おう。本物を見つける目を。それが我らの職能であり、誇りだ。これから扱う品々も、こういう本物を増やしていかなければな。もっともそればかりでは商売は立ちゆかぬだろうが――ほら、あそこに小屋がある。あれもただの泥塀小屋に見えて、侘(わ)びしげに枯れ茅(かや)を葺(ふ)き、この景色を邪魔せぬ味わいある造りになっている。誰かいるのか、訪ねてみよう――おや、人が出てきたぞ」

どんな浮世離れした、穏やかな人が出てくるのだろう。

小屋の扉が開き、男が顔を出し、こちらに気づくと、歩いてきた。ずんずんと、肩をいからせながら。どうも、この小屋の男だけは、この風景にそぐわぬようであった。

「ちょっとあんたら」

まだ距離があるうちから、よく聞こえる大きな声だ。どうも怒っているようだった。

「ここはぼっちゃ――さる高貴なお方の土地だ。入っちゃいかんって、外に書いてあっただろう。それもなにを、馬で入ってるんだ！　ぼっ――あのお方は馬が嫌いなんだぞ！　糞でもしやがったら、その手で持ち帰ってもらうぞ！」

スダッタも多くの商人職人をまとめ上げ手足のように使い、決して臆病な方ではないが、心を吸い込まれそうになっているところに突然がさつな声で怒鳴られ、恐縮してしまった。

「申し訳ない。書いてあったのだろうが、見落としたようだ。私たちはただ――」

しかし息子の方は、どう見ても学問のない下流ヴァイシャに父親が怒鳴られて、先ほどの感動などすぐにどこかへ消えてしまった。憤(いきどお)って言った。

「私が勝手に入ったんだ、父上は心配で追ってきただけだ。私の非は謝ってもいいが、いきなり父上に対しそんな無礼な言い方はあるものか。この馬が勝手に糞などするか、お前たちの農耕馬といっしょにするな！」

「なんだあ。馬にも身分があるってか。王宮の周りだって糞だらけ、シュードラに拾わせてるじゃないか」

「まあ待ってくれ。こちらが悪いのだ、ほらこのとおり、馬は牽(ひ)いて帰るから。ただ、ひとつ聞かせておくれ。この土地はいったい誰が――」

「帰れ！」

何をそれほど怒るのか、取り付く島もなく、男は怒鳴る。

「すぐさま帰っちまえ！」

父は子を宥めながら、ふたりで馬を牽いて、早足で去るしかなかった。

そう、スダッタが仏陀に寄進したいと考えているのは、一年前に偶然訪れたその場所だ。その日以来、日々の忙しさに、受けた感動も記憶の底に沈み紛れてしまっていたが、仏陀に出会い、仏陀とその教団がコーサラ国で落ち着くことの出来る土地を考えたとき、ありありとあの園の景趣が目に浮かんだ。今日は誰の土地か聞いて、なんとしてでも譲り受けると心に決めた。

この度は丘のふもとの、水車小屋を管理しているらしい民家に頼んで馬をつながせてもらい、丘を歩いて上っていく。近ごろますます腹の出てきた彼には少々きつい。小脇の手土産も徐々に重みを増して感じる。だが汗だくになりながらも、何やらうきうきとした気持ちだった。これは、普段している、互いの損得勘定の鬩ぎ合いという商売から離れたことだった。間違いなく正しいこと、素晴らしいことをしようとしているのだ。彼は普段から貧しい者、孤独な者たちへの施しもしていて、それも彼にとって大事なことだが、高みにある存在への贈り物は、なんと心浮き立つことか！

丸一年が経つにもかかわらず、園の風景は、ほとんど以前のままのようだった。ずっと、手を入れられているということだ。スダッタは小屋へ歩き、呼吸を整えてから、声をかけた。

男が出てきた。あの男に違いなかったが、あれこれ交渉の術など考えていたことが拍子抜けした。一年近く前に会ったときの、けんもほろろな、取り付く島もなさとは打って変わって、今回は穏やかに話すことが出来た。

「あのときは、歯が痛くてね」

この園の番人と思われる男はそう言って笑った。小屋の中に上げてくれた。中はただの番小屋ではなく、竈（かまど）に食器に寝具、居住のための物がなんでもそろっていた。

「奥歯が虫に食われて、しじゅうぶん殴られてるみたいに痛かったんだ。いやあ、当たり散らして悪かった。でももうすっきりしたさ。抜いちまったんだよ」

「抜いたって、歯をかね」

「うん。腕のいい鍛冶屋がいてね。細いものでもつかめるやっとこを作って持ってるんだ。それで、ぐりっとね」

「聞くだに怖いが、痛くないのか」

「それは怖かったし痛かったけど、元を引っこ抜いてしまえば、痛みも怖さも嘘のようになんにも消えてしまうんだな。不思議なもんだよ。舌で触ったら、在ったものが無いのが少し寂しいがね。あんたも抜きたくなれば、紹介するよ」

　インドには世界史的にも早くから、遙かインダス文明の時代より、歯を磨く習慣があった。その習慣どおりスダッタは食後にはできるだけ、清涼感があり歯を守る効果があるとされる、ニームという樹の生枝を噛み歯を磨いてはいる。だが商売上の会食が多く怠（おこた）ることもあり、近年まれにだが奥歯がずきりとすることもある。スダッタはこの番人の話を聞き、今後はたとえ客の前でもニームを怠るまい、と強く思った。とびきり上質な苦いニーム、もしくはバブールを車一杯に取り寄せよう、客にも勧め、親しい人々、仏陀にも配ろう――と心に決めた。余談だが、のちに仏陀は、深い瞑想のためには清浄で健康な肉体が必要だとして、戒律の中に歯磨きの習慣を取り入れる。そして千年後、その習慣は仏教とともに日本に伝わる。

「酒と、甘い菓子を持ってきたんだが、よくなかったかな」

番人は、自分に対するその厚遇をいぶかりながらも、

「いやいや、もうなんともないんだ。ぜひいただくさ」

そして不揃いの杯二つを持ってきた。抜け目なく、大きい方を自分にして、注いだ。もっともスダッタは飲むつもりはないのでその旨を伝えた。

スダッタは用件を切り出した。この園は、誰の土地なのか。

「さる王族のものさ」

「ふむ、やはり。王族のどなただ」

「何で知りたいんだね」

スダッタは、この番人にどこまで言うべきか迷ったが、仏陀のためにも全ての手順を誠意を込めて行おうと思い、仏陀との出会いや、仏陀をこの国に迎えたいという自分の熱意を、包まず語った。そしていかに自分がこの静かな園に心を揺さぶられたかを言い、園の中心にひとり佇む菩提樹に、求める人の姿を見たことも話した。

番人は話を最後まで聞くと、杯を見つめながら、言った。

「この園をお持ちになってるのは、コーサラ国の長子――ジェータさまだよ」

四年ほど前になるが、コーサラ国の世継ぎは幼いルリ王子に決まった。長男であるジェータ王子は病がちで、呪(のろ)いを受けているとまで噂され、公の行事にも滅多に顔を出さない。そんなジェータが王位継承から外されるのは仕方がないとの、サーヴァッティ城下の民の大方の意見だった。その際ルリが太子になったことを公に示すためにも、分家と決まったジェータに幾らかの土地が譲られ

るのだが、都の重要な地ではなく、郊外から、ジェータ自らがここを選んだという。

「あの王子、遠慮したふりしてこんないい地を選びなさるなんて。見えねえってのに、とんだ目利きだ。そのときは菩提樹だけが目立つ、荒れ地だったんだから」

「見えないのかね。噂には聞いていたが、やはり」

「まったく見えないわけじゃないんだが――かなり悪いんだよ。かわいそうにな」

「おぬしはジェータ王子とどういう関係なのだ。ただの庭守りとは違うようだ」

「ぼっちゃん――王子のこと、そうお呼びしてるんだが、ぼっちゃんの邸宅の、庭師だったんでさ。まだぼっちゃんが本当に少年の頃、ぼっちゃんの邸の庭を任されて一から作っていたんだが、それをぼっちゃんがじっと見ててね。いろいろと質問してきたんだ。こっちも庭師として師匠についてやってきたから、そこで仕込まれてきたことを、ぼっちゃんに言ったのさ――庭師ならだれでも知ってることだけど、それがひどく面白がられて。

　そうしたらそのうち、その枝は切らずに残してだの、そこに穴ぼこを掘ってくれ、岩を置いてくれだの、注文をされるようになってきたんだ。初めはめんどくさかったよ、素人が適当なことをって。でも持ち主の言うことだから、はいはいと指図どおりやってたんだが、だんだん楽しくなってきたんだ。なぜって、ぼっちゃんの思いつきのひとつひとつが、不思議とぴたりとはまるんだな。何にかって？　うん、その庭に、というか、この世界に――。掘った穴ぼこに水を入れれば、千年前からの池のようになる。あの御影石をあそこに置いちまったら、もうよそへは動かせない。自分たち庭師が仕込まれる、ものの配置の妙、それをぼっちゃんは、深いところでわかっておられるんだ。ものとはそれだけでも存在感があって面白いが、互いの置き場所次第でこんなにも安定し、それを見る者の心まで落ち着かせるんだって、改めて教えてもらったなあ。休み時間には、縁側で並んで茶を飲んで菓子食べて、色んな話をしたっけ。ぼっちゃんは、その頃は光には敏感だけど、まだ目も見えるには見えていてね。こっちは勉強にもなるし、ぼっちゃんの案を実現するのが楽しくて仕方がなかった。

　だから、何年後だろう、ぼっちゃんがこの土地に手を入れられるって聞いたとき、ぜひ手伝わせてくださいって頼んだのさ。そしたら監督に任じられて。よしっと気を引き締めて、ぼっちゃんの好みを思いながら、人足を指揮してここを作ったんだ」

　スダッタは座っている椅子を引いて、この男を見直した。風采のあがらないただの番人だと思っていたが、腕の良い庭園職人だったのだ。

「でも作ってる途中から、ぼっちゃんは来られなくなったんだ。いよいよ目が悪くなってね。やはり光が良くないんだ。完成したとき一度だけ来てくれたけど、大きな笠をすっぽりとかぶって、痛々しかったな。そして、こう言われた――目が良くなったら、きっとまた来る、って。だから、ここの管理も引き受けたんだ。ぼっちゃんがいつ目が良くなってここに来てもいいように、毎日歩いて回って、きれいにしている」

　庭園職人は、悲しそうに言った。

　スダッタは思った。なるほど、だから馬で荒らされるのをあれほど怒ったのだな、歯の痛いせいだけではなく。

「おぬしはここに住んでいるのか」

「この丘のふもとに家を借りたんだ。だけどここが居心地がよくて、よく寝泊まりしているよ。今は独り者だから気楽なんだ」

　スダッタが言った。

「ここを売ってもらうためだけの交渉のつもりだったが、その王子に興味がわいてくる。私も何でも屋のように、近ごろの富裕貴族連中に、流行りの庭園ごと買ったり売ったりもしていて、少しは目が利くつもりなのだ。この園、ものの配置の妙とはうなずくところがあるが、それだけなのだろうか。この不思議な、落ち着いた感じ――一見つまらない、侘びしげな中の豊かさはどこからくるのだろう」

「それはぼっちゃんの感受性だろうけれど、原因があるとすれば――これは秘密のことなんだが、あんたにゃ言っていい気がする――色がわからないんだよ、生まれつき。少しの色も。明るさの違いしか見えないんだ」

　その意味を理解するために、いくつかの質問と、時間を要した。ある特定の色が見えにくいという症例は、スダッタの知り合いにもいる。生活にほとんど不便は感じないという話だ。だがジェータ王子の視界には、完全に色がないのだという。当たり前に感じてきた世界の配色。それが無い世界。スダッタは想像を深くした。

　彼にとって一番に思い出される色は、そう派手なものでも、珍しいものでもない。暖かい家庭のそれだ。五人の子を産み育てても美しい妻は、彼が一昨年に交易船から手に入れた薄藍（うすあい）のショールが気に入っており、ほとんど年中羽織っている。既婚女性がつける眉間の赤いビンディーが、肌の白さを引き立てる。妻が作る料理は伝統を大切にしつつ工夫をこらしたもので、交易で入ってくる香辛料、豊富な野菜がふんだんに使われ、目にも鮮やかだ。また食事時以外も、卓上には太陽の恵みを受け色とりどりに輝く幾種類もの果物が置かれ、目を楽しませてくれる。

色が、邪魔とされることもある。落ち着くための書斎や寝室や、医療所、弔いの場では色彩は抑えられる。また彼が取り引きで訪れる、職人たちの仕事場では、色彩は求められない。ただ素のままの色があるだけであり、ここでは色は、記号代わりのもの以外は必要とされない。

色とは、この世の愉しみ、余裕、賑やかさ、艶やかさのことではないか。楽しいものごとの背景には決まって色彩がある。特に若者にとっての色とは、まさに色恋沙汰と言うが如くだ。かの者たちは異性の気を引くため、色鮮やかな布や石や貴金属を身につけ、頬や唇に紅をさす。またそんなものは無くとも、恋に浮かれきったこの者たちは、顔を赤く上気させ、血潮のたぎりを相手に伝える。まるで自分たちが花になったかのようではないか。

その色が無い世界に生きる王子。

その不足が、この見事な園を作ったのだろうか――スダッタは、かなり長い時間、黙って考えていた。その間、ゆっくり二杯の酒を飲み干した庭師だった。

「変わった王子だ。あんたがどんな富豪でいくら積もうが、王子にとっちゃ黄金も石ころも変わりないんだよ。色がわからないからってだけのことじゃないぜ。そこをわかって行くことだね」

「わかった。ありがとう」

スダッタは立ち上がった。

「世話になった。後日あらためて、酒と、ニームを送らせてもらうよ」

庭師はにかっと、歯を見せて笑った。菓子の食べかす以外に、歯に食い込んだような黒いものがたくさんある。ひと家族分はあった菓子がもうなくなっていた。

「ニームもいいけど、菓子もやっぱりほしいな」

もう数本、抜くことにならなければいいが。彼の歯を案じながら、スダッタは丘を再度汗だくになりつつ駆け下り馬に乗ると、そのまま王宮へ向かった。


「ジェータ王子は公務で出かけておられます」

王宮でつかまえた、スダッタに何かと便宜をはかってくれる文官の声だ。

公務という言葉がスダッタの思い描いていたジェータとどうもうまく結びつかず、少しの間考え込んだが、当然そういうこともあるだろうと思い直して、

「どちらへ、どのような公務でしょう。よく行かれるのですか」

と聞いた。これぐらい聞くだけの袖の下は渡してある。

「ええ、王家の武器防具を作らせている鍛冶屋に、納期に遅れぬよう催促に――。初めは確か去年の雨季あけに、大王の命で、気に染まぬながら遣わされたようですが、以降は王族の責任を自覚されたのか、王子自ら希望し、月に一度も二度も足を運ばれておいでです」

と、文官は答えた。

武具の督促に足繁く通う王子ジェータ。ますます想像とずれる。思ったよりも尚武で壮健なのかも知れない。

「王子は、体調が――噂だが、目がお悪いと耳にしましたが。昼の光の下、お出かけになっても大事ないのでしょうか」

「日よけの笠をかぶられるし、それに公務なら王族の、天蓋付きの馬車が使えますから。幼い頃か

ら馬はお嫌いなのに、それも厭わず、立派になられました」

場所を聞くと、鍛冶屋の工房が多く集まる、都の西側だった。

「馬車なら往復にそれほど時間はかかりませんな。しばらく待たせていただきます」

しかし文官は首を振った。

「それが王子は昼過ぎに出ると、いつも夕暮れまで帰ってきません。夜が更けることもあります」

「えっ。鍛冶屋に出向いて、上がりを促すだけじゃないのですか。そんなに長い時間、居続けるのですか」

「どういうわけか、そうなのですよ」

現場で、職人たちの指揮を買って出ているわけでもあるまいに。スダッタは鍛冶屋のさらに詳しい所在を聞き、王宮を飛び出した。文官は普段のこの商人らしくない後ろ姿を、訝しげに見つめていた。

○調子の良い鍛冶屋

スダッタが馬を走らせ来たのは、中流ヴァイシャたちの鍛冶の界隈だ。庶民用の刃物や農具を作っている小さな工房、家屋の建材などを作る大きな工房が道をはさんで建ち並び、鎚で鉄を叩く音がそこかしこから聞こえる。スダッタが目指すのは、奥まったところにある広場の向こうに立つ、とりわけ大きな工房だった。そこが王家御用達の、武具打ちの鍛冶屋だ。名工と評判の親方がいるらしい。外から見ても立派そうな工房で、厩舎には天蓋付きの豪奢な馬車と、今は車から外されている馬が、桶から飼い葉を食んでいた。ジェータが乗ってきたものに違いない。近くに寄れば、王家の紋章が見えるはずだ。

スダッタは自分も馬をつなぎ、いざ工房に入った。


ぎん、ぎん、ごん、ごん、がん、がん、がん

厚く出来ている扉を開け入ると、大きな音と熱気に出迎えられた。人で出迎える者は無く、十人を超える職人がそれぞれの持ち場で叩き台の上の赤い鉄を叩いている。

スダッタも武具打ちの鍛冶は初だが、仕事で鍛冶工房を訪れたことは幾度もある。細かい箇所の注文や催促などでだ。こうして繰り返し叩くことで中の微細な空気が抜けて目がつまり、鉄は強いものに鍛えられる。武具ならなおさら叩きが命となることだろう。

しかしどうもここの職人たちは、叩き方がおかしい。休み休み、さぼっているようだ。


ごん、ごん、ぎん、ぎん、がん、がん、がん

誰も彼も、鍛冶職人らしい丸太の如き太い腕をしているのだから、もっと続けて叩けるだろうに。

少し叩いては休みをいれている。それも全員がだ。


ぎん、ぎん、がん、がん、ごん、ぎん、ごん

なんなのだろう。まあ、自分なら鉄製品を発注するとき、この工房にはしないな。こんな変な、妙な――

ごん、ぎん、がん、ごん、ごん、ぎん、がん

スダッタは、いつしか目を閉じ、時を忘れ、じっと聞き入っていた。

ぎん、ごん、がん、ごん、ごぎん、がぎん、がごん

「おたずねしたい！」

スダッタが入り口の扉から、叫ぶような声を発した。叩くことに夢中になっていた職人たちはようやく彼に気づき、手を止めた。ジェータ王子を探してここまで来たはずのスダッタだが、その口から出た言葉はその目的からずれたものだった。

「その――あなた方のその音は、なんなのでしょう」

闖入者（ちんにゅうしゃ）の不思議な問いかけに職人たちは互いに顔を見合わせ、にやりと得意そうに笑みを浮かべた。

古株らしい、頬を黒髭で覆った職人が口を開いた。

「旦那、わしらの音が、どうか気に障りましたかい」

言葉と裏腹に、誇らしげな顔だ。

「いや、初めはてんでばらばらに、休み休みおかしな叩き方をしているると思っていたのですが、聴いているうちになんというのだろう、音が言葉のように、いや風景のように、それとも色彩のように――ああ上手く言えない。言えないが、とても心地が良くなってきた。鎚など握ったことのない私が自然とあなた方の真似をして手を振り動かし、足踏みまでしている。どうか聞かせてください、これはいったいどういうことなのでしょうか」

職人たちはこの評を聞いて口笛など吹き、いよいよ嬉しそうに笑い合った。黒髭が言った。

「見ろよこの旦那の顔を。わしらの音を聞いて気に入り話しかけてきたやつらはこれまでもいるが、こんな顔して聞いてきたのはいねえ。どこの誰かは知らないが、気分がいいや。ようし旦那、ちょいと長くなるが休憩がてら、聞かせてしんぜるぜ――事の起こりは一年前、ちょうど雨季が明けて、たたら火の熾り具合もようやく調子づいてきた頃だ。兵隊を増やすとかで、戦好きの王家から武具の注文が一気に来た。親方はわしら徒弟を招集し、ここは兵隊たちより一足早く、連日戦場のようなごった返しの大忙しになった。仕事はそりゃあうれしいが、さすがのわしら生まれついての鉄叩きも、来る日も来る日もの単調作業で、灼けた鉄を見るのも叩く音を聞くのも飽き飽き、誰もが疲れ切っていた。隣のやつの叩く音がうるせえって馬鹿な言い合いになったり、自然響く音も湿りがちだったよ。そんなとき、今あんたの背中にある扉から、あんたよりも身なりがよく、うんっと細い、若いおぼっちゃんが入ってきたと思いねえ――」

黒髭の能弁に夢見心地だったスダッタは、そこまで聞いて、自分の本来の目的を――いや、決して忘れていたわけではないのだが――思い出した。そしてこう考えた。

（一年前の雨季明けからか。聞いたとおりだ。もちろんジェータ王子に違いない。そしてこの工房のどこか、おそらく向こう側に見える扉の奥に、親方とやらと一緒に今いるのだ。すぐにも会いに行くか？　いや、ここでこの黒髭の話を聞き、王子のなしたこと、人となりを知ることも大事なことだ。どうせ帰りはこの作業場を通られるはず、少し時をかけたところで取り逃すことはない）

　黒髭の話が続く。

「ぼっちゃんは旅人がするようなつばの広い笠を目深（まぶか）にかぶられていた。入ってきた所で笠をはずし、どうしていいかわからないふうに、しばらくそのまま立っておらっしゃった。わしらも気づかないわけじゃなかったが、誰も声をかけたり用を聞いたりはしなかった。何しろ忙しいし、見るからに位の高いクシャトリアだが、えらく若い。それになんだか、無理矢理お使いに出された子供みたいな、ちょっとすねたような顔だったんだ。わしは横目で見てたが、自分の息子の少し前を思い出した。よく覚えてるよ」

（うむ。あの文官の話どおり、初め王子は父王に言いつけられ、しぶしぶここへ来たのだな。それがどうしたわけか、今は自ら希望して、しかも月に幾度も来ることもあるらしい。その理由も、ひょっとしたらこの工房の不思議な音に隠されているのかも知れない）

「ぼっちゃんはしばらく立っていたが、誰にも何にも言われないんで、気持ちが落ち着いてきたようだった。当然こんな鍛冶屋に来るのは初めてだったんだろう、だんだんと、若者らしい興味ありげな目で、狭い作業場をあっちへこっちへ、うろつき始めたんだ。でも興味ありげなのは、目よりも、耳だったんだな——」

　黒髭の話を基にして、彼の知り得ないことがらも補って、詳（つまび）らかに述べると、こうだ。

　ぼっちゃんことジェータは、ゆっくりとその煉瓦造りの工房の中を歩いていた。格子状（こうしじょう）に居並ぶ職人たちひとりひとりに近づき、そっと首を傾けた。何かを探し出し、吟味するように。それがしばらくの時間続いた後、不意にひとりの職人のところで〈手をとめて〉と言った。喧噪の中でも不思議と聞こえる、水を注ぐような声だった。言われた職人は怪訝(けげん)そうな顔だが、発注元である王族のひとりに違いないこの貴公子の言うことに従い、手を止めた。王子はまた別の職人のもとへ行き、手を止めさせた。この日は九人の職人が働いていたが、そのうちの五人までを止めさせた。みな訝しげな表情だったが、しばらくして、あることに気づいた。四人の職人が打ち鳴らす鍛鉄の音、それは鎚の大きさも鍛える部位にも違いがあるため、甲高い音や鈍く低い音など様々なのだが、どういうわけなのか、耳殻(じかく)を殴りつけ頭蓋を揺さぶるような騒音でしかなかったそれらが、なにかすっきりと心地良く、和(なご)み、溶け合っているかのように聞こえる。それにとどまらず、それまではそれぞれ職人が自分の調子で気侭(きまま)に叩いていたのが、音の和みを共有すると、誰が言うわけでも誰に合わせるわけでもなく、徐々に四人の叩く呼吸は揃い、より明確に溶け混じり、一つの有機的な固まりになった。手を止めた職人も叩いている職人も、顔を見合わせ不思議がっている。満足したのか、ジェータがまた全員に叩くように言った。九人全員が打ち鳴らす音は混じり合おうとせず、やはり騒々しいだけのものになった。先ほど和し、息を合わせた四人も、音の坩堝(るつぼ)の中に埋もれ個別の音となり、またそれぞれの打ち方に戻っていった。ジェータは再び時間をかけ耳を澄まし職人の間を歩き、手を止めさせていった。四人の打ち手が選ばれた。先ほどは止めさせられたが今回は叩く方に選ばれた者もいたし、引き続いて叩く者もいた。今度もまた音は和み混じり合い、呼吸も揃っていった――しかし先ほどの、安心感を覚えるような音とは違い、どこかふわとした、物憂(ものう)さを思わせるような和み方だ。いや、先の音を聞いているからこの音に物憂さを覚え、この音を聞いたからこそ先の音に安心を追憶するのかも知れなかった。――職人たちはまた不思議がって顔を見合わせた。ジェータはさらにもう一度選別をした。今度は二回とも手を止めていて出番の無かった二人に叩かせ、それに一人を追加するという形をとった。これは先のふたつよりは和んでいなかったが、それゆえかどこか剽げた、面白みのある音だった。三度目の、これだけを聞けば、ただのばらばらな三つの音にしか感じないかも知れない。しかし前のふたつの、分かちがたい有機的な「和む音」を聞いた後では、この少し不安定な、ざらついた混じり方が、食材の味を引き立て膨らませる、上等な香辛料のような意味合いを持つことがわかるのであった。

ジェータはこの三つの「和む音」の、一番まとまりがあり安心感を覚えるものを「アルタ」、物憂い、深みがあるが浮遊するようなものを「ダルマ」、どこか剽げた、やや不安定なものを「カーマ」と名付け、いろいろな順番で叩かせた。アルタ、ダルマ、ダルマ、カーマは、それぞれが三つから四つの音が調和し構成されているが、さらにアルタ、ダルマ、カーマ自体が互いを引き立てるように調和しているのだった。――非常に面白く、職人たちは鍛鉄の活気にみなぎった。

ジェータはいつの間にか片手に、壁に立てかけてあった長さを計測するための刻み目の入った細く長い棒を持ち、職人たちを指揮し、鼓舞していた。時に柔らかく、時に烈しい両手の振りにより、工房の宇宙に響く音の相を次から次へと変化させていった。それは知っている者――たとえばコーサラ国の古参将軍――が見たなら、コーサラの大軍を思いのままに動かす、父王パセーナディの指揮ぶりを彷彿とさせるものだった。

黒髭の話は右のままではなく、黒髭が知り得たこと覚えていたことに限定されてはいたが、その熱のこもった聞いたこともない不思議さにスダッタは目を丸くし、のめり込んでいた。

ここから黒髭の話は「親方」の登場に差し掛かるため、この件（くだり）は親方の視点から述べることにしよう。


しばらくの後、異変に気づいたこの工房の事業主である親方が、工房奥の扉から入ってきた。親方はかつては彼自身が優秀な鍛冶職人だったが、利き腕を痛め鎚を振るうことは出来なくなっていた。叩きは彼が育てた徒弟の職人たちに任せ、奥の小部屋で工房の経理のほか、なかなか器用なもので、新しい鍛鉄技術や武具などの細工を研究したりしている。彼の工房の技術、信用は高い。

――野郎ども、なにを遊んでやがる
そう、怒鳴ろうとして声を飲み込んだ。奥の部屋で聞いていたときから、普段と違う音の不思議な和みには気づいていた。だから来たのだ。それどころではないだろうと思って。

扉を開けて、直（じか）に聞き、改めて気づいたことがあった。職人ひとりひとりが打つ音の鮮やかさだ。昼前に激励と幾つかの指示のためここに来たときは、誰もが疲れた顔で音に活気も精気も無かった。しかしかわいそうでも休ませてやるわけにはいかなかった。

今年は雨季が長引き火の熾（おこ）りがなかなか良くならなかったせいもあって、王家から注文された大量の武具は、既に過ぎた指定日に七割しか受け渡すことができず、残りを一日も早く仕上げねばならない状況なのだ。

（自慢の徒弟のこいつらが、駆け出しのような打ち音になってやがる。これは質が悪く、不揃いになりかねんな。悔しいことだが王家に白旗あげて、残りは別の鍛冶屋に回してもらうか――）

とまで考えていた。

それがどうだ。疲労困憊のはずのそれぞれあくの強い職人が、互いに息を合わせ、ひと打ちひと打ちに彼らが所属する東部マハーバーラタ鉄匠組合秘伝の「シヴァの雷鳴」を響かせている。抜けるような強い、鮮やかな音だ。質の良い鉄が上がることだろう。全員で叩くわけではなく休みも多いが、速度は弾むような一定を保ち、響く音の量では昼前のそれを上回っていた。鍛冶と音は切り離せない。工房に響く音の総量は、そのまま工房の生産量なのだ――四十年もこの仕事に携わってきた彼はよくわかっていた。

この不思議な事態は、職人の間で彼らを率いる将軍のように手の測量棒を振り動かしている、あの不思議な青年――少年かもしれない、いずれにせよ位の高い王族だろう――がもたらしたに違いなかった。

「野郎ども、良い調子じゃねえか」

親方の太い声で、職人たちは鍛鉄の手を止めた。親方はジェータの方に歩み寄り、

「お若い方、王家からのお使いですな。どうやらあなたのおかげで仕事は早く仕上がりそうだ。奥で、茶でも飲んでってください。黒髭、もう少しだな。あとは任せるぞ」――――

「――とまあ、これがこの音を授けてくれた、おぼっちゃんとの出会いだ」

スダッタへの黒髭の言葉だ。難解で現実感の無い話だったが、スダッタは自分なりに理解した。なにしろ実際の音を、非現実的な不思議さを、たった今経験したところなのだ。

「そのおぼっちゃんとは、我が国の王子ジェータ様ではありませんか。私は王子を探してここへ来

たのです」

スダッタは、初めてジェータ王子を探していることを言った。

「なんだ、そうだったのかい。調子に乗って、ちょっとしゃべりすぎたかな。まずいこと言ってなかったかな」

国の王子が庶民の仕事の手伝いをするのは何かに触れるのではないか、とでも心配したようだった。

「いや、とても興味深かった。私がしようとしていることにより輝きを、運命的な意義を与えてくれました」

「ふうん」

むろん事情を知らぬ黒髭は諒解せぬまま言って、さらに話を続けた。

「その日の夜、親方からおぼっちゃんがこの国の王子だって聞いて、みんな驚いたもんだ。親方も、ぼっちゃんから聞いたときは驚いたそうだ。そりゃあそうだよ。武具の催促ぐらいで王子を寄こすなんて、普通はないことだ。でもみんな、ああやっぱりなって思いもあった。着てるものが良かったってだけじゃなく、とても変わった、違う世界から来たようなぼっちゃんだったから。月から遊びに来たって言われても、それはそれで納得しただろうな。

ジェータぼっちゃんは、それからちょくちょく来るようになった。月に一回か二回、来ては必ずわしらの音を、うまく選り分けてくれる。叩く鉄を変えたら音も変わるものだから、ぼっちゃんのいない日自分らだけではあんなことは出来ないんだ。おぼっちゃんの来た日は叩きもはかどるし、なによりみんな仕事が楽しくなるのさ。一度だが、親方の計らいでわしらの家族をおおぜい呼んで、聴かせたこともあった。この工房にぎゅう詰めになったけど、かかあが菓子や茶を持ってきて、子供らが手拍子して踊って、ありゃあ賑やかで、嬉しかった。仕事場を家族に見せることなんて、なかったからな。だけどおぼっちゃんは、すぐ引っ込んでしまったっけ。それがちょっと残念だったけど——

もっともわしらの音を選り分けた後、引っ込んじまうのはいつものことだ。どこにって？　今日もそうだけど、奥の、親方の作業場さ。馬車の御者をしている、おかしなシュードラの子供ひとりを連れて、そいつに大きな木箱を運ばせて、親方のところに入っていくんだ。その木箱のことは何度かおぼっちゃんに聞いても、そのうち見せると言うだけで教えてくれない。親方もそうだ。ここにこんなに足繁く来るのは、注文した武具の催促なんかじゃなく、その木箱の中身が目的なんだろうな」

「王子は長い時間、親方のところにいるのかね」

「ああ。いつも夕暮れどきまで出てこない。早めに出てきてわしらの音をも一度聴いてくれる日もたまにあるが、たいがいは馬車が走れる、日が沈まないぎりぎりまでだな。今日もまだだろう」

確かに窓から見える西日は傾いたとは言え、当分沈みそうにない。

「では王子が奥でのその大事そうな用事を終えて出て来られるまで、ここで待っている方がよさそうですな。それまで、もう一度あなた方の音を聴かせてもらってもいいだろうか。先ほどの話を聞いた今、改めて味わってみたいのだ」

「おう、好きにしてくれ。休憩は終わりだ、みんな、ふるっていこうぜ」

スダッタが今度はじっくりと複数音の調和と相の変化に聞き惚れていると、背後にある扉、先ほどスダッタが大通りから入ってきた扉が開いた。そして職人たち同様の逞しい身体をして、大きな鼻の下に左右に跳ね上がった口ひげを蓄えた、威厳ある男が入ってきた。——まるでここの主のような、慣れた様子で。振り返ったスダッタは彼を見た途端、昼寝の夢から覚めた人のように、瞬時に半ばを理解し、半ばを理解出来ぬまま、視線を黒髭に転じた。

黒髭も気づいて、

「あ、あれ親方。ぼっちゃんは——今日は裏からお帰りでしたんかい」

と言った。やはりこの男が親方、ここの主。——だが出てくるなら、奥側の扉から出てくるはずではないか。スダッタは、

「どういうことです、裏からお帰りとは。ジェータ王子はいずこに」

うわずった声で、初対面の親方に対して聞いた。親方はじろりと睨んだが、スダッタの真剣な、そして切羽詰まった表情を見て、

「なんだあんたは——王子を探しているのならついさっき、作業場の裏口から帰って行かれたぞ。ちょうどお前らの休憩が終わって、叩き音が聞こえ始めたばかりのところに行って邪魔するのは悪いからってな。通りまで、お見送りしてきたところだ。そんなことは今までにもあっただろう」

鍛鉄の音で、馬車の音も聞こえなかったのだ。スダッタは悲しい目で黒髭を見た。黒髭はきまりが悪そうに、

「そういえば、たまに裏口から帰ってたかな」

と、黒髭を撫でた。

がっくりときていたスダッタだったが、思い直した。

王子がここを出てからそれほど時間は経っていないようだが、王家の駿馬二頭立ての馬車を、自分の飼い葉を好きに与えすぎた馬で追いかけようとは思わなかった。それに、一刻も早く仏陀にあの地を提供したいがためにここまで来て、その持ち主に隣の部屋にまで近寄りながら会えなかったことは無駄足を踏み、残念は残念だが、流れ者の芸人を探しているのではない。我が国の王子、帰るところはわかりきっているのである。無駄足と言ったが、副産物は計り知れない。スダッタは親方に非礼をわび、改めて挨拶をした。

親方が職人たちと話をしている。

「親方、わしらは明日にも上がりそうですが、なんだか一足早く大仕事終えたみてえな顔ですぜ」

「おうわかるか。やっとな、完成したんだよ。なんだかんだで丸一年かかった。肩が痛いのなんの」

「やあそれはよかった。何かは知らないままですが、ぼっちゃんも喜びなさったでしょ」

「別にお前らに秘密にしてるんじゃないぜ。わしも楽しみにしているんだが、ぼっちゃんはしばらく手を慣らして、きっとわしやお前らにも聴かせてくれるさ」

「聴かせてくれるってことは、ははあ――」

スダッタは彼らの会話を興味深く聞き、その後どうしても聞きたいことを二つ三つ訊ねてから、工房を後にした。

○長者と蛮王

仏陀は今もあの固く見窄（みすぼ）らしい地で坐臥なさっていることだろう。一刻も早く、大樹も池も芝生も揃う園を買い上げ、今日中は無理でも、明朝一番にも仏陀に移っていただきたい。スダッタは得意でない乗馬を繰り返していたが疲れは感じていない。明日、明後日は体中が痛いだろうが。

スダッタが王子に会う前には、もう一山があった。

王宮に入ると、守衛に止められた。

「やあ、お役目ご苦労」

「あっスダッタ様、お止まりを」

「なんだというのだ、いったい」

「上からの通達です」

「上とはいったい誰のことか」

すぐに答えはなく一人の兵が走り、スダッタはその場でしばらく待たされた。やがて数刻前スダッタにジェータの行く先を教えた文官、スシールがやってきた。

「おお、スシール殿。これは、どういうことだ」

「スダッタ殿。大王が、あなたに聞きたいことがあるから連れてこいと」

スダッタは身動（みじろ）いだ。そこまでの「上」だったか。

「あなたから情報を受けることは内密に願うと、常々申しているはずだが。それなりのものを渡しているはず」

「それはお返ししましょう。私も命が惜しいですから」

命がと聞いて、スダッタはこの疑いの構図を察した。どうやらこの文官スシールは、スダッタが王位継承のことでジェータをどうこうしようとしているのではと疑っているらしい。いろいろ情報を話した後で、急に怖くなったようだ。王家の跡取りを巡ってのお家騒動は世界中でよくあることだが、インドでも神話の時代からお馴染みのことだ。廃された長子に近づく富豪。これもよくある構図といえる。

「待ってくれ、誤解だ」

この文官に誤解されるのはなんでもないが、

「大王も、それを疑っておられるのか」

面倒なことになるかも知れない。スダッタは、暑さや、馬を走らせたこととは別の汗が背を伝うのを感じた。

謁見（えっけん）の大広間を通り過ぎ、その横の小室に案内された。政務の事務手続きに使われている部屋のようで、書類の重ねられた書架があり、卓の上には異国風の、大鳥の羽の筆記具が立てられている。丸椅子でしばらく待たされていると、重い靴音が鳴り、誰あろうコーサラ国大王パセーナディその人が入ってきた。スダッタは飛び上がるように立ち上がった。大柄な大王の後ろには、さらに大きい厳めしき黒い肌の男がついてきている。その巨体は部屋の入り口を身をかがめて入るほどだ。筋骨隆々の体躯に、肌の至る所にまじないの模様を入れた異国の戦士のようだった。さてはこれは自分のための処刑人かと、スダッタはかいていた冷や汗も止まるほどに緊張し王への角張った礼を取ったが、大王は煩（うるさ）そうに奥の席に座り、手の動きでスダッタに着席を命じた。

スダッタを案内してきた文官は帰されたが、黒い肌の巨人は王の横に聳えるように控えている。黒と言ったが、王の後方、外光の入る窓際に侍ると、あのインド南方に産する水に沈む木紫檀の如き、赤みがかった暗褐色だとわかる。そして暗褐色の肌に浮かび上がるほどの白目、その中にまたくっきりと浮かぶ黒目を、油断無く動かして辺りの様子を探っている。スダッタがおかしな動きをしないか、王に危害を加える者がいないか、警戒しているのだろうか。

「何故ジェータに会おうとする」

いきなりの王の言葉だ。スダッタは意識を紫檀の巨人から大王に引き戻し、ごくりと唾を飲み込んだ。スダッタもサーヴァッティ屈指の大商人、王との面識はないわけではないが、他の有力商人のように王家に積極的に取り入ろうとはせず、昵懇の間柄というわけではない。早口にならぬよう呼吸を整えながら、仏陀のことを初の出会いから話した。仏陀のことを話し始めると、スダッタに僅かながら自信と落ち着きが生まれた。その仏陀をこの国に迎えたいこと、その拠点として寄進したいと考えている、王子ジェータの素晴らしい園のことを話した。

話がジェータ個人の興味や人間性、そして病に及ぼうとしたとき（今の彼の思いを説明するためには、どうしても避けられない部分だった）、スダッタは巨人のことを気にし、ちらと目をやった。余人に聞かせていいものだろうか。王は察して、

「こいつは先月に遙か南方、見渡す限りの密林に囲まれた高台にあるという異国から来たばかり。それだけは身振りでわかったが、言葉はわからん。風変わりながら身につける物と面構えを見れば、蛮国とは言えクシャトリアに違いないと思い、側に置いている。侍従としては不便だが、こういうときには役に立つ。気兼ねなく話せ」

わざと言葉のわからない従者を連れてきたかのような口ぶりだった。このような事務の小室を王が選んだのも、目立たず、人に聞かれないためかも知れなかった。それでスダッタは一対一のつもりで、ジェータの園や鍛冶屋で見聞きし抱いた思いなども話した。そして最後に、自分の動きが王位継承に関係しているなどとの讒言（ざんげん）があったようだが、それは全くの出鱈目であることを付け加えようとしたが、

「無用のことを言うな。そんな話はしておらん」

と、王は最後まで言わせず、スダッタを黙らせた。

「スダッタとはお前だったか。折々の祝賀の儀などにも顔を出している商人だな。わしは商人の名などろくに覚えていなかった。だが数日前と今日、立て続けにスダッタという名をこの耳に聞いたのだ」

今日とはあの文官の密告のことだなとわかり、もう一方をスダッタは聞いた。

「数日前、というのはどなたからでしょうか」

「午餐に招いた、仏陀からだ。仏陀は自分をこの国に招いたのはスダッタという商人で、彼は得た財で孤児、年寄りなどに施しをするのだと言った。商人がそんなことをするだろうかと思い家臣に問うた。すると確かに家臣は、商人スダッタは稼ぎの多くを孤児、年寄りなど身寄りのない者に施し、〈給孤独長者（ぎっこどくちょうじゃ）〉と呼ばれているのだと言う。貧民のための舎も作ったそうだな」

内務行政を担当している老家臣は、普段はこのようなことを王に問われる機会がなかったため、ここぞと詳しく説明した。大商人ら富豪が貧者に恵む習慣は、我がコーサラ国ではやや少ないながら古来インドに根付いております。だがスダッタ長者の施しは、ただ一飯を恵むだけではなく、貧

民窟に簡易ながら診療所や身寄りの無い老人、孤児のための舎を作るという、弱者の生活基盤を助けるための心配りの行き届いたものと評判であります、と。

スダッタは、仏陀があの日の会話のそんなことまで覚え、王にまで自分の名を挙げて言ってくれたことを知って驚き、そして嬉しく思った。

また、王位継承などという重い問題の誤解を受けていなかったことがわかり、ほっとした。威圧感はあるがそれはこの王の常態で、自分への態度は害意あるものではない。安心した彼は、紫檀の巨人と目が合った。処刑人かと恐れていたが、不思議なもので落ち着いてみれば、その目は象か犀など草食の巨獣を思わせる、穏やかなものに見えてきた。油断なく辺りを見回しているように見えたその視線は、異国の珍しいものをあれこれ見ているだけのものだとわかった。

怖れている者には何でも恐ろしく見えるものだ！　と、スダッタは心の中で自分の臆病を笑った。

王が問うた。

「なぜそんなことをする。商人は利益のために商うのだろう。利益がいらないのなら、商いを減らせばいい」

「これはごもっともなお言葉――」

王の、威圧的ではあるが真剣な表情に、スダッタは次のことも話したい気持ちになった。この頃ではもう思い返さないことだが、心の奥深くに常にある、彼の過去だった。

「では、お近づきのしるしに、罪業の告白のようなものですが、お聞きください。――私は若い頃、大商家に雇われておりました。そこの主人はまさに利が好きで、シュードラたちの中から借金などで売られた奴隷を安く集め、ひどい働きをさせていたのです。彼らは自由を与えられず、狭い部屋に集団で暮らすことを命じられ、家畜のように扱われていました。私は彼らを見て、何が自分たちと違うのだろう、喜びも悲しみも知る人間なのに、と思っていましたが、何も出来ず、何もせず、結果彼らを使役し利益を上げることの手伝いをしていました。若かったその頃の私は、主人に拾われるまでしていたサトウキビやザクロの漿水（ジュース）の行商と違い、元手が転がるたびに際限なく利潤が増えていく主人の手法に魅入られていたのです。奴隷の扱いに罪の意識を持ちつつも黙殺して、主人の信用を得て番頭となり、主人の商いをさらに大きくしました。――後に独立し家庭を持つと、彼らをそんな目に遭わせた罪悪感が目を覚まし、ふくらみました。あの利益は、生きた人間から搾取った漿水の如きものなのだと。その罪滅ぼしの気持ちもあって、私はせめてもの施しをしているのです。自分だけが豊かになるのではだめだ、弱い立場の者に分け与えなければ、と」

「その、お前の主人だった商人はどうなっている」

スダッタは少しの間目を閉じて、言った。

「死にました。彼が奴隷の女に産ませた子によって、破滅させられ、復讐されたのです。肌の色と巻き髪が違うだけで、彼によく似た子供でした。子が親を恨み、殺すという悲劇の極み。利益ばかりを追い求め、人を人として扱わなくなった結果、誰も幸せにならなかった。たったひとりの幼き者の怒りが、あれほどの豪商を一夜にして滅ぼしてしまった。これは生涯自分への戒めでもあります。怒り、恨みとは怖ろしいものです。人を人として扱うことは、恨みの少ない生きやすい世の中になり、結果自分のためにもなるのです」

王はそれなりに理解したようだった。顔の険しさが少し消えた。

王が視線をそらしてくれたので、スダッタも一息つくことができた。隣の、紫檀の巨人を観察してみた。さきほどまで辺りを興味深く見回していたが、今はどうやら眠たげな様子だ。ふと目が合い、にっと歯をむいて笑ってきた。スダッタは笑い返そうとしてあわてて目をそらす。

王は思い出していた。

内政官のスダッタについての説明を受けて仏陀は、――そういう人間こそ国の宝である、と言った。人が集まればさまざまな活動により農作物も増え、市場も活発になる。人は富を求め、他者より上に立とうとする。人の生まれながらの生存への欲によるものだ。だが人にはそれが全てではない。どうしても出てくるあぶれる者や弱い者を憐れみ助け、幸を分かち合おうとする願い〈慈悲心〉もまた人の本性だ。スダッタのようにその思いが強く、何をしてやればいいか細やかな考えを持ち、尚かつ助ける力がある者は、鉱山金脈にも勝る、まさに国の宝だ。スダッタがもう数人もいれば、彼らの結びつきで国は根の太い樹木のように底から強くなる。それは軍隊も政も及ばない働きなのだ――

王は、そんな仏陀の言葉を思い返しながら、今は緊張が解けたように自分と従者をちらちらと見る、どこにでもいそうな少々太り気味の商人スダッタを見ていた。

今日の昼、そのスダッタなる商人が、ジェータをただならぬ顔色で探し追いかけているという報告を受けた。仏陀がこの国へ来たことと、つながっているに違いない。どのようにかはわからなかったが。連れてこいと一言、王は部下に伝えたのだった。

ふいに、王がつぶやくように言った。

「仏陀。あれはいい男だ」

スダッタは両人の午餐の様子も、その前日の戦と見紛(みまが)うまでに激しい初顔合わせの経緯も聞いていなかったので、この短くも心のこもった言葉には驚いた。そして、ならばと言った。

「大王様、ならばジェータ王子にご要請あそばし、かの土地を大王様から仏陀へご寄進されてはいかがでしょう。その方が仏陀もこの国での布教を心やすくなされると思うのです。このスダッタ、財を惜しんで言うのではなく、それはそっくり感謝の意として王家へ献上させていただきます」

「間違うな。わしは仏陀は気に入ったが、教えというものに興味はない。我が民への布教も歓迎しているわけではない。他の教説同様、我が統治に悪影響を及ぼさないなら、禁じはせんがな。仏陀も認めてもらうがためにわしに会ったのではなく、当たり前の、人間同士としての挨拶だと言っておった」

スダッタは少し残念とも思ったが、この王にしては上出来すぎる話だった。そして雲の上の大王が、恐ろしい蛮王が、少し近い存在に思えた。彼の探求心が首をもたげてきた。

「おそれながら、ひとつ伺(うかが)ってもよろしいでしょうか」

ぎろりと王は睨(にら)んだが、それは怒りではなく、さっさと言えと、目で指揮するもののようだ。彼にもだんだんわかってきた。

「何故に王子であらせられるジェータ様を、鍛冶屋への武具の催促になどおつかわしになられたのでございましょうか」

王は答えてくれた。ジェータは幼い頃から武術の練習はもちろん外に出ることもめったになかった。「軟弱」に育つジェータを王は苦々しく――スダッタが解釈するところ、つまりは心配に――思っていた。急に熱を入れ始めた庭いじりの道楽も、いよいよ目が悪くなり出来なくなってきて、自邸に閉じこもりがちになっていたジェータを少しは働かせようと、鍛冶屋への使いをさせたのだという。ジェータは初めは厭がっていたのに、どういうわけか自ら希望して、ときには発注もしていないのに、鍛冶工房へ行くようになった。

そして王は言った。

「跡目の争いなど何処にもなかった。あれは、わしの跡を継ぐつもりなど心の片隅にも無い。わしもそんなことを期待していない。目が悪い、色がわからず軍旗の見分けもつかないことなどはたいした問題ではない。もともとそういう人間ではないのだ。コーサラ王の子に生まれたことが、そもそもの間違いなのだろう」

冷たい言い方だが、そこには子を思う父親としての苦悩が感じられた。

いち商人に話すはずもないことを話してくれているのは、ふたりの間に仏陀という存在が、同郷の山野の風景のようにあるからだった。

その後も不思議と話は続いた。王は巨人の従者に飲む仕草をして見せ、彼はすぐに三人分の飲み物を運んできた。

王は、スダッタ自身の息子との関係を聞いてきた。スダッタは、あの泣く子も黙る「蛮王」と、互いの家庭の話をしているというこの状況に現実感を失いそうになりつつも、親子仲の比較的良いことや、身分に関係なくどこにでもある悩みを話した。王は仏陀にも子があることを持ち出し、それを捨てたのはわしは認めん、と言った。「己の子を捨てた者が、他者を救うというのか」と。スダッタは、なにか私どもには理解出来ぬことがあるのでしょう、と取り成した。スダッタは心の中で（王は子や身内を大切にするのはいいが、それを領民にもっと向けてほしいものだ。こう腹を割って話せばいい男だが、政は苛烈だ。統治する者は、身内への愛情だけでは民が困るのだ）と思ったが、もちろん声には出せなかった。

　最後にこんな会話があった。

「スダッタ、お前は仏陀の下に出家するのか」

「いいえ、その気持ちは今のところありません」

「なんだと、解せんな。お前が仏陀のために求めるその土地は、出家を集めるためのものだろう。仏陀は民を出家させたいのか。在家のままでもよいと言うのか」

「さあ――私自身は、虫のいいことなのかも知れませんが、もう少し、と言いますか、少なくとも家族があるうちは、家族とともに俗世のままで、仏陀の御薫陶を受けたいと思っておりますが」

「あるうちはだと。ふん、お前のような者の家族はいつまでも繋がり増えてゆくだろう。――仏陀は口では多くを出家させたいように言っているが、その実、兵たちにもそうだったように、在家を認め、在家に優しいところがある。お前を国の宝だと言うのも俗世の在り方を認めていればこそのことだ。そこは言行不一致と見た。戦場で、将軍の態度がそのようであるなら兵は困惑し、やがて反感を持つ者も出てこような」

　王の感性だったが、スダッタはわからず曖昧に頷いていた。

　紫檀の巨人は退屈したのか、今は体ごと横を向いて窓枠によじ登る栗鼠を見ている。

　また来い、と言う王に、スダッタは頭を低くして頷いた。もう一度丁寧に礼を尽くして退室しながら、安心が重い疲労に変わるのを感じていた。なかなか複雑な王だ。そしてこの複雑な王の心をかくまで惹きつける仏陀の人格に、改めて敬服した。

○ジェータ

長い、本当に長い一日だった。しかもまだ続いているのだ。

どれくらい話し込んでいたのだろう。宮廷の西側、王族や大臣ら貴人たちの居住区へと続く道はすっかり暮れている。夜半までは辻ごとに篝火(かがりび)が焚かれっ放しに置かれているが、さすがに初めての場所を歩くのは覚束(おぼつか)ない。別れ際に王が、近くを歩く侍従を呼び止めて持ってこさせてくれた、立派な燭台付きの松明(たいまつ)で足下を照らし歩く。この燭台は貴人居住区を訪れる認可の証でもあるとのことだった。侍従から道も教えてもらった。ジェータ王子の邸(やしき)は、この居住区の中で最も奥に位置するらしい。目印を松明をかざして確認しながら、もうかなり歩いている。いつもなら家庭で妻の豪勢な手料理を平らげた時間だ。ぐうぐうと腹が鳴っている。緊張のゆえか、王の前で鳴らなかったことは幸いだった。

(はて、ここだろうか)

邸の前に立った。目印や辻を数えて来たが、どうも確証はない。

小さな、さっぱりとした造りのようだ。垣根に囲まれた庭があるようだ。「門構えに王家の紋があります」と教えてもらったが、こう暗くてはわからない。松明を近づけて調べようにも、門の上の方なのか下なのか詳しく聞いていなかった。

とにかく門に歩み、松明をかざした。

ほろん、ほろろん

はっ、と動きを止めた。琴の音色だった。日が暮れて、ようやく涼しくなってきた空気に乗って、その邸の窓から聞こえる不思議な音。音は小さく、窓から出て外気に触れるとはかなく消えてしまうようで、その消える瞬間を彼は聞いている。さながら夢とうつつの狭間(はざま)だ。思えば、今日の彼はずっとその状態ではなかっただろうか。耳をそばだてた。

ほろほろん

彼だ。もうわかる。奏楽をたしなむ別の風雅な貴族がいても不思議ではないが、この音には、あの鍛冶屋の音に通ずるもの——調和があった。衝立(ついたて)で隠された花の高貴さを、そのかぐわしい香りで知るように、今この邸の奥に、ジェータ王子。

会ったことはないのに、ありありと知っている人のようだった。それでいてどういう人物なのか、興味が尽きない。仏陀への土地の寄進が目的だったのだが、そのための交渉相手を探すのに、こんなに胸を弾ませられるとは。それほどこの目的が、彼の人生にとって正しく、意義深いということなのだろう。

琴の音は不思議な調べを続けている。スダッタは扉を、調和を乱さぬよう、淑(しと)やかに叩いた——

スダッタはジェータ王子を前に、床に敷かれた座布の上、ぺたりとあぐらで座っている。

ジェータ王子も同様に座っている。初対面の客が向かいにいるにも関わらず、傍らの床に横たえた、幾筋も糸の張られた巨大な動物の背骨のような器物を、あちこち触っている。

おかげでスダッタは、王子の容姿をゆっくり観察することが出来た。細い体だ。輪郭は、若者特有の余分な肉のない鋭さに加え、どこか儚（はかな）い印象を受ける。病だという目を見た。瞳の色が薄い。まぶたが微かに痙攣（けいれん）しているようだ。

ひと目感じるのは人間の世界からの、そぐわなさ。仏陀に感じる世間からの隔絶、超然とした様とは違う。仏陀は俗世間の外に確固として存在し、俗世間を照らし、薫陶している。この王子は生まれて以来居場所を求めて彷徨（さまよ）い、ようやく手に入れた横の器物を触っているようにも見えた。

さてそれである。幾筋も糸の張られた巨大動物の背骨のような器物、と言ったが、スダッタはもちろんひと目見てそれが何かわかっている。いや、見る以前に先ほど門の前で音を聞いて、そして昼間の鍛冶屋での聞き込みの時点ですでに、見当がついていた——インドの琴、ヴィーナだ。古代インドの伝統的な弦楽器を総じてヴィーナと言い、スダッタもこれまで商売で扱ったことがある。ただしこれは十数種類もあるインド琴（ヴィーナ）の、どれとも同じではない。それらを踏まえ、試行錯誤を繰り返し、一から作り上げたものだと思えた。

ジェータ王子はそのインド琴をあちこち触っている。スダッタの内心の願いは届かず、音は出してくれない。

インド琴としてはかなり大きな部類で、寝そべった鰐（わに）のようにも見える胴体に二十を超える柱（じゅう）（フレット）が打たれ、十もの弦が張られている。また胴には装飾と塗りが施されていて、呪術的な器具のようにも見える。

このヴィーナ（インド琴）がどういう経緯でここにあるのか、だいたいの推理は出来ていた。いろいろなことが頭の中で繋がっていた。こんな細い、人見知りの王子が苦手な馬車に乗ってまで鍛冶屋の喧噪に足繁く通ったのは、親方とともにこの楽器を作るために違いない。工房へシュードラに大きな木箱を運ばせていたという。その中身がこのヴィーナだったのだ。

あの親方は、腕の筋を痛めた後重い鎚はふるえなくなったと聞いたが、工房を演奏の会場に変えたジェータに触発され、楽器製作の道へ進んだのだろうか。スダッタは頭の中で、このヴィーナ作製の想像を広げた——それはそれほど外れてはいないだろう——鑿などを扱う実際の作業をするのは親方だが、音を聞いたり扱いやすさをみるのはジェータだ。ヴィーナの大まかな構造は親方によって早いうちに出来た。あとはジェータが邸に持ち帰り、弾き鳴らし、また持ってきて直してほしい箇所を注文したことだろう。それを聞きながら親方が手直しし、またジェータが持ち帰るのだ。大がかりな改良の場合は預けて帰ることもあっただろう。作業場の、ふたりの真剣な、そして楽しさと希望にあふれたまなざしが見えるようだ。ふたりの情熱の出会い、二つの才能の出会いがこんな美しい芸術品を作らせた——先ほど門の外で仄聞しただけでいまだ間近では聴けずにいるが、素晴らしい音色が出ることは重厚な外貌を見ただけでわかった。

無言の時間をスダッタなりに有意義に使っていると、さきほど玄関で彼の応対に出てきたシュードラの少年が茶を持ってきた。このシュードラには、スダッタは良い印象を持っていない。玄関先で丁寧に名乗り、ジェータ王子はご在宅だろうかと訊ねるスダッタを、室内の一段高いところから上から下まで無遠慮に見て、じっとものを言わなかった。馬鹿のような顔で、しかも何やら口の中のものを咀嚼しているのだ。スダッタは、自分の言うことを理解しているかどうか不安になった。訪問の目的である園のことを言うのも無意義な気がしてスダッタも黙っていると、シュードラはやがてぞんざいな風で、彼を招き入れたのだった。

そして今、給仕を終えて引っ込むそのシュードラをうさんくさそうに見ていたスダッタに、ジェータが沈黙を破って言った。

「チャパティはとっつきにくいだろうけど、よくものが見えてるんだ。普段はほとんど居留守を使って、来客には帰ってもらっているけれど、なぜかチャパティはあなたを上げたね。――スダッタさんだったね、どんな用事なの」

　あのシュードラの少年はチャパティという名らしかった。とにかくこれをきっかけに、スダッタはようやく用件を切り出すことができた。

　まず、この国に落ち着いてほしいと願う仏陀と称される偉大な人物がいることを言い、そのために以前偶然に訪れたジェータ所有の園を買い受けるため、今日の一日を奔走したことを詳しく話した。

「初めはそのお人のためにあの美しい園を買い受けたい、その一心のみでした。しかしあの菩提樹の佇(たたず)む園で毎日手入れをしている庭師からあなたの人となりを聞き、あなたを探しに行った鍛冶屋であなたが指揮した鍛鉄の音の調和を聞くと――未だ見ぬあなたという人物に、えもいわれぬ興味がわいて参りました。私はあなたの園を仏陀に寄進したいと考えているのですが、それのみならず仏陀とあなたを引き合わせることが、私の宿命のような気持ちにすらなって参りました」

　熱っぽく語るスダッタだったが、ジェータはその熱意よりも、話に出てきた長らく会っていない庭師のことを懐かしがり様子などをいくつか聞いた。先ほどはここまでは話す必要も無いと思い話していなかった、彼の歯の痛みとそれがもたらしたひどい癇癪(かんしゃく)、そして歯を抜いたことで人が変わったように穏やかになったことを話すと、ジェータは面白そうに聞いて初めて笑顔を見せた。若者らしい、ひとすじのしわもない透き通るような笑みだった。それで場がほぐれたようで、鍛冶屋の音についてジェータは少し説明してくれた。

　初めて工房を訪ねたときの音合わせは、出来すぎなほどだった。今日の、スダッタが聞いたものも久しぶりで納得の出来だった。だがほとんどは無理矢理に和させたもので、調和とはほど遠いものだった。職人たちはそれでも楽しそうに打ってくれたが、やはりただあるがままの十ばかりの音を組み合わせるのには無理があるのだった。――そう言えば職人たちが家族を呼んだ日はいい音を揃えることが出来てよかった、とジェータは思い出して付け加えた。

　なるほど、やはり音を本当に和するには、そのために作り上げられた特別な装置が必要なのだろう、とスダッタはジェータ王子の傍らのヴィーナ（琴）に目をやった。

　会話が止まると、ジェータはふたたびヴィーナに手を伸ばし触ろうとした。スダッタは話を戻した。

「どうか、仏陀にお会いいただけませんか。私が席を設けます」

　ジェータは気乗りしなさそうだった。王に初めて工房行きを命じられたとき、そうだったように。

「会ってどうなるんだろう」

「会えば、きっといいことが起こりますよ。人間、何と言っても大事なものは、よき人との出会いです。大王はあなたが人と会うことを避けていると心配されておいででしたが、あなたはその大切さをわかっておられるはずです。あの庭師や、鍛冶屋の親方たちとの出会いで、あなた自身が得たものを思ってください」

「このヴィーナ以上のものが得られる？」

「請け合います」

自分の確信をスダッタは言った。具体的にはどういうものかはわからないが、出会いに具体性などないのだ。

そして自分の願望を付け加えた。

「仏陀にお会いして、王子が気に入られて園を譲りたくなっても、あなた様から直接お譲りにはならないでください」

と、パセーナディ王には王から直接寄進の形をとるように勧めたのに、今度は逆のことを言った。

「どうして」

「私が見合った額で買い取らせていただき、その後仏陀に寄進いたします。あなたが鍛冶屋の工房で、いつも三つ以上の音からダルマ、アルタ、カーマなど、三つ以上の和する音の組み合わせを作り授けたように――ふたつでは足りないのでしょう――及ばないでしょうけれど、私もひとつ、そこに加わりたいのです。あなたと仏陀との調和に。どうかこれまでの私の骨折りを、認めていただけますように」

「僕は買い取ってもらわなくてもいいんだけれど。譲りたくなったら、譲るから。ひとりで暮らしていくぐらいの財や土地は、他にも持っている」

王子の言葉には金銭やその受け渡しに対する、軽蔑とまではいかないが、距離を置きたい気持ちのようなものが感じられた。

「王子が金銭に興味ないのは存じております。しかしそれはやはりあなた様が生まれながらに王子だからです。食べるもの、衣服、召使いたちへの給金、あなたは気にしたことはないかも知れませんが、国の財から家臣の誰かが支払っているのです。伺いますが、鍛冶屋の親方に琴を作ってもらったり、直してもらったりしたその謝礼はどうなさっていますか」

ジェータ王子は首をひねった。

「それは――何もしていない。ただ親方は、王家からの武具作りの仕事で工房はうまくいっていて、僕のおかげで職人の仕事もはかどっているし、こういう楽器の細工は自分の研究になるからそれは気にしなくていい、と言ってくれた」

その言葉にスダッタは息子を見る目になって、

「王子、それはいけない。王家からの仕事の発注と、あなたの好きでやらせた楽器作りを混同してはいけません。熟練した職人の技は、ほんの些細な仕事でも敬意を払わなければならないのに、こんな立派なものを作らせて、他のことを持ち出し有耶無耶にしてただ好意に甘えるなど、我々物品を商う者から見れば、言語道断。その琴は、ここから見ただけでも良い堅木が使われており、凝った象嵌や流行の彫り模様が見事に施されている様子。あとで私がきっちり目利きして差し上げます。今度親方のところへ向かわれるときは、その額を包んで行くことです――金銭というものは、適切な額なら他者との関わりを仲立ちする油になります。職人の技、質の良い調度品、滋養ある食べ物、それらや、それに関わった者を正当に評価し、喜びや感謝を表すためにも、金銭というものは役に立つのです。飲み込まれてはいけませんが」

そうスダッタが言うと、ジェータは薄い瞳を向けて、

「――教えられた気がする。みんなが有り難がる金銭とは、卑しい、つまらないものと思っていたけど、そのようなものだったのか」

そして言った。

「僕は大勢の人は苦手だけれど、たまに興味深い人を見つけて、好きになる。あの庭師や、親方たち。思えばその道に精通し、そこから世界を見ている人々だ。――あなたが僕に興味を持ってくれたように、僕もあなたに興味がわいた。だから、あなたが会わせたいと言うその人に、会ってみようと思う」

スダッタは震えるばかりに喜び、さっそく翌日の約束を取り付け、帰路についた。疲れなどどかへ消え失せた。今夜は明日の計画を練るため眠れないだろう。


夜が明けるか明けないかの刻、スダッタは昨日に続き、あの園へ馬を飛ばした。

昨日同様馬をつなぎ丘を駆け上がると、丸太小屋の戸を遠慮無く叩き、不機嫌な顔で出てきた庭番――改め、ジェータ王子の信頼厚き庭師の肩をつかみ、仕事を依頼した。庭師はスダッタから提示された破格の報酬よりも、ジェータ王子のためにまた働けるとの思いから、喜び勇んで寝覚めの顔をぬぐった。

城下にあるスダッタの別宅のひとつ。そこを急遽かき集めた二十余名の熟練の職人に徹夜で引いた図面を見せ、改装させた。ジェータの園で得た感銘をもとに、豪華な調度品は除け色彩を抑え、都の一等地にありながらまるで深山に隠れたる庵の如く、枯れた深みを設(しつら)えさせた。客室から一望する庭は庭師が監督となり、同様の心得で一層に凝り、落ち着いた樹木を植え池を作り石を置き、敷地以上の広がりを見せるように工夫した。空はこの会にはうってつけの薄曇り模様で、光が良くないジェータの目でも景観を見てもらえると思われた。

最後に使用人総出で埃を払い、濡れ布巾をかけた。そして薄い香木を焚く。先ほどまでの職人たちの汗の匂いと喧噪が嘘のように、千古の昔からここに在るかのような、静謐の空間が出現した。

まず仏陀が、そして少し遅れてジェータがスダッタの使いに導かれて姿を見せた。ジェータは従者チャパティを連れ、大きな木箱を担がせている。木箱の中身はもちろんヴィーナで、持参してくれるようスダッタが昨日重々頼んだものだ。

仏陀とジェータは出会うとすぐに、根本和音の二弦のごとく共鳴し、打ち解けた。人見知りのはずのジェータが先に口を開き、自己紹介をした。仏陀も心やすくに話しかけた。

良質な食材を使い熟練の料理人によって作られた、修行者にも食べられる料理が出され、穏やかな歓談があった。ジェータは目を薄くして庭まで見渡し、意匠に気づいたのだろう、微笑みを浮かべた。スダッタは仏陀に種明かしをした。ジェータが素晴らしい園を所有しており、そこを作った庭師の力を借りて同様の雰囲気を作ったことを。仏陀も庭をゆっくりと眺め、うなずいた。庭師が顔を出し、ジェータの手を取り、互いに懐かしがった。

歓談が一段落した頃、ジェータがチャパティに木箱を開けさせた。スダッタが「ぜひとも、持ってきてください」とのみ頼んでいたヴィーナを、ジェータは取り出し、床に置き、躊躇いなく弾き始めた。

ほろん、ほろろん
ほろほろん

枯れた静けさをあらわしたこの室に、音曲が流れた。この目的のために張られた固い壁板に跳ね返り、きらびやかに響き波打ち拡散した。念願の（と言っても昨日からのものでしかないのだが、スダッタには長い宿願のように思えていた）ジェータの奏楽を聞き、スダッタは密かにうなった。急造だったが佳くできたと自負する、ジェータ好みの色を抑えたこの室。その意匠はジェータが琴を奏でたこの瞬間に完成したように思えた。

（ああ、これは色彩だ。団欒の如きぬくもりあり、若い情熱の火照りありだ。彼は目で見る色は失ったが、心の中に宿し燃える炎は、こんなにも色とりどり、なんと鮮やかな——）

色彩のない室に舞い散る色彩。静寂を濃く浮かび上がらせる音曲。騒々しいサーヴァッティの生活の裏に、こんな仙境が顕れていると誰が思うだろう。

仏陀も、美しい楽器とよどみないジェータの指の動きに惹きつけられるようにじっと目をやり、そして目を閉じて、初めて経験する音の調和の不思議に心を漂わせた。

奏楽はしばらく続けられ、已んだ。ジェータの目が疲れてきたようだった。

チャパティが持参の木筒から濡れた布を出し、ジェータに渡した。ジェータはそれで目を押さえ、冷やした。

「異なる音が、ひとつの生き物のように絡み合う。まことに、素晴らしい音曲だった。言葉が不要なほどに——目が悪いようだ、無理をして弾いてくれたのだね」

仏陀がいたわった。

「いえ。まだ弦の幅や柱の位置に慣れていなくて、目に頼ってしまっているものだから」

「本当に不思議な、久しぶりに感じる驚きだった。その理を、教えてもらえないだろうか」

かつてシッダールタが仏陀となる前に、アーラーラ・カーラーマやウッダカ・ラーマプッタといった偉大な仙人にしたように、深い境地への欲求から、教えを請うた。

「いいですよ」

王子が歯を見せて笑った。真白く、形良く並んだ歯だった。

「いつでもお教えしましょう。この国に長く居てくれるのでしょう。スダッタさんがあなたに、園を寄進するそうです。居心地は、いいと思いますよ」

この言葉に大声で喜んだのは、スダッタだった。自分があの園を買い受け仏陀に寄進することを、認めてくれたのだ――

「ああ王子、ありがとうございます！」

自分もこの二人の妙なる音の調和に絡むことができたのだ。大汗冷や汗の剽げた役回りだったが、それだって無くてはならぬ音だ。

ジェータは大きな笠をかぶり、琴の木箱を担いだチャパティとともに帰って行った。

土地購入の法律上の手続きや代金の支払いは（都心ほどではないにせよかなりの額になるだろう）後日として、約定の交わされた今日このとき園はスダッタの所有となり、そしてスダッタから仏陀の教団へ寄進された。

仏陀は五比丘とともに、スダッタの案内で園に入った。その抑制された美に触れ、弟子たちの感嘆はひとかたならぬものだった。衣食住のこだわりを捨てた出家修行者とは言え、修養に適した地というのはやはりあるのだ。小川のきらめきを嬉しそうに眺め、青々と茂る芝生の感触を確かめ、菩提樹の下でさっそく座禅を組むなどした。

ジェータを漢語で祇陀といい、見事な大樹があり、スダッタは既述のように給孤独長者と呼ばれたことから、この園は祇樹給孤独園、短く祇園と呼ばれる。スダッタの功績を省くようで彼にはかわいそうだが、この園のことは今後「祇園」と表記することにしたい。

数日中に庭師の小屋は撤去され、庭師は喜んで自分の家財を運んでくれた。のちにスダッタによって大勢の比丘たちが雨露をしのげる建造物、精舎がここに建てられる。


仏陀は五比丘の中でも健脚のふたりヴァッパとバッディヤに、ラージャガハの竹林精舎への伝令を頼んだ。

「竹林精舎へ赴き、今から言うことをみなに伝えてほしい。——我々はサーヴァッティで園の寄進を受けた。今後はラージャガハとサーヴァッティ、このインドの新興二大都市を教団の活動の基盤としていく。それゆえ竹林の園に残る者と、祇園に来る者を分けてもらいたい。希望に任せるのがよいが、あまり偏らないようにウルヴェーラ・カッサパの差配でだいたい半数になるよう調整するように。そしてウルヴェーラたちカッサパ三兄弟は残って竹林精舎の要となり、サーリプッタとモッガラーナは祇園に来てもらいたい」

ヴァッパとバッディヤは頷いた。

「お任せあれ。遺漏無く伝え、すぐに戻って参ります」

仏陀はふと遠い目をして少し考え、言った。

「それからな、デーヴァダッタに伝えてくれ。そなたはこちらに来たほうが良い、と——」

○デーヴァとルクミニー

壮麗なラージャガハ王宮から伸びる大通りの裏側に、猥雑だが、情趣漂う路地がある。

夜になれば酒も出る、高級な食事処が立ち並んでいる。場所柄、主にクシャトリアたちが胃袋を満たすため出入りするようだ。

日が低くなり、勤め帰りの文武の家中たちで賑わい始める時間だ。今から営業を始める店も多い。ただし昨日からの雨模様で客足は少ない。

一軒の、大きくはないがさっぱりとした店の門が開き、若いながら店の主らしい女が出てきた。雨を気にしながらも、煉瓦造りの構えに看板を出そうとしている。

「きゃっ」

玄関口に出た女主人は、雨の軒先に佇む修行者に驚いた。

「ルクミニー、久しぶりだな」

名を言われた女主人は、修行者をまじまじと見た。二年ぶりの、デーヴァダッタだった。粋に束ねていた髪を短くし、粗末な僧衣に身を包んではいるが、見間違えようがない。

「デーヴァさま――」

万感の思いがこみ上げ、両手で頬を抑え、しばらく放心したようにデーヴァダッタを見つめるルクミニーだったが、

「どうぞ、こちらへお入りください」

いいのか、と遠慮するデーヴァダッタの腕をとり、強い力で店の中に引き入れた。すぐに彼女だ

け出てきて、掛けたばかりの看板を下ろし、また入った。

店の中で、ルクミニーはデーヴァダッタの手を押し戴いて、

「ひと目でも、お会いしたく思っておりました。竹林へ飛んでいこうかとも思いました。せめてひと言、感謝の思いを伝えたくて。でも女人は近寄ることもだめだと」

と、涙を流しながら言った。

二年前、デーヴァダッタは出家する際、ルクミニーを遊女の境遇から抜け出させていた。ルクミニーのいる店へ足繁く通い親しくなっていったとき、そこで働くようになった事情を聞いていた。彼女は十七の歳にマガダ国の農村から、父親によって連れて来られた。幼い三人の弟妹のためと、父は目を合わせずに彼女に言って聞かせた。それ以来家族とは一度も会っていない、ということだった。

しかし、それ以外のこと――父親は娘と引き替えに幾ら手にしたのか、すでに五年働いているがあと幾ら借金は残っていて何年で返せるのか、などはルクミニーに聞いても明確な答えは得られなかった。彼女も店の主に聞いたことはあるが、利息だの生活費だのをあれこれ言われ、はっきりとは教えてくれない。しつこく聞くと怒鳴られたり、食事を少なくするなどの嫌がらせをされる。だんだんに彼女は気力を失っていった。これが自分の運命なのだ。この暗い店で、自分の生は終わるのだ。そう信じた。

出家を決意したデーヴァダッタは、もはや必要のなくなった蓄えをルクミニーの借金の返済に充てようと考えた。釈迦国のために蓄えた財であったが、すでに釈迦国を危機から救うという目的は達成した。その骨折りの労賃として、剣や衣類など身の回りの物を売り払った金子も併せ、ルクミ

ニーの方に使いたいと思った。

ちょうどコーサラに商人として潜らせていた間諜が、彼の下に挨拶に来ていた。デーヴァダッタを慕い尊敬している若者だ。彼も役目を終えたが釈迦国には戻らず、コーサラで本当の商人としてやっていくと言う。聞けばコーサラ国で気に入った女性が出来たそうで、一緒になることを話し合っているとのことだった。

デーヴァダッタはそれを祝福し、自分のことについてはしばらく旅に出る、とのみ言った。そして個人的な頼みとして、ルクミニーの生まれた農村の名を言い、そこで彼女の父親を探してほしいと言った。若者はデーヴァダッタの口から女性の名前が出たことに驚いたが、深い事情を察し、何も聞かずに頷いてくれた。

「おやすい御用です。五年前に村を出たルクミニーという娘の父親ですね。さりげなく聞いて回るのには慣れております。それほど離れた村ではありませんから、数日中にご報告に上がれると思います」

と言って、すぐに発ってくれた。

ルクミニーを自由の身にする交渉の前に、情報を仕入れておかねばならない。デーヴァダッタは自分で人を探すことは経験もなく、自信がなかった。父親の所在を突き止めてから話を聞きに行こうと考えていた。

数日後、デーヴァダッタはルクミニーの店の主の屋敷に乗り込んでいた。

「な、なんだ、お前は。突然上がり込み、訳のわからぬことを」

「黙れこの毒虫め。ルクミニーに背負わせた借金の、証文を見せろと言っているのだ」

「人の商売に難癖をつけるつもりか。おいお前たち、さっさと叩き出してしまえ」

主の言葉に、裏口から目つきの悪い五人の使用人が、棒切れを手に肩を怒らせて迫ってきた。この屋敷の門をくぐる前から炎となっているデーヴァダッタの心は、薪を足されたように燃え盛った。

出家のため、すでに剣は売り払っており丸腰だった。だが棒をかついだ町の下郎ごときに不覚を取る彼ではない。数を頼りに甘く近寄ってきた男の腕を素早くとり、その体を盾にしながら容赦なく腕を捻り上げた。肩の骨が外れ悲鳴を上げる男から棒を奪うと、目にもとまらぬ技で別の男の耳を打った。うっと呻いて男は倒れる。残る三人はようやく、乗り込んできたこの男が坊主頭で衣服も粗末ながら手練れの武人だと知り、警戒して構えた。デーヴァダッタは気にせぬよう近づき、大きく振りかぶる。男たちは一撃を受け止めてから組み付こうと、棒を両手で頭上にかざし隙無く防御しようとした。だがそれがデーヴァダッタの狙いで、彼には見えている大きな隙――棒を握る男の指を、鋭い振りで正確に打ち潰した。指の激痛は瞬時に戦意を奪い、指を潰された男は棒を捨て、頭を守りながら床に丸まった。打ち込んだデーヴァダッタは流れるように、離れた所にいる別の男の腹を目掛け、全身を伸ばすような突きを放った。仲間の後方で油断していた男のみぞおちに棒の先がめり込み、男は倒れ、悶絶した。最後の一人はかなわぬことを知り、逃げ去った。

「こ、こんなことをして、ただですむと思っているのか」

「さっさと証文を出さぬからだ。お前もひとつ食らってみるか」

鼻先に棒を突きつけると主は震え上がり、用箪笥から古い書類箱を取りだした。震える指で証文の束をさぐるのを、デーヴァダッタはひったくった。

「俺が探してやる。どれ、これだな——見ろ、三年間の住み込み働きと、書いてあるではないか！ルクミニーは五年働かされている。どういうつもりだ！」

「ち、違うんだ。三年の働きが終わる頃また父親が来て、さらに金が必要だからと、住み込み働きを延長してくれと言ってきたんだ。これはもう口約束で、証文は作っていないが——」

ばき、とデーヴァダッタの拳が主の頬を殴った。口から血が飛んだ。

「嘘を吐くなこの糞虫めが。俺は全て調べてここに来ている。ルクミニーの父親は、娘を売った後悔に体調を崩し、一年の後にこの世を去っているのだぞ。死者が金の無心に来たとでも言うのか」

さらにデーヴァダッタは主を殴った。沸き上がる怒りで額に青筋が浮かんでいる。

「約束の三年が経ったとき、ルクミニーの弟妹たちが父親の遺言でここまで姉を迎えに来たな。お前はそのとき姉は既に死んだと偽り、偽の遺品まで渡し、泣く弟妹たちを追い返した——その遺品とは、ルクミニーが故郷を出るとき大切に持ってきた、母親の形見の櫛だった。大方お前がルクミニーから巻き上げたか盗んだのだろう。何か言うことがあるかっ。この、人の生き血を吸う蛭めっ！」

三発目を殴り主が壁に吹き飛んだとき、先ほどひとり逃げた使用人が十を超える人数を連れて戻ってきた。この度はみな手に手に光る刃物を握り、初めから油断もない。

「おお、お前たち、見ろこの有様を。凶悪な強盗だ、遠慮なく殺してしまえ。褒美をとらせるぞ」

主人が血だらけの顎で叫んだ。

ずらりと、鈍く光る刃がデーヴァダッタを取り囲んだ。

デーヴァダッタは空手で、目で威圧している。じりじりと刃の壁が近づいてくる。

デーヴァダッタが膝を曲げ重心を爪先に移動させた、そのときだった。

「おうい、ここか。厳格なるマガダの国法に背いて人を騙し働かせ、利を貪る悪党がいるのは」

表の門から若く逞しい声が響いた。入ってくるのは、これは見ただけでわかる高い位のクシャトリア、しかも後ろに武装した兵士をずらりと従えている。

「バララーマ」

デーヴァダッタが呼びかけた。バララーマはマガダ国宰相の息子であり、デーヴァダッタの友人だ。ルクミニーの働く店にデーヴァダッタを誘った人物でもある。

「デーヴァダッタ。言われた時間より少し早くついたぞ。なんだ、その修羅場は」

「言ったとおり悪人を捕まえ、証拠を挙げたのだ。初めからクシャトリアが来ては、証拠を捨ててしまうかもしれん」

「そうか——お前たち、まずは神妙に刃物を捨てよ。主よ、血だらけだが取り調べできるか」

主はバララーマを見知っている。助けを求めるように這って近寄り、縋った。バララーマは厳しく言った。

「俺たちはお前の店を贔屓にし、金を落としてきた。なのにあくどいことをしていたようだな。今までお前の店で飲んだ酒も醒めてゆくわ——人を拐かし働かすことは重罪だと知っていよう」

うなだれる主や使用人は、証文の山とともに兵士に連れて行かれた。

「バララーマ。早く来てくれて助かった」

「さすがに君も、絶体絶命だったな」

バララーマは笑った。だがデーヴァダッタは（あのままでは何人かを殺めてしまっていただろう。

刃物に囲まれ仕方なくとは言っても、何しろ明日にも出家しようという身で、殺生はよくないはずだ）と思っていた。

「ひとつ、俗な頼みがあるのだが」

と、デーヴァダッタがバララーマに言った。

「なんだ、こんなときに」

「ルクミニーは自由の身になった。だが両親はすでに亡く、弟妹たちは貧しいながらそれぞれ家庭を持っている。自由となっても、行く場所がないのだ」

「ふむ」

「俺は蓄えで、彼女の背負わされた借金を清算してやろうと考えていた。だが借金はすでに無く、それも必要なくなった。その金で、彼女の住む処、生活の方法を作ってやりたい。それを、頼めないだろうか」

そう言って、背中に背負っていた袋をバララーマに渡した。ずしりと金銀が詰まっている。

バララーマはあきれた。

「こんなものを持って大立ち回りしていたのか」

「それよりデーヴァ、何を言っているんだ。君が彼女を娶（めと）ってやればすむ話じゃないか。独り身なんだから」

「俺か――俺はだめなんだ。出家するんだ」

バララーマは驚いた。

「もう邸宅も引き払い、剣も服も売った。あとはルクミニーのことを片付ければ、心残り無く出家できる。もう会うことはない」

バララーマはなおも色々質問をしたが、やがて納得した。もともと他国のクシャトリアであり、これまでも風来坊のようにいなくなることが多かったのだ。引き留める理由も、感傷以外にはない。男同士には不要だ。

「まあ、わかった。あの店で遊んでいた俺もこのままでは気分が悪いからな。罪滅ぼしというわけでもないが、良い家、向いた仕事を探しておくよ」

デーヴァダッタは考え、言った。

「ルクミニーは、料理が得意だ」

バララーマは笑って、よしわかったと言った。心の中で、

(こういう場合、男は女に一年か、二年そこらで会いに来るものだがな)

と、思いながら。


そして今。デーヴァダッタはルクミニーに会いに来た。バララーマの見立てどおり、二年後のことだった。このひと月ほど前、仏陀がコーサラ国へ旅立っている。

「本当に、本当にありがとうございます。遊女から抜け出させてくださっただけでなく、こんなお店まで。あれから弟妹たちも会いに来てくれました。父のことは残念でしたが、みんな元気でした」

ルクミニーがデーヴァダッタの手を取ったまま言う。そして髪に挿している、母の形見の櫛を見

せた。デーヴァダッタは頷いた。

「たいしたことはしていない。お前は知らぬ間に、約束だった三年どころか五年も家族のために働いたのだ。これくらいの店は持って当然だ。それにしても、バララーマは良い店を探したな。無駄に城下を遊び歩いていたわけではなかったようだ」

「ええ、とても気に入っています。お台所がとても使いやすくって」

　確かに広く、整然とした厨房を見せて言った。

「わたしたちが約束より多く働いた分は、バララーマさまが主の館を売ったぶんから、分捕ってくださいました。そのお金は全部弟妹たちに送りましたの。だからこのお店は丸ごと全て、デーヴァさまにいただいたものなのです。それを思っていつも綺麗に磨いているのですよ」

「そうか。店は、はやっているのか」

「ええ、バララーマさまが、筋の良いお客を紹介してくれるのです」

　それは本当だが、みなルクミニーの料理の美味さに舌を巻き常連となり、さらに人を連れてくるのだった。

　ルクミニーが、デーヴァダッタの出家の話を聞く。

「あなたが修行者になったと、バララーマさまに聞いたときは驚きました」

「そうだろう。人と話すのは久しぶりなのだ」

「そうなのですか」

「ああ、竹林ではほとんどだんまりだ。何人かの比丘が幅をきかせて声を張り上げているが」

「あなたがだんまりだなんて、おかしいですわ」

「新参だからな。周りのやつらは仏陀の弟子になるずっと前から、こういうことをしてきた者ばかりだ。素人の俺はおとなしくして、様子を窺(うかが)っているのだ。だがたいしたやつはほとんどいない。何人かはいるが」

「この界隈には托鉢にも寄っていただけないのですね。あなたが来たら栄養のあるものを、心を込めてお布施いたしますのに」

「うん、托鉢は早朝から民家に並ぶものなのだ。この辺りの店だと朝は開けていないだろう。それに、比丘たちは粗末な食べ物のほうがいいのだ。欲を落とそうとしているからな」

「でしたら、あなたには不要なことですね。欲のないお方ですから」

「俺に欲がない？」

いつも何か目的を持って他者と鎬(しのぎ)を削り、駆けずり回ってきた彼には意外な言葉だった。それを言うと、

「あなたのは、いつもお国のため、人のため。ここ数年のことしかわたしは存じませんけれど、ご自分のために走り回られたことって、ないのではございませんか」

腕を組み考えるデーヴァダッタに、彼女はさらに続けた。

「うまくは言えませんが、人はみな、もっと自分の根元からの、自分勝手な、醜く荒々しい、欲や願いみたいなものを持っていて、それによって動いているように思います。あんな場所で働いていたから、よけいにそう思うのかも知れませんが。あなたは自分というより、お国や他の人のことを根元に置いて、夢中で走り回っておられるような気がします」

（だから一緒にいると安らいで、好きなんだわ。そして、寂しいんだわ）

と、彼女は心に思った。

デーヴァダッタは自分の行動を思いやった。人は誰しも自分という人間しか本当には経験し得ない。それゆえ他者と自分の、深いところでの違いは比べようがない。だが彼女にこう言われて、仏陀が説法で使う、乗り越え捨てるべきものとしての「我欲」や「我執」という言葉を思い出した。我欲、我執、確かにその言葉は彼の実感として受け止められなかった。それらは自分には備わっていないものなのか。自分にあいている「空洞」と関係あるのだろうか。

比丘たちが懸命に取り除こうとするそれらをもともと持たない者は、悟りに近い者なのか。それとも最も遠い者なのか。

非想非非想処の境地にあっさり到達したらしいとき、誉めそやし近寄ってくる比丘の言葉と裏腹に、なんとも手応えのなさを感じた彼だった。

その話を、半分冗談めかしてルクミニーに言った。

「どうも俺は禅定の才もあるらしい。他の比丘には出来ぬことを、すぐ出来てしまった。簡単で拍子抜けだったが。非想非非想処と言うのだ」

「ひそう、ひ、ひ、ひ……」

「ひが一つ多いよ。まあ見てろ、こうするのだ」

デーヴァダッタは一日で仏陀の認可を受け、比丘たちの賞賛と羨望を浴びた非想非非想処の禅定を、その場でして見せた。禅定とは縁のない女性にも、少しぐらいは何かわかるだろう、と。

彼の集中力は凄まじい。こんな俗世の料亭の（なにやら料理の良い匂いが漂っている）、懐かしい女性に会ったばかりの所でも、足を結跏趺坐にすると、呼吸を整え精神を制御し、たちまちに非想非非想処の境地に到達した。

ルクミニーはデーヴァダッタの修行者らしい所作を驚いて見ていたが、彼の顔を見つめていると、ふいに両の手で口を押さえ、

「く、く、く、デーヴァさま――」

背を丸め、込み上げてくるものを抑えきれず――吹き出してしまった。彼女はデーヴァダッタの禅定を見て、笑い転げているのだ。

気づいたデーヴァダッタは禅定をほどき、

「なんだ、ルクミニー、何を笑うのだ」

と、不審がった。

「だって、デーヴァさま、そんなお顔で――」

ルクミニーは今見たものを思い返し、まだ笑い噎せている。

デーヴァダッタの禅定の、思考を超越した境地ゆえの表情の弛緩――目は作法どおり半眼、口は呼吸のため細く開いている――それは確かに寝起きのような、惚けた顔に見える。今にも口の端から涎のひとすじでも垂らしそうな。いつも怜悧で何かの考えに眼光輝き、意志そのものといったデーヴァダッタの顔が、突然そのように変化したため、より彼女には衝撃的であり、それは笑いとして彼女に現れたのだった。

もちろん普段ならここまで野放図に笑いはしなかっただろう。ルクミニーの心の興奮状態がもたらしたものに違いない。

「ああ、デーヴァさま――。急に、びっくりしましたわ――」

目尻の涙を抑え、ルクミニーは今はふうふうと、呼吸を整えている。

彼女に少し得意な気持ちで禅定を見せたデーヴァダッタは気落ちしたが、これは比丘たちが精神を鍛錬するため目指す境地なのだ、と言って聞かせた。

竹林の下、一面に座する丸い頭の比丘たちが、一斉に同様の惚け顔をするのを思い浮かべ、ルクミニーはまた笑いの虫がこみ上げ、卓上に顔を突っ伏した。この度は吹き出すことだけは堪えて、ふ、ふ、ふと体を震わせている。

それを見てあきれたデーヴァダッタだったが、自分も可笑しくなり、

（女を笑わせるのは、よいものだな）

と思った。


途中、看板を下ろしているにも関わらず、門を叩く音がした。四人ほどの常連客が、雨の中をやって来たのだ。ルクミニーは門の外で丁重に応対し、都合により今日は休む旨を伝えた。常連は残念がりながらも帰っていった。

「よかったのか。邪魔をしているようだ」

「とんでもございません。デーヴァさまのお店です。あなたが来られるときはいつも貸し切りです」

落ち着いたルクミニーは、三人の弟妹たちの話をした。一度、この店を開いてしばらくしてから、三人揃って来てくれたそうだ。姉ルクミニーを死んだものと思って暮らしているところへデーヴァダッタが来て、生きていることを知らされたときの驚きようを、涙と笑いで語ってくれたという。

「あなたにぜひもう一度会ってお礼を、と言っておりましたわ」

そういうことの苦手なデーヴァダッタは曖昧に濁しながら、彼も妹、ヤショダラのことを話す。

「妹は、シッダールタ、つまり俺の師仏陀のもとに嫁いだのだがな。シッダールタは、国も家族も捨てて出家したのだ」

「まあ」

ルクミニーは眉をひそめた。

「お可哀想に。でもきっと、また誰かいい人が見つかりますわ」

「どうかな、子供もいるからな」

「えっ、ではあなたのお師様は、奥様と子供を捨てて、ひとり修行の道に出ていかれたのですか」

「そうだ」

ルクミニーは真剣に怒った。

「なんてことでしょう。妻が夫を、子が父を、どれほど必要としているか。わたしの父もひどいけれど、それとどう違うのでしょう。あなたがそんな人を師と言っているだなんて」

デーヴァダッタはルクミニーの剣幕に、座ったまま後ずさりした。

「まあ、今の話を聞いただけではそう思うだろうな」

気位高い彼は言いはしないが、彼も捨てられたものの一つだった。当時の激しい怒り、恨みの感情は、思い出すのも嫌なほどだ。

「ほかにお話があるのなら、おっしゃってください。わたしの勘違いなら、お詫びしなきゃいけません」

「ううむ。ほかに話と、言うほどのものもないが。ただシッダールタには、大きな目的があったのだ。国どころか、世界の在りようを変えるほどの。それは今の彼を見ればわかる」

「妻と子を捨てて、大きな目的ですか」

ルクミニーは収まらない。

「わたしは、嫌いです。国のため、世のためよりも、身近な誰かを大切に、幸せにしなければ、うそです」

「だが、俺が弟子入りするほどの男なのだ」

デーヴァダッタが困り顔で言った。

しばらくの後、ルクミニーが言った。

「すみませんでした。あなたのお師様ともあられるお方に、とんでもないことを言ってしまいました。わたし、今日はあなたに会えた嬉しさで、気持ちがどうかしてますわ」

卓上に先ほどから煮込んでいた料理を並べた。「本日のお布施でございます」冗談めかしてルクミニーが言った。デーヴァダッタには久しぶりの俗世の華やかな食卓だった。味も一層上達しており、デーヴァダッタは一口食べて感心して唸(うな)った。托鉢の生活により、彼の胃は小さくなっていたが、ルクミニーはそれを考え、種類は豊富だが量は少なくしていたので、無理せず全て食べることができた。

料理を食べ終え、茶を飲むと、

「そろそろ行かねば」

と腰を浮かせるデーヴァダッタを、ルクミニーは引き留めた。

「まだまだ積もる話もあります。今日は泊まってくださいまし」

それは出家修行者としてしてはいけないことだった。だが今は竹林精舎に仏陀もいないことも手伝って、彼の教団への思いも少し違うものになってきている。

この日だけは泊まることにした。

店の奥の部屋のひとつの寝具で、寄り添って寝た。遅くまで、とりとめの無いことを囁(ささや)くように語り合いながら。ルクミニーはいろいろな感情で、暗がりの中、涙を流していた。

東の空の白む頃、涙も乾ききり、ルクミニーは考えていた。夜通しまどろみもせず、心は今は落ち着き、くっきりと覚めていた。横で、二年ぶりの寝具だというデーヴァダッタは寝息を立て、深い眠りについている。

この人は、ご自分の空洞に、何が入っているべきなのかご存知ない。他の人、たとえばわたしにはわかる。それは人を恋い焦がれ、抱きしめたくなる衝動。それは自分の面影を持つ可憐な存在、我が子を望む思い。望んで得られないのじゃない、望みそのものが、ぽっかりとうつろなのだわ

――

仏陀という、この人の師。偉いお方かも知れないけれど、この人が縋(すが)る相手としては、まったくのお門違いだ。若い妻を捨て、生まれ来る子を捨てた？　そんな方が、この人にいったい何を教えると言うんだろう。何を捨てさせると言うんだろう。初めから、持つことの出来ないこの人に

聖者さまなんかじゃだめだ。この人を癒やせるのは、救えるのは――

この人は、わたしの所へ来てくれた。一度はもう会わないつもりで出家したけれど、こうしてわざわざ探して来てくれた。そっとだけれど、抱きしめてくれた。完全に空洞じゃないんだわ。蛇っ

て、本当はわたしは嫌いだけれど、足が無ければ杖をつけばいい。車に乗ればいい。わたしが牽いてあげる

男女の結びつきにはなれない。でも、それ以上だわ。こんなにも、心がつながっているもの

修行者の習慣で、夜が明けきる前にデーヴァダッタは目覚めた。せめて朝餉をと名残を惜しむルクミニーだったが、デーヴァダッタは彼女のためにも人目を気にし、人気の無いうちに出ようと身支度をした。

出る際に、彼は言った。

「すっかり世話になったが、こんなことはもういい。ここはお前の店だ。客たちは、お前の料理を必要とし、楽しみに来るに違いない。しっかり働いて、そしてだれかいい男がいれば、所帯を持つのだぞ」

去り際の言葉に、ルクミニーは寂しがった。

「デーヴァさまが夫になってくだされぱいいのに」

「馬鹿を言うな、俺は出家だ」

そして、

「それに、お前は子が欲しいのだろう」

ルクミニーはまた寄り縋った。

「また来てください。約束して。もうこれきりだなんて、おっしゃらないで」

女の肩に、デーヴァダッタは、わかった、と言った。

○呪(のろ)いの代償

ルクミニーの店で一夜を過ごしたデーヴァダッタは、教団の拠点である竹林精舎には戻らず、その近くのナツメの林で、身を潜めるように瞑想をした。

昨夜のルクミニーの店で口にした料理の、ほどよく効いた香辛料や、何よりも一晩添い寝をした彼女の匂いが、近寄る者に感づかれはしないかと気にしたためであった。そして、自身の態度にいつもと違うところがないか、とも。

近くの川で幾たびか沐浴した。頭まで沈んだ。

教団の精舎は、比丘の家や宿舎ではない。仏陀の直々の教えを受けたり、比丘同士が切磋琢磨するための場所である。毎日そこに帰らなければならない理由は無い。むしろ、禅定の実践は個人的なものであり、人から離れた場所で孤独に打ち込むことが良いとされた。

だからデーヴァダッタがしばらく精舎に戻らなくても、他の比丘たちに非難されることはない。

彼を非難する者は、彼自身であるべきだった。

顔見知りの独り身の女の元を訪れ、心づくしの料理を振る舞われ、一晩を共にしたのだ。明らかな戒律破りだった。仏陀の弟子たる資格があるのだろうか。

仏陀は今、この国にはいない。ひと月ほど前に、コーサラ国サーヴァッティへと出ていったところだ。

教えを受けたくて仏陀に弟子入りしたのだ。仏陀がいない教団は当然、物足りないものだった。

だがどこか、ほっとしているところもある。

彼は思う。仏陀は知っていたのではないか。俺が出家の前日に、遊女を助けるため、悪人のもとに乗り込み、大立ち回りを演じたことを。

二年前、竹林を訪れ弟子にしてくれと頼むデーヴァダッタに、仏陀はその発心(ほっしん)をあやしみ、俗世のしがらみを捨てる覚悟を繰り返し質(ただ)した。傍らで聞くウルヴェーラ・カッサパが不思議に思うほどだった。

仏陀は知っていたのではないか。弟子入りを頼んでいる際にそっと腰の後ろに隠した右の拳が、主を殴りつけたときに刺さった歯の欠片で、赤く膿んでいたことを。

そんなはずはない、とは思いながら、仏陀の目は全てを洞察しているように感じられる。彼の心は止まらなくなる。

仏陀は知っているのではないか。俺が竹林に入ったもう次の日から、既に比丘たちを軽んじ、出家の意義に疑問を持ったことを。仏陀は知っているのではないか。俺が非想非非想処に到達したように見えて、実はどこにも到達などしていないことを――

(よい、そなたは去りなさい)

非想非非想処の伝授の際、仏陀が発したその言葉は、俺を認めたものと思っていたが、あるいは
――


翌日の朝、ようやく竹林精舎に顔を出した。

誰も怪しむ者はいない。彼は取り越し苦労を笑い、安心して、集団から離れた所で座禅を組んだ。

ちょうどそこへ、仏陀についてサーヴァッティへ行っていた五比丘のうちの二人ヴァッパとバッディヤが、長旅の埃(ほこり)にまみれて戻ってきた。

二人はサーヴァッティでの様子と、仏陀の考えを伝えた。

サーヴァッティでコーサラ王の知遇を得て、素晴らしい園の寄進を受けたこと。この園と竹林精舎とを教団の二大拠点とし、布教活動を広げていくつもりであること。

サーリプッタとモッガラーナの両人はサーヴァッティへ行き仏陀を補佐すること。カッサパ三兄弟は竹林精舎に残り、比丘たちをまとめること。

また、その他の比丘たちは各自の意志に任せてサーヴァッティに来ても良いが、ウルヴェーラ・カッサパの差配で、来る者と残る者が同数ほどになるのが望ましいこと――

比丘たちは、憂慮していた仏陀のコーサラ訪問がうまく行ったことを驚き、喜んだ。

さっそく今いる比丘の中で、行く者と残る者の選別が始められている。ウルヴェーラたちカッサパ兄弟が取り仕切るしばしの喧噪の中、ヴァッパとバッディヤが離れた所に座るデーヴァダッタの側に寄り、こう言った。

「仏陀はおぬしも、サーヴァッティへ来たほうが良いと仰せられている」

「ほうが良い、とはどういうことか」

とデーヴァダッタは聞いた。

「わしたちも多くは知らん、そのように伝えよと言われただけなのでな」

ヴァッパはデーヴァダッタのクシャトリアらしい、直截な追求をうるさそうにこう言った。仏陀と同族の従弟であり、新参のくせに精緻な禅定を見せるデーヴァダッタのことを苦手に思う比丘が多かった。

デーヴァダッタは思った。仏陀は知っているのだ。俺が仏陀の不在に気を緩ませ、出家の戒を破ったことを。もはや出家としても心が入らず、俗世にももう目的も居場所も無い、根無し草になったこの有様を――

デーヴァダッタは仏陀の優しさを感じた。教えも戒も軽んじ、このまま浮き草同然に流れてゆきそうな自分を気にかけ、救いの手を差し伸べてくれている。

（そうか、そうだな――よし、仏陀の言うとおりにしよう。仏陀のもと、新しい場所でじっくりと、足りない者なりに本当の修行をしよう。ルクミニーにはまた会いに行くと約束してしまったが、俺がいてはいつまでも所帯を持つこともできん。遠くから彼女の幸福を願おう。お互い、一からやり直すのだ）

デーヴァダッタは仏陀の言葉どおりに、サーヴァッティの園へ行く決心をした。

比丘たちの喧騒は続いている。しかしどうやらコーサラ国サーヴァッティの園へ行こうという者と、政治も人心も安定したここラージャガハの竹林精舎に残ることを選ぶ者は程よい均衡をとり、だいたい半数ほどに落ち着きそうだった。

移動組の一人が、新天地へ向かう興奮気味の声で、バッディヤに聞いた。

「我らは心底心配していたが、仏陀はいったいどのように、蛮王とまで呼ばれるコーサラ王の心を掴まれたのか」

「うむ、それはな、大軍を引き連れ仏陀と我らを囲むコーサラ王を、仏陀は一声で退け、心服させられたのだ。王の乗っている象ごとだぞ」

比丘たちは驚いて盛んに質問をする。ヴァッパとバッディヤは得意げに、交互に答えた。

「なるほど、さすがは我らが仏陀。それで、仏陀に心酔したコーサラ王が、園を寄進してくれたというわけだな」

「いや、それは王ではない。ええと、複雑なのだが、スダッタという商人が、ジェータという王子から買い取って、仏陀に寄進したのだ。だからその園は祇園――ジェータの園、と呼ばれている」

少し離れた所で聞いていたデーヴァダッタは、その名前に反応した。

（ジェータ王子だと）

かつて俗世で釈迦国を守ろうと奔走している際、南方の祈祷師を訪ね、呪(のろ)いをかけた名前だ――。擂(す)り鉢(ばち)に入れた溢(あふ)れるほどの不気味な虫と、毒々しい花弁と、どろりと固まりかけた動物の血。それを擂(す)り粉木(こぎ)で、彼は混ぜた。自分の名と、ジェータの名を、心の中で唱えながら。会ったこともないまだ幼い少年の、病の増幅を願って。

鉢の内容物を混ぜる感触が彼の右の手に蘇り、痙攣(けいれん)を起こした。

――呪いは時として、かけた者に返り来る

あの祈祷師の言葉が、頭によぎった。

――それを受けるのは、もちろんおぬしなのだ

うっ、と腕を押さえる彼に、近くの比丘がどうしたのかと聞いた。

なんでもない――

彼は腕を押さえたまま、よろける足でその場を離れた。

コーサラ国サーヴァッティの園へ赴(おもむ)く比丘の長い列に、デーヴァダッタの姿は無かった。

仏陀の救いの声を、彼は拒絶した。

破滅を願ってその名を唱えたジェータの園で、救いを得られる筈が無い。

○音の世界へ

竹林精舎から六百人近い比丘がサーヴァッティの祇園へ移った。

デーヴァダッタの来ないことを心配した仏陀だったが、まさかこの園の名前がその理由だとは、如何(いか)に彼と言えど知るよしも無い。

サーヴァッティでの本格的な活動が始まった。この地での布教に、仏陀は長期展望を描いていた。構えて特別なことをするわけではない。ラージャガハでしたことと同じように、比丘たちは悟りの道の修行に励む。早朝に家々で托鉢を受ける。仏陀と二賢人は辻に立ち、衆生に教えを説く。

しかしそれら布教の詳細より、仏陀の「個人的な」動きに物語は広がってゆく。

布教の活動の合間、月に幾度か仏陀はジェータ王子の邸に足を運んだ。

尊敬を受けるバラモンやサモンが、説法のため呼ばれて貴人や富豪の邸宅で餐を受けることは通常のことで、仏陀や高弟たちもしてきたことだ。

だがジェータ邸を訪れるのは、通常の例に比べかなり頻繁だった。それはマガダ国のビンビサーラ王に招かれていたことと並ぶほどだが、ジェータ邸でのそれは説法でもなく、苦悩の相談でもなかった。仏陀の「個人的な」活動と言えた。

仏陀は、音の世界に彷徨(さまよ)いこんでいた。

ジェータが、床に横たえたあのヴィーナ(琴)を爪弾いている。仏陀はじっと耳を傾ける。

訪れるたびに工夫が進み、手慣れていくようで、和する音の種類も増えていく。楽しいもの、陰鬱なもの、少し崩れた、心を妙にこすりつけるようなもの――

華奢なジェータに似つかわしくないほど大きなヴィーナだが、正確で深みある音のために、親方と相談してこの大きさにしたのだという。

仏陀は頼んで一弦ずつ単音を弾いてもらった。単音での旋律なら釈迦国王子であった幼少の頃、宮廷で良く耳にしてきた。単音でも美しいが、そこには絡み合って生じる表情、色彩はない。また頼んで、次はでたらめに数弦を同時に弾いてもらう。どれも単音なら美しいはずが、それぞれが他の音を邪魔するようで、心地良くない。和しない音の群れは、不快であるともいえる。和する、和しないとは、人の気のせい、耳のせいなのだろうか。それとも人が聞かずとも、例えば世界に人がひとりもいなくなっても意味のある、実在なのだろうか。

「弾いてみたいですか」

興味深く耳を澄ます仏陀に、ジェータが言った。

「やってみたいが、どうかな、とてもそなたのように弾けるとは思えない」

「ひとつ調達して、毎日練習すればいずれ弾けるだろうけど、お弟子が驚き、嘆くでしょう」

そして笑って、

「唱ならいいかも」

と言った。

「唱とは、この、声かね」

口元を指さし、仏陀が聞いた。

「そう——ああチャパティ、良いところにきた。仏陀に聞いていただこう」

そう言うと、ジェータはすっと息を吸い込んで、喉を伸ばし、「唱」じ始めた。

透明感のある伸びのある、ただそれだけで美しい声だった。高く、天から流れ落ちるような。発するのは意味のある言葉ではなく、自身が楽器になったように、uやaの母音だけだ。ジェータが手をすっと振ると、茶器を運んできたチャパティが立ったまま、こちらも唱じた。これまで数えるほどしか聞いたことはなかったが、だみ声の（そして粗雑な物言いの）彼の唱は、渋い深みがあり、低く、聞く者の腹に響くようだった。そしてふたりの声は異質で違う高さなのに、確かに調和し、絡み合っている。ジェータの合図とともにふたりは唱を変えた。ジェータは高音から低音へ、チャパティは低音から高音へ——さらに変える、さらに——やがてどちらが高いのか低いのか、それどころかどちらがどちらの唱なのか、判別がつかなくなってきた。まさに一箇のうねる有機体のように、分かち難く存在しているのだ。

「ううむ。面白いな」

ヴィーナ（インド琴）の弦と違い、全く質の違う声が絡み合うのが面白い。もっと言えば、王子ジェータとシユードラのチャパティという、肌の色も、世間の身分も、性格もまるで異なる二者が、かくまで見事に調和することに痛快さまで覚える。

「やってみますか」

ジェータの言葉に、仏陀は頷いた。ヴィーナを弾くジェータの指は真似出来そうにないが、これならと思われた。

ジェータがヴィーナを単音で鳴らして、音程を仏陀に示す。初めの音、次の音、三つ目の音。その移行は、美しい。とても自然で、流れるような旋律だ。このとおりに唱じ、合図ごとに音を変えるように言われる。仏陀は第一音を唱じた。

「端っから外れてら」

給仕をしながらチャパティが、鼻で笑うように言う。仏陀がこの少年に声をかけられるのは、これが初めてだった。

ジェータがもう一度、初めの音だけ今度は自ら唱じて教えてくれる。だが合わないようだ。ようだ、というのは仏陀は自分ではわからないのだ。片膝ついたチャパティが、肩を揺すって笑っている。

「まあいいか、音が違っていてもこちらで合わせます。音を上げていってください」

そう言われ、仏陀は改めて唱じ始めた。ひとつめの唱、やはりずれているのだろうがジェータとチャパティが合わせる。だがふたつめの音に上げるとチャパティが、

「あれ、また違う！　そんな上がり方はない！」

と斟酌無く言う。

仏陀は首をひねった。

「難しいものなのだな。そなたたちの唱が良いことはわかるのだが」

ジェータもチャパティも、暇つぶしに唱を掛け合わせて遊んでいたところ面白さに気づき、いろいろな調和を作り出していったそうで、そこに躓きや努力はなかったようだ。他の使用人を呼んで参加させようとしたが、うまくいかなかったという。天稟というものがあるのだろう。

なぜ出来ないのか。「なぜ出来るのか」がわからないので教えようがない。またふたりとも、教えるということには向いていないようだった。その才能も、情熱もなかった。

「そうだ、仏陀、バラモンたちが祈祷の時、なにか唄っているでしょう。あれはどういうものです

か。仏陀はしませんか」

「彼らはヴェーダの神を讃える古い詩を詠じているのだ。私の教えはヴェーダとは違うのでそれはしないが、バラモンが古来伝える修行法のひとつの、真言ならばよくする」

「聞いてみたいな」

仏陀は頷いた。すうっと息を吸い、至高とされる真言を腹部の呼吸から響かせた。かつてアーラーラ・カーラーマとウッダカ・ラーマプッタの両老師から教わったものだ。それは空気を振るわせ、ふたりが驚くほど長く続いた。

「どうして、いい声だ」

チャパティが素朴な賞賛の声を上げれば、ジェータも頷き、

「うん、すごい。大鐘のように響いて、包み込まれるような深みがある——これは基調の音にうってつけだ。よし、高さは変えなくていいから、仏陀もう一度」

インドの伝統音楽に通奏低音という、他の楽器での演奏中同じ音をずっと響かせるというものがあり、専用の楽器もある。ジェータはそれを思ったのだろう。

仏陀の再びの真言に、まずジェータが合わせ、そしてチャパティが合わせた。ジェータが変化すると、チャパティも変わった。次はチャパティが先に変わり、ジェータがそれに合わせた。そこだけは不動の仏陀の真言の上で、ふたりの感性が跳ね、即興で形を変え、絡み合う。きれいな調和、悲しげな調和、不思議な調和——、部屋が異世界のようになった。

「なるほど、楽器がなくとも、人が集まればできるのだな」

ひとしきり唄い、楽しげに茶を飲むふたりを見つつ、仏陀は感じ入ったようにうなった。

そして遠い昔を思い出し、

「そう言えば、ひとりで二つの音を出し、話す男がいたな」

と、呟くように言った。

「本当ですか。そうなら楽器も、チャパティもいらないな」

とジェータが笑った。

「でも、そんなの寂しいよ」

とチャパティが言った。


しばらく後のある日のこと。

ジェータが厠に立ち、仏陀とチャパティの二人きりになった。転がっていた太鼓タブラを興味深げに指で叩いている仏陀を無遠慮に観察した後、チャパティは唱を教えようともちかけた。

「仏陀、唱の方はうまくなりましたかい」

「いや、どうかな。自分の声を聴いてもよくわからないのだ」

「教えてさしあげましょうか。唄ってみなせい」

ではと、背筋を伸ばし唱ずる仏陀の声をひと通り聞き、だめだめとチャパティは大げさに手を振る。

「なっちゃあいない。よくまあそんなにずれて唄えるもんだ。腹に力をこめて、もっと」

言われて、もう一度唄ってみる。バラモン伝統の修行で、腹からの呼吸法には自信があるのだが。

「だめだめ。仏陀、一度立ってみなせい。腹の筋が締まるから」

「そうか」

　と仏陀は立ち上がった。何でも物事を習うときはこのように苦労するものだ。長い間こういうことがなかったが、新しいことを習得することの喜び（と苦労――これなくして喜びはない）は、悟りを開いても変わらない。

「あれ仏陀――こらっチャパティ、仏陀にそんなこと」

　厠から戻ってきたジェータが、直立し唱じる仏陀の横で、片膝立ててあれこれ言うチャパティを見て、叱った。


　いつか自在に唱に加われるよう練習を続けたが、とは言え訪れたときの多くの時間、ジェータが練習がてらに奏でる琴を、仏陀はただ聞いた。目を閉じ、音のせせらぎに身を浸すと、魂が不思議な空間に流れ込むようだった。自分も、世界もそこでは区別が無い。全てが溶け合うかのようだ。ここは彼の悟った場所と同じなのだろうか。それとも別のものなのだろうか。


　親子ほど年の離れた仏陀とジェータだが、奏楽の幕間（まくあい）に、話は尽きなかった。辻で説くような悟りの話はしていない。

　仏陀が若いジェータにやんわりと、気になる異性はいるのかと聞く。彼の弟子がここにいたなら、衆生を救うために世に現れた修行完成者が何を問うのかと目を丸くしただろう。

　ジェータは恋をしたことがないという。少しだけ口にしたことから推測するに、気になった娘はいないわけではなさそうだが、実を結んだ試しはないようだ。仏陀には何事においても屈託なく話していたジェータが、この話題になると口ごもり、傍らのヴィーナを指でさわりだす。

ダルマ（宗教的社会義務）、アルタ（実利）と並んで、カーマ（快楽）が人生の目的のひとつに数えられるインドである。俗世間では性愛について、おおらかなものだ。

小なりとは言え一国の王子であった仏陀、かつてのシッダールタは、周囲の勧めもあって若くしてそれを享受してきたし、恋の気持ちも知っている。異性に惹き寄せられ欲することは、全く自然な感情だった。

だがジェータには、女性に対する嫌悪とまでは言わずとも、拒否反応のようなものがあった。一度、その複雑な感情についてジェータは、

――女性は花が好きだけれど、色のわからない自分はその花が理解できないから
と、短い言葉で表現した。仏陀はその意図を図りかねた。

花ぐらいで大げさではないか、と仏陀は思ったが、ジェータにとって、花は心に突き刺さる、鋭い棘（とげ）のような存在であるらしかった。

（自信がないのだろうか）

仏陀は思った。異性に興味が向かないのならいい。だが生まれついてのことで、自らを卑下しているのなら――なんとかこの青年に、若い生命らしい思いや感情を経験させてやりたかった。

縁談などはないのだろうか。王や周りは気にしないのだろうか。

（長子でありながら王位継承から外れたことが関係しているのかも知れないな。しかし私が言うのもおかしいが、恋ぐらい自分で見つけなければ）

仏陀はジェータに、――外へ出て、女性と語り、戯れなさい。光の強い昼時は避け、夕暮れ時の方が語らいにも丁度いい。心優しい女性に手をとってもらえばよい。愛する者の世話をするのは喜びなのだから。そなたは魅力的であるし、語るのが苦手にしろ、楽器を弾けば必ず女性は悦び気に入るだろう、むしろ言葉は邪魔なこともある――と、かなり具体的な手引きをした。

ジェータは、ヴィーナを触りながら、

「聖者らしくないことを言いますね。修行者たちの集団は女人禁制と聞きますし、比丘は妻帯してはならないのでしょう」

仏陀が答えた。

「家族とのつながりすら断ち切って修行に励む決意をしたのが比丘なのだ。そなたはそうではない。今は若者らしく、恋にうつつを抜かせばいい。失敗しても、傷ついてもいい。誰もがすることだ」

仏陀の、成人した比丘たちへの教えでは、愛欲は人の最も強い執着の一つで、退けるべきだと言っている。だが愛の、美しい顔に潜む裏の顔は経験しないとわからないことであり、それは人間の成長に必要なことだった。

うつむいて、ジェータはヴィーナを爪弾きだした。佳い音ではあるがまとまり無い、短音の羅列だ。奏でるというより、物思いの欠片(かけら)が散るようだった。

「美しいものも汚いものもある。それらが混じり合ったものが世間だ。その流れに身を浸すのも大事なことだぞ」

仏陀の言葉にジェータは答えず、目を伏せていた。

やがて仏陀が帰るときも、彼は顔を上げなかった。ただ琴を爪弾いていた。指先で、記憶の断片をさぐるように。

○血と天穹（てんきゅう）、花びらたち

人が思い返す昔日（せきじつ）の光景は色褪（あ）せていると言うが、ジェータのそれには褪せる色が初めから無い。我々が呼ぶ、白と黒とも違う。彼の瞳に映るのは、明と暗。光が存在を照らし輝かせる、そして存在が自身の陰によって浮かび上がる、その様だった。

照りつける強い光の中、無数の影法師が揺れている。

輝く甲冑、剣。荒々しい馬蹄の響き。兵たちの声。汗と鉄の匂い。

彼は太い腕と、逞しい胸に抱かれていた。いつも彼の世話をしてくれる女たちに抱かれるときとは全く違う、恐ろしいが、誇らしい気持ちも混在している。乗っている馬の揺れが激しくなり、恐怖が増せば増すほど、彼を抱えている人への想いは強くなる。近づきがたく、しかしもっとくっついていたい、という想いが。

誰もが恐れるその人のことは、〈父上〉と呼んでいいのだと言われていた。自分にとって特別な人であることはわかったが、なぜかそれを声に出せなかった。

その日、父は軍の検分に、初めてジェータを自らの馬に抱き乗せ、連れ出していた。

訓練地で、二つの騎馬隊を前に、父は腕の中の息子に半（なか）ば戯れに、指揮をせよと言った。半ばは戯れだが、当然もう一方の半ばは、将来を思ってのことだろう。

紅旗を持つ隊を右から攻めさせ、蒼旗の隊を左に展開させよ、と。指揮の身振りを教える父は、その時は笑っていた。

ばたばたと激しい音を立て、二旒（りゅう）の大軍旗がはためく。それを大事そうに騎馬たちは守りながら、槍を並べ、将帥の命令を待っている。

ただでさえ昼の光が眩しく目に痛く、侍女がかぶらせてくれた大きめの笠の下で、懸命に目を細くして見ていたが、父の言うこと、紅旗と蒼旗がわからない。おずおずとそれを言うと、父は不機嫌になり、「血のアカと、天穹のアオだ」と言った。それでもわかるはずのない彼に、やがて烈しく怒った。

帰りは別の者の馬だった。どうやれば見えるのだろう？　いつかわかるようになるだろうか。

血と、天穹。

前者は見たくないもの。後者は、見たくても目を向けていられないもの。

馬に揺られながら、今は遠くではためいている、そんな色に塗られているらしい二つの軍旗を、見えなくなるまで見つめていた。

その記憶よりは後だろう。明と暗の中間が広がる、雨音の続く季節のことだった。

手を引かれていた。

その手は侍女のもので、母のもとに彼を連れて行こうとしている。

おとなしく手を引かれながら、不穏な気持ちが尿意のように足下から滲（にじ）む。

侍女に連れられたジェータが部屋に入ると、彼を認めた母は嬉しそうに笑う。楽しげだが、対象の定まらない、夢を見ているような笑い声だ。彼に対して何か言い、侍女たちが追従（ついしょう）の嬌声をあげる。その心の籠もらなさが、その場の違和感——いや、彼という存在の異物感を、際立たせ、増幅させる。

母は花が好きだった。かつて心身とも健全だった頃は、侍女を連れ、野や山に駆けては馬車を下り、花を愛でたという。

精神の均衡を崩し、気が沈むのと昂ぶることを月ごとに繰り返すようになった今、部屋に各地から伐り取らせた様々な花を並べ、花びらを敷き詰めた寝台で眠った。

ジェータは母の部屋に行くのが苦痛だった。恐怖心すら抱いていた。伐り集められ、薄暗い部屋の中に詰め込まれた花は、背の寒くなるような無惨を感じさせた。

──ジェータや、見てごらん。イロとりどりの花たちを。どれが好きだか言ってごらん

息子に色がわからないことを、何度言われても理解しようとしない。父は初め怒り、程なく諦めてくれたのだが。そして新しい弟──北の山国から嫁いできた姫が産んだ赤子に、父の期待は向けられた。そのことが母の精神の均衡をいっそう悪くさせ、母の部屋の花の密度は増していった。

侍女たちも鼻腔で息をするのを躊躇うほどの、強すぎる芳香が漂う。ジェータは花の檻に入れられ、体から冷たい汗が滲んでいた。花は何より恐ろしかった。花たちははっきり、彼がこの世界の異端者であると教え囁くものだった。

我々のこの世界は色に満ちていると言っても、ほとんどの存在において、色は外観に於ける一要素でしかない。たとえ色を抜き去り、あるいは単一の色に塗り上げようとも、道具は道具として使えるし、衣服は衣服として着ることができる。色はわからずとも、そこには依然として本質、本分が残る。それは色覚が無くともそれらを理解できるということだ。

だが、花は違う。花にとっては色こそがその本質、本分なのだ。

花に色がついているのではない。色が花という存在そのもので、色が様々な形状で自己を顕示するための、花弁は儚い憑り代に過ぎない。憑り代は、強く握ればたちまち無くなる。――手のひらに色と、芳香だけを残して。


ジェータにとっての花たちは、細長い首の上で意図不明に（何かを待ち構えるようにも見える）奇怪な形に歪み広がる、空洞の群れだった。魂の無い亡骸を思い起こさせた。

そんな恐ろしい、虚ろな空間で、ジェータは母や侍女たちと、ままごとや、かるたや、歌などをして遊んだ。母の伸びのある歌声は、唯一彼の興味を惹くものだったが、この部屋で培われた自己への違和感と女性という存在への複雑な観念は、無惨な花たちの姿形、芳香と母の不思議に響く歌声と混ざり、この後もずっと彼の中に存在するものだった。


父の顔に重なる、兵隊。母の顔に重なる、花。

それらは彼に無用な世界だった。――いや、その世界にとって自分が無用なのだ――

無用のものからは遠ざかって生きていこう。不便があろうと、長くは続かない。どうせ数十年で全ては終わる。幼心にジェータはわかっていた。

ジェータのこの誓いは、色彩という有益な情報、官能的な感覚を得られぬ者の、憐れなひがみ心だろうか。


しかし潮満ちる岩礁に於いて、暗く深い洞穴にこそ水は勢いよく流れ込み、大渦を逆巻く。

足りない中で、人は自分の世界を充実し得るし、足りないからこそ、通常の世界を超えた境地に辿り着くこともあるのではないだろうか。

――

花は置かないで

母と離れ、独居用の邸宅が与えられたジェータが、初め庭師に出した注文はそれだけだった。

風采の上がらない庭師だが、組合から王家に派遣されるだけあって、腕前は確かだった。自分の仕事にこだわりも持っていた。この度役人から言われ、当たり前の王族の庭を作りに来た。インドワタノキやデイコなど、派手な花をつける樹も荷車に多く用意してきた。

だが薄い瞳の少年の言葉に、理由を問わず、ただ頷いた。この屋敷に住むのは役人ではなくこの少年に間違いないのだし、どんな意向にも対応し、佳いものを作るのが彼の矜持(きょうじ)だったからだ。

午前の日の下、黙々と作業をする庭師に、

花、あったほうがいいのかな

どこか不安そうな少年の言葉に、庭師は手を止めて答えた。

いんや、貴族様たちの庭と言えばまず花だが、無い庭も悪くねえです。悪くねえどころか、心が落ち着くですよ

少年は頷いた。少し表情がゆるんだように見えた。

昼になり、庭師は石塀の影で休憩を取った。召使いが茶を出した。縁側からジェータが顔を見せた。

花は、――落ち着かないもの？

先ほどの話の続きだと、庭師は気づいた。

うーん、そういうわけでもないんだが、うちの娘っこと同じで、ひとりのときゃあお淑やかでも、わんさか集まると、煩くなっちまうかも知れませんな

庭師の顔が橙色に照らされる夕刻。

みんなは、なんで花を置きたがるの

そりゃやっぱり綺麗だし、はなやぎが欲しいんでしょう

はなやぎって、なに

はなやぎってのは、心の浮き立ちようのことでさ。浮き立つんだから、落ち着きは無くなっちまう。でも、落ち着いたり浮き立ったりが人間でさね

これが初日に交わされた会話だった。

ぼく、色が見えないんだ

三日目の作業時に不意に言われ、庭師は仕事の手を止めて王子を振り返った。しかしすぐに、これで今までのやり取りの合点がいき、頷いた。自分の仕事に関わることになら理解の早い職人だった。

人には言わないでね。言うなって、言われてるんだ

庭師は当たり前のようにまた頷き、長くその約束を守った。年月が流れ、現れた商人スダッタに初めて言うことになるが、それは王子に良い影響を及ぼしそうだと信じてのことである。

色がどうしても嫌いなわけじゃないんだ。見えないんだから、嫌うこともできないよね。あって

もいいけれど——でもここはぼくが住む家だし、ぼくが見えないものなんだから、やっぱり無いほうがいいと思うんだ

躊躇(ためら)いがちに言う王子に、庭師は振り向いた顎を力強く引き、言った。

もちろんでさあ。他の誰でもない、ぼっちゃんの庭だ。ぼっちゃんの好みどおりに作ってみせますさ。石も煉瓦も、なるべく静かな色合いのを選びましょう

へえ、色にも静かなのがあるんだね——

それから毎日のように、庭師は樹木や石造りの置物などを荷車で運び込み、設置した。よほど大きな物の場合を除いて、いつもは連れてくる人足は使わず、彼ひとりで作業をした。王家から言われた作業の期限には余裕があったし、そのほうが王子が話しかけてきやすいと思ったからだった。人付き合いの下手な庭師であり、子供相手ならなおさらだったが、この王子と話すのは心地が良かった。

少しずつ広がる仕事の様を、ジェータは興味深く見ていた。色が無くても存在感のあるものたち。庭師が持ってくる、質感に優れた大樹や岩、石柱といったものは彼の好みに合った。それらは色がわからなくてもそれらとして存在している。

ある日その配置の巧みさを、ジェータは問うた。

調和っていうんでさ

調和——大樹と、岩と、池、関係なさそうなものが、たしかに馴染んでる。あなたたちも学問をしたの？

親方から習うけど、学問なんてたいそうなもんじゃねえです、仕事のコツですよ
でもそれは、学舎で習うものより面白いね――

やがてジェータは、それらの配置に注文をつけるようになった。通常ならば大枠の意向は聞いても、自分の仕事のやり方に口を出されることを嫌うこの庭師だった。だが王子の指示はよく吟味すればどれもが的を射ていたため、すぐに協力的になった。学ぶだけでは得られない、経験によっても思いつかない、ひらめきのようなものがこの王子にはあるのだ、と庭師はわかった。それからは、運んでくる物まで王子の意見を聞くようになった。

庭が完成した。

そこに現れた風景を表す、我々が知る最適な譬(たと)えは、墨の濃淡のみで描かれた一幅(いっぷく)の水墨画だろう。そこでは見る者に色の不足など忘れさせる。色が無いゆえに、閑(しず)かさ、すがすがしさが際立つ。

顔料が自由に入手できる環境にあっても、なお水墨画は一つの分野として絵師の心を捕らえ、見る者を魅了する。人は、ときに自ら積極的に、色を忘れたいと欲するのかも知れない。

色の見えるわしから見ても、素晴らしい庭になりました
感動をふくんだ声で、庭師は言った。

色の無いのがこんなにいいなんて。――ぼっちゃんが今後また庭を作ることがあれば、ぜひわしにやらせてください。きっとぼっちゃん好みになるよう、素晴らしいものを設(しつら)えてお目にかけます。

ぜひともやってみたいんです
ジェータは嬉しそうに頷いた。人と心が分かち合えた嬉しさだった。

色がわからなくても、なんとかやっていけるかもしれない。落ち着ける場所を、見つけられるかも知れない。そう彼は思った。

夕日差す、出来たばかりの庭の縁側で、甘い焼き菓子を並んで食べているふたりだった。

この、庭師と狭い庭をああでもないこうでもないといじり過ごした日々が、初めての楽しい思い出だったろうか。

古くからの使用人の急病で、初めは短期の予定でやってきたシュードラの少年チャパティを雇うまで、王子の音曲の才能はまだ開花しない。

あるときを境に目の奥が痛み出し、視力自体が年々悪くなっていった。日差しの強い時間だけでなく、邸の外に出ることが少なくなっていく。ほどなくして、弟に世継ぎが決まった。もちろん彼自身は全く構わないのだが、母は烈火の如く怒った。父王の取り巻きは皆、彼によそよそしくなっていった。

○光を失おうとも

この日、祇園(ぎおん)の中に建造が進められていた精舎がついに完成した。

南アジア特有の長く激しい雨を避けるためのものであり、さしあたり雨季までに間に合えばよかったので、比丘たちの修行の妨げに出来るだけならぬよう時間帯を選んで少しずつ建造は進められ、半年が経っていた。

これまで比丘たちは、家屋敷を捨てた身ながらも、日に日に高さを増し壁や屋根が出来ていく精舎を、頼もしい気持ちで見守ってきた。そして完成した「祇園精舎」。この日は竹箒や濡れ布巾を手に、白壁の外周を掃き清めたり、大きな柱を磨いたりしていた。

俗世間とは隔絶（かくぜつ）した修行の地ではあるが、仏陀の提案で、俗世から、祇園精舎建造に関わった人々が呼ばれた。感謝の意を伝えるためだ。

この園を寄進し、精舎建造の費用の一切を出したスダッタ。仏陀から依頼され、この集いの人選も任されている。

この園の元の所有者、ジェータ。従者チャパティが大きな木箱を担いでいる。

園を、ジェータの好みを思い考えながら伐（き）り拓（ひら）き作り上げた、庭師。この精舎の意匠にも関わっている。

図抜けて大きい、体中にまじないの模様の入った暗褐色の戦士がいた。スダッタが王に呼び出された折り王の隣にいた、遙か南方の国から来たという、あの巨人だ。名前をズーロという。スダッタが城下で偶然再会したとき、言葉がわからないだろうと思いながらも挨拶をしたが、意外にも挨拶の言葉が白い歯を剥いた人なつっこい笑みとともに返ってきた。その後二人は会う度の挨拶、会話を続けるうちに妙にうまが合うことがわかり、親友と言うほどの関係になっている。好奇心旺盛なこの巨人は目も耳も敏（さと）く、驚くべき速度で言葉を覚え、話し方はまだ不器用だが意思の疎通には問題の無いほどになっていた。コーサラ大王に身辺の警護から、武将として取り立てられていた。

そして工房の親方と、黒髭ら十人の鍛冶職人たち。

いずれもスダッタがこの園を寄進しようと奔走する際に出会った、今日という日に欠かせない男たちだった。となればあと一人、パセーナディ王も思い浮かぶところだったが、さすがに声をかけることはできなかった。

仏陀にとっては初めての顔も多く、スダッタがひとりひとり紹介し、彼らと知り合い、園を寄進するまでに至った経緯を語ってくれた。

大まかな経緯は聞いていたが、今回改めてスダッタが自分の思いを込めた事細かな話を聞いて、仏陀はうなずいた。

「この園を得ることは、スダッタにとっては精神の大いなる旅路だったのだな。何かをなし、作るということは、作られたそのものよりも、その過程での体験や、人との繋がりというものが大きい収穫なのだ。そなたがこの旅で得たものは、スダッタという人間を大きく成長させるものであったに違いない。それを今、この園に建てられたばかりの精舎の中で聞き、繋がりを持った人々に引き合わせてくれたおかげで、我々もまたそなたの旅をともに経験するようだ」

仏陀の言葉に、集った彼らも顔を見合わせ、感慨にふけった。それまで個人的なつながりはなかった者たちが、スダッタに、仏陀に、そしてジェータに関わることで、みんなが繋がっていた。

ジェータがヴィーナ（ウィンド琴）を取り出し、奏でた。舞い散り調和する美麗なる音たち。これこそがスダッタの〈旅〉を象徴するものだ。誰もが心奪われるように聞き入ったが、特に黒髭ら鍛冶工たちと、戦士ズーロにとっては初めて聴く、神秘の響きだった。鍛冶工たちは、自分たちが工房でジェータの指揮指導の下になんとか出現させた、鍛鉄による〈音の調和〉の純粋な姿がこれなのだとわかり、感動し、知らぬうちに鎚を振るように肩を動かしていた。ズーロは持ち前の好奇心を大いに刺激されたようで、巨大な身体をにじらせ近づき、食い入るようにジェータと彼の演奏を見つめていた。演奏が終わった後もたどたどしい言葉でしきりにジェータに話しかけ、チャパティに迷惑そうに押し戻されていた。

「マタ聴キタイ、ドコニ行ケバ聴ケルカ」

チャパティが間にいなければ肩を抱きかねないほどの、ズーロの熱のこもった言葉は、その場の多くの人の思いでもあったことだろう。

だがジェータは、すぐには答えなかった。チャパティから渡された濡れ布巾で、ほとんど顔の上部を覆うように目を冷やしていた。しばらくして、

「いずれ――機会があれば」

とのみ言った。疲れたような声だった。前回の、仏陀とジェータの出会いの会での演奏よりも、ずいぶん短いものだったにも関わらず。

近ごろの教団活動の多忙さから、ジェータに会うのは久しぶりだった仏陀は、そんな彼を心配そうに見ていた。


祇園精舎での演奏から三ヶ月が経っている。

精舎完成を見て、仏陀はこれで教団が落ち着くとして、遠国への布教の旅へ行ってしまっていた。発つ前にジェータの邸を訪れたが、ジェータがヴィーナを弾くこともなく、短時間で仏陀は去って行った。

この日、ジェータは自邸で、庭に差し込む夕刻の光を見つめていた。

滲む光、だけを。

在るはずの樹木、石、池――もうこの距離でも、ほとんど見えない。部屋の中のものはかろうじ

て在ることがわかる。それも、いずれは。

なぜ、見えなくなるのだろう。なぜ、人と違って生まれてきたのだろう。

たった一度の、はかない人生なのに。せめて当たり前のものを備えていてはいけないのか。

色がわからないという不足はあっても、視覚は外界を知る、もっとも頼りになる器官に違いなかった。光による眼底の痛みにもかかわらず、光を求めてきた。

音、唱、楽器、調べ。それらは彼のこれまでの人生を優しく慰撫した。空気を震わせ、陶然と漂い、その間は我を忘れることができた。だが、どんなに心震わす調べも——奏でた次の瞬間にはそれは消えている！　本当にそれは存在したのか、それを確かめるためには次の弦を弾（はじ）き、奏で続けるしかない。——永遠の闇を目の前にした今、彼は音の実体のなさを憎むほどになった。何が素晴らしいものか、調べなど、空中に漂うわたぼこりのようなものじゃないか。くだらないがらくたでも、しっかりと掴みたい。音の調和などもうたくさんだ。荒れ地だろうと、ふたつの足で踏みしめたい！

逃れようのない永遠の闇。それを考えると怖ろしさに頭がおかしくなって、近くの物を投げたり、打ったりしてしまう。いつもはチャパティに抱きしめてもらうと収まるが、市場への買い物に出かけている。

光の方へ、膝をついて歩く。光は目の奥を痛ませるが、何より恋しい。それなしでは生きていけない。

目の無い生き物——土中の土竜（もぐら）や蚯蚓（みみず）。闇に舞う蝙蝠（こうもり）。漁師がたまに揚げる、深海に棲むという、奇怪な容貌の魚たち。

自分はその仲間になるのだ、とジェータは思った。

目をつむり、闇の生き物たちの気持ちで這う彼の手に、冷たい水たまりと、固い物があたった。先ほど投げた物がぶつかり倒された、素焼きの花瓶だった。水浸しの床を指でさぐると、そこには一輪の花があった。

彼の初めての、短い恋だった。彼の心を醜く――彼は醜いと思えた――揺さぶった。

仏陀は勧めてくれたが、色恋など知らなければよかった。彼女のよく動く唇、それは薄紅色をしているらしい。その薄紅とはどんな色かと聞くと、唇を開けて笑った。そして同じ色だという、この花を持ってきてくれた。かわいいけれど――なんだってあんなに笑うのだろう。始終しゃべっているんだろう。ささいなことで怒るんだろう。泣き出すんだろう――約束とはなんだ。もちろんその意味はわかる。約束なんてできるわけがない。それで泣かせて、自分も泣きたくなった。

肌の輝きはわかる。なめらかさも――胸の高鳴りも。初めは楽しい。でも演奏と同じで、必ず、すぐ終わりが来るじゃないか――。どうしてみんなは今がずっと続くかのように振る舞えるんだろう。終わりが来ることを知らないはずがないのに？　そうだ、見えてたって同じだ。世界だって、音みたいなものだ。大きな弦みたいなものの振動の、伝わりだ。やがては全て已む。静寂――永遠の。

細い手で、薄紅だという花を、花瓶に生けてくれた。花の名前を教えてくれた。きっと素敵な薄紅に輝いているんだろう。花瓶に挿された花は、その美しさを持ち主に理解されないまま、やがてしおれていくんだ。僕にはそれが恐ろしい。

買い出しから帰ってきたチャパティが、荒らされた部屋を見て、食材をうち捨てて駆け寄り、抱きしめてくれる。

「怖がらないで、ぼっちゃん」

「チャパティ、見えないんだ。昨日よりも。——そして明日は、もっと」

「おらの目をあげる。ちんば目だけど、ましなほうをあげる。ちくしょう、本当にあげてえなあ。それがかなわないなら、ずっとそばにいて、ぼっちゃんの目になってあげる。手を引いてあげる。綺麗なお嫁様が来たら（あんなのじゃなく、もっとお淑やかなのが来るよ）普段は下がって、呼ばれたら飛んでくるよ。——ぼっちゃん、ぼっちゃんは、おらのたったひとりの大事な人だ。親ふたりともだまされて苦労して死んじまって、おらは小さい頃からいじめられて馬鹿にされて、人間なんて誰も嫌いだけど、ぼっちゃんだけは優しくしてくれた。いや、と、友達のようにしてくれた」

「チャパティ」

チャパティの、小さな胸の張り裂けるほどに語る言葉で、落ち着きを取り戻した王子が言った。

「初めはお前を見て、こんな変なやつなら気を遣わなくてすむと思ったんだ——ごめんよ。でも、いつの間にか仲良くなったたっけ。うん、今では僕にとっても、チャパティはたったひとりの友達だ」

「ひひっ、うれしいな。おらも初めは、このぼっちゃんなら仕事をうまくさぼれそうだと考えてた——でもぼっちゃんには、友達はいっぱいいるよ。庭師、鍛冶屋の連中、あのふとっちょの商人、それに仏陀だって。みんなぼっちゃんのことが好きだよ」

「ならお前だって、その仲間だよ」

「ぼっちゃんは、お月様みたい。お日様のない時間に色もなく浮かんでるけれど、誰もがぽうっとするほど綺麗なんだ」

月の美しさはジェータにもわかる。強すぎて太陽は見ることが出来ないが、月を見るのは好きだ。その柔らかい光は特別なものだ。

「ね、チャパティ。見えなくなるのは仕方ない。でも、光がほしいんだ」

発作的な恐慌からは落ち着いた王子だったが、今度は静かに、涙がこぼれた。

「うん――、うん」

「見えなくても触れる、抱ける、輝く光がほしい」

「ぼっちゃん、ぼっちゃん、チャパティは頭が悪いから、わからないよ――でも、でもきっと探してあげる」――


しばらくジェータを抱きしめ、「もうだいじょうぶ」と言われたチャパティは、散らかった部屋を手早く片付けると、行き先も告げずに外へ飛び出していった。

またひとりになったジェータは、ぽつんと座っていた。

激しい情動の後の、王子とシュードラという、世間の身分は違うが心通う友の心からの言葉で、今彼の心は洗われ、静かに透き通るようだった。

傍(かたわ)らの、先ほど彼が感情にまかせ倒したが、素焼きの花瓶に戻された花。部屋に斜めに射し入る白い光の中、一輪の華奢(きゃしゃ)な花は、輪郭を眩く滲ませながらも、くっきりとそこに存在していた。彼はそれを今度は優しく持ち上げると、光の方へかざした。痛む目を薄くして、見つめた。

――ああ、お前が花なのか――

色の見える者にとっても、強い逆光の中では色はその意味を無くす。薄紅だという花弁は、光に透けて白いヴェールとなり、今、その真なる性（さが）を輝かせていた。

ジェータは、初めて花の美しさに、うなずいた。今にも折れそうな、か細い茎の上に開く、可憐なる魅惑。

仏陀がコーサラを去る前に、短い時間だが彼を訪ね、残していった言葉を思い出していた。

彼が以前仏陀に、女性を拒絶する理由として（女性は花が好きだけれど、色のわからない自分はその花が理解できないから）と言ったことに対する答えを、日を置いて話してくれたものだ。

ジェータの目を心配し、その光を失いゆく進行が不可逆的で、末期的なものだと知った仏陀は、しばしの沈黙の後、静かにこう言った。

――花の本性は、色ではない

え

――花の本性は、愛だ。愛し、愛されることなのだ。ジェータよ、色がわからずとも、あるいは見えなくとも、それを知ること、わかってやることは、できるはずだ――

その時は、なぜ今さらそんなことを、と思った。

その言葉が、今胸ではじけた。張り裂けそうになった。

そうだ、たとえ色がわからずとも。光を失っても

ジェータは花瓶から、水に濡れたスイレンをとりあげた。

水が伝う指先の、白い光に浮かぶ花が、うなずくように揺れた。

お前が見える

お前がわかる
その幾重の花びらの奥に愛を求め、愛を奏でていたんだ――

ジェータの邸を飛び出したチャパティは、ひとりで工房の親方を訪ねた。不審がる親方に、やっとこを貸してくれと頼んだ。

「あの庭師が、ここのやっとこで歯を抜いたと聞いたよ。おらにも貸してほしいんだ」

「あんときゃ、呑み仲間の野郎があんまりうるさいんで貸したが、うちの道具は鉄をいじるためのもんなんだぞ。お前も歯が痛いのか」

「いや、目ん玉をとって、ぼっちゃんにあげたいんだ」

結局チャパティは、王子の求める〈見えなくても触れる、抱ける、輝く光〉というなぞなぞのようなものがわからず、やはり目玉をあげるしかない、と考えたのだった。

親方は仰天し、事情を問い詰めた。詳しく聞いた。

「そうか、そんなにも悪くなってらっしゃるのか――。〈見えなくても触れる、抱ける、輝く光〉か」

親方は腕組みして、考えた。――完成だと思っていたが、根本的に作り直さにゃあな。そうだ、俺の全てをガツンと打ち込んで。

「やっとこで目を抜くのはだめだ」

「でも」

「馬鹿野郎。お前が良くてもぼっちゃんの目を抜けるのか――抜けたとしても、取り替えたりなんかできないんだぞ。それより、わしの言うとおりに動け」

親方はさらに作業中の黒髭たちを呼び、何事か指示を出した。職人たちは理由を聞いて表情を引き締め大きく頷き、工房を出てある者は素材を集めに、ある者は人に会いにと、それぞれの方角へ走って行った。


仏陀はジェータの悪くなってゆく目を心配しながらも、周辺の国へ布教の旅へ出ていた。マッラ国、ヴァッジ国……行く先々で説法の手応えを掴むうち、瞬く間に一年という時間が流れた。

ようやくコーサラ国祇園精舎へ戻って来た仏陀は、挨拶に来たスダッタにジェータの様子を聞いた。一年が経っており、何かと事情も変わっているだろうし、邸を訪ねてよいものか思案していたからだ。スダッタは仏陀に、それなら会ってご自分の目と耳で確かめた方が早いと、すぐに会う仲介役を買って出てくれた。

ジェータから指定してきたのは、日が暮れた後の、屋外だった。


夕闇を杖でさぐりながら、川べりにジェータが来た。チャパティが傍についている。一年で背が伸びたこともあるが、大人になったような、成熟した印象だ。小脇に何か抱えている。

「理想のものができました」

ジェータが言った。

「それは――琴なのか。ずいぶんすっきりと、軽そうになったものだ。片腕で抱けるほどにまで」

「琵琶（びわ）、と呼んでいます。親方をはじめ工房の職人たち、スダッタさん、庭師もチャパティも、みんなが私のために奔走して作り上げてくれたのです。この細く削った頸部（けいぶ）、渡り鳥の首のようでしょう。胴部もこんなにも小さくなりました。あのズーロ将軍が、うってつけの木材があると言って、親方とスダッタさんとともに遙か南方の生まれ故郷の密林に赴いて、極上の紫檀（したん）を伐（き）ってきてくれたおかげです。紫檀は硬く密なため、小さくとも音の正確さを損ねず、響きも良いのです。硬いことで、加工する親方には苦労をかけましたが。以前のヴィーナ（インド琴）は床に横たえ、弦に上から体の重みをかけるようにしていたのを、このようにそっと抱えながら奏でることができるようになりました。――仏陀に会えなかったこの一年、音について一から考え、工夫しました。旋律とは、和するとは何か。快な音、不快な音とは。また琵琶の製作が進んでからは、隣り合う弦と弦はどれほど音をずらせて張るべきか。同時に複数の弦の押さえ方、かき鳴らし方――人の指は不思議なものです。無理だとさえ思わなければ、なんだって出来てしまう。仏陀、聴いてもらえますか」

　そう言って、小脇に抱えたそれ――美しく頸部の伸びた、螺鈿（らでん）が施され滴（しずく）のような形の胴部を持つ紫檀の五弦琵琶――を掻き鳴らした。

　月下。揺れきらめく川の流れ。幾千の魚の鱗のような水面に、音曲が跳ねるようだった。奏楽を邪魔せぬよう風は密やかにつむじを描き、夕闇は全てに暗いヴェールをかぶせた。

　腕の中の琵琶は、視力を必要とせず思いのままの音が出せるようだ。弦同士の距離が触れあわぬ程度に密接であるため、左手の指で一度に多数を押さえることができるらしかった。五弦という数も扱うのに多すぎず、音色が和するのに不足無いようだった。

頸部に張られた弦を押さえ音程を変える左手は、行者が結ぶ聖印のように、目まぐるしく複雑に形を変える。かき鳴らす右手は、彼が苦手とした女性との密かごとのように繊細に——

「ああ、佳いなあ。そんな小さなかたまりから、千変万化、無限の音曲が流れ出るようだ」

「私の目は、何も見えなくなりました」

ジェータが言った。先程来ずっと目をつぶっていることを、仏陀も気づいていた。

「朝日の訪れ、夕闇の寂しさぐらいは感じられますが。ですが、何も怖くありません。かえって昼も夜もなく、好きな時間に出歩ける。チャパティには苦労をかけるけれど」

「苦労なんてこと、あるもんか。ぼっちゃんと外を歩けて、嬉しいんだから」

本心からの言葉なのだろう、チャパティが歯を見せて言った。

ジェータは琵琶を立て、びいん、と強く一本の弦を弾いた。長く響くが、一弦だけの音はそれのみではか細く、彼が過ごしてきた孤独を連想させた。

「私はうまく人の世界になじめませんでした。王子としての仕事もできず、花や、女性へのわだかまりはなくなりましたが、どうやら縁談のあてもなさそうです。ですが、この琵琶を抱いて音曲を奏でると——自分がこの世界、宇宙とひとつなのだと感じるのです。他に何もいらない。何も怖くない。この琵琶さえあれば」

左手で数本の弦を押さえ、和する音をゆっくりと奏でた。

「まるで、大きな光を抱いているようです」

仏陀は頷いて言った。

「そなたが作り出す音曲は、まさしく宇宙を内包している。そこには、凝縮された誕生と終焉がある。それは私の悟った境地に通じるものであり、だが同時に、随分違ったものでもあるようだ。音楽や、彫刻、あるいは舞踊といった美を作る者たちには――そなたにはまた聖者らしくない言葉と言われるかも知れないが、羨望の念すら抱く」

ウルヴェーラーの菩提樹の下、究極の瞑想により仏陀は宇宙と一体となった。宇宙の真理を知り、深奥を知った。だが、ジェータは仏陀も知らぬ別の方法で、この宇宙の深奥に入り込み、遊んでいるようだった。幼い頃から物事をすぐに投げ出したり、初めから無理と決めつけることのない性質の仏陀だったが、ジェータの美術、芸術の才――とりわけ音曲の才能は、自分がいくら努力しても辿り着けないものだと思った。妬みや僻みと言ったものは、仏陀にはない。ただ感嘆の思い、仰ぎ見る思いでジェータを見ていた――仏陀ははっとした。弟子や、衆生が自分に抱くのも、そのような思いなのだろうか？　早く到達せよ、私ができたのだから誰でもできるはず、と自分は言ってきたが――

「ひとつ聞いてもらいたいことがある。先ほどそなたは、その琵琶さえあれば他に何もいらないというようなことを言った。しかし矢が的を射るために放たれるように、人の耳に触れ、心に届いてこその音曲。奏でるそなたひとりが満足するのではなく、できるだけ多くの人に聴かせてほしい。それが、そのような才を身に享けた者の勤めだと思ってほしい」

仏陀がかつて菩提樹の下で悟りを開いたとき、母の霊か梵天か、あるいは彼自身の心かに言われた同じことを、彼はこの年若い友人に言っていた。

「世の人が、私の奏でるものを聴くでしょうか」

「もちろんだ」

力強く言う仏陀の言葉に、ジェータは琵琶を爪弾きつつしばらく考えていたが、やがて顔を上げ、柔らかい表情を見せた。

腕の中でほろほろと鳴る紫檀の空洞。それが、彼が居場所を求め探し歩いていたこの世界で、人々と繋がる糸となるかも知れない。

ジェータは見えぬ目に、光さす未来が映るように感じていた。

第五章　諸行無常（しょぎょうむじょう）

○落日の種

視力を失ったコーサラ国の王子ジェータが、心通じた仲間との繋がりにより新たな楽器、琵琶を手にし、光を取り戻してから数年の後のこと。

これより物語の舞台は、釈迦国に移る。

霊山ヒマラヤの麓に位置する山岳民族によるこの小国は、十五年前に結んだ大国コーサラとの婚姻以来、外敵の侵略に怯えることがなくなり、平和な日々が続いていた。

だが、国を蝕む（むしばむ）のは外敵ばかりではない。

国の都であるカピラヴァストゥでは、かつて路地裏に隠れていた存在が、表通りに顔を現し、立ち並ぶようになっていた。

遊女を置く館。もはや公然と、キャラ（麻薬）の吸引を掲げる館。

この日も路上には、昼間だというのにあちらこちらで骰子（さいころ）賭博が開かれ、人だかりが出来ている。

中でも目立つ集団があった。周囲のみすぼらしい風体の町人たちとは明らかに異なる彼らは、洒落（しゃれ）た麻の衣を着流し、声は若々しく大きい。そしてそれぞれが帯剣している。富裕な、クシャトリアの子息たちであることは明らかだった。界隈で一番大きな店の、特別な赤い布が敷かれた台の上で、円座になって骰子に興じている。

名族の彼らがこのような通りで賭博に関わることは、ひと昔前——彼らが生まれる前ならば噂となり、非難の的となっていただろう。だが時代は、ヒマラヤの天景のように目まぐるしく変わった。今釈迦国の貴公子たちは、この頽廃（たいはい）に違和感なく溶けこんでいる。表の世界の住人が裏の世界に入り浸っても、奇異の目で見る者はいない。

ひと勝負終えた彼らは、茶店の軒先の木椅子に腰をおろした。すぐに主人がスイギュウの乳で煮出した茶を出し、彼らはそれを嘗めながら今し方の賭博の戦果を誇り合った後、庶民たちが地べたで転がす骰子の見物に回った。

土を焼いて固めた正六面体に一から六までの点をつけた骰子は、インダス文明から使用されていたもので、その遺跡から発見される。釈迦国にも骰子は古くから伝わっていたが、この用途で、これほど人気に使われるのは最近のことだ。骰子を三つふり、出た目の組み合わせで勝敗を競っている。賭けるものは、彼らの通貨――十数年前から釈迦国でも使われるようになった、コーサラ製のコインだ。コーサラ王家の紋章が刻印されている。この時代のインドに広がっていた物々交換から貨幣経済への流れに、遅れて釈迦国も乗ったのだった。そのおかげで物品の流通は円滑になっていた。

骰子は転がり、出た目によって誰かが笑い、誰かが泣く。歓声と怒声が交錯し、コインが行き戻りする。男たちは額に汗を浮かべ顔を紅潮させている。彼らがそのくだらない熱気の中に生を溶かし込む様を、若者たちは蔑むように見ていた。

「ふん、安い賭け金でよくあんなに熱くなれるものだよ」

若者の一人が言った。

「俺たちは最低百コーサからだが、あいつらは二十コーサからの場だものな。じれったくならないのが不思議だ」

別の若者が調子を合わせた。

この同年生まれの群れの中でも大人びており、兄貴分のナガラッタが、

「ではそろそろ、魂の洗濯といこうじゃないか」

一同歯を見せて頷いた。

「親爺、奥を貸して貰うぞ」

ナガラッタが店の主人に常連らしく言い、一同は奥へと入った。

茶店の奥には部屋があり、寝そべるための脇息が置かれ、台上には煙管がいくつもある。

「まずは酒だな」

ナガラッタが主人に言った。主人は人数を数え、引っ込んだ。酒とともに、五人いる若者たちと同じ人数の、着飾った遊女が呼ばれた。若者と遊女が交互に車座に腰を下ろした。

それぞれに杯が渡り、女たちの手によって蜂蜜色の上等な酒が注がれた。

ナガラッタが杯を掲げ、背筋を伸ばした。

「善悪無し、来世無し、生きる意味など特に無し。ただこの刹那の喜びに浸らん――さあ諸君、今宵も我々の無意味な若さに乾杯。そしてそれに輝きを与えたもう、ソーマ酒に、キャラに乾杯！だ」

ナガラッタの、すっかり釈迦国の裏側――と言っても表はもう蜜柑の皮ほどの薄さしかなくなっている――に広まった口上付きの音頭で、皆杯を呷った。ソーマ酒とは、インドラ神が好むとされ、忘我の儀式に使われる酒のことであり、半ば伝説的なもので、彼らが飲んでいるそのもののことではない。キャラとは、インドアサから抽出された麻薬のことだった。

「王族の若い者がこれだけ学舎に行かないのだ、師範たちは嘆いているだろうな」

「構うものか。我々が何か学んだからとて、国の貧窮がどうにかなるはずもないんだ。軍学、武技も同じこと。それを発揮する場など、どこにもない」

「そうだ、我ら、コーサラの属国！　いざとなればコーサラ兵が体を張り血を流して、守ってくださるだろうよ。我らが宗主国、大コーサラ様がな」

「その守代は、ちと高くついてるがね——コーサラへ輸出する釈迦国の米や物品は、相場の七割ほどで買い叩かれているらしい。もちろん季節ごとの貢ぎ物とは別だぞ」

「まあいいさ。我が国に、親父たちの時代にはなかった貨幣が流れこんでるんだからな。懐から取り出せば、酒でも煙でもすぐ買える。賭博だってこれでなけりゃ不粋（ぶすい）きわまりない」

仲間内の一人が早々と杯を干し、歌うように言った。

「賭博と言えばさ——聞いてくれ。骰子が転がるのを見ていて思ったんだ。俺たちの人生は、骰子と似たようなものじゃないか。何を食べる、どの女と遊ぶ、将来どの部署に就く——別にどれだっていい。考えてるふりして頭の中で、からから骰子振ってるだけだ」

ナガラッタが笑いながら、その若者の肩を叩いた。

「そうだ、そうだ。頭の中の骰子を振れ。酒と出ただろう。そらもう一杯——次の目はなんだ、そろそろキャラもいくか」

中央の盆に黒い粒子が盛られている。ナガラッタがそれへ、主人が厨房から運んできた火種をつけ、木製の長い煙管を手に取り、吸煙した。他の者もそれにならった。女たちはキャラは吸わず、自分のつく男に酒をついでいる。

「む、一口めはきつくくるな」

「ゆっくりやろう。すぐにのびるんじゃないぞ」

青年たちは手を後ろにつき、ぼんやりと宙を見つめた。青白い煙の層が広がり、伸びてゆく。世界を満たしてゆく――

これが釈迦国の将来を担うはずの、良家の子息たちである彼らの日常であった。

気怠い空気と時間の中、一人が口を開いた。

「バラモンたちが、また王に掛け合ったらしいね。寺院の補修をなんとかしてくれって」

それを聞き、周りがさも愉快そうに応じた。

「そうだ、あの寺院の有様こそは、バラモンの現状を見事にあらわしているものな。まさに張りぼての権威だ」

寺院とは十八年前、ちょうど彼らが生まれる前年に建造が始まった、国の祭祀を行うバラモン寺院のことだった。

十八年前釈迦国大王はバラモンの要請を受け、それまでの寺院を取り壊し巨大な寺院を建てることを発令した。民がかり出され、土台までは順調に進んだ。

しかしまさにその時、大王の長子、次の大王と目されていた王子が出奔したのだ。噂では、その寺院建立の件で父王と対立したと言う。

「その王子というのは、かなり向こう見ずな変わり者だったらしいね。この釈迦国をアーリア諸国に負けない一等国にしようと、ひとり頑張っていたらしい。父である、浄飯大王ともめながら」

「ああ。しかし多くの人からは煙たがられていたんだってな。そんなことできるわけがない、って」

「うむ、一等国にはできないだろう」

「できないできない」

若者たちは笑った。

言うまでもなく、釈迦国の若者が話す変わり者王子とは、シッダールタのことである。

十八年前、当時二十九歳のシッダールタ王子の出奔は、釈迦国に静かな衝撃を与えた。

それ以前から既に久しく、釈迦国は王族をはじめ国全体が倦怠感、無気力に蝕まれていた。

少し情勢に明るい者ならば、釈迦国がこの先平和なままで居られるとは、とても思えるものではなかった。周囲のアーリアの諸国家は、政治、軍事、経済、文化、すべての分野において目覚ましい速度で成長している。わが釈迦国はと言えば、昔ながらの祭式万能主義、古くさい兵制、貨幣の流通もままならない。大国コーサラがたとえ今日明日に攻めてくることはなくとも、十年先の勢力図を考えれば、釈迦国がアーリアの国に飲み込まれていないことを考える方が難しかった。

また当時は、サモンと呼ばれる非バラモンの自由思想家たちが、アーリアの国々に広まる先鋭的な思想を、少し遅れて釈迦国に伝え始めた時期でもあった。その中でも、とある混血の二重の声のサモンが説いた〈善悪も、来世も、生きることの意味も無い〉という虚無の思想は、国の行く末に暗雲しか見えない釈迦族の民たちの心をとらえ、広く浸透していった。

王子シッダールタは、唯一その状況に希望をもたらす存在だった。父王と不仲だという。物思いに沈む寡黙な青年だという。だが彼に実際接した者たちは、みなその誠実さを認めた。この王子がどれだけ頑張ろうとも、領土を奪い合い滅ぼしあう時代の流れには抗し得ないかも知れない。しかしなにもせずこのまま腐ってゆくよりは、この王子に賭けてみたいと願う者は多かった。表立って口には出さなくとも。

その王子が、国を捨てた。

小さな光が吹き消され、それを見ていた人々は、闇の暗さが一層暗く見えた。

——不思議なのは、その後の王たちの反応である。

反対派の王子が居なくなり、さぞかし寺院の建造も捗ると思いきや、そうはならなかった。王子が国を去って十日と経たず、新寺院の建造が中断された。計画の練り直しが行われたのだ。財政についてうるさく言い、遣り繰りをする王子が居なくなったことで、それに甘えていた王たち、名ばかりだった大臣役人たちもようやく危機感を抱いたというのが、滑稽ながら真相だった。

しかしそれだけならまだしも、バラモンたちを本当に狼狽させたのは、バラモン庇護者として有名だった浄飯大王が、急にバラモンとの会議に出ることがなくなったことであった。体調が理由とのことだが、他の王の態度も素っ気なくなったように見え、会議自体の回数も減っていった。

ひと月の後、寺院の建造は再開された。しかし新たに作られた計画は、規模も、様式も材質も、大幅に縮小されたものだった。さらにその建造計画も、建造の最中に幾度も書き直され、寺院は建造が進むほど、つまり上部に行くほど、小さく、安っぽく、見窄らしいものとなっていった。

バラモンは青くなって王たちに交渉した。せめて大通りから見える正面部分だけでも、荘重なものにしてほしいと。威厳もかなぐり捨て、何度も泣きついたことでそれは聞きいれられた。

数年が経ち、建造は終わった。完成したとは述べるに躊躇われる。巨大な礎石に、一見凝った美しい造りの前面。しかし後ろにまわると素焼きの煉瓦を組み上げただけの、今にも崩れそうな有様だ。正面から、遠目からだけ見栄えが良いその様は、旅芸人の野天劇に使われる〈張りぼて〉という喩えがぴったりだった。

「いいじゃないか、一等国など目指さなくとも――コーサラと我が国は婚姻を結び、両国の関係は平和なものだ。貢ぎ物だって、不対等な交易だって、軍費と思えば安いものだ。我々がこうやって青春を謳歌(おうか)していられるのも、そのおかげなのだから」

「そうだ。その世捨て太子も、初めからそうした和平策をとればよかったのにな。戦ばかりがクシャトリアの能じゃないよ」

「それでうまくいかなくなって、逃げ出してしまったわけだからな」

　こんな軽薄な、口の減らない連中の中で、集いの初めから話を聞くばかりで、自分からは話すことのない若者がいた。

　彼の名はアーナンダ。釈迦国の王の一人、斛飯王(こくぼんのう)の子だった。

デーヴァダッタを兄に持ち、シッダールタは従兄(いとこ)に当たる。

　優れた二人と濃い血の繋がりを持ち、兄の顔立ちと似ているところも多いが、十七という年齢になって、学問に於いても武芸に於いても、突出した才能は何一つ見当たらない。二人のように高い理想や目的を持ち、邁進(まいしん)するわけでもない。

　慎ましく凡庸な彼、その名アーナンダは〈幸い〉を意味する――

　アーナンダは、世捨て太子ことシッダールタにまつわる彼らの会話を聞き、気まずそうに身を円座の後方に下げた。

　目敏(めざと)くそれを察したナガラッタが、

「まあその辺にしておけ。その国を捨てた王子は、アーナンダの従兄(いとこ)であり、義理の兄上に当たるのだから」

「あっ、そうか。そう言えば君の姉君の夫が――悪かったな、アーナンダ」

彼の姉はヤショダラ、シッダールタの妻だった。

続けて若者の一人が言った。

「だが待てよ、我が国とコーサラとの婚姻を仲介したのも、また別の王子ではなかったか」

「なんだ、それも知らんのか。その我らが青春の恩人こそは、このアーナンダの兄上、デーヴァダッタ殿ではないか。デーヴァダッタ殿は我が国とコーサラとの婚姻だけでなく、二大国コーサラとマガダとの婚姻をも仲介し、地域に平和をもたらした、ガンジス流域諸国の名士だ」

ナガラッタの言葉に、若者は目を丸くした。

「そうだったのか、アーナンダ」

同じ王族とは言え、彼らが生まれる前後や幼少期の話である。国を捨てたシッダールタのみならず、釈迦国安泰の功労者であるデーヴァダッタもほとんど国に帰らないため、若い世代では知らない者も多かった。

「さすがは名門ガウタマ、いろんな人間が出たものだ。アーナンダ、君も期待してるぜ」

そういう言葉の裏には、最高の家柄に生まれながら自分たちと変わらず放蕩にふけり、落ちこぼれているアーナンダへのからかいと、仲間意識があるのであった。

こんなことを話しているうち、男たちは酔いがまわり、遊女にしなだれかかる者、膝枕をさせる者が出て来た。

膝枕から、誰かが言った。

「しかしなあ、釈迦国とコーサラ国が婚姻を結び、なおかつ嫁いだ姫に生まれた子が、コーサラの世継ぎとなったなんてなあ。こんなうまい話はそうそうない。——その姫は、実は死者だっていうのにだぜ」

その場が静まりかえった。青年たちは呼吸を止め、女たちはその言葉の不気味さに、背筋を寒くした。

「なんですの、嫁いだ姫様が死者だなんて——」

遊女の一人が、仕事を忘れ、たまらず聞いた。

しかしすぐナガラッタが、

「なんでもない。こいつ、まわりすぎたんだ。水でも飲んで頭を冷やしてこい」

と硬い表情で言い、言われた男は気まずそうに、ひどく酔ったふりをした。

○蘇（よみがえ）る亡霊たち

ある日の朝、たまには学舎に行かなければと用意をしているアーナンダのところに、宮廷から役人が通達に来た。彼にとって初めての、御前会議への招集だった。同じく招集されたラーフラとともに出席することになった。

ラーフラはシッダールタとヤショダラの間の子であり、アーナンダにとって甥にあたるが、生年が同じで、兄弟のように育てられた。

既に述べたように〈ラーフラ〉とは障碍（しょうがい）を意味し、出奔を決意したシッダールタが妻ヤショダラの身籠もったことを知って、自分の状況に思わず口にしてしまった言葉である。

そんな言葉を母親からそのまま名付けられた彼ラーフラだが、名前の意味に歪むこともなく、気立ての優しい母親思いの、そして父親に似て真面目で文武に優れた青年に成長していた。

日の傾きかけた頃、アーナンダはラーフラを誘い、共に登城した。

ここ数年はいつものことらしいが、齢七十を超え体調の優れない、大王たる浄飯王の姿はなかった。上席にはその弟である斛飯王を中心に、白飯王、甘露飯王という、全員が白髪頭の王たち。

先代の王たちは、浄飯王が二十歳過ぎの頃、その才を見込んで隠居し王の座を譲ったのだが、それ以来代替わりはなく、現王たちは王座にしがみついているようにしか見えない。

アーナンダは初めて御前会議に招集され、知っていたつもりでも改めて釈迦国の中枢たるこの会議の顔ぶれを見ると、この国そのものが既に老い、時代から取り残されてしまっていることをはっきりと思い知った。自らの血族を〈日種〉と呼び誇るが、重く沈みゆく夕日に違いなかった。

高齢の王たちを補佐し実務を取り仕切るのは、王たちを挟むように座る下の世代の大臣たちだ。その筆頭は、ナンダだ。浄飯大王の次子で、シッダールタの年の離れた母違いの弟にあたる。重厚で誠実な人柄は、同僚からも部下からも信頼されていた。

アーナンダにとっても浄飯大王は伯父であり、斛飯王は実の父である。さらにラーフラにとってみれば、その二人の王は、それぞれ父方と母方の祖父にあたるのだった。釈迦国というものが、昔のままの、血縁で固められた豪族であることがよくわかる。

(まるで家族会議だ。これで荒れ動く時代に、対応できるはずがないな)

政には興味のないアーナンダだが、つくづくとそう思った。

彼の父、斛飯王が口を開いた。アーナンダへ向かって、

「来たかアーナンダよ。久しぶりだの。最近は兄の真似か、呼び出さねば顔も見せんようになりおって。学舎にもまともに通っていないと聞くぞ。教師や学友の母親からお前の話を聞くたび母が嘆いて――」

議事進行役を務めるナンダがあわてて制した。厳粛であるべき御前会議が、本当に家族会議になってしまう。

ナンダが、威儀改めて発言する。

「アーナンダ、ラーフラ、急な出仕大儀である。お前たちは十七という年齢になったのだな。今後は釈迦国日種の一員、中でも由緒正しきガウタマ氏の一員として、重い責任を負ってもらわねばならない。覚悟はあるだろうな」

学舎の成績も抜群で、王たちの覚えもめでたいラーフラが、口を開いた。

「それは、もちろんです。しかし私たちはまだ学生の身、そうすぐさまお国のための職に就けるとも思えません。何故(なにゆえ)この時期にこのように緊急に、しかも内密に呼ばれたのか……」

「重い責任を負うとは、職務をこなすだけのことではない」

ナンダの沈んだ目に、ラーフラも、アーナンダも次の言葉を待った。

「国を知り、国の機密を分かち合うこと。これが一族の中心にある男子の大いなる責務なのだ」

(聞きたくない――)

猛烈に嫌な予感が沸き起こり、アーナンダは咄嗟(とっさ)にそう思った。だがもちろん顔には出さない。

「お前たち、今から十五年前に我が国からコーサラ国へ、とある名家の姫が嫁いだのは知っていような」

ナンダの言う当たり前のことに、二人は声も出さず頷いた。

「それについて知っていることを、事細かに述べてみよ」

質問の意図がわからぬままラーフラが、

「我々が幼い頃のことですので、聞いた話であり、誰もが知っているようなことしか言えませんが――、一族のデーヴァダッタ殿の仲介により、コーサラ国のパセーナディ大王へ、我が国の、ええ――パンドゥラ家の令嬢が、輿入れされました。数年後パセーナディ王との間に男児ルリ殿が生まれ、ルリ殿はわずか三歳にして世継ぎとして定められたため、パンドゥラの令嬢はいずれコーサラ国の王母となられる、とのことであります」

「そのパンドゥラの娘について、他に聞いたことはないか」

ナンダの言葉にラーフラは首をかしげ、

「そうですね――パンドゥラとは、ガウタマと、元は一つの氏から枝分かれした名家だとのことですが――」

答えながら、ラーフラは疑問に感じている。ガウタマである自分にとっても縁戚にあたるそれほどの名家を、武官文官にも、学友にも、誰一人彼は知らない。パンドゥラという名前も、同じ地名があるから思い出せただけだ。

「アーナンダ、お前はどうだ」

アーナンダは、悪友たちから幾度も耳にしてきた不思議な話が、今問われていることなのだとわかった。その決まって寂しい夕暮れ時や、遊びに出かけた人気のない山中などで語られる噂話に言いしれぬ気味の悪さを感じても、政に関心のない彼らはだからどうするということもなかった。ただ悪童らしい本能で、仲間内だけにとどめるとの自制は働いていた。それは、もしもこの話が真実であったときの現実世界に与える影響の恐ろしさを、どこかで感じていたからではなかったか。

「はい――聞いたことはあります」

「申せ、包まず」

隠すことに意味はない。ナンダや王たちは、全て知っているのだ。

「クシャトリアの若者の間での、怪談のようなものです。絶対に誰にも言わないとの誓約を条件に教えてもらえるのですが、それは――コーサラに嫁いだ釈迦国の姫は、既に滅んだ家の、死者だと。そして、その死者が産んだのが、大コーサラの跡取りだと」

悪童たちと付き合いのないラーフラは初めて聞いたのだろう、怪訝な表情を浮かべている。

不穏な静寂が流れ、やがてナンダが口を開いた。

「それはある意味で、事実だ」

王たちや居並ぶ大臣は黙ったまま、顎をなでるなどしている。

「国の存亡に関わる機密だ」

ナンダの話が始まる。

「パンドゥラ家は、かつてガウタマと並ぶ権勢を誇り、幾世代に亘り王を輩出した家柄だが、不思議と不幸が続き、今から五十年ほど前にはその血統も、老いた父母のもとの兄妹だけとなっていた。父母は、逞(たくま)しく美しく成長していく二人の子供が、家を再興してくれることを願ってやまなかった。その頃、釈迦国は久方ぶりの、大きな戦をした。お前たちも知っていような」

「我が国にとって大きな戦と言えば、建国時の伝説的な話を除けば、一つしかありません。ヴァンサ国との戦です」

ラーフラが答えた。ナンダは頷き、

「そうだ。私にとっても生まれる前の話だが、聞くも無惨な負け戦だった。だがこれは、仕組まれた戦だった。釈迦国は騙されて、ヴァンサの大軍に当てられたのだ」

「はい、――釈迦国は、コーサラの策略により、若きクシャトリア八百余名の命を散らせました」

その戦から五十年近くが経ち、庶民階級だけでなく、一般のクシャトリアの間でも、その事実は忘れられかけている。なにしろそのヴァンサとの戦の後、釈迦国は、自分たちを騙し、捨て駒にしたコーサラ国に対し、ひと言の抗議もするどころか、貢ぎ物を贈り機嫌を伺い平和を購(あがな)う、半属国となり果てたのだ。

釈迦国のクシャトリアは、武人としての誇りを失ったと言っていい。自分たちの恥を好んで蒸し返すようなことは誰もしようとしなかった。そして五十年という歳月は記憶を薄れさせ、民衆の、市井の噂にも上ることはなくなった。

だが、将来この国の政を担う者たち――アーナンダやラーフラら、王族名家の子弟たちには、軍学、政治学の一環として、何より祖国の歴史として、当然伝えられている。

「パンドゥラ家の跡取りは、当時十九だったという。家柄が良いだけでなく、文武に秀で、歳近い浄飯王と幼い頃から仲良く、君臣となってもその信頼関係は変わらなかった。浄飯王のヴァンサ出兵に、軍学を実地で学ぶため、十九という年齢ながら、士官として馬を並べた。浄飯王自身が若く、目付役以外は全てが若い軍隊だったのだ。そして、パンドゥラの跡取りは戦死した」

「パンドゥラの両親の落胆は、見ていられないほどのものだった」

ナンダの話を引き継ぎ、当時を知る斛飯王がその様子を詳しく語る。

「兄浄飯王も、大敗と后を亡くしたばかりで人が変わったようになっていたが、それでもパンドゥラの邸には自ら出向かれた。息子と仲良かっただけでなく、父親にも世話になっていたからな。わしもついて行ったのだ。戦が終わって、半月ほど経ってからだった。

邸に上がると、父親は寝込んでいた。母親は夫の世話もせず、姿を見せない。病床で身を起こした姿勢で、父親は言った。

『あれは、簡単な戦だ、小競り合いのようなものだから心配はいらないと、申して出征しました。無論、小競り合いだろうと人は死ぬときは死ぬ。武人として、ある程度覚悟はしておったつもりでしたが――しかし王よ！　恐れながら、千の兵のうち八百を死なせる戦は、戦と言えるだろうか！』

辛辣（しんらつ）な言葉に、浄飯王もわしも、ただうなだれていた。すると父親は、突如声を張り上げ、『娘が』と叫んだ。あの悲痛な声は、今も耳に残っている。

『娘が、魂になって兄さまを殺した敵を呪（のろ）うと言って――今朝方、兄の遺した刀で首を突き、死におったのです。母は娘の横につきっきりです』

わしも驚いた。わしたち兄弟とパンドゥラの兄妹は幼い頃よく遊び、妹は目を見張るほど美しく成長し、必ずや良い家に嫁ぎ幸せになるだろうと思っていた。それが兄の後を追い、自ら命を絶つなど――

兄浄飯王はパンドゥラ家の父親に、コーサラの策略について語った。言えば怒りの火に油を注ぐようなものだが、真相を、彼らが――特に命を捨てた娘の魂が、憎むべき本当の仇の名を、言わずにはおれなかったのだろう。兄の淡々とした言葉から、押し殺した気持ちが伝わってきた。それを聞いて父親は、かっと天井を睨(ね)めつけ、

『コーサラの獣王め、己の欲望のために人を踏みにじりおって。パンドゥラは貴様を許さん。七度転生しようと、貴様らを許さん。娘シャンティよ、間違うなよ、仇はヴァンサ国ではない。コーサラの王家じゃ。わしもすぐ逝くぞ――』

その翌日、パンドゥラ家は邸に火をかけ、娘を挟むように両親も遺体で見つかった。前日の言動からこうなるだろうことは予想できたが、止めることはしなかった。その時をこの国で生きた者しかわからないことだろうが、浄飯王だけでない、わしのように戦に行っていない者を含め、釈迦国のクシャトリア全てが、無残な敗戦の衝撃で、魂を生死の境に置いていたのだ。誰が死んでも不思議ではなかった。

いっそ復讐に狂って、全軍挙げてコーサラに攻め込み、華々しく散ろうかという気持ちは、武人ならば誰もが持っていた。そうしていたなら、どんなに楽だったことだろう。だが、そんな気持ちを抑えつけるほどの虚しさが、分厚く国を覆っていた。全ての活力を奪うような虚しさだ。嗤(わら)われることを承知で、我らは憎いコーサラに貢ぎ物を送る道を選んだ。しかしその気持ちを忘れぬため、そしてパンドゥラの名を残すため、ヒマラヤの峰のひとつ、ちょうど巨岩が槍のように遠くコーサラに向けて突き出しているのを、パンドゥラ峰と名付けた。わしたちはあの日以来、言葉にはせずとも、その槍がいつかかの国を貫くことを願ってきたのだ」

昔語りを終えた斛飯王は、疲れたように両目を指で圧した。

聞いているラーフラは青い顔をしている。そして訊ねた。

「五十年近くも前のその話で、自ら命を絶たれたパンドゥラのご息女の名前は、シャンティと言われましたか」

「そうだ」

　と、ナンダが答えた。

「――十五年前、コーサラに嫁いだ令嬢の名も、シャンティだったと記憶しておりますが……」

「そう。王宮に勤める、穢れた物を扱う最も身分の低い下女の中から、目鼻立ちの整った娘を選んで連れてきた。その娘をシャンティと名乗らせ、名家パンドゥラの令嬢だと偽り、嫁がせたのだ。病に苦しむ母親に、治療と、良い暮らしをさせてやるとの条件でな」

「なぜなのです、なぜそのようなことを」

　ナンダは言いにくいような、困った表情を浮かべている。また斛飯王が話を引き取り、答えた。

「浄飯王が、珍しく熱意を持って、率先して動かれたことなのだ――昔日誓ったコーサラへの復讐。そして一家滅亡にまで至ったパンドゥラ家から託された思い。それはどれだけの長い歳月が経とうとも、消えることはなかったのだ。突如もたらされたコーサラとの婚姻という話で、復讐を果たすその策が沸き上がったのだろう。復讐の刃たる娘の名はシャンティでなければならず、その家名はパンドゥラでなければならない」

「これが、復讐になるのですか」

「血統を誇るコーサラの王族に、下賤の血が混じる。まさか生まれた王子が世継ぎになることまでは思いもせんかったが、これでコーサラの血筋は、クシャトリアでなくなる。――そんな目で見るがラーフラよ、お前は当時のこの国の絶望を知らんのだ。コーサラは、我が国の多くの若者の命を奪った。尋常な戦なら知らず、協力を求めてきておいて、欺いたのだ！　近ごろは城下の童も歌っておる、〈善悪無し、来世も無し、生きる意味もまた無し〉だとな——ならば、どんな手段を使おうとよいはずだ。欺きには欺きで応えてやる。我らは力なきゆえ、策を用いる。力を頼みに他者を蹂躙する者への、報いじゃ」

強い口調で語る斛飯王は、しかしこの策に乗り気だったわけではなかった。〈善も悪も無し〉という虚無の偈は、兄浄飯王の復讐心を諫めない、自分への釈明のようなものだった。

「お止めしなければ。王であられるなら。弟であられるなら」

「おいラーフラ、控えろ」

ナンダが眉をひそめ、言った。

しかしラーフラは、青ざめた顔に嫌悪と苦悶の混じった汗を浮かべ、

「なんという陰湿な復讐でしょう。そして幼稚な策でしょう。パンドゥラが既に滅びた家であることは、少し調べれば誰でもわかること。今まで露見せずいられたことが不思議なほどです。何かの拍子でコーサラがこのことを知ったときの責任は、失礼ながらここにいるお歴々全員の首でも取ることはできないでしょうね」

ナンダはラーフラのために言葉を慎むように諭しているが、ラーフラの辛辣な言葉はナンダがこれまでずっと思ってきたことだった。大臣たちも、居並ぶ王たちでさえ、ラーフラの意見をもっともだと思って聞いていた。彼らはこのような状況を少しも求めていなかった。浄飯大王が——、酒と煙で廃人同然になったと思われていた大王が、婚姻の話を聞きつけると突如として精力的に、嫁ぐ姫の人選に口を出してきたのだ。実弟である斛飯王が、兄の昔日の誓いであり、コーサラの為に

命を落とした八百の若者とその家族の悲願であるからと是認すると、誰も反対できる者はいなくなった。

斛飯王は、兄の心に寄り添いながら、息子デーヴァダッタに対し、すまないという気持ちを持っていた。この婚姻を仲介し成立させたのは国の外で動くデーヴァダッタであり、デーヴァダッタは国の内を取り仕切る者として父を信頼し、遣り取りをしていた。息子に、策のことは言っていない。釈迦国の平和のために息子が用意してくれたこの婚姻を、自分たちは危険極まりないものにしてしまっているのだ。

だが、露見しなければ——大丈夫だ。露見させなければ。

それは可能だろうか？　ふいに斛飯王は、自分が断崖絶壁の縁に踵を掛けて佇んでいるような気になり、背筋を寒くした。

「それで、まだよくわからないのですが」

ラーフラが憤りを鎮めながら、言う。

「何故この時期に突然、この話をされたのでしょう」

ナンダがじっとラーフラの顔を見つめ、言った。

「コーサラ国から使いが来たのだ。コーサラ国太子、ルリ殿は成長され、様々なことに興味を持ち、見て回りたい年頃だという。来月にもこのカピラヴァストゥへ、母君と共に訪れたいというのだ。もちろん護衛、侍従の者を連れ、かなりの大人数となるだろう。我々は彼らを迎えつつ、秘密をなんとしても守らなければならない。国のため、協力してくれるだろうな」

○ルリ

その日、その行列が釈迦国都カピラヴァストゥの大門をくぐった。

豪華な天蓋付きの馬車に、それを固める徒士と騎馬兵。徒士の一人が高く掲げ、ヒマラヤから下ろす風に翻るは、紅と蒼の二匹の蛇が円形に絡み合うコーサラ国王家の紋章旗だ。

門の外で出迎えた、釈迦国儀仗隊が先導している。

滅多にない国賓の来訪に、カピラヴァストゥの民のほとんどが詰めかけ、歓迎の小旗を振り、友好の黄色い花飾りを首にかけている。

彼らの視線を集める馬車の貴人は、先日十二歳になったばかりだというコーサラ国の太子ルリと、母シャンティだ。シャンティは釈迦族であり、ルリは釈迦族とアーリア人の混血であることが、少し近くで見れば誰にもわかった。

山国の古ぼけた煉瓦積みの城門を見上げながらにくぐったルリは、出迎える貴族、民衆の、アーリア人と違った容貌に目を奪われた。それは、普段暮らすサーヴァッティの王宮では浮いていた母の容貌が、違和感なく馴染む集団であった。

――どうして母様は他の人と違うの、ぼくも少し違うの
そう聞く彼に、母は、自分は異国から嫁いできたのだということを教えてくれた。その時はぼんやりとしか理解できなかったが、今ははっきりとわかった。自分に流れる半分の血。それは明らかに、目前に集うこの人々と共有しているものだった。ルリは自分の半身が、生まれ出る以前いた場所に帰ったかのような、覚えているはずのない懐かしさと、不思議な興奮を感じていた。侍従やサーヴァッティの詩人の歌からも聞かされていた、霊峰ヒマラヤを護り、護られる、誇り高き神聖なる民、

釈迦族。ルリは嬉しさが込み上げ、人々に向かって手を振った。すぐに恥ずかしくなってやめたが、それを見た民衆は今までの遠慮をほどき、わっと大歓声を挙げ旗や手を振り、喜びをあらわにした。これほど多くの笑顔が釈迦国に広がるのは珍しいことだった。

乾季の後半、雨季まであとふた月というこの時期は、山国らしい朝の冷え込みもぬるみ、人も動物も草木も、それぞれの体を伸ばし生命を謳歌する、釈迦国のもっとも快適な季節だった。

そしてこれが、釈迦国最後の季節となった。

ラーフラは同僚とともに民の最前列で、国賓の行列には背を向け、民衆の動向を目を皿のようにして監視している。民には事前に、

「十五年ぶりに里帰りされた釈迦国で生まれた姫とは言っても、今はコーサラ大王のお后であり、太子殿下の母君であらせられる。親しみの気持ちを持つことは良いが、増長して無礼な態度に出たり、無用のことを叫ぶ者あらば、両国の友好のためその場での死罪も躊躇わない」

と腰の剣を握り、彼には不似合いな強い言葉で繰り返し伝えてある。他のクシャトリアも同様のことを言うよう命令されてはいるが、肝心の秘密を知るのはラーフラとアーナンダら、国の中枢の王族のみである。

五十年ほども前のこととは言え、パンドゥラが滅びたはずの家であることを覚えている者がいたとしても不思議ではない。注意すべきは、統制のきくクシャトリアよりも民衆の方だと思われた。

しかし、シャンティについては「パンドゥラの娘」ではなく、「釈迦国クシャトリアの娘」として広まっただけということもあり、これと言った不測の事態もなく行列は民の歓喜のうねりの中を

ゆっくりと進み、王宮に着いた。

浄飯大王の次子であり、次の王と目されるナンダが大臣たちを引き連れ、王宮の前で迎えた。賓客は馬車から降り、ナンダたちの礼を受けた。

民を監視しながらそれを見たラーフラは、ほっと安堵のため息をついた。王宮に入ってしまえば、あとは全て繰り返し練習してきた段取り——台本どおりに事は進むはずだ。


今回の釈迦国訪問で太子ルリを補佐し、護衛の兵団を率いるのは、コーサラ国の北面将軍ダーサカだった。周囲を窺う鋭い目つきと前方に尖った顔の形から、陰では〈狐〉とあだ名される。もともと北方担当の一武官であったが、その物怖じしない交渉術を評価され、かつては釈迦国との外交の使者として任を受けていた。釈迦国に貢ぎ物を増やすよう迫り、その強引な手腕により、交渉相手の当時王子だったシッダールタやデーヴァダッタを悩ませ、憤慨させたものである。

彼は強い上昇志向の持ち主だった。上に媚び、同僚を蹴落とし出世の足掛かりを築いた。そして交渉官をして得た釈迦国に対する知見を売り込み、ついには北方の軍事作戦を一手に担う、北面将軍にまで抜擢された。

ダーサカは、釈迦国が姫をパセーナディ王に嫁がせ完全に恭順の意を示したことで、物足りない思いを抱えていた。北面将軍に就任した時から彼は、インドに名だたるコーサラの精鋭軍を率いて釈迦国に攻め込むことを、自分の人生の大仕事として夢に見ていたからだ。さらにあろうことか、彼にとっては人質でしかない、釈迦国から送られてきた娘が産んだ子が、コーサラ国の世継ぎと決まった。彼は人知れず嘆いた。もはや自分が馬に乗ることができる間は、釈迦国を攻めることはないだろう。太子の母親の故国を滅ぼそうとする者がどこにいるだろうか？　もともと規模は小さかった北面将軍という役職自体、意味の薄いものになり、任命されたときの喜びも消し飛んだ。

此度の任務は彼にとって皮肉なものだ。彼が攻め滅ぼしたがっていた国からの人質だったはずの女と、その子の護衛。城門をくぐると、釈迦国の民は旗を振り花を飾り彼らを迎えた。ダーサカは自分が旅芸人にでもなったようで、兜の下で幾度も苦虫を噛み潰していた。

王宮の前で迎え出たのが年若いクシャトリアだったことに、ダーサカは絡んだ。

「コーサラの太子が悪路を遙々おいでになられたというときに、浄飯王は出迎えてくださらんのか」

「大王はご高齢で、典医の勧めにより歩くことは控えておられるのです」

「おぬしはどういう立場の者だ」

「私は王たちの補佐役を務めます。浄飯王の子、ナンダと申します」

「釈迦国の跡取り、太子か」

「太子ではありません」

そう目されているが、正式に決定はされていない。

「跡取りでもない者が、コーサラの太子を迎えるのか」

しつこい追求にナンダは、恭しく伏せていた顔を上げ、

「出迎える者の格に拘られておいでのようだが、この度のご来訪は外交でも交渉事でもない。我が国から御国に嫁いだ姫が久方ぶりに里帰りされ、ルリ殿下が初めて母君の生まれ故郷に遊びにこられたという、なんの策も打算もない、純粋なる家族としての行為。浄飯王はルリ殿下にとっては遠縁ながら、同じ血を引き、大祖父とも言える筋。それをいち臣下である貴殿が、高齢など顧みず王

宮の外まで出て参れと、そう言われるのか。また臣下ならばこのような場所でいらぬ問答をするより、一刻も早く長旅でお疲れであられようお二人に、中に入っていただこうとは思われぬのか」

ダーサカは言葉を詰まらせた。温和(おとな)しそうな男と思い、少しの憂さ晴らしのつもりで絡んだのだが、よく通る声で反論してきた。ルリ太子とシャンティ妃がこちらを見ている。

「もうよいわ――早う案内いたせ」

王宮に入りながら、ダーサカはナンダの後ろ姿を見つめた。そうか、浄飯王の息子と言えば、昔シッダールタ王子がいたが、その弟か。小癪(こしゃく)な物言いはよく似ておるわ。

そのかつての王子シッダールタが、今ではコーサラ王パセーナディが師と仰ぐ仏陀であることは、ダーサカも知っている。釈迦国王子としての交渉の席以来、会ったことはないが。釈迦族の血を引くルリが太子となっただけでなく、大王の師までが釈迦族の者とは。全く忌々(いまいま)しいことだ。誇り高いコーサラはどうなってしまうのだ。

賓客の間には豪華な料理が並べられてあり、王たちが座っていた。ダーサカにとって久しぶりに見る浄飯王はひどく老い、痩せたために浮き出た眼球が不気味に光っている。ナンダが言ったとおり、自在に歩けるような状態ではなさそうだ。シャンティ妃やルリの挨拶も、理解しているのか疑問だ。

大きな泣き声が響き渡った。シャンティが、入ってきた貴婦人――首、耳、腕につけられた飾り、華やかな衣装、まさに絵に描いたような貴婦人の装いだった――に抱きついていた。顔立ちがよく似ている。これが母親なのだな、とダーサカはわかった。コーサラ国からの旅で、シャンティはずっと不安そうな顔で口数少なく、何を考えているのかわからないような女だったが、十五年ぶりに母に会い、今は抑えようのない感情を溢れさせているようだ。

貴婦人の方は、涙を流してはいたが、感情を抑えているようだった。もし彼がこの時よくよく観察したなら、感情に流されることを怖れ、声を潜め、娘があまり多くのことを口走らないようにしているようにも見えたかも知れない。――だが娘シャンティは感極まり、「お薬はいただいてるの」だの「おっかさん」だのと声に出した。

ナンダたち釈迦国の面々は、顔を引きつらせて二人を取り囲み、

「まあまあ、喜びもわかりますが、落ち着かれよ」

「ほら、ルリ殿下が驚いておられますぞ」

と、なだめた。

自分の母親が泣くのを心配そうに見ていたルリが、祖母に引き合わされた。涙を拭きながら、シャンティが言った。

「あなたのお祖母さまよ――。母上、ルリです。顔を見てやってください」

シャンティの母親――〈由緒正しきパンドゥラ家の寡婦（かふ）〉は、初めて見る孫の前で、青白く震えていた。無理もない、彼女は本当は、娘とともに王宮に仕える、最も身分の低い召使いだった。娘がコーサラ国に嫁いだことで、邸宅と恩給を与えられ、持病の胸患いの薬を貰ってはいるが、身分は下賤のままだった。そこはこの十五年間、決して変えられることはなかった。コーサラに嫁いだ娘の親は、下賤の身分であり続けなければ意味が無いという理由で。

それがひと月前に急に王宮に呼ばれ、娘と孫が会いに来ることになったので、クシャトリア名家の婦人として振る舞うよう命じられ、繰り返し練習させられたのだ。

身分が気づかれれば、全てが終わる。役人に、厳しい口調でそう言い聞かされた。

目の前にいるのは、釈迦国にとっては恐ろしい大国コーサラの、次の王になるという我が娘が産んだ幼い男児。愛くるしい顔だ。娘にも、亡くなった夫にもやはり似ている。少し自分にも？　うん似ている――だが半分は明らかにアーリアの、それも大王の血が混じっている。愛おしさと、国家間や人々の思惑の入り交じる恐ろしさ、そして秘密を守らねばという気持ちが混ざり、彼女は混乱した。胸がひゅうひゅうと鳴った。

「お祖母さま。お身体、悪いの」

ルリがあどけない声で言った。

いいえ大丈夫よ、彼女がかろうじて言うと、ルリは安心して、

「門からここへ来る途中、遠くの方に大きな天幕があったんだ。そばにきらきら飾られた象がいて、面白い面をつけた人たちがお客を呼んで踊ってた。ねえ、行ってみたいな」

ナンダたちは、話が変わったことで胸をなでおろした。

「それは今この国に来ている、舞踊団のことですな。――アーナンダ、そなたが明日にでも、殿下を案内して差し上げろ」

アーナンダはナンダの耳元で小声で、

「しかし明日は、歓迎の宴の席で我が国の民謡を披露する予定ですが」

と言った。あれだけ準備した計画の変更は、不測の事態を招きやすいのではないか。

だがナンダは、ルリの意向、機嫌を重視した。

「融通を利かせよ。せっかくルリ太子がご希望されているのだ、それは次の機会でよい」

半月前から釈迦国に、旅の舞踊団が訪れていた。

ルリ一行を迎えるこんな忙しい時期になぜ、と思われそうなものだが、ルリが来訪することが決まる以前から公演の申請があり、釈迦国はこれに許可を与えていた。その後ルリ来訪が決まった後に、遠路重い荷を牽いて来た舞踊団を追い返すこともできず、そのまま門をくぐらせたのだった。公演の予定地は城下町の外れであり、問題は無かろうと思われた。

――実際、彼ら舞踊団自体には何も問題は無かった。

この舞踊団は遠い昔に遙か西の彼方（かなた）、アーリア民族発祥の地でその原型を作ったという。幾つもの時代を代替えをしながら広い北インドを巡り、行く先々のアーリア諸国で好評を得てきた。踊り手というとインド社会では身分の低いものであるが、彼ら舞踊団の祖先はバラモンと同根なのだという。バラモンの多くが真理を見つける手段として瞑想や苦行やヨーガをする中、彼らは舞踊を選択し、袂（たもと）を分かったのだともいう。

霊山ヒマラヤの麓、釈迦国を訪れるのはこれが初めてとのことだ。郊外に天幕を打ち立て、その周囲を派手に飾り付け象に曲芸させ、初日から盛況だった。

アーナンダは、馬車のルリと一行を舞踊団の天幕へ案内した。

前日、急遽この任に当てられたアーナンダだったが、彼は子供の世話などしたことなく、ルリ王子に対しては、悪名高い蛮王の子、どんなやんちゃな、と恐れてもいた。だが少しだけ言葉を交わしたルリは、拍子抜けするほどおとなしく、品の良い少年だった。

警護の責任者であるダーサカ将軍と、八名の兵と、侍女が付き添っている。シャンティ妃は長旅の疲れが出たこともあり宮廷に残り、母親と水入らずで休養することになった。

天幕には前日からの手配で一般の客は入れない貸し切りとしている。とは言え観客が少ないと寂しいとの配慮で、釈迦国の高位のクシャトリアとその子弟が動員され、席を埋めていた。

アーナンダは緊張の心持ちで、天幕の最後方に立っていた。少年の観劇を取り仕切るというだけのことだが、国にとって重大な意味のある少年なのだ。

観客たちは珍しげに天幕の中を見回している。扇状に広がる客席。その前方に篝火（かがりび）で照らし上げられる舞台。挨拶も口上も無く、劇は静かに始まった。

演目は、神々の争いとのことだ。バラモン教の三大神である、逞（たくま）しいヴィシュヌ神とシヴァ神が、対立する両陣営の頭領らしい。もう一人の大神ブラフマーは白髪の老人で（これは劇団長が演じていた）、争いを仲裁しているようだ。たまのヴェーダ賛歌はあるが台詞（せりふ）はほとんどなく、あっても断片的なので、観客に物語はよく理解されないまま進んでいった。ただヴェーダの神々の特徴などは、釈迦国クシャトリアたちも常識の範囲で知っており、それらの知識を合わせて観ていると、三つの眼、青い肌を持ち、三つ叉の矛トリシューラを振りかざし荒れ狂う破壊神シヴァを、太陽神ヴィシュヌは苦々しく思っているようで、配下の獣面の神どもをけしかけている。その獣面神の踊り手は、顔は隠されているが皆女性で、どれも巧みでしなやかな動きだが、ひとり際だって目立つ者がいた。おどろおどろしい赤い顔と喙（くちばし）に、輝く金色（こんじき）の翅（はね）を肩から胸までなびかせた、鳥の神ガルーダだ。ソーマ酒に酔いどれ狂ったように踊り回るシヴァを、他の獣面神とともに囲み、端正（たんせい）な群舞によって徐々にその狂乱を鎮めていく。シヴァは力を奪われて、窮屈そうな、苦悶の表情となってきた。

舞台は最高潮を迎える。

ヴィシュヌ軍により次々に繰り出される舞いに、胸を押さえるシヴァ。先ほどから続いている太鼓タブラの音が大きくなった。金翅鳥ガルーダの面をかぶった踊り手が舞台の下手に進む。さざめく太鼓の中、面を取り去った。中からは、素顔にやはり金翅鳥の赤と金色の隈取りをほどこした、少女が現れた。面を置き、代わりに煌めく剣をとった。

横向きで、ややうつむいて佇むと、少し猫背なのがわかった。それがかえって草原の生き物のような、静止しながらに優美な躍動感を予感させた。顔から胸へと汗が流れ、篝火を受け赤く揺れる。その妖しい容貌に魅入られる観衆が、まったく意表を突かれたほど突然に、中央へ向け走り出した。助走は、ただの三歩だった。跳んだ。

「おおっ」

見る者が皆息を飲んだ。

何という高さか——右足を前方へ、左足は後方へ、一直線に——それぞれ舞台上の他の踊り手の、頭の高さまで伸ばされている。青い瞳が輝き帚星のように光跡を引いた。その瞬間、時は止まった。

こんな跳躍する舞踊は見たことがない。いや、これを舞踊と呼んでいいのだろうか。気怠い音楽に乗せ、腰を、四肢を、指先を曲げくねらし、何かを表すのが舞踊だと思っていた。これは人間の能力の限界までの躍動、解放だった。そしてそれは全くの野放図な解放ではない。シヴァの狂乱とは対極の、美という根源への回帰を忘れず創り上げられた、新しい芸術だった。

金翅鳥の汗の走る肌が、紅玉の髪飾りでまとめた黒髪が、そして白銀の剣が宙に弧を描き、シヴァは狂乱にとどめを刺された。面白いのは、シヴァがそこから改心したのかヴィシュヌ側の神々と共に踊るのだが、打って変わって端正な踊りを踊ることだ。端正に踊る破壊神シヴァは、先ほどまでの毒気を抜かれたように見え、青く奇怪に隈取られた顔も、よく見れば美しい顔立ちだ。舞台上の全員が（仲裁者のブラフマー神と、舞台の隅に座る愚鈍そうな象面神だけは加わっていなかったが）、一糸乱れぬ群舞を踊っている。舞台と客席の間に座る四人のタブラ奏者も冴え渡り、革張りのタブラの鼓面や固い胴部を叩く指が、精緻なまま文字どおり目にも止まらぬ速さで動き、踊り手を、観衆を、さらなる高みへと否応なく追い上げてゆく。

――しかし、調和は永くは続かず、やがて群舞は乱れてくる。シヴァの動きがおかしくなってくる。額の第三の目に激しくしわを寄せ、突然横に動き、となりの踊り手とぶつかりそうになる。よく見ると、舞台の隅で胡座（あぐら）をかいた象面神が、抱えた酒樽から、ソーマ酒の精をシヴァに送っているのだった（――ただしこの演技は、どうにも下手だった）。シヴァはますます乱れ、またまとまりのない狂い踊りとなってゆく。そしてそれにつられるように、四つのタブラも不揃いとなり、四人の奏者がめいめいに複雑な、それだけで酔わせるような律動を刻む。太陽神ヴィシュヌをはじめ神々も、そして最高の踊り手ガルーダも、乱れた、調和のない動きになってゆく。先ほどの群舞と違い決められた動きはなく、各自が動きの中で正しい動きを模索しているようだ。正しさとはあるのか、あるとすれば何処にあるのか。宇宙だろうか、あるいは自己の奥底か。

仲裁者ブラフマーは、これを止めず、おもむろに中央へ出て、終劇を知らせる――

あっけにとられる観衆。だが調和が崩れゆくとき――端正と狂乱、叡智と衝動、光と闇が交錯する瞬間――、新しい舞踊の有り様（よう）が生成されるのを、人々は感じていた。

劇が終わった後、出演者が舞台上に並び礼をし、観客の拍手に応えている。

観客の歓声は盛大なものだが、中でもルリは大いに興奮し、劇の最中からしきりに「あの面がほしい。かぶりたい」と横の護衛にせがんでは、なだめられていた。

アーナンダはルリが喜ぶのを見て、自分の任務が成功したと胸をなで下ろした。

あとは王宮へ帰るだけだ。

観客が皆立ち上がり、ルリの小さな体が見えなくなった。

○露見

悪童仲間ナガラッタたち四人は、天幕から離れた木陰で座り、葉巻にしたキャラをふかしていた。

観客席を埋め、適度に拍手を送るために呼び出された、良家クシャトリアの子息たる彼らだったが、劇が終わって早速、好天のもとでの喫煙を楽しんでいた。

「期待せずに観たが、なかなか面白かったよ」

「舞踊にしても、やはり向こうはひと味も違うな」

などと、今し方観たばかりの劇の感想を言い合っていた。

「うわっ」

一人が声を上げた。皆が視線の先を見ると、木陰に、鬼の面をつけた子供が立っていた。

「こいつ、びっくりさせるな」

「劇団の誰かのガキだろ。おい、あっちに行ってな」

だが、小さい鬼は去らない。

「劇の始まる前に踊り娘に話しかけたけど、こいつら、ずいぶん西の方から来たらしいからな。言葉が通じないんだ」

「元は同じ言葉のようだから、ゆっくり聞けばなんとなくわかるんだがな——まあ、追い払わなくてもいいさ。この国への、しばらくの客人だ」

四人は、ふーっと葉巻の煙を吐いた。彼らには、宮廷に仕える実直なクシャトリアたちと違い、垢抜けた、崩れた格好の良さがある。そこがこの小鬼の興味を引いているということは、知るよしもない。

「客人と言えばさ」

「おお」

少量ながらキャラの成分で、若者の表情も、声音も弛緩している。

「ついに来たな、コーサラの太子が」

「ああ、来たなあ。まさか、一緒に観劇するとは思わなかった」

「見たか、太子を。我々とは離れた席で、護衛に囲まれていたが」

「見たとも。太子は我ら釈迦族とアーリアの血が混じっているのが、よくわかる顔だった」

「母親は今日は来ていなかったが、昨日行列で見た。——あれだろう、噂の、滅んだ家の死者だったよな」

それまで木に手をかけ、ぶら下がるように揺れていた小鬼の揺れが、已んだ。

「そうだ。噂は半分のところ、本当だった。パンドゥラ家は確かに死に絶え、滅んだ家だった。だがコーサラに嫁いだ娘は、死者じゃない」

「なんだ、知っているのかナガラッタ」

　ナガラッタの父親は位の高い官吏だ。職務上耳に入った情報を、息子に話したのだろう。

「死者だろうと亡霊だろうと、悪食で聞こえるコーサラの蛮王、気にせず閨を共にするだろう。だが嫁いでいった娘は、シュードラだった。シュードラをクシャトリアの名家の姫だと偽って、嫁がせたんだ。これはたいへんなことだぜ」

　悪童たちは驚いた。

「本当なのか、姫がシュードラとは」

「たいへんって、どうたいへんなんだ」

「考えたらわかるだろう。例えばバラモンとクシャトリアの間に生まれた子は、どのカーストに属すか？　クシャトリアだろう。クシャトリアとヴァイシャの間の子は？　ヴァイシャだ。つまり本来は認められないことだが、異なるカーストの男女が子を作った場合、子は父母のうち、低い方のカーストになるわけだ。ならば七代遡ってもその血統に穢れなき、由緒正しきクシャトリアの中のクシャトリア、コーサラ国大王パセーナディと、我が国のシュードラ姫の間にお生まれになった、太子ルリ殿のカーストは、如何に」

「シュードラというわけか！　なんと、次のコーサラの大王が！」

「シュードラが国王になれるのか、どうなんだ」

「まあ、そんなに興奮しなくてもいい。世界の理を揺るがしかねん由々しき事態だが、何事にしろ知られなければ問題になりようがない。ルリはこのまま、自分の血をクシャトリアと信じコーサラ国を継ぎ、コーサラの民も高貴な王だと思って彼を戴く。本当はシュードラなんだが、都合の悪い真実は知らず、幸せに一生を終えるだけよ。それにだ、この事が露見した場合、一番恐ろしいことになるのはコーサラ側ではなく――」

かたかた、と鳴る音に気づき、若者たちは話を止め、怪訝そうにその音のする方を見た。

音は、先ほどから雑木林の陰に佇む、小鬼からだった。泥を乾かして作った面に取り付けられた角や牙や装飾品が震え、他の部位とぶつかり、かたかたと、細かい音を出している。さらに、細い手足も震えていた。

若者たちは、初めて小鬼を注意深く見た。鬼の面の顎から長い髭が腰まで伸び、さらに木陰に立っていたこともあって、小鬼の着ている服装などは、今までよくわからなかった。

だがこうしてゆっくり見れば、長い髭の隙間から覗く衣も袴も上等な絹製で、帯は縫い込まれた金糸に輝き、何より帯刀している。剣は腰の横で見えにくいが、銀細工がほどこされ、これは舞台用の道具などではないことは、いくら自覚に欠けるとは言え名家クシャトリアの彼らにはすぐにわかった。

上等の、とびきり高い身分のクシャトリアに違いない身なり。それも釈迦国では見かけぬ、アーリア正統のものだ。そして年端のいかぬ、男児。

ある推理が頭に浮かぶ。極めて単純で、明快な推理が。煙の酔いも醒め、唾を飲んで震えるのは若者たちの方だった。

小鬼――若者たちも気づいている、コーサラの太子ルリは、面の下、自分が自分でなくなるほど混乱していた。

ルリは育ってきた王宮で、周りの人々と母の肌の色や容貌が違うこと、自分も少し違うことを物心つく頃から感じ、不思議に思っていた。母に傅く侍女たちは、奥方様は北国の高貴な家から嫁いでこられたのだと言うが、それを傍らで聞くときの母の顔は、いつも固く不安そうに彼には見えた。ルリには年の離れた、母親の違う、ジェータという兄がいた。弟の彼が太子と呼ばれるようになったことで周囲が気を遣い、たまにしか顔を合わすことはなかったが、兄はその母親とともに、外見は全く当たり前のアーリア人だった。だが瞳の色が薄く、侍女たちの噂では、目が悪いのだという。色の違いがわからないという。

自分がそうであればいいのに。ルリは思った。色などわからなければいいのに。そうであれば、肌の色の違いなど気にしないですむのに。昨日生まれて初めて釈迦国を訪れ、母と同じ肌の人々が自分を迎えてくれた。コーサラの人々に比べ小柄で、その温和しく柔和そうな容貌は、侍女たちの言った聖なる民という言葉がすんなり理解でき、自分の体に流れる血の半分が静かに輝き出すような感覚に心が躍った。

その思いも束の間。今、その血が穢れたものだと言われている。父王に、クシャトリアだと偽りシュードラの娘を嫁がせたと言っている。あの美しく優しい母がシュードラ？　そしてその血が流れる自分も――

真実はどちらか。自分に向かってにこやかに語りかけられる心地の良い言葉と、盗み聞きした喜ばしからぬ言葉の、どちらが真実であるのか。

息苦しくなった彼は、鬼の面をうち捨て、腰の剣を掴んだ。

面の下は、あどけない十二歳の顔つきながら、彼に流れるもう半分の血は、ただのアーリア人にあらず、確かに蛮王パセーナディを受け継いだものだった。

「……お前たち」

声変わりもしない声を上げ、雑木林から跳ねるように近寄り一人の若者の前に立つと、その首へ真一文字に鞘から剣を抜き払った。

コーサラ太子の早業に、あっ、と若者は首を抑えた。深々と斬られたと思ったのだ。だが首は落ちもせず、出血もしていない。

ルリ王子の振り抜いた剣を見ると、なんと、果実でも切り分けるほどの小刀でしかない。納めていた鞘は長剣のそれであるのに、中身は短いのだ。

ルリは抜いた小刀を今度は振りかぶり、じりじりと近づいた。

若者たちは逃げ惑った。ナガラッタたちも腰には剣を帯びている。だが釈迦国のクシャトリアが宗主国コーサラの太子に、剣を抜いて立ち向かうことなどできるはずがなかった。

「……言えっ！」

追いかけながら、ルリが言った。事の真偽を問おうとしているのだが、極度の興奮で言葉にならない。呼吸もさらに苦しくなり、振りかぶったままの剣が、鉛のように重くなってきた。

そこへ、消えたルリを手分けして探していた護衛たちのうち、二人の兵が騒ぎを見つけ、駆け寄ってきた。抜刀している自国の太子が、逃げ惑う釈迦国の若いクシャトリアを追いかけている。コーサラの護衛兵たちは、ルリを抱き止めた。

「……離せっ」

「落ち着いてくださいませ、どうなされたのです」

「お手前たち、どういった事情なのだ」

問われたナガラッタたちだが、言葉を忘れたかのように青い顔で押し黙っている。

コーサラ兵は状況を見るに、短いが刀を抜き一方的に追い回しているのは太子の方であり、どうしたものかと顔を見合わせた。

他の護衛兵とともに、ダーサカ将軍がやって来た。

「これはなんの騒ぎだ。やあ太子、宝刀を抜かれましたか。その者たちが、何か無礼を働きおったのですか」

ダーサカは、ルリの持つ剣の短さに怪訝そうにしながらも、ナガラッタたちをじろりと睨んで言った。

「母様が……」

ルリの肩は、剣を強く握りすぎ、今になって痙攣している。指が剣を握ったまま固まったようになっているのを、ダーサカが引きはがした。

「母君が、どうなされたのです」

「母様が……シュードラだって、あいつらが……」

その短い言葉に撃たれたように、ダーサカは普段は細い目を剥きルリを睨み、そして釈迦国のクシャトリアの若者たちを睨んだ。剣で追い回され被害者であるはずの彼らが、青い顔で剣への恐怖ではなく、まるで尋問を待つ科人のように不安げに下を向いている。

これまでそんな疑いは、塵一つほども持ちはしなかった。当たり前だ、小国が大国に和平を求めて姫を嫁がせるのに、わざわざ欺いてシュードラを送るなどと、誰が考えるだろうか。だが――、言われてみれば、力の無いくせに誇りだけは高く、古より根付いた神聖なる民などという黴（かび）の匂う幻想のような評判を、他国から言われるたびに喜ぶ彼ら釈迦国王家の顔を思い浮かべると、それはいかにも彼ららしいやり方のように思われた。

思えば、この度の釈迦国王家の歓待は、やけに物々しいものだった。宗主国の太子の身の安全のため、と言うには収まらない、釈迦族自身の言動をすら監視し牽制し合っているような、ひりひりするほどの緊張があるようだった。

さらには、シャンティの母親！　身なりは良いが、歳を重ねた貴婦人にしては話し方も身のこなしもどこかおどおどして、洗練されたものは感じられなかった。その時は、辺境の小国ならば仕方なし、と鼻で笑っていたが、他のクシャトリアの女たちはそういうことはなかった。

気にもせずに抱いていた幾つかの違和感が、一つの言葉で解き明かされていく。

「この者らを捕縛せよ」

護衛兵に命じた。兵たちは戸惑った。太子の母親の故国で、クシャトリアを逮捕できるのだろうか。

ダーサカの終わったと思っていた野望が、再び首をもたげ始めた。

「恐るべき陰謀の証人だ。釈迦族の王宮まで引っ立てよ」

ルリ太子が興味を持った劇を観るとのことで、出がけには護衛の者まで愉楽の足取りだった一行が、再び王宮に戻ってきた今は、護衛兵どもは槍先をぎらつかせ、将軍は敵地さながらにあたりを睨み、そして馬車の太子は思い詰めた蒼白の表情のまま動かない。さらに釈迦国の若者四人が手と腰を縛られ、戦の捕虜のように牽かれている。

ナンダがクシャトリアを引き連れて出てきた。

「ダーサカ将軍、この横暴はなんのつもりですか」

「とぼけるな、二枚舌め」

ダーサカは怒鳴った。

「この者らから全てを聞いた。昨日はよくもいけしゃあしゃあと、浄飯王はルリ太子の血縁だなどとぬかしたな。言えっ、シュードラ女を我が大王に嫁がせるなどという謀を巡らしたのは、誰だっ」

実際はナガラッタたちは、剣を突きつけられても何も話さなかった。言えば釈迦国がどういうことになるか、よくわかっていたのだ。だが彼らの青ざめた表情と態度で、ダーサカが確信を得るには充分だった。

そして、ナンダの態度も同様だ。昨日とは打って変わって、苦渋の表情を浮かべるのみで、言葉が出てこない。否定をすることができない。ナンダ自身、それが肯定を表してしまっていることをわかっている。

「浄飯王か、そうだろう」

「待ってください――」

王宮に乗り込もうとするダーサカを、ナンダが引き留めた。

「王は、正常な認識も判断も、おできになられる状態ではないのです」

釈明するように、言った。

「ふざけたことを。輿入れの、十五年前もそうだったとでも言うつもりか。ならば、お前たち側近は何をしていた」

ナンダは何も言い返すことができなかった。義は、こちらに無いのだ。

そこへ息子の帰りを待っていたシャンティが、騒ぎを聞きつけ姿を現した。

「ルリ――どうしたの。ダーサカ将軍、これは――」

「あなたがシュードラであることを、こやつらが白状しおったのです」

正面から太い声で秘密をぶつけられ、シャンティは、あっと声を上げ、蹌踉めいた。

ダーサカは、それをまた新たな証拠として見、

「あなたの処遇は、わしにはわからん。サーヴァッティに戻り、大王にお決めいただく。それまでは太子の母として変わらず扱いましょう。さあ、馬車にお乗りなさい」

変わらず、と言いながら、ぞんざいな態度だった。

「念のため、先に兵数人をサーヴァッティに帰らせた。口封じに我らを亡き者にしようとしても無駄だ。だがこの王宮に、我らに向かって剣を抜く胆力のある者などいるわけがない。いたならこんな陰湿な企みはせぬ」

サーヴァッティのコーサラ王が知ることになればどうなるかを思い、決死の覚悟で剣の柄に手をかけていた者も、力なくうなだれた。自分が関与したわけではないが、自分の国がした謀略は、あまりにも暗く、恥ずかしい。狐のような顔で釈迦国をののしるダーサカの言い分に、立ち向かうことができない。

ダーサカの指示により、護衛の兵がシャンティを馬車に乗せた。シャンティは、呆然としながら

座席に座り、我が子ルリを抱いた。ルリは青ざめ身を固くし、震えていた。

「今ここで、呆（ほう）けた浄飯王に会う意味も無い」

馬上から、ダーサカは言った。

「またすぐにまみえよう。——王に伝えよ、首を洗って待っておれ」

○彷徨（さまよ）うデーヴァ

マガダ国の都、ラージャガハの夜。

灯も消えた店の奥の狭い部屋で、囁くような声が聞こえている。

話しているのは店の主、ルクミニーで、それを聞くのは同じ寝具で横になる、デーヴァダッタだ。

——貧しい家に生まれましたが、父はわたしにせめて名前だけでもと、ルクミニーと名付けてくれました。それは、〈黄金で飾られた〉という意味なのです。小さい頃は父はよく酔ったときなど、お前は愛嬌があるから良い家へ嫁いで、金の腕輪でも首飾りでも買ってもらえるぞ、なんて言ってくれました。でも貧しさから、父はわたしを売りました。良いところへ嫁ぐどころか、あんな稼業に——あそこにいた女たちの多くがそうでしたが、親に売られた者は、生きる気力をなくします。一番信頼していた人に、お金目当てに捨てられたのですから。もちろん寒村の仕事もない貧しい家で、弟や妹を食べさせるためには仕方なかったんだとわかります。家族が飢え死にしないためには、これしかなかったんだと。でも、わたしなら、我が子を捨てたりしない。子供の中から一人を選んで、他の子を食べさせるために、売ったりしない。そんなことするぐらいなら、みんなで手に手を取り合って、飢え死にした方がいい。父はわたしを売ったことをずっと思い悩んで体を弱らせていたところへ、流行病にかかって亡くなったそうです。どうして生きて待っていてくれなかったのでしょう。どんなに罪の思いに苛まれても、我が子を売った自分がどんなに惨めでも、生きて待って、わたしにひと言謝ってくれたなら。わたしは泣きじゃくりながらでも、手を取って赦したでしょう。だって父親なんですもの——それがもう、父が死んだ今となっては、けっして叶わない。わたしは父を赦すことができない。それが悲しい。わたしを搾り取ったあの店の主人や嫌な客なんかは赦すも赦さないもない。もう顔も覚えていない。だけど父は、ずっとわたしの心にいる。赦されないまま、子を売った罪の意識に顔をゆがめながら

——生きる気力を無くしたけれど、ただ一つ子供の頃から、人を悪く言わない、恨まないということを心がけていて、あんな稼業の間でも、心のよりどころとしてきました。それは、父の教えだったのです。それが、父に対してだけその教えができないなんて

——でもデーヴァさま。わたしは今、父にもらった名前のとおりになっています。デーヴァさまに、黄金に輝くものをいただきました。このお店も毎日デーヴァさまだと思って磨いていますが、もっと大事なものです。それはデーヴァさま、あなたがこの世界にいてくれるということ。あなたをお慕いすることができるということ。たまにでもこのお店に来てくれて、夜通しいろんなお話をすること。あなたのことを思っているわたしの命——なんて素晴らしい輝きでしょう。ご出家ですけれど、あなたが我が夫であり、我が子なのです——

このようにデーヴァダッタは出家の身でありながら、ルクミニーの店に十日と置かず通っていた。世俗の食事を取り、一つの寝具で語り合いながら眠った。五年前、仏陀から新天地、祇園での修行を誘われたが、彼は断った。以来ラージャガハに留まり、一時は断ち切ろうとした世俗のしがらみ

に身を任せるようにしていた。

　しがらみはルクミニーだけではない。このマガダ国の太子アジャセと会い、身辺の話から、軍事、政治に関わることまで、相談に乗っていた。それには次のような経緯があった。

　祇園行きを断ったしばらく後のある日、彼は憂鬱な気分でラージャガハ郊外を歩いていた。地響きが聞こえる。彼にとっては懐かしい、軍馬の群れの蹄が立てる音だ。見物しようとそちらへ歩くと、軍の指揮官が彼を見た。

「デーヴァ師！」

　嬉しそうに駆け寄る指揮官は、アジャセ王子だった。

　アジャセは齢二十を数えたばかりで、騎馬の精鋭軍を任されていた。王子とは言え、実力主義のマガダの兵制では異例の抜擢である。今はその軍を、手足の如く動かせるよう調練中なのだという。ぜひ調練を見ていってくれと懇願され、もともとそのつもりだったデーヴァダッタは、アジャセの横に立った。馬を勧められたが、比丘としてそれは断った。

　騎馬隊の動きをしばらく観察した彼は、

「どれほど精強な兵も、軍を率いる指揮官に心得違いがあれば、無駄死にすることになります」

　と言った。

「このアジャセの心得違いとは、いかなることですか」

「王子は戦車部隊を頭に思い描いておられるな」

　アジャセは、自分の野心を言い当てられたことに驚いた。

「慧眼（けいがん）、師にはおわかりか」

「あの大仰な隊列を見れば瞭然のこと。王子、重厚なる戦車隊は、敵を圧倒的な力で蹂躙する。平地であればまさに敵無しと言っていい武の形態。そしてマガダの戦車隊は、量に於いてもまた質に於いても、インド随一でしょう」

「そうなのだ、我が国の戦車隊こそ我が名、アジャータサットゥ〈天下無敵〉にふさわしい。質の良い鉄を産する我が国、戦車はさらに増えてゆく。今は戦車隊の指揮権は二将軍のものだが、いつか必ず掌中のものとし、思うように指揮できるようになってみせる」

「戦車隊のことは頭から抜くことです」

デーヴァダッタが言った。

「今あなたが手にしているのは騎馬隊。その本質を見抜き、活かさねば、戦っても戦果は得られず、無駄に兵を死なせるのみ。武勲は上げられず、戦車隊を任される日は永遠にやってこない」

「騎馬隊の本質とは」

「疾風の如き、速さ、軽さ。戦況を広く見て、臨機応変、縦横無尽に動く機転と、勝機を逃さぬ果断が率いる将には求められる。王子はまだ若い。戦車の重厚は忘れ、今は騎馬の速さを我がものとしなさい」

アジャセ王子は大いに感銘を受けたように、デーヴァダッタの顔を見た。

「師よ、久しぶりのご教示に、目の前が晴れ渡るようだ。――やはり私にはあなたが必要だ。傍にいて、私を教えて欲しい」

デーヴァダッタは首を振った。

「当時あなたは国をあけておられ挨拶は出来なかったが、言伝したとおり、私は出家したのです」

デーヴァダッタのすげない言葉に、アジャセは出会ったばかりの頃のような、幼い顔になって言った。

「師は嘘つきだ」

「なぜ」

「忘れているのだろうけれど、師は私と初めて出会った日に、約束したのだ。師の王がいなくなったら、私の家来として仕えるって。師の王とは、あの仏陀のことでしょう。やつはあなたを捨てた！　王の道を捨て、いなくなったじゃないか。なのにそれを追いかけて、自らも出家するなんて」

長い間心に溜めていたことなのだろう。言葉まで子供じみて言うアジャセにデーヴァダッタは、

「良く覚えておられるなあ。しかし私も物覚えは良い方で、その話は『ぼくが大王になったら』との条件付きでしたぞ」

「なんだ、師も覚えていたの」

アジャセはそれまでの怒り顔から、嬉しそうな笑みをこぼした。

十三年も前のこと、王子シッダールタが出家し釈迦国を捨て、デーヴァダッタがそのことを知る直前のことだ。デーヴァダッタは釈迦国とマガダ国の同盟締結の使者として、ここラージャガハを訪れていた。その城下町で二人は顔を合わせ、初めこそひと悶着あったがなぜかうまが合い、デーヴァダッタはアジャセの大器を見抜き、アジャセはデーヴァダッタに憧れ、慕った。

その時交わされた〈約束〉だ。デーヴァダッタとしては行き掛かりで口にした言葉であり、約束とは思っていなかったが、その時のアジャセ王子の、七歳の子供ながらに真剣な口調は、鮮やかに

心に残っている。

「じゃあ、私がいつか大王になったら、戻ってきて仕えてくれるんだね。家来と言っても、宰相か大将軍、とにかく最高の位の、私を教え、導く者として」

「しかし、一度俗世を捨てると誓った以上――」

「比丘は嘘を言ってはいけないのでしょう」

アジャセが強い口調で言った。嘘は一般の社会でも嫌悪されるが、仏陀教団には不妄語戒という、嘘を言うことについて重い戒があった。

教団の戒まで持ち出して言うアジャセに、デーヴァダッタは少し煩そうに、

「それは昔、俗世の折りに童相手に交わした、約束とも言えぬ戯れ言。そういうことを全て断ち切るために頭を丸めたのだから」

「いや、それは虫が良い。人殺しでも火付けでも、頭を丸めて教団に駆け込めば、全て水に流されるとでも思われますか」

「このデーヴァダッタを重罪人扱いするのか」

デーヴァダッタが口調を改めて睨んだ。だが短気が変わっていないのは両者ともで、アジャセも臆せず胸を張り、

「師が教えてくれた、議論の上の喩え話だ。出家で全てを断ち切れるというのは、断ち切る側の手前勝手な言い分だと、弟子が喩え話を上げて反証しているのだ。もっともこのアジャセにとっては、約束を反故にして居直る師より、人殺しや火付けの方がまだ許せる」

デーヴァダッタは笑ってしまった。体の大きな子供と思っていたが、中身も育っている。確かに

人の繋がりは一方的なものではない。こちらが切ったつもりでも、向こうがこちらに抱く思いまでは切れない。ルクミニーのことを思った。

デーヴァダッタの表情が緩むのを見て、アジャセはここぞとたたみかけた。

「師が補佐してくれたなら、きっと立派な王になると誓うよ。師と共に国を大きくし、他国を従えて、大インドを安定させる。善政を敷き、商売を活発にして領内を豊かにする。それは、何十万何百万という民のためになるんだ。仏陀が説き広める教えとかいうものより、よほど本当の意味があることだと思いませんか。——師は、そういうことが向いていると思うけどなあ。あっ、もちろん師の故郷、釈迦国は攻めたりしない。それどころか何かあれば必ず助けるよ。それは何より優先すると約束する」

デーヴァダッタが故国を大事に思っていることを知る、少年のような目をした青年の、真剣なあの手この手の勧誘にデーヴァダッタは、

「まあ、一本取られたということにしておきましょうか」

「えっ。じゃあ」

「たまに会いに来ましょう。今はそれしか言えない」

そうとのみ言った。

それから五年が経つ今、その言葉どおりデーヴァダッタはたまにアジャセと会い、様々な相談に乗る。比丘としてあまり深くは立ち入らないようにせねばとの自制はあるが、政治や軍事の話になるとつい熱が入り、やはり自分はこういう世界が向いているのだろうか、と思うことがある。

初めは出家すれば、人との繋がり、しがらみが断ち切れ、新たな自分になれると思っていた。コーサラ国で、釈迦族の姫が産んだルリ王子が世継ぎとなったことにより、釈迦国の安全という彼の目的は達成された。目指すものが無くなった彼は、世間に居場所のないことに気づいた。彼という人間には、大きなものが欠落していた。

自分は根を張れない人間なのだ。世間と、仕事や目的で繋がることは出来る。世間で必要とされる、大方の才は持ち合わせていた。だが仕事や目的が果たされれば、人間として、男として、長く留まることが出来ない。ルクミニーの願いを叶えてやることは出来ない。

出家さえすれば――根の無いことも、無意味になると思った。

しかし、ルクミニーもアジャセも彼を慕い、求めてくれる。そんなふたりを彼も離れがたく思う。

（これが、しがらみというやつか。物心ついた昔から、大の苦手だったものだ。だが今俺はそれに惹かれ、自ら足を運び、断ち切ることが出来なくなっている）

暮れていく日の下、竹林精舎への道を物思いに沈みながらデーヴァダッタが歩いていると、後方から早馬が駆け近づいてきた。彼を追い越すと、馬を止め、振り向いた。僧形の彼を見回す馬上の男は、釈迦族の風貌だった。見たことのある、父斛飯王（こくぼんのう）の陰働きをする者だった。

「デーヴァダッタ殿ですね、探しました。父君から、報せがあって参りました」

「何事なのだ――」

根無し草は、嫌な予感に眉をひそめた。

――――

うららかな日。祇園精舎で比丘たちを見守りながら、自らも瞑想を愉しむ仏陀だった。ハッカチョウやゴシキドリが菩提樹の葉の裏で歌い、栗鼠が大きな尻尾を揺らしながら芝を駆け回る。

自分が「道」に入るきっかけとなった数々の悩み。

老、病、死。そして生。

それら苦しみの根源が、初めから無かったかのような、見渡す限りの穏やかさだった。

この園だけのことでなく、強兵第一の国と言われたコーサラも、平穏な日々が続いていた。

マガダ国との婚姻による同盟を構築してからは、他の小国を攻め領土を増やしていたのだが、この数年は出征の話を聞かない。

蛮王パセーナディの変化があった。王は、仏陀の教えには興味が無いと言いながら、人柄を気に入り、たびたび食事を共にした。仏陀も、説法時にするような悟りの道の話は敢えてしない。だが仏陀の言葉は世間話の中にも心を洗い、穏やかにするような薫りがあった。王は、自分の内面を見つめ考えるようになっていった。そして徐々にだが、国の外を攻めることよりも内側の充実に政策の意識を向けるようになった。

出家した比丘や、町の辻に集まる人々に教えを説くのは、全ての衆生の救済という彼の遠大な目的のために重要なことだが、俗世を治める王たちの心を掴み、彼らに慈悲の心を育むのも、自分が仏陀としてすべきことなのだと、彼は思った。

そして願った。このような平和が他の国々にも広がり、いつまでも続くことを。

だがすぐに思う。そんな甘い考えではいけない。戦乱は有史以来、人の世の常態だった。戦乱と戦乱の僅かな合間を平和と呼ぶに過ぎない。現に今も遠い西方、南方での、規模は大きくないものの戦の話は途絶えることなく伝え聞こえる。

たった数年の、たかがコーサラと周辺国の、狭い地域の平和。それは定期的に決壊することが宿命づけられている堤に、静かに水が満ちているだけのことではないか。

今はもう、誰も気づかぬが堤には所々ひびが入り、凶暴なる大量の水が、荒れ狂い全てを飲み込もうと、水嵩を上げている状態なのではないか。

仏陀には、心の底に刺さる棘のような懸念があった。

この国に来てしばらくしてのこと、パセーナディ王との午餐会の折り、后が短い時間、同席した。紹介された、シャンティという名のその貴婦人は、世継ぎと決まっているルリ王子の母であり、ここコーサラではたまにしか見ない、釈迦族の女だった。

彼女が釈迦国から嫁いできたことは、仏陀も聞き及んでいる。

パセーナディ王が言った。

——仏陀はかつて、釈迦国の王子であったな。幼い頃のシャンティを知っているのか。シャンティの家、パンドゥラ家とは懇意であろうな
傍らで、后の顔が不安に曇るのがわかった。

——出家した者は、俗世のことは覚えていないし、思い出すこともないのです
仏陀はにべもなく言い、大王も、出家とはそういうものかと頷いた。

だが仏陀は心の中では、パンドゥラは、彼が生まれた年に一家心中という悲惨な最期を遂げ、既に滅んだはずの家だということを思い返していた。

嫌な予感が湧き上がる。シャンティという名が、その時兄の後を追って死んだ娘の名前だとまでは仏陀も知りはしなかったが、パンドゥラという、滅びた名家から嫁いできた姫。背筋が薄ら寒くなるような、陰険な、謀略の影が見える。

この婚姻を進め、取り仕切ったのはデーヴァダッタだと聞いている。彼に事情を聞くべきか。だが今パセーナディに言ったように、自分は出家し、とうの昔に王子シッダールタではないのだ。悟りを開いた者、仏陀なのだ。俗世の、国の陰謀を気にすることも、そこに何か働きかけをすることも、あってはならない。

何も起こらなければいいが。そう願うしかなかった。

祇園精舎で平穏を愉しみながらも、そのことが懸念される仏陀だった。

木々の葉が一斉に鳴る。北からの風が爽やかだ。

この風は、繋がっているのだろうか――ヒマラヤの麓（ふもと）の故郷を思った。この風を共有しているかもしれない、懐かしいかの地を、かの人々を。

その夕暮れ。静かな精舎に、遠方から微かだが、馬の蹄の音が聞こえた。乗り手の焦燥がわかるような音だった。

しばらくして一人の若い比丘が、ある予感を持って座している仏陀の元へ来て、

「仏陀、デーヴァダッタ殿です。仏陀とふたりで話がしたいと。――マガダ国から飛ばして来たらしく、ひどく思い詰めたような顔で、怖いほどでした」

仏陀は頷き、祇園の入り口へと向かった。

比丘は歩行を常とし、馬に乗ることはないものだ。俗世とのしがらみを絶ち、己の心の修行のみ

を大事とするなら、ある場所へ時間を惜しんで急ぐということもないはずだった。

デーヴァダッタは、遠路駆けさせられ全身で荒い呼吸をする馬の轡を取って、こちらへ歩んだ。かつて来ることを拒んだ、彼にとって初めての祇園だった。

「釈迦国から、早馬が来た」

デーヴァダッタが口を開いた。

「釈迦国が、滅びようとしている。将来のことではない。あと幾日後にも、という話だ」

悟りし者の下に、早馬が来ることもないはずだった。だが仏陀も、

「話せ、事情を」

と言った。

デーヴァダッタは語った。彼の父親斛飯王からの、謝罪混じりの報せで知ったことを。彼は釈迦国とコーサラ国の婚姻の立て役者であったが、そこに埋め込まれた陰謀は、知らされないままだったのだ。

デーヴァダッタの話すことは、仏陀がコーサラの后シャンティと会って以来抱いていた懸念を、ほぼなぞるものだった。

「この話のとおりなら、欺かれたのが蛮王パセーナディでなくても、狂わんばかりに怒るだろう。コーサラの将軍は去り際、浄飯王へ、首を洗って待っていろとまで言ったという。王の首だけならまだしも、蛮王は怒りにまかせ、釈迦国全てを滅ぼしにかかるに違いない。これを止めることができるのは、君しかいないのだ」

デーヴァダッタはまるで昔に戻った口調で、従兄シッダールタに詰め寄った。

○プラジャパティ

声が聞こえる――
子供の声だ
泣いてるの。わたしを呼んでるのね
男の子？　女の子？
ここにいるわ。いつもすぐそばにいる
泣かないで、なんでもしてあげるから――

釈迦国カピラヴァストゥの邸宅の一室、座椅子の上で目覚めたプラジャパティは、浅い眠りに見る夢の奇妙に濃い現実感から、自分が誰かの母親だったのではないかとしばらく思考した。
そして弱々しい動作で卓上の煙管に火種をつけ、煙を吸いこみ、吐いた。
――わたしは、誰の母親でもあったことはなかった
吐きだしたばかりの煙が頷くように渦巻き、天井に散った。
いいいいいいいいいいいいいいいいいいいい
母親のようなものであったことと、母親になりそうだったこと。この二つならある。
シッダールタ。人生の一時期、あの子の母親のようなものでいた。でも、もう顔もはっきりと思い出せない。まあ昨日のことだって、はっきり覚えてることはほとんどないのだけれど。
――あのときは、母親の気持ちだったのかな
あの子を産んですぐ亡くなった姉、マーヤーのことを思って、あの子に母さまとは呼ばせなか

った。「叔母上」なんて呼ばせてた。姉さんの子供だもの、わたしは代わりに立派に育てるけれど、奪ったりしない――。堅苦しい考えだったかしらね。若かったわたしのそんな線引きを、子供の心は敏感に受け止めて、深い溝のように感じていたのかも。

本気で母親になるべきだったかしら。姉さんのことは、あの子が成長してから伝えてもよかったのかも。

そうしていたら、あの子は、小さい頃からあんなにも思い悩む子には、ならなかったかしら。小さい子供には、なんの遠慮もなく甘えられる存在が必要なのにね。だからあの子は、自分の子を捨てたのかしら――

年頃になると、子供は親と距離を取りたがるもの。わたしにも覚えがある。男の子は特にそうだとも聞く。でもその時期を過ぎれば、またちょっと落ち着いた、いい関係になれる――本当の親子だったら、ね。あの子とわたしは距離を取ってみたら、長い夢から醒めたみたいに、もうそのままになってしまった。久しぶりに顔を合わせたときの、わたしが言わせ始めたはずの「叔母上」という呼び方が、石のように固く、痛かった――

プラジャパティが苦い煙のような追憶に浸っていると、部屋の扉が開き、大きな竹の籠(かご)を抱えた細身の男が入ってきた。

「遅かったのね」

座椅子の背にもたれかかりながら、斜めを向いてプラジャパティが言うと、男はむっとしたように、

「これでも早くから急いで家を出たんだ。市場という市場を回って、足が棒のようだよ」

そう言って、竹籠からパン、燻製肉、葡萄や梨などの食料品を取り出し、卓に置いた。

男は、かつて髪結いとしてプラジャパティの邸宅を訪れ、深い関係となった、ウパーリである。

「いつもより、ずいぶん少ないんじゃない」

籠から出された品々を見て、彼女が言った。ウパーリは両手を広げて、

「食料をはじめ、市場にものが並ばなくなってるんだよ。戦争が始まるかも知れないっていう中、物品の流通は滞るし、売りしぶるやつ、買いだめするやつが多くて、恐慌状態になってる。値段も信じられないほど上がって、また昔みたいに物々交換があちこちで行われ始めてる——ね、パティ、今まで僕が買い出しに行ってたけれど、お后さまなんだから言えば食料は回してもらえるんだろう。もうあんなに歩くのは嫌だよ。ねえ、本当に戦争になるのかい。パティは事情を知ってたのかい」

ウパーリは気安くパティと呼ぶが、プラジャパティはこの国の大王、浄飯王（じょうぼんのう）の正室なのだ。

「女には何も知らされないの。知りたくもないけど」

ウパーリは臆病そうな顔で、

「だいたいの成り行きは市場で聞いたよ。なあ、逃げた方がよくないか」

と言った。王家なら、保身のために脱出の用意もあるのではないか、と疑っているのだ。

「今さら」

とだけプラジャパティは言い、座椅子の肘掛けに頭をもたれさせた。煙管をとり、深く長く吸った。

——逃げるなら、二十五年前だったわ

そう、逃げるのなら、二十五年前に――アーリアの国か、ヒマラヤの向こうへ――この男、ウパーリの子を宿した体で。母親に、なりそうだった、あの時に。

もしそうしていたなら。彼女は思う。どんな人生が待っていただろう？

何かを決断するには強い気持ちがいる。体力もいるが、えい、と初めの一歩を気持ちで踏み出してしまえば、力は後から湧き出てくるものだ。自分はそういう思い切りはいい方だと、昔から思っていた。

――でもわたしは、結局踏み出せなかった

密通は見て見ぬ振りをされても、王妃が髪結いの子を産むなど、この国ではできない。産むためには身分を捨て、国というものから逃げなければ。

ウパーリは、他国へ行くことに反対だった。だいいち彼はずっと、子ができないように気をつけていた。それを、二人で酒を飲んだ夜に、彼女がそうなるように仕向けた。プラジャパティも酔ってはいたが、酔った勢いのことではない。気持ちはかねてからのものだった。

月を追うごとに少しずつ膨らむ彼女の腹を、ウパーリは恐ろしいものを見るような目で見て、彼女の策略をなじった。しかし偉そうに言いながらも、小心者の彼は、プラジャパティに頼り切りだった。

だが世間知らずの身重の女と、髪結いしか能の無い男が、身寄りも無い他国で子を産み暮らしを立てるなど、可能なことだろうか。

プラジャパティが悩んだあげく相談した、古くからの侍女アバーヤには、泣いて止められた。だがどうしてもと手を合わせて頼むと、こっそりと自分の家の馬車を手配してくれた。ウパーリが手綱を引けるはずだ。剥げた塗装。板が歪み、合わせに隙間の見える胴部。古ぼけた車輪。彼女がこれまでの人生で用意され、乗ってきたものからは感じることのない、幾十年の生活が滲むような馬車だった。夕暮れに人目を忍び邸の裏につながれた馬車を、プラジャパティは日が沈むまでの時間見つめ続けた。

その夜、王の使いという男が邸に来た。表情のない、不気味な男だ。王妃である彼女も見たことがない、裏の仕事に携わる者らしかった。

渡された、小瓶に入った粉末は、胎児を堕ろすという薬だった。

「大王は、お后様を心配しておられます」

薬の説明の後、暗い目でそうとだけ言って、使いは帰っていった。

二日後、彼女は粉末全てを酒に溶かし、あおった。

プラジャパティが説明を忘れたのか敢えてそうしたのか、一息に飲んだ、本来数日、朝晩に分けて飲むべき分量の薬は強く、ほとんど劇毒に近く、目的の効果を得られるとともに彼女は体を壊し、ふた月の間寝込んだ。ウパーリが付ききりで看病してくれた。骨が浮かぶほど痩せ細ったプラジャパティを見て、ウパーリは幾度も口をゆがめて鼻をすすり、泣いた。それを見るとプラジャパティも泣いた。子供のように。

——あれから自分はどうやって生きてきたんだろう

体は完全に戻ることはなかったが、ようやく病床から離れた後、ウパーリを追い払うようにして一度は別れた。結婚して家庭を持つように言いつけて。自棄になっていたこともあるが、ウパーリの人生がかわいそうだったからだ。だがウパーリは言いつけどおり、庶民の娘と結婚したものの、半年と経たずに離縁し、彼女の下へ戻ってきた。恥ずかしそうにしているウパーリを抱きしめ、プラジャパティはまた子供のように泣いた。それからはウパーリは髪結いの仕事もやめ、体が弱くなったプラジャパティの身の回りの世話をしている。

戻ってきたウパーリは愛おしくはあるが、二人の間にあるのは、なんの成長も展開もない、弱さと傷の上に建てられた、牢獄のような愛だった。どうやって生きていけばいいんだろう。王妃としての蓄財で、生活に困ることはない。だが生きるとは、食べ、呼吸することではなかった。中身が欲しい。性愛（カーマ）だけじゃだめだ。揺るがない、確かなものが欲しい。

その昔、一人の混血のサモンが釈迦国に蒔（ま）いた虚無の種子は、人々の心に根を張り、成長し、日も差さぬ密林のように繁茂していた。もはやサモンが釈迦国を訪れ新たに説かなくても、人々は日常のふとした折り、かつて神への感謝を表していた賛歌の代わりのようにこう考え、こう囁き合う。

——善悪無し。来世無し。生きる意味も無し。ただこの刹那の喜びがあるのみ——

そのサモンの教えを受け継いだ、釈迦族の〈信徒〉らが中心となって、夜な夜なそういう考えを話し合う集いがあり、母となり損ねた時分に杖をついて参加したことがある。ウパーリもいない頃だ。全てを否定するその教えには、慰められる思いがあった。夫、浄飯王の気持ちが初めてわかる気がした。正しい生き方など無い。生きる意味など考えなくてよい——そう、虚無は、正しく生きることの出来ない、生きることに意味を見いだせない弱者にとって、甘美な慰めなのだ。

忘我の煙を吸うことも、そこで覚えた。だが彼女は悲しみの中で自棄になり、生を虚しく感じながらも、その教えに染まりきることは、できなかった。「正しさも、悪も無い」「来世も、生きる意味も無い」自分を撫で癒やすその言葉を、心の底からそう高らかに言い切ることはできなかった。深く傷つけられ、悲しみしか詰まっていなさそうな胸の奥に、かすかに光る何かがあった。何も無いように見えても、何かがあるという思いを捨てられなかった。


「お后様」

プラジャパティは、宮廷の東門から中枢部へと続く、低木の立ち並ぶ小道を歩いていた。

不意に呼ばれた視線の先には、ヤショダラがいた。

出奔したシッダールタが残した妻だ。

「あの人が――シッダールタが帰ってきたと聞いて、飛んできました。本当なのでしょうか」

「わたしもそのことで、呼ばれて来たの。こんな時期に、どうしたのかしらね」

「この国が心配になったのに決まってます」

「あの人は大王様に謝って、頭を下げてくれるかしら」

ヤショダラがきっぱりと言った。プラジャパティもそれに異論はない。

「あの子が頭を下げる？　何か悪いことをしたのかしら」

「お后様、何をおっしゃるのです。あの人は、王子の身でありながら国を捨てたのですよ。国だけでなく、わたしも、お腹にいたラーフラも」

――国なんて、さっさと捨てたかった。わたしも男だったなら
「あなたとラーフラには、謝ってもらう理由があるでしょうね」

「大王様たちにきちんと謝って、王になってほしいですわ。だってナンダ様も大臣たちも、シッダ

ールタ王子がいたならば、ってこの頃よくこぼしているそうですから。あの人が王になれば、ラーフラが王になる道も開けますわ。だってもともとそういう血筋なんですもの」

　プラジャパティは目を細めて、この母親という生き物を見た。

　二十歳を過ぎたばかりで不意に夫がいなくなり、残された子ラーフラを溺愛した。父のいないラーフラを熱心に育て、文武の教育に良い教師を探し、息子に家でも教えるため、苦手だった文字も自ら覚えた。血筋も育ちも良いラーフラは同世代のクシャトリアに後れを取ることはなく、優等生との評判高く、ヤショダラはいずれ王に、と当然のように考えていた。

　初め、子は愛しい夫の身代わりだった。だが今は、子は全てに勝る存在だった。美しいと評判であり、自慢だった自身の容貌も二の次となり、化粧は少なく髪も肩ほどまでに短く括り上げている。夫が国や自分たちを捨てた理由を慮ろうとしたこともあったが、今はもう心に浮かぶこともなかった。

　夫シッダールタが帰国する。彼女がそれを耳にして第一に考えたことは、夫に会えるということではなく、これでラーフラの将来が開ける、ということだった。

　もはや風前の灯火である釈迦国の王座になんの価値があるだろう、とプラジャパティは思った。この〈母親〉の耳には、全てに価値も意味も無いという虚無の教えなど、入り込む隙も無いに違いない。

　そういう彼女を愚かしく思えもするし、羨ましくもある。

「さあ広間へ行って、十八年ぶりのあの子を見てみましょう。聞けば仏陀という尊い仙人になっているらしいけれど、わたしたち女の目で、どこが変わったか、変わってないかを、ね」

○正しさの中でしか

仏陀が釈迦国を訪れたのは、出家以来十八年目のことだったと伝えられている。

五人の比丘を連れて、あの日旅立ったカピラヴァストゥ城門をくぐると、修行完成者も懐かしさに幾度も足を止め、変わったものと、変わらぬものを見つめ歩いた。

そして今、招かれた王宮の大広間で、仏陀は王家の面々と顔を合わせていた。

周囲が慌ただしく動き回るこのひと月で、いよいよ衰えの進んだ浄飯王は、ぼんやりとした目で仏陀を見ている。誰なのか、わかっていないようだ。だが気になるようで、普段は何事も長く続けることが出来ないのに、いつまでも目の前の人を見続けていた。

「シッダールタ」

浄飯王の、ぽつりと、小さな声だった。五比丘と何か話していた仏陀は顔を向け、目を合わせた。

「シッダールタ――。そう名付けよ」

どうやら意識は混濁し、現在と過去の区別がなくなっているようだ。それだけ言うと、疲れたように顔を伏せ、こめかみを押さえた。

浄飯王の言葉を、横に座っているプラジャパティは、遠い過去からの風に包まれるように聞いた。

かつて輿入れしたばかりの彼女が浄飯王に、早くおさな子に名をつけるよう迫り、浄飯王はしばらくの追憶の後――おそらくはマーヤーとの約束を思い出した後――今の言葉を言ったのだった。

「シッダールタ。成就、されたのですね」

国の危急存亡の事態であったが、プラジャパティはかつて我が子と思い育てた人に向かって、そう声をかけた。

仏陀は、プラジャパティに目を向けた。そう呼びはしなかったが、彼を慈しみ育ててくれた、母だった。かつての艶やかな黒髪が、今はほとんど灰色となっている。思えば彼が成長して、一人暮らしを始めた後、彼女に秘密が出来たことを感じ、疎遠になっていった。大病を患ったと聞き、見舞いには行ったが、同居する者の影を感じ、長居できなかったものだった。その後も気にかけてはいたが、政に忙殺される中、何もしてあげられなかった。今も周囲の王族と親しさは感じられず、孤立しているかのようだ。マーヤーとプラジャパティの姉妹は、遠方の豪族コーリヤから嫁ぎ、両親を早くに失い、王宮内に血の繋がった身寄りはいない。どれほどの寂しさを抱え、苦悩を嘗めて生きてきたことだろうか。

「いただいたその名のとおり、成就いたしました。全ての人間の、苦しみを解き放つ道を見つけることを。——釈迦族の人々よ、もう不安に苛まれることはない。仏陀の言葉を聞き、真理に身を委ね、苦しみを過去のものとなさい」

(変わってないわ)

プラジャパティは、仏陀を見て思った。十八年という歳月が流れ、顔もよく思い出せないはずだった。だが今、威厳漂う聖者となった彼を見ると、青年時代、少年時代、そしておさな子だった頃の彼が、そのまま重なってゆく。

(あなたは少しも変わっていないのね。わたしにはわかる。自分の内に秘めていたものを、探し当てたんだね)

プラジャパティはそう心に思い、

（この国を救ってくれるのかしら。でも、わたしの苦しみは、わからないでしょうね）

とも思った。

自分の苦しみは、国が滅びようとするこの事態での、他の王族の苦しみとは違うもののはずだ。女ならではの苦しみ。自分だけの苦しみ。

仏陀は視線を集う全ての人に向け、静かな口調でこう言った。

「人は、正しさの中でしか生きられない」

ただそれだけの短い言葉に、ナンダも、ラーフラも、心ある者はみな目を潤ませた。

仏陀の言葉は、ひと言で自分たちの苦しみを撃ち抜いていたからだ。

仏陀の言わんとすることが、よくわかった。そして仏陀が、自分たちの心を正しく理解してくれていることも。

彼らは、コーサラの軍勢と戦うことが苦しいのではない。国が安寧のために大国の下風に付こうとも、いざとなればクシャトリアとして、国のために命をかける覚悟のある者は大勢いた。

彼らが苦しいのは、その原因が、釈迦国の取り繕いようのない卑劣な行為にあるからだった。かつてコーサラも、汚い謀略によって釈迦国の多くの兵を死に追いやった。だが、だからといって、釈迦国が和平のための婚姻を利用してコーサラにした復讐は、比較しようのない陰湿なものだった。釈迦国のしたことは、誰も何も得るもののない、ただ弱者が陰で強者を嗤い、己の惨めな境遇を慰めるためだけの、邪悪なねじけた行為でしかなかった。

他の国の者がこの顛末を聞けば、誰も釈迦国に同情しないだろう。攻められ、滅ぼされて当然と思うだろう。

浄飯大王の進める婚姻の策に、誰も気乗りはせずとも、諫(いさ)めようとはせず、事態をここまでにしてしまった。事情を知る者たちは皆、消極的ながらも協力したのだ。それは釈迦国に蔓延(はびこ)る〈善悪無し、来世無し、生きる意味無し〉という虚無の思想が、彼らの心に巣くっていたことも大きかった。

だがやはり、人は正しさの中でしか生きられない！　生きるためには正しさを横へ置き、恥を忍ぶこともある。正しさが通らぬこと、負けることも世には多々ある。だが正しさを完全に失ってしまえば、そこで人は生きていけない。食べ、呼吸するだけの肉体は、生きているとは言えない、抜け殻のようなものだ。生き物とはいずれ死ぬ宿命、ならば正しさの中で、誇りを持って死にたい。それが叶わないことが、長い間彼らの精神を歪め、澱(よど)ませていた。その澱(おり)が、仏陀の言葉により、涙となって流れ出た。彼らは今、はっきりと悟った。正しさはあるのだ。

この時期に、急遽釈迦国へ身を運んだ仏陀。その言葉は、現在の緊迫した二国間の情勢を見てのものだったろう。だがそこには、さらに大きな普遍の真理があった。真理は、それを求めるどのような境遇の、誰の心にも行き届く。

プラジャパティも涙を流していた。

彼女にとって仏陀の言葉は、間違いなく自分に向けてのものだった。彼は全てを知っている。知ってくれている。

そうだ、愛が欲しかった。子が欲しかった。夫がありながら得られぬ、生命らしい、肉体の充実が欲しかった。

だが最も欲しいものは、正しさだった。光の中で生きることだった。

世間から身を潜め暮らす愛欲の館の、閉ざされた窓が開き、吹き抜ける風、射し込む光明。のぞく紺碧（こんぺき）の空――

今からでも可能なのだろうか。

仏陀の言葉は続いている。

「コーサラの怒りは誰にも止められない。釈迦国は、滅ぶ。だがあなた方よ思え。国とは、人が雨露をしのぐために打ち立てた、家屋のようなもの。柱の腐ったところへ嵐が来るのならば、中に残り埋もれ潰される必要は無い。捨て去り、壊してしまえばよい。我が言葉に真実を見出（みいだ）し、人として正しく生きたいと思う者は、私についてきなさい。心の中に、壊れることのない、静寂に満ちた永遠の国を作れ」

窓を開けるんじゃないんだ。プラジャパティは思った。

館ごと、壊してしまえばいいのね。彼女は、壁も屋根も門構えも――徹底的に取り壊された館から、頭上全ての方角に広がる、眩しい蒼天を感じた。

弟子となれば、我々の安全は保証されるということですか、と誰かが声を上げた。

「家族もいるのに出家など」

「女はどうなるのでしょうか」

と、戸惑う声もあった。

それを受け、それらの声に直接には応えずに仏陀は、中央の浄飯大王、斛飯王、白飯王、甘露飯王の面々に顔を向けた。厳（おごそ）かに言った。

「あなた方、王たちよ。ご自分たちのなした行為の意味、それが引き起こした結果たる、現在の状況、理解しておられましょう。あなた方には、別の正しさを見つけていただきたい。王たるあなた方が身を差し出せば、コーサラは釈迦国を飲み込みはするが、民を無駄に殺しはしない。これは、コーサラ王自らが口にした、約定です」

（おいたわしや、仏陀。だから、わしらが言えばよかったのに、ご自分で言うと、頑なに――）

と、傍らのコンダンニャら五比丘は、仏陀の言葉を痛ましそうに聞いた。この仏陀の勧告は、怒り狂い、釈迦族を鼠の一匹まで皆殺しにせよと哮るパセーナディを、仏陀が裾を掴まんばかりに引き留め三日間説き、ようやく引き出した最大限の譲歩だった。とは言え自分の実の父を含めた同族に命を差し出すことを勧めるのは、断腸の思いであっただろう。

「せっかくのお言葉ですが、仏陀」

涙の痕をそのままに、ナンダが言った。仏陀の、母違いの弟だ。

「王の首を差し出すなぞ、クシャトリアの最も恥とし、忌むところ。我らは国の政をあやまり、正しさを失った。このどん底で、さらに自分を貶めたくない。敵わぬまでも、大義のない戦であっても、クシャトリアとして戦って終わりたい」

「熱気を孕んだ言葉は、追い詰められた者の常態。そんな意地は、悟りの道から見れば全く意味の無いもの。無意味どころか政に携わる者の意地は、民にとっては害悪ともなる」

「国を捨てた兄上には、国もクシャトリアも全てが愚かしく、無意味なのでしょう。だが我らは愚かであったが、国に生き、クシャトリアとして生きてきた。そこに意味を見出し、しがみついてきた。今更それを無意味であるとは言えない。たとえ恥の中死に、滅ぶとも」

「ナンダよ。婚姻の謀略は、そなたは反対だったのだろう。責任を感じることはない。私に付いてこい」

「止めることはできた。もっと私に意志と力があれば。あるいは、あなたがいれば」

ナンダは唇を噛むようにして仏陀を見ていた。

「私はあなたになれず、王たちの意を汲み実務をこなすだけの日々で、ここまで来てしまった。自らの無能を悔やむばかり。あなたやデーヴァダッタ殿がいれば、と思わずにはおられない。優れた力を持って生まれた者は、その使命を果たしてほしかった」

「詮無（せんな）いことを言うな」

仏陀が叱るように言った。

「そなたひとりの意地で、釈迦国の民が大勢死ぬ。恥を知るなら、民のためにあえて恥を背負うてみよ」


白飯王、甘露飯王の二人の王は、婚姻の策に積極的に加担したわけではないが、止めることの出来た立場にありながら目を背け続け、このような事態になるまで放置してきたことを悔いていた。斛飯王とともに、自分たちの命で民が助かるならと、覚悟を決めようとしていた。

だが、浄飯大王は焦点の定まらない目で何も言葉を発せず、またナンダたち、徹底抗戦派の熱気も鎮まらないので、結論は持ち越しとなった。


その夜のカピラヴァストゥ、宮廷最上階の渡り廊下。立ち並ぶ石柱の一つに、まるで蜥蜴（とかげ）の如く

身体を当て佇むのは、浄飯王だった。

深い闇に身を置くと、自分が目を開けているのか、閉じているのかわからなくなる。

生きているのか、死んでいるのかも。

酒を飲み煙を吸うことは、苦しい生を、辛い記憶を忘れることだった。だが同時に、灼けつく喉や、激しく脈打つ血流を感じることができた。それは己を確かめる行為であり、闇にあらがう手段でもあった。

闇が怖いのではない。己の外側にのみ闇があるのではなく、内側にも同密度の闇――自分と闇の間に、薄皮一枚隔て、変わらないのが恐ろしいのだ。

そのうち、月を覆っていた分厚い雲が流れた。立ちこめる夜霧に、剣で抉ったような細い月が朧に浮かぶ。

じっと見つめるうち、暗い空の裂け目に吸い込まれそうな心地になりながら、王は夢を見ていた。昨日から煙も酒も摂っておらず、現実のようでもあるが、夢である証拠に、彼の前には会えるはずのない、最愛の人がいた。生前と変わらぬ、夢のような美しさのままに。王は語りかけた。

――昼にな、広間に、大勢が集まっておったのだ。そなたの妹も、斛飯王も、ナンダもいた。大臣たちもいたと思う。そして、わしの向かいに誰かが座っている――あれは、そう、シッダールタ――わしと、そなたの子だ。そなたが、わしに遺してくれたものだ。なのにわしは、ずっと向かい合えなかった――

――正しさ、と、あれは言った。〈二重の声〉が言ったとおり、正しさも、悪も、生きる意味も無いはずだ。だが、あれが幾度も正しさと言い、耳に届くとき、心地よかった。酒や煙などとは全

く違う、穏やかな風に吹かれ、暖かな光が差し込むような心地よさだった
それはまるで、そなたとの日々――そう、あの日々こそ正しい、真なるものだったのだな。ある
いは、その時のわしの心が、と言うべきか
正しさはあった。真なるものはあった。わしはそれを知っていたはずなのに。そなたとの最期が、
別れがあまりに唐突で、悲しかったから――
王は、光に包まれていたあの日々を思いだすと、醜い蜥蜴のような今の自分の惨めさに、脂混じ
りの涙をこぼした。数十年ぶりの、心から流す本当の涙だった。
マーヤー、わしは国も、自分も、損なってしまったよ
皆を背負い、助けようと思っていた。命をそなたと、この国に捧げると誓っていた
なのに、王の座にしがみつき、国を衰退させ、情けないことを――。悔しく、許せなかったから
だ。だが、ああ、あのシュードラの娘には酷いことをしてしまった。悪もまた、確かにある。わし
のしたことが、まさにそれだ
長い悪夢だった。全ては消え去ることのみが、せめてもの救いだ
そんな王の思いに反応するように、月の光が、揺れた。淡い光の粒が集まり、形を持ち、王に語
りかけるかのようだった。
正しさ――進むべき道――ああマーヤー、違うのか。まだあると言ってくれるのか。こんなわし
にも、正しさが。進むべき道が。ならば、歩もう――あれが、我らの息子が、作ってくれた道を
柔らかな輝きを増した月光が夜霧に射し、朧の階が架かるようだった。
震えて、感覚はないが、なんとか脚は動く。造作ない、数歩、この道を渡るだけだ――

翌朝、宮廷の庭に横たわる、浄飯王の冷たい体を、見回りの衛兵が発見した。状況から、宮廷の高台から身を投げたのだと推測された。

もはや判断などできないと思われていた浄飯大王が、仏陀の勧告を受け、民の命を救うため、自ら死を選んだ――

このことに、ナンダたち抗戦論者も心を打たれ、釈迦国は降伏を受け入れることで一致した。

一晩を故郷の蓮池の園で過ごした仏陀は、報せを受けると父の死を悼み、その意志を受け止めた。

そしてコーサラ王の気が変わらないよう、約定の念押しをするために、釈迦国を発ち、コーサラ国へ急いだ。


仏陀一行が釈迦国から国境近くに差しかかると、コーサラ側から進んでくる軍隊と出合った。パセーナディ王の命による、釈迦国に降伏を迫るための軍であろうと思われた。仏陀の予想よりも早い動きだった。

最後尾が見えぬほどの、騎馬歩兵合わせ一万はいるであろう兵。降伏を受け入れるだけにしては多すぎると思えるが、まだコーサラ側は、釈迦国が降伏の条件を受け入れたことを知らないので、理解できる。だが仏陀は、不穏なものを感じた。

先頭の将軍と目が合った。馬上から見下ろすその目は、覚えている――昔、彼がまだ王子だった頃、強引な交渉術で釈迦国を悩ませた使者だった。執念深い、狐のような男だ。仏陀を見下ろしたまま、通り過ぎようとした。

不穏な予感は高まった。

仏陀は呼び止めた。

「コーサラの将軍――釈迦国は大王の示された条件を、全て受け入れることを決めた。その代わりとして民は殺さぬという大王のお言葉、将軍は承知しておられるか」

馬上の北面将軍ダーサカは振り向くと、勝ち誇るように言った。

「俗世を捨てたはずの仏陀とやら。懸念は無用だ。我ら武人、大王のお言葉どおりに動くのみ。釈迦族が大王の条件を本当に呑むならば、無駄に死ぬ者はおらん。コーサラへ戻って、顛末を心待ちにしておけ」

○奸計（かんけい）

時を仏陀が釈迦国に入る少し前に遡（さかのぼ）る。

釈迦国へのルリ訪問の護衛役から戻った後、サーヴァッティで待機しているダーサカは、密通する女の寝室で苦い顔をしていた。

あのシッダールタが、大王にしつこく迫り、釈迦国侵攻を思いとどまらせたらしい。世を捨てた王子も、やはり祖国は恋しいか。勝手なまねをしおって。シッダールタ――今は仏陀と称しておるが、やつは既に、王と交わした降伏の条件を自ら伝えに、釈迦国へ発ったという。

今さら無血開城など！　ならば俺の大仕事は――

「俺は降伏を処理するための使い走りなどにはならん」

不意に口を開いたダーサカに、後宮に仕える侍女である密通相手の女は怪訝そうに、

「どういうことですの」

と聞いた。

「降伏など許さぬ。我が武勇と軍略によって釈迦国を滅ぼしてやる。北方を安定させ、コーサラの将の中でも抜きん出た存在となるのだ。見ておれよ」

この女から、後宮を取り仕切るカビールという男を教えられた。

なぜかルリの幼い頃から側（そば）について、幅を利かせているのだという。

袖の下がよく効く男で、ダーサカはこのカビールの仲介で、ルリ王子と会うことがかなった。

人目を忍び用意された屋敷の一室にダーサカが入ると、既にルリが席に座っていた。釈迦国訪問から帰って以来の対面だ。

面会に応じてくれたことの謝辞を述べたダーサカは、さっそく本題に入った。

「ルリ太子。大王は、仏陀なる者の口車に乗せられ、釈迦国を赦（ゆる）すと仰せになられた。老いた王どもの首四つだけで。これをどう思われますか」

十二歳のいとけない少年にとって、釈迦国を訪れてから身に沸き起こった事態は、自分という存在を揺るがし、崩れさせるほどのものだった。食も少なく眠れず、虚ろな目の色を浮かべている。

ルリの母、シャンティがシュードラの身分だったことは、釈迦国訪問に付き従った護衛兵たちの中にそれを聞き知った者もいたが、帰国後パセーナディ王から直々に、「釈迦国で見聞きしたことは決して口外するな」と命じられていた。背けば死の待つ王の命令の効果は絶大で、その話がコーサラ国で、口の端（は）にも上ることはなかった。

ダーサカはそのことに言及してから、

「――ですが、それはコーサラ臣民だけのこと。釈迦国のやつらは我が国の支配下となっても、生きている限りは裏で笑い、我が国の民にも吹聴するでしょうな……あなた様の母上の素性を」

ルリの顔が引き攣った。

「そうなれば国中が、そしてインド中が噂することでしょうな。コーサラの次の王は実はクシャトリアではない、何しろ母親が――」

「言うな！」

ルリは腰の剣を掴み、自分の五倍もの体躯のダーサカに抜き打った。

仕向けたダーサカが冷や汗を感じるほどの、首を落とすほどの一振りだった。

だが血の一滴も流れない。抜き放ったルリの白銀の鞘の中身は、小刀だからだ。

ダーサカは、先日釈迦国でのルリの抜刀騒ぎを目にして、帰国後、その理由を調べ上げていた。

ルリは幼少から、パセーナディ王の血を引くにしてはおとなしく、内気だと評判だった。恐くなく、手もかからないと侍女たちからも人気があった。教師たちも、教えやすそうだった。

だが三年前のこと、一人の尊大な性質のバラモン教師が彼の部屋で、ルリの母の肌の色について、からかうような物言いをした。幼くおとなしい子だからと、侮っていた。

次の瞬間、ルリは腰の剣を払い、その教師を撫で切りにしていた。剣は王族らしい、当たり前の長剣だ。

だが幸い、九歳でまだ力も弱く、長身の教師の首には届かなかったため、肩の肉を削いだだけで済んだ。厚手の法衣を着ていたことも上手く働いた。

軽傷ではあったが、コーサラ国の全バラモンは震え上がり、そして激怒した。これは過去の再現だと騒ぎ、大問題となった。

なぜならルリの父、大王パセーナディもまた年若い頃、バラモンの教師を、こちらは斬り殺しているのだ。――おとなしい顔をして、血は争えぬ。しかも父王は十四、五歳でのことなのに、こちらはまだ十にも満たないのだ。我らバラモンを害する性根の者なら、即位など認めることはできない、口々にそう言った。

命に関わるものではなく、賠償に使われた金銭は前回に比べれば少ないものだったが、バラモンを崇める心を持つよう教育すること、即位の際にはその旨を宣誓することなどを厳重に約束させられた。そして、分別がついたと認められるまで、長剣を帯刀しないことも。それでなければバラモンたちは恐ろしくて側で教えることも、儀式に同席することも出来ない、と言って――

これが、ルリの鞘の中身が短い理由だった。秘密とされていることなのだが、配下を使い、裏に手を回して調べさせた。

やはり、母親のことを言うと我を忘れるようだな、とダーサカは思った。この密会にルリが来たのも、母親のことで大事な話があると伝えたからだろう。それにしても恐ろしいほどの太刀筋だ。長剣であれば、間違いなく首の血脈を切られていた。

「私を斬っても仕方の無いことですぞ」

ダーサカは低い声で言った。狐と呼ばれた鋭かった容貌が、近頃は野望に膨れ、狒々(ひひ)か何かのように見える。

「口を封じるべき相手は、母君の出自を知り、生きている限り言いふらすであろう、釈迦国の者どもです。私にお任せくだされば、釈迦国に降伏などさせず、秘密を知っている者ども全て、根絶やしにしてご覧に入れましょう」

再度斬りかかられないよう慎重に、ルリの肩を抱いた。激情と不安で混乱し、震えながら硬直している。

「仏陀とやらの、口車に乗せられておわす大王の、目を覚まさせ申し上げるためのこと。とは言え形の上でも大王の下知に逸れるのは、武人として胸が苦しゅうござる。しかし、将来の大王と決まっているあなた様のお言葉をいただけるならば、それを支えとして、私は一時は王命に背くとも、コーサラに対する忠義の剣を振るって参りましょう。王子！　このダーサカは、此度の釈迦国殲滅を成功させた後も、誓ってあなたの右腕であり続けましょう。──そのためにも、あなた様がいずれ玉座に上った暁には、必ずや私を大将軍の位に任命いただきますよう」

青い顔のルリに、ダーサカはつとめて優しい口調で、

「何よりも、それが母上のためですぞ。帰国以来、おいたわしくも一室に幽閉され、王子もお会いできないとのことですが、無事、尊厳を取り戻し、太后となっていただくためにも」

「──本当に。母上を、戻してくれるの。うん──わかった」

「王子には念を押すこともありませぬが、男児の言葉は違えられぬもの。ゆめ、お忘れくださるな」

密会が終わり、ルリもダーサカも部屋から去った後。隅に置かれた小さな長持の蓋がすーっと上がり、中から汗で髪が顔に張り付いた男が、上半身を起こした。ダーサカに命じられこの密会を手配した、カビールだった。

子供でも入ることは難しそうな長持に、会談の間じゅう身を潜めていたとは信じがたいが、これ

が彼の特技で、これまで後宮で情報を得、人を操るのに、どれだけ役に立ってきたことだろうか。

身体を二つ折りにするためはずしていた、腰の骨をはめ込みながら、カビールは一人つぶやいた。

「ダーサカめ、ルリに何の用かと思えば、恥知らずにも大将軍だと。ルリがシュードラの血を引くとは驚いたが、貴様如きにルリを牛耳(ぎゅうじ)らせはせぬ。とは言え、もう少し泳がせてみるか。操られる振りをして、こちらがあいつを操ってやる」


ダーサカはその後も自邸で数日、考えを巡らせていた。

ルリ王子は籠絡(ろうらく)した。だが、まだダーサカには懸念がある。ルリの兄、ジェータ王子だ。

彼が釈迦国を滅ぼし武功を挙げても、ルリがやはり血統の問題で、世継ぎの座を追われたら？ 家臣は何も言わなくても、蛮王パセーナディその人が釈迦族への怒りにまかせ、釈迦族の子、シュードラの子ルリを跡取りから外すのではないか。そうなれば、目は見えずとも長子ジェータが太子に返り咲くことになるだろう。それは充分に考えられることだと思えた。

ダーサカにジェータ王子との繋がりは全くなく、ジェータが王になれば、彼の策も苦労も水泡に帰す。

それどころかジェータは仏陀と親しく、釈迦国を滅ぼした彼をこころよく思わないだろう。将軍位からの降格、追放もあり得ることだ。

ダーサカは歯がみをした。なんとかせねば！

そんな折、後宮を仕切るカビールから報(しら)せが入った。

報せとは、そのジェータ王子がルリ王子に内密に会おうとしているらしい、というものだった。

何か動きがあれば知らせよと言ってはいたが、なかなか使える男だ。自分が大将軍になったら、少し官位を引き上げてやれば喜ぶだろう。それにしてもジェータめ、やはりこそこそと動きおる。ルリに会う目的は、釈迦国の処遇に決まっていよう。せっかくのルリの怒りに水を差されては、わしとルリとの密約が揺らぎかねん。もう明日にも釈迦国へ出立せねばならないというのに――

ダーサカは、ジェータこそが自分の道を阻む最大の障碍物のように思えてきた。

彼は急遽カビールを呼び出し、一つの策を授けた。カビールはその策の意味がわからず怪訝そうにしていたが、「お前は考えぬでいい。事が済めば出世は思いのままだ。言うとおりにせよ」と言って押しつけた。

だが明け方に軍を率い釈迦国へ進む途上、ダーサカは、時間に追われ拙速だったたか、と後悔していた。昂ぶった精神状態で、やり過ぎた感がある。こうなれば、あの策は上手くいかない方がいい。成否は運に任せたような策だったが、もしも彼が思い描いたとおりに役者たちが動き、結末を迎えたなら――。その策が露見したら恐ろしいことになる。彼は馬上身震いするほど心配し、帰国したら真っ先にカビールの口を封じねばならんな、と考えた。

ダーサカ率いる北面騎馬軍が、無抵抗の釈迦国カピラヴァストゥの城門をくぐり、入城した。その数、千。

ダーサカが王宮前で、コーサラ大王パセーナディの名に於いて、浄飯王以下、釈迦国の王の首を差し出すよう求めた。

浄飯王は、自ら命を絶っていた。遺骸は霊山からの氷雪で冷やされ、車に乗せられた棺の中でコーサラの検分を待っていた。他の王三人は自らの足で、コーサラ軍に降った。

数百年の歴史上初めての、屈辱的な光景。

カピラヴァストゥ王宮は、水を打ったような静けさだった。

だがダーサカ将軍は目を怒らせ、王不在となった釈迦国を束ねるナンダに向かって、こう言った。

「釈迦国の王らの首を差し出せとは、今後汝(なんじ)らが主と仰ぐ、パセーナディ大王のお言葉なるぞ。汝らそれに刃向かうか」

ナンダは答えた。

「我らこのとおり神妙にしている。刃向かうとは、なんの言いがかりか」

「浄飯王は、生き恥に耐えきれず死んだか。だがその骸(むくろ)にも、他の王たちにも、まだ首はついておる。ここへ来て、すみやかに首を落とさせ。それとも釈迦族の、その腰の剣は飾りか」

ナンダと、彼が率いる名家の若者ぞろいの親衛隊は、この降伏に不満だった。自分たちの王を差し出した上に、釈迦国は消滅し、コーサラの一地方となるのだ。それを仏陀の言葉と、浄飯王が自らを死を以て裁いたことの重さに、無念を飲んでこの場に並んだのだ。そこへ、この挑発。

「……民のために自ら死を選んだ我が父を愚弄し、さらにその人たちの首をこの手で刎(は)ねよと言うのか」

「そう言っておる。なに、介添えはしてやろう。生きている他の王たちは、じたばたせぬよう抑えてもやろう」

王たちはそれぞれ覚悟を決めており、黙然と首を伸ばしているが、ひとり元気な斛飯王は、

「ナンダ、構わず言うとおりにせよ。仏陀の言葉どおり、こうと道を決めてみると、長年心を悩まされていた鬱陶しい不安は無くなった。此度の事態を招いたは、我ら兄弟の罪なれば——父を斬るのはつらかろうが、この叔父で試し斬りをすればよい」

と、大声で励ますのを、兵に、

「神妙にいたせ、余計なことを言うな」

と遮られていた。

ナンダは腰の剣を握り、歩んだ。ダーサカがさらに、

「さあ、順番は任せよう。雁首、たった四つだ、さっさと落としてゆけ」

彼ナンダは実務に有能で、温厚な人物として釈迦国で上下の信頼を集めていたが、生来その性根には、火打ち石の如きものを抱えていた。

「もはやこれまでだ——我が剣は、釈迦国の敵に振るう」

そう叫ぶやナンダは、剣を抜きダーサカに向かい、飛びかかった。

無論こうなるようにし向けたダーサカは、かかとに重心を乗せており、難なく飛び退って躱せば、槍を持つコーサラ兵がたちまちにナンダを取り囲んだ。

四方からの槍がナンダを貫こうと迫るその時、矢の雨がばらばらと降り、コーサラの槍兵に突き刺さった。

降伏のために集った、釈迦国親衛隊が放った矢だった。

さらに彼らはナンダを救うため、剣を抜いて走り寄る。率いるのは二人の王子、ラーフラとアーナンダ。秘密の露見の原因となった悪童ナガラッタたちも、せめて恥をそそがんと、決死の形相で

駆け参じた。

「おのれら、やはり降伏は偽りか！」

ダーサカは大げさに叫び、しばらく乱戦となった。だがここで勝つつもりのないダーサカは兵をまとめ、王宮から離脱し、城門付近まで退いた。せっかく易々と入城した門、この門を制しておけば籠城されることはない。そうしながら、城門の外で「不測の事態」に備え待機させている、九千の兵を呼び寄せた。

コーサラ兵を追い払ったナンダたちだが、手応えの無さは感じている。筋書きどおりの撤退であることは明らかだった。物見が知らせる、城外の遠方に見えるという大軍が攻め寄せるのは、時間の問題だった。

ナンダは言った。

「みんな、すまない。我が狭量のため、こうなってしまった」

「いえナンダ殿、あの将軍は、我らの降伏を受け入れるつもりなどなかったのです。どのように応じようともさらに挑発を続け、結局はこうなっていたはず」

と、ラーフラが言った。

「どうだろうか——しかしかくなる上は、己の器を嘆いても仕方がない。運命と思い、己が心に従って、やれるだけのことをしよう。城門はすでに敵の手に落ち、外敵を防ぐはずの城壁は意味を成さない。戦には不向きな、この王宮に籠もるより他はない。いずれ限りある生、クシャトリアとして華々しく散ろうと思う者はここに集え」

ダーサカの高圧的な態度と侮辱に憤慨し、ナンダの言う運命に従おうとする者は親衛隊以外にも少なからずいたが、やはり多くはこの事態に恐怖し、逃げた。

釈迦国がコーサラに王を差し出し、降伏するという話を、釈迦国の民は幾日か前から知らされていた。既に何十年もの間、属国同然の状態だったので、王と国を失うことへの感慨はあれど、とりあえず戦争は避けられるという卑屈な安堵が広がり、そこまでの混乱には至っていなかった。

だが王宮から逃げてきた多くの兵たちが、降伏の交渉は決裂し、既に戦闘があり血が流され、コーサラが大軍を率いて釈迦国を滅ぼしにくる、と言って家族を連れて逃げようとするのを見ると、国じゅうに蜂の巣をつついたような、大混乱が始まった。

逃げなければ。どこへ？　マガダ国など、コーサラ以外のアーリアの国へ。あるいは北方、ヒマラヤの向こうへ――

ダーサカは、カピラヴァストゥの城門へ呼び寄せた九千の兵には、そのまま逃げる民を追い討つように命じた。彼らは勇んで国の内外、各方面へ走っていった。

残る千の精兵を見渡した。こちらの相手は王宮に籠もり抵抗の意志を見せる、釈迦国正規軍だ。ついにこの時が来た。北面将軍の地位にはいたが、警備ばかりで大きな戦はしたことがない。ようやっとこの軍隊を、自分の手足の如く動かすことが出来るのだ。そう、あの軍神と呼ばれるパセーナディ大王のように。

コーサラ本国へは伝令の早馬を送った。釈迦国の降伏は偽りで、王の首を差し出すことを拒み、攻撃してきたと。我が軍はこれに応じ、大王の名において釈迦国を誅伐する、と。

「ここまで来たら急ぐ必要はない。敵に準備の時間を与えてやれ。一刻の後、戦闘を開始する。よいかその時は、動くもの全てを殺せ。殺せば殺すほど、我が兵は強くなる」

そう、ダーサカは、蛮王パセーナディの言葉を真似た。

○滅びゆくときに

カピラヴァストゥへ繋がる山道を馬で走るのは、デーヴァダッタだった。

仏陀が動き、コーサラの大王と約定を取り付けてくれた。釈迦国が王たちを差し出し降伏すれば、他は殺さない、と。釈迦国がしたことを思えば、蛮王にしては考えられないほどの譲歩だった。

その王の一人、斛飯王（こくぼんのう）は彼の父だ。

父は、身内好きの性分だった。近親の一族、特に子供たちを自分のことのように大事にし、若い頃から独立を好むデーヴァダッタにも、うるさいほど世話を焼こうとする。苦手ではあったが、離れようとしても近づいてくる、そんな存在は他にいなかった。

その父が殺される――ああ、だが、コーサラとの婚姻に毒を注ぐという、浄飯王の謀略の片棒を担いだのは、間違いなく父なのだ。その婚姻のために奔走した、息子であるこの自分をも裏切って。

釈迦国のため、首を差し出す――他に道は無い。

だがじっとしてはおられず、自然、釈迦国に足が向いていた。

国を捨てた出家の身であり、なにより婚姻を成立させた自分がその場所へ行けば、顔を知っているコーサラの者が気づいて騒ぎになるかも知れない。

そばには行けないが、せめてその瞬間、遠くからでも、カピラヴァストゥ王宮をこの目で――そう思っていた。

だが山道の向こうから、大勢の釈迦族が、手や背に大きな荷を持って押し寄せてくる。

「どうしたのだ」

馬上からデーヴァダッタが問うと、同じ釈迦族であることで安心した民は、

「コーサラが攻めてきました。多くが殺されました。我らはみんな殺されます」

「なんだと」

長く伸びる民の列の、遙か後方で何事か叫び声がある。

デーヴァダッタがそちらへ走ると、コーサラの小隊が、逃げる釈迦族の民を老若問わず、後ろから撫で斬りにしているのだった。

「待てっ」

叫びながら馬体を小隊の前に割り込ませ立ちふさがると、突然の騎馬武者の襲撃かとコーサラ兵は慌てたが、見れば短髪僧形、丸腰の、釈迦族の男。

「なんだ、貴様は」

兵は槍を振りかざした。

デーヴァダッタはこの事態を収めようと、掌を見せて言った。

「なんだではない。貴国のパセーナディ大王が、釈迦国の四人の王を差し出せば、民に兵は用いぬと言われたことを知らぬのか。大王の顔に泥を塗るとどうなるかわかるだろう。聞いてないではすまぬぞ、すぐに狼藉（ろうぜき）をやめたまえ」

だが、馬上のコーサラ兵は鼻で笑った。

「訳知り顔の坊主、何者か知らぬが聞かせてやる。釈迦族の郎党どもは、王宮に我らを招きながら王たちの首を差し出すことを拒み、さらには矢を放ち、剣を抜いて刃向かってきたのだ。我らが大王の顔に泥を塗ったのは貴様らだ。この槍で大王の、コーサラの怒りを教えてやるからそう思え」

デーヴァダッタは信じられなかった。コーサラ兵の言った経緯のことではない。それは、本当に起こったことなのだろう。奸智に長(た)けた人間が、意図を持って、挑発や計略を巧妙に用いれば、それぐらいな筋書きは如何様(いかよう)にも書き直せるものだ。

信じられないのは――ならば此度こそ、間違いなく釈迦国は滅びる！　その逃れ様の無さと、あっけなさだった。なぜだ。自分があそこまで駆けずり回り、盤石と見えた平和を築いたはずだったのに。仏陀が出家者の信念を枉(ま)げてまで、蛮王を説得してくれたのに。

馬上から、彼に向け繰り出される兵の槍を躱(かわ)すことも、虚しかった。このまま貫かれてしまおうかと思った。既に多くの釈迦族の血を吸い、黒く光る槍の穂先が迫ってくるのを、別の世界の出来事のように見つめた。これで終いになれば、もう悩みも悔恨も苦労も、無くなる。

たとえここで自分が抗(あらが)い、目の前の兵や周りの兵をうち倒したとして、コーサラの大軍にいかほどの影響も与えるものではない。

否――もともと彼が守ろうとしてきた釈迦族の同胞らにしても、ここでコーサラに滅ぼされなかったとして、いずれ数十年経てば皆死にゆく存在ではないか。今日この日産声(うぶごえ)上げた赤子とて、生きて六、七、八十年。神や仙人は知らぬが、百年の後には地上の生命は全て取り変わっている。百年後、千年後の者にとって、今いる彼らの最期が非業の死であろうが、天寿を全うしようが、なんの違いがあろうか。この世界、宇宙に、毛筋ほどの影響も与えようか。

人も国も、今在るものは全て消え去る。抵抗も延命も、全ては虚しいものなのだ——槍が届くまでの数瞬に、彼は虚無の真髄を深く悟った。

だが次の刹那、彼を虚無の沼から引き上げたのは、誰の教えでもない、彼自身の命の力だった。彼の肉体が、引き絞り、放たれた弓の弦のように反撥した。コーサラ兵の槍は空を突いた。

繰り出された槍を、馬上仰向けになって躱し、兵の腰の剣に手を伸ばし掴むと、見上げる天穹に向かって、一息に引き抜いた。

兵は胸から上を割られ、血しぶきを上げながら落馬していった。デーヴァダッタの行動は常に早い。行動の後、精神がそれを了承する。彼の肉体は、あるいは彼の〈我〉は、敵する者を倒すことを選択した。その瞳に、もはや虚無の色は無い。

周囲の兵がこれを見て、一斉に向かってきた。

勇猛で知られるコーサラの兵である。

だがデーヴァダッタは馬を巧みに操り、馬上で姿勢を崩しもせず、奪った剣で兵を次々と倒していった。この部隊の長であろう、黒い鎧兜に身を固めた、特に屈強そうな武人が長槍を振り回し、馬で突進してきた。デーヴァダッタが身に纏うのは、粗末な僧衣一枚である。

だが彼は少しも臆せず、猛進してくる騎馬武者がまだ離れているうちに、剣を上段に構え、振った。投げられた剣が浅い弧を描き、武人の目の部分、兜の隙間に重い音を立てて突き立った。そのまま走り迫る馬の上から、叫び声も上げずに武人が崩れ落ちる前に、デーヴァダッタは長槍を奪い取っていた。

長槍を振るって隊のほとんどを討ち、残りが逃げていくと、一人の釈迦族の男をつかまえて、聞いた。

「おい、カピラヴァストゥは、どんな様子だ」

「坊主頭のクシャトリアさま、見事なお働きでございました。ですが、国はもうコーサラに滅ぼされます。我らは変を知ってすぐ、取る物も取り敢えず脱出してきた者ですが、それすらもこうして追いつかれてしまいました。我らの後に逃げ始めた者たちは、残らず憂き目に遭っていることでしょう」

デーヴァダッタは槍を片手に、カピラヴァストゥへと馬を飛ばした。

カピラヴァストゥの王宮では、此処を死に場所と決めた、王族や兵たちが集結していた。

だが王族の家族、姫たちや幼い子供も多い。彼らまでここで死なせるのは忍びなく、また戦いの足手まといと思われた。

ナンダが言った。

「王たちには馬車に乗り、北方へ脱出していただきます。ヒマラヤの山道を逃げればコーサラ兵も追いにくいはず。神山の向こうには、我らとよく似た山岳の民がいます。そこで年若い者たちを育て、釈迦族の命脈を保っていただけますよう」

これに斛飯王が言った。

「何を言うナンダ。恥ずべき身のわしらが逃げ、生き延びてどうする。そなたこそ逃げて、民をまとめてくれ。いつの日か、釈迦国再興を果たしてくれ」

「申し上げにくいことですが、あなたたちではもう剣も握れますまい。釈迦国は最期に老人を並べ戦わせたとあっては、インド中に笑われます」

斛飯王も黙った。先刻、王たちが捕縛される前に、日輪の冠とともに、釈迦国の統帥権はこのナンダに移っているのだ。

「無念だが、そなたの命に従おう。釈迦国の意地と武勇を見せつけてくれ」


悲壮な感に包まれる釈迦国王宮の、高台の上で二人の婦人が話している。

一人はプラジャパティだった。

「わたしはここで、釈迦国と最期をともにします」

相手はアバーヤ。若い頃からプラジャパティにも、その前には姉マーヤーにも親しく仕えてきた、心許せる間柄の侍女だ。

「お后様、あんなに、この国から逃げたがっておられたのに」

「どこへ逃げても女には居場所などないのかも知れない。自分をごまかし生きていくしかないのかも知れない。どこにも居場所がないなら、せめて自分の心の中にそれを作りましょう。あの子――仏陀は言った、〈人は正しさの中でしか生きられない〉。この状況で何が正しいのか、わたしにはわからない。でも――今から、多くの人が死ぬわ。国なんて嫌いだったけど、同じ狭い国の中で生きてきた人たち――わたしは彼らを見守って、最後まで見届けて、一緒に死にましょう。そんなことが正しいことなのかはわからない。仏陀には叱られるかもしれない。でも、逃げ惑って短い命を繋ぐよりは、まっすぐを見つめて、自分で選んで死んでいきたい。そう、最期ぐらいはね」

その時、

「お后様」

と、下の方から声がした。石段を上がり、ヤショダラが高台に上ってきた。

「ヤショダラ、あなたは逃げなくては。若いのだから」

「もう若くなんかありませんわ——それに、いささかの若さに何の意味がありましょう。——ラーフラが、ここで戦って死ぬと言って聞かない。ならばわたしも死にます」

「なんてこと。ラーフラは逃がさなければ。母親のあなたが、引っ張ってでも」

「あの子に初めて、強い声で怒鳴られましたわ。自分の道に、干渉しないでください、だなんて。この間までおしめを替えていた母に向かって——アーナンダも一緒になって、足手まといだから逃げるよう言われたけれど、誰が逃げるもんですか」

「あらまあ。——アバーヤ、あなたは何もないでしょう。早く行ったほうがいいわ」

「わたくしは、叶わないこと、得られないこともいっぱいあったけど、でも亭主にも会えたし、娘にも会えた。それなりに、楽しさも安らぎもある人生でした。それは、全部この国で経験したものだから——もう他のところなんて行きたくない。今では亭主も先立って、娘も嫁いで、気楽な独り身です。お后様たちがいればコーサラが来たって心強いし、わたくしも最期までご一緒させていただきます」

女たちはそれぞれの決意を表し、互いの強情をおかしがり、思わず笑顔まで見せた。だが高台から見える、城門の向こうに揺れ烟(けぶ)る大軍の気配を感じれば、逃げても逃げ切れるものではないと思え、諦めと強がりの気持ちがそこに混じっていることも事実だった。

釈迦国で戦う意志を持つクシャトリアたちが、最後の砦と籠もる王宮に、ついにダーサカ率いる北面軍が攻め寄せた。

初めての戦に、将軍ダーサカは有頂天だった。

調練は大王のやり方をそのまま真似て、踏み出す足の左右まで揃うよう叩き込んでいる。兵が思いのままに動く。それが嬉しく、命令はだんだん事細かく、小言のようになってきた。

「歩兵隊、陣の形が悪い！　二十歩下がれ」

「軍旗の高さを揃えてたなびかせよ！」

大軍を恃み、緊張感の無いダーサカだった。

「騎兵突撃せよ！」

「弓隊、一斉掃射！」

彼は己の指揮に酔いしれていた。


陣中、部将のゾルドが、肩を怒らせて詰め寄ってきた。

この男はダーサカと同期で、かつては同じく出世欲の強い競争相手であったが、ダーサカの急な将軍への抜擢により、彼の部下として配属されていた。

「将軍、何故我ら味方の兵に矢を射かけられたか！」

「ゾルド、何を言うのだ。おぬしの隊が苦戦していると見ればこそ、援護の矢を射たのではないか」

「釈迦族如き相手に、苦戦などしておらんかった！　だのに将軍の命じたその矢の多くは、我が騎馬隊に降りかかり、それが元で撤退せざるを得なかったのだ。見てみよ、これは我が副官、娘婿の首に突き立った矢だ」

ゾルドが目の前に突きつけた、矢じりが赤黒く濡れたその矢は、確かに自軍の使うものだった。

「パセーナディ大王の指揮は苛烈であられるが、このような機を見ない、馬鹿げた采配はされたことはないぞ！」

「なんだと、大王から任を受けた将帥に向かって、馬鹿げたとは」

「昔から、大王の威を借る狐め！　子が生まれたばかりの我が娘、その婿を生き返らせてからほざけ」

怒りにまかせ、口の過ぎたゾルドは、軍律を乱す者として部将の位を剥奪され、兵たちに押さえつけられた。

「罪は本国で吟味してやる。縛り上げておけ」

「吟味されるのはお前の方だ」

顔を地面にこすりつけられながらゾルドが嘲笑った。

「なんだと」

「大王のご気性を知らぬお前ではなかろう。大王は愚者を嫌う。のぼせ上がった采配で大王の兵を無駄死にさせたお前が、その地位にとどまることが出来ると思うか」

ダーサカは立ち上がり、刀を抜いた。

「起こせ」

ゾルドは、しまった、という顔をしたが、後悔する暇もなく、ダーサカの刀が彼を袈裟斬りにしていた。

「貴様ら、こうなりたくなければ無駄な口を利くな！」

取り押さえていた体から血しぶきをまともに浴び、うろたえる兵たちにダーサカが言った。

兵たちは震え上がって、他言せぬことを口々に誓った。


ゾルド部将の騎兵隊の猛攻を上手くいなし、後方にいるダーサカの焦燥を誘ったのは、釈迦国軍の大きな戦果だった。

突如、味方であるコーサラ側から降り注ぐ矢に算を乱した騎兵隊を追い打ち、壊滅的な打撃を与えた。コーサラ国に一歩も引かぬ釈迦族の武勇を見せることができたことに、ナンダ以下、将兵は喜びを分かち合っていた。また彼らは知るよしもないが、さらにこの将が粛清され、コーサラ軍の中に不穏な空気を生じさせてもいた。

だがこれ以降、釈迦族侮りがたしと知ったコーサラ軍は、華々しい突撃や白兵戦を仕掛けてくることはなくなった。矢の雨を降らせ、弱ったところを長槍で遠巻きに攻めるという、兵力差を活かした盤石の攻め方に変わった。

時間の流れと共に、釈迦族の死体が増えるのみとなった。

王宮を砦とし、最後の意地を見せる五百に満たない釈迦国兵に、コーサラ軍は精兵千を当て、これを包囲し攻め立てているが、逃げ惑う民たちを追い討つためにも、残りの九千という充分の兵を向かわせていた。

なにしろ大王の命令は、「四人の王の首を差し出した上での全面降伏。さもなくば殲滅せよ」なのだ。

「兵は殺すほど強くなる」

コーサラ大王の持論を真似て、ダーサカは自分の兵隊を悪鬼のように強くしようとした。コーサラの、他のどの軍にも負けぬほどに。

彼らはまさしく粗暴な野獣のように、釈迦国を蹂躙した。家屋には手当たり次第に火を放ち、動く者は老いも若きも皆殺しにしていった。

ある一つの国が滅びようとしている。

その国は、歴史の大海原から見れば泡ほどのつかの間と言えど、人の生からすると充分に長い、幾世代に亘る平和な時代を築いた。そこで社会はそれなりに発展し、多くの不条理はあれど、個々の家庭には暖かい営みがあった。

普段から自分たちを獣とは違うと見なしてきた人間たち。道具を使い、言語を操り、城を築こうとも、強者が弱者を捕らえ食うという、自然界の摂理は少しも変わらない。否、その道具により、言語により、摂理はいっそう効率よく、統制だって行われた。国とは獣の最大の群れの呼び名であった。

そこかしこで逃げまどう小柄な獣たちの群れを、大柄な白い獣が襲撃し、悲鳴と咆哮とが響き渡った。

なんのために――群れを率いる、獣の王の命令によって？　だがそれは、きっかけに過ぎないのかも知れない。殺戮を好む本能が獣たちの中に在り、それが機会を得て発露しただけなのかも知れない――

彼らはそれほど、殺戮を愉しむように見えた。彼らも日常では巣穴で子を慈しみ、育てる親であるのに。まるで返り血が悪酒の如く、浴びれば浴びるほど残酷な嗜好に飲み込まれ、耽溺するようだった。

人と獣がいったいどれほど違うというのだろうか。

――――――

散り散りになって逃げ落ちる釈迦族。その個々の集団は当然家族親族がほとんどだが、ここに変わった一団があった。

釈迦族の少年少女が八人。血のつながりはない。そしてそれを引率する老齢の男は釈迦族ではなく、長身で、汗と煤で汚れてはいるが、白い肌に彫りの深い顔立ち。アーリア人のバラモンだった。

彼の名はウダーイン。遙か昔に釈迦国へ、アーリアの国から招かれたバラモン一族の子孫の一人だ。

学生期を終えて以降、勤勉さと学識を評価され、長らく釈迦国王族の子弟にヴェーダ聖典を教える教師を勤めていた。

その彼が、五年ほど前に突然職を辞した。この目的のために少しずつ貯めてきた私財で都の外れに古い小さな屋敷を買い、学舎と呼び、様々な理由で身寄りのない子供たちをそこに集め、共同生活を始めた。表向きはヴェーダの威光をあまねく伝えるため、とのことで世間の理解を得ていたが、実際は読み書きや算術など、子供たちが将来身を立て生きるために役に立つことを多く教えていた。

他のバラモンは戦の前に、コーサラ国バラモンの縁者をたどるなどして口利きをしてもらい、釈迦国を抜け出していた。彼も兄弟や親類に誘われたが、子供たちがいるからと、断った。だから彼は今、釈迦国にいる唯一のバラモンだった。

――なぜ一族と一緒に国を出なかったんだろう。自分は人のために我が身を犠牲にするような、たいそうな人間ではないはずなのにな

バラモンというインド世界で最上位のカーストに生まれながら、彼は子供の頃から、そして教鞭を執るようになっても常に疎外感、劣等感を抱いていた。バラモンではあるが、釈迦国王族の司祭を担う本家からはほど遠い、古くに枝分かれした、分家バラモンの四男だった。宮仕えとは言え稼ぎは庶民と変わらない。若い頃は、王族の子供たちに教師として威厳を持って振る舞うことで、劣等感を覆い隠そうとしていた。

「先生、もう歩けないよ」

「足が痛いのだな。先生も痛いよ。ゆっくりなら歩けるかな。ほら、大きい者は荷を持っておやり」

もっと早くからこういう生き方が出来ていたらな、と彼は思う。若い頃の、あの思い出したくもない屈折した時代を送らなくてよかったのに。弱い立場の者に優しくすること――それは裕福な王族の子供を相手にしていた、威厳の求められるバラモン教師の時分では出来なかったことだ。威厳などという、元から無いものを無理に纏おうとしていた。今、自分は様々な理由で親のいない子供

たちを集め、なんとか育てている。それは弱い自分が優越感を得るため、劣等感を克服するための行為なのだろうか？　幾度も自問してきた。だが学舎を始めてから歳月は流れ、今はこう思える。こういう生き方が、自分に合っていたんだ、と。

周囲の援助もあって、子供たちにひもじい思いをさせることは少なかったが、それでもたまに用立てが滞（とどこお）ったとき、彼は薄い一枚のパンを子供たちと分け合って、手を取り合い歌って空腹を紛らわせた。自分のことより子供たちのひもじさが辛かったが、この弱い人間の集まりの輪が、何よりも貴いものに思えて涙がにじんだ。

なぜ弱い人間がいるのだろう？　せめて生きる術を学んで成人し、家族を作らせてやりたかったが。今、国の争いによりその生を閉じようとしている。子らよ、せめて来世は良い家に生まれて、親に甘え、暖かい暮らしをおし――

「ああ、良さそうなお屋敷がある。扉も開いていて、誰もいないようだ。この家の人には悪いが、ここで休ませてもらおう」

人が逃げた後の屋敷の前で、ウダーインは言った。子供たちはもう限界だ。コーサラ軍の放つ火の手から逃れることは出来そうにない。ここで手を取り合い、最後の安らぎを得よう。

屋敷の一室で、みなで円くなりいたわりあっていると、一人の子供が聞いた。

「死んだら、どうなるの」

「生まれ変わるって本当なの」

昔は子供のこういう疑問が大の苦手だったな、とウダーインは思いながら、

「そうだよ、大昔からヴェーダにそう歌われているさ」

「そんならぼくは虎がいい。だって誰にも負けないんだもの」

「わたしは鹿になって自由に森を歩き回りたいわ。虎になってもこっちへ来ないでね」

状況を忘れ、何になりたいのか子供らしく希望を言い合っていたが、

「ぼくは母さまとだったら、なんでもいいよ」

一人の男の子がぽつりと言った。

それを聞くと他の子も、

「じゃあぼくも」

「ずるい、わたしもよ」

そう言い合って、親のいない寂しさを思い出した。静まると、遠くの物々しい音が聞こえた。

「でも、好き勝手に、なりたいものになれるの」

女児の問いに、ウダーインは答えた。

「なれるさ。お前たちのような罪のない者は、きっと望みの姿に生まれ変われる。母さまとだってきっと一緒に暮らせる。だから死ぬことは怖いことじゃない。知らない道だから、少し不安なだけだ」

彼がバラモンとして習得し、そして王宮で王族の子供たちに教えてきた、業（カルマ）に縛られるヴェーダの輪廻転生とはだいぶ違うが、彼は今自分の言っていることがヴェーダよりもいいと思えた。〈本当のこと〉に思えた。

「先生は、何になりたいの」

「先生か。先生はな、お前たちと違って罪深いから、望みどおりにはいかんだろう。だけど願って

よいなら、幾たびか輪廻を重ねても、またひとりの人間として生まれてきたいな。どんな身分だろうとかまわない。そしてその時こそは、たとえ頭は悪くても、自分の頭で考えてみたい。誰かが作ったことを教え込まれ、信じ込むのではなく、辛くとも生きていく上で人生を、世界を、感じるままに正しく知っていきたい。そう、その時こそは――」

ウダーインの、後半は独り言のような言葉だった。

ここで男の子がある女の子に、何になりたいのかを聞いた。その女の子は生まれつき視力が弱く、普段からめったに口を利かず、何かを欲しがることがなく、ウダーインはかねがね、一番将来を心配していた。

「わたしは、もういいの」

「もういいって、なにがさ」

「お父さまもお母さまも先に死んでしまったけれど、大事にしてくれて、ずっと楽しかった。お別れのときに、ずっとお前の心の中にいるよって言ってくれて、本当にずっと、いっしょにいてくれた。だから、もういい」

「だって生まれ変わるって決まってるんだから、もういいなんてことがあるもんか。何かにならなくちゃ、おかしな事になるよ」

「いいの。これで」

男の子がまだ何か言おうとしたとき、

「ああ、ああ」

ウダーインが、呻くような声を上げていた。女の子の手を取り、押し戴いていた。涙を浮かべていた。

「モクシャだ――」

モクシャとは、女児の名前ではない。

解脱（げだつ）。女児が幼い心のまま辿り着いた、澄み渡る静謐（せいひつ）の境地。

辛い生。苦しい生。人はそんな生でも、せめて少しでもましな来世があるならばと、真偽定かならぬ輪廻という思想にすがりついてしまう。次はこう生まれたい、こう暮らしたい、と。だが今のこの生を、これで良かった、これで満たされたと、心の底から感じることが出来たなら――

「解脱（モクシャ）――。遥か古より、修行者たちが目指したもの。永遠の業（カルマ）、終わりなき苦しみの輪廻転生（サンサーラ）から抜け出ること――こういうことだったのだな」

（仏陀。帰国されたあなたを遠目に見はしたが、教えを聞くことはかなわなかった。心残りに思っていたが、この女児によって、私は最期に真理の足下に触れることができた。あなたに比べれば小さく、多くのことを言葉で表すことはできないが、立派な聖者だ）

そして声に出して言った。

「うん、これで、いいのだな。それで、いいのだな――。愚か者のわしは、頭ではわかろうとしても、悟ることは出来ない。後悔の多い今生を、これでいいと思うことは出来ない。だがきっと、いつかその境地に立てるように、そう、ずっと精進しよう。――不思議だ、輪廻があろうと無かろうと、もう問題ではない。おお、このウダーイン、死ぬことも怖くなってきた」

「なんだい、やっぱり先生も怖かったんじゃないか――」

屋敷はゆっくりと炎に外壁を包まれていたが、彼らの輪に柔らかく暖かな光が射した。血は繋がらないが優しさと信頼で固く結ばれた師と子供たちは、おびえながらも互いをしっかりと抱き、煙の入ってきた部屋で、歌いながら最期の時を迎えた。

斛飯王が先導する、釈迦国の命脈を保つための貴い家柄の幼い公子令嬢、女御（にょうご）らは、七つの馬車と取り巻く護衛の騎馬で、北方へ落ち延びようとしていた。だが整備されていない悪路を馬車で走るのは、揺れも大きく速度も出せず、そのうち二台の車軸が相次いで壊れた。乗っていた者は他の馬車に分かれて乗り、馬車はさらに重く、遅くなっていった。馬車に窮屈な形で乗る人々は、疲れと焦燥の色を濃くしていた。

コーサラの軽騎兵が追いつくのに、それほど時間はかからなかった。

後方の馬車の一台が車輪を狙われ、横転した。投げ出された人々は、すぐさまコーサラ兵の槍や剣の餌食となった。兵は、この狩りを愉しむような声を上げている。

前方の馬車から、その様子を目の当たりにした斛飯王は、

「もうよい！　わしを下ろせ！」

と叫んだ。

「しかしヒマラヤの向こうへ落ち延び、釈迦国の命脈を保てと、ナンダ様のお言葉でございますれば」

斛飯王は、馬車の御簾（みす）をかき分けつつ、怒鳴った。

「それもここまでじゃ。わしもクシャトリア。目の前に悪鬼たちの非道を見せられて、いかで我だ

け落ち行けようか。姫たち、おさな子たちよ、守ってやれんが、身を天に任せ、逃げのびてくれ」

護衛兵数名が斛飯王と共に残った。御者たちはすぐに馬車を走らせた。

斛飯王は槍を手に取った。若い時分には、兄浄飯王に次ぐ槍の名手と呼ばれた彼だった。

すっかり細くなった腕で、狼藉を働く一人のコーサラ兵の腹を刺し貫いた。

「どうじゃ、見たか」

興奮の声で言った。

だが、勢いに任せて貫いた槍が、抜けない。敵兵の体を足を使って抑えても、穂先が食い込んだままだ。駆け寄ってきた別の兵が、剣で斛飯王の左の肩から斬り下ろした。

「あっ」

すぐに痛みは感じないが、衝撃に驚いた斛飯王が、槍を放し、腰の剣を抜いた。息子デーヴァダッタを思わせる鋭さで、兵の首の筋を断ち切った。

「ぬっ、老いぼれだが強いぞ！」

「あの出で立ち、名のある王族と見た、囲んでしまえ！」

たちまち集うコーサラ兵たちの、矢と槍で針鼠のようになりながら、斛飯王は最期の言葉を叫んでいた。

「デーヴァ！」

彼の人生にとっての希望。うるさがられても自慢の、頼りになる息子の名。

「貴様ら、蛇蝎の如きコーサラども！　忘れるな、我らはここに斃れても、我が息子、デーヴァダッタが貴様らを滅ぼすぞ！　必ず、必ず――」

月も血で烟る、長い夜が明けようとしていた。

夜明け前の薄明かりの中、釈迦国とコーサラ国の国境に流れる大河に、女が一人佇んでいた。周囲に横たわる無数の人影。だが生者は、彼女一人だけだった。他は川の浅瀬を埋め尽くす、数百の釈迦族の屍体だった。

この場で死んだ者もいるだろうが、ほとんどは上流でコーサラ兵に追われ殺され川に落ち、この瀬に流れ着いた者たちだった。

彼女も上流の山道で、暗闇の中をコーサラ兵から逃げ惑った。矢の雨の中、夫が死に、二人の乳飲み子だけは両腕に抱いていたが、見えぬまま崖に追い詰められ、川に落ちた。

意識を取り戻したのは、この瀬だった。彼女の両腕には、流されながらも離さなかった二人の子供が包まれていたが、一人は矢に背を貫かれており、一人は矢傷はなかったが、溺死していた。

どれほど泣いただろう。喉が灼けるほどの嗚咽は已んでも、涙は涸れることはなかった。全ての思い出と共に、この悲しみ苦しむ自分が溶けて消えてゆけばよいと思った。

気配が動き、一人の痩身の人物が横に立った。

見ると自分と同じ釈迦族で、粗末な僧衣をまとっているが、薄明かりの中で俗世間しか知らない彼女にもわかるほど、清らかな威厳漂う人だった。これが聖者という人だろうか、と彼女は思った。

どうして泣いているのか

と、聖者は聞いた。

この場、この有様を目の前にして、愚かな問いにも思えた。だが彼女は答えた。死んだ者が、自分にとってどれだけ大切な存在だったのか。これほどまでに悲しい苦しいことがこの世にあるのか。なぜこんな目に遭わなければならないのか。言葉がとめどなくあふれ出た。

全てを聞き終えて聖者は、安心しなさい、と言った。

安心――住む場所を焼かれ、連れ合いを亡くし、最愛の子まで腕の中で死んでいった。全てを失った自分に向けて、その言葉はあまりにもそぐわないものであるはずだった。いったいどうして安心できるというのか。

新しい家を提供してくれるのか。

戦乱のない世の中を作り出してくれるのか。

亡くなった人を蘇らせてくれるのか。

それとも天上で、彼らとの永遠の生を約束してくれるとでもいうのか?

聖者――悟りし人、仏陀は言った。

安心しなさい。遙か太古の時代より、今日に至るまで、そなたと同じ理由で女たちが流してきた涙は、このガンジスの水量より多いのだから――

女は目の前の大河を見つめ、その意味を思った。悠久の大河は浅瀬に凄惨なる死体を洗いながら、静かに朝日を受け、金色に輝き流れている。

涙の大河だ、女は思った。

太古から、女たち全てが、ひととき有るか無いかの幸福ののち全てを失い、全てと別れて、流した涙の川――そこに、自分もまた浸っているように感じられた。

彼女がそれを本当にわかり、悲しみを癒やしていくには、多くの時間が必要だろう。だが、この言葉がなければ、彼女はここに自ら命を絶っていたかも知れない。

女は大河から聖者に目を向けたが、怪訝そうな顔をした。なぜなら先ほどまでは薄暗く見えなかったが、今、朝日に照らされ見える聖者の目からも、涙がとめどなく溢れ流れていたから。それこそ大河のように。

○盛者必衰（じょうしゃひっすい）
朝靄（あさもや）の中、ダーサカは腹心を連れ、カピラヴァストゥの王宮外壁を馬でゆっくり巡（めぐ）った。

多くの血が流れていた。九分九厘は釈迦族の血だ。逃げる民を追わせた兵たちも、きっと多くの血を浴び、彼の手足として働く強き精兵となっていることだろう。

王宮の外壁はほとんど崩れ、防護の用をなさない。中には生き残りの釈迦族が、一睡もせぬまま剣を構えているはずだ。

ダーサカも寝ていないが、疲れなど感じない。高揚していた。

彼は思った。次が最後の攻撃になるだろう。

今まで後方で指揮を執っていたが、先頭に立ち、勝者の快楽を思う存分味わい尽くそう。

陣中に戻ると、彼は侍従に言って、国から持ってきた箱を開けさせた。

金糸の編み込まれた戦袍（せんぽう）、緋色の外套、濃紺の腰帯――それらは軍神と称されるパセーナディ王の戦装束と、瓜二つだった。

一年も前に密かに作らせて、誰にも見せず、自室の姿見の前でだけ着ていたものだ。此度の戦に持って来はしたが、さすがに躊躇(ためら)われて、これまでは身につけなかった。

だが、いよいよ最後という高揚感が、元来慎重の彼を大胆にした。

「者ども、わしに続け！」

象までは真似できなかったが、飾り立てた馬にまたがり、兵たちに号令をかけた。

兵は自分たちの将軍が、大王そっくりの出で立ちをしていることに目を丸くした。

実は彼の野心は、コーサラの大将軍にとどまらなかった。

一介の武官であった頃から畏怖しながらも憧れ、崇拝の対象ですらあった軍神パセーナディ大王。

その想いはいつしか、それになりたい、取って代わりたい、へと変わっていった。とは言えそれはただの、揃いの装束を作らせて喜ぶ程度の、夢のような願望でしかなかった。

だが、この釈迦国相手の圧倒的な勝ち戦の中で——勝利という名の酒がもたらす悪酔いで——、その夢は、黒く形を成していった。

我こそ軍神なり！

本当は、圧倒的な兵力の差、武具の差がもたらす勝利であるのに、彼は己の戦の才能を誇り、吹き上がった。

時は今だ。この占領地カピラヴァストゥの平定を名目に駐屯し、兵を育て、泰山ヒマラヤを背に群雄の一となるのだ。

そしていつの日かコーサラを滅ぼし、大王と呼ばれる——

「なに？　軍だと——いったいどこの軍だ」

白昼夢から起こされたダーサカは、いぶかしげに後方の斥候を問いただした。念のためにと置いていた斥候が、南西から軍が寄せてくる、と報告してきたのだ。

「それが、我が軍です。コーサラ国からの、大王の軍です」

なおも問おうとするダーサカの目にも、遠方から土煙を上げ、駆け寄せる軍隊が見えた。徐々に近づくにつれ、はっきりと見えてきた、紅と蒼の大軍旗。大蛇の紋章。コーサラ国大王パセーナディの軍隊だ。数はそれほど多くなく、騎馬ばかりが百ほどだ。

ダーサカは青ざめた。だが目をこらすと、率いる将は、大王その人ではない。巨躯で知られるパセーナディ王より、さらに大きい体で、兜の下に見えるのは、艶のある暗褐色の肌。

軍はダーサカたちの前まで寄せた。馬たちの荒いいななきや汗を見るに、相当急いで来たのだろう。

ダーサカから声を発した。

「誰かと思えば、ズーロ将軍。釈迦国の采配は大王様からわしが任されており、今まさに仕上げをしようというところ。いったい王軍を引き連れて、いかなる用件であるのか」

ズーロと呼ばれた暗褐色の将軍――十六大国にも属さぬ、遙か南方の高台の密林奥深くに、巨石群に囲まれ存在するという国の、末の王子だ。冒険心で海岸から小舟に乗り、インド亜大陸東岸を北上、ベンガル湾北端から大河ガンジスを遡上し、辿り着いたコーサラでクシャトリアの客分として扱われていた。当初こそ言葉も話せず、大王に、余計なことを言わぬ護衛として側に置かれていた。だが彼は恐るべき速度で言葉も風習も覚え、兵を任せてみれば戦闘の才能を発揮し、その巨石の如き体躯と、好奇心の強さゆえの頭の良さから大王に気に入られ、古参連中を抜き去り、将軍として取り立てられていた。ダーサカにとっては油断のならない存在であった。

ズーロは、祇園精舎が完成した際開かれた会に、スダッタが縁のある者として呼んだ人々の内の一人でもあった。彼は仏陀に会い話を聞き、言葉はそのときはまだ十全ではないながらも、その人柄に深い崇拝の情を抱いた。またジェータの演奏を聴き非常に魅了され、その後失明したジェータのために、琴を腕に抱けるよう改良する際には、生まれ故郷の南方の密林へ赴き、上質な紫檀の木材を調達するという協力をしていた。

そして彼が率いてきた騎馬隊は、かつて仏陀とパセーナディ大王の初対面の折り、大王の命で仏陀を威圧するため取り囲んだものの、反対に心に染み入る教えを受けて、以来仏陀を深く敬慕している大王直属の精鋭部隊「死の軍団」たちだった。はっきりとは聞かされていないが、どうやら仏陀の故郷が滅ぼされるのを止めるのが此度の任務らしいと知ったとき、彼らの意気は大戦でどんな武功を競うときよりも高くなった。

殺すのでなく、生かすのだ。しかも大恩ある、あの仏陀のために！

彼らがコーサラ国サーヴァッティから、夜も眠らず馬を走らせ、通常の半分の時間でカピラヴァストゥに到着できたのは、その意気込みによるものだった。

ズーロはダーサカに馬を近づけ、一振りの剣を掲げた。細身で、銀細工の施された鞘。ダーサカは戦袍の下に汗が噴き出た。

その銀細工の鞘は間違いなく、ルリ王子が常に身につけているものだ。そして、鞘の中身は？

ダーサカが心臓を早鐘の如く鼓動させながら気にしているのは、その中身だった。

ズーロが太い腕で、剣を鞘から抜いた。ダーサカは願った。中身の剣が、ルリが以前から帯刀していたままの、短いものであってくれれば！　だが抜かれた中身は、細いが鞘いっぱいに長く、よく研がれた鋭い刃を光らせている。ただ刃先に少し、曇りがあった。

――カビールのやつめ、よくもまあ、言ったとおりに動きおったわ

「ジェータ王子ガ、死ンダ」

ズーロはそう言った。激しい悲しみを押し殺すような声だった。

「コノ剣デ、ルリ王子ニ――。オ前ノ策略、カビールガ、全テヲ話シタ。ナニカ申シ開クコトガアルカ」

ダーサカがサーヴァッティを発つ直前に、ジェータ王子がルリ王子に会おうとしている、という報せを受けて、急遽カビールに託した策。

それは、ルリ王子の短い剣を、通常の長さの剣に入れ替えておく、というものだった。

普段はおとなしいルリだが、母親の話になると人が変わったように怒り、剣を抜く。ダーサカは、ルリが釈迦国でクシャトリアの若者たちにそうしているのを見たし、そもそも短剣を持たされることになった原因の、バラモン教師相手の刃傷沙汰も調べている。何よりルリの抜刀は、ダーサカ自身もその身に体験していることだった。

ジェータが弟ルリに会おうとするのは、仏陀の祖国を滅亡から救うため、ルリの怒りを和らげようという理由からであることに疑いない。ならば必ず、母親についての話も出るはずだった。そうなればルリは、兄相手にも剣を抜くのではないか。そしてその時、短いはずの剣が、長いものに替えられていたら――

この策で、邪魔なジェータがいなくなれば。野望を目前に昂ぶった頭で考え、うまくいくはずも

あるまいと思いながら、下した策だった。どうなっている、あんな出鱈目な筋書きが、うまく運ぶとはな。ダーサカは、己のおかしな強運をあざ笑った。そしてそのような危険な策を、腹で何を考えているかわからない、カビールのような男に任せる己の迂闊さを悔やんだ。

ジェータ殺しが露見したのなら、俺は終わりだ。このままサーヴァッティに連行されれば、拷問の末に無惨な死が待つだけだろう。

「者ども！」

自ら手塩にかけた、北面軍に向かって声を発した。

「こやつらは大王の使いを騙る、謀叛人どもだ！　我らの十分の一に過ぎぬ兵、釈迦族にとどめを刺す前に、刀の錆にしてやれ！」

馬上、一人剣を抜いたが、誰も動く者はいなかった。暗褐色の将軍のことはまだ知らぬ者も多かったが、コーサラ王の死の軍団を相手に、十倍の兵力差だろうと勝ち目は無かった。それに采配の失態に詰め寄った部将ゾルドを処刑したことは、その場にいた兵に箝口令をしいたにも関わらず、軍中に知らぬ者のないほどに広まり、ダーサカへの不信感は高まっていた。

自分が身に纏う、大王そのままの戦装束。だが誰も自分の指揮に従わない。道化じみた皮肉を感じた彼は、最期まで道化を演じきる覚悟を決めた。

剣を高々と掲げたダーサカは雄叫びを上げ、ズーロに挑みかかった。ズーロは素手で無造作にその剣を払い、ダーサカの首を捕まえると、その野望と共に、へし折った。

北面軍は、すぐにズーロ率いる王軍に付き従った。

ズーロは北面軍の副官に、降伏するはずの釈迦国となぜ戦闘になったのか、経緯を訊ねた。副官から、恭順の姿勢を見せる釈迦国へ、ダーサカが執拗な挑発をしたことを聞くと、「我ハコレカラ釈迦族ノ王宮ニ向カイ、無意味ナ戦ヲコレデ終ワラセル。オ前タチハスグニ、釈迦国ノ内外へ分カレテ走リ、釈迦族へノ攻撃ヲ止メサセヨ。一人デモ多ク救エ」

死の軍団は、「救え」というその指令に雄叫びを上げ、北面軍の兵を引き連れ、一斉に駆け走った。

王宮で最後の戦いに備えていた釈迦国のクシャトリアたちは、新手の将軍からの、丁重な降伏勧告を受け入れた。すでに欺かれ、苛烈な戦闘の後にもかかわらず、この勧告を信じたのは、暗褐色の肌の将軍の裏表のない物腰と、「仏陀ガ悲シンデイル」という言葉を受けてだった。

ナンダ以下、釈迦族の生き残りたちは、虜囚としてコーサラ国へ送られることになった。だがズーロの心遣いにより尊厳は守られ、道中粗略な扱いを受けることはなかった。

歩く虜囚の集団の中に、プラジャパティがいた。遠く振り返り、あんなに出たいと思っていた釈迦国の、煙を上げ、崩れた城壁を見て、思った。

――国は滅びた。わたしはまだ生きている。あの人は言った、心の中に、壊れることのない永遠の国を作れと。わたしに出来るかしら

このようにして、釈迦国は滅びた。

カビールは、ジェータ王子殺害に加担した罪で捕らえられた。

カビールは、デーヴァダッタに乗せられ、ルリ王子が世継ぎとなれるよう何かと手を尽くしてきた男だ。もちろん将来のルリ王の下での出世を目当てに。

そんな彼が、長持に隠れダーサカとルリ王子の密談を盗み聞きし、ダーサカの野望を知った。ダーサカもまたルリに恩を売り、将来のコーサラ国で権力を握ろうとしていた。カビールの野望の邪魔になる者だった。

ダーサカからルリの鞘の中身を入れ替えろと命じられたとき、意味のわからぬ振りをしていたが、ルリの剣が短い理由も、剣を抜きやすい癖も知る彼には、その意図がすぐにわかった。

そしてその策を実行し、うまく彼にとっても邪魔な存在であるジェータ王子を除いた後で、ダーサカの悪事を密告したのだった。野望の競争相手を追い落とせるはずだったが、彼は甘かった。

「意味もわからず、ダーサカ将軍の指示に従っただけだ」と言ったが、即日死刑が執行された。

ジェータは、その死が公にされることはなかった。何しろ直接手を下したのは、弟であり太子である、ルリなのだ。葬儀が内密に執り行われ、大王とジェータの母である后と近親者数名、そして仏陀が呼ばれた。ルリは当然と言うべきか、いなかった。

大王は、さすがに憔悴していた。仏陀を招き、二人だけで話した。

「仏陀、そなたも故国を失い、父をはじめ血縁を多く失っただろう。さぞやわしを恨んでいような」

「大王。此度の全ての悲劇の根源は、皆同一。人の怒り、恨み、憎しみ――。私は衆生にそれらを乗り越えることを教える者です」

そう言う仏陀もまた、頬はこけ、眼窩が落ちくぼんでいた。

「怒り、恨み、憎しみ。以前なら、それが人間らしさというものと、嗤い反発していただろう。だが息子ジェータの死が、わしの心を弱くした。この心に仏陀の言葉が染みいる。もっと聞かせてほしい」

「それは弱くなったのではありません。悲しみを知り、人は強くなるもの」

「強くなれるだろうか――。釈迦族は、どんな戦よりも多くが死んだ。ダーサカの策略だが、もとはわしが怒りにまかせ、皆殺しにせよと言っていたからでもある。生き残った者たちには、酷いことはせぬ。コーサラ国の民として、暮らしができるようにしてやる」

大王はそう約束した。

王はまた、幽閉していたルリの母シャンティも赦し、元の后の地位に戻したという。その身分の秘密は、コーサラでは王による箝口令が敷かれていたし、それを知る釈迦族の者たちも、自分たちの恥を口にすることはないと思われた。

そして、

「それからな、仏陀。デーヴァダッタという者に心当たりはあるか」

王の口からその名を聞き、嫌な予感を持ちながら、仏陀は答えた。

「弟子の一人ですが、なにか」

「ダーサカの指令により、各地で逃げる釈迦族を襲う我が軍に、短髪、僧衣の、たった一人の不思議な騎馬が神出鬼没の攻撃をしかけ、これが羅刹の如く強く、七十を超える兵が討たれている。釈迦国軍との戦いで我が方が出した戦死者のほぼ同数が、この怪僧一人にやられているというのだ。

そやつを見た我が兵の中に、顔を知っていると言う者がいた。その名がデーヴァダッタ。ルリの母、シャンティの婚姻を仲介した釈迦族の者であり、大臣たちは皆知っておった。さらに一人の老王が死の際に叫んだ言葉が、兵たちの間で噂になっている。〈我が息子、デーヴァダッタが、必ずやコーサラを滅ぼすぞ〉というものだ。一人で七十の兵を討つほどの手練れであり、わしにシャンティを嫁がせ、そしてこの予言めいた言葉の主体。その男が仏陀の弟子とは、わしはどのように考えればよい」

「師の言うことを聞かぬ困った弟子ですが、デーヴァダッタは婚姻により、釈迦国の安寧のみを願っていました。妃の身分を偽ったことは、断じて彼の仕組んだことではありません」

「破門はせぬか。比丘には虫も殺さぬ戒律があると聞く。それが、人を七十人殺めたが」

「故国の人々が襲われるのを見かねての行動。未熟ゆえ、確かに戒に背きましたが、さらなる修養を積ませるしかない」

「そうか。だがこの男はコーサラにとって、危険極まりないと感じる。戦場でのことゆえ、わしには怒りも恨みもないが、おそらくこの男は人間らしく、激しく怒り、恨み、憎んでいるに違いない。仏陀の弟子であろうと、このコーサラ領内で見つければ捕らえ、相応に処罰する。仏陀、悪く思うでないぞ」

まさにその帰り、祇園精舎に向かう林道で、デーヴァダッタが仏陀を待っていた。

茂みから出てきたぎらついた目の彼に、仏陀は、

「血の匂いがする」

と言った。

デーヴァダッタは、

「釈迦国に行けば誰でもそうなる。あそこは屍体の山、血の海だ」

「そうではない。そなたの心が、血に染まっている。また、血を欲している」

「ああ、そうだとも。コーサラどもの血を流してやる。この国中を、同様な血の海に沈めてやる」

「愚か者」

仏陀は叱った。

「コーサラはそなたを捕らえようとしている。ここにいることはできない。山道を通り、マガダ国の竹林精舎へゆけ。ウルヴェーラ・カッサパの言うことを聞け。私もそのうち行く」

「マガダ国――言われなくてもそのつもりだ」

そう言って、デーヴァダッタは姿を消した。

仏陀は、ふうっと深いため息をついた。


帰り着いた祇園精舎に、コーサラ国クシャトリアの使いの者が訪れた。内密に、どうしても仏陀に会いたがっているお方が来ている、とのことだった。

精舎から少し離れた場所に仏陀が一人行くと、待っていたのはルリ王子だった。以前見たときはもっと幼い印象だったが、僅かな期間で多くの辛さ悲しみをその身に経験したのだろう、その目は少年から大人に近づいていた。

「兄ジェータは、あなたが好きで、あなたの国を助けたがっていました」

とルリは、かすれた、静かな声で言った。

「兄は言った。〈肌の色や、生まれついた身分の違いなんて、何の意味もない。母様は母様だ、そうだろ〉って」

「ジェータは生まれてからずっと、色のない世界で生きてきたのだ。また、ついにはほとんど失明してしまっていた。肌の色や外見、そこからくる身分の違いや差別。彼にとってそれらは、心底無意味で愚かしいことだった。そのことをそなたに伝えたかったのだろう」

「兄の目が悪いことは知っていました。あの日もシュードラの子供に手を引かれて――。でも、色の違いがわからないことは、深く考えたことがなかった。あの日から今日まで、兄の生きてきた色の無い世界、見えない世界のことを、よく考えました。肌の色の違いの無意味さ――本当にそうだと思う。なのにあの時、ぼくはかっとして、剣を抜いてしまった。母上が、肌の色のことで、この国で嫌な思いをするのを見てきて、そのことを言われるたびに、母上が寂しそうな顔をして――いじめられてるんだと思って」

ルリは口をゆがめた。涙をあふれさせた。

「でも、信じて――信じてください。兄を斬るつもりなんて、これっぽっちもなかった。剣を抜くことが、怒りを示す、発散する、癖みたいになっていた。だって、短い剣のはずだったもの。なのに――」

剣の中身はダーサカの策略により、長剣に差し替えられていた。仏陀も大王から聞いていた。

「ああ、わかっている。信じるとも」

仏陀は大きな掌で、泣きじゃくるルリの両肩を強く包んだ。

翌々日、仏陀は祇園精舎で、独自のジェータ追悼の儀式をおこなった。

ジェータに縁の深かった、スダッタ、鍛冶工房の親方と職人たち、庭師、将軍ズーロ、チャパティらが集まった。精舎が完成した時に集ったのと同じ顔ぶれで、ただジェータがいないだけだった。

そしてルリにもぜひにと声をかけた。ルリは深い感謝の言葉とともに、ひとりで参じた。

ジェータを偲ぶ、思い出の品が必要だった。彼のためにと皆で力を合わせ作った愛用の琵琶は、既に先日の葬儀でジェータと共に荼毘に付されていた。ジェータにとっての光であり、他者と繋がる大切な道具だった。一緒に煙となり天に昇ることは、彼も喜んだだろう。

代わりにジェータの邸宅から、大人ふた抱えもある鐘が運ばれた。車から降ろし、菩提樹に吊すとき、怪力のズーロ将軍が大活躍を見せた。

かつてジェータが親方とともに、工夫の末作り上げたという銅鐘だ。側面に小さく刻まれた浮き彫りは、ジェータが部屋の窓で餌付けをした小鳥だった。見えなくなった彼が、何度も触ったのだろう、手の脂で、そこだけ艶めいていた。

——これは、仏陀の唱を聞いて、ぜひとも作りたくなったんです

ジェータは言ってくれた。

——音を変えることはできないけれど、変わらぬからこそ、一つの音が低く長く響く。鐘は、丸い形だから長く響くのです。一箇のものにして、一カ所の縁は反対側の縁と共鳴する。無限の縁が、それぞれ無限に共鳴し合う——一箇でありながら、和している。この低く深い、荘厳な音色は、仏陀を思って作り出しました

在りし日の、ジェータの言葉と姿を思い返しながら、仏陀は木の枹(ばち)で、万感の思いを込め、鐘を叩いた。

その澄明(ちょうめい)な、心を揺さぶり心を滲(にじ)ませるような音色は、大気を震わせ、ぶれることなく一定の音、大きさで続いた。人々はそこに永遠を予感した。果て無き音色。宇宙へ滲む心。溶けゆく自我。

仏陀はジェータが好きだった。仏陀は全ての衆生に慈愛を注ぐが、ジェータへの態度はそういうものとは種類が違った。

浮世離れと言おうか、若いのに欲が無く、色彩や光を失っても、音楽というものに居場所を見いだし、満たされた世界を築き上げ、到達していた。

それは仏陀のものとは違うが、彼にとっての悟りの境地だった。彼が目指し、辿り着くべき境地に、彼独自の方法で辿り着いていた。

自分より遥かに若いこの青年と、相互に抱いていた思いは、友情と呼ぶのがふさわしいだろう。

永遠を予感させた音も、いつしか細くなり、消えた。

仏陀は枹(ばち)をルリに手渡した。促(うなが)され、ルリは鐘の前に立ち、頭を下げ、厳かな表情で鐘を叩いた。

ひとときの銅の固まりの震えが、大気を震わせ、人の鼓膜を震わせる。心を震わせる、揺さぶる。

それは永遠にして、はかない。はかなくして、永遠。

「色なんて、本当に無いんだ」

ルリは目をつぶりながら、そう言った。つぶったままの目から、涙があふれ出ていた。

続いてスダッタが、親方が、庭師が——出席者それぞれが鐘を打ち、ジェータへの思いにひたっていった。

祇園精舎の鐘の声　諸行無常の響きあり
沙羅双樹の花の色　盛者必衰の理を顕す

千六百年もの時をくだり、遙かなる異国日本の地で詠われた「平家物語」の冒頭を飾るこの偈。

インドの精舎に、日本の寺院と同様に鐘が設置されていただろうと想像して詠まれたものだが、実際はインドの精舎に鐘を置く慣習はない。

だがこの短い偈は、仏教の示すこの世の無常を、時空、民族を越えて十全に表現している。

偈は、さらにこう続く。

驕れる者も久しからず　ただ春の夜の夢の如し
猛き者も遂には滅びぬ　偏に風の前の塵に同じ

この物語の中では描かれないが、まさしく夢の如く塵に同じく、強兵を誇ったコーサラ国も、後年マガダ国によって滅ぼされる。最大の敵を倒し、北インドの覇権を握ったマガダ国も、やがて国内で争い、別の血統による王朝に取って代わられる。マガダの王朝交代は繰り返し起こり、マウリヤ朝の三代目アショーカ王の代にインド亜大陸統一を果たすも、王の死後、国は衰退し四分五裂し、歴史の荒波にもまれ、溶け消えてゆく。

国が、剣が残ることはない。残るのは、詩であり、音楽であり、それを詠んだ心であり――

チャパティが鐘を叩いた後、その場に泣き崩れ、ルリが横から抱きしめるように助け起こしている。

（ジェータよ、ともに永遠の中に生きようぞ）

暮れゆく祇園に鳴り響く鐘の音の中、仏陀はそう語りかけていた。

第六章　破邪顕正（はじゃけんしょう）

○指の首飾り（アングリマーラ）

黒い炎が走っていた。

コーサラ国サーヴァッティから少し離れた深い山道を、疾風の如き速度で。暮れかけた大気をちろちろと舐めながら。

それは人間の形をしていた。頭があり、二本の腕が伸び、二本の脚が交互に地を蹴っていた。大きな黒い布が体を覆っている。炎の揺らめきに見えるのは、それがはためいていたからであった。確かに人間に見えた。

だが、それが人間であるわけがあろうか。

それは小枝を折り土を蹴飛ばし、谷を転げ落ちるように下ると、片手をつき、小さなせせらぎに顔を突っ込んだ。

がぶがぶと音を立てて水を飲む。その間、もう一方の手は握りしめたまま、大事そうに宙に浮かしている。そして立ちあがると、近くの細木に歩み寄った。黒い大きな布を脱ぎ、木の枝に掛けた。現れ出た肉体は、アーリア人の中でも稀に見るほど大きく、薄闇の中に浮かびあがるほど白かった。顔には、額から頬にかけて大きな傷跡がある。

奇異なのは、首に掛けられ幾重にも垂れ下がっている、房（ふさ）である。動物の繊維から採ったらしい丈夫そうな糸一本につき、二十ほどの〈細長い形状のもの〉が通され、それが五房ほどの不思議な首飾りを作っている。

細長い形状のもの——下の方にぶら下がっているものは、ほぼ全てが既に乾燥して、無機的な黒い棒となっている。中ごろでは、まだ柔らかそうな表皮が、まちまちに桃色や黄色を見せている。

そして上の方では――首飾りとなって日が浅いであろうそれらが――もの言いたげに、働きたげに、青白く蠢いている。
蠢いて見えるのは、それを首に掛けている主がまだ息荒く、鼓動も強いためのことだろう。しかしたとえそうでなくとも、我々にはきっとそれは蠢いて見える。なぜなら我々にとって日々の生活で、何よりも見馴れた存在であるそれらは、常に蠢いているのだから。
首飾りの主――白い巨躯の男は、走っている最中から今までずっと握りしめていた右手を開いた。そこにはもっとも新しい〈首飾り〉があった。まだ温かそうなそれは朱に塗れていて、男は木に掛けていた大きな布で丁寧に拭き取った。握りしめ、絞り出すようにしてはまた拭き取った。布が黒く、しかも強いのは、過去何度も繰り返してきたこの作業のためのようだった。そうして腰をおろすと、腰袋から細い釘を取り出し、綺麗にしたばかりのものの付け根に、慎重に穴を穿った。首からひと房の飾りをほどき、それを新たに通した。
虫が多くたかってきた。男は黒い布をとり、体に覆った。そこに信じるものがあるように、隠した首飾りを押さえた。

祇園のはずれ、大樹の背にもたれながら午睡する仏陀の体を、優しく揺すぶる者があった。

「ほ……。誰かと思えば、サーリプッタ、そなたか」

「汗をかき、うなされておられました。お疲れのご様子です、精舎でお眠りになられてはいかがでしょう」

サーリプッタは祇園が寄進された頃、故郷マガダ国の竹林精舎から呼び寄せられ、以来この園で比丘たちの指導、布教活動の中心となっている。

「そうか――うなされていたか」

仏陀は少々だらしないような座り方で、昼下がりの木漏れ日を見上げている。

「夢の中で、お国の人々に会われましたか」

サーリプッタの言葉に、仏陀は頷いた。

釈迦国の滅亡から、一年という時間が流れていた。

「彼らはなぜ、滅びたのだろうな」

仏陀が、つぶやくように言った。

歴史ある国だった。コーサラもマガダもまだ形も無い時代から、釈迦族の祖先はその地で狩猟し、田畑を耕し米を産し、平和な暮らしを営んできた。民は勤勉で、勇敢で、決して他の民族に劣るものではなかった。

それがなぜ、あれほどまでに愚かしく、滅亡の道をひた走ったのだろう――

釈迦国滅亡後、戦乱――ダーサカによる大殺戮を生き延びた釈迦族たちは、コーサラ国に移動させられた。隷民(シュードラ)に落とされることはなかったが、下級庶民(ヴァイシャ)として辛い仕事をあてられ、慣れぬ地で日々労苦と戦っている。

仏陀がサーヴァッティで辻説法に立つと、汚れ、疲れた顔の彼ら釈迦族が、遠慮がちに後ろの方で聞きに来る。彼らのために具体的な力になってやることはできないが、彼らの心に響くよう、境遇にくじけぬような内容を選んで、教えを説いた。

　また折りを見ては幾度かカピラヴァストゥを訪れ、うち捨てられ、野晒しとなっている釈迦族の人々の亡骸に手を合わせ、慰霊して回っていた。苦しげに死んでいった、そのままの姿勢をとる骸たちは痛ましく、なんとかしてやりたいが、その数は多すぎて、一人一人を荼毘に付すことは不可能であった。平和で美しかった彼の生まれ故郷は、死者で埋もれていた。

　寝ると、彼らの無惨な亡骸が夢に出てくる。

「死は身近なもの、怖れるものではないと、常に説いている私なのにな。悟りを開いても、人々の、それもやはり親しい人の死は悲しい。禅定により、心を無にすれば一時悲しみは無くなろうな。だがそれは冷たい石になるのと同じこと。彼らを悼む気持ちを無くすことはできない。無くしてしまえば、仏陀でも、人でもなくなる。——ああ、だが仏陀として、これからも人に説けるだろうか、死を乗り越えるすべを」

　サーリプッタが初めて耳にする、仏陀の弱音だった。

「死は身近なものとは言え、一度にあまりに多数の、故郷の人々が亡くなられたのです。気を落とされるのも当然のこと。ここのところ、心身ともお疲れのご様子です。仏陀もそろそろ五十に近づくお歳。常に身近で世話をする、侍者をつけられてはいかがかと思います」

「侍者か。——考えておこう」

　と、仏陀は言った。そして最後に、

「なぜ、彼らは滅びたのだろうな——」

　もう一度言った。

二人の釈迦族の青年が、祇園の教団を訪れ、比丘となった。

ラーフラと、アーナンダだった。

ラーフラ出家の理由は、国や同胞を失った悲しみ苦しみとともに、父なる人、仏陀への憧憬（しょうけい）の情が大きかった。

母ヤショダラは、自分は捨てられた身でありながら、息子へは父親の良い点ばかりを聞かせて育てた。お父様は何でも出来る、人格も立派なお方だった。あなたはその血を継いでいる。お父様がなって当たり前だった王にあなたはなりなさい、お父様の跡を継ぎなさい。そうヤショダラは、成長していく彼に言い聞かせた。

釈迦国が滅びた今、王を継ぐことはできない。ならば、父が説くという〈法〉を受け継ぎたいと思った。

だからラーフラにとっての〈出家〉の意味合いは、世間一般のそれとは大きく違っていた。家を出るのか、入るのか――実の父親が主宰する教団なのだから。

出家したばかりのラーフラは仏陀に、精舎へ来るように呼ばれた。仏陀は隣にサーリプッタを連れていた。ラーフラの目を見て言った。

「こちらは我が後継者、サーリプッタ尊者である。ラーフラよ、そなたのことは、この方に指導を頼んでいる。全て言うとおりにいたせ」

ラーフラは、父親の意図を理解した。仏陀は、自分の跡を継ぐ者は別にいるとして、子の親への甘えを断ち切らせようとしているのだった。そして若い彼は、突き放されたと感じた。俗世の頃と同様、熱心に修行に打ち込んだが、指導役であるサーリプッタへ、反発することもあったという。

もう一人の青年、アーナンダは、ラーフラと共に教団に入ってきたが、十日と経たずに仏陀のもとを訪れ、やめたい、と言ってきた。

若者のあまりに早い還俗（げんぞく）の意志に、仏陀は、何を求めてここへ来て、何が得られなかったのかと聞いた。アーナンダは口ごもりながらも話し始めた。

仏陀が、滅ぶ直前のカピラヴァストゥ王宮を訪れ、そこで説いた言葉、

〈心の中に、壊れることのない、静寂に満ちた永遠の国を作れ〉

それは、これまで自分が王子として不自由なく生きる中でも抱いてきた、国、世界への居心地の悪さ、居場所の無さ。それを言い当て、進むべき道を示しているように感じられた――

その後、苛烈な戦闘を体験し、国が滅びてからは、その静寂の国を、より強く心に思い描くようになった――

だが、やはり自分には合わないようなので、ご迷惑をおかけする前にやめたいのです――、と彼は言った。

「どのように合わなかったか」

仏陀が聞いた。

「じっと座って瞑想しても、静寂どころか、頭にいろんなこと――戦争のこと、家族や仲間のこと、あるいは俗なことが、浮かびます。仏陀のお話を聞いているときは、それなりにわかったつもりになり、やる気も起こるのですが、自分でするのは向いていないようです。もともとそういう生まれつきなのです」

「聞かせてくれ、どのような生まれつきなのか」

仏陀の再三の追求にアーナンダは身をすくめ、

「幼い頃から、学問も武術も不得手で、また友人との歌舞音曲や賭け事も、見たり聞いたりは好きなのですが、自分でするとと全くだめで、よく笑われてきました。おそらく仏陀の説かれる静寂への道にも、生まれ持っての才能のようなものがあるのでしょう。私にはそれが無いようです」

と、恥ずかしそうに言った。

仏陀は、今は竹林精舎にいるはずの才の塊のような彼の兄、デーヴァダッタを頭に思い、目の前の弟をしばらく見つめていた。

通常ならば去る者は追わぬ仏陀だが、頷かなかった。その時はちょうど二賢人の一人、モッガラーナが仏陀の隣にいた。神通第一とも称されるモッガラーナに、仏陀は意見を求めた。

巨大な頭の賢人は言った。

「どのような生き方も人の一生。若人(わこうど)よ、気の向くままに進めばいい。だがせっかく頭を丸めたのだ。せめて還俗するのは、その頭髪の生え揃うまで、ひと月は辛抱してみたまえ。先ほどから聞けば、座禅も瞑想も苦手だとな。ならばその間、仏陀の側に付き、侍者として仕えるのがいいだろう。そして仏陀の言動を、つぶさに見聞きせよ。仏陀、よいですかな」

モッガラーナの強引とも言える提案だったが、仏陀は、

「賢者モッガラーナがそう言うなら妙案だろう」

と、あっさりと受け入れた。そして、

「アーナンダよ。ひと月の間侍者として、私と行動を共にせよ。そして、そなたが惹かれた静寂の境地がどのようなものかを見定め、今後の生き方を考えてみればよい」

と言った。アーナンダは、躊躇(ためら)いながらも頷いた。


このように仏陀がアーナンダを侍者にしてから、数日後のこと。

仏陀はアーナンダを連れ、サーヴァッティ王宮でコーサラ王パセーナディと懇談していた。そのさなか、伝令が入ってきて王に耳打ちした。

王は眉を吊り上げた。

「どうかなさいましたか」

仏陀の問いに、王は、

「うむ、仏陀の耳に入れることでもないが——」

そう前置きしてから、

「このサーヴァッティ近郊で、数年前から良民が殺されるということが続いているのだ。どうやら下手人は一人らしい。商売上の諍(いさか)いや金品目当ての刃傷沙汰、人殺しは他にも多いが、こやつの手口はなんとも不愉快でな。指を切りおとすのだ」

「指を」

「さよう。指が目的であり、たまに食糧も盗るがそれはもののついでだ。鋭利な刃物で切り刻み殺したあと、右手の人差し指を一本、切り取ってゆく。遠目に見た者の話では、大男で虎のように敏(びん)捷(しょう)らしい。守ろうとした者、捕らえようとした者も悉(ことごと)く喉などを裂かれ殺される。しかし一度の仕事で取る指は、必ず一本であるそうだ。なんとこやつはその指を糸で束ね、首飾りを成し、身につけているとも言う。それゆえついた渾名がアングリマーラ〈指の首飾り〉だ。狡猾な者らしく、我が兵も警戒しているのだが、一度はうまく取り囲み、額に大傷を与えたのだが逃げられ、それ以来は一向に捕まらんのだ。のう仏陀、わしも戦で多くの敵を殺してきた。町を民ごと焼き払うこともした。コーサラ領を増やすためであり、我が力を示すためだ。だがこやつの心がまるでわからん。いったい指を首に飾って、なんになると言うのだ？」

苦い顔をして殺人の理由を問う王の言葉を聞きながら、仏陀は目を閉じて考えていた。この無意味で理解不能に思える殺人。だがそれは自分が懸念していたことが、血肉を持って現れたのではないか——

王が治安を統轄するらしい武官に聞いている。

「これで何件目だ」

「はっ、今回のナンディの森で、九十九件を数えます」

「すると九十九本の指が取られたわけか」

「はっ。指を取られ殺された者が九十九人。指を取られず、巻き添えでただ殺された者は、その倍はいます」

はきはきと答える武官に、王は青筋を立てて怒鳴った。

「お前らは何をしとるのだっ。そんな悪鬼を野放しにしておれば、このサーヴァッティに商人も寄りつかなくなるわ！　草の根わけても探し出せ。いいか、やつの首飾りが百本となったその日には、お前の指を切り取るぞ！」

武官は震え上がって退室した。

仏陀が腰をあげた。

「私も去らせてもらいます」

「おお、慌ただしいな。何も構えんで、許せよ仏陀」

「王よ、ひとつだけ。王たる者、慈悲を持って政道に当たってください」

「今のことか。なあに、あれぐらい脅かさねば、ぬるい仕事しかせんのだ」

「そのことだけではありません。王ならば戦もするでしょう。俗世の職分について多くは言いません。しかし王とは他の職分と違い、万の人間を殺すこともできれば、生かすこともできるのです。生かすことこそ大王の道。それを頭に置かれますよう」

「ふん――わかった」

威を四方に払うコーサラ国大王の地位を職分と言われ、王は面白くなさそうだが、仏陀のことは本物だと認めている。何より息子ジェータを失ってから、考えに変化の出てきた彼だった。無用の殺生をすることも少なくなっている。うなずいた。

「それでは」

仏陀はアーナンダを連れて、王宮を去った。

王城の大門前の屯所で、兵士が緊急に召集されていた。すでに百人ほどが整列し、まだまだ駆け足で集まってくる。先ほど王に怒鳴られていた武官が、今度は部下に対して怒鳴り散らしている。

兵たちは、手に手に捕り物用の長柄(ながえ)ものを持っている。

それを見つめ、仏陀は足を速めた。

仏陀が歩く方向をアーナンダが不審に思い、聞いた。

「仏陀、どちらへ。精舎へ戻るのではないのですか」

仏陀は考え事をしているらしく、無言で歩く。喧騒の街並みに分け入っていった。

サーヴァッティは、やかましいほど賑やかな都だ。全インドの華とも言われる、マガダ国の王都ラージャガハと比肩するほどの経済規模である。典雅、洗練といったものが、こちらには見事に欠落していることがわかる。だが数刻も歩けば、あちらにある、調和も脈絡も無く立ち並ぶ商家。通りのまん中に早い者勝ちに茣蓙（ござ）を広げ、商いを始めようとする者もいる。食料を扱う店舗の周囲には切れ端が散らばり、誰も片づける者無くひどい匂いだ。道行く人々の風体はだらしなく、そのくせ顔付きは抜け目なく、女子供の姿は少ない。

どちらも同じく歴史浅い、新興の商業都市であるのに。この違いは、王家の性格が一因だった。コーサラの現王パセーナディも、コーサラを大国にのし上げた先王も、勇猛な将帥であったが、都市計画や、民の心地よい暮らしぶりなどにはほとんど興味を示さなかった。またバラモンに対しても、表向きに迫害はしなかったがその教説には耳を傾けることはなく、祭祀をさせるだけの存在として扱った。バラモンは冷遇に憤慨しながらも、強い力を持つコーサラ大王に大きな抵抗をすることはできず、従うしかなかった。

そこに生きる民は、おのずと精神的なものよりも、物質的な豊かさを求めるようになっていった。

道行く仏陀を人々が見とめる。

すでに五年以上の布教活動により、仏陀を慕う者も少なくない。貧しい者、病んだ者。彼らは手を合わせ、あるいは拝跪（はいき）し、救いを求める。そのさまは他国より切実に思える。慣れぬ地で生活にあえぐ、国を滅ぼされた釈迦族の生存者もいる。

だが仏陀に興味を示さない者も、少なくないどころか、多い。彼らは仏陀を見ると、馬鹿げたものを見たように冷笑を浮かべ、視線をそらす。正しい生き方があり、辿り着くべき場所があるという教説を鼻で笑うかのように。伝道活動は未開の地以上に苦労していた。

　そのような土地で、仏陀は亡きジェータ王子とスダッタ長者から祇園精舎を寄進されたのだ。彼がその生涯でもっとも長く滞在し布教した場所は、ここサーヴァッティなのである。

「アーナンダ、この町をどう思っている？」

　不意に仏陀が聞いた。土埃に顔をしかめていたアーナンダは、この質問にしばらく黙った。釈迦族にとっては、故国を滅ぼした征服者の王都だった。最期は勇敢だった父斛飯王、悪友ナガラッタ――死んでいった多くの人々のことを思わぬ日は無かった。あの王宮での激戦で、彼も何度死んでもおかしくなかったが、深傷も負わず、生き延びて虜囚となった。この町に連れてこられ、戦に負けた下層民としての暮らしは、経験したことの無い辛い日々だった。

「率直に言えば、好きではありません」

　思わずそう言ってから、

「仏陀のお言葉を聞く耳を持っていない者が多いようです。これは比丘の皆さまから聞いたことですが、マガダやヴァンサなど、他国にはお言葉を待ち望み、喜んで聞く者が溢れているといいます。侍者見習いの身で生意気を言うようですが、そういう所でこそ教えを説かれるべきではないでしょうか」

　と言った。

　比丘の間で、ここサーヴァッティの布教が長すぎる、こだわりすぎではないかとの声があるのは仏陀も知っていた。より多くの衆生を救うのが目的ならば、すでに教えを説いてもなかなか浸透しない地より、未だ仏陀を知らぬ地に、新しい種子を蒔きに行くべきなのかもしれない。それにマガダ国のビンビサーラ王や、デーヴァダッタら竹林精舎の比丘たちのことも気になっていた。

だが、身一つでは如何ともしがたい。

仏陀は、雑貨を商う大店の前で足を止めた。ここは以前スダッタ長者が引き合わせてくれた、仏陀を深く敬慕する主人の店だった。

そのスダッタは長期の商用と称して、遠い他の文明諸国へ家族とともに三隻の船で旅立っていた。彼はジェータの死に、我が子を失ったかのように打ちひしがれており、仏陀に別れの挨拶に来たとき身は痩せ細り顔色も悪く、しばらくこの地を離れたいと話していた。

雑貨屋の主人はひどく喜んだ。

「やや、どうなされました！　うちの店にわざわざお越しとは？　ありがたや、ありがたや」

「ご主人、元気そうだね。托鉢で弟子たちが世話になっているようだ。ありがとう」

サーヴァッティでは、比丘が托鉢に苦労することもよくあるのだ。

「なんのなんの。ちょっぴりの、功徳を積ませていただいてますよ」

「それで、今日はまた一つ、世話になりたいことがあるのだが」

「へえ！　仏陀が私に！　できることなら、いやできないことだって、何なりと」

「松明をひと束、譲ってほしいのだ。一晩山を歩くから」

「松明ですか。そりゃ、もちろん構いませんが――遠い、他国へでも行ってしまわれるんですか」

寂しそうに聞く主人に、仏陀は微笑んで、

「そうではない。今宵、ナンディの森を歩くのだ」

それを聞いた主人は、棚の奥から引っ張り出した松明の束を、もの凄い速さで背中にまわした。

「いけません、いけませんよ仏陀！　ナンディの森を、こともあろうに夜歩こうだなんて――仏陀はご存知ないんですか」

「なにをだね」

「悪鬼アングリマーラにきまってます！　サーヴァッティの周辺で、もう何年も前から人を襲っては滅多斬りにし、指を一本奪っていく――おお、おそろしや。ナンディの森は、今までもっともやつが仕事をした場所で、昨夜もかわいそうに、アヴァンティからの行商がやられたばっかりです」

「うむ。主人だから言うが、その悪鬼に用があるのだ」

「げっ。なんでまた。物好きな」

「物好きで会いに行くわけではない。仏陀が人に会うそのわけは、決まっていよう」

そそっかしい主人も目をぐるりと動かし、考えた。

「まさか――それは、あの悪鬼を向かいにちょんと坐らせて、説教して聞かせる、ってことですか」

「そんなところだ。そなたたちも安心して商いができるようになる。さ、その松明をこちらへ寄越しなさい」

日の傾き具合を気にし、少々焦れてきた仏陀であった。だが主人はなおも松明を背中に隠したままだ。

「こいつを差し上げて、仏陀がやつにやられたら――指をとられたら――私は死ぬほど後悔しましょう。本当に、死んでしまうかもしれません」

「案じてくれて嬉しいが、大丈夫だから。さあ功徳だと思って、疾々と——主人、棚に戻したか」

「ごまかされませんよ。屈強な兵隊だってやられてるんです。万一のことがあれば、功徳どころか、七生までの悪業です」

松明を押し込むように棚に戻し、腕を組みぷいと横を向く、人はいいが頑固な主人だった。

「主人——そなたは知らないか。修行完成者の力を」

主人もアーナンダも、はっとして声の主を見た。そこにはいつも柔和さで包まれている威厳を、おそらくはほんの少しだけ垣間見せた、仏陀の姿があった。その瞬間、輝く風が発せられたようで、道行く者たちも何ごとかと思わず足を止め、見とれている。

「ウルヴェーラーにおいて、私は寄せり来る八万の悪魔の軍団を降し、成道した。いまさらアングリマーラづれに、毛筋ほどの傷も負わせようものか」

自分を見つめる仏陀の鳳眼に、主人は震えるばかりに畏まって、

「お見逸れいたしました。仏陀、仰有るとおりにいたします。どうか悪鬼を、とっちめてくださいまし」

再度棚から取り、松明を差し出した。

仏陀はそれを受け取り、こほんとひとつ小さい咳をして、

「ありがとう。済まないな」

と礼を言った。

主人は無言で店の奥に引っ込んだ。

恐れたのか、気を悪くしたかと見ていたアーナンダは思ったが、主人はまたすぐに出て来た。白い杖を両手にかかげて。

「仏陀。よろしければこれもお持ちになってください。十年も前にナンディの森の神木から削ったものです。長く歩くなら杖があったほうがいい。それにいざというとき身を護ることも、悪鬼を打ち懲らすことだってできます。ええ、さきほどの仏陀は、邪鬼を討つ戦神インドラのようでした。差し詰めこれは、インドラが手に持つ戦杵（ヴァジュラ）でしょうか。――仏陀、ここはひどい町です。他国を行商することもあるからわかります。臭いしうるさいし、いけ好かない所ですが、ねえ仏陀、アングリマーラの後はぜひまたこの町に帰ってきて、ここのやつらに、さっきみたいにぴしっと言ってやってください」

仏陀は大いに笑った。

「ああ、そのつもりだ」

町を抜け、サーヴァッティの南門を出るとき、一群の兵がいた。部隊長らしい者の声が聞こえた。

「よし！　日も傾いてきたから、今夜は警備の強化に専念せよとのことだ。ひとりの怪しい者も見逃すな。明日の夜明けとともに、大々的に山狩りだ！」

仏陀はそれを聞き、ひとまずの安心をして門をくぐった。

――――

アングリマーラは予感を持っていた。

森の中、木から漏れる朝日で目覚めたときから、心ざわめいていた。

今、サーヴァッティから続く山道をかすかに見通せる山中で、古木にもたれながら、よどんだ目を動かし、彼は夢でも見るように思考していた。

今日こそは得られるに違いない。最も尊い者の指を、命を――

それは獣の嗅覚にも似た、研ぎ澄まされた感性がもたらす予感だった。

尊い者の命――なんのため？

彼は血糊の利いた黒衣をくつろげ、昨夜とったばかりの指を取り出し、じっと見つめた。そして考えようとした。理由。理由――

彼は巨大な昆虫の蛹（さなぎ）のような、白く皺だらけの顔をしかめ、いつかコーサラ兵の追っ手に負わされた、額から右頬への大きな古傷をなぞった。いつの頃からだろう、首飾りに重さを感じるようになったあたりから――頭の中に霞がかかったようになっていた。思考するのは久しぶりのことだった。彼はじっと、頭の奥深くをさぐった。思考の断片が浮かび散る。

箒（ほうき）――指――悲鳴――血飛沫（ちしぶき）――証明――

証明――そうだ
最も尊い者の命を奪うこと。それが為されたとき、俺はこの教えが真理であると、完全に証明できる
あの人が説いてくれた教え。それは俺にとって、真理そのものだった。あとはただ、証明せねばならない

た。

〇少年アヒンサー

指の首飾り（アングリマーラ）は、名をアヒンサーといった。

彼の父は、サーヴァッティから南西へ九二日ほど歩いた山間部にある、小村のバラモンの長だった。

父は齢五十を数えたところで、己の人生を振り返った。

（ろくなことをしておらんな）

掛け値なく、そう思った。来世のことが心配になった。

血筋により、小村ではあるが司祭長として祭祀を取り仕切ってきた。田舎ではまだバラモンの力は強い。都の風に毒されていない純真な村人からは、生き神のようにあがめられている。

だが、自分のことはよく知っている。村人の無知をいいことに、貢ぎ物を強要し、妾を持ち、好んで肉食もしている。疑問の声があれば、自分で考えたこと、その場で思いついたことを「ヴェーダの教えである」と言った。

（次もバラモンというのは無理ではないか。クシャトリアならばまだいいが、ヴァイシャ、まさかシュードラに？）

まさか、まさか畜生に——そう思うと、頭がおかしくなりそうだった。彼は極度の潔癖性で、神経質で、汚れたものや土に触ることさえ嫌いだった。それが畜生になり泥にまみれて生きることなど、考えただけで全身の肌が粟だった。

そんなおり、妾腹に十年ぶりで生まれた自分の子を見て、彼は一計を案じた。通り一遍のヴェーダ理解しかない彼の、妄想とも言うべき計画だった。

（これを、真の聖者にしよう。しみほどの悪業もなく、完璧な善業を堆く積ませよう。さすればわしは、聖者の偉大なる創造者だ。来世は神になることも無理ではなかろう――さてどうしようか、何よりまず重視すべきは、不殺生戒だな）

生きとし生ける全ての生命を尊び、殺さないこと。それはインド社会では古い時代から「善きこと」として浸透していた。

インド思想の根本とも言える輪廻転生の世界観では、生命は全て、小虫も動物も、人間もそして神々さえも、巨大な流れの中で輪廻を繰り返し、その位置を変える。神々は気の遠くなるような時間を生きるとしても、やはりいつか寿命は尽き、業に応じて生まれ変わる。みな、生命としては等価値なのだ。このような輪廻思想の下で、殺生を好まぬ思潮が生まれ、さらに善業を積むための手段として不殺生戒が考え出されるのは自然と言えるだろう。

彼は生まれ来る子に、その不殺生戒を刻み付けるようにして授けた。すなわちアヒンサー〈殺生せぬ者〉と名前をつけたのである。

アヒンサーにとって、世界とは制約だった。

不殺生を徹底させるとは、食生活のみ制限されることではない。

道を歩くとき、小虫を踏んではならない。それだけなら古くから修行者一般の戒だが、彼の父はようやく歩きはじめたアヒンサーに、箒を持たせた。目に見えぬ小さい虫を踏まぬよう、箒で掃きながら歩くために。水を飲むときは布で濾させた。なぜなら水の中の微細な生物を飲まないように。また彼はほぼ一日中、鼻と口を布で覆うことを厳命された。なぜなら空気中の小虫を吸いこまないように――

あり得ぬことのようだが、これらは最も極端な修行者の集団で、現代に至るまで行われていることだ。この父も、そのような集団を見聞きし真似たのだろう。

だが自らの意志で、同類の集団の中ですることと、一般的な村の生活で、自分一人だけが命じられてすることとは、大きく違う。

彼は孤独だった。友人どころか、声をかける相手さえいなかった。

少年アヒンサー以外に、箒を持って道を歩くものはいない。バラモンの学友は、背を曲げ道を掃きながら歩く彼を待ってはくれない。顔を半分布で覆い隠している者はいない。

それはもちろんアヒンサーの父親も同じだった。父はこの極端な実践を、自分は一つも行うことなく、息子にのみ強(し)いた。父にとって、息子は作品だった。

息子には不殺生、無傷害を命じながら、父は幼い頃から息子を鞭打った。箒をうまく使っていなかったり、布を鼻口から離しているのを見つけては、服を脱がせ、赤く腫れあがるまで背中を打った。打っては説教した。息子の顔に、節くれだち爪の伸びた右手の人差し指を突き付けて。正統なヴェーダの法や、神々の物語などを教えることはできないから、独自の人生観を語るだけだった。

「山や谷には、世俗を捨ててまで善業を求める修行者が溢れている。だが解脱(げだつ)を得たと言う話はわずかで、それとて眉唾だ。それは功徳の道に入るのが遅いからじゃ。歳を重ねると、若い頃には考えなかったことも考えるようになる。来世のこと、解脱のこと。それが生の第一目的になる。だがなアヒンサー、努力とはなんであれ、望んでする頃にはもう遅いのだ。手は血塗(ちまみ)れ、口は死臭芬々(ふんぷん)、いくら改めたところで、これまでの悪業を少し薄めるのが関の山だ。なにしろ百の善行も、ひとつの悪事で帳消しにされてしまうのだからな。よいか、この父がお前を完璧な聖者にしてやる。出家など必要ない。父の下でヴェーダの教えを守り、世界の中心に聳えるという須弥山より高く善業を積むのだ。悪い心の芽は、父がこうして全て打ち滅ぼしてやる。悪業を絶し、純然たる善のみを積み、生きながら神となれ。さすればこの父も――」

父の妄想は強固だった。狂的な芸術家の目で息子を見、欅の枝の鞭を振るった。

だがその折檻がもっとも頻繁になるのは、アヒンサーの体が異常に成長しだしてからだった。

アヒンサーの食卓は、質素そのものである。召使いに作らせる料理は、萎びている、痩せているという表現がぴったりだった。

もちろんアヒンサーが生まれてからの、父の方針によるものだ。

一口に菜食料理と言っても、幾つもの態様があるが、彼の食卓は最も厳格なそれだった。卵も乳製品も食べない。そして土の中の野菜も、食べてはいけないのである。根絶やしにしてしまう、あるいは土を掘り返せば土中の虫が死ぬとの理由で。

イモも根菜類も食べることが許されない。自然、葉っぱものが多く、油も味付けもほとんどない。

だが、そんな食生活にもかかわらず、アヒンサーの体は、人並みはずれて大きく育っていった。

父は息子の体を見て、激しく憤った。

「お前まさか、外でなにか食べているのではないだろうな」

それは自分のことであるくせに、鞭を振りながら父は詰問した。

「なんだこの体は――古より聖者とは、細く柔和であると決まっている。ええ、無気味なやつめ」

確かにアヒンサーは、健全な育ち方ではなかった。頭が長い。背中が丸い。手足の、先端部にいくほど腫れたように大きい。痩せた食と、生活の隅々に及ぶ抑圧が成長の均衡を失わせたのだ。生まれつき肌は透けるように白く、そして顔は常に巻いている布のせいか、皺だらけだった。それは見る者に、土中から無理に引き出された、巨大な甲虫の蛹を思い起こさせた。


アヒンサーが、十四歳のある朝のことだ。

彼は寺院から続く、村のはずれを歩いていた。この日はバラモンたちが神聖とする日であり、父の言いつけにより、一人起きて曙光に祈りを捧げた帰りだった。日が見えたばかりのこの時間、人影はない。軒先に繋がれた牛と、放し飼いの、五、六匹の黒い猪の親子がいるだけだ。

彼にも朝日を見て浮き立つ心があった。廻り道をして歩いた。箒（ほうき）を掃く手は休めないで。泥を塗ったばかりの壁、牛の糞を丸めた燃料が積まれた軒先。それらを通りすぎ、村の反対側のはずれで足を止め、遠くの山々を見上げた。見渡す限りの濃い緑の稜線の上に、透き通るような青空がひろがっていた。稜線の向こうを思った。

――世界は広いんだな
空想を広げ、しばらく立ちつくしていた。普段、常に地面を見て歩く彼は、風景をゆっくり見ることもままならなかったのだ。

ふと、背後から呼ばれたような気がして、彼はぎくりと振り向き、箒を持ちなおした。父の声のようだった。父があの長い人差し指を突き付け鞭をかざし、こちらを睨みつけているのだと思った。しかし人の姿はない。たまにあることで、父親への怖れが聞かせる、彼の空耳だった。

そこには、細く長い道があった。

彼が掃いてきた跡が見せる道だ。人もなく風もないので、朝日に照らされ微（かす）かにだが、浮かんで見える。丸木の橋よりも細く、しかし長く、視界の外にまで伸びている。

世界は広い。しかし人の生きる道は狭い。この箒の跡が、自分の生きてきた道だ。

彼は涙を流した。生きることとは制約なのだ。死ぬまでこの細い道から、自分は出ることはないだろう。十四にして、あきらめの気持ちに支配されていた。

彼を、意気地が無いと責めるのは酷なことだ。彼の父は、彼にとって全世界にも等しいこの村の、絶対的な支配者なのだ。その男に、生まれたその日から、彼は厳しく締めつけられてきたのだから。誰も助けてくれるどころか、話しかけてくれる人もいない。反抗という言葉すら知らなかった。

朝日の中、彼はいつまでも涙を流し続けた。


アヒンサーが〈あの人〉に出会ったのは、十六になったばかりの頃だった。

この村の、数少ないバラモンの子弟の通う学舎。そこにアヒンサーも通っていた。教師の質も上等とは言えない。ヴェーダをその意味もわからず、暗唱させられるだけだった。

バラモン教師も学友も、まともにアヒンサーに話しかけることはなかった。下俗の穢(けが)れがつかぬようにとの父の意向があったのだが、それ以前に、誰もアヒンサーを気味悪く思っていた。

彼は箒の影響で、いよいよ背が曲がっていた。粗食にもかかわらず成長期で背丈はぐんぐんと伸びていたのに、頭の高さは一向に変わらなかった。首が地面と平行に、前へと伸びているのである。

学友たちは彼を、ヴィシュヌ神の化身の一つである大亀クールマに見立て、「大亀(クールマ)アヒンサー」と陰で呼んだ。

そんな憂鬱で、つまらない学舎からの帰りのことだ。

村の中では最も裕福で、愛想のいい商人の家に、埃だらけの見馴れない馬が繋がれているのを、彼は見た。

――旅の者かな
そう思った。門が開いている。奥を覗き見ると、なにやら憤った声が聞こえた。

アヒンサーは周囲を見回した。誰もいない。なぜだろうか、彼はそっと、門の中へ足を踏み入れた。奥の声のする方へ、引き寄せられるようにふらふらと歩いた。

商人の家で旅装をほどいたばかりのサモンが、家の主人を相手に声を荒らげていた。

「ふざけた村だ！　この我が偶然にも立ち寄るという幸運を得ておりながら、長の挨拶もない、説法もさせないとは！　ど田舎にもほどがあろうが」

サモンの声は、一人が話しているにもかかわらず二重に聞こえる、不思議な声だった。だが聞きづらいわけではない。

「ここの司祭長様は厳格なお人ですからなあ。あなた様だけではなく、サモンの方たちが新しいことを言うのを嫌うのです。司祭長様はご存知ないようですが、しかし私はあなた様を見知っております。月の商いごとでサーヴァッティに行ったおり、ちょうどそこの商家でお説きになっておられました。大盛況でしたなあ。まあ司祭長様も、出て行けとはおっしゃいませなんだ。今晩は、私が責任を持っておもてなしいたしましょう。村にお客を迎えたとき、いつも接待役をさせてもらっているものです。今、家人こぞってささやかながら宴の用意を致しておるところでございまするゆえ」

と、寒村の商人である主人は答えた。都での名士を世話できるのが嬉しいようだ。

「気持ちは有り難いが、田舎料理に興味はない。ここのバラモンがどんな顔をしているか、見てやりたかったが。会うことも許さんとは……。そんな価値もないだろうが、どんな男なのだ、いったい」

問われると、主人はなにかと腹に溜まっているものがあるのだろう、膝を乗り出して、

「ええ、大きな声じゃあ申せませんが、意地汚く小心なお人です。厳格というのは他人に対してだけで、自分にはもう甘いこと甘いこと。税は勝手に集めて懐にいれる、私用に村人をこき使う、後家に手を出す。そんなことをしておきながら来世の生まれ変わりが気になるからって、ご自分の行いはそのままに、末っ子を聖者に育てようって言うんですから。息子を聖者にすれば、来世自分は神になれるって」

「ほう、面白いなそれは。こんな村で、また新しい思想と出会うことになるとは。もっともずいぶん短絡な、手前勝手な思想ではあるが」

「そうですよ。その末っ子にしてみればいい迷惑です。不殺生（アヒンサー）と名付けられて、葉っぱものしか食べさせてもらえない。終日顔を覆って、箒を持って、誰とも話さない。我々も話しかけるなって、司祭長様のお達しですからね」

「それじゃ人並みに育たんだろう」

「それが、体は大きいんです。ひょろひょろですがね。若いのに背中も曲がってしまってるし……うわっ」

突然主人が驚き、声を上げた。

サモンもその視線の方を見ると、格子窓から部屋の中をのぞく者がある。布で鼻から下を覆っていて、見える部分は異様に白い。背中が大きく曲がり、首が前に突き出している。

サモンはじっと彼――アヒンサーの、布の上の目を見つめた。そして言った。

「主人、宴はもういい。我はこの者と話がある。席をはずしてくれ」

「そんな、せっかく用意しておりますのに。それにこの坊ちゃんを家に上げれば、司祭長様から私が叱られます。世俗の悪業がうつるからと」

「おぬしが黙っておればすむことだ。黙っておれないと言うのなら、先ほどのおぬしの司祭長への評、あれを我は黙ってはおれないが」

「わ、わかりました、では私はあちらに――」

主人はさがった。

サモンに招かれるまま、アヒンサーは部屋に上がった。人との接触を禁じられてきた彼は、他者に招かれるなど初めてのことだったが、体が吸い寄せられるように、無意識に動いた。

サモンはひどく精力的な苦み走った笑みを浮かべ、彼を見ていた。見つめられて、嫌な気持ちではなかった。この不思議な褐色の肌の男が、彼の不気味な外見ではなく、別の所に興味を引かれていることが、なんとなくわかったからであった。

「随分と窮屈に生きているな。おぬしは」

いきなり、そう言われた。部屋の外からも聞こえていたが、面と向かって改めて耳にすると、二つに分かれた声が絡みあい、包み込んでくるような感覚があった。

「脊柱が歪に曲がっておる。息をするのも苦しかろう」

それが単に肉体のことを意味するのではないことを、アヒンサーは感じ取っていた。

「かわいそうになあ」

サモンは目を細め眉根に皺を寄せ、首を振った。心からそう思っているようだった。アヒンサーは胸の奥に、震えるものを感じた。十六歳にして、生まれて初めて受ける同情の言葉だったのだ。

「おぬしはその巨体に合う法衣が無く、そのように首を胸にうずめ、臑を晒している。同様に、おぬしの純粋な心を収める理も、これまで知らずにいた。だからそんな不安な目をしている。——どれ、その鬱陶しい布切れをとって、顔を見せてくれんか」

アヒンサーは、躊躇いながらも言われるままに、布をとった。そこには白くふやけた、皺だらけの顔があった。

「男前じゃないか。窮屈なものは、とってしまうに限る」

そう言ってサモンは笑った。

アヒンサーが、初めて口を開いた。

「こ、とわり——」

顎も声帯も弱く、判りづらかったが、サモンは注意深く聞きとった。

「そうだ、理だ。真理と言ってもよい。知りたいか？」

アヒンサーは、曲がった首で頷いた。

「よろしい。だが、おそらくおぬしには、ここでじっくり我が教えを聞く時間はあるまい」

そう言われ、彼は白昼夢から覚めたように、はっとした。そのとおりだった。帰りが遅いと、父が使用人に彼を探させるだろう。父自身も探すかも知れない。彼の顔を差す、父の指が迫ってくる。

「そこでだ。滅多にせぬことだが、百聞は一見に如かず、おぬしには我が説の証明を、初めに見せてやろう。簡単なことだ。おぬしはこれから我と共に村を出、明け方までには我が村に着く。さすればおぬしをこれまで縛ってきたものがどんなに簡単に消え去り、どんなにつまらぬものだったか、よくわかるというものだ。さあ腰を上げよ。主人！」

そう言い、大声でこの家の主人を呼ばわった。

呼ばれて怪訝そうに出て来た主人に、

「難題は言わぬ。厩舎に五頭ばかりの駄馬がいたな。ましな一頭を譲ってくれ」

「な、なんと仰有る。あれは大事な売りものです。昨今の軍の増強、農地の拡張で、一頭の馬がどれだけ高いか――」

「我はサーヴァッティの豪商連に顔が利く。駄馬の一頭と引き替えに、おぬしの商いの口利きをしてやろう」

「え、ほんとうですか。そんなお力が」

「サーヴァッティでもヴェーサーリーでも、商家に我を信奉する者は多い。わかったらすぐ用意せよ」

主人はすぐに厩舎へ走った。

サモンはアヒンサーの手を取った。

「行くぞ。世界に制約などないのだ」

アヒンサーは立ち上がった。

馬を用意していた主人だが、アヒンサーが乗るのだと聞くと、また慌てふためいた。

「大丈夫だ。裏手から出る。すぐに林道ではないか。怪しまれたら知らぬ存ぜぬで通せ。――馬は初めてだな、しがみついておけ」

数瞬後、ふたつの馬影は暮れゆく林の中に消えていった。


――――


初めての乗馬で生い茂る木々を分け入り、山中を明け方まで走った。獣道のようで、分厚い木の葉が天井となり、星も、月の光も見えない。馬の逞しい首にしがみついていた。艶のある毛並みと獣の匂いが彼の心を揺さ振り、新たな生を予感させた。

大岩、巨木など、いくつかの目印らしい地点を通過し、やがて不意に視界が開けた。

広い窪地に、素焼きの煉瓦を組み上げた大小の家々が点在する。何も動くものがなかった。

彼の自邸らしい、立派な造りの煉瓦屋敷に入った。殺風景だが寝具があり、アヒンサーはそこで寝た。

「さすがにまだ誰も起きておらんな。取りあえず、眠ろう」

夕刻目覚めたアヒンサーは、集いに呼ばれ、サモンがどう言う人物なのか、そこがどういう村なのかを知らされた。

混乱した精神と、馬に揺られ疲弊しきった体は、泥のように眠りに落ちた。

サモンはこの〈虚無の村〉の指導者で、皆から〈全てを知る者〉と呼ばれ、敬われていた。彼はこの世界の全て――真の在り方を知る者だった。

集会で彼自身から、また彼の高弟という者から、世界はなんの理由も目的も無くただ在り、善悪や道徳、規範などは一部の者が自分に都合のよいように作り、無知な人々を騙しているに過ぎないこと、前世や来世といった生まれ変わりは人を脅すための道具でしかないということを教えられた。世界が理由無くただそこに在るように、人も、ただ在る。やっかいにも他の物質や動物と違い、人は人によって、或いは自分自身に、騙される。騙される原因である蒙昧（もうまい）を脱し、真の人間存在として生きよう、というのが、この村に集う者たちの理念である。〈全知者〉は国々を回り、これはという人物を見出（みいだ）してきた。アヒンサーもまた見出されたのだった。

　では真の人間の在り方とはなにか。夜な夜な開かれる宴で、〈全知者〉はアヒンサーに言った。

「目的など考えてはならない。ただこの瞬間、欲望のおもむくままに動けばいい。この男女たちを見てみろ。これが人間のあるがままの姿だ。お前がいた、善悪、制約のある世界、そこで何を見た？　お前同様、抑えつけられ、歪められ、変形した人間どもではなかったか。善悪無し、来世無し、生きる意味など無し――さあ杯を空けよ。お前の堂々たる体躯にふさわしいだけの肉を食うがいい。若さに任せ女を抱け。迷妄から解き放たれ自由になった、真の人間存在として覚醒せよ」

　アヒンサーは酒を飲み、肉を食い、女と交わった。煙に酔い、音に酔い、恍惚として踊り狂った。世界に制約など無かった。あるのは欲求と、刹那の悦びと、欲求。その繰りかえしに過ぎない。

　主として商業都市の資産家が、こっそりと、あるいは公然と、この虚無の〈教義〉に賛意を示し、多額の布施をするため、この村は豊かだった。酒、キャラ、食糧は潤沢（じゅんたく）にあった。この村の住民は、言わば虚無の教えの出家修行者だった。

　好きなだけ食べ、自己を制限無く展開したアヒンサーは、その曲がった背なを大きく伸ばした。ばきばきと音を立てるようにして。月日が流れ、いつしか彼は「大亀（クールマ）」でなくなっていた。首はまだ前方へ伸びているが、筋肉を隆々とつけた彼の肉体は、たくましい虎のようだった。

村には富裕層からの寄進や、物好きが持ち寄るさまざまな逸品、珍品があった。それらが雑然と納められた蔵で、アヒンサーは黒光りのする、曲がった刀を見つけた。遥か西方の異文明との交易でもたらされたというそれは、細く長く、三日月のように湾曲し、鉄の地肌がぬらぬらと妖しく沸きたち、アヒンサーを惹き付けた。

手に取り、吸い込まれるように見入りながら、彼は先日の集会で聞いた、ある高弟の説法を思い返していた。

それはパクダという名の、若いながら全知者の代理も務める立場の者らしかった。全知者が辺境の寒村から見出し教えたが、教えをさらに論理的に発展させた思想で、外部に自ら教団を作ろうとしているのだともいう。

不健康な顔色のパクダ・カッチャーヤナは、あの集会で次のように言った。

「――このように世界は全て七種の極小の粒、要素から成り立っているのです。そして我々人間もまた、不変の七要素の集合体でしかありません。故(ゆえ)に世の中には、殺す者、殺される者は存在しない。鋭利な刀剣で人の体を断ったとしても、何人(なんぴと)の生命を奪うこともない。ただ刃が、七つの要素の隙間を通過するのみなのです」

だが、全知者はこう言っていたのだ。

「いかなることをしても、たとえ生命を害しようとも、悪の生ずることもなく、また悪の報いの来ることもない」

相容(あいい)れぬ、とアヒンサーはつぶやいた。

全知者が言うように、殺害しても、悪ではないのか。

パクダが言うように、そもそも殺害そのものが無いのか。

両者は大いに違う。真理は一つであるはず――アヒンサーは湾曲刀を帯に差し、村を出た。


山中に、断末魔の長い叫びが響いていた。

アヒンサーは返り血で、びしょ濡れだった。押さえつけ、納得のいくまで、何度も何度も突き刺し、切り裂いたのだ。

七つの要素を通過？　この手応えは、そのような軽い字面のものではなかった。生命の、弾力。死への抗（あらが）い。

まだ生きている。弱くなりはしたが、呻き声は続いている。アヒンサーは、ようやく心臓目がけ湾曲刀を突き刺し、抉（えぐ）った。

静かになった。死んだのだ。彼が殺したのだ。

パクダ・カッチャーヤナは間違っている。と、彼は断じた。

殺しはある。自分が今、こいつの生命を絶ったのだ。そうだ、証明したのだ。

憐れな獲物は、森の中、木から落ち腰の骨を折り、倒れていた猿だった。黒いたまりに浮かぶ、肉塊となっている。

パクダは殺したことがないのだろう。口だけだ。あんなに青白い顔をして――

アヒンサーは興奮していた。手足の筋肉は痙攣していた。若く力強い肉体が、生まれて初めて暴力に使役され、悦びに震えているように思えた。〈不殺生（ふせっしょう）〉を命名され、その下に抑圧され続けてきた彼にとって、殺生は大いなる変身、精神の革命そのものだった。

証明したのだ。彼はもう一度呟いた。満足だった。

殺しをしても、悪は生じない——全知者はそう言った。俺は生き物を殺した。不殺生戒を犯した。悪はどこだ？　報いはどこだ？　確かに全知者の言うとおりだ。誰も俺を鞭打つものはいない！

ある種の人間は、己の生きる状況に満足するだけでは、満ち足りない。満足することに心から納得し得る理由、証明を見つけて、初めて満ち足りる。

それは内省的な人間であり、アヒンサーがそれだった。

だが一時の興奮が落ち着いた彼は、もう一度肉塊を見下ろし、首をかしげた。これでは証明したとは言えないな。猿では——

全知者は、実の父親を殺したのだと聞く。

アヒンサーは山を下りた。〈虚無の村〉を出た。

やがて彼が生まれた小村の司祭長の指の無い死を皮切りに、ひと月もせぬうちにサーヴァッティ周辺は、悪鬼アングリマーラの噂でもちきりとなる。

○心なるもの

——あれはいつの頃、何本目のことだったろうか。

森の中、最も尊い者の予感を強くしながら、アングリマーラはある記憶に辿り着く。

山間を馬車で走っていた一家を襲ったときだ。大岩で車輪を壊して。

子供が泣いていた。

何歳ぐらいだったか。まだほんの幼い――三つか四つか。

あの泣き声を聞いたとき、彼は自分の中で、なにかが締め上げられるような、疼くような、そんな感覚を覚えた。一瞬、彼の動きは止まった。

両親の亡骸の横、血溜まりに坐りこみ、泣く子を見て――

しかし彼は、自分の中で締め上げられるもの、疼くものを、とどまり、見つめようとはしなかった。その躊躇いが、どんなに重い意味のあるものなのか――それを考えることなく、「行動によって悪の生ずることなく、悪の報いの来ることなし」その邪教を、くちずさんだ………

今は胸の上で、どれよりも細く、短い、一本の首飾り。穴をあけるのに苦労したものだ。どれよりも早く白い無機物となって、きらめく首飾り。彼はそれを指先でまさぐった。

仏陀とアーナンダが分け入るナンディの森は、噂どおりに深かった。

一応の山道を、左右から巨人の腕のごとく木々が伸び覆い、まるで深い谷底のようだ。月夜なのだが、月は見えない。雑貨屋でもらった松明が大いに役に立った。

「すごい森だな。何やら力を感じる。こういう森には、人智を越えた力があるのだ」

「善のものでしょうか、悪でしょうか」

「それは受け取る者の心次第だ。恐怖におびえる者には、全てが魔物に見えるだろう。アーナンダ、そなたはどうだね」

「怖いです。人を人とも思わぬ悪鬼に殺されるかもしれないと思えば、怖くないはずはありません。

先ほどから、木々の一つ一つがアングリマーラに思えています」

「ではなぜ逃げないでついて来る？」

「ひと月は侍者でいると、モッガラーナ様にも誓ったものですから。それに――」

「それに、なんだね」

「それに、相手が悪鬼であればこそ、仏陀のお力をこの目で見定めたい、という思いも持っています。比丘をやめるか続けるか、考えるきっかけになれば、と」

「なるほどな。ならば生きて戻り、よくよく考えて決めればよい」

そのようなことを話しながら二人が進んでいると、森はいよいよ鬱蒼（うっそう）と深くなってきた。木々は踊る群衆のように密に生い茂り、どこが道なのかわからなくなってきた。

「アーナンダ、見てみよ。この杖を――」

そう言って、不意に仏陀が足を止めた。店の主人に松明とともに貰った杖を持ち上げ、目の高さにかざしている。

「どうなさいました」

アーナンダも足をとめた。

「白く、かすかに光っているように見える」

「そうでしょうか。もともとよく磨かれたものでしたから。松明の火でそう見えるのかもしれませんね」

仏陀はアーナンダに松明を高く上げさせ、眼前の大樹を見上げた。周りの木々よりも際立って大きく、うろが人面の如き不気味なうずを描いている。

「雑貨屋の主人は、この杖はここナンディの森で神木から採ってきたものだと言っていた。ひょっとすると、この大樹のひと枝だったのかも知れぬ。懐かしさのあまり引き合い、光を放っているのかもな」

（木が懐かしい心を持つだろうか。仮にそうだとしても、これは神木というより、物の怪の類いだな）と、大樹を見ながらアーナンダが思っていた、その時だった。

「伏せよ！」

仏陀の言葉に、アーナンダは首をすくめた。仏陀は杖をアーナンダの頭上、闇の中へ突き上げた。がきりと、杖に金属の手応えがあった。襲撃者、アングリマーラが木の枝から、まずは松明を持つアーナンダを狙い、飛び降りてきたのだった。

彼は樹上の枝に潜み、近づいてくる松明の光を見て待ち伏せていた。だが、もう少し近づけばというところで松明が止まった。そのまま何か立ち話をしているのにしびれを切らし、無理に枝から枝を渡るようにして飛び降りたのだった。枝葉が音を立て、気づかれた。

湾曲刀の一撃を防がれたアングリマーラは、空中で均衡を崩し、落下の衝撃で膝と手を付いた。立ち上がろうと顔を上げると、目と鼻の先に、大きな壁があった。のけぞり、尻餅を付きそうになった。

壁は、人間だった。暗闇に聳え立つように浮かび上がる、彼の今日の獲物になるはずの者だった。彼はなんとか気を奮い起こし、立ち上がった。だが相手は、彼の巨躯を凌ぐ大きさだった。相手の頭はアングリマーラの遥か上から、彼を見下ろしていた。

それは既に気を呑まれていたアングリマーラが、昔の「大亀（クールマ）アヒンサー」に戻ったため、そう感じたのだった。見下ろされ、混乱したアングリマーラは反転し、逃げた。二十歩、三十歩。だが足が絡まり、そこで倒れた。腰が抜けた。

背後から、草木を踏み分け近づく足音が聞こえる。

「く、くるな」

アングリマーラはしわがれた声で言った。

だが足音は迫り来る。

「くるな」

また言った。すると相手はかぶせるようにこう言った。

「悪鬼よ、とどまれ。なにを動き回る」

アングリマーラは叫んだ。

「な、なにが――俺は今、動いていない。近づいてくるのは、あんただ。来ないでくれ！」

「私はとどまっている。悪鬼よっ、お前はとどまり、見つめたことがあるか！」

「見つめる――、な、なにを」

「心を、だ！」

仏陀はついにアングリマーラに追いつき、倒れている彼を跨がんばかりに立ち、睨みつけた。

「なぜこのようなことをしている。話してみよ」

アングリマーラは歯の根が合わない。地に尻を付けたまま、幾度も吃り、つかえながら、

「我は善悪の不存在証明である。行動によって善悪の生じることがないことを証明するため、我は人を殺すのだ」

という意味のことを言った。

仏陀が懸念していたとおり、虚無の思想の歪な典型だった。

大きく上から襟首をつかみ、引き摺り起こした。

「心を見つめたこともない者が、利いた風な口をきくな」

そして仏陀は、顔が触れんばかりにして、アングリマーラの瞳を覗き込んだ。後方から照らすアーナンダの松明の光で、そこにひとつのもの――あるいはその名残――の存在を認めた。自分のもとに集まる出家修行者が持つ、真理に対する真摯で悲愴なまでの渇望。お座なりにしておくことのできない愚直さ。世間で皆のように笑って生きていくことのできない、憐れな性。

ぶん――びしりっ！　ふいに杖がうなりを上げ、アングリマーラの右肩をしたたかに打った。もと釈迦族の王子として剣の扱いも修めた仏陀の、微塵の容赦ない一撃に、さしもの悪鬼も顔を歪め、呻いた。

「この愚か者！」

憤怒の形相も顕わに、仏陀はなおもアングリマーラを打つ。肩、背中、たまらず這い蹲る殺人鬼の腰、尻。アングリマーラは逃げることはできなかった。もはや彼も気づいていたのだ。自分の取り返しのつかない失敗に。

仏陀なる者が、その威徳でコーサラの蛮王まで手懐けサーヴァッティに滞在していると、全知者の村で前々から耳にしていた。いずれ会えるに違いない。最高の供犠で、証明が成就できるに違いない。そう思っていた。そして今――目の前にいる仏陀は、伝え聞く以上に完全に聖者だった。全身から輝く気を発しているかの如く、闇夜に目もくらむほど眩い。アングリマーラは、かの全知者を人間の理想と仰いできた。物心つく前から古い価値観と制約に縛られ生きてきたアングリマーラにとって、何ものにも価値を認めず自由奔放に生きる全知者は、青年の心の憧れであり、まさに人間存在の完成に見えた。だが仏陀に会った今、その思いは過去のものとなった。

　この人は道を知っている。人はこういうふうになれるのだ。ひょっとしたら自分も——しかしもう遅い。打ち据えられ、地につっぷし子供のようにひいひい呻くアングリマーラに、夜の山に轟く雷の如くに仏陀は言う。

「なぜ泣くか！　打たれて痛いのか！　その痛み、己が心の痛みと比べてどうか、申してみよ！」

「は……はい。もうわかりました。私は、悪を為したこととの応報とは、なにか外的な、今の尊者の杖のようなものだと思っていたのでした。しかしそんなものは無くとも、現に私の心はぼろぼろに腐り、もう取り返しがつきません。この痛み、苦しみ。悪行のもたらす報いとは、こういうものなのでした……。悪鬼アングリマーラでいたときも、幾度か胸の疼くことはありました。しかし私は自分の心を、とどまり、見つめることなく、さらなる行為に心を沈めることで、ごまかしてきたのです。尊者よ、それを気づかせてくださったお礼を申します」

　こういうことを幾度もつっかえながら言うと、彼は湾曲刀を拾い逆手に取り、自らの心臓目がけ、渾身の力をこめて突き立てた。

　その切っ先が胸の肉を通り骨を削り、心臓に達した瞬間、殺人者の真実を見極めた仏陀の手が、彼の腕をとっていた。その腕は萎え、ぴくりとも動けなくなった。

「死ぬことなど許されん」

　厳かに、仏陀は言った。

「今死ねば、お前が殺めた人々の死は無駄となる。お前は浅はかな分別で真理を探究し、殺人鬼となった。愚かな虚無の思想の誘惑に負けたのだ。今、絶望の中自ら命を絶つことは、永遠に負けることだ。その絶望から、一条の光を見つけてみよ。以後、私について来い」

古代インドに名高い連続殺人鬼、サーヴァッティを恐怖におとしいれた指の首飾り(アングリマーラ)ことアヒンサーは、このようにして仏陀の弟子となり、以後は悟りの道を歩んだと、仏典に伝えられている。

黎明(れいめい)の祇園精舎は騒然となった。

仏陀がアングリマーラを連れて来たばかりか、比丘として精舎に置くと言ったからだ。

「どのような者でも、意志さえあれば比丘として受け入れる。これまでずっとそうだったではないか」

薄い朝靄の中、仏陀は不安顔で集まってきた比丘たちに、当たり前のようにそう言った。

「しかし、世に聞こえた殺人鬼です。ここにいることが知られれば、コーサラ国は必ず引き渡しを求めてくるでしょう。これまで教団は仏陀の威徳により、マガダ、コーサラをはじめ諸国の王家から敬われ、事情を抱えた者が身を寄せてきても、官憲が介入してくることはありませんでした。しかし今回は、あの男ではそうはいかないでしょう」

「出家した者は国法では裁けぬ。それは古くからの定めだ」

「慣例です。国王がその気になれば、いつでも覆(くつがえ)します」

智慧第一と呼ばれ、仏陀の後継者と言われるサーリプッタの言だ。仏陀の思惑を常に理解し、その言葉に意見することは滅多になかった彼だが、このことでは比丘すべての代表となっていた。

「出家した者の家族からは、教団は人の良人を、子を連れ去ると嘆かれ、司祭バラモンからはヴェーダに唾するものと言われ、また権力者たちから見ても、このように多人数が集いをなすのは心中穏やかではありえないでしょう。それにもかかわらず、これまで教団が大きな衝突なくやってこれたのは、俗世の規範と真っ向からは対立しなかったからです。しかし数百人を殺めた悪鬼を赦し、匿ったとなれば、衆人は我らを危険な、比丘の救済のためなら俗世人の命を軽んずる集団と見、国は武力をもってでも精舎に踏み込み、彼を捕縛しにくるでしょう」

仏陀はじっと目をつぶったまま聞いていた。

「そして比丘たちにも動揺があるでしょう。慈悲道、不殺生戒を実践する我らが、いかに俗世のおりの所業は問わぬとは言え、そのような者とともに修行しなくてはならないのか、と」

温厚にして快活なサーリプッタが、離れて神妙にしているアングリマーラを睨むようにして、

「かくいう私も、彼を見て心がざわめくのを禁じ得ません。聞けば、幼い子供まで手にかけたとか」

と、吐き捨てるように言った。比丘たちのアングリマーラへの視線は厳しく、変わることはなかった。

「うむ、そなたたちの懸念はよく心に留め置こう。——だが、すでにアングリマーラは我が弟子となった。そなたたちも比丘として接し、これまでどおり心平静に修行につとめよ」

仏陀はそう言い、ほとんど強引にこの件を終わりとして、アングリマーラを連れてしりぞいた。

しかし比丘たちがアングリマーラとの接し方について悩んだことは、半ば無駄、無用のこととな

る。接し、関わることはほとんどなかったのだ。

仏陀は彼を精舎から離れた、葦(あし)で結ばれた庵に連れて行った。座らせ、まず生い立ちから聞く。不殺生(アヒンサー)という皮肉な命名、善行を強制する身勝手な親による束縛は仏陀は痛ましそうに聞き、〈全知者〉についてはその容貌から二つに分かれるという声、思想、そして本拠とする〈虚無の村〉の所在地、村民に至るまで、詳しく問い質(ただ)した。

そして一昼夜をかけ、人殺しについて、覚えている限りの全てを話させた。一人目の、父親の司祭長殺しから、アングリマーラは絞り出すようにして記憶を辿った。泣く子供を手にかけ、そのとき自分の中で何か締め上げられるような、疼くような感覚を覚えたことを言うと、仏陀は、

「すでに気づいていようが、その締め上げられ、疼くものこそはそなたの心。心なるものは複雑で、とりとめもなく動き、愚かなことも悪事も起こさせる。だがその奥底に、人が真にすべきこと、絶対にしてはいけないことを知らせる心がある。自我に重なる心だ。そなたがそのときそれをとどまり、見つめておれば――」

と、心の底から残念そうに言った。

アングリマーラの目から涙がこぼれ、流れた。あの子供の泣き顔を、泣き声を、思い出したのだ。あふれる涙は止まらなくなり、嗚咽(おえつ)は庵を震わす慟哭(どうこく)に変わった。あの夜の山で、仏陀に打たれたときに流した涙は己のためと言えた。今は己というものは消えていた。これは、犠牲者に対する心からの懺悔(さんげ)だった。長い時間、喉が灼けるほど泣きじゃくった。悪鬼の腐敗した心魂は、犯した悪を悟ることで、人間らしさを取り戻していった。

それから仏陀はつききりで、全ての情熱を傾注して、彼に道を説いた。悟りへの道を。法、慈悲

道、心を静かに見つめること。仏陀は一睡もせず、アングリマーラも一睡もしなかった。

「眠ることは許されぬ」

仏陀は言った。

「殺めた人々のことを思え。愛する者を奪われた家族を思え。眠るのは、悟りを成し遂げてからだ」

「心得ております。しかと」

身を以て虚無を体現し、仏陀という世の光を受けて虚無を脱してきたアングリマーラに、仏陀の説く法は痛いほど理解でき、砂にしみいる水の如く、吸収した。

六の夜を数え、七日目の朝のことだった。

比丘の集まりに、仏陀がアングリマーラを伴い姿を見せた。

比丘たちはいつものように、托鉢のための、それぞれの向かう町、村を決めているところだった。

仏陀もアングリマーラもげっそりと肉が落ち、蝋のような白い顔をしていることに比丘たちは驚いた。苦行の経験のある者は、(あの痩せ方、白さは断食行と不眠行ではないか。しかも相当に激しい、生命に危険を伴うほどのだ。仏陀は苦行を否定されていたはずだが)と心に思った。

アーナンダは、仏陀がアングリマーラにかかりきりだったこの間、侍者の用も無く、他の比丘と同様に修行に励もうとしたがやはり性に合わず、このまま俗世へ還ってしまおうかとも考え始めていたところだった。

しかし仏陀が夜の森で殺人鬼アングリマーラを教化し弟子にしたのは驚きであったし、仏陀の説く境地への思いは強くなっていた。今、七日ぶりに仏陀を見て、容貌の痩せ細りように彼も心配したが、同時に安堵もした。これでもう少し――少なくとも約束の、ひと月の期限を迎えるまでは侍者を続けられる、と思ったからだ。

外見とは対照的に、常と変わらぬ凛とした声で、仏陀は言った。

「今日からアングリマーラも托鉢に行く」

比丘たちは、嫌悪と蔑みを隠さずアングリマーラを見た。

「難しいですな。名を馳せた彼がゆけるところがあるかどうか」

「森でどんぐりを集めてはいかがか？」

からかうように誰かが言った。仏陀に帰依し、普段は温厚で素直な彼らだが、数百人の命を奪った悪鬼を前にして不穏な空気がある。

「とにかく、サーヴァッティ方面はいけません。反対方向の、世事に疎い、寒村にやらねば」

ある比丘が言った。しかし仏陀は、

「サーヴァッティに行かせる。私が同道する」

と言った。

「教団にいることができるのは比丘だけであり、托鉢は比丘の日々の勤めだ。今日別のところへ行っても、いずれはそこに行くことになる」

仏陀の強い言葉に、みな目を見張った。サーリプッタが進み出て、口を開いた。

「サーヴァッティの民は、彼を心の底から憎んでおりましょう。俗世の民、それも家族を殺された者たちには、過去の因縁を断ち比丘となった、などという理屈は通じません。いかに仏陀が横におられようと、彼は殺されます」

「もとより比丘の行は、死と隣り合わせだろう」

「――死なせるおつもりですか。では何故、ここに迎え入れられたのでしょうか。聞けば、自決するのを止めてまで」

「無論救うためだ。道に迷った者、道を間違えた者に、行くべき道を示してやるのが仏陀の務め。私が救うのは、たかだかこの世での残りの生、数十年の暮らしではないぞ。永遠の命のことだ」

サーリプッタも黙った。

「なんら特別なことをするわけではない。托鉢は比丘の作務の根幹、それに比丘であることは、誰に強制されるものではない。逃げ出したければ、いつでも逃げればよい」

こうして仏陀はアングリマーラとアーナンダを連れ、サーヴァッティへ向かった。


サーヴァッティに続く平原。早朝の空気は冷たく澄み渡り、渡り鳥の一群が穏やかな山稜を越えてゆく。

「見よ、世界は広いな」

仏陀は道すがら、そうアングリマーラに語りかけた。

「そなたはもう、悪鬼ではない。人を害することはない。――逃げ出したければ、いいのだぞ。比丘を、弟子をやめたければ」

昨晩からの、幾度目かの問いかけだった。だが新しい弟子は晴れやかな目で、きっぱりと拒んだ。師とともに、朝の清浄な景色を見つめながら、彼はこう思っていた――

世界は広い。あの山の向こうにも、川の向こうにも、行くことは出来る。だが俺は、自分の道を見つけたのだ。

○悪鬼の最期

サーヴァッティ城門が見えた。

この門にはいつも八人の衛兵がいるのだが、この日は四人の新兵しかいなかった。どうやらアングリマーラ捕獲のための山狩りに出向いているため、内には人手が少なくなっているようだ。

門をくぐる前に、アングリマーラに衣で頭を覆わせた。体は大きいが、僧形であり、大王と懇意の仏陀と一緒なので、あやしまれることなく通過できた。

喧騒の街中へ入り込む。

民家の並びと商家をつなぐ、説法によく使う広い辻。そこへ近づくと、仏陀はアングリマーラに目をやり、うながした。アングリマーラは頭からかぶっていた衣をとった。

道行く人々は皆、彼の大きさ、異形に目を奪われた。じろじろと見た。

ひとつの金切り声が上がるまで、それほど時間はかからなかった。

若い女の声だった。周囲の者が驚き、どうしたのかと訊ねた。女は一点を見つめた目を大きく開いたまま、はっきりと叫んだ。

「やつよ。やつだわ――。アングリマーラだわ！　わたしの夫を殺した！」

山のような巨躯。虎のような首と背中。白く、皺だらけの長い顔。額から右頬へかけての、大きな傷。一度見た者ならば間違えようもない容貌だった。

その声が届く限りの範囲の人々が足をとめ、集まってきた。

「アングリマーラだと――」

たちまち人間の壁が、ぐるりと三人を取り囲んだ。

一人の、この界隈の顔役と思しき男が、出てきて言った。

「聖者。我が国の王が親しく礼をとるあなたの、横におられるお弟子に、とんでもないことを申す者がおります。まあまさかとは思いますが、聞かせていただきます。――悪鬼を弟子にしておられるのでしょうか？」

さきほどの女がまた叫んだ。

「間違いないわ。この男よ！」

「しっ、落ちつけ。――聖者、どうなんです」

仏陀は答えた。

「そうだ。この者は、多くの人々の命を奪った、アングリマーラ。今は私の弟子だ」

「何だと――」

衆は殺気だった。なにしろこのサーヴァッティで、数百人が殺されているのだ。犠牲者となんらかの関わりを持っている者がほとんどだ。たとえそうでなくても、これまでどれほど恐怖におびえて来たことか。

「おいっ、すぐに殺された者の身内に教えてやれ――かたきがいるって」

何人かが民家の方、商家の方へと走った。群衆は、ひとりも逃がすものかとでも言うように三人を囲んでいる。

アーナンダは、生きた心地がしなかった。仏陀はなぜ殺人者をクシャトリアに引き渡さないのだ？

このままでは恐ろしいことが起こるだろう。群衆はアングリマーラにだけでなく、仏陀、アーナンダにも強い視線を浴びせている。ひとつ間違えばこちらまで殺されかねない。仏陀は彼らを鎮める手立てがあるのだろうか。いや、なければ困る。殺人鬼の巻き添えで殺されるのは御免だ――

やがてこの界隈に住む、知らせを受けた犠牲者の遺族らが集まってきた。手に手にあり合わせの武器を持っている。仇討ちの当事者に場所が譲られ、彼ら彼女らが囲みの最前列となった。何人かはアングリマーラを見ており、人違いでないことを証言した。

顔役風の男が、また口を開いた。

「確認しますぞ。そやつは我らの同胞を殺しに殺した悪鬼で、聖者はそれと知って弟子にされている。わしとしましては立場上、兵隊に引き渡したいところだが、もはやこんな事態になっては仕方がない。彼らはこれから、どこのお偉い誰がなんと言おうと、然（しか）るべき行動を起こすでしょう。聖者は止めますかな？」

「止めない――。それもまた避けられぬ、人の心というものだろう」

アーナンダは、その声に苦渋がまじっていることがわかった。

娘を殺されたという、頑強そうな壮年の男が歩み寄り、家の梁（はり）でも外してきたかのような太い木材を振りあげたとき、仏陀は「少し待て」と言った。そしてアングリマーラに向かい、じっと目を見つめ、周囲にも響き渡る明瞭な声で、

「アングリマーラ。もしも助けてほしくなれば、そう言え。声を上げれば、我が神通力で、たちどころに救ってやろう」

この言葉に衆はぎょっとしたが、アングリマーラは静かに、

「ありがとうございます。お心は、染みいるほどにわかっております。ありがとうございます――」

そして仏陀に最後の礼をすると、すれ違うようにして、群衆の前に身を進めた。

神通力か――もちろん疑いはしない。仏陀はそれをお持ちだろう。なにしろこの俺を、人間に戻してくれたのだ。だが、それで充分。もうこの俺に、使うには及びません。ボロきれのようになろうとも、呻き声ひとつあげるものではない。――ああ、これもまた道だ。無理強いされた箒の道や、道無き修羅の道などではない。自ら選び、進む道。なんと心地のよい。そうだ、今やっと、心のままに、俺は動いているのだ――

最初の一撃で、左の眼球が飛んだ。思考はすぐにできなくなり、後はただ、かすかに見える光を見失うまいとした。衆が彼を包み込み、飲み込み、思うさま棒を振るい、石を打った。血飛沫と共に、肉片が飛び散った。程なくアングリマーラが崩れるように倒れると、衆は武器を振りおろし、足で踏みにじった。肉が潰れる音と、骨の砕ける音が交互に響いた。最期まで、声だけは聞こえなかった。

その全てを見つめるアーナンダは蒼白となり、震えていた。彼は全てを見ざるを得ない位置にいた。

人間が飛び散り、潰れ、形を失っていく様。暴風の如き怒りに身を任せた群衆。どちらも争いを嫌う彼が、少年時代より愛し求めてきた世界とはまるで逆のものだった。そして、いやでも釈迦国滅亡の際に体験したあの光景を思い出させ、胸を苦しくさせた。

――なぜ自分はこんなものを見なければならない？

そして横の仏陀を見た。

——あなたは、静寂の国を約束してくれたはずなのに
しかし覗き見る師の横顔は、憂いを湛(たた)えながらもやはり、初めて見たときから彼の心を惹き寄せ続ける、あの美しい静寂に満ちていた。

――――


異常な光景だった。

照りつける太陽が、じりじりと地を焼く。熱で空気が歪んでいる。

二百人を超える群衆が集まっているが、誰も言葉を発しない。中央には赤黒く染まった、形をとどめていない人間の残骸。指は全て切り取られ、芋虫のように散らばっている。狂ったように群がる蠅の羽音が、さらに世界を歪ませる。空には禿鷹が集まってきたが、人間の多さに旋回しているだけだ。そして棒きれ、鋤や鍬、刃物など、武器を手にした人々は返り血を浴び、自分たちが叩き殺した男を見つめたまま、魂が抜けたように動かない。

世界は余りにも暴力的だった。

仏陀は思った。これは自分が引き起こしたことだ。こうしない道もあった。弟子を山にでも匿っておけば、彼は殺されなかったし、彼らも殺さなかったのだ。自分がついていて、殺されるとは思っていなかったのか？　いや違う！　そこまで衆生を見誤らない。覚悟はあった。ならばなぜ心をざわめかしている？　悟りを開いた者が、なぜ言葉を失っているのだ。

強い悪魔の囁きだった。成道後も幾度もそれはあった。しかしこれは、最も強い攻撃だった。

やはりあの日、菩提樹の下で、そのまま涅槃(ねはん)へゆくべきだったのだ。悟ったと、幸福にも思いこ

んでいる間にな。死と暴力の渦巻く世界で、弟子ひとりの死に心ざわついている。そんな男が衆生を救うと？　できるわけがない。できるわけが――

「聖者さま」

はっとして目を向けると、返り血で真っ赤になった、アングリマーラに家族を殺された男が、うつろな目で自分を見ている。

「わしは――わしのしたことは」

答えを求めている。道に迷っている。誰かが答えてやらねば。道は必ずあるのだ。

「そなたは後悔しているのかね」

いつもどおりの声で、仏陀は聞いた。固まっていた群衆が、一斉に、砂漠で水の音を聞いたかのような視線を向けた。みな道を、光を見失っている。

「いえ、後悔はしておりません。するもんですか。こいつは――こいつは娘を、殺しやがったんで」

その壮年の男は唇をかみしめて、なおせりあがってくる感情と戦っている。

「そなたたちのしたことは間違っていない。人間として、するべきことをした」

これまでのどんな説法よりも落ちついた声で、仏陀はそう言った。群衆の張り詰めた気が、少し弛(ゆる)んだ。しかし横で見守っていたアーナンダは我が耳を疑い、目を見張った。いくら殺人鬼のこととは言え、出家して日の浅い彼も知っている、不殺生戒を説く尊者が言っていい言葉だろうか。また彼が自身に言い聞かせるものとして心に留めている、（恨みに報いるに恨みを以てすれば、ついに恨みのやむことはなし）――の教えはどうなるのか。

「むろん、私が常々説いてきた生き方とは異なるものだ」

仏陀は続けた。

「しかし人間には、感情というものがある。むき出しの心だ。家族を無惨に殺された思いを鎮めよとは、誰にも言えない。そなたらの心が、復讐以外にないと選択したのだ。それもまた真実の道だ。私は人を救う存在だ。私が言う救いとは、たかだか数十年の、この世での生を見てのことではないぞ。この男はおのれの行いの愚かさを知り、自ら死のうとした。私はとどめた。そこで錯乱の中死ねば、永遠に救いのない世界をさまようことになるからだ。悪鬼にはそれがふさわしいと思うかも知れないが、この男はそれから七日、一睡もせず我が教えを受けた。口にするのはわずかな水と木の実のみだ。歩くことも辛かっただろう。そして死を覚悟してここへ来た。無理強いされたわけではなく、逃げることはいつでもできた。しかし、自らそれを選んだのだ。私と出逢って以降、肉体には一瞬の安らぎもなかっただろう。だがこの男は、死ぬ間際に光を見ていたはずだ。助けを求める、少しの声も上げなかった。この世で人間の心を取り戻したのはわずか七日だったが、この男は最期に救われたのだ。

愛する人を殺した者が救われたと聞いて、釈然としない者もいるだろう。それは構わない。それでよい。しかし大事なことは、この男ですら救われたのだ！　そなたたちが救われぬはずがないのだ。よいか」

七日一睡もしていないのは仏陀も同じだった。食べる物も、アングリマーラと同じだけしか口にしていない。血の気がのぼらず、足もとはふらついていた。しかし心の奥底から、言葉が溢れ出てくる。体を支える杖にぐっと力をこめ、なおも声を張った。

「殺人者を前にした、そなたたちの我を忘れた行い、これは悪ではない。しかし、世界を人間を虚しく思い、自棄になりこの世のみの快楽に耽(ふけ)ること、これは悪である！　ここサーヴァッティは古い教えの影響が薄く、商い賑やかな新興都市だ。それゆえ、私が今言った悪がはびこりやすいのだ。これまでの自分たちの生活を思ってみなさい。この世を、人の存在を、つまらぬものだと決めつける虚無の思想。それに飲み込まれるな。虚無に毒された者の行きつく先は、見よ――この殺人鬼なのだ」

ひとりの背の曲がった媼(おうな)が歩み出て、白い布を、アングリマーラの遺骸にかぶせた。たちまち白い布が赤く滲んだ。そして仏陀の前に跪(ひざまず)き、

「わしはこのお人に、一人息子を殺されました。家庭を持とうともせず、仕事も長続きしない息子でしたが、わしには優しい息子だったのです。あの日以来、この世は真っ暗闇でした。なんの楽しみも希望もなく、世間のことが憎くてたまらなくなり、自分勝手な、人に嫌われる行いをわざとしてきました。あげく自分のことが大嫌いになり、いっそ死んでしまえばと思わぬ日は無いほどでした。――ですが今、あなた様のお話を聞いて、ほんの少しの光が見えたような気がします。老い先もないわしのようなものでも、あなた様を慕ってよいでしょうか。わしも救われたいのです」

「もちろん、もちろんです」

仏陀も片膝を付き、媼の手を取り、強く握った。説法で人の心を得て、これほど心震えたことはなかった。ぐっと歯を食いしばり、喉の奥を引っ込めた。涙が出そうだったのだ。

初めにアングリマーラに気づき声を発した、夫を殺された若い女が駆け寄り、それて飛んできた石による仏陀の額の傷を、清潔な布で抑えた。殺伐の状況から一転、手を取り合うふたりの情景に

心を打たれた者が、次々に跪いた。静かに、厳かに。その祈りの波紋はとどまることなく広がり、広場を越え、遥かな辻にまで達した。

（これは夢だろうか）

アーナンダは自分の見ているものが信じられなかった。ほんの少し前まで、ここは狂った暴力の世界だった。救いなどという言葉が虚しく、そらぞらしく聞こえるような。それが今は皆、光明を見いだし、仏陀を仰いでいる。

（奇跡を目の当たりにしたのだ）

心の中で、幾度も繰り返していた。


「鳥葬の台はあるかね」

「はい、この裏山にございますが――火葬にされるのならば、手配いたしますが」

ようやく騒ぎを聞きつけ、やって来た役人が言った。仏陀と群衆から話を聞き、お尋ね者のアングリマーラであることを確認した。位の高い役人であり、仏陀を敬慕していたため、短い時間でうまくはからってくれた。鳥葬とは、遺骸を鳥に食べさせて、天や宇宙に還すという葬儀の方法である。火葬が一般的だが、鳥葬も一部の修行者によって続けられていた。

「鳥葬がいいだろう、なあ」

と、弟子の遺骸に語りかけ、抱え上げようとした。鳥葬には、多くの生命を奪うことで生きてきた人間が、最後に与える側になって、自然の理に従うという意味もある。

「仏陀、なにをなされます。私が」

アーナンダが言った。

「聖者、我らに運ばせてくだされ」

と周囲の民たちも言った。

「ありがとう。しかし私がしたいのだ。短いつき合いだったから、最後に師としてな――。背に担ぐまで手伝ってくれ」

皆に担がせて貰った。頑健な仏陀だが、この遺骸は特別大きい。ふらつく仏陀を、アーナンダが支える。

「重ければすぐに代わりますから」

「うん――なんとか、行けるところまでは」

――苦しい思いをさせたな、アヒンサーよ
その重さを一歩一歩踏みしめるように歩きながら、仏陀は考えていた。

――人間とは愚かだ。なんと道に迷いやすいのだろう。しかし人間には、正しいものを求める本性がある。だれかが道を示してやれば、必ずよい道を進むのだ
――虚無の思想。それはサモンらが人々の心に外部から植え付けたものではない。彼らは火種に過ぎない。虚無はいつの世も、生まれつき人の心に影のように貼り付いている。光が消え、道を見失ったとき、人はそこに迷い込む。そう、釈迦族は、まさにそこに迷い堕ち、国を滅ぼすに至ったのだ――覚者よ心せよ、それは真理に瓜二つの仮面をつけ人を虜にする。世のしくみは変わりゆき、今後火種は増える一方だろう。人の心も渇いた芝のように燃えやすくなるやもしれん。私が生きている間なら消しもするが、死後はどうなるのだ。この世に光は差すのだろうか。そうでなければ、

世界は焼き尽くされる。我が教団が、弟子たちが、それを防ぐ盾となりうるか
　考える彼の顔には、悲壮なまでの決意がにじんでいた。

―――


　アングリマーラことアヒンサーの死の翌日から、仏陀は毎日サーヴァッティの辻に立ち、朝から夕暮れまで説法を繰り返した。弟子とした悪鬼の凄絶な死によって、悪鬼にも、彼に殺された者の遺族の心にも、大空のような広い境地からの救いをもたらした聖者の話は都じゅうに広まり、多くの者が集い、教えを聞いた。

　松明と白い杖を供した雑貨屋の主人は、嬉しそうだった。

「仏陀、ぴしっと言ってくださったんですね」

　説法の合間に近づき、笑顔を見せて言う。

「あれ以来、少しですが街の空気が変わったような気がします。商売をしていると、わかるんです。人と人との繋がりが、滑らかになったような、暖かくなったような――気のせいかも知れませんが」

　仏陀が答えた。

「それは嬉しいな。まさにその〈気のせい〉が大事なのだから」

　そして集う民、道行く民、働く民を見て、

「それこそが、求めるものなのかもしれない――これが？　――いいじゃないか」

　と、聞き取れぬ独り言を言った。

まだ不眠、断食の消耗から回復しておらず、歩く足も少しふらついている。アーナンダは仏陀をいたわりながら、常に傍について歩いていた。そんなアーナンダに、仏陀は言った。

「そなた、髪もだいぶ伸びたな。そろそろモッガラーナの言った見習いの期間、ひと月が経つ。侍者としてのひと月は、どうだったな。比丘となるか、還俗するか、よくよく考え、決心はついたか」

「いいえ、ひと月まではまだ幾日かございます。もうしばらくお側で仕えさせていただきたいのですが」

「それはかまわないが」

仏陀はアーナンダを、特に足もとを値踏みするように見て、言った。

「これから、行くところがあるのだ。少し歩くことになるが、よいか」

○光と闇、再会

数日後、仏陀は、〈虚無の村〉に乗り込んでいた。

「全知の者とやらに伝えよ。目覚めし者仏陀が、弟子アヒンサーのことで話をつけに参ったと」

生前のアヒンサーから詳しく聞いた情報を頼りに、仏陀はアーナンダ一人を連れ、ナンディの森のさらに奥深くへ分け入った。見つけにくい道しるべに苦労し、夜は雑貨屋の主人から再び分けてもらった松明を使い、幾度も迷いながらも三日をかけて、ついに目的の地と思しき山中の集落へ、辿り着いた。

山歩きに慣れぬアーナンダは、足は痛くなるし、夜は寝にくいし、虫や獣に怖れ、持ってきた食糧が尽きぬか不安の道中だったが、仏陀はアヒンサーを死なせて以来、心に強く期するものがあるようで、道には迷いながらも固い意志を瞳に燃やし、歩き続けた。

村の中心の開けた、おそらく集会所として使っているところで、ほぼ裸形(らぎょう)の村民たちはとろんと、生気のない目をして仏陀を迎えた。

午後の曇り空の下、大気は澱(よど)み、頽廃(たいはい)の臭気が濃く漂う。男が多いが、女もいる。ほとんどの者は酒か煙浸りのようで、意識が弛緩しているようだ。

「仏陀とな」

「覚者だと」

「なるほどそれらしい風だが」

「尊とはなんぞや。聖とは、邪とは」

口々に言う彼らの外側から、酒壺を片手に抱えた、すでに正常な思考が出来なくなっている者が歩いてきた。〈仏陀〉という言葉に反応したらしく、顎のよだれを拭おうともせずに、

「おうアングリマーラ、首尾はどうじゃ。仏陀の指は、取れたか」

とわめいたので、さすがに緩みきった風体の者たちもさっと顔色を変じ、その痴れ者(しれもの)はあわてて連れていかれた。

群れの後方から、一人背筋の伸びた、青白い顔に目付きの鋭い、若い男が出てきた。この集団内で、位の高い者のようだ。

「馬鹿なことを申す者がおりますが、誤解されぬよう。だれもアングリマーラに指図をしたわけではない。あの男がときおり戻っては、吹聴(ふいちょう)していたのです。最も高貴と評判の、仏陀なる者を殺す

と。我々に害を為すことはしませんでしたが、気味悪く、迷惑をしておりました」

　そう言って、

「仏陀なるお方、お待ちしておりました。私はお体を悪くされている師、全知の者に代わってこの村の取りまとめを任されている、パクダ・カッチャーヤナと申す者。全知者がお会いになります。こちらへ」

　と、仏陀が来ることを知っていたかのような口ぶりで、導いた。

　仏陀を囲んでいた村民、あるいは離れた場所に座り、横たわったままの村民たちは、みな仏陀を見て、一様に居心地悪そうにしている。特に女たちは、半裸の姿を恥じるように体を丸めた。彼らは善も悪も聖も邪も、人がかりそめに決めたものだと考えているという。煙や酒で頭を朦朧(もうろう)とさせ、涎のたれる口で虚無の思想を嘯(うそぶ)き、快楽のみを求め、他は全てを否定する——

　それが目の前に、僧衣ひとつを端然と纏い、輝かんばかりの威徳を放つ聖者を見て、信念を揺らがせているようだった。


　パクダと名乗る高弟らしい若い男に案内され、村の奥の変わった造りの建物の中に入った。門を開けると薄暗く長い廊下があり、左右の壁に、黒い木彫りの像が何体も並んでいる。

　仏陀はその像をしばらく見ていた。パクダに声をかけた。

「並べられた像は、どうしたものだ？　そなたらに、拝する神はないだろうに」

　パクダは、青白い顔と鋭い目をこちらに向けて、答えた。

「それらは、全知者が自ら削られたものです。この半年——突如ご容態が悪くなり、床につかれて以来のことです。病床の慰（なぐさ）みでしょう」

　木彫りの像は、どれも艶のある黒檀らしく、女性の体を象（かたど）っているようだ。廊下の手前に置かれているものほど古く、削り方が荒く拙（つたな）いが、奥に行くほど最近のもののようで、制作者の技量の進歩がわかる。多様な像を作ろうとしているのではなく、ひたすらに何か一つの理想を求めて、何体もの像を削っているように感じられた。

「そなたらは、あの木彫りの像が何を意味するものか、知っているのか？」

「さあ、興味ありません。実のところ病床の慰みとは言え、私には少々不愉快ですらありますから」

　師への敬意より、信念の方が優先するのだろう、きっぱりとそう言った。ヴェーダの神々を虚構だと断じ、その像を作り崇拝することは意味のないことだと説く自分たちの師が、たとえ暇つぶしでもそんなものを作るのは許せないらしい。偶像崇拝とは、虚構に逃げる心のあらわれであり、絶対知を持つ我らには無用のものだ――、そう師は言っていたのだ。

　長い廊下の奥、突き当たりの部屋の前まで来ると、パクダは自分に言いつけられたのはここまでであり、建物の外で待つと言って、出て行った。

　部屋を開けると、〈全知者〉は体を丸めるようにして横たわっていた。重篤な様子だった。皮肉にも彼は、憎み、破滅させた父親と、同じ業病にかかっていた。尿酸が体中に回り、関節が痛むだけでなく、内臓にまで重い症状が出ていた。

　煉瓦の床の上の寝台に横になり、自分の半身ほどの大きさの黒檀の像を、大事そうに抱えていた。傍には像を削るためのものであろう小刀と、まだ新しい香りの立つ木くずが散らばっている。彼の父親の最期と同様な赤黒い顔色で、仏陀を見上げていた。

アーナンダは、彼も知る〈虚無の教え〉を釈迦国に広めたのがこの人物だと、この村に辿り着くまでの道中で仏陀から聞かされていた。見開かれた黒い、底の見えない井戸のようなその目は、何ものも信じたことはなく、何も求めるものはないようだった。（これは大きな穴だ。幾万という蛇がその中にひしめく巨大な巣穴だ。アングリマーラなど、そこから這い出た一匹の蛇に過ぎない）と、アーナンダは背筋に冷たいものを覚えた。

全知者が、口を開いた。

「シッダールタ、か」

「プーラナよ」

アーナンダにとって意外なことに、彼は仏陀の名前を呼び、仏陀も彼の名前を知っているようだった。

「来る頃だと思っていた。あの生真面目な王子が、仏陀とはな。おぬしは我の思想に熱心に耳を傾け、理解も早かった。おぬしの活躍、説くところ、詳しく聞いているぞ——我の教えを、しかと受け継いでいるようだな」

若い頃からの彼の特徴である二つに分かれた声は、病によりそのどちらもしゃがれ、聞き取りづらい。だがそのプーラナの言葉に、アーナンダは驚いた。仏陀が虚無の教えを学び、受け継いでいる？

プーラナは、アーナンダの動揺に気づいた。

「そうだぞ、知らなかったのか？　お前の師の教えは、もう二十年も昔に差し向かいで語り合い、我が授けたもの。――ヴェーダの神々も、生まれながらの身分も無し。輪廻転生も無く、それゆえ善業悪業を積む意味も、生きる意味も無し――。若かったお前の師は、我に背き、自分の道、真理を探すと言って国を飛び出していった。だが、仏陀を称し、その説くところを聞けば、我の教えをほぼなぞるものでしかない。お前の師がそこから導き出した、お前たちに出家させてまで得させようとする目標は、なんだ。涅槃だとかいう静寂の境地で、もはや生まれ変わることなく永遠に消滅すること、だろう。我の教え、〈生きる意味など無い〉とどう違うと言うのだ。それは取り繕い、美しく飾った、虚無だ」

アーナンダは息を呑んだ。彼は仏陀の言う静寂の境地に憧れ、仏陀のもとを訪れた。だがそれは、虚無に憧れ、生きる意味を捨てることだというのだろうか。

仏教は、紀元前にヨーロッパへ伝わりはしたが、二千年もの間、さほど興味を持たれることはなかった。まばらな地域で細々と受け継がれる程度の、〈風変わりな異国の教え〉だった。

だが十九世紀、ヨーロッパの人々がインドへの関心を高め、文献を取り寄せ本格的に研究を始めると、彼らは仏教の説くところに驚愕した。怖れまでした。

なぜなら彼らには仏教は、虚無の信仰としか思えなかったからだ。

自分たちヨーロッパの民は、永遠を望み、唯一絶対の神を希求する。神には始まりも終わりもなく、永遠に尊く存在しているし、人間もひと度肉体は滅びようとも、最後の審判で〈善き者〉と判決されれば肉体は蘇り、善き者たちが手を取り合って、神の御許で永遠の生命を享受する。――信仰とは、かくの如し。人々に、希望に満ちた永遠を約束するものであるべきなのだ。

だが、このインドの教えは、人々に死を受け入れさせ、消滅を望ませるというのだ。生がもはや二度と繰り返されることのない、全てを終わらせる無の中に至福を見るというのだ。それを信じ、それを目的として修行に励むという彼の地の人々は、自分たちと果たして同じ人類なのだろうか？姿形は似ていても、石を食べ土に潜るという神話中の怪物ほどに、自分たちとは違う種類の生き物なのではないか？　彼らはそのように思いまでした──

これらは仏教が十全に理解されぬ時点での一時的な所見ではあるが、仏教の中にそう解釈される因子があるのは否めない。

例えば先の、釈迦国滅亡の際、戦乱により家を焼かれ夫と二人の子を亡くし、夜明けの川べりで絶望に佇む女性に、仏陀はこう言った。

──安心しなさい。遙か太古の時代より、今日に至るまで、そなたと同じ理由で女たちが流してきた涙は、このガンジスの水量より多いのだから──

生まれ変わりも、復活も、永遠も説かず、ただ人々にとって死と苦しみが逃れられないものであることを、悠然と流れる大河にたとえて仏陀は教えた。

また、仏教説話として有名な、キサーゴータミー（クリシャーガウタミー）の話もそうである。

サーヴァッティの町で、我が子を病で亡くし、生き返らせてと半狂乱となって誰彼構わず縋りつく母親、痩せた（キサー）ゴータミーに、仏陀は「生き返らせる薬を作るために、未だかつて死者を出したことのない家から、芥子（けし）の実をもらってきなさい」と言う。ゴータミーは喜びすぐにサーヴァッティの家々を回るが、どれだけ回ろうとも、死者を出したことのない家などない。行く先々の家で、何年前に父親が死んだ、先月連れ合いが死んだ、つい昨日子供が死んだ——という話を聞くにつれ、ゴータミーは世界には死があふれていること、死別で苦しんでいるのは自分だけではなく、誰もが経験することなのだと悟る。その後仏陀のもとに戻って来たときには静かな表情となって、出家を願い出たという。

これら仏陀の死についての態度は、物言いは柔らかく、心引き込まれるものであるが、その内容には、どこか突き放すような厳しさがありはしないか。

復活や、生まれ変わりや、永遠などに希望を持つことを許さず、生よりも死に目を向けさせ、人にそれを備えさせ、受け入れさせる。〈諦(たい)〉とは仏教における真理の呼び名であるが、ならば仏教は大いなる〈諦(あきら)め〉を説くものなのだろうか。むなしい、虚無の教えと同じなのだろうか——

「おぬしが説いてきたのは虚無。我が教えはおぬしの活動によって、マガダ、コーサラ、そして全インド、やがては世界中にも広がり行く。虚無の伝道者、仏陀よな」

プーラナは、そう言って嗤った。

アーナンダは不安げな目で、二人の顔を見比べている。

だが仏陀は言った。

「言葉の遊びは、それぐらいにしないか」

全く動じることのない、仏陀の態度だった。

「私は、自分の教えがどのように名付けられようが、構わない。私はもう迷わない。アヒンサーが、死をもって教えてくれたのだ。――大事なのは、我が教えを聞いた人々の、心の変化」

アーナンダは、はっとした。アヒンサー、殺人鬼アングリマーラは、プーラナの説く虚無の教えの熱狂的な信奉者だったという。そのアングリマーラが仏陀の教えを受け、どう変わったか。またあの日アングリマーラに復讐を果たした群衆の、自らの恨みと暴力で心身を焼かれ苦しむ顔色が、仏陀の話を聞いてどのように和らいでいったか。彼は侍者として、全てを目の当たりにしていたのだ。

「私は世界や自己を、曇りなき目であるがままに見よと教えている。そうすればあなたが否定したとおり、世界を取り巻く宗教的常識の多くや制度や身分は、確かに作られたものでしかないとわかる。さらには自分の心の悩みも、欲望も、喜びまでも、多くのものは虚ろであり、消え去っていこう。その静寂の境地が我らの目的の地。それを虚無と言わば言え。だがその先に何を見るか、だ」

アーナンダは思った。そうだ、ほとんどのものは作られた仮のもの。実体のない、変わり続けるもの。だが仏陀のお姿、存在こそが、最後に何か残るもの、虚無の中に、何かあることを教えてくれるのだ。そこに人々も、自分も惹き寄せられるのだ。

「ふん、アヒンサーか。やつはつまらぬ父親の下で、浅はかな虚構の世界を教え込まれていた。そんな世界から、我が救ってやったのだ。あれほど異常な行動をするとは思わなかったが、我が教えを最も激しく体現していると思って目をかけ、放任していた。なのに裏切りおって。――だがおぬしはやつを弟子にしておいて、目の前で見殺しにしたのだったな。やつも今頃後悔していることだろう」

「アヒンサーのしたことは、赦すことの出来ない異常であり非道なものだが、彼の短い一生は、現在のこの世の混迷を体現したようなものであるのだ。古い価値観に縛られて育ち、それが不意に揺らぎ壊れ、鎖や足かせを断ち切ったは良いが、突如として放り出された自由という名の荒野で自分を見失い、果てを求めて無軌道に生きる――。思えば彼は、正しいものなど無いと言いながら、荒野の果つる所、正しさを探していたのだろう。アヒンサーは、私の下に来てくれた。罪を悔い、最期に己の愚かな迷いを完全に消し去って、死を乗り越える勇気を示し、静かな心で消えていった。永遠に消滅することは永遠に存在することと同義かも知れない。言葉は不自由なもので、悟りの境地を適切に表すことはできない。あなたの教えと私の教え、似たものも流れていよう。だが辿り着く場所は、全く違う。アヒンサーがその答えを見せてくれたように」

　プーラナは顔をゆがめた。敗北を受け入れるものかとの、強い、負の感情の動きがあった。そして、ある一つのことを彼は話し始めた。それは仏陀にとって、最後の試練とも言えるものだった。

「アヒンサーは死を乗り越えた、か。死を乗り越えたのは、他にもいたな――おぬしの父、浄飯王も、褒めてやれ」

　突然持ち出された父親の話に、仏陀も怪訝そうな顔をした。

「王宮の高閣から、飛び降りたそうだな。コーサラの王に、シュードラの娘を輿入れさせたことの責任をとったのだろう。浄飯王はただ我が信徒として、我が教えをよく聞いただけだったのだがな」

　その婚姻の秘密をなぜ知っているのだろう。プーラナの、思わせぶりな物言いに仏陀は、

「父浄飯王もあなたの教えを受けていたことは知っていたが、それ以上に何かあるのか」

と聞いた。

「そう、浄飯王は当初身を隠して我が説法を聞きに来ていたが、やがて身を明かし、その後は釈迦国を訪れるたび、我を招くようになっていた。我はおぬしたち父子を教導していたわけだ」

プーラナは言った。そして、

「おぬしが国を捨てた、数年の後だったな。釈迦国を最後に訪れたあの年、王の屋敷に招かれると、話の中で、家臣たちがコーサラへの嫁選びをしているという。我はそのとき、ならばと秀逸な復讐の方法を王に教えてやったのだ。シュードラの娘をクシャトリアと偽って、コーサラ王に嫁がせよ、とな」

「――なぜ、そんなことを」

「理由か？　もちろん、かわいい弟子である浄飯王の、長年の憂さを晴らしてやろうと思ったまで。その復讐を果たせば、きっと悪夢も見ることがなくなると言ってやったら、おぬしの父親は飛びついてきたわ。――他に理由を挙げるなら、高貴と呼ばれる血筋に卑しいとされる血を混ぜてやるという、我自身のおかしみかな」

プーラナもまた、クシャトリアの父と、シュードラの母から生まれている。

彼の言葉が事実なら、浄飯王が婚姻を欺いたのも、釈迦国が滅び多くの釈迦族が死んだのも、ジェータが死んだのも、プーラナの描いた筋書きの結果ということになる。

「どうだ、我は故国の仇。命を取ってゆくがいい」

横に置かれた、木像を削るための小刀を指さし、言った。

彼は、自分の思想を否定する仏陀を激しい怒りの炎で焼き、彼自身の命を生き餌として、憎悪と復讐の罠に落とそうとしているのだった。

仏陀は沈黙していた。如何に彼でも、この思いがけないプーラナの暴露（ばくろ）は、心を揺さぶるものだった。なぜ釈迦族は滅んだのか――、虚無の教えがその一因だとはわかっていたが、一人の部外者と言える男の、ここまであからさまな思惑によるものだったとは――

アーナンダも気づいた。祖国が滅び、家族が、同胞が死んだのは、この男の企（くわだ）てによるものだったのか。指先が震え、嫌なものが込み上げて来る。どうすれば良いのだろう。仏陀はどうするのだろう。アングリマーラを民衆は叩き殺し、復讐を遂げたが。

しばらくの間の後、仏陀は口を開いた。

「なあ、プーラナ。我らはなぜ、生まれてきたのだろうな」

傍らの、アーナンダの心も落ち着かせるような、深く静かな声だった。プーラナは訝しげに仏陀を睨んだ。こちらの思想は、答えは、いやというほど知っているはずではないか。

「何を今さら。生まれ、生きることに意味など――」

「ならば言い方を変えよう。我らの母は、なぜ我らを産んでくれたのだろうな。その身を捨ててまで」

プーラナは黙った。そして、寝台に置いている像に目を向けた。

仏陀は、この不思議な建物の長い廊下に並べられた木彫りの像を見たときから、おぼろげながら気づいていた。彼が病床についてから作り始めたという黒檀の女人像の、その源たる存在に。

「若き頃、ふたりで語り明かした際、あなたは教えてくれた。あなたの母君はあなたを辛苦の中で産み、一年の間全てを与え、守り育て、亡くなったと。母君の為したそのこと、その思いは、意味無きことか？」

仏陀もプーラナも、物心つく前に母たる存在を、肉体的には失っている。仏陀はだからこそ、その存在について深く考えた。心の中で母を思い、幾度も語り合った。そのことによって己自身を見いだし、深めていった。母とは、彼の思想の原点であった。

　プーラナは、生後一年間と、仏陀に比べれば母とのふれあいを長くもっていたが、母のあまりに悲惨な死の状況を奴隷仲間たちから聞かされると、母をこの世界の不条理の、憐れな犠牲者とだけ見た。彼がこの世界を虚無そのものとする、暗い情念の拠(よ)り所とのみした。

「あなたは、生まれたことの憎しみで世界を見ている。私は、生まれたことの感謝で世界を見ている」

　仏陀の言葉に、プーラナは苦しそうにあえいだ。

　彼には、病に臥(ふ)せり始めてから、痛みの中で心に浮かぶ情景があった。

　優しく彼を抱く、細い腕。

　その胸の上で、彼にとって最も安らかな匂いに包まれ、彼は眠り、泣き、むずがる。

　乳は、出は少ないが甘美だった。たまに家畜が動こうとも、怒鳴り声が響こうとも、その胸の上、腕の中では、全てが安楽で静寂であった——

　ものごころついてからこれまで五十年近く、そんなことは頭に浮かぶことはなかった。それが病床に横たわるこの半年、突然繰り返し浮かんできたのだ。

　村の者に戯(ざ)れ言(ごと)めかして、母の乳の味を覚えているかと聞いたが、そんなもの覚えているわけがないと笑われた。人は後からの思い込みを本当にあったことと勘違いすることがある、とも言われた。

だが、彼は思った。あれはきっと本当の、母の記憶だ。

彼は幸福だった。母親のことを思うと、苦しいほどの悲しみが湧くし、今でも父への、そして世界への怒りが込み上げてくる。だがその記憶の中に、確かに幸福な、満ち足りた自分がいた。過酷な状況の中で、わずか一年の間だったが、母が与えてくれたのだ。「わたしの全て〈プーラナ〉」の名とともに。

それは、永遠にも等しい一年ではなかっただろうか。

痛みが襲ってきた。プーラナは激しく咳き込んだ。

仏陀は、指し示された小刀ではなく、水差しを取って、彼の口に含ませた。そして削りかけの黒檀の女人像を、彼の腕に抱かせた。

「あなたに出会い、教えを聞き、語り合ったこと。それは意味無きことではなかった。あなたの憎しみから来る強い力は、旧来の常識を壊し、乗り越える力を与えてくれた。だが憎しみは破壊は出来ても、それを捨てなければ、真実を見つける目はくらんでしまう。体をいとえ。今からでも遅くない。ゆっくり母君と、話をせよ。なんでも教えてくれる。私の母がそうしてくれたように」

――まだ話せるのか。その時間は、資格は、残されているのか
プーラナは何か言おうとしたが、言わずに像を見て、縋るように抱いた。

仏陀とアーナンダが外へ出ると、先ほどまで空を覆っていた雲は風に流れ、強い日差しが地を照らしていた。

頽廃の澱みも、失せていた。

集会所にパクダが立っているが、あれほどいた、他の村人の姿は見えない。

パクダは歩み寄る仏陀に気づくと、手を広げ、大きな独り言のように、

「あーあ、みんな逃げてしまった。もう誰も、飽きていたからなあ」

と言った。

「誰も初めは、この世の楽園と思って来るんです。浮かれてね。でも正直、快楽ばかりだなんて、三日も経てばうんざりしますって。それをごまかすために、もっと酒を飲んで煙を吸って交わって――。みんなこの苦行から、いつか抜け出る機会をうかがってたんでしょう。そこへあなたが来て、みんなして、えいっと去ってしまった」

それで村が閑散としているらしかった。

「全知者はアングリマーラの最期のことを聞いて、そのうちあなたが来ることを察していました。そして自分はもう長くないから、あなたに殺されるから、大ごとにせず後始末を頼むって言ってましたけど――殺してないですよね？　ええ、もちろん。あなたを見れば、そんなことは起こりようがないってすぐわかりました」

青白い顔の上の鋭い目に似合わず、剽（ひょう）げた口調の青年だった。

「村は終わりだけれど、私は苦行目当てで来たわけじゃなく、恩もあるから（私もアングリマーラと同じで、全知者に救ってもらったんです）、ここで師を最期まで看取ります。でも、この私パクダは、説き続けますよ。師の教えを発展させた、我が思想を。人も含め、この世界の全ては、七つの要素から構成されている。これは真理です。全知者に、自由に考えることを教えてもらって到達したこの思想は必ず発展し、ヴェーダや業、輪廻を乗り越え、人の在り方を変えてゆく。あなたが

説く真理と私の真理、どちらが世に広まり人を変えてゆくか、見ものですね」

　パクダ・カッチャーヤナが説いた七要素説は、現代の原子論に通じるものだ。

「そうだ、コーサラにもマガダにも教えを広める仏陀に、お聞きしたかった。あなたはこの、全ては要素の集合体という説は、どのように考えますか」

　若い言葉に、仏陀は答えた。

「そなたの問いに限らず、人の心の救いに関わらないことには、私は答えない。我々の体が粒で出来ていようと、火だろうと水だろうと、あるいは無であろうと、私の教えには関わりないことだ」

　このような答えの出ない、証明できない質問に対する、仏陀の「回答しない」という態度は〈無記〉と呼ばれる。

「そうなんですか」

　つまらなそうに、パクダは言った。

　そんな彼に仏陀は、

「しかし、そういう分野に関心があるならば、追求してみればいい。才あれば、世の役に立つものとなろう。だがな、どんなものでも、人に悪をなさしめるようなものは、真理どころか、説く価値すら持たないのだぞ」

　と、強い言葉で諭した。

「はい。私もアングリマーラや、師の最近のことを見て、そのへんは反省しているんです」

　パクダは、素直にそう言った。

　帰り道の水と食糧を分けてもらい、パクダに見送られながら、仏陀とアーナンダは村を去った。

○王舎城（ラージャガハ）の悲劇

「仏陀はまだ戻らんか」

王から今日も問われた若い従者は、申し訳なさそうに首を振った。

「まだのようです、残念ながら」

これも、いつもと同じ答えだった。

近頃は体調を崩しがちで、歳よりも老けて見え始めたマガダ国大王ビンビサーラは、王宮の窓から遠く北西、仏陀がいるであろうコーサラ国の方へ、長く目を向けた。

そして過ぎ去った昔を思い返した。かつて成道（じょうどう）直後の仏陀が、自分との約束を果たしにここラージャガハを訪れたのは、十三年も前のことだ。その後仏陀は、王が寄進した竹林精舎を本拠として、この地に七年に亘って落ち着き、この国、そして周辺国に教えを広めた。

その七年の間、月に幾度となく食事を共にし、悩みだけでなく様々なことを語り合い、王の心は明るかった。悩みを抱えながらも、仏陀が近くにいてくれるなら、話を聞いてくれるなら、うまくやっていけそうだと思っていた。

だがその後仏陀は、コーサラ国サーヴァッティへ布教の旅に出ると挨拶に来た。寂しく思いながらも止めるすべはなく、見送ったが、まさかこんなにも長く会えなくなるとは思ってもみなかった。実に今年で六年もの間、あちらに行ったままなのだ。

その間の情報は得ている。行ってすぐにコーサラ王パセーナディの心を掴み、王に午餐に招かれるだけでなく、王子の一人の邸にも親しく呼ばれていた。園と精舎の寄進を受け、竹林精舎から六百人もの比丘が呼び寄せられていった。よほどコーサラ王家との関係が良好で、サーヴァッティの布教に力を注いでいるのだと思われた。

であるのに、仏陀がサーヴァッティへ赴いてから五年目のこと、コーサラ国は仏陀の生国釈迦国へ侵攻し、滅ぼした。原因についてはコーサラ王家によってひた隠しにされているようだが、直前に太子が母親の故郷である釈迦国を訪れ、その際に何か騒動があったとも聞く。殺戮と言ってよいほど、無数の民が殺された。マガダ国も警戒し、国境周辺に兵を配備したが、こちらに影響は無かった。

やはりコーサラは野蛮で、危険な国だ。仏陀もそれに気づき、すぐにも戻ってくるだろう。

そう思い、釈迦国滅亡から配下の者に「仏陀は戻って来たか」と問う日を送りながら、一年が過ぎようとしていた。

仏陀に会いたい。会って、悩みを聞いてもらいたい。

インドで最も繁栄するマガダ国大王の、体調を崩すほどの大きな悩みとは、十三年前に仏陀に初めて打ち明けたことと変わらぬ、息子アジャセ王子のことだった。

〈この子は長じて、父殺しとなる〉

占い師のバラモンが告げた言葉。

それは自らが五十という年齢を超え、気持ちにも体にも衰えを感じることが多くなり、その一方で息子は逞しい、どの将軍にも引けを取らぬほどの武人として育った今、もはや目と鼻の先に差し迫る、恐怖であった。

王はこの一年、あることを考えていた。仏陀がコーサラへ発つ前に残していった、彼にとっての大きな謎だ。

別れの日に、苦しそうな顔のビンビサーラを心配して、仏陀は言った。

「王よ。この世の苦しみの全ては、自己の思いどおりにならぬものを、なると思うことから始まります。ですが、どんなに近い存在に見えても、自己の外側にあるものは、全て他者。初めから思いどおりに動くはずがないもの。――それを悟ることであなたの苦しみはやわらぎ、消えてゆくことでしょう」

王は自分の苦しみを思い浮かべながら、それに反論した。

「仏陀、お言葉だが、息子が私の思いどおりにならないことでこれほど悩んでいるのではない。血の繋がった子供といえど他者であることぐらいは、自分と亡父との関係を思い出しても、理解している。息子が、親である私を殺すということに悩んでいるのだ」

それを聞いて、仏陀は言った。

「王を殺そうとする者なら、国法に従い、捕らえ牢獄に入れるか、他国へ追放すればよいのではありませんか」

「戯れを。まだ息子は何もしてはいない。いっそしてくれたならば、これほどまで悩むこともなかろうに――。仏陀も知ってのとおり、ただ、バラモンの予言があっただけだ」

「それを、信じておられるか」

いや、予言も、占いも、雨乞いも、信じているわけではない――と、王は言った。

仏陀は、

「信じているわけではない。ただ、ひょっとしたら――、と思ってしまうと。ならば問題は、あなた自身の心」

王は、頷いて認めた。

仏陀は言った。

「先ほど私が言った、自己の思いどおりにならぬ他者とは、ご子息のことではない。王自身のその心のこと。それこそが、まるで自己そのもののようでありながら、全くもって思いどおりにならぬ、最も厄介な他者。それを思いどおりになるとの思い込みこそ、苦しみの根源」

ビンビサーラ王は驚いた。

「仏陀、この心が私の他者だとは。腕や足なら切り落とせるものであるからまだわかるが――」

「そのとおり。外部の世界の物、人だけではなく、あなたの手足も、目や鼻、耳や舌という感覚器官も、生命を維持する五臓六腑も、さらには動き回る心もまた、真のあなた自身、〈我〉ではない」

「手も足も、目も耳も臓器も、そして心も無くしてしまえば、何が残るというのだ。クワイの実を何処までも剥いていけばいつか何も無くなるように、〈我〉とは無なのですか。仏陀、あなたは私の、いったい何を救ってくれるというのです」

「――私が救うもの。あなたが最終的にそれと重なり、救われるもの。それこそが〈我〉です。大王、今日は言葉にするのは難しいことを説いています。これまで繰り返しお誘いしてきましたが、次はいつになるかわかりません。是非、此度こそは決心して、私と共に自我を探しに行きましょう。マガダ国の王だった者が、比丘として歩く初めての行き先がサーヴァッティというのも、面白いことではありませんか――」

六年前の、最後の会話だった。これまでのものより強い出家の誘いだったが、ビンビサーラはこれまでと同様、丁重に断った。彼は、この王の身のまま救われたいのだった。

心も自由にならない、か
その昔、仏陀に帰依する前、マッカリ・ゴーサーラというサモンを招いて、教説を聞いたことがある。

彼は世界の全ての物質と同様、心も粒子で出来ているとした。

それゆえ、地面にぶつかった石つぶての跳ね返る方向が初めから決まっているように、心も自由意志など無く、初めから決められた動きをするだけだと、彼は説いた。

仏典によれば、仏陀はゴーサーラの無機質な決定論には、「最も劣悪な教説」と、最大級に厳しい非難の言葉を残している。

だが王にとっては、両者の違いはさして意味の無いものだった。

他者と呼ばれようと、粒子であろうと――、今ここで考え、悩む、この者は誰だ？　それが私ではないか。悩み、怒り、喜び、悲しむこの心、他のどこに私が存在する。探してまで救うべき、本当の〈自我〉？　それこそ他者ではないのか。

そして立ち上がり、ラージャガハ城下を見下ろし、思った。

自分はこの国の王だ。凡人とは違う
三軍を掌握し、臣下から民草まで、忠誠は深い
思いどおりにならぬ他者であろうと、思いどおりにさせる力を持っているのだ

ラージャガハの民は、昨今のアジャセ王子の活躍の目覚ましさに、老いも若きも沸き立っていた。

ますます精悍な偉丈夫となった王子は、一年ほど前から周辺国との争いに、自ら鍛え上げた騎馬軍を率いると、神がかった戦略と縦横無尽の行動力で連戦連勝を重ねていた。豊かな商業地、肥沃な土地を次々と支配下に加え、アジャータサットゥの名を内外に轟かせていた。

王子の軍勢は、ついにはアンガ国との長年の紛争の地であり、ガンジス川下流域で最大級の鉄鉱石の産地であるジャールカンド地方を攻め平らげた。鋳造技術の進歩により、鉄は軍事はもちろん農具や建築といったあらゆる方面で需要を増しており、この地を手中にしたことはマガダ国のさらなる繁栄と富強を約束させるものだった。いつしか王子は、マガダの若獅子と呼ばれるようになった。

近年はビンビサーラ大王の気持ちの落ち込みもあり、他国への侵攻は少なかったマガダ国だが、出陣すれば必ず勝つ〈若獅子〉アジャセ王子の勢いに乗り、国中にまた領地拡大の気運が高まっていった。民は気持ちが高揚し、繁華街に人はあふれ、ものを作れば売れ、経済の景気もかつてないほど良くなっていった。内政のひずみや矛盾も解消されるように見えた。やはり国民は、強い自国が好きなのだった。

マガダ国で他国への意識が高まると必ず議論となるのは、強国コーサラへの対処だった。

マガダとコーサラの王家は、互いに王の妹を輿入れさせ、婚姻関係を結んでいる。婚姻した当時は、平和は長く続くかと思われた。だがどちらの王も、最大の好敵手の妹には寵愛の気持ちも動かず、子はおろか、閨（ねや）を共にすることもほとんどなく、それは民の噂にもなるほどであった。長く和平を保つ力があるとは思えなかった。

こういう状況の下、次のような言説が、乾季の野火のような速さで、マガダの家臣の間に広まっていった。

〈コーサラの蛮王は、婚姻を結んだ釈迦国をその油断に乗じ、滅ぼした。太子の母の故郷である釈迦国を、逃げまどう民まで追い、殺し尽くした。蛮王に婚姻は意味をなさない〉――

アジャセ王子はジャールカンド地方を得た武功によって、マガダの武人最高の位である大将軍に任じられた。通常、国の世継ぎが就く位ではないのだが、自ら前線で戦うことを望むこの王子が就くことは、誰も異論などはさむ余地のない昇格だった。

マガダ国の左将軍、右将軍である、戦車部隊を率いる〈銀影〉と〈炎燼（えんじん）〉の両将軍も、〈若獅子〉アジャセ王子の活躍を認め、称えた。

アジャセはこの実力者二人相手には、軍議の際も先に着席しようとはせず常に顔を立てたので、情誼（じょうぎ）に厚い二将軍の歓心を大いに得た。

軍事によって領地を増やしてきたアーリアの諸国家は、君主の力は強いものの、実際に兵を率いる、クシャトリアの上位者による合議を大事としてきた歴史があった。このマガダ国でも、軍を預かる最高位の三将軍たちの意見は、王も重く受け止めなければならないという不文律があった。若獅子、銀影、炎燼の三将軍の連名で、上奏がなされようとしていた。上奏の議題は、コーサラ国の攻略についてであった。

町では身分を問わず、若い男たちの間に髪を短く刈り込み、伸ばした上部の毛を跳ねるように束ねるという結い方が流行っている。アジャセ王子がしている結い方の真似で、誰が言い出したか、若獅子結いと呼ばれた。

子供たちは辻で鞠をつきながら、アジャセの武功を称える数え歌を歌っている。

王子はまさに英雄、全マガダ臣民の希望の星であった。

——


近日中に大きな戦に関する上奏がなされるとの噂で、宮廷周辺はどこか緊張した空気が漂うが、市井は穏やかなものだ。

ルクミニーが市場での買い出しから帰ってくると、まだ開けていない薄暗い店の中に、座っている人影があった。もしや、最近顔を見せないあの人——と思ったがそうではなかった。立ち上がった人影は、若者に結い髪を真似され、巷(ちまた)の数え歌に歌われる——

「アジャセ……王子?」

「すみません、勝手に上がらせてもらいました」

今を時めく若獅子将軍、マガダ国太子アジャセだった。

幾度か、デーヴァダッタはアジャセをこの店に連れてきて食事をともにしたので、ルクミニーも面識がある。一人で来るのは初めてだ。何か話があるのだろう。

店を開けるまでまだ時間がある。料理の仕込みをしながら、ルクミニーはアジャセに茶を出した。

「このたびは、偉い位にお就きになられたそうで、おめでとうございます。この店でも、毎晩あなた様のお話で持ちきりです。なんだか絵物語のようなご活躍ですわね」

「ルクミニーどの」

アジャセは挨拶を返す間も惜しそうに、切り出した。

「これから言うことを、誰にも言わぬと誓ってくれますか」

「ええ、もちろん」

ルクミニーは二つ返事で承諾した。

「誰にも、の中には師も入っています。師から聞いて、あなたは口が堅い人だと知っている。余人には言わないでしょう。でもこの度は、デーヴァ師にも言わないでいただきたいのです」

切羽詰まった声音に、ルクミニーは今度はアジャセの目を見つめ、しっかりと頷いた。

「ええ、わかったわ。あの人にも言いません」

アジャセは話し出した——

今国中で話題となっている、自分のこの一年の活躍は、公には顔を出さないが、全て師デーヴァダッタの事細かな指導、手引きによるものであること。

戦場ではデーヴァダッタは軍師として傍につき、巧みに情報を収集し、神算鬼謀としか言いようのない策をアジャセに授け、そのおかげで華々しい勝利を重ねてきたこと。

大臣や将軍たちとの関わりも一つ一つ手引きされ、挨拶の文句、礼状の文面もデーヴァダッタが考えていること。特に戦車部隊の二将軍には下手に出て、同席する際には必ず先に着座しないよう言われていること。

その他、普段の立ち居振る舞いも、着る物も、髪の結い方も、国の世継ぎらしく僅かな隙も見せないよう、細かく指導されていること——

「まあ厳しい。でもそのおかげで、誰にも認められる武人さまになられましたものね」

「認められてるのは自分じゃない！」

アジャセは叫んだ。

「すごいのは師だ。自分なんか——師の言うとおりに膨らまされた、飴細工(あめざいく)の人形だ」

ルクミニーは玄関へ出て、看板を下ろし、閉店を表すのぼりをかけて戻ってきた。

気づいたアジャセは、

「店を休みにするんですか、それは申し訳ない——開店までには帰ろうと思っていたのですが」

「じっくり聞きたいし、王子様のこんなところ、人に見せるわけにはいきませんから。（お店を休みにするのはあの人が来たときだけだけど、すごく悩んでるみたいだし、あの人に原因があることですからね——それにあの人を師と呼ぶからには、わたしにとって、弟分みたいなものだものね）

お酒、飲むかしら？」

「いいでしょうか、いただきます」

アジャセは酒に強くないが、出された杯をぐいっと飲んだ。

「誰にも言えなかった。ルクミニーどの聞いてください——師と仰ぐ人の導きで、立派な人間に成長することと、師の指図どおりに動いて、立派な人間だと人に思わせること、この二つは全く違うと思いませんか」

ルクミニーもうなずいた。

「でもアジャセさまだから、ここまでになったのではありませんか。他の人に、いくらあの人が付きっきりで指導しても、こんな活躍はできなかったでしょう。それにね、礼儀もお作法も、もともとがお仕着せなもの。子供の頃は意味がわからず、言われたままにしてるだけだけれど、だんだんそれが身についていて、自然な振る舞いになっていくんじゃないかしら。膨らんだ人形とおっしゃったけど、その膨らんだ大きさに、いつかあなたがそこまで成長すると、わたしは思うわ。そして、きっとあの人も思っていると思う」

「そうでしょうか」

アジャセは考えを巡らせた。確かに策を授けるのは師デーヴァダッタでも、矢が飛び交い、槍の乱れる戦地で実際に軍を率い駆け巡り、勝利してきたのはこの自分だ。師の策は生やさしいものではない。将や兵卒の力量の限界を賭け、死地に飛び込ませ、やっと勝ちの目が見えるというようなものばかりで、だから敵の予想の裏をかけるし、成功したとき神算鬼謀と言われるのだ。率いるのが自分でなければ、幾たび全滅していてもおかしくない、との自負はあった。

また他の将軍や大臣との挨拶や礼状など社交のやり取りも、煩わしいと今まで敬遠してきたが、これによって人間関係の無用の軋轢が減り、重臣内での彼の存在感や発言権が格段に上がった。その作法は今までは言いつけどおりのものでも、経験し要領がわかったこれからは、自分でやっていける気がする。

師は自分を認め、厳しく導いてくれているのか——アジャセは少し穏やかな気持ちになってきた。

その顔を見て、ルクミニーが言った。

「わたしもこんな素敵なお店を持たせていただいて、立派な看板を取り付けたけれど、大して料理に自信も無いし、でも来てくれるお客は看板に見合った料理を期待してるし——初めは足がすくんだわ。わたしも膨らんだ人形に手こずっていたのね。誰もがそういうこと、あるんじゃないかしら」

「店を持たせていただいたって、師に？」

「さあ、内証」

「そうか――。自分も師に、持たせていただいてるのかな」

　アジャセは言った。

「師の、出会った時からのあの、冷たいような、誰も近くに行けない感じに憧れていました。あっ、もちろん今も憧れてますよ。傍(そば)でずっと教えてくれと、こちらから頼み込んだんだから。でも――これは本当に師に聞かれたくないが――実際の父親からはほったらかしにされてるんだが――ここのところ、たまに言ってやりたくなるんです、あなたは俺の親父じゃない！　って」

　ルクミニーは吹き出した。デーヴァダッタのことを慕うこの青年が、たまらなく可愛い。

「いつか言っておあげなさい。あの人は喜ぶかも」

「えっ、なんでです」

　否定するということは、そう思ってもいるということだ。

　その後は穏やかに、二人でデーヴァダッタについての話をした。話せないことも多いが、それでも話すことはいくらでもあった。

　アジャセを見送った後も、ルクミニーはデーヴァダッタのことを考えていた。

　あの人がアジャセ王子に付いて教えるようになったのは、祖国釈迦国が滅びてからすぐだ。あれからあの人は思い詰めたような顔をいつも浮かべて、店には来てくれるけれど、わたしの前でも笑わなくなった。せがんでも、比丘の真似をして笑わせてくれることもしなくなった。王子を育てることに生きがいを見つけたなら、それでいいのだけれど――

　アジャセがルクミニーの店を訪れたその夕刻、話題のデーヴァダッタは竹林精舎で比丘たちと混ざり、瞑想をしていた。たまにしか姿を見せないこの仏陀の従弟には、比丘たちも扱いにくく話しかけることもほとんどなかったが、彼はこの日も近くを通る比丘が目を見張るほど、精緻で研ぎ澄まされた座禅を結んでいた。

多くの比丘たちはそれを畏敬や、羨望の目で見ていたが、老境のウルヴェーラ・カッサパが杖をつきながら彼を見て、傍らの比丘に、

「すぐに祇園精舎へ走り、仏陀をお連れせよ。教団崩壊の危機じゃ」

と言った。

上奏の儀がなされている。アジャセ太子と銀影、炎燼の三大将軍は、王宮内の謁見の間で、ビンビサーラ大王の前に並び立っていた。壮観であった。

水を打ったような厳粛な空気の中、肩衣を勇壮に纏（まと）ったアジャセが上奏文を読み上げる。若獅子と呼ばれる王子は筋骨逞しく、銀冠の下の顔は日焼けして引き締まり、男も見惚れるほどだ。朗々と読まれるサンスクリットは韻律麗しく威厳満ちあふれる名文。古（いにしえ）に遡（さかのぼ）ってのマガダの血統の起源に始まり、王権の正当性、王たる者の在り方を謳（うた）った。だがその文は威厳が、過ぎた。読まれる王たる者の権威を曇らせ、侵すほどに。

この国が進むべき道を論じ、王はそのダルマ（ヴェーダの定めた身分に基づく社会的義務）に従い宿命の決戦に備えるべしとの文章の半ばで、突如、席を倒すほどの勢いで大王が立ち上がった。

大王は、誰も見たことがないほどすさまじく怒りを顕し、臣下居並ぶ中、儀礼用の杖で、太子の

顔を打った。

　宰相や大臣たちが必死に取り成したが、王の怒りは異様なほどで、収まらなかった。

　上奏文を読み上げた当のアジャセや将軍たちにはわからなかったが、教養のある、そして昔から仕える大臣たちには、大王の怒りの理由、怖れの気持ちがわかった。その上奏文は、輪廻や業の世界観を用いて王の血統世襲の正当性を説いているようで、古文の素養に照らし合わせて聞けば、王がダルマに背く者ならば、血統を継ぐ者による代替わりの必要性を説いている、と解釈できるものだったのだ。

　かつて呼び寄せた仙人が、生まれたばかりのアジャセの将来を占い口にした言葉――〈父殺し〉。忌まわしきその予言を、上奏文はまざまざと思い出させるものだった。

　そして怒りの理由がわかることと、その顕し方が正当なものであることは、同義ではない。王が人々の面前で、世継ぎであり、大将軍の位にも就く勇者の顔を打ったことは、取り返しのつかない結果を人々に予感させた。

　現代にまで伝わる王舎城（ラージャガハ）の悲劇は、こうして起こった。

　賢王と天下無敵の世継ぎの下で、前途洋々だったはずのマガダ国の臣民は、忌まわしい内乱、王位簒奪（さんだつ）を経験する。

　王子アジャセは上奏の儀の後、自邸に蟄居（ちっきょ）謹慎となっていたが、幾日かの後、将軍職解任の令が下される。さらに謀叛（むほん）の意志を決めつけられ、跡取りの地位も剥奪されるとの噂まで流れた。

　アジャセ側の反応は不思議なほどに早く、将軍職解任の処分を受けたその夜に戦車部隊の二将軍を味方につけ、夜明け前には軍を並べ、王宮を包囲した。その動きを予想していなかった王宮側は抵抗らしい抵抗もなく武装解除し、大王は一室に監禁された。

アジャセは玉座の上で爪を噛みながら、人を待っていた。

「デーヴァ師！」

アジャセは立ち上がって叫び、待ち人を迎えた。

「今までどこへ。上奏の儀から五日、こんな事態になっているのに一度も顔を見せないなんて。どういうことです」

「何かと動いておりました。王子――いや、アジャータサットゥ新王は、良いお働きでした」

「なんでこんなことに――ああ確かに自分は父である王に理不尽に辱められ、地位を奪われそうになったため、二将軍と共に兵を挙げ王宮を取り囲み、そして――父を王の座から追い落とした！確かに自ら決意し、この手で指揮し、実行したことだ――でも不思議なことに、どれも全部何かの筋書きどおりに、この身が勝手に動いたようでもあるんだ！　二将軍も拍子抜けするほどすぐに挙兵に応じるし。いったい――」

はっとアジャセは、デーヴァダッタを見つめた。飴細工の人形を思い出した。

「まさか――全てはあなたに操（あやつ）られていたのか。私も、父も、この国も」

「人が全てを操れるはずはありません」

デーヴァダッタは言った。

婚姻を結びながら釈迦国を滅ぼしたコーサラは危険な国であると言い立てる風説を流し、コーサラを敵視する世論を高めたのは彼だ。アジャセに武功を挙げさせ大将軍の位にまで押し上げ、国内に領土拡張の気運を盛り上げ、三将軍の連名によるコーサラ攻略の上奏にまでこぎ着けたのも彼だ。

だがアジャセを疑い、心身とも不調のビンビサーラが上奏を受け入れるとは考えられなかった。

だから彼はその上奏文の中に、ビンビサーラ王を怒らせ、父殺しの予言を思い出させる文言を秘めた。

憤る(いきどお)ビンビサーラの側近を焚きつけ、アジャセ王子の将軍職を解任させ、さらに世継ぎの地位の剥奪まで議論させたのも彼だ。実際は、世継ぎの地位剥奪までは決定されなかったのだが、その話をアジャセ側の耳に届くよう広めたのも彼だ。

上奏に名を連ねた銀影、炎燼の両将軍の地位も危ういと説き、兵の準備をして王子の決起を待ち、従うよう促したのも彼だ。

筋書きを書き、策を施した。だがどんなに緻密な筋書きを練り、策を描いても、釈迦国が儚く(はかな)滅んだように、うまく行くためには運命のようなものに乗ることが必要なのだ。例えば、仙人が発した予言のような。

彼は思う。その運命の代筆者として、自分は筋書きを書いたに過ぎない。

デーヴァダッタは続けて言う。

「王子は早晩、大王の位に就かれることが決まった。昔日の約定が鮮やかに思い返されます。大王即位の暁(あかつき)には私は最高位の臣となり、あなたを導くと。約束どおり、大王の進むべき道を導かせていただこう。

――三軍が集結している今この好機、全軍を挙げコーサラ国へ攻め入るのです。この変事が知られてからでは警戒される。何事も速さが成功を呼びます」

「デーヴァ師。こんな事態で国内も治まっていないのに、コーサラへ出兵だなんて。気は確かですか」

「あなたは言ったはずだ。釈迦国の危難には、何を置いても駆けつけると」

「ああ、言った――だけど、釈迦国は既に滅びたではないか」

「死者が待っている。仇を取ってくれ、恨みを散じてくれと、骸(むくろ)たちが言っている」

「師よ！　全てはそれか。釈迦国の仇討ちのため、マガダ国をこうまで乱し、私に父を捕らえさせたのか」

○運命(さだめ)は尽きて

ルクミニーは言葉少なく、デーヴァダッタのために料理を作り、さらに酒を出した。比丘は酒は禁じられているはずだが、デーヴァダッタの希望だった。普段なら喜んで出すはずのルクミニーだが、この日は嫌な予感に、心が重かった。

「あの夜から多くの兵が町を走り、王宮を取り囲んで……戦にはならなかったようですが、大王様が捕らえられ、アジャセ王子がその座に座られたとの町の噂。いったい、何が起こっているのですか」

デーヴァダッタは答えず、酒を飲んでいる。

「わたしの目を見てください」

ルクミニーが言った。

「以前はわたしをまっすぐ見て、慈しみの言葉をかけてくれた。世間を知らないわたしを導き、生きるすべを教えてくれた。涙が出るほど、笑わせてくれた。あなたは優しい光を注ぐ、太陽でした。なのに近頃はお顔に翳りがあり、目は冷たく、わたしの目を見ようとしない。わたしのことで言ってるのではありません、あなたが心配で――デーヴァさまは今、自分をねじ曲げているのではありませんか」

「ねじ曲げてなどいない」

彼は苛立って、言った。

「俺は昔から変わらず、釈迦国のために動いてきた。アジャセに王の位を奪わせ、ようやくマガダの兵によって釈迦国の仇、コーサラを討つとの目的が果たせそうになったところで、アジャセが初めて俺に背こうとしているのだ」

デーヴァダッタの曝け出すような告白に、ルクミニーは盆を持つ手が震え、止まらなくなった。

もしや、いやそんなことはないと、思っていた考えが当たっていたのだ。食器が音を立てた。

「あなた――あんなにあなたのことを慕っている王子を、本当に、人形のように利用して――父親を追い落とさせるなんて」

「釈迦国のため、無念に死んでいった者たちのためだ。それにアジャセは世継ぎ。いずれ王となる者。その時間を少し早めただけだ。ビンビサーラは病がちで鋭気が衰えていたから、代替わりはマガダ国のためにもなる」

「ために、ためにって、目的のために若者の純粋な心を踏みにじっていいのですか。あなたのお父様をはじめ、お国の方々が命を奪われたことは悲しいことです、わたしも悲しかった。悲しいはずなのに、それを言わないあなたを見るのはつらかった――でもそのために、人にその親に剣を向けさせるなんて！」

　ルクミニーは、彼の腕に取りすがって、

「お願いです、優しいあなたに戻ってください。国のこと天下のことより、身近であなたを慕う、小さい者たちを振り返ってください」

　デーヴァダッタはその手を振り払い、「うるさい！」と怒鳴って立ち上がった。席を蹴るように店を飛び出ていった。

「デーヴァさま！」

　ルクミニーが叫んだが、戻ってくることはなかった。

　ルクミニーは泣きじゃくりながら町を出て、夕暮れの山道を早足で歩いていた。
　どうしよう、どうしよう。あの人に、わたしを泥水の中から救ってくれた人に、あんなことを言ってしまった
　ごめんなさい、戻ってきてください
　翳りがあっても、笑わせてくれなくても、悪いことをしても、あなたが好きです。あなたがいなければ、わたしに生きる意味も価値もないんです。お願いします、そばにいさせて――
　目指す先は、竹林の修行場。方角だけは知っているが行ったことはない。店を出たデーヴァダッタが、そこにいるとわかっているわけではない。近頃はもう比丘の修行をしているとも思えなかった。女人は近づくことも許されないと聞いている。だが他にあてもなく、自然に足が向いた。
　会えたら、足下に縋りつき、許しを乞おうと思った。

薄暗い中、進むにつれ、さやさやと乾いた清涼な葉音が聞こえ始める。竹林だ。

人影が、彼女と同じ方向、竹林の奥へ歩いている。後ろ姿ながら、その背丈、雰囲気——

あの人だ！

うれしさに顔をゆがめ、追いすがった。


ルクミニーが後ろ姿でデーヴァダッタと思い縋りついたのは、彼の師仏陀だった。デーヴァダッタの最近の不審な動きと鬼気迫る禅定の様子から、重大な異変を察知したウルヴェーラ・カッサパからの急報を受けて、祇園精舎から急いで歩き来たのだった。

ふいに呼びかけられた「デーヴァさま」という悲痛な声に、仏陀は彼女を見て、多くのことを察した。水面にさまよう根無し草のように見える弟子に感じていた、かすかな細い糸のような、根。浮世のしがらみ。それは、この美しい女性だったのだ。

「あの男のことを知っているのだね。聞かせてくれないか」

デーヴァダッタの声を聞くと彼女の胸は高鳴る。この人の声は、心の奥底まで染み入り、落ち着かせる声だった。

マガダ国のクシャトリアにはたとえ尋問されても言うことはなかったが、この人になら言ってもいい、話すべきなんだと思えた。

ルクミニーは話した。

誰にも言えなかった、愛しいデーヴァダッタの良からぬ行い、目的、企みを。

話しながら、彼女のこれまでの不安と重荷を、ただ話を聞いてたまに質問するだけの仏陀が、共に支えてくれるように感じた。緊張がほぐれ、涙があふれていた。

（デーヴァさま。やはりあなたのお師様は、素晴らしいお方でした）

多くの人が仏陀に惹かれ、敬慕していくのがよくわかった。

誰も仏陀のそばで、その姿を見、声を聞くと、人としての在り方、生き方を考えるのだ。

（でもデーヴァさま。あなたを思うわたしは女であり、女として生きたいと願うのです。わたしも仏陀がお示しになるという道からは、ほど遠い者なのかもしれません）


ビンビサーラ王が幽閉の中、獄死した。

戦にも政経にも優れ、マガダ国の礎を築いた名君だったが、近年は病がちであったところに監禁され、憤激の情か、予言が成就されようとすることへの諦めか。心の臓に不順を来し、あっけなくも息を引き取った。


かつて、とある仙人が言った、父殺しの予言。デーヴァダッタは予言など信じる男ではなかったのだが、まるでその不思議な流れを味方に付けるかのように、アジャセに王の地位を奪わせるための策をめぐらせては、神がかったほどに成功させてきた。だが、予言の成就とともに、彼の運命もまた、終わりを迎えることになった。

ビンビサーラ獄死の報を受けたデーヴァダッタは、「しまった！」と舌打ちをした。これは彼の筋書きではなかった。予言は、彼の筋書きを上回っていた。

案の定、予言のとおり本当に父を死なせてしまったことにアジャセはひどく動揺し、自邸に籠もり、誰とも会わないとした。激しい頭痛に苦しんでいるとされ、何人もの医者が呼ばれた。

デーヴァダッタもアジャセの邸を訪れ面会を求めたが、門を守っていたのはバララーマと彼の率いる、屈強な親衛兵だった。

バララーマはデーヴァダッタの友人だったが、出家したはずが王子の周りで人目を忍び動いているデーヴァダッタのことを怪しんでいた。まさかこの騒ぎの、全ての筋書きを書いているとまでは思っていなかったが、彼を見る目には警戒の色がありありと浮かんでいた。

デーヴァダッタがどのように説いても、大臣や将軍でも面会することは出来ないと断られた。さらには来訪を伝えることすらも拒否された。アジャセからそのように言われているのだろうか。デーヴァダッタは自分の目的——マガダの軍によるコーサラへの復讐——が遠ざかることを感じていた。

三日後、デーヴァダッタは再度アジャセ王子の屋敷へ向かった。面会謝絶の状態が解けていないことはわかっていたが、せめて自分が来たことを王子に伝えてもらうことだけは、意地でもバラーマに頼み込もうと思った。あれほど自分を慕っていたアジャセなのだから、それさえ伝われば気持ちは動くかも知れない。再び師として自分を迎えてくれるかも知れない。

道の途中、辻の向こうに見えるアジャセの屋敷から、頬のこけたアジャセに厚く送られて出てきたのは、いつの間にマガダ国へ来たのだろうか、仏陀だった。門の前でもアジャセは名残惜しそうに仏陀の手を押し戴き、何事か感謝の言葉を言っているようだ。

仏陀が去り、見送っていたアジャセも邸内に入った。

デーヴァダッタは、門を守るバララーマに詰め寄った。

「なぜ彼の者に謁見を許した。王子は面会謝絶だと言ったではないか。たとえ大臣でも、将軍でも」

その剣幕にバララーマは不審がり、

「王子のお気に入りであろうと、出家の君に問われる筋はないが、答えてやろう。亡きビンビサーラ大王は仏陀を敬い、国師として遇されていた。国師とは、ただの敬称にあらず、就寝中であろうと戦地であろうと服喪の期間であろうと、いかなる場合も王への面会、意見を妨げられない、国法上の身分であるのだ。それは御代が変わっても、マガダの王に引き継がれると考えられるもの。だから俺は面会を希望された仏陀に門を開き、世継ぎであるアジャセ王子のもとへお連れしたのだ。アジャセ王子は初め戸惑われておられたが、すぐにお心を通じ愁眉を開いて、親しく部屋へ呼ばれた。数刻の後、出てこられた時には、王子が悩まされていた医者にも治せなかった頭痛も消え去ったとのことだ」

うつむき聞くデーヴァダッタに、バララーマはさらに続けた。

「先ほど仏陀のおられる前で王子はこの俺に、大臣、将軍など主立った者たちへの下知を伝える役目を仰せつけられた。それには君も含まれている。大臣たちには宮廷で伝えるのがしきたりだが、君にはここで伝えてもよいだろうな」

「――言ってくれ」

「偉大なる王を失ったマガダ国は今後半年は喪に服し、無用の戦などは行わないゆえ、集結している兵の武装は早々に解かせ、部署に戻し一致団結して国内の安定に努めること。また太子アジャータサットゥはビンビサーラ王の意志を継ぎ、仏陀を国師として引き続き敬い、道を聞いていく所存であること――君の出る幕は無いな」

「なんだと」

デーヴァダッタが、バララーマの胸を強く突き飛ばした。

「何をする」

鍛え上げられた武人であるバララーマは踏みとどまり、その腕を払った。

腰の剣をぐいと掴んだ。だがデーヴァダッタは剣を帯びていない。バララーマは目で威圧した。

すぐに二十もの、周囲の兵が集まってきた。

「才気の割には俗な匂いのない、不思議な雰囲気を纏う面白い男と思っていた君だが、今は飢えた山犬のような目をしている。これまでの誼(よしみ)に免じ、今の無礼は見逃してやるが、今後はそうはいかないと思え。我らマガダに口をはさむことは、この俺が許さん」

○羅刹(らせつ)

その夕刻、竹林の園では仏陀が大勢の比丘の前に座し、話をしていた。

数日前に六年ぶりでこの精舎へ戻って来たと思うと、気ぜわしくラージャガハ王城に足を運び、比丘たちに接することもほとんどなかった仏陀だった。それは城下町での托鉢で、おおよその成り行きを知る、マガダ王家の騒乱が理由だと、彼ら比丘たちにもわかった。

「ビンビサーラ王が亡くなった」

噂として耳にしていた者が多かったが、仏陀の口から聞くと比丘たちにどよめきが広がった。このインド世界で最も栄え、安定していたマガダ国が、今後どうなってしまうのか。我らの教団は？

「我らは出家修行者である。俗世がどのようになろうとも、我らの求める境地、進む道になんら変わりはない。ただ在家信徒として我らと同じ境地を求め、道を歩んできた王に、哀悼の念を送ろう」

仏陀の言葉に、皆頭(こうべ)を垂れ、教団の最大の庇護者の死を悼んだ。

この静かな竹林。飾り気はないが気品備わる精舎。どれもビンビサーラが寄進してくれたものだ。またインド一の大王の帰依を受けていることで、どれほど仏陀の教団の評価が高まり、活動が円滑になったことか、計り知れないものがあった。

そこへ突然、薄闇の竹林を揺るがすような音を立て、走り現れた人影があった。デーヴァダッタだ。

短髪、僧衣。身なりこそ確かに比丘だが、その纏う空気は全く比丘のものではない。竹林に緊張が走った。

「デーヴァダッタか。そなたを探していた」

仏陀の呼びかけに、

「ああ、俺もだ」

挑むような声で、デーヴァダッタは応じた。

「仏陀、ビンビサーラのみならず、どう誑(たぶら)かしたか息子の心まで掴み、取り入るとはさすがだな。仏陀、いや釈迦族の王シッダールタ！　今こそ我らの恨み、殺された者たちの無念を晴らす時なのだ！　マガダの国師としてアジャセに命じよ。すぐに兵を挙げ、釈迦国の仇、コーサラを滅ぼせと。それが嫌なら、この場で俺に教団を譲れ！　俺が仏陀となり、国師の地位も継いでやる」

無謀な叫びでしかなかった。ただ追い詰められた者の惨めさだけがあった。深く身を包んでいる僧衣の上に見える顔は、薄暗い中でも執念に歪んでいるのがわかった。

仏陀は嘆息した。

「我が弟子、デーヴァよ――あの誰より輝く才覚を備え、虚言を蔑み、理知の言葉しか吐かなかったそなたはどこへ行った。〈自己の思いどおりにならぬものを、なると思うことが全ての苦しみの始まり〉、まさにそなたの今だ。それこそが求道者が最も避けるべき〈無明〉、そなたほどの男を、生きながらに地獄を歩ませるものであるとなぜわからぬ。愚か者め、今まで我が教えの何を聞いてきた！　池をのぞき込んでこい。天下国家でなく、己がどれだけ浅ましい目をしているかを見よ。そしてその水で顔を洗ってこい」

仏陀の声も、抑えがたい感情が入るようで、次第に叱りつけるように大きくなっていった。

「シッダールタ！」

仏陀の心魂からの叱責も心に届かぬデーヴァダッタは、身に纏っていた僧衣を投げ払った。その体には、刀でついたと思しき幾筋もの傷があり、まだ血が流れていた。暗がりで気づかなかったが、よく見れば顔にもあざや傷があった。そして腰の左右に、鞘も無いふた振りの鉄剣を帯びていた。

その一つを取り、仏陀へ向けて投げた。足下に突き立った。

自らも構えつつ、

「剣をとれ、シッダールタ。もうどうでもよい。ああ、お前の言うことがよくわかる。天下も国家もどうでもよいのだ。天と地との狭間にあって、今我が願いはただひとつ。お前と俺の、生き方、存在、全ての決着をつけること。いくぞ、斬られたくなければ剣をとれ！」

激しく剣の先を向けた。

「やめてください！」

声を上げ、立ち塞がったのは、デーヴァダッタが初めて見る若い比丘だった。先ほどから仏陀のすぐ横に侍していた、自分たちと同じ釈迦族の容貌。そして、それはどこか――

「なんだ、お前は」

とデーヴァダッタが聞いた。若い比丘は答えた。

「兄上、アーナンダです。あなたの弟です。仏陀を傷つけることはなりません。兄上、仏陀を斬ろうとするなら、この私を斬ってください」

これがアーナンダか。赤子の頃に見て以来だが、死んだ父の面影がある――。実の弟との、このような再会にしばし言葉をなくしたデーヴァダッタだが、

「お前も国を滅ぼされても泣き寝入る、腰抜けか。邪魔立てすると、望みどおりお前から――」

そう言って、剣をアーナンダの喉元に突きつけた。喉に剣の先が触れた。

「うあっ」

狼狽（ろうばい）の声を上げたのは、兄デーヴァダッタの方だった。アーナンダが先触れの動きも見せず、剣に向かって一歩踏み出したのだ。腕に伝わる思いも寄らぬ感触に、デーヴァダッタは咄嗟（とっさ）に剣を引いた。剣を引くのが速かったので、剣先はアーナンダの喉を深くは刺さず、血がひと筋流れるだけに済んだ。

兄と弟は、しばらく見つめ合った。

デーヴァダッタは、自らの全ての敗北を知った。剣を片手に身を翻すと、竹林の向こうへ風のよ

うに走り去った。

周りの比丘たちが仏陀とアーナンダに駆け寄った。

「アーナンダ、仏陀をお守りし、見事だったぞ。大丈夫か」

とガヤー・カッサパがいたわると、アーナンダは仏陀の方へ振り返り、座り込み、顔を押さえて泣き出した。

よほど恐ろしかったのだろう、と取り囲む比丘たちは思った。

仏陀が肩に手を当て、問いかけた。

「アーナンダ、どうして泣いているのだ」

「仏陀、兄上が――剣を引いてくれたのです。あんなに殺気にまみれた、恐ろしい羅刹（らせつ）のようだったのに。それが嬉しくて」

「そうだアーナンダ。羅刹となった彼の心にも、一片の情があった。それをそなたが引き出したのだ。あの男が、今後それについて考えれば、自分自身を取り戻す標（しるべ）となるだろう」

殺伐とした事態の後にもかかわらず、人の救いを考える仏陀の言葉に、比丘たちの心も落ち着きを取り戻していった。

「それにしても、彼のあの幾筋もの刀傷はいったい――」

と、ナディー・カッサパが疑問を口にした。

そこへ、また侵入者があった。マガダ国の兵の一群だった。

上官らしき者が、仏陀に敬意を払いつつ、

「俗世の者は不可侵の地とは知りながら、緊急の事態ゆえご容赦願います。ここにデーヴァダッタが現れませんでしたか」

と言った。

来て、何もせずに去ったと仏陀が答えると、

「そうでしたか。仏陀に事情を説明いたしますと、あの者はアジャセ王子の警護をしていた我ら親衛兵の隊長バララーマ様に突然殴りかかり、取り囲む我らを相手に鬼神の如く立ち回り、体じゅうに傷を負いながらも隊長以下、兵たちをさんざんに痛めつけました。さらに抜き身の剣をふた振り奪い、風の如く逃げていったのです。その方角から、彼の所属する教団のあるこの地であろうと思い、追いかけてきたのです」

「ああ彼は――デーヴァダッタは、そんな狼藉を働いたのか」

「はい、王族警護のクシャトリアに対する反乱。アジャセ王子がこれまで師と慕ってきた彼でも、捕らえて重罪の裁きを受けさせせねばなりません。それでは我らは引き続き彼を追います。王城から、さらに増援の兵が送られるはずですが、たった一人に隊を打ちのめされるという、面目を潰された我ら自身の手で、捕らえたいですので。――ご免」

北西へ逃げたデーヴァダッタをマガダの兵は追った。顔を腫らしたバララーマが、マガダ国の内乱はデーヴァダッタが糸を引いていたのではないかとアジャセ王子に問い糾し、王子は無言ながら頷いたため、デーヴァダッタは国の敵、ビンビサーラ大王の仇となった。

逃げ込み、潜伏する山を、数万の兵が取り囲み、昼も夜も銅鑼を鳴らし篝火をたき、虱潰しに追い回した。

手傷を負っている上、食糧もなく休む間もないデーヴァダッタだが、見つかる度に石を投げ、槍

を奪い、しぶとく抵抗を続けた。

だが半月の後、ついに山の中腹の崖に追い詰められた。崖の下は目もくらむ落差の滝壺だ。

矢が、右肩を深く貫いている。ぶらりと垂れ下がっただけの右腕は既に感覚無く、剣も握れない。無数の傷で血を失い、あの俊敏な動きは、もうできない。

竹林精舎からここまで、北西へと逃げてきたデーヴァダッタは、崖の向こう、さらに北西の彼方を見た。その目に浮かぶは、仇のコーサラ国か。それとも祖国釈迦国の懐かしい風景だったか。

「デーヴァダッタ。もう逃げられんぞ」

この追討軍の将軍に任じられた、バララーマだった。

「クシャトリアらしく、観念しろ。捕縛が望ましいが、抵抗するなら重罪人は、殺すこともやむなしだぞ」

「ルクミニーに」

崖の際（きわ）に立つデーヴァダッタが、荒い息で言った。

「なんだ？」

面食らったバララーマが、思わず聞き返した。

「伝えてくれ。悪かった、と」

そう言うと、駆け寄るバララーマの目の前で、デーヴァダッタは崖に身を投じた。

「くそっ」

見下ろすと、遥か下の滝壺に、ちいさい影が飲みこまれていった。

「頼める筋合いか！　馬鹿野郎っ」

バララーマは膝を叩き、怒鳴った。

山狩りの兵を引き揚げ、アジャセ王子に詳細な報告を終えたバララーマは、ルクミニーの店に行った。

そこで、デーヴァダッタの壮絶な死と、彼女へ遺した最期の言葉を伝えた。バララーマにとってデーヴァダッタは、国を乱し、大恩あるビンビサーラ王を死なせ、また彼の顔を腫らせもした許せぬ男であったが、憎めないところがあった。

あれほどの才を持っていながら、身分は定まらず家庭も持たず、遊女を助けたと思えば出家する。何も持たず、何も得られず、何も成せなかった。だがその生は、常に熱く激しく、燃えていた。

報せを聞いたルクミニーは店の卓につっぷし、いつまでも泣いていた。

「苦しくとも生きていけよ、ルクミニー。それが、何も成せなかったあいつが、この世に生きたことの、たったひとつの証（あかし）なのだから」

ビンビサーラ大王の死から半年のこの日、ラージャガハ王宮で、新王アジャセの戴冠の儀が行われていた。

服喪を表す黒い衣装を纏う文官、武官。兵たち。

王宮を寂しげな目で見上げ囲む、群衆。

ほとんどの者が、半年前に何があったのか捉えきれないでいる。

余りに唐突で静かで、あっけない政変だった。ビンビサーラ大王が死んだという噂が流れ、謀叛を起こしたと言われるアジャセ王子が悲しみに沈み閉じこもったことも、何が起こっているのかわからなくさせる原因のひとつだった。

――自分には、王となる資格はありません

この数日前、アジャセは仏陀に相談していた。

――何も成していない。何の力も無いのに、ただ導かれるまま、玉座に座るなんて

仏陀は言った。

――この混乱をまとめられるのはあなたしかいない。あなたには偉大な父王の血が流れている。誰も初めから地位にふさわしい力を備える者はいない。あなたが国を継ぐことは、きっと父上も望んでおられるはず

――父は、私を疎(うと)んでおりました。私に捕らえられ獄中で憤死した父が、私を恨みこそすれ、国を継ぐことを望むなど、あるはずがないではありませんか

――いや、父上は偉大な王であられたが、背負うものの大きさから占い師の言葉を真に受け、あなたへの疑いの妄執(もうしゅう)にとりつかれたのだ。それが妄執だということは王も自分でわかっていて、私にそれを捨て、息子であるあなたを自然に愛するすべを相談していたのだ。だが一度抱いた疑いの心の制御は難しく、ついに生きている間には叶わなかった――。荼毘(だび)に付された今、妄執の焼け落ちた、父上の真の自我を、見てさしあげなさい。真なる父上は、あなたを愛しておられた

居並ぶ大臣や将軍たちを前に、アジャセは心情を語った。

「私は愚かにも自分というものなく、ただ操られるまま行動してしまった。国を乱し偉大なる王を奪ったことを、臣民全てに謝罪しこのままどこかへ消え去りたい、何度もそう思った。だがそれでは混乱のただ中に置かれたこの国は、どうなろう。弱い王では、国を引っ張っていくことは出来ない。下を向かず、予言された〈父殺し〉の悪名を、私は受けよう。天下無敵、若獅子将軍が、王者としてこの国を革め、前へ進める。今は力無い、膨らまされた人形でも、亡き父を手本として、いつかそこに辿り着いてみせる。各々方、力を貸してくれるか」

「お覚悟、お見事です。大王！」

バララーマたち、家臣は口々に、新しい王を励ました。

決意に満ちたアジャセは、王宮の台上から群衆の前に立つと、両手を挙げた。不安げだった民は王を見上げ、手を叩き、やがて万雷の歓声が広がった。

「私はこの地を長くあけすぎたのだ」

仏陀は、歩くことも出来なくなり臥したままの、ウルヴェーラ・カッサパの傍に座り、そう言った。

「ビンビサーラ王は、救えたはずだった。彼は理想の王に見えるが、実は誰よりも出家すべき人間だったのだ。彼の自我は、自身の能力や、手にしたものを納めきることが出来ず、実体のない悩みに蝕まれ、壊れかけていた。それはわかっていたのだが。森に連れ出し緑の中で、川のそばで、瞑想でも、いや寝転がるだけでもさせることができたなら。彼が心血を注ぎ、執着した国というものが、どれほど小さい、野に結んだ庵(いおり)ほどの僂いものでしかないことに気づいただろうに。彼には繰り返し出家を勧めてきたのだが、もっと強く、強引にでも手を引けばよかったのか。そうすればアジャセに地位を譲り、優れた比丘となって、共に静寂の境地を目指しただろうに」

仏陀の嘆きは悲痛だった。

「この世の衆生(しゆじょう)、全てを救うと誓いを立てたのに。私が成道する以前から私にすがり、救うと約束したビンビサーラ王。そして誰よりも我が教えから遠く、それゆえ是が非でも救うべきだった、デーヴァダッタ。彼らを救うことが出来なかったのは、断腸の思いだ。せめてもう少し早く、この地へ戻って来ておれば。デーヴァダッタの心に燃える復讐の炎に、気づいていないわけではなかったのに」

「無理もありません。仏陀はその間、滅びた釈迦国を巡り死者を慰霊し、コーサラ国でアングリマーラをはじめ、多くの者を救っておられたのでしょう」

と、老齢のウルヴェーラ・カッサパは、慰めた。

そしてかすれる声で、仏陀への、彼の遺言とも言うべき言葉を話し始めた。

――かつて初めてお会いした頃のあなたの壮大な計画は、全ての衆生を救うため、教団に比丘を増やし、その中から悟りし者〈仏陀〉を幾人も輩出する、というものでした。その〈仏陀〉たちが各地に広がり、また多くの比丘を集め教え、さらに〈仏陀〉が現れてゆく――それを繰り返せば、そう遠くない将来、世界の果てにも救済は行き届いたことでしょう

だのに愚物揃いの我ら、お気持ちのとおりにいかず、恥じ入るばかり

あなたの身が二つあれば。――いや、二つでは足りぬか。世界の衆生を救うには、いくつなら足

りましょうか。十人でも、百人いても、充分とは言えないでしょう

だが仏陀よ。ヴェーダの神々は、祭壇さえあればインド中どこにでも現れ、人に力を与え、人を罰する。家庭に小さな木彫りの像や神具があれば、庶民は祈りを捧げ、心を清め、神と繋がる。仏陀よ、あなたも同様な存在となれば、たかが隣国コーサラとマガダの距離に悩むことなど無用となり、インド中、世界中で同時に、未来永劫に亘り、衆生を救うことができるのです

もちろんそうなれば、あなたの難解で精妙な教えは、我らに対面で、口伝えでしてくれたようには説くことは出来ません。ですが多くの民にとって、それで充分なのです

そう、あなたに初めてお会いしたとき、わしが言ったことです――〈人の世に、仰ぎ見るべき、聳え立つ不朽の神殿は必要なのだ〉。理知の言葉よりも、わからぬまま伏し拝み、何時でも縋りつくことのできる存在、それを衆生は渇望しているのです。そしてあなたの本意でないことは承知でも、やがてあなたはそうなる。そう祭り上げられてゆく。あなたの難解にして精妙な教えは、あなたの肉体無しでは成り立たず、肉体が滅した後は、衆生は自分たちのわかりやすいように誤解し、ねじ曲げ、歪ませて伝えてゆくことでしょう。それは止められない、人間のやり方なのです

だが民にとって、あなたの素晴らしさ、尊さは、実はあなたの教えの中身にあるのではない。悟りを得ながらも自己のみの安寧に満足せず、喧噪の世界に舞い戻り民を救うという、無謀とも言うべき困難に我が身を投じた、大いなる慈悲。その大慈悲こそ、民衆生があなたに〈わからぬまま縋りつく〉その理由。それだけは、どれほどの時が経とうとも、民に正しく伝わることでしょう

ご無礼ながら、あなたの当初の計画は、ちと我ら衆生に期待を持ちすぎたものであったのでしょうな――。ですがこのウルヴェーラ・カッサパは、バラモンの地位を捨てあなたの弟子となり、幸

福でした。さようなら、我が師仏陀。あなたのおかげで、いい人生を終えることが出来ました――

○デーヴァの残したもの

デーヴァダッタの死から数ヶ月、ルクミニーは激しい悲しみの中、食も喉を通らず、閉めた店の中で泣き伏せっていた。

何度かバララーマが看病の上手い侍女を連れて、世話をしに来てくれた。

仏陀も、デーヴァダッタの弟だという比丘アーナンダとともに、様子を見に来てくれた。

(何か口に入れて、一日命をつなぎなさい。明日になれば、また一日。つらいだろうが、時間が経つことを待つしかない)

仏陀は来る度にそう言って、心配そうなアーナンダとともに、帰っていった。

だがバララーマの励ましも、仏陀の言葉も、彼女の心を癒やすことは出来なかった。

寝ていると、夢の中に彼が出てくるときがあった。いい夢と、よくない夢があって、いい夢とは、ルクミニーが彼の死んでいることを忘れていて、彼の腕を取り楽しく話すものであり、よくない夢とは、彼の死を知っていて、どうか消えないで、置いていかないでと懇願するものだった。どちらの夢でも、目が覚めるとまるで今日彼が死んだかのように泣いた。

数ヶ月の激しい悲しみが過ぎた後には、感情も表情も無く、涙もたまにしか流れぬ、抜け殻のような虚しさがあった。

このまま死んでしまってもいいかしら。彼女は思った。

バララーマはこの自分だけが、あの人がこの世に生きたことのたったひとつの証だと言い、生きていくように諭した。

でも、あの人のいない生なんて、何をしても楽しくない。何を食べても美味しさもない。生きていく意味など無かった。その〈証〉をどうせあと数十年、この身に保ち続けて、どうなるというのだろう。

デーヴァダッタが、自分にどれほどのことをしてくれたか——ルクミニーは考える。

遊女の身から、戦って、救ってくれた。

料理屋の女主人だなんて考えたこともなかったのに、料理の腕を褒めてくれて、こんな素敵な店を用意してくれた。世界の中で、自分が少しでも役に立てる、自分の居場所を作ってくれた。

あの人に会えなければ——自分はあの主人の店で絶望して自ら命を絶っていたか、その気力すら無く生きながら死んでいたか、だったろう。

そんな、自分にとって命の恩人が、亡くなった後でも世間から悪人と呼ばれていること、呼ばれても仕方のないことをしてしまったことが辛く、悲しかった。

あんなに強く、頭も良く、何でも出来た人が、この世に残せたのはわたしとこの店と、あとは世間からの憎しみだけ？　デーヴァさま、わたしは何を心の支えに、生きてゆけばいいの——

さらに数ヶ月が経った。少し出歩けるようになった彼女は、買い物の店先で、新王の戴冠式があったことを聞いた。城下町は久しぶりに賑わったようだ。アジャセのことを心配していた彼女は、その立派だったという様子を耳にし、嬉しく思った。

ある日の朝、バララーマが訪ねてきて、急な話だが、午後から客が来るから席を設けてほしい、と言ってきた。九人前を用意してほしいと。あの人がくれた店。少し体が動くようになってからは、店の掃除だけは怠らなかった。彼のことを思い、綺麗に磨いていた。だが、人と話す気にはならなかった。

まだそんな気分ではないのです、と言ったが、バララーマはこの日はどうしたことか、そこをなんとか承知してくれ、と、強引に押し切ってきた。これまでの、心配して様子を見に来る時の顔とは違う、上気しているような顔色で、言葉も明るかった。

バララーマには、臥せってから世話をしてくれたことだけでなく、この店を探してくれたり、前の店の主人から彼女の取り分を取ってきてくれたりと、大きな恩があった。そしてこのクシャトリアは、これまで一度も恩着せがましい態度をとったことは無く、身分の良さを鼻にかけたりもしない。

そんな彼の頼みであるので、ルクミニーは久しぶりに軽く化粧をし、市場で九人前の食材を買い、下ごしらえをした。まだ体がぼうっとしていたが、店の表を掃き清め、半年ぶりに看板も出した。

（バララーマさまのお客、九人も、誰が来るんだろう？　朝から予約に来て、その日の午後にだなんて、急な仕事の会合かしら。でもその割には、楽しそうな声だったみたい）

久しぶりに外界のことを考えながら、日の下で体を動かしていた。

「お前たち、手を離すんじゃないぞ。ほら、前を向いて、人に当たらないように」

「先生、三つ目の辻だから、ここを曲がるんだってば」

「そうか、前ばかり見てたら辻を見落としていたな。さあみんな、ここで曲がるぞ、そのあと何軒目だったかな」

「もう先生。すぐ二軒目の、金ぶち看板のお店だよ」

入り口の掃除をしていたルクミニーに、よく聞こえた。

この筋の二軒目の、金ぶち看板といえばこの店だ。店自体は落ち着いた雰囲気だが、デーヴァダッタがせめて看板だけでもと、彼女の名前にちなみ金色をあしらったものを作ってくれたのだ。彼は筆も大工仕事も腕は一流だった。

声の方を見ると、白髪頭のひょろっとしたバラモンと、十歳を少し越えたぐらいの少年少女の一団が、数珠つなぎに手を取り合って、辻からこちらへ歩いてくる。少年少女たちはデーヴァダッタと同じ、釈迦族の子供のようだった。

目の前まで近づくと、ルクミニーと看板を見比べながら、

「ご婦人、失礼いたします。もしや、ルクミニーさま、ではありませんか」

「ええ、そうですが……」

丁重に呼びかけられて戸惑ったルクミニーは、老バラモンを、そして子供たちを見回した。バラーマの言う客とは、この人たちのことなのだろうか。

「それではあなたが、デーヴァダッタ殿の！　申し遅れました、私は釈迦国で、孤児たちのための舎を開いておりました、ウダーインと申す者。釈迦国がコーサラ国に攻め滅ぼされたあの時、私はこの子たちとともに逃げまどうておりましたが、老人と子供の足、逃げ切れるものではないと、ある屋敷に身を寄せました。やがてそこも火の手に包まれ、私たちは手に手を取って、歌を歌い、ともに死を乗り越える覚悟を決めていたのです」

突然店先で始められたウダーインの重大そうな話に、ルクミニーは驚いて、彼らを店の中に入れた。

ウダーインは、その間も話を続けた。

「子供たちの歌声が、天に届いたのかも知れません。と言っても実際に届いたのは、周囲にいる恐ろしいコーサラ兵の耳にでしたが。彼らは子供たちがいることを知ると、面白半分に囃し立てながら、燃える壁を槍で突き崩し始めました。壁に穴があき、兵の嫌な笑い顔が見えました。我らだけで過ごす静かな最期すらも与えられないのかと、絶望した時でした。

彼方から馬の走り来る音がしたと思うと、壁穴で笑っていた兵の顔は、どこかへ飛んでいきました。怒鳴り声や、武器の交わる音がひとしきり響いた後、物音がやみました。そしてあけられた穴から〈誰かいるのか〉と、頼もしい声がしたのです。それがデーヴァダッタ殿でした。

私たちに気づいたデーヴァダッタ殿は、さらに壁を大きく崩してくれて、私たちは全員外に出ることが出来ました。そこには十人以上のコーサラ兵が、いろんな格好で倒れておりました。

デーヴァダッタ殿は馬の背に、年少の子や足の痛い子数人を乗せ、自らは片手でそれを牽き、さらに片腕には一人の子を抱え、兵のうろつきやすい町を離れ、耕作地へと連れてくださったのです。そこは水路もあり、干し草も積まれていて、身を隠しやすい場所でした」

「あの人がそんなことを。馬を牽きながら、子供を抱いて歩いたのですか」

「そうなんです。その子がここに――、おおい、パドマや、前に出ておいで。ルクミニーさまにご挨拶するといい」

ウダーインに促され、ルクミニーの前に出てきたのは、幼い女の子だった。

「あなた、パドマちゃんって言うのね」

ルクミニーは、女の子の前で身をかがめた。

パドマは、あの日死を覚悟したウダーインと子供たちが、来世の生まれ変わりについて希望を言い合う際、(自分は短い時間だったけれど、両親に大事にされてきたから、もう生まれ変わらなくていい)と言って、ウダーインに輪廻からの解脱についての啓示を与えた、あの女児だった。

ルクミニーを見ようとするパドマの目は、薄く細められている。

「その子は、生まれつき目が悪いのです」

ルクミニーの疑問に、横からウダーインが答えた。

「近くならなんとか見えるのですが。特に薄暗くなると、見えにくくなるのです。あの時も、隠れていた屋敷から出る際、夕暮れで足下が見えず、私に手を引かれながらも、瓦礫(がれき)や家財を踏み越えるのに苦労していました。それをデーヴァダッタ殿が不思議に思って、声をかけてくださりました。私がこの子の目の悪いことを説明すると、非常に驚いた様子で、この子の目をしばらく見つめると、抱え上げて歩いてくれたのです。その道中の態度もとても先ほどまでコーサラ兵を打ち倒した武人とは思えぬほど、気遣いのある優しいものでした。

デーヴァダッタ殿は私に気づかない様子でしたが、私は昔釈迦国王族の教師を勤めておりましたから、彼の王子時代を知っています。ご無礼ながら若い頃のあの方は、そんな弱い者に優しい人だとは思えませんでした。なので、ひとまず安全な耕作地に着いた後、失礼とは思いながら、私は聞きました。なぜそれほど、その子をいたわってくれるのか。

するとと、

――この娘は目が悪いのだろう。ならばこれは、自分のせめてもの罪滅ぼしなのだ

と、答えてくれました。どういう意味なのかは、わかりません。そして、

――だが愚かな俺は、今後も罪を重ねることだろう

と、独り言のようにつぶやいておられたのを、その寂しげな表情とともに、よく覚えております」

ルクミニーは思い出していた。

釈迦国が滅ぶ前の数年間、デーヴァダッタがよく店に来てくれて、時に夜通し語り合い、どこか寂しそうではあったけれど、優しかった頃のことだ。

あの夜、あの人は自分の右腕を抑えながら、いつになく沈鬱な表情だった。どうしたのかと聞くと、

〈かつて祈祷師のもとを訪れて、呪（のろ）いをかけたことがある。目の悪い幼い者の、目をさらに悪くするために。呪いというものに効果があるかはわからぬ。だが確実なことは、人を呪えば、自分こそが呪われるのだ〉

と言った。

聞き返したけれど、誰に呪いをかけたのか、それ以上のことは話してくれなかった。でもあの人は、赦（ゆる）しを求めていたんだわ。たぶん、自分の大きな目的――国を守るということ、そのために他のものを犠牲にすることを、後悔していたのね。悔いながらも、それを最後まで重ねてしまう自分の愚かさを、知っていたんだ。あの人の、わたしへの遺言、〈悪かった〉。それはきっとわたしだけへの言葉じゃなく――

ウダーインの話は続いた。

「デーヴァダッタ殿はその後〈ここならば、見つかることはないだろう。自分はコーサラ兵を討ちに行く。全軍討ち果たすことが出来たならまた戻って来るが、望みは薄い。互いに、運命に身を委ねよう。万が一、生き延びることが出来、行き場所に困れば、マガダ国を訪ねるといい。自分はおそらくそこにいるはずだし、もしいなくても、自分の名前を出せば、アジャセ王子が必ず悪いようにはしないだろう〉と言い残し、去っていかれました。私たちは耕作地の干し草をねぐらに、数日を過ごしました。水路もあり、デーヴァダッタ殿から耕作地の小屋には農夫の保存食が置いてあることも教えてもらっておりましたので、飢えることはありませんでした。やがて事態が変わり、新手のコーサラ兵から丁重な降伏勧告があり、迷いながらもそれに従いました。乱暴な目に遭うこともなく、コーサラ国のサーヴァッティに送られると、なんとかこの子たちと貧しいながらも一緒に暮らすことが出来ました。慣れない地での暮らしはつらいことも多いが、生きてゆける。学んでゆける。それもデーヴァダッタ殿のおかげ。いつかマガダ国に行き、デーヴァダッタ殿に会おうと、みなで誓い、励まし合っていたのです。子供たちはあの短い時間で、みな強く優しいデーヴァダッタ殿に憧れておりましたから——。とは言え我ら元釈迦国の民は、一年は国外へ出ることもままならず、また最近はマガダ国の国境も物々しいとのことで、なかなか叶いませんでしたが、この度、ついに訪ねてくることが出来たのです」

「まあ、こんなに小さい子供たちが、コーサラから、歩いてここまで？」

「ええ、仏陀のお弟子が、あちらの祇園精舎からこちらの竹林精舎へ、数ヶ月に一度集団で移動すると聞いて、そこに混ぜてもらったのです。祇園精舎のサーリプッタというお方に相談したら、とても快く応じてくれました。お弟子の皆さまも親切で、道中心強かったです」

「そうなんですね。それでもあなたたち、遠かったでしょう」

ルクミニーが、子供たちの顔を見回した。

パドマが、小さな声で、

「デーヴァダッタさまに、ありがとうって、お礼を言いたくって」

と言った。

ルクミニーは言葉に詰まった。

ウダーインが、

「デーヴァダッタ殿の最期のことは、私たちも知っております。今朝、仏陀のお口添えもあって、アジャセ新王に面会がかないました。そこで、デーヴァダッタ殿からの言葉を伝えると、王は懐かしがって、全てを話していただけました。そして、あなたのことを教えてくれたのです。〈ならば、一人の女性にその気持ちを述べればよい。あの人が、たったひとり心を許した人だ〉、と」

ルクミニーはウダーインの話を聞き、しばらくの間、目を閉じた。

デーヴァダッタに操られるまま父と争い、父を死なせたあの純真なアジャセ。デーヴァダッタを、その名も耳にしたくないほど恨み憎んでいても不思議ではないはずだ。それが、そんなふうに言ってくれたなんて。

バララーマは、デーヴァダッタの話を聞けば彼女も元気を取り戻すだろうと、勇んで知らせに来てくれたのだろう。たぶんいたずら心で、詳しいことは話さずに。

ルクミニーは多くのことを思い、目を開けた。

そしてパドマに向かって、

「ううん、あの人は、あなたにありがとうって思ってるわ。罪滅ぼしをさせてくれて、ありがとう、って。わたしからも言わせて。ありがとう」

と、涙をにじませながら言った。

そして他の子供たちにも、

「みんなも、ありがとう。あの人に助けさせてくれて、ありがとう。善いことをさせてくれて、ありがとう」

デーヴァダッタに会えないことで悲しんでいた子供たちだったが、ルクミニーからこう言われ、深くはわからないまま、少し嬉しそうな顔をした。

ウダーインも頷いて、

「あの方は私たちの、命の恩人。私など先は無いが、この子たちがこれから長く生き、多くのことを知り、子孫を残すのは、デーヴァダッタ殿のおかげなのです」

ルクミニーの目から、涙があふれた。それは、デーヴァダッタを失って以降流してきた、絶望と苦しみの涙ではなかった。

(世間から、悪人と思われてばかりいると思っていたけれど、こんなふうに言ってくれる人たちがいるなんて。あなたが残したのは、わたしだけなんかじゃない。この子たちの未来を助け、そしてこの子たちの心の中で、あなたは感謝され、輝き続ける。そうだ、本当にそうだわ。何かを残すというのは、偉い国の仕事や、子供を産み、育てることだけじゃない)

落ち着いた後、ルクミニーが卓上に隙間なく並べた料理を、子供たちは無邪気に、大喜びで食べた。

いっぱい食べてね、と言いながら、ルクミニーは再び人に料理を喜んでもらう嬉しさを感じていた。

第七章　涅槃寂静（ねはんじゃくじょう）

○二賢逝く

思えばあの頃、教団の前途は洋々としていた。

仏陀は四十代後半から、五十にさしかかろうとする年齢だった。

故郷釈迦国と、幾万もの同胞を戦乱により失い、親交厚かったジェータ王子は戦を止めようとして若い命を落とした。弟子としたアングリマーラを目の前で死なせた。救いを求めていたビンビサーラ王も、反逆児デーヴァダッタも救うことが出来なかった。

これら立て続けの喪失に苦しんでいた仏陀だったが、衆生救済のため力を奮い起こし立ち上がった彼は威厳に満ち、そんな師を全ての弟子たちが敬い、教団としても円熟の感があった。出家者だけではない。ガンジス川周辺の大国小国の王たちも仏陀に帰依し、説法の辻に民衆は溢れ、このまま仏陀の教えはインド中、世界中に広まるのではないかと思われるほどだった。

賢者サーリプッタが、教団の事実上の後継者となった。彼は多忙な仏陀の代理として、修行僧たちに仏陀の教えを余すところなく説き指導するとともに、国々を回り、王族や富豪に午餐に招かれ道を示し、庶民のために辻に立った。

彼の畏友（いゆう）モッガラーナは孤独な修行を好み、無口で人と交わることを好まなかったが、たまに見せるその姿は、サーリプッタとはまた違う種類の、言語に出来ぬ深い瞑想思惟の境地を醸し出していて、見る者に修行の深遠さを感じさせた。

カッサパ三兄弟の長兄ウルヴェーラは惜しまれつつこの世を去っていったが、次兄ナディー、末弟ガヤーは多くの修行僧たちに良い影響力を保ち、マガダ国竹林精舎の要（かなめ）として仏陀の信頼厚かった。

仏陀の修行時代、苦行林からの古い付き合いで、五比丘と呼ばれるコンダンニャ、ヴァッパ、バッディヤ、マハーナーマ、アッサジ。

マガダ国ナーランダーの名家バラモンの出で、厳しい修行を好む頭陀（ずだ）のカッサパこと、ピッパリ・カッサパ。

スダッタ長者の甥で、商人から出家したスブーティ。コンダンニャの甥で、弁舌に優れたプンナ。

南方のバラモンの出であるカッチャーナ。

滅びた釈迦国から、髪結いだったウパーリ、甘露飯王（かんろぼんのう）の子アニルッダ、仏陀の弟ナンダ、実子ラーフラ、侍者となったアーナンダ。

そして、インドの歴史上にも希有（けう）な、特筆すべきことが起こった――女性の出家修行者、比丘尼（びくに）の誕生である。

仏陀の育ての母プラジャパティは、コーサラ国の下層民となった当初から、仏陀の下で正しい教えの道を歩みたいので出家させてほしいと、まだ侍者となったばかりのアーナンダを通じ、再三にわたり請願していた。

数年越しの願いにも頷（うなず）かない仏陀に、アーナンダは珍しく食い下がり、聞いた。

「女性は悟りを開くことが出来ないのですか」

インドには、女性は劣る存在だとの考えが根深くあるのだ。アーナンダは、仏陀もその考えを持つのかと思ったのだろう。だが、

「悟りの道に男女の別はない。女性ももちろん悟りを開ける」

このように仏陀は、明らかに答えた。

仏陀は、命をかけて自分を産んでくれた亡き母マーヤーを、思想の根幹、慈悲の源泉としていた。育ての母プラジャパティにも、その奥ゆかしい慈愛に、言葉に尽くせぬ感謝と尊敬の念を抱いていた。若い彼にかしずいてくれた八人の美姫は、精神的にも多くのことを教えてくれた。妻ヤショダラは怒りっぽいところがあったが、親しく暮らしていればぶつかることも多いのは当たり前で、美徳の方が多かったし、男でも短気な者はいくらでもいた。またスジャータをはじめ、彼に食を布施し、命を保たせてくれたのは女性が多かった。女性だからと軽んじる思いなど微塵もあるはずがなく、弟子にそういうことを言う者があれば、彼は叱った。女性も希望する者は出家させ、導きたいとの思いはかねてから持っていた。

仏陀の躊躇いの理由は、女性が出家して、比丘と同じ場所で過ごすわけにはいかないし、さりとて女性だけで集団生活をするのは危険であるし——という、運営上の実際問題であった。また当時は、釈迦族の死者の慰霊、アングリマーラの騒動、デーヴァダッタによるマガダ国の内乱と、たいへんな事態が続いたからでもあった。

だが、全ての衆生を分け隔てなく救うという理想を掲げている以上、運営上の難しさは二の次であるはずだった。

仏陀がプラジャパティの出家を認めると、兄の訃報を聞いて悲しみに暮れるヤショダラをはじめ、釈迦族の女性二十数人が、こぞって仏陀の下へ出家したという。

さらにその話が広まると、ほどなくして周辺国から釈迦族以外の女性も出家を願い訪れ、仏陀は受け入れた。

マガダ国クシャトリアの娘で、後に比丘尼中智慧第一と称されるケーマー、コーサラ国の長者の娘で、神通第一と呼ばれるウッパラヴァンナーなど、優れた女性修行者が、様々な身分から様々な事情と思いを抱え集まり、徐々に増えていった。

彼女ら、女性出家修行者比丘尼は、男性の出家修行者である比丘たちの集団から離れ過ぎず、しかし決して交わらずというほどよい距離を取り、托鉢し、瞑想をした。月に一度の法話集会では、比丘たちがまず前列に座し、遅れて後方に座る比丘尼たちをその目に見ないように努めた——先の仏陀の躊躇いもうなずける、さぞかし多くの苦労があったことだろう。問題となる男女間の事案もしばしば起こったようで、比丘と比丘尼の関係を定める戒は少しずつ増え、時代とともに煩瑣なものとなっていく。

——しかし仏陀の決断と苦労は、大きな実を結ぶ。

この百年ほど後（紀元前三百年頃）、ギリシア人のメガステネスがセレウコス朝シリアの大使として、インド制覇を進めるマウリヤ朝マガダの初代王、チャンドラグプタのもとへ赴いたときのこと。

メガステネスはその際に見聞したインド事情を旅行記「インド誌」にまとめているのだが、その中で「インドには、驚くべきことがある。そこには女性の哲学者たちがいて、男性の哲学者たちに伍して、難解なことを堂々と論議している！」と感嘆しているのだ。インドの一般社会で、女性が思想哲学を学ぶことはほぼなく、仏教以外ではジャイナ教も女性出家を受け入れたが、それは相当後代のことなので、これは仏陀教団の比丘尼たちのことを言っているのである。メガステネスの短い記述の中からも、彼女らの質の高さ、真理への情熱がうかがえるようだ。

出家した男女が適切な距離を保つことは難しいことも多かったであろうが、彼ら彼女らは全て、俗世の煩悩やしがらみを捨て、清浄な道を進みたいと願って仏陀のもとへ参じた求道者たちだということもまた忘れてはならない。

教団内の、ある比丘と比丘尼のその後について記しておきたい。

髪結いのウパーリと王妃プラジャパティ。かつて釈迦国で道ならぬ仲となったふたりだ。

ウパーリは、釈迦国がコーサラ国に攻め滅ぼされる直前、プラジャパティから別れの言葉を告げられた。自分は王妃としてここで最期を迎えるから、あなたは逃げなさい、と。別れの言葉ならそれまでの生活で、何十回となく出ていた。プラジャパティからのことが多かったが、ウパーリから言ったこともあった。それでも行き場も、生きる場もない二人は、すぐにそんな言葉など忘れたように同じ生活に戻っていた。

だがこの度の彼女は、嫌悪や倦怠や自棄で言っているのではなく、ウパーリがこれまで見たこともない、まるで目の前に広がる道を見据えるような、澄んだ表情をしていた。

彼女は何を見たのだろう。誰に会ったのだろう。何かが、誰かが彼女を変えたのだ。

彼女の言葉を受け、ウパーリは身一つで、逃げた。コーサラ兵が怖かったのもあるが、それよりも自分という存在が恥ずかしくなったからだ。行き先は何処だろうと、駆け出したかった。

堕落した愛情は麻薬と同じだ。その行為の恥ずかしさを忘れるため、なおさらそこに身を沈める。その中で、彼女がどれだけ傷ついたことか。彼女は高貴で美しく、こんなに堕ちるような人ではなかったのに。自分が淫らな欲望に負けて、言い寄らなければ——

自分がなくなるほどの恥ずかしさに、戦乱の中を幾日も情けなく逃げまどった彼は、突然矛を収め終戦を宣言し、投降を呼びかけだしたコーサラ兵に身を預けた。サーヴァッティに送られ、そこで庶民相手の髪結いとしてなんとか暮らしていた。噂に、王妃たちは生き延びていることを知り、ほっと胸をなで下ろした。その噂の中で、釈迦国の滅亡前にカピラヴァストゥを訪れ、王族たちに〈正しく生きよ〉と教えたという、仏陀と呼ばれる聖者のことを耳にした。〈正しく生きよ〉、そのような文句、若い頃なら笑っていただろう。言うだけなら簡単だ、正しさなんて曖昧なもの、誰が決められるものか、と。だが今その又聞きの言葉が、剛弓から放たれた鉄の矢じりのように、ウパーリの胸に深く突き刺さった。

正しさ。それが、よくわかった。――わからないが、よくわかったのだ。それは今までの自分に欠けていて、何よりも渇望しているものなのだ。嵌め絵の、足りない一片の形がわかるように、自分に欠落しているもの、必要なものが、彼には痛いほどよくわかった。

そしてそれはプラジャパティが悲しみの人生の後半に、ついに見いだせたものなのだ。

自分もその聖者のもとに行けるだろうか。

――そして釈迦国滅亡から数年後。

比丘として、僧形で山道を歩いていたウパーリは、道の向こうから歩いてくる、やはり僧衣をまとう、女性出家者、比丘尼（びくに）と出会った。

プラジャパティだった。

「あ……」

小さな声を出したのは、男の方だった。

プラジャパティは彼を見て、すれ違おうとした。比丘と比丘尼が二人で言葉を交わすことも、近くに立ち止まることも禁止されているのだ。だがすれ違い、数歩進んだところで、彼女が足を止めた。

「お元気ですか……修行の方は、進んでいますか」

と言った。

ウパーリは、プラジャパティの出家より数年早く仏陀の下を訪れていた。そしてひざまずき、過去の所業——仏陀の育ての母との不義——を全て話し赦しを請い、出家を認められていた。

「ええ、仏陀のおかげで……。貴女様も……」

おかわりないでしょうか、という儀礼的な常套句を言いそうになって、飲み込んだ。

あの長く美しかった黒髪は短く灰色がかり、僧衣から見える首、腕や足元は痩せて枯れている。そしてその目もと、頬にも避けられぬ変化が——。ウパーリにとってこの女性は、他の何よりも歳月の無常——あるいは無情を、ありありと見せつける存在だった。

「身分をわきまえず、貴女様には本当に悪いことを……己の罪深さを、悔い改めぬ日はありません」

躊躇(ためら)いの中、消え入りそうな声で言った。

プラジャパティは、しばらく目をつぶるようにした後、答えた。

「全ては過去のこと。仏陀の弟子となり、清浄な道を目指し、歩む、今があるだけ。——ですが、俗世のことを今少しだけ持ち出し、思惟するなら——仏陀の教えのとおり、我々に、生まれついての身分など無い。わたしたちのことも、ただの女と、男の話。あなたには感謝の思いしかありません」

愛してくれた。生まれつきの気弱な性格で、ときに身分の違いに卑屈になりながら、守ってくれた。わたしは長い黒髪を持ち、香の焚かれた部屋には美しい調度品があり、大きな寝台があった。でもあの日々は、常に怯えていた。自分が嫌いだった。だから自分を好きでいてくれる人を欲し、尽くした――

全ては過去のこと。しかしそのために今がある、大切な過去だ。

「ありがとうございます。その言葉が、今後の修行の励みとなります――」

ウパーリは頭を下げ、そして背を向けた。

プラジャパティはその背を見送り、そっと、腹部を手でふれた。かつてひと時、二人の子を宿していた胎を。

出家後の二人の関わりは、この日が最初で最後となり、ごくたまに托鉢の行き帰りや、作務の合間に近づき、すれ違うようなことがあっても、二度と言葉を交わすことは無かった。

女性の出家を仏陀に認めさせ、初めての女性出家修行者となったプラジャパティは、自ら清浄な道を歩みながら、他の比丘尼を慈愛を以て世話した。彼女は母親のように慕われ、比丘尼たちを取りまとめ、指導する存在となった。

そしてウパーリは、渇望していた〈正しさ〉を求め修行に打ち込んだ。彼は後世「持律第一」と称されるほど、他の修行者たちの模範となる、謹厳実直な比丘となっていった。

――――

多士済々。仏陀の理想の船たる教団は、多くの真摯で優れた男女を集め、大小の波に揺られながらもその結束をますます強め、末永く海原を越え進んでゆくかに思われた。

だが仏陀が六十歳になる頃のこと。綻び——偉大なる理想と現実との乖離は、大柱石から顕れた。

サーリプッタだ。

サーリプッタは仏陀教団の出家修行者たちから、仏陀にも劣らぬ尊敬を集めていた。彼は托鉢がうまくいかなかった空腹の時も、困難な僻地への遊説の時も、常に微笑をたたえ、人の集まりに交われば雰囲気を和やかにした。その説くところは明瞭であるが押しつけがましいところがまるでなく、最も頑固な論争相手ですら心を解き、彼の説く法を虚心に受け止め、咀嚼しながら帰った。若く軽率な比丘たちの中には、「ときに厳しい仏陀より、サーリプッタ殿のほうが優しく親しみが持てる。彼が跡を継ぎ、主宰者となれば教団はさらに大きくなるだろう」などと言う者もいた。

傍からはなんの澱みもなく見えるサーリプッタだが、日に照らされ陰が生ずる如く、彼は仏陀の身近で学べば学ぶほどに、自分の限界を思い知ることとなっていった。

サーリプッタは長く修行の地としていた祇園を離れ、故郷マガダ国の竹林の園に身を移していた。

ある日、生家を訪ね、老いた母のもとへ行くと、教師をしている弟夫婦とその子供たちで賑わっていた。

母の名は、サーリと言う。サーリプッタとは、サーリの子、という意味だ。生まれたときに付けられた名があったが、母子の仲があまりに睦まじく、周囲から呼ばれ、自分たちもそう呼んでいるうちに、こちらが名前のようになった。

弟家族としばらく言葉を交わした後、部屋を変え、母と二人で話した。母が茶を淹れてくれる。

「母上、私は長らくコーサラ国の祇園精舎におりましたが、竹林精舎に移ってからは、ここラージャガハでもときおり説法をしております」

「わたしも何度か行きましたよ。でも、お前がわたしを見つけては、説法をとめてまでして微笑んで、声までかけるものだから――。わたしは嬉しいんだよ。でもお前の弟や、まわりの人が、あれではお前の評判が悪くなると言って、わたしは遠慮したのだよ。だって出家というのは、家族もなにも捨てることなのだろう」

「私が母上様から生まれたことは、永劫不変の真実です。それを忘れることは、魚に空を飛べというようなものです」

サーリプッタは、あるいは出家する必要のない人間だったかも知れない。彼ほどどんな環境にあっても、自然な自分自身であり続ける者はいない。

「やさしいね、お前は。――だけど、お前のお師匠様は、ご自分の子を捨てられたと聞きました。そんなところでお前がうまくやっていってるのだろうかって、わたしは心配です」

サーリプッタは黙って微笑んでいる。

母が食事の用意をする。

「痩せたね――。どこか悪いのじゃないのかい。顔色が良くないようだけど」

「大丈夫です」

サーリプッタは言った。

だが、無言の時間が流れる。

「どうしたんだい。やっぱりおかしいよ。突然戻ってきて、なにか悩みがあるのじゃないかい」

母の再三の問いかけに、サーリプッタは茶を揺らし見つめ、やがて口を開いた。

このことを話すつもりなどなかったし、このことを特段悩んだり、思い巡らしていたわけではなかった。なぜ突然母の顔が見たくなったのか。理由はわからず、気がつけば足が向いていた——だがこのとき、彼の中の澱が、初めて形となって吐露された。

「人殺しがいたのです」

「え？」

穏やかな昼下がりに、温和しい息子の口から出た思いがけない言葉に、母は息をのんで息子を見つめた。

「悪鬼でした。もう十年も前になりますが、コーサラの都周辺で、何百人も殺したのです。子供まで——さっきのあの子たちぐらいの幼い子まで——手にかけたのです。私は彼を間近で見て、嫌悪感を持ちました。いいえ、吐き気を催すような、激しい憎しみを持ちました。殺された人々のためにも、世界に秩序を示すためにも、クシャトリアに引き渡して、死罪になればいいと思いました。ところが仏陀は、我が師は、彼を赦したのです。赦し、叱って、それはもう大いに叱って、正しい道へと導いたのです。私には、それはできないことでした」

息子の苦悩の言葉を聞いて、母は老いた細い体を懸命に伸ばし、声を張って、

「お前の気持ちは当たり前だと、わたしは思いますよ。物を盗んだのならいざしらず、赦されないことって、あると思いますよ。人を、それも何百人も殺して、子供まで？　それを赦すだなんて、とんでもない！」

「――私もそう思いました。今でもそう思っているのです」

思いを吐き出したサーリプッタは、沈んだ顔色をしている。

母は茶を新たに淹れ、ふたりはまたしばらく、無言で茶をすすった。

静けさの流れる中、母がぽつりと声を出した。

「決して赦されないことだけど――でも、赦すこともあるわ」

「え」

「考えたのだけれど。気を悪くおしでないよ。その人殺しは決して赦されないけれど、もしそれが、お前だったなら――わたしは赦します。お前がそんなことをするわけはないけれど、もしお前や、弟だったなら、わたしは、わたしだけは、赦してあげます。叱って、叩くかも知れないよ、叱って、赦して、一緒にみなさんに謝って、どんな罰も受けてあげます。それが親というものです」

老いた母親は、自分の仮定の状況に涙ぐんでいた。


あたかも、母が己が独り子をば、身命を賭しても守護するように、一切の生きとし生けるものに対しても無量の慈しみのこころを起こすべし

仏陀が弟子たちへの説法で語ったその言葉を、サーリプッタは思い出し、初めて理解した。だが理解と悟ることとの間には、ガンジス川よりも広い隔絶があった。

サーリプッタは、茶碗の中を覗いていた。自分の目鼻が茶に映り、小人のようにこちらを見ている。自分が茶碗の中にも入れてしまうのではないかと感じていた。

——仏典の一つである大智度論の中に、サーリプッタを主人公として創作された寓話がある。次のようなものだ。

ある時、サーリプッタの眼球を執拗に欲しがる人物が現れた。「菩薩道を歩む修行僧は無欲であり、一切を所有せず、執着せず、人に全てを与えるのだと聞く。ならば、我にその眼球を与えよ」と言って。サーリプッタが、眼球は付け替えも出来ず、与えても意味のないことだと言っても、その人物は、意味はこちらが決める、お前は眼球に執着するのかと、あくまで眼球を求める。仕方無く、サーリプッタは片目を刳り出して与えたのだが、何とその人は、眼球を手にすると臭いを嗅いで臭がってみせ、唾棄して捨て去り、踏み躙ったのである。サーリプッタは思った。「このような者にかける慈悲はない」こうして彼は、菩薩道を放棄したのであった——

菩薩道とは、慈悲の実践をしながら自らの悟りを目指すことである。仏陀入滅の後代に出現する、慈悲＝利他行に重きを置く大乗仏教が重視した言葉だ。

眼球という最も大切な感覚器官を捧げることは、自らの覚悟を示す手段としてインドの物語の中でまま見られることではあるが、智慧第一と称されたサーリプッタがこんな意味のない軽はずみな行動をとるはずはない。だが菩薩道とは、愚か者にも下劣な者にも等しく慈悲を注ぐ道であり、それはどんな賢者にとっても困難なものであったことだろう。右の寓話は、そんな「全ての人類への慈悲」に対する人々の疑念、困惑が作らせたものであるかもしれない。

肺を病んでいたらしいサーリプッタは、仏陀の下に戻ることなく、そのまま母のいる郷里で、静かな死を迎えた。伝え聞いた仏陀の落胆は、誰の目にも明らかだった。


仏陀はモッガラーナに会うため、アーナンダを連れ、マガダ国の山を越えていた。

以前から人との付き合いをせず、森や山でひとり座禅を組み瞑想するのが、このモッガラーナという異相の行者だったが、唯一親しかったサーリプッタが死んでからは、教団にまったく寄ることもなくなり、故郷に近い山中深くの岩屋に籠もっていた。

仏陀とアーナンダが、岩屋に着いた。自然のものとは信じがたいほど見事な造りだ。立って歩くには低い天井だが、座禅には申し分ない。中はひんやりと涼しい。奥にモッガラーナは、敷いたボロ布の上で結跏趺坐（けっかふざ）し瞑想していた。仏陀は静かに彼に対面し、同じように結跏趺坐した。アーナンダもそれにならった。やがて、モッガラーナはゆっくりと開眼した。眼球は白く濁り、見えていないようだ。数年前、仏陀教団の広がりを恨む、他の有力教団の信徒に襲撃され、ひどく顔を殴られ目を患っていたが、年々それが悪くなっていた。

「仏陀ですな」

モッガラーナが口を開いた。仏陀はモッガラーナをじっと見た。異相の行者は巌（いわお）のように座っている。この岩屋に光はほとんど差さないが、目には不思議な光が宿り、体を薄い白光が包んでいるように、アーナンダにも見えた。

「達したか。その境地に」

「達しました。仏陀」

謙虚も衒(てら)いもそこにはない。成就した者同士の静かな受け答えがあるだけだ。アーナンダは固唾を呑んで見守った。

「涅槃(ねはん)の境地。絶対の静寂、永遠の充足――モッガラーナは、悟りを得ました」

アーナンダがせいて言った。

「モッガラーナ殿、それでは精舎に同道しましょう。修行僧たちに、悟りの道をお説きください」

「私はそれはしないよ、アーナンダ」

白い眼球をわずかに向けて彼は言った。

「悟りの道。それは常に仏陀が説いておられるとおりだ。その教えをただ守り、励むことだ。私が付け加えることなど何もない。それに――」

彼は仏陀に向き直って、

「梵天は、私には現れませんでした――どうやらモッガラーナは慈悲の心が薄いようです。我が願いはただひとつ、このまま静かに肉体を離れ、涅槃の法悦の中、入滅を果たすことだけです」

かつてシッダールタが悟りを開いた際、そのまま入滅しようとする彼に、世に残り衆生を救えという葛藤が起こり、思いとどまった。これが梵天勧請(ぼんてんかんじょう)――梵天(ブラフマー)(神の姿をとった梵)が現れて請願したという話になってひろまった。モッガラーナはこのことを言っている。

慈悲といえば仏教の大事な教えのひとつと、当然のように思われている。だが瞑想し、己の中にある真理を見つけるという仏教の自己救済の過程に、本来慈悲は無関係のよそ者である。他者に興味無く、他者との関わりを極力絶ったモッガラーナのような行者も、仏陀と同一の悟りの境地に立てたのだ。慈悲なくとも悟りは開けるのだ。

だが慈悲なき悟りに、人はどれほど惹きつけられるだろうか。また他者に語られることなき真理に、なにがしかの意味はあるのだろうか？

仏陀という一箇の人格に、悟りと慈悲という、相容れぬとは言わぬでも、本来関係のない二つが不可分であるかの如く融合していた。それゆえ仏陀が入滅しその人格が喪失されると、それらは一度混ざり合った水と油の行く末のように、彼の教えを継ぐ者たちの中で分離の動きを見せてゆく。

「ですが、モッガラーナ殿」

「アーナンダ」

アーナンダを諭すようにとどめたのは仏陀だった。教団創設の目的は、出家者の中から悟りし者〈仏陀〉を出し、彼らによってさらに多くの〈仏陀〉を輩出していくというものだった。悟りを得た者は、仏陀と共に衆生を救済してくれるはずだった。

だが出家や在家信徒に慈悲心を説くことはできても、悟った者にそれを強いることはできない。

仏陀はモッガラーナに、こう言った。盲者の彼がはっとするほどの、慈愛に満ちた表情をして。

「ところでモッガラーナ――。経行をせなんだようだな。私の教えを守らず」

覚者大モッガラーナともあろう者が、仏陀の言葉にあわてたように自分の萎えきった両脚に掌を当て、撫でた。経行とは、長時間座禅する者が、その合間にそぞろ歩くことを言う。足に血液を通わせ、筋肉を保つ効果がある。托鉢や作務、日常生活に障りがないように、仏陀は経行をすることを弟子たちに教えていた。

「これは――面目のうございます。趺坐瞑想の愉しみに浸りきってしもうて――。どこまでが我が脚で、どこからが岩か、もうわかりませぬ」

サーリプッタが傍にいたときにのみ彼が稀に見せた滑稽さが感じられ、アーナンダはつい吹き出してしまいそうになった。

「モッガラーナ。このまま入滅するというそなたを誰も止めはしない。道がかなったことは同じ修行者として無上の喜びだ。だが、どうだね。最後に外の空気を吸い、陽光を浴びてみては。我らが肩を貸すが」

モッガラーナは大いに驚いた。ぶるりとその巌のような身を震わせた。

「かたじけないことではありますが――」

「意味のないことか?」

「そうではなく――」

「モッガラーナ、最期だ。師に肩を貸させてくれ。そしてな、大いなる涅槃に入る前に、この小さな世界をもう一度見て回れ。そなたが悟りを開いたこの山、この岩屋に、感謝の気持ちを言え」

「仏陀、我が師よ」

モッガラーナは居住まいを正した。丸くなった背筋を伸ばした。

「お言葉に従います――そのとおりでした。よろしくお連れ願います」

深々と頭を下げた。

かくしてモッガラーナは二人に両肩を支えられ、萎えた足をどうにか引きずるように動かして、岩屋から外にでた。いつ以来かの外気だった。雨季に入る直前の、なんともすがすがしい昼下がり。小さい生き物たちの声がうるさいほどだ。木の葉の隙間から日の光が差している。

（ああ……）

左右を支えられたまま、モッガラーナは少しずつ歩を進めた。久しぶりの陽光が目に痛かったが、ゆっくりと目蓋を開いてゆく。

（美しい……）

陽光の恵み燦々（さんさん）。どこまでも広がる天穹に、幾筋か雲のたなびくか。萌え絡み合う万緑。それを鳴らし、吹き抜ける清風。

盲（めし）いたその目でも、充分にわかった。木々のそばまで歩き、一本の大樹を触った。固い樹皮の奥から、押し戻されるような生命の力があった。座らせてもらい、湿った豊かな土をいじった。

「モッガラーナ、おぬしの岩屋だぞ」

最後に、彼が何年もの間気に入って瞑想した岩屋の外側から、手をあてた。冷たいばかりではなく、陽光を吸収したぬくもりが感じられた。モッガラーナは存分に、感謝の想いを送った。もちろん岩屋ひとつに向けてではない。

「我が師よ」

岩の窪みに腰をかけさせてもらい、モッガラーナは言った。

「心より……感謝いたします。モッガラーナは、大事なものに触れずに逝くところでした。師よ、モッガラーナは確かに悟りを開きました。師が示された境地に至ったこと、確信しております。されど、私は師と教団のお役に立てません。このまま道を別れ、涅槃に入る薄情をお許しください」

「多くの修行僧は、ろくに姿も見せず、現れたと思えば口もきかないそなたを無愛想で情薄い男と思っていよう。しかし私はそなたとサーリプッタの固い情誼を知っている。また生前のサーリプッタから、その昔悪官吏に捕らわれた母君を、剣をとって斬り込み助け出した話も聞いた。そなたは熱い、優しい男だ」

モッガラーナは天を仰いだ。まぶしさはどうでもいい。熱いものが込み上げてきたからだ。

「そんなこともありましたな……サーリプッタは自分の母君にだけでなく、私の母に対しても、息子の私以上に優しくしてくれた。剣をとったことがない私が母を救い出せたのも、サーリプッタが励まし輔けてくれたからです。師よ——私も、サーリプッタも、あなたを父のように思っておりましたぞ。我ら悟りを得たと言えども、それは己一箇の悟達に過ぎず、師のような、世の父となることはなかった。サーリプッタはどうか知りませんが、私はそういうものを目指したことすらなかった。梵天など私に現れるはずはないのです——。我が師よ！　あるいは私は師に導かれずとも、時間をかけ、独力で覚者となっていたかも知れません。しかしこの無常、束の間の生の中で、あなたという太陽に出会えたことは、悟りにも並ぶ、永遠の喜びでありました」

「おお、私もだ。サーリプッタとモッガラーナ、この仲の良い二賢者と出会い、同じ時を過ごせたことは、素晴らしい喜びであった」

そうしてモッガラーナは再び両肩を支えてもらい、岩屋の中に戻った。座る前にアーナンダが、敷き布を清潔なものに取り替えた。

「ありがとう、アーナンダ」

モッガラーナが礼を言った。

「アーナンダ、おぬしを仏陀の侍者に推薦したのは、この私だった。一人消え去る私が言うのも悪いが、仏陀を大事にお守りしてくだされ。そして、教えをよく聞いて――経行(きんひん)も忘れずにの」

にやりと笑みを浮かべたモッガラーナの言葉に、アーナンダは笑った。仏陀も笑った。

「それでは」

「それでは――」

帰り道。仏陀の背中をアーナンダは見つめた。最も優秀な弟子を最後まで温かく導きながら送った師の背中に、別れの寂しさの他に、大きな疲労が感じられる気がした。

教団の次の世代をと期待されていた二賢人が、立て続けに教団を去り、世を去った。ならば誰が仏陀に代わり、教団を取りまとめるのか。仏陀にもしものことがあった場合、誰が教団を継ぐのか。

ピッパリ・カッサパという比丘がいる。かつてマガダ国ナーランダーの名家バラモンの跡取りだったが、二賢人の帰依のしばらく後に、仏陀の説法に強く心打たれ、両親を捨てて出家した者だ。祇園が寄進されたすぐ後、竹林精舎から移ってきていた。

ピッパリ・カッサパは、「頭陀(ずだ)のカッサパ」との異名でも呼ばれていた。頭陀行(ずだぎょう)を誰よりも厳しく実践していたからだ。

頭陀とはドゥータの音写であり、ふるい落とす、はらい除くといった意味だ。煩悩をふるい落とし、はらい除くための、衣食住に関する厳しく細かい実践を頭陀行と言った。十二、もしくは十三の実践項目が数えられる。

ぼろで作った衣を着る〈糞掃衣（ふんぞうえ）〉
ただ三衣だけを所有する〈三衣（さんね）〉
托鉢のみで食する〈常乞食（こつじき）〉
托鉢先を家の貧富で選んだりしない〈次第（しだい）乞食〉
一日一食〈一坐食〉
一日一鉢〈一鉢食〉
決められた時間以外食べない〈時後不食〉
人里を離れた静かな所で暮らす〈阿蘭若住（あらんじゃくじゅう）〉
樹下で暮らす〈樹下住〉
建物に住まない〈露地住〉
死体捨て場で暮らす〈塚間住（ちょうけん）〉
どこであろうと暮らす〈随所住〉
坐し、横たわらない〈常坐不臥〉

前半の衣食に関するものは、修行者一般が日常守るべき心得と言えるが、住に関するものの多くは日常の行いではなく、短期的で特別な修行であったことだろう。

この頭陀行を、ピッパリ・カッサパは出家以来一日も欠かさず、厳しく実践していたのだ。

彼の出家当初から、その厳格なる頭陀行の実践に賛同する比丘がいて、見習ったり、やり方を教えてもらいたがる者は少しずつ増えていった。いつしか〈ピッパリ党〉とでも言うべき集団が出来た。

ピッパリ党の比丘たちは彼に付き従い、共に托鉢に出ては軒先を選ばず並んだ。今日は樹下、明日は塚間と、座禅瞑想の場所を変えた。疲れても横にならないよう、互いを監視し励まし合った。

頭陀行の食に関する条は、確かに修行者全ての日常守るべき心得ではあるのだが、一日一鉢だけというのはなかなかきつく、残しておいたものを少し食べるぐらいは大目に見られたし、仏陀や高弟も、在家信徒の王族や富豪に招待された場合は、そこで出される食事を口にした。だがピッパリ党はそれらをも拒絶した。頭陀行の全てを、文字どおりに守り通した。多く食べないか、横にならないか、互いの目があることで耐え忍びやすかったし、死体のあるような場所でも心強かった。瞑想の深さは測りようもないが、行動実践はわかりやすい。苦しければ苦しいほど、修行が進んでいくような愉悦を得た。どうしても耐えきれず、多く食べてしまったときなどは、ピッパリに対し告白し、悔い改めを誓った。共に困難を乗り切る喜びに、彼らの結束は強くなっていった。

かつて仏陀は五比丘ら苦行者に対して、体に傷が増えることを修行が進んだと喜ぶことは、手段を目的化した堕落であると説いたが、それと同様のことが起きていた。だが身体を傷つける苦行は仏陀教団において禁じられていたが、頭陀行は、清貧の生活の心得として奨励される行なのだった。ピッパリ・カッサパは意志の強い、修行者の模範とされた。

とは言えこれまでは極端な者たちの集まりと見られ、少数派のピッパリ党であった。それが二賢人の死後、ピッパリ党は急激に〈党員〉を増やした。それはさらなる賛同者を呼び、人数の拡大はとどまることがなかった。時が経ち、やがて彼らは教団内の半数に迫るほどの大きな勢力となっていった。

○出家と在家

歳月は全ての人に等しく流れる。

経典中、いつまでも「若き人」と冠されるアーナンダも、四十代となっていた。

十七の歳で、祖国が滅びた。昨日までの王子が一夜にして、敵国の下層庶民となった。国も身分も、確かなものなど何も無い。

その後、仏陀のもとを訪れた頃は、まだいい加減な気持ちだった。

だが侍者見習いとして、仏陀が凶賊アングリマーラを教化するさまを目の当たりに見た。アングリマーラの最期は、その時は恐怖でわからなかったが、後から思えばあれほど血なまぐさく狂騒としていたにもかかわらず、安らかで、静けさに包まれていた。仏陀はあの時、集まる衆に向かって言った。

——この男ですら救われたのだ。そなたたちが救われぬはずがないのだ
自分も救われたい。あのような安らかな、静かなところへ行きたい——彼は強くそう思った。この人について行けば。凶賊でさえ辿り着けたあの静寂の地に、自分が行けぬわけがない。

見習いの期間が過ぎても、侍者は願って続けさせてもらった。仏陀と行動をともにし、その言動を間近で見聞きすることは何より尊いことだと思えていた。

そして侍者の務めを果たしながら、苦手だった座禅や瞑想も、どうにか克服していった。だが出家者としての作法を覚え、時の流れに相応して外見こそは痩せ枯れ、立派な比丘となってはいたが、内面は一向に変わったという実感が持てなかった。

他の修行僧たちは悟りに近づいているのだろうか。仏陀は少し話せば弟子の内面の成長がわかるようだが、アーナンダには無論わからない。他の修行僧たちは、着々と修行を進めていて、自分だけがさっぱり何も変わらず、何も身についていないように思える。

二十代の頃は、人生はまだ長かった。もちろんそれが、必ず終わりの来る儚いものだとは知っていたが、実感としてはまだまだ先があるとの余裕の気持ちがまさっていた。いつか、何かの拍子で自分にも変化が生じ、悟りの境地に入れる――そんな根拠のない期待があった。だが、仏陀が悟りを開いたという三十代半ばを超え、四十を過ぎると、

（これは、無理かもしれない）

との思いが生じだした。それは毎日のように心に浮かび、わずらわせた。

（もし、悟れなければ――愚夫のまま一生を終えるようなことになれば――俗世で、愚かしい欲望のまま生きることと、何が違うと言うのだろう）

いつか仏陀が、教えを受け取る心構えを説いた言葉がある。

　愚者はたとえ一生涯賢者にかしずいていたとしても、
　匙（さじ）がスープの味を知らないように、法を得ることがない
　智者はしばらく賢者にかしずいていたとしても、

舌がスープの味を知るように、ただちに法を知るのである

多くの弟子たちの前での言葉だが、アーナンダは、師は自分に言っているのだと思った。

(自分は匙なのだろう。とびきり堅い、木の匙だ)


サーヴァッティでのとある日。仏陀が商人や職人たちの集う辻で、説法をしている。

もしも人が適当な処に住んで、高貴な人に親しみ仕え、正しい意向を保ち、あらかじめ善を為したならば、穀物と財宝と名声と安楽とは、彼のもとに集まる

このような在家庶民の信徒に向けての説法は、以前からしているものだ。

だがアーナンダは近頃、このような言葉を聞くと、心がざわめく。

(適当な住処。穀物と財宝、名声。それらは私が金輪際(こんりんざい)捨てたものだ。あなたがそう勧めたのだ。あの者たちにはそれらを捨てるのは困難なのはわかるが、我らが捨てたそれらを、彼らには正しい行いの報酬として約するとは)

仏陀の説法は続く。


世に店主が、午前に熱心に業務を励み、日中に熱心に業務を励み、午後に熱心に業務を励む。

これらの三つの条件を具備している店主は、未だ得ない財を得、また既に得た財を増殖することができる

（そんなことを悟りしお方が説く必要があるのだろうか。財を増やす方法は、商いの道を究めた大商人にでも任せておけば良いのではないだろうか）

そして思った。

（私は出家者だ。出家者のためのお言葉が聞きたい。さもなくば早くこのやかましい町から離れ、静かな精舎に戻り、修行に励みたい）

コーサラ国の東方、マガダ国の北に、ヴァッジ国という珍しい政治体制をとる国があった。

仏典に「彼の国に王無し。唯、五百の居士、共に国政を治む。今、主と言うは衆の推す所なり」と記されるように、国王を持たぬ共和制を敷き、社会的な実力者たちによる合議により政が運営されていた。国主と呼ばれる国の代表者も、彼らによって選挙で決められていた。

居士、と言えば日本仏教では多く戒名の末に付けるように、在家で仏教を修行する男性を指す言葉に定着していくのだが、ここでは、在野（仕官していない）の資産家・実力者、というような意味で使われている。

十六の大国があったと言われる群雄割拠のこの時代。ヴァッジ国もその一つであるのだが、南にマガダ、西にコーサラという二大強国に挟まれながら、迅速に物事を決め強権を振るいやすい君主

制ではなく、共和制で国を保ち続けたということは、選挙や合議が相当うまく機能していたに違いない。

もちろん合議制を採用し、民主的であるだけでは、国が攻め滅ぼされないということにはならない。力を保持する、栄えた国であればこそだ。ヴァッジ国の都ヴェーサーリーは、共和制や合議制といった自由で新しい政治体制を好む資産家、商人、民衆が集まることにより、近年はラージャガハやサーヴァッティを凌(しの)ぐほどの大商業都市となっていた。

さて、このような自由な気風に栄える都ヴェーサーリーに、ヴィマラキールティと呼ばれる大商人がいた。ヴェーサーリーで最も有力な一族、リッチャヴィ族の出であり、商業、林業など多くの分野で成功を収めた大富豪で、ヴァッジ国の国主を選び、合議に加わる居士(こじ)の一人であった。

仏陀が十数年前にこの地を説法に訪れた折り、ヴィマラキールティと初めて出会った。少し会話を交わしただけで互いに惹かれるものを感じ、ヴィマラキールティは仏陀に在家の信徒として帰依し、仏陀は旧知の友のように彼に接した。

それからというもの、仏陀はヴェーサーリーを訪れるときは、多くの弟子を同道させた。彼所有の広く静かな果樹園でひと月ほど滞在し、弟子と共に彼の午餐の招待を受けた。仏陀に付き従い、初めてこの町を歩く弟子たちは、黒い肌の商人が白い肌の貧民を顎で使い、着飾った遊女が赤い履き物で、王侯貴族のように闊歩(かっぽ)しているのを見て目を丸くした。他のどの都市にも無い自由な雰囲気を肌で感じた。

齢七十代となった仏陀にとっても数年ぶりのヴェーサーリー訪問であり、ヴィマラキールティ邸での午餐の会だった。

当代風の瀟洒な造りの屋敷に入ると、大広間の中央に仏陀と、対面して主催者であるヴィマラキールティが座る。仏陀の左隣、かつてはサーリプッタが座っていた席には、ピッパリ・カッサパが座した。

ピッパリ・カッサパは、ヴィマラキールティに会うのはこれが初めてのことだった。富豪との午餐に呼ばれることは、彼が頑なに守る頭陀行と相容れぬことだったからだ。だが今回は仏陀が是非にと言って、彼を同席させていた。

アーナンダは侍者として、仏陀の右隣に座す。その他三十名を超える比丘たちが、大広間にずらりと着座している。

「仏陀、遠路、よくお越しくださった。首を長くして待っておりましたぞ」

精力的な、脂ぎった禿頭に、突き出た腹。大きな地声でヴィマラキールティが言った。

「久方ぶりだ、居士。また腹が立派になったのではないか」

比丘たちにとって珍しい、仏陀の軽口だった。よほど気の置けない仲の二人だと思えた。

「やあ、そういう仏陀は、相変わらず痩せておられる。今日は山海の珍味を取り揃えております。仏陀もお弟子も、少しは太られて帰られますよう」

ヴィマラ居士が合図をすると、一同が並び座る広間に、作務着を凜々しく纏った大勢の娘たちが、皿に盛られた色とりどりの料理を運び、配膳をした。どの娘も年若ながら、薄めにだが化粧をし、身のこなしも洗練されている。ただの使用人とは思われなかった。

配膳が終わり、娘たちが広間から退いてからヴィマラ居士が言った。

「どうです、器量よしぞろいでしょう。あの者たちはいずれ私の遊郭で働く予定の、遊女の見習いなのです。ここ商都ヴェーサーリーでは、最下層の女も遊女として芸を修めれば座敷に呼ばれ、大尽を上客にし、財を成すことも玉の輿に乗ることも出来る。親に売られた者、貧しい家族を支えようとする者などばかりの彼女らはそれを夢に見て、師匠の下で歌舞音曲は無論のこと、言葉遣いから礼儀作法まで、日々学んでおるのです。これまで歌舞音曲と言えば、座敷の添え物程度のものでしたが、今後は弁才天（べんざいてん）の如き、それのみでも見る者の魂をつかみ蕩（とろ）かす境地にまで高めることを目指し、稽古も厳しいものをさせております。人の集まるこの都で、遊郭は間違いなく今後最も伸びる商いの一つですからな。私も力を入れておるのです」

仏陀と大富豪。修行者と遊女見習い。この変わった顔合わせから午餐の会は始まった。

上席で仏陀とヴィマラ居士が、ヴァッジ国の政や、商都ヴェーサーリーの経済などの世間話をしている。もっぱら話し役のヴィマラ居士は、ヴァッジ国の合議に参加する居士たちの中でも最有力者の一人である。内政も外交も多くのことを熟知しており、その話す内容は深く、しかも機知に富んでいた。普段俗世間の動静には興味を持たない比丘たちも、クシャトリアでもないこの商人が政に参加しているというこの変わった国の裏話を、食膳に遠慮がちに手を伸ばしながら、耳をそばだてて聞いていた。

「――コーサラ国は釈迦国を攻め滅ぼしたあの無慈悲な戦以来、牙が抜けたかと思うほど温和しくなっておりますが、マガダ国の獅子王はなかなかの野心家で、この豊かなヴァッジ国を狙っているという話。この地ヴェーサーリーと、かの国の都ラージャガハは、交易で太く繋がり互いに繁栄しているのだから、このまま商いで付き合っていったほうがあちらも得だとわかってくれればよいのですが。実は私には、ひとつ温めている案がありましてな。あのアジャセというマガダの王を、一度このヴェーサーリーに招待するのです。そして三日三晩の接待漬けにして、骨抜きにしてやれば、無駄な戦ごころも和らごうかというもの」

　ヴィマラ居士の、冗談ではあるだろうが熱のこもった物言いに仏陀は、

「あの王は即位後は人が変わったかのように風格を厚く備え、父親に似て芯のある偉丈夫。快楽（カーマ）で己の王道を枉（ま）げることは無かろうと思うが」

　と、真面目に乗って応じた。

「なんの。ヴェーサーリーの接待が、他国と同様な快楽（カーマ）と思われては困りますな。遊女の器量も技量も大インド一です。実際に諸国の花街を巡り歩いた私が言うのだから間違いはない」

　仏陀の前で、恥じるそぶりもなく我が身の享楽ぶりを語る居士ヴィマラキールティは、多忙の中、酒席、遊郭、賭博を好み、いつ身体を休めているのかと不思議がられるほどだった。

「料理に手をつけておられないようだが、お気に召されなかったでしょうかな」

　ヴィマラ居士が言ったのは、仏陀の隣に座る、ピッパリ・カッサパに向けてだった。

　言われてもピッパリは無言で、膝の上の手を動かそうともしなかった。仏陀が取り成した。

「居士、この高弟ピッパリ・カッサパは、頭陀行を固く守る者なのだ」

「ほう、頭陀行と。古（いにしえ）よりの、衣食住を厳しく戒め実践する行でしたな」

「居士は商人でありながら詳しい。そう言えばヴィマラ居士は、若い頃は修行者を志し、遍歴したこともあったのだと、以前語ってくれた」

「さようです。青二才だった私は生き方に迷い、小舟でガンジス流域の諸国をたずね、さまざまな教えや集団に足を突っ込んでおりました。瞑想も、キャラの煙による忘我も、苦行も、ひと通りは

経験し、全て逃げ出してきました――。だがしかし、今はさらに厳しい行をしておるのですぞ」

「その、厳しい行とは」

「酒、女、そして賭博です。ピッパリ殿が頭陀行にいそしむように、私もこの行からは、決して逃げ出さんのです」

ヴィマラキールティが髭の下の大きな口を開けて、得意げに笑いながら言った。

仏陀は慣れた様子で穏やかに聞いていたが、隣のピッパリ・カッサパは、午餐始まってからの立て続けの下世話な冗談に、呆れ果てたように顔をしかめていた。それはこの場にいる比丘たちの多くの、共通する感想でもあったろう。野卑で、淫猥で、強欲なくせに、家族も財産も手堅く備え、政治や社会の情勢に一家言を持ち、関わろうとする。彼ら比丘の最も苦手な種類の人間だった。彼らは、このヴィマラキールティに象徴される世界から脱却するために、仏陀のもとを訪れたようなものだった。

仏陀は弟子のそんな様子を観察していたが、やがて言った。

「長らくサーリプッタがそうしてくれていたように、我が左に座す者は、代理として信徒に応接することも求められる。ピッパリよ、私はしばらく何も言わずこの温かい料理をいただくから、ヴィマラ居士と話してみてはどうだ。自己を知るためには、違う考え方を知ることも必要だ」

ヴィマラ居士も言った。

「ピッパリ殿、何か腹に思うものがあるなら、吐き出して何でも言ってみてごらんなさい。このヴィマラキールティも、違う考え方に触れることが大好きなのです。どんな厳しい侮蔑の言葉も、嫌悪感すら漂う思想も、全て我が成長の養分となるのだから。それは、ピッパリ殿にとっても言えることでしょうが」

どこか挑むような、誘うような物言いに、ピッパリ・カッサパは、ならばと口を開いた。

「午餐の主の軽口や冗談を、いちいち取り上げて咎め立てすることなどないが――思うものを申せと言うのなら申そう。私が三十年の間、肉体と精神を清浄にするため続けてきた頭陀の行を、主の煩悩を満たすための放蕩と同列に語るのは、冗談にもならぬ笑えぬ愚論であろう」

良家バラモンの出身らしい、鋭く辛辣な言葉だった。学生期には論客として名の通っていた彼だった。

ヴィマラ居士が言った。

「ピッパリ殿は、何のためにその厳しい行をしてこられたのか」

「頭陀、すなわち心身の塵垢を〈払いのけ〉、真の自我を探すためだ」

「ということは、三十年探して、まだその真の我は見つけられていないのですな」

ピッパリ・カッサパはその言葉にむっとしたように、

「まだ道は成っておらぬ。だが道を進んでいる者が未だ到達していないからといって、道を進みもせず、遊び呆けている者にそれをどうこう言う資格は無いと言っているのだ。ここは主の好きな酒席ではない、戯れは相手を選んでするがいい」

「戯れを言ったつもりはないのですぞ」

ヴィマラキールティが言った。彼は見た目どおりの気さくな性格の一方、議論を好み、挑発的なところがあった。論敵には、そのための罠を仕掛けることもあった。

「私は酒席、色町、賭博を好み、仕事の合間、暇を見つけては、入り浸っております。なぜならそれが、どうしようもなく好きだからだ。淡い恋心の如き〈好き〉ではない。肉体の根っこから、精神の奥底から、それらを渇望している自分を知るからです。——このどうしようもない欲望、煩悩を否定しては、真の自分自身は見えてこないと、私は思う。あなたと同様、未だそれをこの手に掴めてはいないが、酒を浴びるほど呑み、色香に深く沈み、地位も資産も通用しない賭博の熱に歯ぎしりするほど浮かされながら、私は自分自身を探しているのです。それを行(ぎょう)と呼ばずして、他になんと呼びようがあろうか——。一つ伺いたいのだが、それほどまでに煩悩を遠ざけ、払いのけ、そぎ落として、煩悩の炎は消え去った、あるいはもうほとんど消え去りそうにでもなっているのでしょうか。消え去らず、むしろ強く意識してしまうからこそ、幾十年の長きに亘り、さらにその行に打ち込むのではありませんか」

　ピッパリ・カッサパは居士を睨みつけ、声を大きくして言った。

「欲に負ける者の言い訳、おぬしの汚らわしい行は勝手にするがいい。だが清浄を保(たも)たんとする我らに、見習いか知らぬがわざわざ遊女などを近づけ給仕させるのは、午餐にかこつけて我らの身を汚そうとの魂胆(こんたん)か」

「ピッパリ殿は、遊女見習いの給仕は不満でしたか」

「礼儀作法だの歌舞音曲だのと言っているが、所詮は身体を売る、卑しく穢(けが)れた生業(なりわい)ではないか」

　ピッパリの言葉に、ヴィマラキールティは、待ち構えていたかの如く、答えて言った。

「たしかに煩悩に満ちた俗世の中でも、最も濃い煩悩の吹きだまりに生きる、卑しく穢れた女たちだろう。だがあの者たちは、自分を穢すことで銭を稼ぎ、家族を食べさせる。そしてそれはあの者たちだけではない。私も含め、俗世で稼ぎ、生きるとは、穢れることと同義なのだ。あなた方はどうだ。俗世を穢れていると嫌い、自分たちだけの集団を作って、戒だの律だのと守っているが、腹が減っては俗世に下り、その穢れた者たちが穢れた生業で稼いだ食を乞う。日に一度なら、一鉢ならよいという話ではなかろうに。

仏陀は俗世を照らす、太陽の如き素晴らしい存在であられる。このように同席し、言葉を交わすだけで心が洗われ、この商都に立ち寄っていただくだけで、都中の空気が浄化されるようだ。ここ商都ヴェーサーリーは身分制度が緩（ゆる）く、バラモンやクシャトリアが他国ほど偉ぶりはしないが、差別の無い地上の楽園、などではない。肌や生まれの差よりも、財力の差が上回るというだけのこと。貧富による格差、争いは他国より大きいかもしれない。

——だから仏陀の教えを、広めていただきたいのです。私自身も含め、額に汗して働く者たちが、人を欺（あざむ）いてでも利を得ようとする金の亡者にならぬよう、また報われぬ労働に心折れ、虚しさを覚えぬよう、正しさへ導き、慈愛あふれる、仏陀の教えを。

此度の午餐の会、手に入る最高の食材を求めたが、実は私の身銭（みぜに）は一切出てはいない。仏陀がお弟子を引き連れて来られることを耳にした、以前から仏陀を遠くから敬慕する遊女たちが、（穢れた身の自分たちは、仏陀のおそばには行けないが、せめて布施をして、罪業を清めたい）と言って、稼いだ金銭を投げ出すようにして私に託したのです。さらに自分たちの妹のような存在である、見習いの娘たちには、（見習いのあなたたちは、布施する稼ぎもないだろうが、まだ身体も清いのだから、料理を手伝い、給仕で奉仕をして、将来の罪滅ぼしとさせてもらいなさい）と勧めてくれた。

——他者に食を与え、生をつなぐことは慈悲の根本。彼女らの慈悲道に、なんの穢れがあり、卑しさがあるだろうか。また自分たちを穢れ、卑しいと思い、清らかな存在にすがりたいと希（こいねが）う気持ちの、なんと憐れで、けなげで、美しきことだろうか。自らを清しとなすお弟子の面々、彼女たちほど真摯な美しい心で、日々の行をこなしておいでか。

あなた方に、〈卑しい〉遊女の布施を得るだけの価値があるかどうか、まだわからない。彼女らに、今日生きるための日銭を稼がせてやるのは私の役目。あなた方は、彼女らが明日生きるための教えを説いて聞かせることが出来るか。説けるようになってもらわねば、ただ飯食らいの誹り（そし）を受けても仕方のないことでしょう」

ヴィマラキールティとは、大乗仏典「維摩経（ゆいまぎょう）」に登場する主人公の号であり、〈穢れを離れた名声を持つ者〉という意味である。維摩とは、ヴィマラの音写だ。その経典中の彼は、酒、色町、賭博を好みながら、仏陀の名だたる高弟たちに片っ端から議論をふっかけては難解な「空（くう）」の思想を説き、やり込め、高弟たちから顔を合わせるのも嫌だと言うほど迷惑がられる、在家信徒の豪商として描かれている。その存在は後世の創作かも知れないが、その素材となった、彼のような、在家で仏道を深く掘り下げる人物は、きっと居たことだろうし、いつの世にもいることだろう――

さて、こちらのヴィマラキールティ居士の言葉も、聞く比丘たちの耳に痛いものだった。

ピッパリ・カッサパは、頭陀行に則（のっと）り一日一鉢を守っているが、それがただ飯食らいだと言われては返す言葉もなかった。かろうじて、

「俗世に教えを説けと。私も仏陀を敬慕し、目指す者。成道のあかつきには必ずそうする。だが人にそこまで言うのなら、おぬし自身が出家し修行し、教えを説けばよいではないか。やはり安楽な道を進んでるようにしか思えぬ」

と、言うと、ヴィマラ居士は、

「俗世は穢れが多い、欲望が多いとしてあなた方は俗世を捨てた。私は俗世がそういう場所であればこそ、煩悩にまみれた者同士、穢れを共にし、みなで少しでもの幸を分かち合いたいと思っておるのです」

と、応じた。

ヴェーサーリーの人々は、困ったことがあるとヴィマラキールティ居士を頼り、相談した。

民間人でありながら資産があり、実力者のヴィマラ居士は、商売上の諍いから夫婦親族間の不和、土木工事や治水、仕事の世話など、どんな相談も時間を割いて聞き、解決法を模索した。

また共和制のヴァッジ国で、政を動かす合議に参加する彼は、民の暮らしが少しでも良くなるように意見を発していた。

仏陀が唱える慈悲の道。それを彼は俗世で、彼のやり方で、しっかりと歩んでいた。

静かになった場を見て、仏陀が口を開いた。

「長く師弟でありながら、ピッパリ・カッサパの言葉をこれほど聞いたことはなく、また居士もいつもより鋭く多弁であった。両人の心のうちが知れた、有意義な時間だった。

そして居士よ、必ず遊女たちに伝えてくれ――あなた方は少しも穢れてなどいない。あなた方の布施には素晴らしい功徳がある。出家修行者の陥りやすい、こだわった考えをただし、心を優しく清めてくれた。我らはしばらくこの都市に滞在するし、今後も訪れる。説法の際はいつでも、一番近くで聞いてほしい、と」

「仏陀のお言葉、一字一句違えずお伝えいたしましょう」

と、ヴィマラキールティは言った。

——その時、広間の戸が開き、比丘たちが居並ぶ中へ一人の少女が歩み入った。作務着、薄化粧。先ほど配膳をした、遊女見習いのうちの一人だと思われた。まだ幼いのに、見る者がはっとするほど目鼻立ちの整った顔をしていた。

「アンバ、どうしたんだ。話を聞いていたのか」

ヴィマラ居士が言った。

アンバと呼ばれた遊女見習いは、仏陀の近くに来て、そっと、小さな黄色い花を差し出した。その美しい目は、喜びと感謝に涙ぐんでいた。

「ありがとう、アンバ」

仏陀は相好（そうごう）を崩し、その可憐な布施を、恭（うやうや）しく両手で押し戴いた。

○マハーカッサパ

このヴィマラキールティ居士との午餐の会から、教団の空気は決定的に変わっていった。

ヴェーサーリーへの旅から戻り数日の後、祇園精舎近くの林で、アーナンダは初めてピッパリ・カッサパたちの禅定の集いに参加していた。

アーナンダはこれまで、このピッパリのことを敬遠していた。

いつも険しく引き締められたその表情は、少しの不浄も煩悩も自分に近づくことを許さないようだった。多くの比丘を引き連れ、自分に厳しい分、他人にも厳しく、尊大な物言いをよくした。アーナンダは、修行よりも仏陀の世話を優先する自分のことを、ピッパリはきっと、半端な比丘と蔑んでいるのだろうと思っていた。

だが、この度はピッパリの方からアーナンダに声をかけ、一度共に瞑想をしないか、と誘ってきたのだった。

その間の仏陀の侍者の役目は、ピッパリが他の比丘を手配してくれた。ウパヴァーナという釈迦族の、アーナンダより少し年上の比丘が選ばれ、今後もアーナンダが不在となるときには代わりを務めることになった。

仏陀はアーナンダに、「思うようにいたせ」と送り出してくれた。

ピッパリが主宰する午後からの禅定の集いで、アーナンダは百人を超える比丘たちと、整然と並んで座った。話には聞いていたが、彼はその人数の多さに驚いた。これはまだ彼の賛同者の一部なのだという。

苦手に思っていたピッパリ・カッサパだが、一緒に修行をしてみて、彼の下にこれほどの比丘が集まる理由がわかる気がした。仏陀は、遙か見えぬほどの高みにいて、弟子たちを照らし導いてくれるが、ピッパリは、同じ一人の修行者である。共に困難を超え、静寂の境地を目指すという親近感があった。それだけではなく、長時間の行につらく感じ、くじけそうになっても、目を開ければピッパリは常に険しい表情で消えることのない意志を燃やし、耐えている。それを見ると、ならばもう少し自分も、と思えた。戦場で先頭に立ち、自ら剣を振るう将軍のような頼もしさがあった。

そのようなことを思いながらも、アーナンダはこの日の午後から夕暮れまでの、彼らとの合同の禅定で、珍しく瞑想に集中でき、修行が進んだ充実感を味わうことが出来た。

その後彼らは、今日はどこで夜を過ごすかの、相談を始めた。

蛇が出るという岩場に行こうと言う者、いや川べりの死体置き場にしようと誘う者。そんな気味の悪い行の打ち合わせにも、禅定同様の熱気が感じられるようだった。

ピッパリが口を開いた。

「おのおの場所が決まれば、こちらで円座になれ。定例の、話し合いの場を開く。今日は珍しい人も来ていることであるからな」

初めて参加する、仏陀の侍者アーナンダのことだ。

ピッパリの言葉どおり、比丘たちは円になり胡座(あぐら)をかいた。中心にピッパリとアーナンダ、そして釈迦国クシャトリアの出、アニルッダが座った。

アニルッダのことは、アーナンダは世代が違うため個人的に話したことはないが、同じ王族で縁戚関係にもあり、よく知る存在だった。釈迦国の最後の王の一人、甘露飯王の子で、仏陀より少し下の年齢だった。彼は身体は細く武術などは得意でなかったが、実務に優れ、若い時には法務の仕事や、後には参謀役として働いていた。釈迦国の滅亡の際、王宮で徹底抗戦したクシャトリアの中に、アーナンダと共に彼もいた。釈迦国の滅亡後、釈迦族から仏陀の教団へ出家した者が多くいたが、そのうちの一人だった。

アニルッダは出家して早くから、ピッパリ党の一員となったらしかった。彼の方がだいぶ年上であるにも関わらず、性格が通じるところがあるのか、よくピッパリのそばにいるところを見かけた。先日のヴィマラキールティ邸での午餐でも、ピッパリの隣に座していた。

ピッパリ・カッサパが、比丘たちの前でアーナンダに向かってこう問いかけた。

「アーナンダ、おぬしは、近頃の師のことをどう思っている」

アーナンダは驚いた。不穏な空気を察した。だが居並ぶ百人の比丘には、誰も驚きの表情は無い。

いつもこういう話をしているのだろうと思われた。

傍らから彼の気持ちを察したアニルッダが、

「アーナンダ、師のことを、弟子が評するのは不遜だと思うか。我らは全て仏陀に帰依し、仏陀に近づかんと、その教えを守る者。それゆえに、だ。我らは仏陀の言われることが、以前と変わっているのではないかと、懸念しているのだ」

と、諭すように言った。

ピッパリは続けた。

「長い間、常に仏陀の近くに侍してきたおぬしに聞きたいのだ。先日の、ヴェーサーリーでの午餐の会――ヴィマラキールティの如き俗物に、何を言われようと腹も立たぬ。だが仏陀、我らが師は、大きく変節されたのではないか。あたかも在家のヴィマラキールティが、出家の我らより上位者であるかのような物言いではなかったか」

すると、比丘の中から、

「マハーカッサパ殿の言われるとおり。仏陀は、かの商人の無礼な言動を咎(とが)めることなく、認められるが如きでした。さらには、遊女が我ら比丘のこだわった考えをただし、心を清めるとまで仰せになった」

と、午餐に同席したと思われる者からの声が上がった。しばらく前からピッパリ・カッサパの賛同者、信奉者たちは、〈偉大なる〉という意味の〈マハー〉を付けて、彼をマハーカッサパと呼ぶようになっていた。

マハーカッサパこと、ピッパリは頷くと、遠くを見るような目で、

「夢の如き昔の話となるが——、学生期を終えたばかりの若いバラモンだった私は、噂を聞いて、初めて仏陀の説法に行った。そこで、その清浄なたたずまいと教えに、魂をつかまれた。熱心に質問をする私に、師は、一つ一つ真摯に答えてくれて、そして、直々に出家を勧めてくれた。俗世を抜け、精神の修養に専念し、真の自我を見つけて、至上の境地に至れ、と。そなたにはそれがふさわしい、と。そして共に衆生を救おう、と——心の底から、この人のようになりたい、と思った！あの日の自分の魂の震えと輝きは、今も鮮明に覚えている。——だから私は、年老いた両親も捨て、許嫁も捨て、次の日には仏陀の下へ出家した。別れの辞を述べる際、私に村の司祭長を継がせたかった両親の落胆と嘆きは、ひどいものだった。それ以来、二度と会うことは考えなかった。托鉢の際の風の便りに、二人ともその数年後に死んだと聞く。俗世との交わり、しがらみを断つため、致し方なし——そう思っていた。だが師は結局のところ、捨てたはずの母、妻、息子までを、出家弟子として引き取っておられる。師はいったい何を出て、何を捨てたのだ。まさか今さらヴィマラキールティのような者を持ち上げ、出家する必要はない、在家のままでもよい、などと言われようものなら、仏陀を信じて家族を捨てた者、あるいは家族を作らずにきた者たちの人生はどうなるのだ。

もう一つ、看過できないことがある。いつの頃からか、仏陀は、下級労働者や遊女らのごとき、学問も無く、精神の修行など考えたこともないような者たちが、仏陀の話などわかりもせぬのに、ただ仏陀を間近で見ることに狂喜し、ひざまずき、手を合わせることを、それでよしとされているようではないか。おぬしも当然聞いているだろうが、かつて仏陀は言われた。（私に拝跪してはならぬ。真理に拝跪せよ）と。仏陀とは、宇宙の真理を悟った人間のこと。我らはその真理を悟るために、仏陀を師として先達として、敬い、追いかけこそすれ、神のように拝むことはしてはならい。だから仏陀は、人々が自分の像を作ることも拒絶しておられるのだ。神とは、像を作り、わけもわからぬままに拝むもの。拝むとは、麻薬のようなもの、思考の放棄と同義の行為。我らが求めた、仏陀の説かれし悟りへの教えは、そのようなものではないのだ――。なのに近頃の仏陀の、無知な衆生への接し方は、衣の裾を掴み泣く者をそのままにさせるなど、まるでご自分が、生き神にでもなられたかのようではないか」

苦しげな表情を浮かべたまま、ピッパリは語り終えた。

集うピッパリ党、いやマハーカッサパ党の比丘たちが、

「仏陀は、大きな理想であられる。だが仏陀も、我らをその同じ場所に連れて行こうとは、もう考えておられない」

「師は、ご自身があまりにすんなりと悟りを開かれたせいで、人をそこに導く方法はご存知ないのだ。名人、必ずしも名教師ならずと言うではないか」

「仏陀は在家に目をかけ、在家でもよいと言われる。もはや家族も捨ててまでここへ来た、我らへの指導に飽きておられるのだ。我らは仏陀を目標とし、崇敬するが、仏陀の指導で悟りを開くことは出来ない。我らが欲するのは、出家者にふさわしい厳しい修行、戒律、そして指導者」

「我らがついて行くべきは、マハーカッサパ殿！」

と、口々に賛同の意を表明した。

アーナンダは、師仏陀へのこのようなはっきりとした疑念、批判を聞かされ、どうしたらいいかわからなくなっていた。だが、彼らの言うことは、アーナンダも確かに――

同族のアニルッダがアーナンダの顔をのぞき込むように見て、思いを言い当てるように、こう付

け足した。

「アーナンダよ。そなたは二十歳にも満たぬうちに比丘となったのだな。俗世にいたならば、祖国は滅びたとは言え、大いに働き、食べ遊び、今頃は家庭を持っていただろう。娶ったであろう妻も、生まれたであろう子も、捨てたのだと言える。そんな、もう一つの人生を捨ててここへ来たのだ。まさかそれが、無駄な出家だったとは思いたくなかろうな」


アーナンダの比丘としての生活は、それまでの満足できぬながら平穏だったものから、一転して、心に棘の刺さったような、常に緊張を伴うものとなった。

自分一人の迷いだと思っていた。だが教団自体がこれほど揺らぎ、迷いを抱えていたのだとは。彼らは自分と同じだ。出家したときの理想と現状に大きな隔たりがあり、焦りがあるのだ。彼らは皆、仏陀のようになれると考えて俗世を捨てたのだから。教団はどうなるのだろうか。彼らの不満を知れば、師はどう思われるだろうか――

だが幾月かの後、そんな緊張がほどけるかに見えることが、仏陀からなされた。

ピッパリ・カッサパを呼び、彼にまず阿羅漢（あらかん）の階位を認めた。

阿羅漢とは、字面はいかめしいが、サンスクリット語アルハットの音写で、仏陀の弟子の辿り着ける、最高の境地である。

仏陀は教団の設立後しばらくして、先の見えない長い修行に、くじけそうになる比丘たちからの要望もあって、その修行の進み具合に、段階的な名前を付けていた。

預流(よる)から始まり、一来(いちらい)、不還(ふげん)、そして阿羅漢。

さらに、その境地に辿り着いたことを〈果(か)〉で表し、その一歩手前であることを〈向(こう)〉と呼ぶことで、

預流向、預流果
一来向、一来果
不還向、不還果
阿羅漢向、阿羅漢果

の、八つの段階があるとした。

弟子たちは、数年をかけ少しずつ上の階位を認められるたび、修行が進む実感を得て喜んだ。

ピッパリ・カッサパは、それまで阿羅漢向だったが、阿羅漢果に到達したことを認められたわけである。

それだけではない。その上で、

「そなたは、私の不在時に教団をまとめる者であるから、それを心に置いて、よろしく頼む」

と、懇(ねんご)ろに告げたのだ。仏陀不在時とは、仏陀の亡き後も意味しており、教団の後継者として正式に指名したのだった。

傍らでそれを聞いていたアーナンダは、教団内の軋轢(あつれき)がこれで解消されると安心すると同時に、何か、自分自身が報われたように感じていた。やはり出家弟子の中で、最も修行熱心な者に、仏陀

は信頼を置いておられるのだ。

　後日ピッパリと二人きりになった折り、アーナンダは喜びの声と共に、そのことを言った。やはりあなたの熱意と比丘たちからの人望を、師は見ておられたのです。悟りしお方の言動は、我らには理解できないことも多く、時に疑念もありましょうが、師の信頼に応えるべく、修行僧たちへのご指導よろしくお願い致します。私もまた、心新たに精進しようと思います、と。

　だが、ピッパリ・カッサパは、

「信頼——そう思うのか」

と、なんともいえない、猜疑と寂しさと怒りの混じったような目でアーナンダを見た。

「信頼などであろうものか。仏陀は、あきらめられたのだ——ご自身の理想を。師は、自分の高邁過ぎる教えを凡夫の手に渡し、凡夫らにわかりやすいよう、好きなように広めよ、と言っておられるのだ——」

　そして、

「師が私に教団を任すと言うのなら、私は己のやり方で最善を尽くし、教団を発展させてゆこう。だがなアーナンダ、おぬしに言う。師から引き継ぐ我らの教えに、神はいない。神は、在ってはならない。教団と教えを凡夫に託しておきながら、その裏で、もしも今後師が人であることを捨て、神になろうなどとしたならば、それは師の裏切りか、錯乱。その時はおぬしが止めよ。仏陀は、人として死んでいくべきなのだ」

　その後開かれた比丘、比丘尼ら修行僧たちの集会で、仏陀はピッパリ・カッサパを、彼の賛同者の呼び方に倣（なら）いマハーカッサパと呼んだ。修行者の最高の境地、阿羅漢に達したことを宣し、教団の後継者とすることを明言した。

特にマハーカッサパ党の者たちは、喜びの声を上げて歓迎した。

仏陀の横に立つマハーカッサパは頭を低くして、不肖の身ながら、師の心を安んじるべく力を尽くしましょう、と言った。

すぐ近くで聞くアーナンダは、マハーカッサパの当たり障りのない答えと歓声の中、教団が、遡ることの不可能な一つの方向に舵を切り、風を受け大きく動き出したような感覚を覚えていた。

その時――、

――後継者の決まりし今、尊師におかれましては、時待たずして入滅し、大いなる涅槃に入られるのでありましょうや。モッガラーナ尊者がそうなされた如くに

と、比丘の中から、声があった。誰のものだろう。ここにいる誰かのものには違いあるまいが、随分昔から聞き覚えがあるようにも、誰のものでもないようにも思えた。ざわめきの中で発せられたゆえか、複数からなる、絡み合い、うねるような声だとも聞こえた。

その問いかけに対し、仏陀は――、

我が弟子である修行僧どもが、賢明にして、よく身を整え、ことがらを確かに知っていて、学識があり、法を保ち、法に従って行い、正しい実践を成し、適切な行いを成し、自ら知った

ことおよび師から教えられたことを保って、解説し、説明し、知らしめ、確立し、開明し、分析し、闡明し、異論が起こったときには道理によってそれをよく説き伏せて、教えを反駁し得ないものとして説くようにならないならば、その間は、私は涅槃に入りはしないであろう

要約すれば、

(そなたたちがしっかり修行を完成し、自立するまでは、自ら肉体を捨てて涅槃に入ったりはしないよ)

——と、答えた。

○他者のためになら

時はさらに進んだ。

八十歳の年齢となった仏陀は、今もって教団を照らす偉大な太陽であったが、実際の運営や指導はその多くをマハーカッサパに任せるようになっていた。

アーナンダ一人を連れ、数年ぶりにマガダ国、竹林精舎に入っていた。

こちらではカッサパ三兄弟のうち、ウルヴェーラ、ナディーの兄二人を見送った末弟ガヤーが、修行僧たちをうまくまとめている。

かつて、まだ苦行の生傷の残る五比丘を連れ、カッサパ三兄弟とその門下千人を出家弟子にしたばかりの三十五歳の仏陀。その落ち着き先にと、ビンビサーラ王からこの竹林の地が寄進されて、四十五年という歳月が流れていた。

「当時は青々とした竹ばかりだったこの林も、今では枯れた色が目立つ。自分の体も動かなくなるわけだ」

そう仏陀は言って、笑った。

仏陀は竹林を背に修行に励む弟子たちを見ながら、アーナンダにいつになく口数多く、昔の思い出話をして聞かせた。

苦行者だった五比丘と、正統派バラモンであるカッサパ三兄弟とその門下千人と、不可知論者サンジャヤの下から来た、サーリプッタとモッガラーナら二百五十名。自分の弟子になったとは言え、それまでの考えの全く違う者たちが混ざり合い共に修行するには軋轢もあり、苦労も多かった――

また、不可触民チャンダーラ出身のスニータ。立派なマハーと愚鈍と言われたチューラのパンタカ兄弟。その後も続々と、様々な人間が集まったものだ――

彼らは皆、熱心に修行に打ち込んだ。師である自分の言うことを聞き、正しい行いをした。托鉢で欲望をそぎ落とし、心を静かに見つめ、自我を深く追い求めた。確かに境地に近づいていた――

「幾人もが、阿羅漢となって涅槃に入っていった。私のしてきたことは無駄ではなかった」

仏陀は言った。

既に触れたが、阿羅漢とは、仏陀の弟子としての最高の境地である。

教団には、

預流向、預流果

一来向、一来果

不還向、不還果
阿羅漢向、阿羅漢果

の八つの階位があった。〈果〉とはその境地に達していることであり、〈向〉とはその一歩手前を表す。アーナンダは現在、不還の果を認可されている。自分では実感はないが、六段目までは進んでいるらしい。

だが彼は、かつて出家後五年で預流果を認められたとき、

（師は、出家されて何年ほどでこの預流に到達なさったのでしょうか。またそれから、次の一来までの期間はいかほどでしたか）

と、仏陀に聞いたことがある。仏陀は少しだけ記憶を探るように上方を見上げたが、答えは無かった。おそらくそのような階位など本当は無いか、曖昧なものなのだろうな、とアーナンダは思った。

ただ、八つもの細かな段階は曖昧でも、最高とされる阿羅漢と言うべき境地はあるのだろう。サーリプッタとモッガラーナは別格として、ウルヴェーラたちカッサパ三兄弟や、コンダンニャやアッサジたち五比丘、スニータ、そしてパンタカ兄弟など、古くから仏陀の教えを受けてきた、そのほとんどが今は亡き高弟たち。彼らは早い遅いの差はあれども、最終的には阿羅漢の階位を認められており、皆アーナンダが見てもわかるほどに、清らかな静寂の境地に達していた。また女性出家修行者である比丘尼からも、最晩年のプラジャパティ、さらにケーマーやウッパラヴァンナーなどが阿羅漢に達したと聞く。

アーナンダにとって阿羅漢と言えば、二十年も前に短い間だったが比丘となったウダーインのことが、特に鮮烈に思い出される。

ウダーインは、仏陀が釈迦国でシッダールタ少年だった当時のバラモン教師だったという。世に信じられているヴェーダに説かれる輪廻を、初めてシッダールタに教えた人物であり、またバラモンの秘伝、梵我一如の存在を示唆し、シッダールタに出家のきっかけを与えたのも彼であるそうだ。

不思議な縁で、その彼が竹林を訪れ、仏陀を師として教団に入った。引き取り、育てていた身寄りのない子供たちが成長し、それぞれ生き場所を見つけたため、安心して自分自身の長年の望みをかなえに来たのだと言う。育て上げた子供たちとルクミニーに竹林の前まで手を引かれ、見送られたらしい。

老齢で背も曲がり、杖をついて仏陀の弟子となったウダーインは、初めての集会で仏陀から、既に輪廻の迷いから脱却する準備が出来ているとして、すぐに最高位阿羅漢果の一歩手前、阿羅漢向を認められた。そして、励めば近いうちに必ず阿羅漢果にも到達するだろうと言われると、

「仏陀、ありがとうございます。ですが私は、半年後にもこの世にはおりますまい。国が攻め滅ぼされたあの日、命を落とすはずだったところをデーヴァダッタ殿に助けられ、十数年もの歳月を生き長らえて、大切な者たちと濃密な時間を過ごすことができました。仏陀には教え甲斐がないと思われるでしょうが、もう私にはこれでじゅうぶん、高みに登りたいとは思わないし、今生にも来世にも思い残すことは無いのです。以前は自分の人生を悔い、来世があるならば自分の頭で考え、少しでも真理に近づきたい、学び直したいと考えておりました。ですが今はただ、仏陀のお近くで正しい行いをし、静かな余生を過ごせれば、もうそれでよいのです。仏陀には叱られるかも知れませ

んが、私には静かな正しい生活それ自体が目的のようなのです」

と、穏やかな笑顔で言った。

弟子入りしておきながら、学ぶつもりはないと言うウダーインだった。

修行そのものを目的としてはならない、と仏陀は弟子たちに教えている。手段であるはずの修行に熱を入れこだわりすぎると、静寂の境地へゆくという本来の目的を忘れることになるからだ。

だが近くで聞くアーナンダは、ウダーインの一つ一つの言葉、佇まいが、竹林をそよがす風のようにすがすがしいと思えた。こだわりも、欲望も、匂いすらしなかった。

仏陀も、ウダーインを感じ入ったように見つめ直し、

「老師、こうして話を交わすのは、互いに若い頃、釈迦国で顔を合わせて以来のことです。あれから老師にどのような人生、経験、出会いがあったのでしょうか――。失礼を致しました。私の目に曇りがあったようです」

ウダーインに、静かにそう言った。そして集う他の修行僧たちに向かい、

「そなたたち、見よ、輪廻の迷いを脱した阿羅漢がここにいる。目に焼きつけて、修行の手本といたせ」

と、高らかに言った。

阿羅漢がサンスクリット語アルハットの漢語音写であるとは既に記したが、その語源的意味は、煩悩を滅し、迷いの世界に再び生まれ変わることのない者、というものである。

また阿羅漢は修行者の到達しうる最高位であり、もはやそれ以上に学ぶ必要が無いので、〈無学位〉との異称を持つ。

ウダーインほどその称号にふさわしい者もいなかった。

彼はそれから五ヶ月の後に、修行僧たちの尊敬を受けながら、安らかな顔で息を引き取った。

アーナンダが思い返すその思い出すらも、既に二十年前のこととなっていた。それからの二十年間、自分は何も進んでいなかったな、と彼は思った。


仏陀がラージャガハを訪れる度、見に行く顔がある。

城下の辻で、民衆に包み込まれるような説法の後、仏陀はアーナンダと共にルクミニーの所に足を運んだ。

ルクミニーは、ラージャガハ城下で名の知られた女経営者となっていた。かつての思い出の小さな料理店の、構えはほぼそのままに、両隣の店舗を買い上げ、大きな店に増築していた。彼女の料理の腕前はさらに上がり、広くなった店舗の中、増えた席はいつも客で埋まっていた。

そして彼女はその利潤で古いが広い屋敷を買い、身寄りの無い男児女児たちを集め、読み書きや算術など、生きていくのに必要なことを教え、育てていた。そう、今は既に他界しているウダーインがしていたように。ウダーインの学舎と違うのは、子供たちが希望する場合は料理店という成長後の働き口があることである。その成長した子供たち――有能で、なにより信頼できる新たな働き手たちにより、料理店はさらに繁盛し、店舗は城下中に増えていった。そこからの収益で、孤児たちの暮らしは安定し、より良い教育を施すことができた。

ウダーインがその手で守り教えた、かつての身寄り無き八人の釈迦族の子供たちの協力が大きかった。ウダーインの教え子の八人は、皆とても優しく頼りになり、ルクミニーの事業を助けた。特にパドマは少女の頃からルクミニーに最も懐き、母親のように慕い、成長してからは孤児たちの舎の共同経営者のようになっていた。生まれつき強い近視ではあったが、それ以上悪くなることもなく、ウダーインから教えてもらった読み書き算術、学問を子供たちに教えるのはこのパドマの役目で、パドマ先生と呼ばれ、懐かれていた。ルクミニーはいずれ引退し、パドマに全てを任せると決めているという。

仏陀はこの孤児たちの舎を訪れ子供たちの顔を見る度、他では見せないほどの笑顔になった。

「ここはいつ来ても明るく、賑やかだ。ルクミニー、そなたの手腕はたいしたものだな」

「そんなことありません。初めはウダーイン先生の助言がありましたし、パドマたちのおかげが大きいですわ」

と、ルクミニーは言った。昼はこの舎、夕暮れ時からは料理店を切り盛りしているのだという。かつて線の細い身体に見せていた、どこか幸薄げな印象はもう無い。血のつながりはない子供たちを長い年月の間、何十人も育て上げ、人生を歩ませているという自信がその身体に満ちているようだ。傍らのパドマは小さい子たちの世話をしながら、照れたように笑っている。

「幼い頃、身寄りのなかったパドマたちはウダーイン先生に救われました。そしてわたしも、パドマたちも、デーヴァさまに助けられたことを縁にして繋がり、血縁よりも濃い絆(きずな)となりました。絆は増え、今ではこの大人数。さらにラージャガハじゅうにも巡っているのです——。今はここにいない、お二人のなした善きことが、ここまで根を生やし、枝を伸ばし、葉を広げたのです」

横で聞くアーナンダは、都じゅうに広がる青々と葉の茂る、菩提樹のような大樹を思い浮かべた。

――自分は、草一本でも生やせているだろうか。

「今でもたまに、デーヴァさまの夢を見ます」

ルクミニーは言う。デーヴァダッタの死は、三十年以上昔のこととなっていた。

「いつの頃のお顔なのでしょう。あまり見たことがないような、とっても穏やかな顔で。出会ったばかりの頃や、最後の方は、厳しい、思い詰めているような表情が多かったから。でもこちらの穏やかな顔が、あの人の本当なのですよね。あの人は今、本当の自分を見つけているんだわ。目が覚めたら、わたしもがんばらなくちゃ、って元気をもらうんです」

「そうか……今生であの男を救ってやることはできなかったが、そなたのおかげで今は救われているのだな。また生前にも、戦ってばかりのあの男に、安らぎを与えてくれていたのだろう。デーヴァダッタは私の従弟であり、弟子であったが、それ以上に盟友でもあり、実の弟のような存在でもあった。ルクミニー、ありがとう。心からお礼を言わせておくれ」

「お礼だなんて。わたしからあの人に、いくら言っても言い足りないほどですのに――わたしは近ごろ、思うんです。ウダーイン先生が、自分はパドマのおかげで輪廻から抜け出ることができたのだ、ってよく言っておられました。どういう意味かわかりません。パドマもわからないって、言ってます。ね？」

横で聞いていたパドマは、可笑しそうにうなずいた。

「思うことは、輪廻なんて、本当にあるのか知りません。わたしたち誰も前世のことを覚えてないのだから、あっても無くても一緒じゃないかとも思います。でも、あの人とわたしたちのこの事業が、親を亡くしたり、親に捨てられた子供たちを救い、未来に生きる子供たちに少しでもの幸せを感じさせたなら、その幸せや、その笑顔が、あの人の輪廻、生まれ変わりなんじゃないかと思うのです。わたしもそれに、参加させてもらってるんです」

それを聞いた仏陀は膝を打ち、

「ああ、それは素晴らしい。そのような輪廻なら、いつまでも続けばよいなあ」

と感嘆の声を上げた。

その後、古い知り合いたちの話をした。ずっと以前、デーヴァダッタが亡くなった数年後、アジャセ王が店に一度来たという。ルクミニーがデーヴァダッタの代わりに謝罪すると王は黙ってうなずき、彼のために杯を干したとのことだ。

そして親を亡くした者としてルクミニーの事業に深く理解を示し、政で救えない弱い者たちを助ける彼女は「国の宝」だと、最大の賛辞で感謝の言葉を述べたという。

バララーマは長年就いていた将軍職を退任し、王を補佐する宰相となっており、すっかり酒は弱くなったが、相変わらず店に良い客を連れてきてくれているらしい。

会話も終わろうとする頃、ルクミニーがアーナンダに修行の調子を訊ねた。問われたアーナンダは自分の修行が上手くはかどらないことを、謹厳な修行者、仏陀の高弟らしくなく明け透けに、どこか自嘲気味に話した。姉のような存在である彼女に、自分の現状を打ち明けたくなったのかもしれない。

ルクミニーは、じっとアーナンダの目を見つめながらそれを聞き、

「じゃあ、舎を手伝う?」

と言った。

不意に言われ、とまどうアーナンダに、

「冗談よ。仏陀の前で、ごめんなさい」

そう言ってから、真顔になって、

「ただ、あなたの悩みには、何か人のためを考えることが大事なんじゃないか、と思ったの。あなたのお兄様は弱音を吐かず、前を向いて行動する、とても強い人だった。それはあの人の生まれつきの力だけじゃない、あの人が、いつも他者のために生きていたからだと思う。前ばかり見て間違ったこともしてしまったし、別の他者を傷つけてしまったけどね。わたしも子供たちを引き取って育てるようになって、わかったの。自分のために出来るがんばりなんて、知れてる。嫌になったら、自分さえあきらめてしまえば楽になれるんだから。失うものは、どんなに大きくてもこの命ひとつだものね。でも他者のためにならなら、人は自分でも信じられないほど力を出せる。くじけそうになっても、他者の命や幸せがかかっているのなら、あきらめて投げ出してしまうわけにはいかない。弱かったわたしだけど、子供たちのため、そしてあの人のために、なんとかやってこれた。

　アーナンダさまも、ご自分だけのための修行だと思わないで。あなたの修行も、人を助けるためのものなのでしょう？　どうか苦しむ人たちのために、いつか仏陀のようになってください。――わたしなんかがこんなことまで言って、仏陀の前で、重ね重ねごめんなさい。お体に気をつけて、がんばってくださいね」

　と、最後は笑って言った。

　ルクミニーとパドマが、帰ってゆく二人を見送っているとき、

「母さま。弟さま、顔色が悪かった」

目の悪いパドマが、そう言った。

「うん、アーナンダさまよね。ちょっと元気なくて、何かおかしかったわ」

「本当に、手伝ってもらったらよかったかも。手を引っ張ってでも」

「え？」

ルクミニーはパドマの顔を見た。彼女は少女の頃から、人にはわからないことを言い当てることがあった。

ルクミニーはデーヴァダッタのことが頭によぎり、不吉な予感がしたが、二人は城下町の人混みの中に埋もれ、見えなくなっていた。

○大般涅槃経（だいはつねはんぎょう）

この物語の主人公である、仏陀こと、ガウタマ・シッダールタ。彼はおよそ二千五百年前に実在した歴史上の人物であり、仏教と呼ばれる世界的な〈生き方についての教え〉の開祖であるため、彼の生前の言動は、弟子や信奉者たちの手により、仏典として現代にまで数多く残されている。

その一つに、大般涅槃経という経典がある。

涅槃（ねはん）とは、修行者が目指す、全ての煩悩の消え去った静寂の境地のことであるが、肉体の死をさして言うこともある。

大般涅槃経とは、「大いなる死の教え」を意味し、八十歳で旅の途上に亡くなる仏陀の、死の直前数ヶ月を時間の経過に沿って詳しく記した、資料的価値の高い経典だ。

仏陀の死を語る上で欠かすことのできないこの経典だが、そこにはいくつか、一読して違和感を覚えるような、不可解な記述が散見される。

古代の、それも人々に崇められる人物について記された書には、例えばその人物の神格化のためにやたらと超自然的であるなど、不可解な記述は付きものと言えるが、それだけでは片付けられない、切実な思惑のようなものが、ここには感じられる。

この経典をあらわした者は、何かを伝えたがっているのではないだろうか？　伝えたいことがあるのに、それを明確には示すことが出来ないから、このような違和感が生じているのではないだろうか？　あるいは故意に違和感を生じさせ、その〈何か〉を気づかせようとしているのではないか。

もしかするとその〈何か〉とは、現在にまで続く、仏教が迷い込んでいるかのように見えるある状況の原因であり、またその到来を予言しているのではないか――

ここからは、大枠はこの大般涅槃経の記述をなぞりながら、その違和感がどのようなものであり、そして経典をあらわした者の思惑と、隠された〈何か〉が何であるのかを考えつつ、仏陀の最後の旅を描いてゆこうと思う。

マガダ国のアジャセ王は、齢五十代の半ばを過ぎ、頬に髭をたくわえ、獅子王との呼び名にふさわしい、大きな威厳を身に纏っていた。

王は有能な人材を取り立てる先王の手法を受け継ぎ、国をますます強く作り上げていった。

そして戦場では、その昔デーヴァダッタに鍛え上げられた臨機応変の軍略により勝利を重ね、ガンジス川流域周辺に領土を拡大していった。

ついにはルリ王率いるコーサラ国の大軍との、象、戦車ぶつかり合う半年に及ぶ総力戦の末、これを打ち破った。大打撃を受けたコーサラ国は、もはや復興することは出来ず、周辺の国の多くもマガダに恭順を誓った。かつて十六大国と呼ばれた群雄割拠の時代は終焉を迎えていた。

だがマガダ国の一強に、恭順するばかりではない。いくつかの国は違う動きを見せていた。反マガダの、連合の動きだ。

コーサラには、連合をまとめるほどの力はもう無い。その力があるのは、大商業都市ヴェーサーリーを擁(よう)する、ヴァッジ国だった。ヴァッジ国は王を持たず、国内の有力者による合議制で物事を決める国だ。自主独立の気風高い彼らは、王権の強い国の下に付くことを嫌った。

マガダ国王アジャセは、ヴァッジ国を攻め滅ぼすべきかどうか、考えていた。

そして、その是非について仏陀の意見を聞くために、大臣の一人、ヴァッサカーラを仏陀のもとに送った。——大般涅槃経(だいはつねはんぎょう)の冒頭に記されるこの挿話(そうわ)は、仏陀が人生の最晩年、八十歳の年齢になっても、大国の王や国際情勢に影響力を持っていたことをうかがわせる。

この時仏陀はラージャガハの東方、霊鷲山(りょうじゅせん)にいた。この山は鷲のようなとがった岩が山肌を覆い、峻厳な雰囲気に包まれ、仏陀が修行僧たちへの説法の集会に好んで使っていた場所だった。

大臣ヴァッサカーラは仏陀の前に座り丁重な礼をとり、来意を告げた。果たしてマガダ国王アジャセは、ヴァッジ国を攻めるべきか否か、ご指導いただきたい、と。

しかし仏陀はヴァッサカーラの礼には応じたが、質問に対しては直接答えず、傍らで仏陀を扇いでいたアーナンダに向かって、

「アーナンダよ。ヴァッジ人は物事を決めるときに会議を開き、会議には多くの人々が集まるとい

う。そなたは聞いたことがあるか？」

と、問いかけた。

ヴァッジ国やその都ヴェーサーリーは、仏陀がその晩年によく訪れ滞在した地であり、その度に付き従ってきたアーナンダも、内情は知っている。

「はい、仏陀。そのように私は聞いております」

そう答えた。

続けて仏陀は、アーナンダよ、と呼びかけ、

「ヴァッジ人は協同して行動し、為すべきことを為すということを聞いたことがあるか」

「ヴァッジ人は権力者の恣意でなく、定められた国法によって国を運営するということを聞いたことがあるか」

「ヴァッジ人は古老を敬い、尊び、崇め、彼らの言葉に耳を傾けるということを聞いたことがあるか」

「ヴァッジ人は弱い立場の女性や子供を不法に、意に反して連れ出したりとらえ留めることがないということを聞いたことがあるか」

「ヴァッジ人は祖先の霊廟を敬い、供物を怠らないということを聞いたことがあるか」

「ヴァッジ人は尊敬されるべき修行者たちを保護し、領土に招きもてなすということを聞いたことがあるか」

――と、問うた。

アーナンダはそのどれにも、

「はい、そのように私は聞いております」

と、答えた。

それを受け、仏陀は、ようやくヴァッサカーラに向かって、

「これらのヴァッジ人の行いは、かつて私がヴェーサーリーのサーランダダ霊域に滞在していた折、ヴァッジ人に説いた、国が栄え、衰退しないための七つの法。彼らはそれを、今もって守っているのだ」

晩年の仏陀は、国同士の領土争いに関わることを、以前にも増して極力控えていたのかもしれない。だからこのように直接は答えず、間接的にヴァッサカーラに伝えたのだろう。

そして仏陀はヴァッジ国という国の在り方を、一つの模範として考えていたのだろう。この七つの教えには、近代的な民主主義や、国法、法律による支配といった思想が見られる。

有能な大臣であるヴァッサカーラは、その七つの法の深さ、そして仏陀の意図を理解した。

「仏陀、確かにそれらを守っている国は繁栄し、衰退することはないでしょう。私はすぐに帰って、大王に伝えましょう。ヴァッジ国を攻めることは筋が悪いこと、そして我がマガダ国が栄えるための七つの法を」

そう言って、霊鷲山を去り、王宮へと帰っていった。


ヴァッサカーラとのやり取りの、その宵のことだった。仏陀はアーナンダに、竹林精舎やラージャガハ近辺にいる修行僧たちを、この霊鷲山に集めるように言った。

何か思うところがあったのだろうか、決然とした口調だったのでアーナンダは不思議に思ったが、

他の比丘と手分けして、集合を呼びかけた。

二日後、霊鷲山にて、ガヤー・カッサパ以下居並ぶ数百名の比丘および比丘尼ら、修行僧たちを前に、仏陀は語りかけた。

「国が、法により繁栄し、衰退から逃れるように、修行者の集まりであるこの教団にも、繁栄し、衰退せぬ法はある。我が弟子たちよ、そなたたちに、その七つの法を説く。どうかよく聞き、心に留めてほしい」

老齢となった仏陀の、まるで遺言のような言葉に、弟子たちはただならぬものを感じ、食い入るように見つめた。

仏陀が弟子たちに説いた七つの法とは、次のようなものだった。

物事を決めるときには会議を開き、多くの修行僧が参集すること
修行僧たちは協同して行動し、為すべきことを為すこと
あらかじめ定められた戒律によって、教団の運営をすること
出家して久しい長老たち、教団の指導者たちを敬い、尊び、彼らの言葉に耳を傾けること
迷いのもとである愛執が心に起こっても、それに支配されず、制すること
人家のある村落に住もうとせず、森や林間に住すること
それぞれが心を穏やかにし、新たに良き修行者なる友が来るように、またすでに居る良き修行者なる友が心やすく暮らせるように願い、気をつけること

そして、

「これらが守られている間は、教団は繁栄し、衰退はないであろう」

と言った。

霊鷲山で残した仏陀のこの〈七つの法〉は、それぞれの修行者個人の悟りのための教えではなく、教団が存続していくための心得だった。自分の死後も、教えを伝えるために、教団は無くてはならぬものであり、是非とも繁栄させ、永続させてほしいと仏陀は願ったのだ。

先日ヴァッサカーラに聞かせた、国を栄えさせる七つの法と重なるところが多い。俗世を捨てた出家者の教団も、人の集まりであるからには、その運営は俗世の人の集まりである国の運営と、本質は変わらないのだろう。


霊鷲山での説法を終えると、数日の後、アーナンダと、少数の比丘を連れて、仏陀は旅に出た。「最後の旅」とも呼ばれる旅だ。

この旅がどこを目指し、何を目的とするものなのか、大般涅槃経には明示されていない。仏陀はその都度アーナンダに、次に目指す地を告げるだけだ。「さあアーナンダよ、アンバラッティカーに行こう」というふうに。

北へ向かい、アンバラッティカーの園に着く。ここはマガダの王の保養地があり、一行はその地を借りて身体を休めた。

次にナーランダーのパーヴァーリカのマンゴー樹林。

続いて長く歩きパータリ村に着くと、在家信徒の歓待を受け、仏陀は彼らに教えを説いた。

簡単に書いているが、ここまでで霊鷲山から九十キロほどの道のりを歩いている。パータリ村から、一行はガンジス川のほとりに出た。

ガンジスは北東インドを、そして仏陀の生涯の伝道地を網羅し、象徴する大河だ。

小さな渡し船が幾艘か、客を待っている。それに乗る者、金銭的理由からか他の手段を探す者、人々は様々な方法で向こう岸へ渡ろうとしている。

仏陀はそれを見て、こうつぶやいた。彼はガンジスに、自身が渡ろうとしているものを重ねて見ていたのかもしれない——

沼地に触れないで、橋を架けて、大河や湖を渡る人々がいる

木切れや蔓草(つるくさ)を結びつけて、筏(いかだ)を作って渡る人々がいる

聡明な人々は、すでに渡り終わっている

弟子たちは、仏陀のその歌うようなつぶやきを聞きながら、夕日に輝く悠久の大河を、まぶしそうに見つめていた。

金銭も物品も持たない仏陀一行だが、修行者からは船の渡し賃はとらないという風習があり、無事ガンジス川を渡った彼らは、コーティ村に着いた。仏陀は比丘たちにここで、輪廻や苦しみからの解脱を説いた。

続いてナーディカ村では、煉瓦造りの遺跡の陰で休みながら、死んだ者の行き着く先について、アーナンダの質問に答えている。

そしてさらに歩く一行は、ここが仏陀の目指した場所なのか、ヴァッジ国の都、ヴェーサーリーに辿り着いた。ガンジス川を越えてから五十キロの道のりだった。

すでに日も傾いており、賑やかな町の方へは行かず、とある美しいマンゴーの園で身体を休めることにした。休みながら仏陀は弟子たちに、「日々つねに気をつける」ということについて教えていた。

ここヴェーサーリーを都とするヴァッジ国は王を持たず、合議制で政を決め、自主独立の意気が高く、自由奔放、競争は激しいが、身分や性別、肌の色での差別は少ない——とは既に記したとおりであるが、そのような気風を象徴するような人物が、ここに現れる。

仏典の華、遊女アンバパーリーだ。

このアンバパーリー、絶世の美貌を備え歌舞音曲を極め、言い寄る者から一夜に五十金を得たとされる。彼女の存在でヴェーサーリーはますます繁栄したとまで評されるほどだった。もちろんそれは、アンバパーリー一人だけのことではあるまい。彼女には及ばずとも、芸事を修め、教養を備え機知に富み、野暮や金払いの悪い客は袖にする高級遊女たちが、この時ヴェーサーリーに大勢出現していたのだろう。彼女たちの仕事が、多額の税を納めるだけでなく、都市を賑(にぎ)わせ人を集め、周囲の仕事を増やし、国の財政をますます大きなものとする——現代の都市にもある、不夜城のような歓楽街が目に浮かぶ。

仏陀たちが休んでいたマンゴー園は、このアンバパーリー所有のものだった。人づてに、仏陀が自分の園で休息を取っていると聞いた彼女は驚き、仏陀のもとへ急いだ。彼女は幼い頃から仏陀を熱く敬愛していたからだ。

大成功者たるアンバパーリーが飾り立てた馬車を連ねて、マンゴー園で身を休めている仏陀のもとへ赴く様は、当経典きっての艶(あで)やかなる名場面だ。彼女は仏陀にひざまずき、言葉を交わすと感激して、翌日の自邸での食事のもてなしを申し出た。仏陀はこころよくそれを受けた。

直後、このことを耳にしたヴェーサーリーの名門リッチャヴィ族の富豪貴族たちが、こちらも飾った馬車を駆り、帰宅途中のアンバパーリーへ近づいた。詳細を訊ねた後、仏陀に食事をもてなす権利を十万金で我らに譲れと迫った。

その途端、なんと彼女は自分の馬車を貴族らの馬車に激しくぶつけて応じ、

——十万金どころか、このヴェーサーリー全てをくれると言っても仏陀へのもてなしを譲ることは無い

と言ってはねつける。圧倒された貴族たちは、ならばと仏陀のもとへゆき直接交渉するのだが、仏陀もまた、既にアンバパーリーと約束をしているとして断り、貴族たちは遊女に負けたことを悔しがる——

アンバパーリーの挿話からは、遊女も成功し財を成せば、有力一族の貴族相手にさえ馬車をぶつけ鼻であしらうという、商業都市ヴェーサーリーの風紀や社会情勢などが読み取れる。経典作成者の、それに対する痛快の念までも感じられるようだ。

翌日、仏陀はアンバパーリーの自邸で心づくしの歓待を受け、教えを説いた。また彼女のマンゴー園にしばらくの期間留まり、毎日ヴェーサーリーの辻で説法をした。彼が晩年愛した、この自

由な風の吹く地と人々に、心の中で別れを告げていた。

辻説法からの帰り、微かにだが雨粒が顔を濡らした。雨季が寸前に迫っていた。

仏陀は、ベールヴァ村に行こう、とアーナンダに言った。

インドの雨季は六月から九月ごろまでの間で、特に間の二ヶ月ほどは洪水を引き起こすほどの激しい雨が降ってはやみを繰り返し、道を歩くのも危険になる。修行者たちも、この時期は精舎や建物の中に避難し、静かに修行に励む。これを雨安居（うあんご）と言った。

同道している比丘たち全てが一箇所に集まると、雨安居のための建物もなく、托鉢もうまくいかなくなる。そのため仏陀は、アーナンダ一人を連れて郊外のベールヴァ村へ行き、他の比丘たちには、「分散し、ヴェーサーリーの周辺で友人知人を頼り、雨安居を過ごすように」と指示した。

○悪魔

ベールヴァ村の在家信徒が用意してくれた家屋に、仏陀とアーナンダは入り、雨季を迎えた。

だがここでの雨安居で、仏陀は生涯初めてと言っていいほどの重い病に罹（かか）り、「死ぬほどの激痛」がその身を襲った。仏陀は呼吸を整え心を落ち着かせ、悩まされることなく苦痛を耐え忍んだ。だが高齢の身体を病は蝕み、仏陀は高熱を発し、食は喉を通らず、痩せ細っていった。

アーナンダはかかりきりで世話をした。敬愛する仏陀の看病をすることは、睡眠時間が無くても、不浄の世話であっても、苦ではない。だが、アーナンダは思わずにはいられない。老病死苦を乗り越えた存在であるはずの仏陀の、この痛ましく、悲しい姿はなんなのであろう……もちろん仏陀が教えてきた、それらを〈乗り越える〉とは、病に罹らず、不老不死になることを言っているのではないことは、アーナンダもわかっている。だが、思わずにはいられないのだ――ならば修行に、そして悟りに、どれほどの意味があるというのだろうか？

そしてアーナンダは、その意味を疑いながらも、それへの道が閉ざされ、失われることを怖れた。このまま仏陀が亡くなってしまえば、自分はどうなるのだ。このような道の途中で投げ捨てられたならば？　仏陀がいたときですら近づけなかった静寂の境地に、その師を失った後、辿り着けるはずがないではないか。

今は容態も落ち着き寝息を立てる仏陀を見ながら、アーナンダの心に闇が渦巻いていた。

この旅に出る前に、ルクミニーが、修行が思うように進まないと嘆く自分に、俗世で孤児たちを救う活動に参加しないかと、誘いの言葉をかけてくれた。この年齢で今さら考えられないことだったし、ルクミニーも自分が応じるとは思っていなかっただろう。だがたとえ、彼女の誘いが本気のものだったとしても、自分を救えない者に、他者を救う余裕などあるはずがないではないか――しかし、ならばルクミニーは、すでに救われているのか？　そうではないはずだ。彼女は迷いながら、弱いまま、弱者を助けているのだ。もちろん、そのような俗世の生活を〈助ける〉ことと、自分が求める心の〈救済〉は同一ではないだろう。――だが、老ウダーインは、その俗世での生活の助け合いの道を果てまで進むことにより、仏陀の弟子となったときには、既に迷いを断ち切った阿羅漢として認められていた。

大商人である在家信徒のヴィマラキールティ居士が、俗世で慈悲の道を歩んでいることを仏陀は賞賛し、弟子たちを彼に引き合わせ、学ばせようとした。マハーカッサパはそれに反発した。アーナンダは、その時はそれほどでもなかったが、今はマハーカッサパの憤慨がよくわかった。それは、

「俗世でも、家族があっても、財産があっても、悟る道がある」ということに対する、認められぬ思いだった。また、それを態度に表す師への、反発だった。

十代の終わりに俗世を捨て、三十年の長きに亘り、侍者として仏陀に仕え、教えを受けてきた自分。それが五十となるこの歳で、俗世でもよかった、出家はする必要がなかった、などと今さらどうして思えようか――


――――


雨季の期間の九十日近くを、仏陀は病床にいた。

病はどうにか峠を越し、痛みもひき、食も戻り、少しずつ仏陀は回復していった。

ある日仏陀は床で目を開いたまま、何かを探すような顔をしていた。アーナンダが心配して、

「どうなさいました」

と声をかけた。

「懐かしい人に会えた――ジェータだ。琵琶(びわ)を弾いてくれた」

ぼんやりと天井を見上げ、まだ夢の中の人を見ているようだ。

「だが琵琶の音は少しずつ聞こえなくなり、彼も白い霧の中へ隠れていってしまうのだ」

「祇園精舎を所有していた方ですね。私もその〈和する音〉を聞いてみたかった」

「そうか、そなたはジェータに会っていないのだったな――」

すでに三十年以上も昔のことだった。

「あんなにも心を和ませる、素晴らしい音曲は無い。なのに彼も、彼の琵琶も、もうこの世には存

在しない。無常。形あるものは必ず滅する。常に私が説いてきたことだ。しかし、あの子は若すぎた――人や楽器が滅しても、せめて彼の音曲だけでも残っておれば、と思う。あの少年、チャパティが、どこかで受け継いでくれていればいいが」

　夢を見たせいか、仏陀はいつになく未練がましく思えた。

「そんなに素晴らしいものならば、いずれ――何十年か、あるいは何百年かあとに、また天与の才ある人が見つけ出しますよ」

「そうか――」

　仏陀は顔をアーナンダの方に向けた。夢うつつの状態から覚めたようだ。

「そなたはたまに鋭いことを言う。そのとおりだ。才ある人とは、無から有を作り出すのではない。隠されているものを見つけ出し、取り出すのだ」

　その言葉に、傷つけられたかのように、アーナンダは反応した。

「私には、悟りの才はありませんね。無いものは、見つけ出しようがない」

「何を言う、違うぞアーナンダ」

　仏陀は身体を起こして、言った。

「全ての人に、悟りの種子はある。誰もが仏陀に成れるのだ」

　だがアーナンダは暗いままの表情で、

「悟りに近づけぬうちに、師がこのまま亡くなってしまわれるかと思うと、身体がこわばり、自分がどこにいるのかさえわからなくなるほどでした。――ですが、師が我々を静寂の境地に導く、何事かの教えを述べずには、涅槃に入られるはずはない、と信じておりました」

その変わった言い方に、仏陀は病み上がりの声を張って、

「アーナンダ、何を期待しているのだ。私は今までにことごとく、静寂への道を説いている。死ぬ間際まで弟子に何かを隠し置くような、師の握りこぶしは仏陀には存在しない。そなたも知っているはずだ」

「そうですよね……幾ら聞いてもわからない私が、至らぬだけでした」

仏陀は、しばらくアーナンダを見つめ、

「なあ、アーナンダよ。私はもう老い朽ち、齢を重ね老衰し、人生の旅路を通り過ぎ、老齢に達した。我が齢は八十となった。たとえば古ぼけた車が、革紐の助けによってやっと動いていくように、おそらく私の身体も革紐の助けによってもっているのだ。そなたはこう思っているのかも知れない。悟りを開いた者が、このように老い、病に苦しむのであれば、悟りになんの意味があるのか、と。……しかし、過去と比べることなく、今のありのままを受け入れ、心を静かに整えれば、そのときこの身体は健全であり、快適なのだ。

アーナンダよ。〈この世で自らを洲(しま)とし、自らを頼りとして、他人を頼りとせずにあれ。法を洲とし、法をよりどころとして、他のものをよりどころとせずにあれ〉――今も、また私の死後にも」

強い雨が屋根を叩いている。インドの雨季では、長期間の激しい雨により川は氾濫し、低地の村落までが冠水する。そこに住む彼らは、川面に沈むことなく姿を見せ続ける洲(しま)(洲(す)・中洲(なかす))を、荒れ狂う洪水の中、唯一命を寄せるべき拠り所と見るのだ。自らを洲とせよ――とは、インドの気候風土に生きる者の実感に訴えかける教えだった。

されどアーナンダは、無言のまま仏陀の身体を拭くと、その部屋を出て行った。

残された仏陀は、

「ああ、ウダーイン老師、子供たちを立派に育て上げ、安心して涅槃に入ったあなたがうらやましい。ウルヴェーラ殿、やはり、確かに人は弱い。彼らに、わからぬままでいい、いつでも、いつまでも、縋りつかせてやりたい」

と、ひとり呟いた。


――


雨季があける頃、仏陀の病も良くなった。仏陀は雨安居の家屋を貸してくれ、食事の世話もしてくれたベールヴァの村民に深く礼を述べた。

ベールヴァ村から、ヴェーサーリーの民家まで托鉢に歩けるまでになった。

托鉢の帰り、仏陀はアーナンダとともに、チャーパーラ霊樹で足を止め、景色を見渡した。

八十という年齢、そして雨季と病があけた後ということもあり、格別の感慨もあったのだろう。

アーナンダに向けて、

――ヴェーサーリーは楽しい。ウデーナ霊樹の地は楽しい。ゴータマカ霊樹の地は楽しい。七つのマンゴーの霊樹の地は楽しい。バフプッタの霊樹の地は楽しい。サーランダダ霊樹の地は楽しい。チャーパーラ霊樹の地は楽しい
と、現世を賛美する辞を述べた後――

大般涅槃経（だいはつねはんぎょう）にはここで、不可解な、そして不穏な――対話が記される。古い仏典らしい難解な言い回しだが、次のようなものだ。

アーナンダよ。如何(いか)なる人であろうとも、四つの不思議な霊力（四神足）を修し、大いに修し、（軛(くびき)を結びつけられた）車のように修し、家の礎のように堅固にし、実行し、完全に積み重ね、見事に成し遂げた人は、もしも望むならば、劫(こう)の間この世に留まるであろうし、あるいはそれよりも長い間でも留まることができるであろう

アーナンダよ。修行を完成した人（如来(にょらい)）は、四つの不思議な霊力（四神足）を修し、大いに修し、（軛を結びつけられた）車のように修し、家の礎のように堅固にし、実行し、完全に積み重ね、見事に成し遂げた。彼は、もしも望むならば、劫の間この世に留まるであろうし、あるいはそれよりも長い間でも留まることができるであろう

劫(こう)（カルパ）とは、古代インドにおける最長の時間の単位であり、宇宙論的な時間、神々の時間を表すものだ。一劫を人間の時間に換算するならば、四十三億二千万年に相当するという。つまり仏陀は、アーナンダに「修行完成者である自分は、望むならば永遠にも等しい時間、この世に留まることができる」と言っているのだ。

けれども若き人アーナンダは、尊師がこのように顕(あら)わにほのめかされ、顕わに明示されたのに、洞察することができなくて、尊師に対して、『尊い方よ。尊師はどうか劫の間、この世に留まってください。幸いな方（仏陀）は、どうか劫の間、この世に留まってください。――多くの人々の利益(りやく)のために、多くの人々の幸福のために、世間の人々を憐れむために、神々と

人々との利益のために、幸福のために』
と言って尊師に懇請することをしなかった。
それは、彼の心が悪魔に取り憑かれていたからである。

右の会話――と言ってもアーナンダは話さず、仏陀からの一方的な問いかけであるが――が三たび繰り返されるが、アーナンダの態度は変わらず、三たびとも、

それは、彼の心が悪魔に取り憑かれていたからである。

と、結論づけられる。そして、

そこで尊師は、若き人アーナンダに告げられた。
アーナンダよ。では、お前は随意に出かけるがよい
と。
かしこまりました
と、若き人アーナンダは尊師に答えて、座から起って、尊師に敬礼して、右肩を向けて巡って、近くにある一本の樹の根本に坐った。

――

開祖が亡くなるという最も荘厳であるべき一大事を記す経典で、幾十年付き従ってきた侍者を、悪魔に取り憑かれている、と断ずることの不可解さ。そこには不気味な、不穏なものまでが感じられはしないか。

悪魔とは何を意味しているのだろうか。この不可解な場面を経典にあらわした人物は、いったい何を後世に残し、知らせようとしたのか。何の意図を持って。

大般涅槃経は、さらに展開していく。

そこで悪魔・悪しき者は、若き人アーナンダが去って間もなく、尊師に近づいて、一方に立った。一方に立った悪魔・悪しき者は、尊師にこのように言った。――――

尊い方よ。尊師は今涅槃にお入りください。幸いな方（仏陀）は今涅槃にお入りください。今こそ尊師のお亡くなりになるべき時です。尊師はかつてこの言葉を仰せられました。

『悪しき者よ。我が弟子である修行僧どもが、賢明にして、よく身を整え、ことがらを確かに知っていて、学識があり、法を保ち、法に従って行い、正しい実践を成し、適切な行いを成し、自ら知ったことおよび師から教えられたことを保って、解説し、説明し、知らしめ、確立し、開明し、分析し、闡明し、異論が起こったときには道理によってそれをよく説き伏せて、教えを反駁し得ないものとして説くようにならないならば、その間は、私は涅槃に入りはしないであろう』と。

ところが今や尊師の弟子である修行僧どもは賢明にして、よく身を整え、ことがらを確かに知っていて、学識があり、法を保ち、法に従って行い、正しい実践を成し、適切な行いを成し、自ら知ったことおよび師から教えられたことを保って、解説し、説明し、知らしめ、確立し、開明し、分析し、闡明し、異論が起こったときには道理によってそれをよく説き伏せて、教えを反駁し得ないものとして説いています。尊い方よ。尊師は今こそ涅槃にお入りください。幸いな方は涅槃にお入りください。今こそ尊師がお亡くなりになるべき時です

そして――

このように言われたので、尊師は悪魔に次のように言われた。

悪しき者よ。汝（なんじ）は心あせるな。久しからずして修行完成者の涅槃が起こるであろう。今から三ヶ月過ぎて後に修行完成者は亡くなるであろう

アーナンダはチャーパーラ霊樹の園の、少し離れた別の樹下に座り、唇をかみしめていた。師の問いかけに無言だったのは、〈洞察することができなくて〉ではなかった。

マハーカッサパの懸念は当たっていたのだ。

マハーカッサパが教団の後継者と決まった際に、アーナンダに向けて語った言葉が思い返される。

〈アーナンダ、おぬしに言う。師から引き継ぐ我らの教えに、神はいない。神は、在ってはならない。教団と教えを凡夫に託しておきながら、その裏で、もしも今後師が人であることを捨て、神になろうなどとしたならば、それは師の裏切りか、錯乱。その時はおぬしが止めよ。仏陀は、人とし

て死んでいくべきなのだ）
　そして今、仏陀は言われた。望むならば、劫の間、あるいはそれ以上、この世に留まることができる――
　それはつまり、師は人であることをやめ、神になろうとしておられるのだ。これまでの信念を枉げて。我らへの言葉を翻して。
　神に頭を垂れ、拝めば救われるというのなら、出家をする必要も、修行をする意味もない。

　マハーカッサパが十年も前から予見し、アーナンダが今感知したとおり、この時仏陀は神とでも言うべき存在になろうと考えていたのだった。

　ウルヴェーラ・カッサパが、死の際に仏陀へ言い残した言葉。彼は、人間である仏陀が、その行動範囲的にも、時間的にも、限りある肉体のために、生きている間には衆生を救うのに失敗するだろうと予言した。そしてそれを超えるためには神になるしかない、と言った。

　神は、生きている必要がない。神は、救いを求める人の場所へ、歩き赴く必要がない。そして神は、理解される必要がない。

　仏陀は、バラモンたちの神々を否定してきた。

　だが今、彼は自分がそれと同様な存在になろうかと考えていた。

　ここ商業都市ヴェーサーリーには、ヴィマラキールティ居士のリッチャヴィ族を中心に、有力な資産家の、熱心な仏陀の信徒が多くいる。伝統を守ろうとする、バラモンの影響も弱い。彼らの力を借り、大がかりな儀式の中に祀られ、肉体は滅びても人々の心に神として存在し続ければ――

　未来永劫、インド中、いや世界中で、自分はいつでも人々を縋らせ、安らわせることができる。悩みを聞き、懺悔を聞き、勇気づけることが出来る。祈るだけで。手を合わせるだけで。我が名を唱えるだけで。それを、一番近い存在であるアーナンダに相談したのだった。

　だがアーナンダの態度でわかるように、信念を枉げ、これまで言ってきたことを覆せば、多くの者は困惑し、裏切られたと思うことだろう。


　大般涅槃経には、ここで大地震が起こった、とある。

　そうかも知れないし、それは人々の心の動揺を表す比喩かも知れない。

　とにかくアーナンダは〈大地震〉に驚き、仏陀の所へ戻った。

　仏陀は、自分は三ヶ月の後にこの世を去るだろうと、アーナンダに教えた。

　先の病で心配していたが、その残された時間のあまりの短さと、仏陀の別れを決意した透明な表情に、アーナンダはまた驚き、うろたえ、泣いた。そして先ほどの態度をわび、お考えのとおりにしてください、どうか劫の間この世に留まってくださいと懇願したが、仏陀は、自分は三ヶ月後に、修行完成者として――すなわち人として亡くなることを宣した。


　仏陀は、晴々とした顔をしていた。

思えば神になるなど、曲芸のような、デーヴァダッタが思いつきそうな、あやうい策だったのだ。

病み上がりで、残された時間と、遺す者のことを考え過ぎた、自分らしくもないことであった。

「さあアーナンダよ、ヴェーサーリーの近くにいる、全ての修行僧を集めておくれ」

対照的に沈んだ顔色のアーナンダは、言いつけのとおりに都へと走った。

数日後、仏陀は集う弟子たちに、別れと、激励の言葉を贈った。

それはいつもの彼らしい、澄み渡るような声だった。

我が齢は熟した
我が余命は幾ばくもない
汝らを捨てて、私は行くであろう
私は自己に帰依することを成し遂げた
汝ら修行僧たちは、怠ることなく、よく気をつけて、よく戒めを保て
その思いをよく定め統一して、己が心をしっかりと守れかし
この教説と戒律とに務め励む人は、生まれを繰り返す輪廻を捨てて、苦しみも終滅するであろう

弟子たちは、悲しみに涙を流しながら、仏陀の教えと戒律を守り励むことを誓った。

「アーナンダよ、私にとって、ヴェーサーリーはこれで見納めだ。さあ、出かけよう。これが本当の、最後の旅だ」

「師よ、どちらへ向かわれるのですか」

「最期はそこで迎えたい。――私が生まれた地であり、母の眠る地、ルンビニーだ」

ヴァッジ国の都ヴェーサーリーから、旧釈迦国の地ルンビニーは、北西に三百キロ以上離れている。病み上がりの身体では、相当な覚悟が無ければ躊躇われる距離だった。

仏陀はアーナンダと、数人の比丘を連れ、北西へ進んだ。

バンダ村から、ハッティ村、アンバ村、ジャンブ村、ボーガ市――

いつしかヴァッジ国から、良好な関係にあるマッラ国へ入っていた。それぞれの地で、土地の民に説法をし、また夜休むときには比丘たちに教えを説いた。アーナンダは、不思議と今までよりも、仏陀の言うことがよく理解できるような気がした。こんな今生の別れぎわになって、と自分の愚かさに腹が立ったが、せめて少しでも多く教えを受けようと、集中を深めた。

そして生まれた地、母の眠る地に帰りたいという師の最後の願いを叶えるため、身体を気づかい、ときに手を引いた。

ボーガ市の次は、パーヴァーという村だった。

ヴェーサーリーを発ってから、ルンビニーまでの半分を歩いた辺りだ。仏陀の体調も悪くない。一行の誰もが、このまま、なんとか辿り着けそうだと思い始めていた。

○鍛冶工のチュンダ

仏陀一行はパーヴァー村に着いた。日暮れ前に小さなマンゴーの林に入り休息を取っていると、その所有者である鍛冶工のチュンダという男がやってきた。少しの間話しただけで、噂に聞いていた仏陀の優しい威厳と清浄な教えにチュンダは胸を打たれ、翌朝に彼の家で食事のもてなしを受けてくれることを願った。仏陀は承諾した。

城下町などと違い、農村では鍛冶の需要も農具ぐらいしかなく、チュンダの家も貧しい暮らしだった。

だから彼はその夜の間に、必死になって手を尽くして、仏陀と比丘たちのために料理を用意した。

その中には、茸(きのこ)料理が多くあった。安価で手に入りやすく、美味で、腹も膨れると思って。

朝になり、マンゴーの林にいる仏陀たちを呼びに行った。

「おはようございます、仏陀。お食事の用意が出来ております」

仏陀と弟子たちは、チュンダの家に招かれ、席に座った。妻と娘によって、大皿小皿に乗った料理が運ばれた。

ここで再び大般涅槃経に、不可解としか言いようのない仏陀の言葉が記される。

仏陀は、並べられた料理を見て、こう言ったのだ。

チュンダよ。あなたの用意した茸の料理を私にください。また用意された他の噛む食物、柔らかい食物を修行僧らにあげてください
『かしこまりました』と、鍛冶工の子チュンダは尊師に答えて、用意した茸料理を尊師に差し上げ、用意した他の噛む食物、柔らかい食物を修行僧らに差し上げた。
そこで尊師は、鍛冶工の子チュンダに告げられた。
チュンダよ。残った茸料理は、それを穴に埋めなさい。神々・悪魔・梵天・修行者・バラモンの間でも、また神々・人間を含む生き物の間でも、世の中で、修行完成者(如来)の他

には、それを食して完全に消化し得る人を、見出しません『かしこまりました』と、鍛冶工の子チュンダは尊師に答えて、残った茸料理を穴に埋めて、尊師に近づいた。近づいて尊師に敬礼し、一方に坐した。チュンダが一方に坐したときに、尊師は〈法に関する講話〉によって彼を教え、諭し、励まし、喜ばせて、座から起って、出て行かれた。

チュンダ邸を出て間もなく仏陀の身に、

激しい病が起こり、赤い血が迸（ほとばし）り出る、死に至らんとする激しい苦痛が生じた。尊師は実に正しく念（おも）い、よく気を落ち着けて、悩まされることなく、その苦痛を耐え忍んでいた。

仏陀はその色や形状を見て、この茸が毒で、食べてはいけない種類のものであることに気づいたのだろう。山国育ちであり、王子であった時代、市場に並ぶ食材にまで目を配っていた経験によるものだったろうか。だから、弟子たちには食べさせず、丁寧に残りは穴に埋めさせてまでいる。であるのに、どのような思いがあったというのか、自分だけは食したのだ。

雨季あけの、静かに輝く湖があり、その周りに花咲くであろう、美しい生まれ故郷ルンビニーまで、もうひと頑張りというところに来て。

激しい痛みと下血の中、みるみるうちに、仏陀の生気は失われていった。

「アーナンダよ、外衣を四折りにして敷いてくれ。疲れた、座りたい」

「アーナンダよ、水を汲んできてくれ」

少し前の雨安居での大病のときよりも、師の言葉は弱々しく、アーナンダは大きな不安に涙ぐみながら、言われたとおりに世話をした。

仏陀はその日、朝から夕暮れまで、苦しみながらも長く休むことはせず、立ち上がっては歩くことを続けた。進み具合は非常に遅いものだったが、旅をやめることはしなかった。

だが一晩を明かした次の朝、仏陀は、

「アーナンダよ、クシナーラーに赴こう」

と言った。

「この丘の向こうにある川を一つ渡れば、宵までには着くだろう。あの地には、美しい沙羅(さら)の双樹があってな」

アーナンダや、弟子たちは暗い顔でうつむいている。一晩中痛みも下血も続き、朝日に照らされた仏陀の顔は痩せ細り血の気がなく、誰が見てももう長くないことを知らせていた。そしてクシナーラーは、ルンビニーとはまるで別の方角だ。

仏陀が、静かな声で言った。

「我が命は、今宵尽きる――。せめて、最期はそこで」

もはや、母との思い出の地、ルンビニーまで歩くことなど不可能だった。

しかしクシナーラーだとしても、川を渡ることができるだろうか、辿り着けるだろうか。アーナンダたちは、弱りきった師の身体を心配しながら、生まれ故郷での入滅をあきらめざるを得なかった師の気持ちを思い、せめて近くの望む地でと、言葉に従った。

丘を越え、カクッター川に出た。さほど大きな川ではないが、雨季が終わったばかりでまだ増水しており、流れが速く、渡し船もいない。アーナンダたちは仏陀を中心にして守りながら、流されぬように気をつけて川の中を歩き、深いところは泳いで渡った。

どうにか渡り終え、仏陀は弟子たちが敷いた外衣に横たわった。川を渡る間に幾度か頭まで水をかぶり、身体は冷え、ますます疲弊していた。その回復を待つ間、震える声で、仏陀は言った。

「そなたたち、鍛冶工のチュンダに、後悔の念を起こさせないようにしてやってくれ。アーナンダ、そなたに頼む、チュンダに伝えてくれ――修行完成者が大いなる涅槃に入るための、最後の食事を供してくれたのだから、そなたの布施には特別な意味がある。私が悟りを開くためのきっかけとなった、スジャータの布施と、涅槃に入るための、チュンダの布施。この二つは並んで、特別な布施なのだ、と」

この重篤な容態でなお、他者を気づかう仏陀に、アーナンダも他の比丘たちも心を打たれた。必ずやお言葉のとおりに、と言って答えた。

○入滅

パーヴァー村から三十キロ近い道のりを、重い病の身体を引きずるように歩いてきた仏陀とその一行は、ようやくクシナーラーに辿り着いた。

マッラ国の西方に位置するこの地は、竹藪が広がりどこか寂しい雰囲気が漂うが、かつては栄えた都だったという。

仏陀が目指したのは、以前訪れた際に気に入って滞在した、沙羅という常緑高木の樹林だった。その中でも二本並んだ沙羅樹が見事で、仏陀はその双樹の間に、頭を北に向けて床を用意するように頼んだ。床が作られると、限界だった仏陀は倒れ込むように横たわった。右脇を下につけ、足を重ねた。その体勢で呼吸を整え、最後の禅定に入っていった。

ここで、大般涅槃経には、奇跡が描かれる。沙羅双樹が時ならぬのに花を咲かせ、満開となり、仏陀の体に降りかかった。また天のマンダーラヴァ華と栴檀の粉末も降ってきた。天の楽器が奏でられ、天の合唱が響き渡った——

この超自然的な表現は、弟子たちが、偉大なる師の臨終に際し、このようであってほしい、こうであったに違いないという願望から描写したものであろう。

実際には、本来希望していた生誕の地ルンビニーに戻ることがかなわず、妥協して近くの古ぼけた地方都市で痛みを抑えながら静かに死を待つという、寂しいものだった。

この時、随行してきた比丘たちの多くは、仏陀を静かに休ませようと、離れた場所に集まっていた。世話のために仏陀の傍に居るのは、アーナンダと、もう一人、ウパヴァーナという、かつてマハーカッサパによって侍者の一人として推薦された比丘であった。

彼は横たわる仏陀を正面から、扇代わりの大きな葉で扇いでいた。

ここで仏陀はそのウパヴァーナを、

去りなさい。修行僧よ。私の前に立ってはいけない

と、思わぬ強い口調で立ち去らせている。

アーナンダは不思議に思い、仏陀に「ウパヴァーナもまた、長い間尊師の侍者として仕えてきた人なのに、なぜこのような、亡くなられようとするときに、彼を退けられるのでしょうか」と、その理由を聞いた。

これに対し、

アーナンダよ。十万の世界における神霊たちが修行完成者に会うために、大勢集まっている

――

かなり長いため要約すると、十万世界の神霊たちが、このクシナーラーの沙羅の樹林を十二ヨージャナ（約百五十キロメートル）に渡って取り巻いて、兎の毛先ほどの隙間もなく埋め尽くしており、自分が亡くなる前に、ひと目会いたいと言っている。だが修行僧ウパヴァーナが遮（さえぎ）っているから、それが叶わないのだ、――と仏陀は言った、というのだ。

これもまた、先ほどの沙羅双樹の花が時ならずして咲いたというような描写と同種の、開祖の偉大さをことさらに願う弟子たちによる、超自然的表現の一つなのであろうか。

しかし、仏陀がウパヴァーナだけをその場から立ち去らせたことの説明としては不自然であり、不可解なものだ。アーナンダはそこに居たままなのだから。

仏陀は別のある理由から、ウパヴァーナだけを立ち去らせた。そして後に〈この場面をあらわした者〉は、その理由を隠すために、大仰（おおぎょう）な超自然的表現で包み、取り繕ったのだ。

仏陀は、ウパヴァーナと彼の近しい者たちに、聞かれたくなかったのだ。

最後に交わされた、仏陀とアーナンダ二人だけの会話と、約束を。


――ウパヴァーナを立ち去らせたあと、病の身体を横たえたまま、仏陀は話し始めた。

「アーナンダよ。この身が滅ぶ前に、そなたに聞いてもらいたいことがある。我が過ち（あやま）についてであり、この世への懺悔（さんげ）であると同時に、そなたのこの頃の悩みにも関係のあることだと思うから。

――私は若くして悟りを得たすぐの頃、人々の中から仏陀を見出し（みいだ）育て上げることは、それほど造作ないことだと考えていた。大勢の仏陀を輩出し、彼らと共に世界中の衆生を救済しようと思っていたのだ。だが、何千人出家修行者がいようと、何十人阿羅漢（あらかん）を出そうと、仏陀となる者は現れなかった。自分の見立ては甘かったのだと、気づかざるを得なかった。その計画は諦め、ならばこの命尽きるまではと、自分ひとりで辻に立つことを増やすようになった。在家の信徒に、俗世に生きる上での教えを説くことが増えてもいった。――だがアーナンダ。どうやらそなたや弟子たちに、そう思わせてしまったかも知れないが、この仏陀はそなたたち出家修行者を、軽んじたり、そなたたちへの救いの気持ちを緩めたことなど、ないぞ」

仏陀は声に力を込め、アーナンダを見つめて言った。

「仏陀には、握りこぶしの中の、弟子に隠している真理などないとは、言ったとおりだ。だが、言わずにおこうと思っていたことはある。アーナンダよ、聞いてほしい――。世間では、私のことを医者にたとえる信徒もいる。人の心を救う、医者だとな。出家修行者たちの多くは、俗世を捨てた自分たちは、在家の信徒より涅槃に近い、高みにある存在だと思っているようだ。医者の側にいる、医術の見習いのようなものであると――。初めの見立てでは、私もそう思っていた。だが医者の私から見れば、在家信徒は在宅のままで療養が出来る者たちであるのに対し、出家修行者の多くは家には置いておけない、治療、施術の舎に入るしかない、重篤な患者であるのだ――。時にはビンビサーラ王など、すぐにも出家が必要と思われる者には、強くそれを勧めて来た」

仏陀は、救えなかった王のことを思い、少しの間沙羅双樹の梢を見上げ、また話を続けた。

「出家修行者の中から阿羅漢は幾人も出せたと言ったが、阿羅漢とは修行者の目指すべき境地ではあるが、言ってみれば病の完治した者のこと。世を救う医者たる仏陀は、現れることはなかった。招聘した、頼みのサーリプッタとモッガラーナも違う道へ進んだ。――ピッパリ・カッサパは無愛想で口数少ないが、若い頃から誰よりも私を慕い、憧れ、私と共に世を救う医者になりたいと強く願う者だった。だが彼は自分では気づいていないが、彼こそは俗世では到底生きてゆくことの出来ぬ、重篤なる者の中でも、最も病根深き者。清浄な教団で、比丘ばかりの修行生活で、心の救済が必要な者。彼と初めて出会ったときから、それはわかった。俗世で、周囲のバラモンの若者ともうまくなじめず、堕落していると批判し、遊ぶことが嫌いで、女性も苦手で、ヴェーダ聖典の教える正しい生き方に満足できず、常に生きることの意味を探しているような若者だった。だから私は、彼に出家を勧めた。俗世で生きることは、彼に苦痛しかもたらさないだろうから。――彼は真面目な修行者となったが、年を経るごとに自分たち比丘を選ばれた人間と思い込み、自分の生きづらかった俗世を穢れた劣悪な場所と決めつけ、見下すように考えが固まっていった。だが彼に私からそれを言っては、救済の道を放棄しただろう。それゆえ、少々毒のあるヴィマラキールティ居士に引き合わせ、考えを広くしてもらいたかったのだが――。多くの比丘たちは、ピッパリに心を寄せている。彼の、最も病深き者なればこその、真摯な、真理への渇望に、共感している。俗世で生きられぬ者は、彼のもとに集まりたがるだろう。私の後の教団は、彼に引き継がせるべきだ、と思ったのだ。アーナンダよ、この話はピッパリには聞かせるな。聞けば彼は――」

仏陀の告白に、アーナンダは涙を流していた。

そうだ、自分は俗世間で生きづらく、仏陀がその存在で示された静寂に憧れ、引き寄せられ、出家し比丘となったのだ。自分もまたピッパリ――マハーカッサパと同類の、俗世で生きることの難しい、重篤な患者だった。

それなのに、在家よりも自分が優れているかのように錯覚し、在家と出家で、仏陀の教えが違うことを憤慨までした――マハーカッサパの不服に同調し、惑い、師に疑念までを持ち、自らの心を汚し、修行をおろそかにした。なんと無駄で、愚かなことを。在宅で療養が可能な軽症の者と、家も世間も出なければならないほどの重症者に、医者の処方が違うのは当然ではないか。

「師よ――尊師仏陀よ、申し訳ございません。アーナンダは、考え違いをしておりました」

アーナンダは涙を溢れさせ、座っていたその場に崩れるように伏した。

仏陀はそれを慈愛の目で見て、

「死ぬ前に、そなたとの心のもつれがほどけたならば嬉しいことだ。ならばアーナンダ。今一度そなたに頼みたい。私が、劫(こう)よりも長くこの世に留まるための方法を。

――出家修行者の多くは、欲と競争無くば成り立たぬ世俗の矛盾や、諍いや人間関係を、ほどほどのところでやり過ごすことの出来ない、確かに俗世では生きられぬ病重き者たちである。だが、後の世に仏陀が生じるとすれば、その重篤者の中からであろう。なぜなら、私がそうだったのだから。彼らのために、私は修行を完成させた人間の手本として、あり続けるだろう。また俗世で生きられぬ者の居場所、治療の舎としての教団は無くてはならぬものであるから、出家者たちで力を合わせ、必ず存続させてほしい。最も弱く、救いを欲している者たちを助けるためにこそ、仏陀は存在しているのだからな。

――在家の衆生に必要なのは、精緻な理論や厳しい修行、戒律よりも、仰ぎ見て心安んじ得る、また不滅にして無量の力を与えてくれる、太陽のような存在であろう。仕事や生活や人間関係に追われると、瞑想も自省もする時間は持てなくなる。そんな彼らが、道を間違えず希望を見出し、正しさの中で生きていけるように、私の存在が役立てばいい。

スダッタ長者、ヴィマラ居士、ウダーイン老師、そしてルクミニーのような在家の菩薩たちは今後も現れ出てくることだろう。私は彼ら「世の宝」の心がくじけぬよう、慈悲道を生き抜いた者の手本としてもあり続けたい。

やはり私は、どちらも捨てることは出来ないのだ。

だからアーナンダ、そなたに託す。

我が人としての死に様は、そのまま残せ。私は美しい故郷ルンビニーでの、母の胸に抱かれ眠るような最期を願望していた。だが、チュンダに出された布施を見て、思ったのだ。『これは私に、惨めさと苦しみの中の最も人間らしい死を乗り越え、その様を衆生に見せよと何ものかが勧めてくれているのではないか？　それが仏陀の最後の責務であるとの、再びの梵天勧請なのではないか』

――それゆえ私はそれを食したのであり、だからチュンダには何ら悔いる罪など無いのだ。

我が遺骸を葬儀するにあたっては、在家の信徒の手により、世界を支配する転輪聖王（てんりんじょうおう）の遺骸を葬儀するような方法で、盛大に祀らせよ。また我が遺骨を望む王や有力者には、望むまま分骨し、後の世に礼拝（らいはい）できるよう、各地に仏塔を建てさせよ。そこに礼拝し、花輪、香料などを捧げ、心を清らかにして信ずる人々には、必ず利益（りやく）と幸せとが生ずるであろう。

葬儀には、そなたたち出家はかかずらうな。そなたたちはそなたたちの正しい目的のために努力せよ。正しい目的を実行せよ。

おそらく我が教えは私の死後間もなくにも分離し、時代と共に様々な形に変化していくだろう。仏陀でなければその両者を繋ぎ続けることはできないからだ。だがそれでよい。

人には、まことに多くの在り方がある。真理は一つであるにせよ、その受け取り方は様々であるから、固定されたものよりも多様であった方が、我が教えの味は人々に行き届くことだろう」

仏陀の話は終わった。アーナンダは、仏陀の遺志を受け止め、実現させることを誓った。そして、涙を拭きながらも師との最後の幸せな時を過ごした。

そこでは、こんなたわいもないような、しかしアーナンダの人となり、また仏陀との関係性が浮かんでくるような会話もあった。

尊師よ。私たちは、婦人に対してどうしたらよいのでしょうか?

アーナンダよ。見るな

尊師よ。しかし、見てしまったときには、どうしたらよいのでしょうか？
アーナンダよ。話しかけるな
尊師よ。しかし、話しかけてしまったときには、どうしたらよいのでしょうか？
アーナンダよ。そういうときには、つつしんでおれ

——


しばらくして他の比丘たちが戻って来た。またこの頃には、近隣に滞在していた弟子たちが噂を聞きつけ、数多く集まってきていた。皆で仏陀を囲み、共に静かな時間を過ごすと、一時は収まってもやはり悲しみは押し寄せ、アーナンダは声を上げて泣いた。

仏陀は、

「やめよアーナンダ。悲しむな、嘆くな。私がこれまで繰り返し説いてきたことではないか。全ての愛する者と生き別れ、死に別れることがこの世の常だと。およそ生じ、存在し、作られたものは全て滅する定め。それを覆す理は無いのだ。——アーナンダよ、長い間そなたは私に慈愛をもって、本当によく仕えてくれた。そなたは善良な者だ。これからも修行に励め。必ずや静寂の境地にいたるだろう」

そして他の弟子たちに、アーナンダの美点をいくつも数え、誉め称えた。アーナンダの涙は、より止まらなくなった。


クシナーラーは、マッラ族が治める土地であった。

仏陀は弟子たちに、マッラ族の長のところへ行き、今夜修行完成者が亡くなるであろうと告げてくるように、指示した。

やがて、仏陀を尊敬するマッラ族たちが大勢で、沙羅の樹林へ訪れた。彼らは嘆きながら、仏陀に一人ずつ悲しみの言葉を言い、その足に頭を付けて礼拝しようとするので、アーナンダはこれでは時間が幾らあっても足りないと、家族単位で一度に礼拝してもらうようにし、なんとか全ての礼拝を終わらせることができた。


このようなときに、厳粛な空気を乱すような、場違いとも思われる人物も現れるものだ。

スバッダなる「遍歴行者」が、名高い仏陀がこの地を訪れ、死の瀬戸際にあるということを聞きつけ、亡くなる前に是非とも聞きたいことがある、と言ってやってきたのだ。

どうにも不遜な態度であったらしく、アーナンダが三度断っても三度食い下がった。アーナンダも少なからず腹立たしさを感じたことだろう。

離れた場所でのそのやり取りを聞いた仏陀がアーナンダを呼び、

「その者も、私を悩まそうとして来たのではないだろう。道に迷っているのなら何でも説明してやるから、連れておいで」

と、スバッダの面会を許した。

仏陀の前に通され喜んだスバッダだが、しかしやはり不遜な物言いで、

「ガウタマさんよ。世に名のある多くの弟子を持つ思想家たちの教えを、何十年とかけて私は渡り歩いて来た。虚無のプーラナ・カッサパ、運命決定論アージーヴィカ教のマッカリ・ゴーサーラ、

順世派アジタ・ケーサカンバリン、七要素説のパクダ・カッチャーヤナ、不可知論サンジャヤ・ベーラッティプッタ、ジャイナ教のマハーヴィーラ（偉大なる勇者）こと、ニガンタ・ナータプッタ――。それらのどの教説も隅々まで知り覚え、研究してきたが、結局わからなくなってしまった。その中の誰が正しいのか？　あるいは全員が正しいのか、はたまた全員が間違っていて、あなた一人が正しいと言われるのか。さあ、お答えいただきたい」

仏陀は横になったまま、答えた。

「スバッダよ、そなたに説こう。誰が正しい、彼が正しいと、正しさをつまむように目を移ろわせ、心も移ろわせ、歩き回るのはここで終わりにせよ。

スバッダよ。私は二十九歳で、正しいものを求めて出家した。

それから五十余年、私は理と、法の領域のみを歩んできた。

これ以外に、正しい道なるものは存在しない」

スバッダは、我が身を恥じてひれ伏し、その場で仏陀最後の直弟子となった。

闖入者（ちんにゅうしゃ）をも心服させ、篝火（かがりび）が焚かれる夜半となっていた。仏陀はいよいよこの世に別れを告げる、最期の時を迎えた。

「そなたたち、私が死んでも、もう師はいない、我らを導いてくれる師はいなくなってしまったのだ、と思ってはいけない。そなたたちのために私が説いた教えと戒律が、私の死後にそなたたちの師となるのだから。最後に、悟り、法、教団、道、あるいは実践に関して、疑問があれば何でも今ここで聞くがよい。あとになって、師の存命中に聞いておけばよかったと、後悔することがないように」

仏陀がこのように言ったが、弟子たちは黙っていた。

仏陀が三度まで同じことを促すも、質問の声は上がらなかった。

仏陀はなおも言葉を変えて、

「修行僧たちよ。そなたたちは、師を尊崇するが故にたずねないということがあるかもしれない。修行僧たちよ。仲間が仲間にたずねるように、たずねなさい」

とまで言った。遺してゆく弟子たちへの、親が膝をかがめて子に問いかけるような、慈愛が感じられる。このように言われても、誰も口を開く者はなかった。

アーナンダが、皆を代表して言った。

「我らが師、仏陀よ。私は嬉しく、感動しております。悟り、法、教団、道、あるいは実践に関して、一人の修行僧にも、疑問も疑惑も持ち合わせる者はおりません」

その言葉に、弟子たちはわっと声を上げ、大きく頷いた。

彼らを頼もしげに見つめ、仏陀は言った。

さあ、修行僧たちよ。そなたたちに告げよう
もろもろの事象は過ぎ去り行くものである
怠ることなく修行を完成なさい

これが、仏陀の最期の言葉であった。

偉大な人、影響力のある人の死後に付きもののごたごたは、その人の人生の燃えかすのようなものであろう。主人公の死により物語としての求心力も著しく失われた後では、詳述することも何かむなしく、我らの仏陀の葬儀については、その要点だけを記すにとどめたい。

だが、その人にとっての燃えかすも、別の人、遺された人々にとっては、燃えさかり続ける人生の、新たにくべられた燃料となるには違いない。


仏陀の遺骸は、クシナーラーの住民マッラ族が献身的にその葬儀を執り行ってくれた。

仏陀の遺志を果たそうとするアーナンダの「転輪聖王の遺骸を葬儀するような方法で」との依頼を受け、誰も転輪聖王の葬儀方法について詳しく知る者はいなかったが、彼らは皆で考え、心を尽くし、クシナーラーにある全ての香木と花輪と楽器を集め、幾重にも包んだ仏陀の遺骸を飾り、七日をかけ、歌と舞踊で盛大に供養した。

七日目に、遺骸は火葬のため、郊外の祠堂に運ばれた。さらに絢爛（けんらん）なる飾り付けがなされ、鉄の油槽が用意され、様々な香木が高く積み上げられた。あとは火を付けるだけとなった。

仏陀重篤の報せをウパヴァーナから受け取り、駆けつけて来たアニルッダがこの場にいた。

いざ火を付ける段にアニルッダが、後継者たる尊者マハーカッサパが間もなく来るはずであるから待つべきだと言い、そのとおりになった。

○参考文献

原典訳ウパニシャッド　ちくま学芸文庫　岩本裕編訳
差別の超克　原始仏教と法華経の人間観　講談社学術文庫　植木雅俊
サンスクリット版全訳維摩経現代語訳　角川ソフィア文庫　植木雅俊訳・解説
仏教思想のゼロポイント「悟り」とは何か　新潮社　魚川祐司
インド哲学　大東出版社　オットー・シュトラウス著　湯田豊訳
原典訳マハーバーラタ3　ちくま学芸文庫　上村勝彦訳
四大文明インダス　NHK出版　近藤英夫　NHKスペシャル「四大文明」プロジェクト編著
大智度論の物語（二）　第三文明社レグルス文庫　三枝充悳
古代インド　世界の歴史6　河出文庫　佐藤圭四郎
インド思想史　岩波文庫　J・ゴンダ著　鎧淳訳
インド仏教の歴史「覚り」と「空」　講談社学術文庫　竹村牧男
原始仏教　その思想と生活　NHKブックス　中村元
原始仏典　ちくま学芸文庫　中村元
ゴータマ・ブッダ　釈尊伝　法藏館　中村元
古代インド　講談社学術文庫　中村元
ブッダ最後の旅　大パリニッバーナ経【大般涅槃経】　岩波文庫　中村元訳
ブッダ伝　生涯と思想　角川ソフィア文庫　中村元
ブッダのことば　スッタニパータ　岩波文庫　中村元訳
ブッダの人と思想　NHKブックス　中村元　田辺祥二／大村次郷［写真］

仏弟子の生涯　中村元選集［決定版］第13巻　春秋社　中村元
古代インドの神秘思想　初期ウパニシャッドの世界　講談社学術文庫　服部正明
ゴータマ・ブッダ　講談社学術文庫　早島鏡正
仏教（上・下）　岩波文庫　ベック著　渡辺照宏・渡辺重朗訳
仏典の植物事典　八坂書房　満久崇麿
アジア宗教の救済理論――ヒンドゥー教・ジャイナ教・原始仏教　勁草書房
　マックス・ウェーバー著　池田昭訳
世界宗教の経済倫理　比較宗教社会学の試み序論・中間考察　マックス・ウェーバー著　中山元訳
ブッダの旅［カラー版］　岩波新書　丸山勇
原始仏教入門　釈尊の生涯と思想から　佼成出版社　水野弘元
知的唯仏論　サンガ　宮崎哲弥　呉智英
インド哲学七つの難問　講談社選書メチエ　宮元啓一
不可触民と現代インド　光文社新書　山際素男
ヒンドゥー教とインド社会　世界史リブレット5　山川出版社　山下博司
古代インドの思想――自然・文明・宗教　ちくま新書　山下博司
虚無の信仰――西欧はなぜ仏教を怖れたか　トランスビュー　ロジェ＝ポル・ドロワ著　島田裕巳・田桐正彦訳

渡邊　亮（わたなべ りょう）

1974年生まれ。
同志社大学法学部法律学科卒業。
2006年と2013年にインド・ネパールに渡り仏陀の生誕から入滅まで
ゆかりの地を訪れる。

仏陀伝

2022年4月9日　第1刷発行

著　者　渡邊　亮
発行人　大杉　剛
発行所　株式会社 風詠社
〒553-0001　大阪市福島区海老江5-2-2
大拓ビル5 - 7階
TEL 06（6136）8657　https://fueisha.com/
発売元　株式会社 星雲社
（共同出版社・流通責任出版社）
〒112-0005　東京都文京区水道1-3-30
TEL 03（3868）3275
装幀　2DAY
印刷・製本　シナノ印刷株式会社

ISBN978-4-434-30276-3 C0093